JUSTICE IMMINENTE

Jilliane Hoffman fut procureur adjoint à Miami avant de devenir conseillère juridique de l'État de Floride. Depuis la remise du manuscrit de son premier roman, les ventes de droits se sont multipliées à travers le monde (12 pays) et les droits d'adaptation cinématographique ont été achetés par Warner Bros. Le second roman de Jilliane Hoffman, *Ultime témoin*, a paru aux Éditions des Deux Terres en 2006. Jilliane Hoffman se consacre entièrement à l'écriture.

DU MÊME AUTEUR

Ultime témoin
Les Deux Terres, 2006

Jilliane Hoffman

JUSTICE IMMINENTE

ROMAN

Traduit de l'anglais (États-Unis)
par Jean Esch

Éditions des Deux Terres

TEXTE INTÉGRAL

TITRE ORIGINAL
Retribution

ÉDITEUR ORIGINAL
G. P. Putnam's Sons,
A member of Penguin Group (USA) Inc.

ISBN original : 0-399-15127-3

ISBN 978-2-02-062070-3
(ISBN 2-84893-005-5, 1re publication)

www.seuil.com

Remerciements

Il me faut remercier les personnes suivantes pour l'aide qu'elles m'ont apportée dans ce projet ; toutes m'ont fourni leurs précieuses connaissances sans aucune réserve ni hésitation et je leur en suis particulièrement reconnaissante : le Dr Reinhardt Motte et le Dr Lee Hearn du Bureau de médecine légale du comté de Miami-Dade, tous les agents du DFLE, et plus particulièrement l'agent spécial Eddie Royal ; la responsable de la Brigade des violences domestiques, Esther Jacobo du Bureau du procureur du comté de Miami-Dade ; les adjointes du procureur Julie Hogan et Marie Perikles, la pharmacienne Elizabeth Chasko, et pour finir, M. Dean Mynks.

Un grand merci également à Marie Ryan, avocate du barreau, Leslie Thomas, Penny Weber, Thea Sieban et John Pellman Sr. pour leur temps précieux et pour leur discernement, ainsi qu'à mes amis et à ma famille pour leur soutien, et à ma mère pour son talent.

Pour Rich, l'amour de ma vie,
Qui n'a jamais douté.
Et pour Amanda et Katarina,
Qui ont toujours cru.

PREMIÈRE PARTIE

CHAPITRE 1

JUIN 1988 NEW YORK

Chloé Larson était en retard, comme d'habitude. Elle avait exactement dix minutes pour enfiler une tenue correcte afin d'assister au *Fantôme de l'Opéra* – le spectacle le plus couru de Broadway, dont toutes les places étaient vendues un an à l'avance –, se maquiller et sauter dans le train de 18 h 52 à Bayside pour se rendre en ville, ce qui voulait dire un trajet de trois minutes en voiture entre son appartement et la gare. Il ne lui restait donc en réalité que sept minutes. Elle passa rapidement en revue sa penderie, qu'elle avait projeté de ranger l'hiver dernier, et opta rapidement pour une jupe en crêpe noire avec une veste assortie et un caraco rose. Tenant une chaussure à la main, elle murmura le prénom de Michael, tandis qu'elle lançait, les unes après les autres, toutes les autres chaussures entassées sur le plancher de la penderie, jusqu'à ce qu'elle trouve la compagne de l'escarpin en cuir noir.

Elle se précipita ensuite dans la salle de bains au bout du couloir tout en enfilant ses chaussures. *Ce n'était pas censé se passer comme ça,* se dit-elle en renversant sa longue chevelure blonde pour pouvoir se peigner rapidement d'une main, tout en se brossant les dents avec l'autre. Elle aurait dû être détendue et insouciante, un peu grisée par l'impatience, l'esprit libéré de toute préoccupation lorsque lui serait enfin posée la question qui mettait fin à toutes les autres. Au lieu de cela, elle courait dans tous les sens, en manque de sommeil à cause des cours intenses et des groupes de travail en compagnie d'autres personnes tout aussi angoissées ; l'examen d'entrée au barreau de New York faisait intrusion dans chacune de ses pensées. Elle recracha le bain de bouche, s'aspergea de Chanel n° 5 et courut quasiment jusqu'à la porte. Quatre minutes. Elle avait quatre minutes encore, ou sinon, elle serait obligée de prendre le train de 19 h 22 et elle manquerait certainement le lever de rideau. L'image d'un Michael fringant et agacé, attendant devant le Majestic Theater, une rose à la main, l'écrin dans la poche, et regardant sans cesse sa montre, traversa son esprit.

Ce n'était pas censé se passer comme ça. Elle aurait dû être mieux préparée.

Pendant qu'elle traversait la cour précipitamment jusqu'à sa voiture, ses doigts habiles accrochaient les boucles d'oreilles qu'elle avait attrapées au passage sur sa table de chevet. Elle sentit le regard de son étrange voisin reclus glisser sur elle derrière la fenêtre de son salon au premier étage, comme tous les jours. Il l'observait tandis qu'elle traversait la cour pour rejoindre l'animation du monde extérieur et vivre sa vie. Elle se débarrassa de cette sensation glaciale et dérangeante et monta à bord de sa voiture. Ce n'était pas le moment de penser à Marvin. Ce n'était pas le moment de penser à l'examen d'entrée au barreau. Elle ne devait penser qu'à une seule chose : la réponse à la question que Michael allait certainement lui poser ce soir.

Trois minutes. Elle n'avait plus que trois minutes en négligeant le panneau stop au coin de la rue et en passant de justesse au vert dans Northern Boulevard.

Le bruit assourdissant de la sirène du train retentit au moment où elle gravissait deux par deux les marches de l'escalier conduisant au quai. Les portières se refermèrent sur elle au moment où elle adressait un signe de la main au conducteur pour le remercier d'avoir attendu. Elle se laissa tomber sur la banquette en vinyle rouge lacérée, essoufflée par cette course sur le parking et dans l'escalier. Le train quitta la gare en direction de Manhattan. C'était moins une.

Maintenant, détends-toi, Chloé, se dit-elle en regardant défiler le Queens dans la lumière déclinante de la fin de journée. Car ce soir, ce ne serait pas un soir comme un autre. Elle en était convaincue.

CHAPITRE 2

Le vent s'était levé et les épais buissons de plantes à feuilles persistantes qui masquaient son corps immobile se mirent à se balancer en bruissant. À l'ouest, un éclair illumina brièvement le ciel ; des zébrures blanches et violettes clignotèrent derrière l'alignement éclatant des gratte-ciel de Manhattan. Cela ne faisait aucun doute, il allait pleuvoir à verse, et dans peu de temps. Accroupi dans les profondeurs obscures des fourrés, il crispa la mâchoire, raidissant les veines de son cou, en entendant le grondement de tonnerre. *Ce serait la cerise sur le gâteau, non ? Un orage, alors qu'il attendait que cette salope rentre enfin chez elle.*

Il n'y avait aucun souffle d'air sous le feuillage dense des buissons qui entouraient l'immeuble, et la chaleur était devenue si étouffante sous le lourd masque de clown qu'il avait l'impression de sentir fondre sa peau. L'odeur de feuilles en décomposition et de terre humide envahissait ses narines et il s'efforçait de respirer uniquement par la bouche. Une minuscule chose passa à toute vitesse près de son oreille et il s'interdit d'imaginer les différentes sortes de vermines qui, en cet instant, rampaient sur sa personne, remontaient à l'intérieur de ses manches ou s'insinuaient dans ses grosses chaussures de chantier. Ses doigts gantés manipulaient avec nervosité la lame aiguisée.

Il n'y avait aucun signe de vie dans la cour déserte. Tout était calme, à l'exception du vent qui sifflait dans les branches des chênes et du bourdonnement constant d'une douzaine de climatiseurs accrochés en équilibre précaire aux rebords des fenêtres, au-dessus de lui. Les buissons épais longeaient presque tout le côté de l'immeuble, et il savait que personne ne pouvait l'apercevoir, même des appartements situés en étage. Le tapis de mauvaises herbes et de compost craqua faiblement sous son poids lorsqu'il se redressa pour avancer à pas feutrés au milieu de la grande haie, vers sa fenêtre.

Elle n'avait pas tiré ses rideaux. La lueur du lampadaire découpait des rubans de lumière terne à travers la chambre. À l'intérieur, tout était calme et sombre. Le lit était défait et la porte de la penderie ouverte. Des chaussures – des escarpins, des mocassins, des baskets – jonchaient le sol. À côté du téléviseur, une collection d'ours en paille était disposée sur la commode déjà encombrée. Des dizaines de billes noires brillantes le regardaient dans les éclats de lumière ambrée qui entraient par la fenêtre. Les chiffres rouges du réveil indiquaient 00 : 23.

Ses yeux savaient exactement où regarder. Ils balayèrent la commode et sa langue se promena sur ses lèvres sèches. Des soutiens-gorge de couleur et des culottes en dentelle assorties étaient entassés en vrac dans le tiroir resté ouvert.

Sa main se plaqua sur son pantalon et il sentit aussitôt renaître son érection. Ses yeux glissèrent vers le rocking-chair où elle avait posé sa chemise de nuit en dentelle blanche. Il ferma les yeux et se caressa plus vite en la revoyant très précisément telle qu'elle lui était apparue la nuit précédente. Ses seins fermes et ronds tressautaient à travers cette chemise de nuit transparente, pendant qu'elle chevauchait son petit copain. Elle avait rejeté la tête en arrière, ouvrant ses lèvres ourlées et gonflées de plaisir. C'était une vilaine fille, elle laissait les rideaux ouverts. Très vilaine. Sa main s'accéléra. Il l'imaginait maintenant avec des bas en Nylon enveloppant ses longues jambes, les pieds sanglés dans une paire d'escarpins provenant de sa penderie. Il serrait les talons aiguilles dans ses mains pour lui soulever les jambes, très haut, encore plus haut, et les écarter au maximum, pendant qu'elle hurlait. De peur d'abord, puis de plaisir. Sa crinière blonde s'étalait sur l'oreiller, ses bras étaient solidement attachés à la tête de lit. Sa jolie petite culotte rose en dentelle et son épaisse toison blonde s'offraient à lui, tout près de sa bouche. *Miam miam!* Il gémit bruyamment dans sa tête et son souffle siffla par la mince fente au centre du large sourire rouge déformé. Il s'arrêta avant de jouir et rouvrit les yeux. La porte de la chambre était entrouverte, et il voyait que le reste de l'appartement était aussi sombre et vide. Il se laissa retomber à sa place sous le feuillage. La sueur ruisselait sur son visage et le latex semblait aspirer sa peau. Le tonnerre gronda de nouveau et il sentit son sexe se ratatiner à l'intérieur de son pantalon.

Elle aurait dû être rentrée depuis des heures. Le vendredi soir, elle ne rentrait jamais après 22 h 45. Mais ce soir, *ce soir* comme un fait exprès, elle était en retard ! Il se mordit la lèvre, ce qui rouvrit la coupure qu'il avait mordillée une heure plus tôt ; le goût salé du sang envahit sa bouche. Il réprima une terrible envie de hurler.

Salope de pute de merde! Il ne pouvait s'empêcher d'être déçu. Il était tellement excité, exalté, tout à l'heure en comptant les minutes. À 22 h 45, elle passerait devant lui, à quelques pas seulement, avec sa tenue de sport moulante. Les lumières s'allumeraient au-dessus de sa tête et il se redresserait lentement vers la fenêtre. Il la regarderait soulever son T-shirt mouillé de transpiration et faire glisser son short sur ses cuisses nues. Il la regarderait se préparer pour aller au lit. *Se préparer pour lui!*

Tel un collégien enivré par son premier rendez-vous, il avait ricané tout seul dans les buissons. *Jusqu'où va-t-on aller ce soir, ma chérie ? Jusqu'au bout ?* Mais ces premières minutes d'intense excitation s'étaient prolongées et il était toujours là, deux heures plus tard, tapi comme un vagabond, alors qu'une infâme vermine rampait sur lui et se reproduisait sans doute dans ses oreilles. La jouissance anticipée qui l'avait alimenté, qui avait nourri ses fantasmes, s'était volatilisée. Sa déception s'était peu à peu transformée en colère, une colère qui avait enflé de minute en minute. Il serra les dents de toutes ses forces et son souffle se mua en sifflement. Non, il n'était plus excité. Il n'était plus exalté. Il avait dépassé le stade du mécontentement.

Il resta assis là, dans l'obscurité, à mâchonner sa lèvre sous le masque pendant une heure encore lui sembla-t-il, quelques minutes seulement en vérité. Les éclairs zébraient le ciel et le tonnerre grondait de plus en plus fort ; il comprit que le moment était venu de s'en aller. À contrecœur, il ôta son masque, reprit son sac d'accessoires et s'extirpa des buissons. Il savait qu'il y aurait une prochaine fois.

Au même moment, des phares éclairèrent la rue noire et il eut juste le temps de quitter l'allée cimentée pour bondir derrière la haie. Une BMW gris métallisé passa à toute allure devant le bâtiment et s'arrêta en double file à moins de dix mètres de sa cachette.

Les minutes passèrent comme des heures, mais la portière du passager s'ouvrit enfin et deux longues et superbes jambes, terminées par des pieds délicats parés d'escarpins à talons hauts en cuir noir, apparurent. Il sut immédiatement que c'était elle et une inexplicable impression de calme l'envahit.

Ce doit être le destin.

Le Clown retourna alors à l'intérieur des buissons. Pour attendre.

CHAPITRE 3

Times Square et la 42e Rue étaient encore illuminés de néons et grouillaient d'activités diverses à minuit passé, un simple mercredi soir. Chloé Larson se mordillait nerveusement l'ongle du pouce en regardant par la vitre de la BMW qui se faufilait dans les rues de Manhattan en direction du Midtown Tunnel.

Elle savait bien qu'elle n'aurait pas dû sortir ce soir. Une petite voix horripilante n'avait cessé de le lui répéter toute la journée, mais elle ne l'avait pas écoutée, et à moins d'un mois de son examen d'entrée au barreau de New York, elle avait gâché un soir de révision pour une sortie romantique et passionnée. La cause était noble, sans doute, sauf que cette soirée n'avait rien eu de romantique finalement ; résultat, elle s'en voulait terriblement et elle était paniquée en songeant à l'examen. Pendant ce temps, Michael continuait à s'appesantir sur sa « journée infernale au boulot », sans s'apercevoir qu'à ses côtés Chloé était triste et affolée, et surtout indifférente. Ou bien, s'il l'avait remarqué, il s'en fichait.

Michael Decker était son petit ami. Probablement son futur ex-petit ami. Éminent avocat, il était sur le point d'être nommé associé du très prestigieux cabinet White, Hughey & Lombard. Ils s'étaient rencontrés deux étés plus tôt lorsque Chloé avait été engagée en tant qu'assistante de Michael au service des litiges commerciaux. Très vite, elle avait découvert que Michael n'acceptait pas qu'on lui réponde « non » quand il attendait un « oui ». Dès le premier jour, il lui cria après en lui conseillant de lire plus attentivement son droit jurisprudentiel, et, dès le lendemain, il l'embrassait fougueusement dans la salle des photocopies. Il était beau, brillant et il possédait une sorte de mystique romantique qu'elle ne pouvait pas expliquer, pas plus qu'elle ne pouvait y résister. Alors, elle avait trouvé un autre emploi, leur histoire d'amour s'était épanouie, et cette soirée marquait le deuxième anniversaire de leur premier vrai rendez-vous.

Voilà deux semaines que Chloé lui demandait, le suppliait presque, de fêter leur anniversaire après l'examen d'entrée au barreau. Au lieu de cela, Michael l'avait appelée cet après-midi et il lui avait annoncé qu'il détenait des billets pour assister à la représentation du *Fantôme de l'Opéra,* le soir même. Il connaissait les faiblesses de chacun, et quand il ne les connaissait pas, il se renseignait. Aussi, quand Chloé avait commencé par refuser, il avait immédiatement misé sur le facteur culpabilité, cette tête chercheuse irlando-catholique enfouie tout au fond de la conscience de Chloé. *On ne se voit presque plus, Chloé. Tu passes ton temps à étudier. On a bien mérité de passer un petit peu de temps ensemble. On en a besoin, trésor. J'en ai besoin.* Etc., etc. Pour finir, il lui avait dit qu'il avait quasiment dû voler les billets de théâtre à un client aux abois, et elle avait accepté, à contrecœur, de le retrouver à Manhattan. Elle avait annulé son groupe de travail dans son école du Queens, et après les cours, elle s'était changée à toute allure pour foncer en ville, en essayant de réduire au silence cette voix dérangeante qui s'était mise soudain à hurler dans un coin de son esprit.

Pourtant, elle devait s'avouer qu'elle n'avait même pas été surprise quand, dix minutes avant le lever de rideau, le vieil ouvreur au visage aimable lui avait remis un message l'informant que Michael était retenu par une réunion d'urgence et qu'il serait en retard. Elle aurait dû partir sur-le-champ, mais… elle ne l'avait pas fait. Maintenant, elle regardait défiler derrière la vitre de la BMW les lumières jaunes du tunnel qui formaient un chapelet flou et étourdissant, alors qu'ils passaient sous l'East River.

Michael était arrivé juste avant le début du dernier acte, avec une rose à la main et il s'était lancé dans l'habituelle litanie de justifications avant que Chloé puisse le frapper. Un milliard d'excuses plus tard, il était parvenu à la convaincre d'aller dîner, et avant même qu'elle comprenne ce qui se passait, ils traversaient la rue pour entrer chez *Carmine*. Assise à table, elle se demandait où et quand elle avait perdu toute volonté. Encore un coup de son sentiment de culpabilité. Parfois, elle détestait son héritage irlando-catholique.

Hélas, la soirée ne s'était pas terminée là-dessus. Alors qu'ils dégustaient un veau Marsala avec une bouteille de Cristal, Michael avait décoché le coup de grâce. À peine commençait-elle à se détendre, en partie grâce au champagne et à l'atmosphère romantique du restaurant, qu'il avait sorti de sa poche une petite boîte… bien trop grosse.

— Joyeux anniversaire, avait-il dit avec un sourire en coin, un sourire parfait, dans la lumière des bougies qui faisait chatoyer ses yeux marron si sexy.

Les violonistes ambulants s'étaient précipités autour de leur table, comme des requins attirés par une proie.

— Je t'aime, ma chérie.

Pas suffisamment, apparemment, pour m'épouser, avait-elle pensé en regardant la boîte enveloppée de papier et ornée d'un gros ruban blanc. Elle avait peur de l'ouvrir, peur de voir ce qu'elle ne contenait pas.

— Vas-y, ouvre.

Il avait rempli leurs verres de champagne et son sourire s'était paré de suffisance. De toute évidence, il pensait que l'alcool et n'importe quel bijou lui suffiraient à se faire pardonner son retard. S'il avait su combien il était à côté de la plaque à cet instant. *Mais peut-être qu'elle se trompait. Peut-être qu'il avait choisi une boîte trop grande pour la faire marcher.*

Non. À l'intérieur, deux cœurs entrelacés et réunis par un diamant étincelant pendaient au bout d'une fine chaîne en or. C'était très beau. Mais ce n'était pas rond et ça ne se portait pas à l'annulaire. Furieuse de sa réaction, elle dut retenir ses larmes brûlantes. Michael s'était levé de manière soudaine et, venant se placer derrière elle, il avait écarté ses longs cheveux blonds pour attacher le collier autour de son cou. Il l'avait embrassée dans la nuque, persuadé que ses larmes étaient dues au bonheur. Ou peut-être ne les avait-il pas remarquées. Penché vers son oreille, il lui avait murmuré : « Il te va très bien. » Il s'était rassis et avait commandé un tiramisu, qui était arrivé cinq minutes plus tard avec une bougie et trois chanteurs italiens. Les violonistes les avaient aussitôt rejoints et tout ce beau monde avait entonné « Joyeux anniversaire », en italien. Chloé regrettait de ne pas être restée chez elle.

La BMW roulait maintenant sur le Long Island Expressway en direction du Queens, et Michael n'avait toujours pas remarqué qu'elle se désintéressait de la discussion. Il avait commencé à pleuvoir et des éclairs illuminaient le ciel. Dans le rétroviseur, Chloé regardait rétrécir l'alignement des gratte-ciel de Manhattan, jusqu'à ce qu'ils disparaissent presque entièrement. Après deux ans, Michael savait ce qu'elle voulait, et ce n'était pas un collier. *Maudit soit-il !* Elle avait déjà suffisamment de stress dans sa vie avec cet examen qui approchait ; elle n'avait vraiment pas besoin de traîner ce boulet sentimental par-dessus le marché.

Ils approchaient maintenant de la sortie sur le Clearview Expressway et elle décida qu'une discussion sur leur avenir commun, ou leur absence d'avenir, devrait attendre qu'elle ait passé son examen. Pas question de s'encombrer l'esprit avec les affres douloureuses d'une relation sans suite. Un seul facteur de stress à la fois. Néanmoins, elle espérait envoyer un message clair par son silence de plomb dans la voiture.

— C'est pas uniquement le principe, poursuivait Michael qui semblait ne rien remarquer. Si je suis obligé de courir chez le juge chaque fois que j'ai besoin de connaître une chose aussi banale qu'une date de naissance ou un numéro de Sécu, cette affaire va finir ensevelie sous une montagne de paperasses.

Il tourna dans Northern Boulevard et s'arrêta à un feu rouge. À cette heure, il n'y avait pas d'autre voiture dans la rue. Finalement, il se tut, reconnut le son du silence et tourna prudemment la tête vers Chloé.

— Ça ne va pas ? Tu n'as quasiment pas desserré les lèvres depuis qu'on est sortis de chez *Carmine*. Tu es encore furieuse après moi à cause de mon retard, c'est ça ? Je t'ai dit que j'étais navré.

Il agrippa le volant en cuir à deux mains, se préparant à affronter le conflit qui flottait lourdement dans l'air. Son ton était à la fois arrogant et défensif.

— Tu sais bien comment c'est dans ce cabinet. Je ne peux pas faire ce que je veux. Et ma présence était indispensable pour négocier ce dossier.

À l'intérieur de la petite voiture de sport, le silence était assourdissant. Avant que Chloé puisse réagir, Michael avait changé de ton et de sujet. Se penchant vers elle, il caressa du bout des doigts le pendentif qui reposait dans le creux de son cou.

— Je l'ai fait faire spécialement. Il te plaît ?

Sa voix était devenue un murmure sensuel.

Non, non, non. Pas question qu'elle s'aventure sur ce terrain-là. Pas ce soir. *Je refuse de répondre, maître. La réponse pourrait me nuire.*

— J'ai la tête ailleurs. (Elle porta la main à son collier.) Il est très beau, répondit-elle d'une voix neutre.

Elle n'allait quand même pas passer à ses yeux pour une pauvre idiote sentimentale qui était bouleversée car elle n'avait pas eu la bague qu'elle espérait, comme elle l'avait confié à ses amis et à sa famille. Il n'avait qu'à ruminer cette réponse. Le feu passa au vert et ils redémarrèrent en silence.

— Je sais ce qui se passe. Je sais ce que tu penses, dit-il. (Il poussa un soupir outrancier, se renversa contre le dossier de son siège et frappa sur le volant du plat de la main.) Tout ça, c'est à cause de ton examen, hein ? Bon sang, Chloé, ça fait presque deux mois que tu révises sans arrêt. Je me suis montré très compréhensif, sincèrement. Je ne t'ai réclamé qu'une soirée, une seule. J'ai passé une journée épouvantable et durant tout le dîner, j'ai senti cette sorte de tension entre nous. Détends-toi, nom d'un chien ! J'en ai vraiment vraiment besoin.

Il semblait agacé d'être obligé d'avoir cette conversation avec elle, et Chloé eut envie encore une fois de le frapper.

— Fais confiance à quelqu'un qui est passé par là, reprit-il. Cesse de t'inquiéter pour cet examen. Tu es la meilleure de ta classe, tu as un super job qui t'attend… tout se passera bien.

— Je suis désolée si ma compagnie au dîner n'a pas réussi à te faire oublier ta sale journée, Michael. Sincèrement désolée, dit-elle d'un ton sarcastique qui glaçait ses paroles. Mais je te ferai remarquer que tu dois souffrir d'amnésie. Tu ne te souviens pas qu'on a passé la nuit ensemble hier ? Je ne pense pas t'avoir négligé. Je te rappelle également que je ne voulais pas fêter notre anniversaire ce soir, je te l'ai dit, mais tu ne m'as pas écoutée. Pour le reste, peut-être que j'aurais été de meilleure humeur si tu n'étais pas arrivé avec deux heures de retard !

Formidable. En plus des affres de la culpabilité que son estomac devait digérer en guise de dessert, elle sentait venir la migraine. Elle se massa les tempes.

Michael ralentit en arrivant devant chez elle ; il cherchait une place pour se garer.

— Tu peux me déposer là, dit-elle.

L'air abasourdi, il s'arrêta en double file devant la résidence.

— Hein ? Tu ne me laisses pas entrer ce soir ?

Il paraissait aussi vexé que surpris. Tant mieux. Ils étaient deux.

— Je suis fatiguée, Michael. Et cette conversation est en train de dégénérer. Rapidement. En plus, j'ai loupé mon cours d'aérobic ce soir, je vais essayer d'aller à celui de demain matin, avant les cours.

Le silence envahit de nouveau la voiture. Michael détourna la tête vers sa vitre, et Chloé récupéra sa veste et son sac.

— Écoute, Chloé. Je suis désolé pour ce soir. Sincèrement. Je voulais que ce soit un moment spécial, et visiblement, ça n'a pas marché. Alors, je m'excuse. Et si tu es stressée à cause de ton examen, je suis navré. Je n'aurais pas dû réagir comme ça.

Son ton était empreint de sincérité et beaucoup plus doux. La tactique du « gars sensible » la prit un peu par surprise.

Penché vers elle, il lui caressa la nuque avec son doigt, puis le visage. Alors que le doigt de Michael glissait sur sa pommette, Chloé gardait les yeux fixés sur ses genoux, cherchant fébrilement ses clés dans son sac et s'efforçant d'ignorer cette caresse. Soudain, il enfouit sa main dans ses cheveux couleur de miel, puis il l'attira vers elle et frôla son oreille avec sa bouche. Il lui murmura :

— Tu n'as pas besoin d'aller à la gym. Je vais te faire faire de l'exercice.

Michael lui faisait perdre tous ses moyens. Depuis ce premier jour dans la salle des photocopies. Et elle avait le plus grand mal à lui dire non. Elle sentait la douceur de son souffle chaud et ses mains puissantes qui descendaient maintenant vers le creux de son dos. Dans sa tête, elle savait qu'elle ne devrait pas supporter ce cinéma ; dans son cœur, en revanche, c'était une autre histoire. Pour des raisons inexpliquées et inexplicables, elle était amoureuse de lui. Mais ce soir… ce soir, ça ne marcherait pas. Le manque de caractère avait ses limites. Elle ouvrit rapidement la portière et descendit de voiture en retenant sa respiration. Quand elle se pencha à l'intérieur, elle avait retrouvé un ton d'indifférence.

— Ça ne va pas être possible, Michael. Je suis tentée, mais il est presque une heure déjà. Marie passe me chercher à neuf heures moins le quart et je ne peux pas me permettre d'être encore en retard.

Sur ce, elle claqua la portière.

Michael coupa le moteur et sortit à son tour.

— D'accord, d'accord, j'ai compris. Tu parles d'une super soirée, dit-il d'un air dépité en claquant lui aussi sa portière.

Elle le foudroya du regard, fit demi-tour et traversa la cour d'un pas décidé, en direction du hall de son immeuble.

— Merde, merde, merde, grommela Michael en se lançant à sa poursuite.

Il la rattrapa sur le trottoir.

— Arrête-toi ! Écoute-moi… je suis frustré. Et je suis aussi un balourd insensible, je le reconnais.

Il la regarda dans les yeux, guettant un signe qui lui indiquerait qu'il pouvait continuer. Apparemment, ils disaient « prudence », mais voyant qu'elle ne cherchait pas à fuir, il prit cela comme un encouragement.

— Voilà, je l'ai dit. Je suis un imbécile et c'est moi qui ai tout gâché ce soir. Je t'en prie, pardonne-moi, murmura-t-il. On ne va pas finir la soirée comme ça.

Il glissa sa main dans la nuque de Chloé et l'obligea à plaquer ses lèvres sur les siennes.

Après quelques instants, elle recula d'un pas et porta sa main à sa bouche, instinctivement.

— Très bien, te voilà pardonné. Mais tu ne passeras pas la nuit ici.

Son ton était froid.

Elle avait besoin d'être seule ce soir. Pour réfléchir. Une fois sortie de la chambre, à quoi conduisait cette histoire ? Les lampadaires projetaient des ombres intenses dans l'allée. Le vent s'était levé et, autour d'eux, les arbres et les buissons s'agitaient bruyamment. Au loin, un chien aboya et le ciel gronda.

Michael leva les yeux.

— Je crois que ça va tomber, ce soir, commenta-t-il d'un air indifférent en prenant la main molle de Chloé dans la sienne.

Ils marchèrent en silence vers l'entrée de l'immeuble. Une fois devant le perron, il sourit et dit d'un ton léger :

— Merde, alors. Moi qui me croyais fortiche. Normalement, le coup de l'homme sensible, ça marche avec vous, les femmes. Le gars qui n'a pas peur de pleurer, de montrer ses sentiments.

Il se força à rire, sans doute pour quêter un sourire en retour, puis il lui massa la main dans la sienne et déposa un baiser sur sa joue en faisant glisser ses lèvres délicatement vers les siennes. Chloé avait fermé les yeux ; sa bouche ourlée était entrouverte.

— Tu es si belle ce soir que je crois que je vais me mettre à pleurer si tu te refuses à moi.

Si ça ne marche pas du premier coup, essaye encore et encore…

Il fit descendre ses mains vers le creux de ses reins, sur sa jupe. Elle ne bougea pas.

— Tu sais, il n'est pas trop tard pour changer d'avis, murmura-t-il. Je peux aller garer la voiture.

Le contact des doigts de Michael l'électrisait. Néanmoins, elle réussit à se libérer pour ouvrir la porte. Nom d'un chien, elle était bien décidée à faire passer le message ce soir, et même sa libido ne pourrait l'en empêcher.

— Bonne nuit, Michael. Je t'appelle demain.

Il la regarda comme s'il avait reçu un coup de poing dans le ventre. Ou ailleurs.

— Joyeux anniversaire, lâcha-t-il, alors qu'elle se faufilait dans le hall.

La porte vitrée se referma en grinçant.

Lentement, il regagna sa voiture, les clés à la main. Merde ! Il avait vraiment été nul ce soir. Arrivé devant la BMW, il se retourna et regarda Chloé, à la fenêtre du salon, qui lui faisait signe que tout allait bien. Elle avait encore l'air fâché. Puis le rideau retomba et elle disparut. Il monta en voiture et repartit vers Manhattan en songeant au meilleur moyen de revenir dans ses bonnes grâces. Peut-être qu'il lui enverrait des fleurs demain. Oui, c'est ça. De grandes roses rouges, avec un mot d'excuse et un « Je t'aime ». Cela devrait suffire à le faire sortir du purgatoire et à le ramener dans le lit de Chloé. Alors que les grondements de tonnerre se rapprochaient en même temps que l'orage, il s'engagea sur le Clearview Expressway, laissant Bayside derrière lui.

CHAPITRE 4

Les yeux écarquillés, le Clown regardait à travers le feuillage ses jambes magnifiques sortir de la BMW. Longues, fines et bronzées, sans doute grâce aux UV d'un salon de beauté ultra-chic. Elle portait une jupe noire, courte et moulante – *tellement moulante !* –, et un caraco en soie rose qui mettait en valeur ses seins fermes, fièrement dressés. Sa veste noire, assortie à la jupe, reposait à cheval sur son bras. Le rose était la couleur qu'elle préférait, et lui aussi ; il se réjouissait qu'elle l'ait choisie pour ce soir. *Mmmm...* Un petit sourire apparut sur le visage du Clown et il commença à se dire que, finalement, tout n'était peut-être pas perdu. À vrai dire, les choses se goupillaient plutôt bien. Il plaqua sa main sur sa bouche pour réprimer un ricanement.

Ses longs cheveux blonds tombaient en une cascade de boucles douces dans sa nuque et il sentait son parfum lourd, sucré et sexy dans l'air humide. Il le reconnut immédiatement : Chanel n° 5, celui qu'elle préférait. Il sentait la sueur couler dans sa nuque et tremper son dos et ses aisselles.

Cela faisait une éternité qu'elle bavardait avec son petit copain, ce ringard BCBG. Elle n'avait pas l'air contente. Blablabla... Ils n'avaient pas vu l'heure ou quoi ? C'était l'heure de rentrer à la maison. *L'heure de se coucher.* Ses doigts pianotaient avec impatience sur le sac en Nylon noir. Avec tout son fourbi.

Elle claqua la portière. Il descendit de voiture à son tour et claqua la sienne. Au bout de la rue, un chien aboya. Le Clown sentit ses genoux trembler. *Et si un voisin curieux se réveillait ?*

Mais non, personne ne sortit pour participer à la scène et M.BCBG se précipita pour la rejoindre sur le trottoir. Il lui prit la main et ils échangèrent des paroles qu'il n'entendit pas. Puis BCBG l'embrassa sur la bouche. Main dans la main, ils marchèrent jusqu'à l'entrée de l'immeuble. Ses talons hauts cliquetaient sur le béton ; elle était si près qu'il aurait presque pu lui toucher la cheville. La panique s'empara à nouveau de lui. *Le petit copain allait-il entrer avec elle ?* Il foutrait tout en l'air. Il s'était déjà amusé avec elle hier ; ce soir, c'était *son* tour.

Sur le perron, ils s'embrassèrent de nouveau, mais elle seule se faufila dans le hall. *Ah, pas de chance ce soir, hein, mon gars ?* Le Clown gloussa.

M. BCBG fit demi-tour, tête baissée, et regagna lentement sa voiture en jouant avec ses clés. Comme un bon petit ami, il attendit que la lumière s'allume dans l'appartement et qu'elle lui fasse signe par la fenêtre du salon, avant de repartir dans la nuit au volant de sa BMW.

Le Clown sourit. *Comme c'est curieux ! Le Crétin BCBG la raccompagne jusqu'à sa porte et l'embrasse pour lui souhaiter bonne nuit. Et il attend même de s'assurer que tout va bien, qu'il n'y a pas de croque-mitaine caché à l'intérieur. À mourir de rire !*

Cinq minutes plus tard, les lumières de la chambre s'allumèrent, éclairant les buissons devant la fenêtre. Il recula vers le fond de la haie. Au-dessus de lui, le climatiseur vrombissait et les gouttes de condensation coulaient sur sa tête à travers le feuillage. Il voyait l'ombre chinoise de sa proie aller et venir dans les buissons, au gré de ses déplacements dans sa chambre. Puis elle ferma les rideaux et la lumière s'obscurcit.

Il demeura totalement immobile pendant une vingtaine de minutes après que toutes les lumières furent éteintes. Les grondements de tonnerre redoublèrent de violence. Il s'était mis à pleuvoir. Une pluie fine pour l'instant, mais il savait que ça n'allait pas durer. Les bourrasques agitaient les buissons qui exécutaient une drôle de danse dans la lumière du lampadaire. L'orage était presque au-dessus de leur tête. Elle était rentrée juste à temps.

Il prit son sac et se faufila vers le coin de l'immeuble jusqu'à ce qu'il arrive sous la fenêtre du salon, celle dont le loquet était cassé. Puis, à 1 h 32 précisément, le Clown ajusta son masque sur son visage. Il se leva, épousseta son jean *très moulant* maintenant, souleva sans bruit la fenêtre obscure et se glissa à l'intérieur, à l'abri de la pluie.

CHAPITRE 5

Debout devant la fenêtre, Chloé regarda Michael retourner lentement vers sa voiture, tête baissée. Elle lui adressa un signe de la main sans grande conviction et tira délibérément les rideaux au moment où il lui répondait. Encore un message bien envoyé.

Seule dans le salon, elle observa son environnement. L'appartement était silencieux, désert et étouffant. Le petit sentiment de victoire s'évanouissait aussi vite qu'il était apparu. Elle regrettait presque de ne pas avoir autorisé Michael à passer la nuit ici.

Le cours de gym était une piètre excuse. Qui espérait-elle tromper ? Jamais elle ne se lèverait à 6 heures du matin pour faire de l'aérobic. Et si, de toute façon, elle ne soulevait pas avant quinze jours la question de « l'avenir de leur relation », quel mal y avait-il à le laisser passer la nuit ici ?

Tu étais furieuse de ne pas avoir eu ce que tu espérais pour ton anniversaire, et il n'était pas question que tu lui donnes ce qu'il attendait.

De mieux en mieux, voilà que sa conscience schizophrène la traitait maintenant de salope. Pourtant, elle savait que, si Michael avait passé la nuit ici, elle aurait eu une conversation identique avec elle-même à 3 heures du matin, en s'accusant d'être une fille lâche, faible et facilement influençable. Dans un cas comme dans l'autre elle était perdante. Tout cela était trop épuisant et déprimant et elle espérait que deux aspirines mettraient fin au martèlement dans sa tête.

L'appartement était une fournaise. Les fenêtres étaient restées fermées toute la journée et à l'intérieur tout avait eu le temps de prendre la chaleur: les meubles eux-mêmes étaient encore chauds au toucher. Elle prit le paquet de courrier coincé dans la fente de la porte d'entrée et se rendit dans la cuisine.

Elle abaissa l'interrupteur en entrant et la pièce s'illumina. Chloé soupira en découvrant le désordre sur la table encombrée par la vaisselle du petit déjeuner et celle du dîner de la veille, parsemée de graines pour perruches et de plumes. Momentanément aveuglée par la lumière crue des néons, Pete la Perruche dégringola de son perchoir et chuta sur le sol de sa cage avec un bruit sourd.

Chloé empila la vaisselle dans l'évier qui menaçait déjà de déborder, elle pressa une giclée de Palmolive sur la montagne de porcelaine et aspergera le tout avec le tuyau flexible de l'évier. Entre-temps, Pete avait retrouvé un peu de dignité et elle remonta sur son perchoir en poussant des petits cris de colère adressés à Chloé tout en projetant de minuscules graines vertes et blanches qui s'envolaient et retombaient sur la table. Chloé serra les dents et s'empressa de jeter un torchon sur la cage. Après un dernier regard à la cuisine, elle éteignit la lumière et se promit d'appeler le service de nettoyage d'urgence des Bonnes Joyeuses dès son lever. Elle avala ses deux aspirines avec un comprimé contre les brûlures d'estomac en guise d'accompagnement, avant de retrouver le soulagement de sa chambre climatisée.

Elle jeta le courrier sur le lit, régla la climatisation au maximum et fouilla dans les tiroirs de sa commode à la recherche de son pyjama rose préféré, ignorant sa collection de lingerie fine de chez Victoria's Secret, offerte par Michael au cours de ces deux années écoulées. Elle le trouva roulé en boule dans le tiroir du bas: en coton, trop grand, pas du tout sexy. Au-dehors, les branchages de la haie frottaient contre la fenêtre en produisant une sorte de crissement plaintif et quelques gouttes de pluies constellaient les vitres. La météo avait prévu un violent orage pour cette nuit. Elle demeura un instant devant la fenêtre à regarder les arbres ployer comme des brins de paille dans le vent, puis elle baissa les stores et alluma la télé pour avoir un peu de compagnie. Ils repassaient un vieil épisode de *Brady Bunch*.

Elle sauta sur le lit, récupéra son courrier et appuya sur la touche « lecture » de son répondeur. Des factures, des factures, des publicités, le magazine *People* et encore des factures. Ça n'arrêtait jamais.

La voix de femme informatisée s'éleva dans la pièce : *Vous n'avez pas de nouveau message vocal.*

Chloé tourna la tête vers l'appareil. Bizarre. Le chiffre 3 clignotait en rouge dans le coin du répondeur, indiquant la présence de trois messages. Pourtant, elle avait vidé sa boîte avant de partir en ville. Elle appuya de nouveau sur la touche « lecture ».

Vous avez trois messages sauvegardés.

Message numéro 1 : aujourd'hui, à 19 h 19. La voix fatiguée de sa mère. « Chloé, c'est maman. Tu dois être sortie pour étudier. » Chloé sentit son estomac se nouer sous l'effet de la culpabilité. « Appelle-moi quand tu rentreras. Il faut que je te parle de notre visite du mois prochain. Ton père et moi pensons que nous devrions loger à l'hôtel ; nous serons trop à l'étroit chez toi. J'ai besoin que tu m'indiques quelques bons hôtels à Manhattan, mais pas trop chers et situés dans un bon quartier. Rappelle-moi. »

Oui, c'est ça. Bonne chance pour trouver ce genre d'hôtel à New York.

Elle reporta son attention sur son courrier. Encore une facture. Quand avait-elle trouvé le temps d'acheter tous ces trucs qu'elle devait payer maintenant ?

Une offre pour une nouvelle carte de crédit. Formidable, pour avoir encore plus de factures.

Enfin, sous l'interminable pile de factures, une enveloppe couleur ivoire sur laquelle elle reconnut les pattes de mouche de son père. Elle sourit. Depuis qu'elle avait quitté la Californie pour aller étudier le droit à New York, son père lui écrivait au moins une fois par semaine et ses lettres chaleureuses et drôles constituaient un souffle d'air bienvenu. Parfois, il y avait plusieurs pages ; parfois, juste quelques lignes, mais les lettres commençaient toutes par la même formule : « Salut, Beany ! Comment va ma grande fille dans la grande ville ? » Beany était son surnom depuis l'âge de cinq ans, une allusion à son penchant pour les *jelly beans*. À vingt-quatre ans, elle restait sa petite fille. Elle reposa la lettre pour la lire plus tard et feuilleta *People*.

Message numéro 2 : aujourd'hui, à 20 h 10. C'était Marie. *Merci de nous avoir fait faux bond ce soir. On s'est bien marré. Vraiment. Tu as loupé notre discussion très animée sur la* Loi contre les annuités. *C'est beaucoup plus amusant que* Le Fantôme de l'Opéra, *crois-moi. Eh, n'oublie pas qu'on a un contrôle demain, je passerai te chercher à huit heures et demie au lieu de neuf heures moins le quart. Sois prête ! Hmmm… J'aurais peut-être dû te dire huit heures et quart. Bon, à plus.*

Merde ! Elle avait complètement oublié ce contrôle. Une raison de plus d'en vouloir à Michael.

Message numéro 3 : aujourd'hui à 23 h 32. Un long silence. En fond sonore, Chloé entendait une sorte de froissement, comme le bruit étouffé d'un papier qu'on déchire. Puis une voix d'homme, dans une sorte de murmure moqueur et chantant, dit : Chloé. Chloé. Où es-tu, Chloé ? *Un nouveau silence accompagné de bruits parasites. Pendant un instant, il lui sembla entendre une respiration, puis on raccrocha.*

Bizarre. Elle garda les yeux fixés sur le répondeur pendant plusieurs secondes.

Fin de vos messages.

C'était sans doute un des étudiants de son groupe. Leurs séances de révisions duraient fort tard ; ce devait être Rob ou Jim qui s'amusaient à la taquiner. Ils devaient penser qu'elle était rentrée chez elle à cette heure-ci et qu'elle prenait du bon temps pendant qu'eux bûchaient, et ils voulaient se venger en espérant l'embêter avec ce message pendant qu'elle se trouvait dans une situation compromettante. Oui, c'était sûrement ça. Elle appuya sur une touche de l'appareil.

Messages effacés.

Chloé se glissa entre ses draps et remonta les oreillers dans son dos pour lire la lettre de son père. Elle était fille unique et ses parents avaient reçu un choc quand elle les avait quittés. Et un choc encore plus grand quand elle leur avait annoncé, récemment, qu'elle ne reviendrait pas à la maison. Ni son père ni sa mère n'aimaient New York ; en tout cas, ils s'en méfiaient. Elle avait grandi dans une petite ville de Californie du Nord. Promener un chien sur du ciment, vivre dans une tour à cinquante étages du sol, à moins de dix mètres de votre voisin de l'immeuble d'à côté, c'était pour eux aussi exotique et inconcevable que de vivre dans un igloo. D'ailleurs, si on leur avait laissé le choix, ses parents auraient sans doute préféré l'igloo. Sa mère l'appelait deux ou trois fois par semaine, uniquement pour s'assurer que sa fille n'avait pas été détroussée, violée, agressée ou cambriolée dans la grande ville, repaire de trois millions de voleurs, violeurs et cambrioleurs. Et son père lui écrivait des lettres.

Chloé déposa le reste du courrier sur la pile d'ouvrages de droit sur la table de chevet et prit ses lunettes. Elle retourna l'enveloppe et fronça les sourcils.

Le haut de l'enveloppe avait été soigneusement découpé. La lettre n'était plus à l'intérieur.

CHAPITRE 6

Elle se redressa brutalement dans son lit, parcourue par un frisson glacé. La chair de poule remonta le long de ses bras, jusque dans sa nuque, et elle pensa immédiatement à Marvin. Elle jeta un regard angoissé vers le plafond, comme si les murs avaient des yeux, et elle remonta les draps sur elle.

Marvin était le type étrange qui occupait l'appartement juste au-dessus du sien. Au chômage, vivant en reclus, il habitait dans cet immeuble bien avant que Chloé s'y installe quelques années plus tôt, et elle savait qu'il était extrêmement bizarre. Tout le monde le savait. Le matin, il surveillait la cour en bas de chez lui, de la fenêtre de son salon ; sa robe de chambre écossaise était grande ouverte, la ceinture pendant inutilement sur le côté, laissant voir son ventre gonflé et velu d'homme mûr, et Dieu sait quoi d'autre encore, caché fort heureusement par le rebord de la fenêtre. Son visage boursouflé et marqué était recouvert en permanence par une barbe naissante brune et grise, et il portait d'épaisses lunettes en plastique noir qui grossissaient ses yeux trop rapprochés. Il tenait toujours une tasse de café dans une main, et dans l'autre… Chloé préférait ne pas y penser.

D'après la rumeur qui circulait parmi les autres occupants de l'immeuble, Marvin souffrait de troubles mentaux. Il vivait grâce à une pension d'invalidité de l'État et l'aide de sa vieille mère. Dans son dos, les gens de l'immeuble l'appelaient Norman Bates et spéculaient sur le véritable sort de cette mère que personne n'avait vue depuis longtemps. Pendant longtemps, Chloé avait considéré Marvin comme un être étrange, mais inoffensif. Elle le croisait parfois dans le hall ; il ne souriait jamais, se contentant d'émettre une sorte de grognement en passant devant elle.

Deux mois plus tôt, elle avait commis une grave erreur en adressant un petit signe de la main à Marvin qui montait la garde à son poste habituel, tandis qu'elle traversait la cour pour prendre sa voiture. Le soir même, il l'attendait dans le hall en tenant son courrier à la main. Avec un sourire en coin qui dévoilait de petites dents jaunes, il avait expliqué en marmonnant que « le facteur avait dû se tromper » et il était remonté d'un pas traînant pour continuer à surveiller son fief de sa fenêtre.

À partir de ce jour, le facteur illettré avait mélangé leur courrier à trois reprises au moins et Marvin avait trouvé une nouvelle occupation : il arrosait les plantes dans le hall de l'immeuble, au moment où Chloé rentrait de ses cours comme par hasard. Le matin quand elle partait, elle sentait son regard fixé sur elle, derrière la fenêtre du premier ; même chose le soir quand elle le croisait dans le hall. Son crâne chauve dodelinait comme ces objets grotesques qu'on place à l'arrière des voitures et elle devinait ses yeux qui glissaient sur elle. Récemment, elle avait pris l'habitude d'entrer et de sortir en passant par la laverie commune, à l'arrière de l'immeuble.

Depuis une quinzaine de jours, elle recevait d'étranges appels téléphoniques : dès qu'elle décrochait, la personne qui était au bout du fil raccrochait. Et juste après, elle entendait le plancher craquer au-dessus de sa tête, comme si Marvin faisait les cent pas. Peut-être était-ce lui qui avait laissé le message sur le répondeur ce soir ; il avait enfin trouvé le courage de lui parler.

Pas plus tard qu'hier, elle avait laissé quelques affaires dans le sèche-linge de la laverie commune au sous-sol, le temps de remonter chez elle pour chercher des pièces de monnaie, et en redescendant, elle avait croisé Marvin dans le hall, qui faisait encore semblant d'arroser les plantes. Un peu plus tard, lorsqu'elle avait remonté son linge, elle avait constaté que deux culottes avaient disparu.

Et voilà qu'on ouvrait et volait son courrier. Imaginer Marvin caressant ses culottes et lisant ses lettres pendant que son corps flasque s'excitait dans son lit, juste au-dessus de sa tête, lui donnait la nausée. Dès qu'elle aurait obtenu son diplôme, elle se mettrait en quête d'un nouvel appartement, même si ce n'était pas une tâche aisée à New York. Elle ne supportait plus de vivre en dessous de ce malade. Avant ce soir, elle aurait pu envisager de s'installer chez Michael, mais maintenant…

Trop de pensées se bousculaient dans sa tête douloureuse. Pouvait-elle reprendre du Tylenol ? Elle se leva et traversa le salon d'un pas lourd pour vérifier une fois de plus que la porte d'entrée était bien fermée. Elle colla son œil à la serrure, s'attendant presque à découvrir le gros Marvin accroupi devant sa porte, entièrement nu, une tasse de café à la main et une plante verte dans l'autre. Mais il n'y avait personne et le hall était plongé dans l'obscurité.

Après s'être assuré que les verrous étaient fermés à double tour, elle colla une large bande de ruban adhésif sur la fente destinée au courrier, un peu plus bas que la serrure, pour empêcher les doigts boudinés de Marvin de soulever le volet métallique afin d'introduire son regard indiscret à l'intérieur de l'appartement. Demain matin, elle clouerait une planche devant la fente et désormais elle irait chercher son courrier directement à la poste.

De retour dans la fraîcheur de sa chambre, elle ferma la porte. Elle inspecta rapidement le plafond pour s'assurer que Marvin ne s'était pas découvert un nouveau hobby : la menuiserie. N'ayant remarqué aucun trou au plafond, ni rien de suspect, elle regarda la télé pendant quelques minutes, jusqu'à ce que son mal de tête s'atténue un peu. Le tonnerre rugit au-dehors et les lumières tremblotèrent. L'orage semblait violent, une coupure d'électricité était à redouter. Chloé éteignit le téléviseur, les lumières, et se blottit dans son lit en écoutant le crépitement de la pluie sur les fenêtres et l'arrière du climatiseur. C'était un petit bruit doux et apaisant, mais Chloé savait que les cieux allaient bientôt se déchirer. Tant mieux. Peut-être que cela rafraîchirait un peu l'atmosphère ; la récente vague de chaleur était étouffante.

Épuisée mentalement et physiquement, Chloé finit par sombrer dans un profond sommeil. Elle évoluait au milieu d'un rêve étrange et compliqué où il était question de l'examen d'entrée au barreau, lorsqu'elle entendit une voix rocailleuse et étouffée juste au-dessus d'elle.

— Salut, Beany. Comment va ma grande fille dans la grande ville ? Tu as envie de t'amuser un peu ?

CHAPITRE 7

Il s'était introduit sans peine dans l'appartement, par la fenêtre du salon dont le loquet était cassé. La pluis tombait à verse et il était trempé jusqu'aux os. Les rideaux étant tirés, il faisait noir dans la pièce, mais ce n'était pas un problème, car il connaissait bien la disposition de l'appartement. La pendule de la cuisine égrenait bruyamment les secondes deux portes plus loin. Prudemment, il contourna la table en bois et métal avec ses angles pointus au bout du canapé et la table basse sur laquelle étaient éparpillés les journaux des trois derniers jours.

Il était venu très souvent. Debout dans le salon, il avait lu ses journaux, ses magazines, touché ses ouvrages de droit. Il avait écouté ses messages téléphoniques, vu son courrier, examiné ses factures ; il savait par exemple que la table près du canapé venait de chez Pier Import et qu'elle n'était pas encore totalement payée. Il savait qu'elle faisait du 36, il avait caressé ses vêtements, malaxé ses chemisiers en soie, reniflé son linge délicatement parfumé par la lessive et l'adoucisseur. Il avait grignoté des restes de pizza dans le réfrigérateur, celle qu'elle préférait : saucisse et boulettes de viande avec un supplément de fromage. Il savait qu'elle utilisait du shampoing Pantène, du savon Dial et qu'elle se parfumait au Chanel n° 5. Il s'était placé devant le miroir dans la salle de bains aux tons pastel vert et jaune, il s'était déshabillé et s'était enduit le corps de sa douce lotion hydratante en imaginant la sensation lorsque enfin elle refermerait les mains autour de sa queue. Il avait conservé cette odeur sur sa peau pendant plusieurs jours ensuite, comme pour s'en enivrer et se souvenir d'elle à chaque seconde. Il savait que le nom de jeune fille de sa mère était Marlene Townsend et que son père travaillait pour le quotidien de sa petite ville natale. Il savait tout ce qu'il y avait à savoir au sujet de Chloé Joanna Larson.

Maintenant, immobile et silencieux dans le salon, il respirait son parfum. Il promenait ses doigts sur le canapé et les coussins. Il prit la veste qu'elle avait portée ce soir et avait jetée sur le canapé ; il la caressa, il la huma à travers les petits trous de son masque qui l'aidaient à respirer. Lentement, il se dirigea vers la chambre, au fond du petit couloir.

Soudain, dans la cuisine, Pete battit des ailes à l'intérieur de sa cage et les barreaux produisirent un petit son métallique qui résonna dans l'appartement silencieux. Il se pétrifia et tendit l'oreille pour écouter si elle réagissait. Des gouttes de sueur perlaient sur son visage sous le masque. Son souffle s'était accéléré. La surprise était essentielle ; si Chloé se réveillait maintenant, ça n'irait pas. Le *plan* ne serait pas respecté. Dans la cuisine, la grande aiguille de la pendule grise bon marché continuait à marquer les secondes bruyamment, pendant qu'il restait figé dans la même position. Dix minutes s'écoulèrent ainsi, lui sembla-t-il, et l'appartement demeura tranquille.

Au fond du couloir se découpait la porte de la chambre. Il avait du mal à se contenir maintenant ; le grand moment était enfin arrivé. Il entendait le doux ronronnement du climatiseur à l'intérieur. Ses doigts s'attardèrent sur la vieille poignée de porte en verre ; il sentait couler dans ses veines l'électricité pure de cet instant.

Un sourire se dessina sous son masque et le Clown ouvrit simplement la porte, avec un petit grincement, et il entra dans la chambre, sans se presser.

CHAPITRE 8

Une sensation de pure panique s'empara de tout le corps de Chloé. Dans le cauchemar qu'elle était en train de faire, elle arrivait avec cinq minutes de retard pour passer l'examen d'entrée au barreau et elle parlementait avec les surveillants afin qu'ils la laissent entrer. Et maintenant, durant une fraction de seconde, ses yeux refusèrent de s'ouvrir, tandis que son cerveau essayait frénétiquement de concilier les paroles qu'elle venait d'entendre avec l'action qui continuait à se dérouler dans son cauchemar.

Puis, en un éclair, elle sentit le contact lisse et doux du caoutchouc sur son visage et le goût un peu amer, crayeux, d'un gant de latex sur ses lèvres. Soudain, un poids énorme pesa sur sa poitrine, lui comprimant les poumons et bloquant sa respiration. Elle voulut crier, mais elle n'entendit aucun son. Quelque chose de doux s'introduisit dans sa bouche et s'enfonça jusqu'au fond de sa gorge en l'étouffant et provoquant des haut-le-cœur. Ses yeux, écarquillés par la terreur, essayaient de s'habituer à la quasi-obscurité de la chambre. Instinctivement, elle voulut porter ses mains à son visage, mais d'autres mains les saisirent aussitôt, les levèrent au-dessus de sa tête et les ligotèrent rapidement et solidement aux barreaux du lit à l'aide d'une cordelette. Ses jambes subirent le même sort ; on lui emprisonna les chevilles, on les écarta et on les attacha aux montants métalliques de chaque côté du lit.

Non, ce n'est pas possible, ça ne peut pas m'arriver. Pas à moi. C'est certainement un cauchemar. Je vous en prie, mon Dieu, laissez-moi me réveiller ! Laissez-moi me réveiller !

En moins de quarante secondes, elle fut totalement immobilisée. Ses yeux s'étaient accoutumés à l'obscurité et elle agitait furieusement la tête dans tous les sens pour essayer d'apercevoir son agresseur.

Une silhouette était accroupie au pied du lit, la tête baissée, finissant de nouer la cordelette autour de sa cheville gauche. Chloé sentit son estomac se nouer. Le visage était d'une blancheur macabre dans la lueur du réveil à affichage digital. Deux touffes de cheveux roux jaillissaient sur les tempes. Quand il leva la tête, Chloé découvrit l'immense sourire et le gros nez rouges. C'était un visage de clown, un masque. Dans la main droite, l'agresseur tenait un grand couteau.

Peut-être qu'il veut juste de l'argent. Je vous en supplie, prenez la télé, prenez la chaîne stéréo. Mon portefeuille est sur la table basse dans le salon. Elle avait envie de lui crier tout cela, mais le bâillon l'empêchait de parler.

Lentement, il fit courir ses doigts gantés sur la lame dentelée, tandis qu'il contournait le pied du lit. Ses yeux ne la quittaient pas ; il l'observait à travers les deux trous noirs et vides du masque. Chloé devinait son regard, elle entendait sa respiration, elle sentait sa transpiration. Elle agita furieusement les bras et les jambes dans une tentative désespérée pour se libérer, mais en vain. Les cordelettes serrées s'enfonçaient dans la peau tendre de ses chevilles et elle commençait à avoir des fourmis au bout des doigts. Elle essaya alors de cracher son bâillon, mais elle ne pouvait même pas remuer la langue. Alors qu'elle continuait à gesticuler inutilement, l'agresseur se rapprocha à petits pas et s'arrêta au pied du lit, devant le montant droit.

Son doigt se posa sur un orteil et lentement, très lentement, il remonta le long du mollet, du genou et de la cuisse jusqu'à ce qu'il atteigne le bas de sa veste de pyjama. Chloé se contorsionna de plus belle sous l'effet de ce contact. Elle était prisonnière. Elle entendait son cœur cogner dans sa poitrine.

Le climatiseur changea de régime et le bourdonnement diminua d'intensité. Au-dehors, elle entendait les grosses gouttes de pluie qui s'écrasaient contre les carreaux et le boîtier métallique du système de climatisation. L'orage avait éclaté. Un grondement de tonnerre retentit et un éclair illumina le ciel ; la lumière s'infiltra sur les côtés des stores, éclairant fugitivement la silhouette. Chloé entraperçut les sourcils roux et hirsutes, le trait noir qui dessinait son sourire. Des touffes de cheveux blonds ou blancs dépassaient dans sa nuque.

Soudain, il s'écarta d'elle pour s'approcher de la table de chevet sur laquelle il déposa son couteau. Il ouvrit le tiroir et sortit les deux bougies parfumées à la noix de coco et une pochette d'allumettes. Elle l'observa pendant qu'il les allumait. Les flammes diffusèrent une faible lueur dans la chambre et l'emplirent d'un délicat parfum. Pendant plusieurs minutes, il resta immobile à la regarder en silence ; sa respiration haletante jaillissait par la fente découpée dans le latex. Les bougies projetaient des ombres déformées et grotesques sur le mur.

— Salut, Chloé.

Le masque de caoutchouc avec son grand sourire était penché au-dessus d'elle. La fine ouverture de la bouche faisait siffler ses paroles. Chloé crut apercevoir des yeux d'un bleu glacier à travers les deux fausses orbites.

— Tu m'as manqué, Chloé. Je commençais à croire que tu ne rentrerais pas ce soir. (Il se retourna pour reprendre le couteau sur la table de chevet, puis il lui fit face de nouveau.) Tu as séché un cours de gym uniquement pour passer la soirée avec ton petit ami ? Vilaine fille, va.

La peau de Chloé était moite et glacée. Il connaissait son prénom. Il savait qu'elle n'était pas allée à son cours d'aérobic. Travaillait-il à la salle de sport ? Son esprit cherchait désespérément à mettre un nom sur cette voix grave, à moitié étouffée par la fente dans le masque en plastique. Il lui semblait détecter une pointe de zézaiement, ou peut-être s'efforçait-il de masquer un accent. Britannique ?

Il se pencha et s'agenouilla près d'elle. Le masque de clown s'approcha de son oreille et repoussa les cheveux sur sa joue. Elle sentait l'odeur du latex et un soupçon de

Quorum, une eau de toilette qu'elle avait offerte à Michael pour Noël. Son haleine sentait le café rance.

— Tu aurais mieux fait de le laisser passer la nuit ici, murmura le Clown dans l'oreille de Chloé.

Un nouvel éclair illumina l'intérieur de la chambre comme un flash et elle vit scintiller le couteau au moment où il le brandissait, à quelques centimètres seulement de son ventre. Elle écarquilla les yeux.

Le Clown éclata de rire et se releva. Son index glissa sur le corps de Chloé, le long de son bras, sur son épaule, sur ses seins à travers la veste de pyjama. Le couteau suivait les déplacements du doigt en flottant juste au-dessus.

— Une jolie fille comme ma Chloé ne devrait pas rester seule.

Soudain, il abaissa la lame et fit sauter le bouton du bas de la veste de pyjama.

— On ne sait jamais ce qui peut arriver à une grande fille dans la grande ville.

La lame du couteau trancha le bouton suivant. Dehors, un coup de tonnerre accompagna un nouvel éclair. Une alarme de voiture se déclencha quelque part.

— Mais ne t'en fais pas, Beany, je saurai prendre soin de ma grande fille. Je sais comment te faire sourire.

Un autre bouton sauta.

Chloé frissonna de la tête aux pieds. Mon Dieu, il connaissait son surnom.

Il inspira avec exagération et renifla à travers les trous du masque.

— Hmmm, Chanel n° 5. J'adore. J'espère que tu l'as mis rien que pour moi. C'est mon préféré à moi aussi.

Il savait quel était son parfum préféré.

— Qu'as-tu mis d'autre pour moi, ce soir ?

Le dernier bouton sauta ; il roula sur son ventre avant de tomber sur la moquette avec un petit son sourd à peine audible. La pointe de la lame glissa entre les pans de sa veste de pyjama. Lentement et méthodiquement, il écarta un des côtés jusqu'à ce que le tissu glisse sur les draps. Puis la lame remonta sur son ventre nu, au-dessus de son nombril, pour écarter l'autre côté de la veste, dévoilant ses seins. Il la contempla et son souffle s'accéléra.

Il promena la lame du couteau sur chaque sein, sur les mamelons dressés, avant de remonter vers le cou. Chloé sentait l'acier tranchant frôler sa peau fragile, sans jamais l'entailler. Il s'arrêta sur le pendentif en forme de cœur qui reposait sur sa poitrine. Il fit passer la lame sous le collier et tira d'un coup sec vers lui. Le collier glissa de son cou sur le lit. Après cela, il s'immobilisa. Chloé sentait son regard pénétrer en elle, dans tout son corps.

Oh, je vous en supplie, mon Dieu, ne me faites pas ça.

Soudain, le couteau descendit rageusement le long de sa jambe et lacéra ce qui restait du pyjama rose. Ses jambes nues s'agitèrent en tirant sur les cordelettes qui immobilisaient ses chevilles. Il fit remonter le couteau en partant des orteils, puis la cheville, le genou, l'intérieur de la cuisse ; la lame appuyait de plus en plus à mesure qu'elle remontait, mais toujours sans entailler la peau. Il l'insinua sous l'élastique de la culotte, sur la hanche, et le sectionna d'un coup sec. Elle était totalement nue.

— Hmmm, tu es si appétissante que j'ai envie de te manger, dit-il d'une voix rauque.

Oh, mon Dieu, non, non, non. C'est forcément un cauchemar. Elle entendait la voix de son père. « Fais bien attention là-bas, Chloé. New York est une grande ville avec plein de gens différents, et ils ne sont pas tous gentils. »

Chloé essayait toujours de recracher le bâillon enfoncé dans sa gorge ; elle avait l'impression que son cœur allait exploser dans sa poitrine. Ses bras tiraient furieusement sur ses liens, au point que les cordelettes lui brûlaient les poignets.

Le Clown la regardait gigoter et se débattre sur le lit. Finalement, il posa le couteau sur la commode et ôta son T-shirt noir. Il était bronzé, avec un torse imberbe, des muscles bien dessinés, un ventre plat et ferme. Il défit la fermeture Éclair de son jean, enleva soigneusement une jambe après l'autre et le plia sur le dossier d'une chaise. Chloé remarqua sur son bras gauche, juste au-dessus du poignet, une vilaine cicatrice boursouflée en forme de zigzag, qui évoqua dans son esprit, sans qu'elle sache pourquoi, un panneau routier : « Virage dangereux ».

— Heureusement pour toi, Chloé, tu n'es pas rentrée trop tard. On a encore un bon moment à passer ensemble.

Pour finir, il ôta son slip, dévoilant son érection.

Les détails. Note les détails. Souviens-toi de sa voix. De ses vêtements. Cherche d'autres cicatrices, des marques, des tatouages. N'importe quoi.

— Oh, j'ai failli oublier. J'ai apporté mon sac à malices ! Je connais des petits jeux très amusants.

Il se pencha vers le sol pour ouvrir un sac en Nylon noir. Il en sortit ce qui ressemblait à un cintre tordu, une bouteille en verre noir et du gros ruban adhésif. Il balaya la chambre du regard.

— Mais pour ça, j'ai besoin d'une prise de courant.

Chloé se mit à hurler dans sa tête et tout son corps fit un bond sur le lit.

— Sois gentille maintenant, Chloé, et M. le Clown te donnera beaucoup de plaisir.

Il s'allongea sur elle et la viola jusqu'à ce que le jour se lève.

CHAPITRE 9

Il sifflotait en nettoyant le sang sur la lame du couteau dans le lavabo blanc immaculé. Leurs deux brosses à dents étaient rangées côte à côte dans un verre en porcelaine verte au bord du lavabo et sa lotion pour le corps au freesia était posée de l'autre côté. Le jet d'eau qui glissait sur la lame faisait couler une cascade écarlate vers le trou d'évacuation. Fasciné, le Clown la regardait tourbillonner au fond du lavabo ; d'un rouge de plus en plus dilué, jusqu'à disparaître.

Il se sentait fort. La nuit s'était très bien passée et ils avaient vécu tous les deux un excellent moment, elle était bien obligée de l'admettre. Certes, quand il avait ôté la culotte en soie enfoncée dans sa jolie bouche pulpeuse, au lieu de le remercier, cette salope s'était mise à gémir et à crier en lui demandant d'arrêter. Cela l'avait énervé. Terriblement. Alors, le couteau était réapparu et la comédie avait cessé. À vrai dire, elle l'avait carrément supplié de continuer. Mais au bout d'un moment, elle avait recommencé à geindre et il en avait eu marre de l'entendre, alors il lui avait remis la culotte dans la bouche.

Il essuya le couteau avec la jolie serviette verte brodée destinée aux invités et le rangea soigneusement dans son sac en Nylon avec tous les autres jouets déjà nettoyés. Il avait ôté son masque, et après avoir rincé ses mains gantées, il s'aspergea le visage et la nuque d'eau froide et s'essuya avec la même serviette. Il admira son corps svelte et ferme dans le miroir. Il se lava brièvement les dents, avec la brosse de Chloé, et vérifia qu'elles étaient bien propres. Après cela, il rabaissa le masque sur son visage et retourna dans la chambre silencieuse.

Elle était couchée paisiblement dans les draps imbibés de sang, les yeux fermés comme un ange. Il enfila son jean et son T-shirt et fredonna en enfilant ses grosses chaussures de chantier et en faisant un double nœud à ses lacets. Elle avait toujours sa culotte enfoncée dans la bouche, mais elle n'émettait plus aucun bruit, pas même un gémissement. Il fut surpris de constater que ce son lui manquait.

Il éteignit les restes de bougies en soufflant dessus. Se penchant au-dessus d'elle, il l'embrassa sur la joue à travers la mince fente dans le caoutchouc en dardant sa langue pour lécher une dernière fois sa peau douce et salée.

— Bye-bye, Beany mon amour. Ma très jolie Chloé. C'était chouette.

Le pendentif en forme de cœur, brisé, reposait sur le lit à côté de son cou. Il le prit et le glissa dans sa poche de jean.

— Un souvenir pour me rappeler le bon moment qu'on a passé ensemble.

Il lui envoya un dernier baiser et referma doucement la porte de la chambre derrière lui. Après être allé récupérer son sac en Nylon dans la salle de bains, il emprunta le tout petit couloir et passa devant la cuisine une dernière fois. Sur la table basse Pier Import, il remarqua la statuette en jade représentant les trois singes de la sagesse qui se cachaient les yeux, les oreilles et la bouche : je ne vois rien, je n'entends rien, je ne dis rien. Il les connaissait, grâce à un voyage récent de ses parents en Orient. Et il avait entendu parler de cette légende selon laquelle les singes apportaient chance et protection dans les maisons où ils étaient bien accueillis. « Pas ce soir », songea le Clown en souriant. À côté de la statuette était posée, dans un cadre, une photo de Chloé heureuse en compagnie de son petit ami, Ducon BCBG, en haut de l'Empire State Building. Il s'arrêta devant le cadre et promena ses doigts sur la photo, avant de prendre son propre cliché mental de cette nuit pas comme les autres.

Puis, silencieux comme une petite souris, il fit coulisser la fenêtre du salon et se laissa tomber derrière la protection des buissons touffus, encore mouillés par l'orage torrentiel qui s'était éloigné depuis. Ni vu ni connu, le Clown disparut ensuite dans la nuit bleu-mauve au moment où des filets de lumière orangée commençaient à se répandre dans le ciel, alors que le jour se levait sur les rues désertes de la grande ville.

CHAPITRE 10

Plantée devant la porte de l'appartement 1B, Marie Catherine Murphy comprit qu'il y avait quelque chose d'anormal. D'autant qu'il était déjà 9 h 10. Elle allait être en retard, c'était le jour du contrôle, et Chloé ne répondait pas. Or, même si Chloé avait la manie d'être en retard (c'était d'ailleurs une des raisons pour lesquelles elles s'entendaient si bien toutes les deux), elle finissait toujours par ouvrir quand on frappait à sa porte. En pyjama généralement, mais toujours avec une excuse en béton et deux grandes tasses de café tout chaud à la main, ainsi qu'une boîte de cookies. Cela faisait maintenant trois ans qu'elles voyageaient à bord de la même voiture pour se rendre à la St. John's Law School, et Marie ne se souvenait pas que Chloé lui ait fait faux bond une seule fois. Même quand elle passait la chercher très en retard.

Une femme âgée habitant l'immeuble lui avait permis d'entrer et cela faisait plus de cinq minutes maintenant que Marie avait quasiment le doigt appuyé sur la sonnette de la porte de l'appartement. Elle savait que Chloé devait sortir avec Michael la veille au soir et elle pensa tout d'abord qu'il avait peut-être passé la nuit ici et qu'ils avaient eu une panne d'oreiller. Cette pensée la fit hésiter un instant ; elle priait pour que Michael ne vienne pas ouvrir la porte en caleçon. Café ou pas, elle n'avait aucune envie de voir ça. Mais au bout de cinq minutes, il n'y avait toujours aucune réponse et Marie devenait de plus en plus nerveuse. Elle essaya de jeter un coup d'œil dans l'appartement en soulevant le volet de la fente de la boîte aux lettres, mais celle-ci semblait obstruée de l'autre côté.

Elle ressortit et alluma une cigarette. Au premier étage, elle aperçut l'étrange voisin de Chloé qui observait la cour de sa fenêtre, une tasse de café à la main. Il était tout bonnement effrayant avec sa robe de chambre ouverte, ses grosses lunettes et cet étrange rictus qui déformait son visage. Marie fut parcourue d'un frisson de la tête aux pieds. Elle remarqua alors que les rideaux du salon de Chloé étaient tirés et les stores de sa chambre encore baissés. Sa voiture n'était pas à son emplacement habituel et la BMW de Michael ne se trouvait pas dans les parages.

Ne panique pas, ma vieille. C'est rien.

À pas feutrés, elle contourna le bâtiment de brique, jusqu'à la fenêtre de la cuisine de Chloé. Celle-ci était fermée, mais les rideaux étaient ouverts. Hélas, le bas de la fenêtre dépassait Marie d'une vingtaine de centimètres. Elle poussa un soupir. Elle devait aller travailler aujourd'hui ; elle portait donc une jupe et des chaussures avec des talons de sept centimètres. Elle posa son sac à main par terre en se maudissant à voix basse de ne pas avoir choisi un pantalon et des mocassins, et elle écrasa sa cigarette. Elle grimpa sur le muret en brique qui courait parallèlement à la fenêtre de la cuisine et délimitait l'escalier conduisant au sous-sol de l'immeuble. Prenant appui sur une poubelle, elle hissa sa lourde silhouette jusqu'à la fenêtre en se retenant de toutes ses forces au rebord pour jeter un coup d'œil à l'intérieur. Devant elle, sur la table de la cuisine, la cage de Pete était encore recouverte. Sur la gauche, de la vaisselle sale s'entassait dans l'évier. Par la porte ouverte, elle apercevait le couloir et le salon ; et elle constata que la table basse était couverte de journaux. Marie fut immédiatement soulagée. Si l'appartement avait été parfaitement en ordre, elle aurait eu la certitude que quelque chose clochait. Mais en l'occurrence, on aurait dit que Chloé n'était pas rentrée chez elle hier soir.

Elle a dû passer la nuit chez Michael et elle a oublié de m'appeler. Il l'a sans doute déposée à ses cours ce matin avec un gobelet de café chaud et un beignet tout frais ; et maintenant, elle prépare son examen pour devenir avocate, pendant que moi, je suis là en train de geler mon gros cul devant sa fenêtre de cuisine comme une débile.

Marie pestait. Elle serait en retard pour le contrôle. Elle avait entrepris de redescendre de la poubelle, difficilement, quand une pensée lui traversa l'esprit. *Si Chloé n'est pas rentrée hier soir, qui a couvert la cage de Pete ?* Elle marqua un temps d'arrêt, troublée par un autre détail qu'elle avait remarqué sur le sol du couloir, juste devant la porte de la cuisine. Quelque chose dans un coin de son esprit l'obligea à remonter sur la poubelle pour en avoir le cœur net. En équilibre précaire, elle colla son nez à la vitre en plaçant ses mains en visière sur les côtés et en plissant les yeux.

Il lui fallut plusieurs secondes pour identifier les taches noires sur le sol comme des empreintes de pas. Et encore plusieurs secondes pour s'apercevoir qu'il s'agissait de traces laissées par du sang.

C'est alors que Marie Catherine Murphy tomba de la poubelle et se mit à hurler.

CHAPITRE 11

— J'ai le pouls ! s'écria une voix dans l'obscurité. Et le cœur bat !

— Elle respire ? demanda une autre voix.

— Tout juste. Elle est en état de choc.

— Nom de Dieu, il y a du sang partout. D'où est-ce qu'il vient ?

— Demande-moi plutôt d'où il ne vient pas. Elle est salement amochée. J'ai l'impression que ça vient surtout du vagin ; elle doit faire une hémorragie. Putain, ce dingue n'y est pas allé mollo.

— Coupe les cordelettes, Mel.

Une quatrième voix retentit, teintée d'un fort accent new-yorkais.

— Doucement, les gars. Ces cordelettes sont des pièces à conviction, faut pas les bousiller. Mettez des gants avant d'y toucher. Les types du labo les mettront dans des sacs avec des étiquettes.

On aurait dit que la pièce grouillait de monde maintenant.

— La vache, elle a les poignets lacérés.

Le dégoût et la panique étaient perceptibles dans cette voix.

Les radios des policiers émettaient des paroles inintelligibles accompagnées de grésillements. Au loin, on entendait des sirènes, nombreuses, qui se rapprochaient. Il y eut un déclic d'appareil photo et le bruit d'un flash.

Les voix se firent plus agressives :

— Fais attention ! Doucement avec elle ! Mel, si tu n'es pas capable de supporter ça, va donc faire un tour dehors. C'est pas le moment de flancher.

Le silence envahit la chambre pendant quelques secondes, puis la première voix reprit :

— Faites-lui une perf' avec une dose de morphine. Appelez le service de trauma au Jamaica Hospital. Dites-leur qu'on leur envoie une femme de vingt-quatre ans de race blanche ayant reçu de multiples coups de couteau, souffrant sans doute d'une hémorragie interne, victime certainement d'une agression sexuelle et en état de choc.

— Bon, soulevez-la en douceur. Tout doux, les gars ! À trois, on y va. Un… deux… trois.

Une douleur intense et ravageuse submergea tout son corps, par vagues.

— Nom de Dieu ! Pauvre fille. Quelqu'un connaît son nom ?

— Son amie qui est dehors dit qu'elle s'appelle Chloé. Chloé Larson. Elle est étudiante en droit.

Les voix s'éloignèrent et les ténèbres se refermèrent sur elle.

CHAPITRE 12

Chloé ouvrit lentement les yeux et fut immédiatement aveuglée par la lumière vive. L'espace d'un instant, elle songea qu'elle était peut-être morte et qu'elle se trouvait au ciel ; elle allait bientôt rencontrer son créateur.

— Suivez la lumière avec vos yeux, s'il vous plaît.

Le stylo-lampe balaya son visage. La puissante odeur de désinfectant indiquait qu'elle se trouvait à l'hôpital.

— Chloé ? Chloé ?

Le jeune médecin en blouse blanche braqua de nouveau son stylo-lampe dans ses yeux.

— Je me réjouis de constater que vous reprenez connaissance. Comment vous sentez-vous ?

Chloé lut son nom sur son badge : Dr Lawrence Broder.

Chloé trouva cette question idiote. Elle essaya néanmoins d'y répondre, mais sa langue pâteuse semblait collée à son palais. Elle parvint juste à murmurer :

— Pas très bien.

Tout son corps lui faisait mal. Elle regarda ses bras enveloppés d'épais bandages blancs, avec des tuyaux qui sortaient de partout. Une douleur insupportable lui rongeait le ventre.

Michael était assis dans un fauteuil dans un coin de la chambre, penché en avant, les mains jointes sous le menton, les coudes posés sur les genoux. L'angoisse creusait son visage. Dehors, derrière la fenêtre, le ciel était peint en rose et en orange, la lumière déclinait. Le crépuscule approchait.

Un autre homme, celui-ci en blouse et pantalon verts, se tenait près de la porte, sans rien dire. Sans doute un autre médecin, se dit Chloé.

— Vous êtes à l'hôpital, Chloé. Vous avez subi un grave traumatisme.

Le Dr Broder se tut et regarda autour de lui ; les trois hommes échangèrent des regards gênés.

— Savez-vous pourquoi vous êtes ici, Chloé ? Vous souvenez-vous de ce qui vous est arrivé ?

Les yeux de Chloé s'emplirent de larmes et débordèrent. Elle hocha lentement la tête. Le visage du Clown jaillit dans son esprit, comme un flash.

— Vous avez été agressée la nuit dernière. Sexuellement. Votre amie vous a découverte ce matin et les secours vous ont amenée ici, au Jamaica Hospital dans le Queens… (Il semblait hésiter et se balançait nerveusement d'un pied sur l'autre, mal à l'aise.) Vous avez subi de graves blessures. Votre utérus a été très abîmé et vous avez fait une hémorragie. Vous aviez déjà perdu énormément de sang quand vous êtes arrivée. Malheureusement, le Dr Reubens ici présent a été obligé de pratiquer une hystérectomie d'urgence pour mettre fin au saignement.

Il désigna l'homme en vert qui restait planté près de la porte, la tête baissée pour ne pas regarder Chloé.

— C'était la blessure la plus grave, et c'est l'unique véritable mauvaise nouvelle, reprit le Dr Broder. Concernant les blessures et les marques sur le reste de votre corps, nous avons fait appel à un chirurgien esthétique pour effectuer les points de suture et réduire au maximum les cicatrices. Ces blessures ne constituent nullement une menace pour votre vie, et la bonne nouvelle, c'est que nous avons toutes les raisons de penser que vous serez bientôt sur pied.

L'unique véritable mauvaise nouvelle. Voilà, c'est tout. Elle regarda tour à tour les hommes présents dans la chambre. Tous les trois, y compris Michael, évitaient de croiser son regard ; leurs yeux filaient dans tous les coins ou se posaient par terre sur des points invisibles.

D'une voix proche du murmure, elle demanda :

— Une hystérectomie ? (Les mots eux-mêmes lui faisaient mal en sortant de sa gorge.) Ça veut dire que je ne pourrai pas avoir d'enfants ?

Le Dr Lawrence Broder fit basculer le poids de son corps sur son autre jambe et fronça les sourcils.

— En effet, je crains que vous ne puissiez plus porter un fœtus.

Elle sentait qu'il avait hâte de mettre fin à cette conversation. Tout de suite.

Il faisait tourner son stylo-lampe entre les doigts de sa main droite à la manière d'un bâton de majorette.

— Une hystérectomie n'est pas une opération bénigne, cependant, c'est pourquoi vous devrez rester au moins deux ou trois jours à l'hôpital. Pour une intervention de ce genre, la période de convalescence dure généralement de six à huit semaines. Nous commencerons dès demain une physiothérapie limitée et progressive. Ressentez-vous des douleurs dans l'abdomen ?

Chloé grimaça et hocha la tête.

Le Dr Broder fit signe au morne Dr Reubens d'approcher. Puis il tira le rideau qui entourait le lit pour maintenir Michael à l'écart, et il souleva le drap. Chloé découvrit les bandages qui entouraient son ventre et sa poitrine. Le Dr Reubens palpa délicatement son abdomen, faisant jaillir des flèches de douleur incandescente dans tout son corps.

Le Dr Broder se tourna vers son confrère.

— Le gonflement est normal. Les points de suture sont beaux.

Le Dr Broder répondit par un hochement de tête et adressa un sourire à Chloé.

— Je demanderai à l'infirmière d'augmenter légèrement la dose de morphine dans votre perfusion. Ça devrait aller mieux. (Il abaissa le drap et bascula de nouveau d'un pied sur l'autre.) Il y a derrière la porte des inspecteurs de police qui souhaiteraient vous interroger. Vous sentez-vous capable de leur répondre ?

Après un moment d'hésitation, Chloé hocha la tête.

— Je vous les envoie, dit-il en ouvrant le rideau.

Visiblement soulagés de mettre fin à cette conversation, les Dr Broder et Reubens, les yeux toujours fixés sur le sol, se dirigèrent rapidement vers la sortie. Le Dr Broder actionna la poignée de la porte et s'arrêta.

— Vous avez subi une terrible épreuve, Chloé. Nous sommes tous avec vous.

Il lui adressa un petit sourire et sortit.

Victime d'une agression sexuelle. Une hystérectomie. Pas d'enfants. Le cauchemar était bien réel. Les mots se jetaient trop vite sur elle, il y avait trop d'informations à absorber d'un seul coup. Les images du rictus sardonique du Clown, de son corps nu, de la lame en dents de scie se succédaient à toute allure dans son esprit. Il savait tout d'elle. Il connaissait son surnom. Il connaissait son restaurant préféré. Il savait qu'elle avait loupé le cours de gym. Il avait dit qu'il l'observait en permanence.

Ne t'en fais pas, Chloé. Je serai toujours près de toi. À te regarder. À te regarder...

Elle ferma les yeux et elle repensa au couteau, elle repensa à la douleur qui l'avait envahie quand elle avait senti la première entaille du couteau... Michael s'approcha d'elle et lui prit la main.

— Ça va aller, Chloé. Je suis là, près de toi.

Ouvrant les yeux, elle constata qu'il ne la regardait pas franchement, son regard fixait un point quelconque sur le mur derrière elle.

— J'ai prévenu ta mère, tes parents sont en route. Ils seront ici ce soir. (Sa voix était étranglée par l'émotion et il ne put réprimer un long soupir.) Si seulement tu m'avais laissé passer la nuit avec toi hier soir. Si seulement j'étais resté. J'aurais massacré ce sale malade. J'aurais...

Il se mordit la lèvre et ses yeux glissèrent sur la silhouette du corps de Chloé sous le drap blanc amidonné de l'hôpital.

— Bon sang, regarde ce qu'il a fait... cet enfoiré de pervers...

Il serra rageusement les poings et repartit vers la fenêtre.

Si seulement tu m'avais laissé passer la nuit avec toi hier soir.

Des petits coups frappés à la porte les interrompirent et la porte s'ouvrit lentement. Le couloir bourdonnait d'activité. Ce devait être l'heure des visites. Une femme de petite taille avec des cheveux roux crêpés et un tailleur-pantalon rouge et noir démodé entra dans la chambre. Elle ne portait aucun maquillage, à l'exception d'un peu de blanc sous les yeux pour masquer les cernes, et son visage était beaucoup trop ridé pour une femme de son âge : Chloé lui donnait dans les trente-cinq ans. À sa suite entra un homme plus âgé, vêtu d'un costume bleu bon marché, qui la dominait d'au moins trente centimètres. Il semblait proche de la retraite ; ses cheveux gris étaient ramenés sur le dessus de son crâne dégarni. Il empestait le tabac froid. L'un et l'autre paraissaient harassés et ils formaient un étrange duo, comme un hot dog et un hamburger.

— Bonjour Chloé, je suis l'inspecteur Amy Harrison. J'appartiens à la police du Queens, unité spéciale d'assistance aux victimes. Voici mon collègue, l'inspecteur Benny Sears. Je sais que c'est un moment très difficile pour vous, mais nous avons besoin de vous poser quelques questions au sujet de ce qui vous est arrivé hier soir, pendant que tous les détails sont encore frais dans votre mémoire.

L'inspecteur Harrison se tourna vers Michael, debout devant la fenêtre. Il y eut un moment de silence et d'expectative.

Michael s'avança pour lui serrer la main.

— Mike Decker. Je suis le petit ami de Chloé.

L'inspecteur lui serra la main et hocha la tête. Elle s'adressa à Chloé.

— Si c'est plus facile pour vous, dit-elle, Mike peut assister à cet entretien, mais seulement si vous le souhaitez.

— Évidemment que je reste avec elle ! s'exclama Michael avec une pointe d'animosité.

Chloé hocha lentement la tête.

L'inspecteur Sears lui sourit et hocha la tête en direction de Michael pour le saluer, puis il renifla, fit claquer une bulle de chewing-gum et sortit de ses poches un calepin et un stylo Bic. Il demeura au pied du lit pendant que l'inspecteur Harrison avançait une chaise pour s'asseoir au chevet de Chloé ; l'inspecteur Sears mesurait maintenant soixante centimètres de plus que sa collègue.

Ce fut Harrison qui commença :

— Allons-y. Tout d'abord, connaissez-vous la personne qui vous a fait ça ?

Chloé secoua la tête.

— Y avait-il une seule personne ou plusieurs ?

— Une seule, répondit-elle d'une petite voix.

— Seriez-vous capable de reconnaître votre agresseur si vous le voyiez ? Je vais vous envoyer un dessinateur de la police pour…

Les larmes ruisselaient sur les joues de Chloé. Elle secoua la tête.

— Non. Il portait un masque.

Michael émit une sorte de grognement.

— Espèce de sale enfoiré… marmonna-t-il.

— S'il vous plaît, monsieur Decker.

La voix de l'inspecteur Harrison était cassante.

Le visage de l'inspecteur Sears était impénétrable.

— Quel genre de masque ? demanda-t-il.

— Une tête de clown en caoutchouc. Je n'ai pas vu son visage.

L'inspecteur Harrison poursuivit d'un ton doux :

— Ne vous en faites pas, Chloé. Dites-nous simplement ce dont vous vous souvenez. Prenez votre temps.

Elle ne pouvait plus retenir ses larmes qui s'échappaient en toute liberté. Elle fut prise de tremblements, légers tout d'abord puis de plus en plus violents et incontrôlables.

— Je dormais. J'entendais une voix dans mon rêve, je crois qu'elle m'a appelée Beany. J'ai essayé de me réveiller. J'ai essayé…

Portant ses mains à son visage, elle vit ses poignets entourés de bandages. Elle repensa alors aux cordelettes et frissonna.

— Il m'a pris les mains et il m'a attachée pour m'empêcher de… Je ne pouvais plus bouger, je ne pouvais pas crier non plus, il m'avait enfoncé quelque chose dans la bouche.

Elle caressa ses lèvres du bout des doigts en sentant encore le poids doux et humide de la soie sur sa langue. Elle avait de nouveau l'impression d'étouffer.

— Il m'a enfoncé quelque chose dans la bouche et il m'a ligoté les mains et les jambes pour que je ne puisse pas résister. Je ne pouvais rien faire…

Elle détourna la tête pour prendre la main de Michael afin de calmer ses tremblements, mais il était retourné devant la fenêtre, les poings serrés.

Si seulement tu m'avais laissé passer la nuit avec toi hier soir.

L'inspecteur Harrison jeta un regard en direction de Michael et se pencha pour poser la main sur le bras de Chloé.

— Beaucoup de victimes de viol se sentent coupables, Chloé. Dites-vous bien que ce n'est pas votre faute. Il n'y a rien que vous auriez pu faire ou ne pas faire pour empêcher ça.

— Il savait des choses. Il savait que je rangeais mes bougies dans le tiroir. Il les a allumées et je… je ne pouvais pas bouger !

— Vous a-t-il dit quelque chose ? Vous vous souvenez de ce qu'il vous a dit ?

— Oh, mon Dieu, oui. C'était affreux. Il me parlait comme s'il me connaissait. (Elle ne pouvait plus s'arrêter de trembler et les sanglots secouaient ses épaules.) Il savait tout. Tout ! Il disait qu'il m'observait tout le temps et qu'il serait toujours près de moi. Toujours. Il savait que j'avais passé des vacances au Mexique l'an dernier, il savait que Michael avait passé la nuit à la maison mardi, il connaissait le nom de ma mère et mon restaurant préféré, il savait que j'avais loupé le cours de gym mercredi. Il savait tout !

Une douleur atroce lui déchira la poitrine, et elle se souvenait pourquoi maintenant.

— Il avait un couteau. Il a lacéré mon pyjama et il… il m'a tailladée. Je le sentais qui m'entaillait la peau et je ne pouvais pas bouger ! Après ça, il s'est couché sur moi et… Oh, Michael, je t'en prie, je ne pouvais pas bouger ! J'ai essayé, mais je ne pouvais rien faire !

Elle cria jusqu'à en avoir la voix éraillée.

L'inspecteur Harrison lui caressa doucement le bras en

lui répétant qu'elle n'avait rien à se reprocher. Son collègue soupira en secouant la tête. Puis il tourna la page de son calepin.

Secouée de sanglots, Chloé quêtait le soutien de Michael, mais celui-ci demeurait planté devant la fenêtre, en lui tournant le dos, les poings serrés.

CHAPITRE 13

Il pleuvait des cordes le mardi après-midi quand Chloé put enfin quitter le Jamaica Hospital. Seulement cinq jours après qu'on l'eut amenée sur une civière, inconsciente, le Dr Broder était entré dans sa chambre pleine de fleurs et lui avait annoncé avec un large sourire qu'elle était « rétablie » et qu'elle pourrait sortir dans l'après-midi. Cette nouvelle l'avait terrorisée ; elle avait tremblé toute la journée et son cœur battit de plus en plus vite à mesure qu'approchait le moment où elle quitterait l'hôpital.

Sa mère avait finalement écouté son conseil : ignorant les annonces immobilières du *New York Times,* elle avait concentré son attention sur la rubrique nécrologique. En l'espace de deux jours, elle avait déniché pour Chloé un studio au dix-septième étage de la North Shore Towers, un gratte-ciel de Lake Success, juste à la frontière entre le Queens et Nassau County. Il avait appartenu à une veuve de quatre-vingt-dix ans et à son chat de dix-sept ans, Tibby. Malheureusement pour Tibby, la veuve était morte avant lui. Grâce à l'aide de quelques billets glissés sous la table, Chloé put prendre possession des lieux immédiatement. Sa mère trouvait que c'était un logement charmant, pour New York.

Chloé ne voulait pas retourner à l'appartement 1B de Rocky Hill Road. Jamais. Elle ne voulait plus revoir Bayside. Et à l'exception de Pete la Perruche, elle ne voulait plus revoir tout ce qui se trouvait dans l'appartement, surtout ce qui était dans la chambre. De son lit d'hôpital, elle chargea ses parents de tout vendre, de le brûler ou de le donner. Elle s'en fichait du moment que rien ni personne, y compris Michael et ses parents, n'effectuait directement le trajet entre son ancien appartement et le nouveau.

Elle savait que Michael la jugeait trop paranoïaque. L'idée selon laquelle son violeur attendait, guettait et suivait les gens pour découvrir où elle allait emménager, lui semblait tirée par les cheveux. Il était d'accord pour qu'elle quitte Bayside, mais il ne comprenait pas pourquoi elle refusait de venir vivre chez lui. Et il refusait d'abandonner son appartement de Manhattan.

« Chloé, sais-tu comme c'est difficile de dénicher un appartement à loyer bloqué ? lui avait-il dit. J'ai dû chercher pendant un an et demi avant de trouver celui-là ! »

Elle trouvait presque humiliant de devoir lui expliquer son raisonnement. « Michael, il sait *tout.* Il sait tout sur moi et sur toi aussi. Sans doute t'a-t-il suivi quand tu sortais de chez toi ou quand tu rentrais. Peut-être que c'est ton voisin et qu'il m'a suivie quand je partais de chez toi. Alors, si tu es prêt à courir ce risque à cause d'un stupide appartement à loyer bloqué, pas moi ! Et je ne retournerai pas là-bas. Plus jamais. Franchement, je n'arrive pas à croire que tu ne comprennes pas ! »

La conversation avait été vive. Trop vive. Chloé s'était mise à pleurer, Michael avait soupiré trop bruyamment. Pour arrêter ses larmes, il lui avait promis de « voir ce qu'il pourrait faire », mais de toute façon, il lui était impossible de déménager dans l'immédiat. En attendant, avait-il suggéré, ils devaient concentrer leurs efforts sur la recherche d'un nouvel appartement pour Chloé, loin de Bayside. Il avait ensuite quitté la chambre pour passer un coup de téléphone et, en revenant dix minutes plus tard, il avait annoncé qu'il devait retourner à son cabinet. Deux heures après, elle avait reçu un bouquet de fleurs accompagné d'une carte sur laquelle était simplement écrit : « Très affectueusement, Michael. » C'était le vendredi. Il avait ensuite travaillé tout le week-end.

La mère de Chloé lui avait donc trouvé cet appartement dans la North Shore Towers, avec une fenêtre située très loin du sol. Il offrait tous les avantages à une femme seule vivant en ville : un gardien, des portes blindées, un système d'alarme avec des détecteurs de mouvement et un système d'Interphone perfectionné. Le dimanche, ses parents y avaient installé son téléviseur, sa table et ses chaises de cuisine et Pete avec sa cage. Tout le reste, ils l'achetèrent dans un grand magasin. Le lundi, l'Armée du Salut débarqua à Rocky Hill Road avec un gros camion rouge. Ignorant les vestiges de bandes de plastique jaune laissées par la police qui pendaient devant la porte de l'appartement 1B, deux gars musclés se firent un plaisir d'emporter le reste des affaires ayant appartenu à Chloé. Ils laissèrent uniquement un reçu sur le sol du salon vide. C'est ainsi, par un après-midi gris et pluvieux, sous le regard de quelques voisins curieux, que prit fin sa vie à Bayside dans le Queens. Son père l'informa que Marvin, son voisin du dessus, lui transmettait son bon souvenir.

Bien évidemment, ses parents avaient tenté de la convaincre de revenir vivre en Californie. N'importe où en Californie. N'importe où dans l'Ouest, en fait. N'importe où sauf à New York. Chloé avait évoqué la question avec Michael, qui avait rejeté d'emblée cette idée. Sa carrière, son cabinet, sa famille, leur vie commune… tout et tout le monde se trouvait à New York. Alors Chloé avait menti en leur disant qu'ils réfléchissaient à un éventuel départ, mais elle devait d'abord passer son examen d'entrée au barreau et commencer à travailler dans le nouveau cabinet auprès duquel elle s'était engagée. Elle avait conclu par un discours solennel en affirmant qu'elle refusait de laisser un malade mental lui gâcher la vie et la chasser de sa ville. Et bla bla bla. Elle espérait être convaincue de ce qu'elle disait.

En vérité, elle ne savait plus ce qu'elle voulait. Ce qui lui paraissait si important cinq jours plus tôt lui semblait aujourd'hui complètement insignifiant. L'examen d'entrée au barreau, un nouveau travail, des fiançailles. Couchée dans son lit d'hôpital, elle regardait la télévision avec un sentiment de jalousie en voyant que le monde continuait à tourner normalement comme s'il ne s'était rien passé. Les automobilistes affrontaient les bouchons aux heures de pointe le matin et ils les affrontaient de nouveau le soir dans l'autre sens, uniquement pour aller travailler et rentrer chez eux. À la télé, les présentateurs des informations annonçaient les nouvelles en provenance du monde, comme si elles avaient une quelconque importance.

Si vous allez à Staten Island, éviter les travaux sur la voie express et les ralentissements au niveau de Grand Central Parkway. Tom Cruise assistera ce soir à une avant-première à Hollywood en compagnie d'un grand nombre d'autres stars. Un nouveau bateau rempli de réfugiés cubains a été découvert au large des côtes de Floride. Aidez-nous à combattre la faim dans le monde. Désolé, amis plaisanciers, la météo prévoit encore des orages pour ce week-end. Vous aurez peut-être plus de chance la semaine prochaine…

Elle avait envie de hurler.

L'agent de police qui avait monté la garde devant sa chambre durant les deux premiers jours était parti, sans doute, supposait-elle, avait-il reçu ordre de protéger une autre victime. L'inspecteur Sears lui avait expliqué qu'elle ne courait plus, a priori, « un danger immédiat ». Et même si la police « traquait activement l'agresseur » et « suivait toutes les pistes possibles », l'inspecteur Harrison avait cessé dès le lundi de lui rendre visite quotidiennement à l'hôpital, se contentant de lui téléphoner une fois par jour pour prendre de ses nouvelles. Chloé devinait que dans quelques jours les appels s'espaceraient, puis cesseraient eux aussi, tandis que son dossier serait mis de côté pour faire de la place aux nouveaux arrivants.

Sa chambre d'hôpital disparaissait sous les corbeilles de fleurs odorantes envoyées par des amis, des connaissances et des collègues bien attentionnés, mais elle n'arrivait toujours pas à se résoudre à appeler l'une ou l'autre de ces personnes. Exception faite de Marie, Chloé ne voulait pas voir ses amis. Elle ne voulait pas qu'ils la voient dans cet état et se demandent ce qui avait bien pu lui arriver pour justifier tous ces bandages. Elle ne voulait pas parler des événements de cette nuit-là, mais elle ne voulait pas non plus parler de la pluie et du beau temps. En fait, constata-t-elle, il n'y avait pas grand-chose à dire. Elle aurait voulu revenir en arrière, redevenir la Chloé d'avant avec ses problèmes banals et ses tracas quotidiens, mais elle savait bien que ce n'était pas possible. Raison supplémentaire de haïr son agresseur : il lui avait volé sa vie et elle ne savait pas comment la récupérer.

Le lundi, Michael fit un saut rapide à l'hôpital, pendant son heure de déjeuner. Elle savait qu'il ne se sentait pas à l'aise dans ce lieu ; le fait de la voir avec tous ses bandages, ses perfusions et ses médicaments, entourée d'un médecin et d'un physiothérapeute, ne faisait qu'attiser sa rage et sa frustration. Mais, curieusement, Chloé ne s'intéressait plus vraiment à ce qu'il pouvait ressentir ou penser. Et elle enrageait en songeant qu'il continuait à mener une vie normale, comme s'il ne s'était rien passé, alors qu'en réalité plus rien ne serait jamais pareil, pour elle et pour lui.

Aujourd'hui, mardi, elle pouvait enfin rentrer chez elle ; elle croyait en avoir envie et pourtant, depuis que le Dr Broder lui avait annoncé qu'elle allait sortir de l'hôpital, elle ne pouvait s'empêcher de trembler. Michael était censé venir la chercher, mais il était retenu tout l'après-midi à son cabinet par une histoire de déposition. Ce furent donc sa mère et Marie qui la poussèrent dans un fauteuil roulant jusqu'à la sortie, devant laquelle l'attendait la voiture de location conduite par son père. Chloé était en état de marcher, mais le règlement de l'hôpital exigeait qu'elle soit transportée en fauteuil roulant jusqu'à la voiture.

Les portes de l'ascenseur s'ouvrirent au rez-de-chaussée et Marie la poussa dans le hall encombré. Il y avait des gens partout. Des personnes âgées étaient assises sur des bancs, des agents de police patientaient autour du guichet d'accueil. Des parents affolés tenaient dans leurs bras des enfants en pleurs, des infirmières et d'autres membres du personnel hospitalier allaient et venaient dans tous les sens.

Les yeux de Chloé balayèrent rapidement le hall pour essayer de *le* repérer. Quelques personnes regardèrent passer d'un air quasi indifférent cette jeune femme dans un fauteuil roulant. Elle observait les réactions, les mouvements autour d'elle. Certaines personnes bavardaient, d'autres avaient la tête plongée dans leur journal, d'autres regardaient fixement devant elle, dans le vague. Chloé les dévisageait toutes, le cœur battant à tout rompre et sentant monter l'adrénaline. La vérité était décourageante et terrifiante : n'importe laquelle de ces paires d'yeux pouvait appartenir à son agresseur. Sans son masque, elle était incapable de le reconnaître.

Le simple pas qu'elle fit pour passer du fauteuil roulant à la voiture déclencha une décharge électrique dans son ventre. Aidée par sa mère et par Marie, elle monta doucement à l'arrière en tenant dans la main le sac en plastique rempli de médicaments qu'on lui avait prescrits. Elle regarda l'immense parking à travers la vitre marbrée de pluie. Pour se rendre dans son nouvel appartement de Lake Success, ils emprunteraient la voie express de Long Island qui était toujours embouteillée. Tous ces visages, tous ces inconnus. *Il* pouvait être n'importe où. Ce pouvait être n'importe qui.

— Tu es bien installée, ma chérie ? (Un silence.) Beany ? demanda son père qui attendait visiblement une réponse.

— Oui, papa. On peut y aller. (Elle hésita, puis ajouta :) S'il te plaît, ne m'appelle plus comme ça.

Son père hocha la tête d'un air triste et regarda sa fille tourner son visage creusé vers la vitre. Il démarra. La Ford Taurus se faufila entre les voitures sur le parking encombré de l'hôpital et déboucha dans Atlantic Avenue. Chloé regardait défiler à travers la vitre les voitures qui transportaient tous ces inconnus, tandis que l'hôpital disparaissait peu à peu derrière eux sous la pluie battante.

CHAPITRE 14

Chaque matin en se regardant dans la glace, Chloé se disait : *Tiens bon encore aujourd'hui, et demain ça ira certainement mieux.* Mais les lendemains semblaient de pire en pire. La peur qui l'habitait se développait comme une tumeur cancéreuse incontrôlable, alors que ses blessures guérissaient et que les cicatrices commençaient à s'atténuer. Ses nuits étaient ravagées par l'insomnie et ses journées par la fatigue qui sapait toutes ses forces.

L'associé gérant du cabinet Fitz & Martinelli où elle était censée débuter une brillante carrière d'avocate spécialisée dans les fautes professionnelles médicales, après avoir obtenu son diplôme, l'avait appelée d'un ton anxieux pour savoir comment elle allait et si elle était prête à commencer en septembre comme convenu, ou si elle avait besoin d'encore un peu de temps pour se remettre. *Tout va bien,* lui avait-elle répondu. *Je poursuis ma convalescence et je passe mon examen dans trois semaines comme prévu. Merci de vous soucier de ma santé.*

Et elle croyait ce qu'elle disait. À tout le monde, chaque jour. Et puis, sans prévenir, un sentiment de terreur inexplicable l'emprisonnait entre ses griffes, la pétrifiant sur place, une terreur si réelle qu'elle sentait son odeur. Elle avait du mal à respirer, les murs de la pièce se mettaient à tournoyer. Lors d'un trajet en métro, elle sentait tout à coup le goût de la soie dans sa bouche, la froideur de la lame du couteau, l'odeur écœurante des bougies à la noix de coco. En voiture, elle jetait un coup d'œil dans le rétroviseur et découvrait le sourire hideux de son agresseur. Instantanément, elle se trouvait transportée dans le temps, jusqu'à cette nuit-là. Elle s'efforçait de suivre une sorte d'emploi du temps déterminé afin de reprendre une vie normale comme avant. Mais à mesure que les jours passaient et se transformaient en semaines, elle sentait de microscopiques fissures apparaître, grandir et se répandre lentement sur la façade de son visage ; et elle savait qu'un jour ou l'autre elle finirait par se briser en mille morceaux.

Après quinze jours à New York, ses parents avaient finalement fait leurs bagages pour rentrer à Sacramento. L'attitude bravache qu'elle avait arborée devant eux, derrière un grand sourire mensonger, avait produit son effet. Malgré tout, alors qu'ils attendaient l'ascenseur, ils l'embrassèrent et l'étreignirent pour lui dire au revoir et la supplièrent encore une fois de venir vivre en Californie.

Tout va bien. Je poursuis ma convalescence et je passe mon examen dans quinze jours.

Elle leur adressa un signe de la main accompagné d'un sourire, tandis que les portes de l'ascenseur se refermaient sur le visage marbré de larmes de sa mère. Puis elle se retourna et se précipita chez elle, claqua la porte, s'assit à même le sol et pleura de manière incontrôlable pendant trois heures.

Elle continua néanmoins à préparer son examen, chez elle. Mieux valait ne pas s'aventurer dans les cours, de peur de subir les regards malsains de parfaits inconnus et les questions des amis bien intentionnés. Elle s'arrangea pour se procurer les enregistrements vidéo. Très souvent, elle se retrouvait assise par terre dans le salon, entourée d'ouvrages de droit, un bloc-notes à la main, regardant d'un air vide, sur l'écran du téléviseur, les professeurs qui remuaient les lèvres pour prononcer des paroles qui, bizarrement, n'avaient plus aucun sens. Elle ne pouvait plus se concentrer, tout simplement, et elle savait qu'elle ne réussirait jamais son examen.

La veille du grand jour, Michael dormit chez elle et le lendemain, à 7 heures, il la conduisit en voiture au centre des congrès Jacob Javits à Manhattan où se déroulait l'examen. Elle signa la feuille de présence comme les trois mille autres concurrents, s'assit à la place qu'on lui avait attribuée et reçut l'épaisse enveloppe contenant les sujets à 8 heures précises. Un silence chargé de concentration s'abattit alors sur le vaste centre des congrès. À 8 h 05, Chloé regarda derrière elle, à côté d'elle, devant elle, cet océan de visages inconnus, certains penchés au-dessus de leurs feuilles, d'autres jetant des regards inquiets autour d'eux. Tous ces visages l'angoissaient et la terrifiaient. Elle avait des élancements dans la tête, elle tremblait de tous ses membres et son corps était couvert d'une pellicule de sueur glacée. Elle avait la nausée. Elle leva la main et une surveillante l'accompagna aux toilettes. Elle se précipita dans un des cabinets pour vomir. Après s'être aspergé le visage et la nuque d'eau froide, elle ressortit des toilettes et, au lieu de retourner vers la salle d'examen, elle marcha droit vers la sortie du centre des congrès. À 8 h 26, elle prit un taxi pour rentrer chez elle.

Comme l'inspecteur Harrison ne l'appelait plus, c'était Chloé qui, maintenant, lui téléphonait chaque jour pour savoir où en était son affaire. La réponse était toujours la même : « Soyez certaine que nous poursuivons l'enquête activement, Chloé. Nous espérons arrêter bientôt le coupable. Merci pour votre coopération. »

Elle aurait juré que l'inspecteur lisait son texte sur une fiche intitulée : « Comment calmer les victimes furieuses de voir leur affaire non résolue. » Car Chloé était de plus en plus convaincue, à mesure que le temps passait, que son dossier se dirigeait lentement, mais sûrement, vers le classeur des affaires éternellement en suspens. En l'absence d'empreintes digitales et de signalement du coupable, l'enquête ne serait certainement jamais résolue, sauf en cas d'aveux spontanés ou d'un énorme coup de chance. Malgré tout, elle appelait l'inspecteur Harrison chaque jour, ne serait-ce que pour la harceler et lui montrer qu'elle n'était pas disposée à laisser tomber.

Après le fiasco de l'examen, sa relation avec Michael s'était dégradée. Elle savait qu'il lui en voulait d'avoir abandonné l'épreuve, sans même essayer. Ils n'avaient pas fait l'amour depuis *l'incident*, comme il disait, mais désormais, même quand ils se tenaient simplement par la main, cela provoquait un sentiment de tension et de gêne. Au lieu de passer la voir chaque soir, il ne venait plus que le week-end. Et il se sentait de plus en plus frustré devant le refus de Chloé de sortir de chez elle, ne serait-ce que pour aller dîner au restaurant. Une sorte de distance, de froideur, s'était installée entre eux et elle grandissait chaque jour un peu plus, sans que ni lui ni elle ne sache comment regagner le temps perdu. D'ailleurs, Chloé n'était même pas certaine de vouloir revenir à la situation antérieure. Elle sentait bien que, d'une certaine façon, Michael la tenait secrètement responsable de ce qui s'était passé. Elle le voyait dans ses yeux quand il la regardait, puis quand il détournait la tête. Et cela, elle ne pouvait pas lui pardonner.

Si seulement tu m'avais laissé passer la nuit avec toi hier soir.

Sans doute savaient-ils l'un et l'autre que c'était fini, songeait Chloé, mais aucun des deux ne voulait être celui qui administrerait les derniers sacrements. Michael avait trop peur de l'avalanche de culpabilité qui s'abattrait sur sa tête si jamais il trouvait le courage de rompre leur liaison. Et elle se demandait ce qu'elle éprouverait s'il lui annonçait enfin que, même s'il l'aimerait toujours, il ne voulait plus d'elle comme épouse, mais pouvaient-ils rester amis ? Du soulagement, de la culpabilité, de la colère, de la tristesse ? Tandis que leur relation à la dérive réussissait à s'accrocher à la vie jusqu'à l'automne, Michael et Chloé se voyaient de moins en moins et aucun des deux ne s'en plaignait.

Le cabinet Fitz & Martinelli la pressa de repasser l'examen du barreau en février et, en attendant, elle se vit proposer un poste d'assistante. Elle refusa. Là-bas comme ailleurs, aux yeux de tous ses collègues, elle serait « celle qui a été violée ». Mais ce serait encore pire désormais, car elle avait acquis une autre réputation, peu enviable : « la fille violée qui avait fichu le camp pendant l'examen d'entrée au barreau ».

Trois mois plus tard, lors du check-up postopératoire, son gynécologue lui suggéra d'aller voir un psychologue. « Les victimes de viol ont des cicatrices que les autres ne peuvent pas voir, lui dit-il. Un soutien psychologique vous aidera à affronter cette situation. »

Tout va bien. Je poursuis ma convalescence. Je n'ai pas passé l'examen comme prévu, c'est tout. Merci de vous soucier de ma santé.

Elle avait quitté le cabinet de consultation en jurant de ne jamais y remettre les pieds.

En octobre, elle postula pour un poste de nuit au bureau des réservations de l'hôtel Marriott à l'aéroport La Guardia. C'était un immense hôtel, toujours très animé, avec des centaines d'employés dont aucun ne connaissait son nom. Elle travaillait dans un bureau isolé, avec des écouteurs sur la tête, loin du public et des regards inquisiteurs. Ce n'était pas comme ça qu'elle allait devenir associée d'un cabinet d'avocats et ses parents ne seraient pas fiers d'elle s'ils savaient la vérité. Michael était écœuré par ce qu'il appelait « son manque d'ambition ». Mais au moins, cet endroit lui offrait la protection d'une présence nombreuse durant les terrifiantes heures de la nuit et l'anonymat dont elle avait besoin pour échapper aux questions indiscrètes. De plus, c'était un moyen de gagner de l'argent. Elle travaillait de 23 heures à 7 heures.

Elle occupait ce poste depuis seulement un mois lorsqu'elle reçut l'appel. Il était presque 6 heures, elle approchait de la fin de son service.

— Hôtel Marriott La Guardia. Bureau des réservations. Puis-je vous aider ?

— Oui. J'ai loupé mon avion malheureusement et American Airlines ne peut pas me trouver une autre place avant demain matin. Je vais avoir besoin d'une chambre. Vous avez quelque chose de disponible ?

Elle reconnut en fond sonore « Que les brebis paissent en paix » de Bach.

— Je vais voir. Êtes-vous membre du Club Privilège Marriott ?

— Non.

— Chambre simple ou double, monsieur ?

— Simple.

— Fumeur ou non ?

— Non fumeur, s'il vous plaît.

— Pour combien de personnes ?

— Une seule. À moins que tu aies envie de me rejoindre, Chloé.

Son cœur cessa de battre. Elle arracha les écouteurs pour les jeter par terre et elle les regarda comme s'il s'agissait d'un cafard. Adele, la responsable, vint voir ce qui se passait, accompagnée de plusieurs employés de la réception. Une petite voix jaillissait des écouteurs, sur la moquette :

— Allô ? Allô ? Mademoiselle ? Vous m'entendez ?...

— Ça va ? demanda Adele.

Chloé eut un mouvement de recul en sentant une main se poser sur elle.

Avait-elle réellement entendu ces paroles ?

Les fissures se multipliaient et se ramifiaient. La façade n'allait pas tarder à s'effondrer. Elle regardait avec effroi les écouteurs qu'Adele ramassait par terre.

— Allô, monsieur ? Toutes nos excuses. Je suis Adele Spates du bureau des réservations. Que puis-je pour vous ?

Chloé recula vers la porte en saisissant son sac posé sur la table, pendant qu'Adele finissait la réservation. Les murs se mirent à tournoyer. Des voix résonnèrent dans sa tête.

Une jolie fille comme ma Chloé ne devrait pas rester seule.

Tu es si appétissante que j'ai envie de te manger.

Si seulement tu m'avais laissé passer la nuit avec toi.

Soyez certaine que nous poursuivons l'enquête activement.

Elle traversa en courant le parking du Marriott, jusqu'à sa voiture, comme si elle avait le diable à ses trousses. Elle avait oublié son manteau et le vent froid d'automne la transperçait. En roulant à plus de 110 km/h sur la voie express Grand Central, elle fonça chez elle en jetant des regards affolés dans le rétroviseur, s'attendant à découvrir le visage moqueur du Clown à bord de la voiture qui la suivait.

Elle se gara et courut vers l'ascenseur en passant devant le gardien qui dormait dans le hall. Une fois chez elle, elle alluma toutes les lumières, rebrancha l'alarme et ferma la porte à double tour.

Une peur comme elle n'en avait jamais connu s'était emparée d'elle et son corps était secoué de tremblements incontrôlables. Elle passait d'une pièce à l'autre en ouvrant à la volée toutes les portes des placards, regardant sous le lit, derrière le rideau de la douche. Dans le tiroir de la table de chevet, elle prit le petit pistolet calibre 22 que son père lui avait acheté avant de repartir en Californie. Prudemment, elle vérifia et vérifia encore qu'il était bien chargé.

Dans le salon, la lumière rouge sur le boîtier du système d'alarme clignotait.

Assise sur le canapé, elle avait posé l'arme sur ses genoux, sa main moite serrait de toutes ses forces la crosse noire et son index jouait nerveusement avec la détente. Tibby, le vieux chat, se glissa sous son bras et vint se frotter contre sa poitrine en ronronnant. Le soleil s'était levé et une pâle lumière jaune commençait à filtrer entre les rideaux tirés. La météo avait annoncé une belle journée. Chloé regardait fixement la porte d'entrée peinte en blanc et elle attendait.

La façade avait fini par s'écrouler. En mille morceaux.

DEUXIÈME PARTIE

CHAPITRE 15

SEPTEMBRE 2000

Tous les visages autrefois si jolis le regardaient d'un air absent et mort. Des yeux vert d'eau ou gris-violet, avec leurs longs cils encore enduits de mascara, contemplaient le néant. Les bouches pleines et peintes n'étaient plus que des trous noirs déformés. Des yeux dont l'ultime vision avait été une horreur inimaginable. Des bouches ouvertes pour l'éternité sur des hurlements muets.

L'agent spécial Dominick Falconetti des services de police de l'État de Floride était assis seul dans l'ancienne salle de conférences aux murs gris. Il avait les yeux fixés sur le montage de photographies qui ornaient Le Mur, la tête entre les mains, massant ses tempes avec ses index pour essayer de chasser la pression qu'il sentait monter dans son crâne. Les rapports de police, les chemises vertes contenant les comptes rendus d'enquête, les coupures de presse et les transcriptions d'interrogatoire occupaient toute la longueur de la grande table rectangulaire en merisier. Une cigarette se consumait quelque part derrière un vieux gobelet de café Starbucks et un sac vide, en papier marron, de chez Burger King. Dans un coin de la pièce encombrée, de la neige grésillait sur l'écran d'un moniteur où venait de défiler une effroyable cassette vidéo. Au-dessus de sa tête, les rampes de néons projetaient une lumière blanche sur les cinq nouvelles photographies horribles soigneusement disposées devant lui sur la table. Une fille de plus pour Le Mur.

La police avait demandé aux familles des onze jeunes femmes disparues de fournir une photo récente de chacune d'elles à des fins d'identification. Des photos de bal du lycée ou de remise des diplômes, des portraits provenant des albums scolaires ou des clichés professionnels souriaient maintenant à Dominick, de différents endroits du grand panneau de liège que les membres de la brigade spéciale avaient surnommé Le Mur. En vérité, les policiers avaient reçu de la part des familles trois, cinq ou même dix photos de chacune des filles. Après dix-sept ans passés à la criminelle comme inspecteur, Dominick savait qu'il était impossible de demander à une mère de choisir une seule et unique photo pour saisir toute une vie de souvenirs, ou à un frère de décider quelle dernière image il voulait laisser de sa sœur. Exiger un tel choix était presque inconvenant. Ils avaient gardé la photo la plus représentative de chacune des filles pour l'accrocher sur Le Mur et toutes les autres avaient été discrètement archivées. Ils avaient ensuite aligné ces beaux visages sur le panneau de liège, par ordre chronologique, en commençant par la date de la première disparition et non par celle où on avait finalement découvert leurs corps.

Juste en dessous, offrant un contraste saisissant avec les clichés joyeux, on avait épinglé les photos des corps dénudés et mutilés de neuf des jeunes femmes disparues. Des punaises aux couleurs fluorescentes réunissaient les collages de photos de scènes de crime et d'autopsie, cinq par victime, sur le panneau de liège qui occupait maintenant presque toute la longueur du mur de sept mètres sur trois. Un effroyable album de photos « avant » et « après », à vous glacer le sang. Coincées entre les jeunes femmes vivantes et mortes, des petites fiches blanches cartonnées, soigneusement remplies à la machine, donnaient le nom, l'âge et un bref signalement de la victime, ainsi que la date et le lieu de sa disparition. La dernière ligne indiquait la date et le lieu où le corps avait été découvert, et pour finir, la date et l'heure du décès estimées par le médecin légiste. La mention de la cause de la mort n'était pas nécessaire. Il suffisait de regarder les photos en couleurs, sur papier glacé, épinglées sur Le Mur.

Dominick but une gorgée de café, complètement froid maintenant, et observa, comme il l'avait déjà fait des centaines de fois, le visage obsédant de chacune des filles, plongeant dans leurs yeux autrefois confiants et désormais emplis de terreur. *Qu'avaient-elles vu dans les derniers instants de leur courte vie, avant que, par bonheur, tout devienne noir ?*

Elles étaient toutes si jeunes. La plupart avaient à peine vingt ans ; trois d'entre elles n'avaient même pas eu la chance de vivre jusque-là. La plus âgée des onze avait vingt-cinq ans, la plus jeune tout juste dix-huit. Sur les photos prises de leur vivant, leurs sourires éclatants étaient irrésistibles, leurs moues taquines empreintes de timidité. L'une d'elles avait des anglaises blondes qui cascadaient sur ses épaules ; une autre, aux cheveux platine, portait une coupe au carré dégradée derrière les oreilles ; et une troisième, avec des mèches plus claires, avait des cheveux raides qui lui tombaient dans le dos. Toutes étaient blondes et très belles, quand elles étaient en vie. Si belles, d'ailleurs, que six d'entre elles avaient leur portrait réalisé par des professionnels sur Le Mur.

Au cours des dix-huit derniers mois, onze femmes s'étaient volatilisées dans la nuit tropicale de Miami ; elles avaient disparu sous les palmiers d'Ocean Drive et de Washington Avenue en sortant des night-clubs à la mode et bondés de South Beach et autres endroits chauds où aimaient s'amuser les gens riches, beaux et célèbres. Plusieurs semaines, parfois plusieurs mois après leur disparition, les corps nus et mutilés de neuf de ces femmes avaient été découverts dans des coins isolés du comté de Miami-Dade. Les lieux des crimes étaient aussi éparpillés qu'imprévisibles : une ancienne raffinerie de sucre dans la région des Everglades, une fumerie de crack au cœur de Liberty City, un supermarché abandonné de Kendall… Le meurtrier n'essayait pas de cacher les corps, pas plus que ses crimes. Au contraire, il semblait heureux qu'on finisse par les découvrir. On voyait immédiatement que la mort cruelle de chaque victime avait été planifiée avec le même soin que sa disparition, et avec une sauvagerie qui avait ébranlé les enquêteurs les plus endurcis.

Les corps violés portaient tous la signature effrayante d'un tueur en série, celui qui choisit sa proie humaine apparemment au hasard, pour des raisons connues uniquement de son cerveau malade. Un tueur en série si effronté qu'il enlevait délibérément ses victimes devant des centaines de témoins, et si brutal qu'il avait hérité du surnom macabre de Vorace.

Chaque jeune femme avait été véritablement ouverte en deux, dans le sens de la hauteur, de la gorge jusqu'à l'abdomen, puis horizontalement, sous les seins. Le sternum avait été écartelé et les côtes sectionnées à l'aide d'un objet indéterminé. Les cœurs avaient été découpés et ôtés de la poitrine. Ils avaient tous disparu. À la place du torse, il n'y avait plus qu'un grand trou noir béant et ensanglanté. Toutes les jeunes femmes avaient été retrouvées nues, dans une position obscène, et toutes avaient été agressées sexuellement avant de mourir, de manière vaginale et anale, avec un ou plusieurs objets non identifiés. Certaines même après la mort.

Douze agents de police et inspecteurs, provenant de cinq unités différentes, étaient maintenant affectés à temps plein à la brigade spéciale chargée de l'affaire du Vorace : la police de Miami Beach, la police municipale de Miami, la police du comté de Miami-Dade et la police de North Miami. À la demande du gouverneur Bush, le Département des forces de police de l'État de Floride, le FDLE, chargé des enquêtes criminelles, avait contribué initialement à l'opération en prêtant une salle de réunion de leur Centre régional des opérations de Miami, qui servirait de quartier général pour la brigade spéciale. Ils avaient également ajouté les services d'un criminologue, d'une photocopieuse, d'un télécopieur et d'une secrétaire à mi-temps. C'était dans cette salle de réunion que le panneau de liège avait été installé pour la première fois. Au début, il s'agissait d'un tableau de taille standard, de 1 m 50 sur 50 cm peut-être. Mais dix mois, six femmes disparues et trois cadavres plus tard, sans aucune piste, le FDLE avait également fait don à la brigade spéciale du savoir-faire de l'agent spécial Angel Dominick Falconetti. La première chose qu'avait faite Dominick avait été de prendre un panneau plus grand.

On avait poussé dans un coin de la pièce deux bibliothèques en bois de mauvaise qualité et un meuble de classement afin de faire de la place pour la photocopieuse, trois ordinateurs et les nombreux cartons qui s'empilaient contre les murs, presque jusqu'au plafond. Les plaques commémoratives, les trophées et les cadres divers qui décoraient autrefois la salle de réunion avaient été décrochés pour laisser place au Mur ; ils étaient maintenant entassés, à l'envers, sur les bibliothèques. Les cartons renfermaient des piles de chemises vertes bourrées de rapports de police, de notes concernant des pistes, de comptes rendus d'interrogatoires. Autant de documents qui retraçaient en détail les derniers mois, les derniers jours, les dernières minutes de la vie de chacune des jeunes femmes. Une pile de cartons séparés rassemblait les relevés bancaires de chaque victime, leurs journaux intimes, leurs agendas, des lettres, des albums de photos et des e-mails ; toutes ces choses les plus personnelles, les pensées et les détails les plus intimes, qui appartenaient désormais aux archives publiques de l'État de Floride.

Dominick trouva la boîte de punaises sur le meuble de classement relégué dans le coin, à côté d'un autre gobelet de café abandonné. Méthodiquement, il planta les punaises rose fluo dans les cinq photos pour les fixer sur le panneau de liège, sous la fiche cartonnée portant la mention : MARILYN SIBAN, DIX-NEUF ANS.

Sans les fiches nominatives, il était quasiment impossible d'établir le rapprochement entre les photos prises sur le lieu du crime et le portrait de la victime. Les visages jadis si parfaits étaient boursouflés, les teints de pêche étaient devenus gris, ou livides, ou pire encore, d'un noir intense et suintant. Les sourires blancs éclatants avaient cédé la place aux asticots et aux langues noires gonflées. Les boucles blondes étaient noircies et collées par le sang coagulé. Sous le climat chaud et humide de la Floride, la décomposition survenait rapidement, et dans bien des cas, les corps ne pouvaient être identifiés que grâce aux archives dentaires.

Les yeux de Dominick glissèrent sur Le Mur, à la recherche d'une chose invisible. Nicolette Torrence, vingt-trois ans ;

Andrea Gallagher, vingt-cinq ans ; Hannah Cordova, vingt-quatre ans ; Krystal Pierce, dix-huit ans ; Cyndi Sorenson, vingt-quatre ans ; Janet Gleeder, vingt ans ; Trisha McAllister, dix-huit ans ; Lydia Bronton, vingt et un ans ; Marilyn Siban, dix-neuf ans. Deux autres portraits lui souriaient à l'extrémité du Mur, au-dessus de leurs fiches d'identité incomplètes. Morgan Weber, vingt et un ans, aperçue pour la dernière fois au Clevelander Bar de Miami Beach le 20 mai 2000 ; et Anna Prado, vingt-quatre ans, aperçue pour la dernière fois au Level, un night-club de South Beach, le 1er septembre 2000. Deux autres jeunes femmes ayant disparu. Deux autres mortes présumées.

Dominick tira une dernière et longue bouffée sur sa cigarette, avant de l'écraser. Il avait arrêté de fumer depuis quelques années, mais depuis que les corps de Cyndi Sorenson et de Lydia Bronton avaient été retrouvés le mois dernier, à moins d'une semaine d'intervalle, il en fumait une ou deux en douce de temps en temps. Il regarda dehors par l'unique, et petite, fenêtre de la pièce. Le grillage qui entourait l'entrepôt des pièces à conviction, juste à côté, projetait d'étranges ombres dansantes dans la lumière du lampadaire sur le parking désert du FDLE. Tout le monde était rentré chez soi depuis longtemps et il faisait nuit noire maintenant. Sur la grande table de réunion était posé un classeur à soufflets marron dont le contenu s'était répandu sur les rapports de police éparpillés. Il était tout neuf. Sur le dessus, on avait écrit à la main : MARILYN SIBAN. NÉE LE : 16/4/81 DISPARUE LE : 7/7/2000. DDC : 17/9/2000.

DDC signifiait : Date de Découverte du Corps. Compte tenu de l'état de décomposition avancée du corps de Marilyn, le médecin légiste n'avait pu déterminer avec précision la date de la mort. Il estimait qu'elle remontait à deux ou quatre semaines. Cela voulait dire, entre autres, que le Vorace l'avait maintenue en vie pendant quinze jours avant de la laisser mourir enfin. Dans le coin supérieur droit du dossier, le nombre 44 était écrit à la main et entouré d'un cercle ; il indiquait la totalité de photos prises sur le lieu du crime et lors de l'autopsie. Dominick en avait déjà punaisé cinq sur Le Mur.

Deux jours plus tôt seulement, des agents participant à un stage de commando avec la police du comté de Miami-Dade avaient découvert le cadavre d'une fille de dix-neuf ans à la périphérie ouest de Florida City, près des Everglades, dans un silo de missiles appartenant à l'US Navy. L'insupportable puanteur de la chair en décomposition les avait assaillis dès qu'ils avaient ouvert d'un coup de pied les portes métalliques du silo dans le cadre de leurs manœuvres. Dans le coin le plus reculé du vieux bâtiment désert, une zone d'environ 2 mètres sur 2 avait été délimitée par une corde en Nylon sur laquelle pendaient des vieilles couvertures et des vieux draps sales qui formaient une tente de fortune à trois côtés. Tout d'abord, les policiers avaient cru qu'il s'agissait du campement d'un sans-abri, ou bien d'un « château fort » construit par des enfants ayant réussi à s'introduire dans ce lieu. Quant à l'odeur, ils pensaient que ce devait être un animal mort. C'est en soulevant les draps qu'ils avaient découvert les restes de l'ancien mannequin.

Le corps nu de Marilyn était assis sur le sol en ciment crasseux, le dos appuyé contre un vieux baril de pétrole rouillé. Ses longs cheveux blond cendré avaient été attachés en queue-de-cheval serrée et scotchés ensuite sur le dessus du baril, l'obligeant à renverser légèrement la tête en arrière et à tendre le cou. La bouche et les yeux étaient ouverts. Presque toute la peau avait suppuré et cloqué sous l'effet de la chaleur, avant de se détacher par lambeaux en laissant apparaître les chairs et les muscles noircis et pourrissants. Les jambes avaient été arrachées de leurs cavités articulaires au niveau du bassin et écartées au maximum dans une position grotesque ; ses bras pendaient entre ses jambes et ses doigts décharnés avaient été introduits à l'intérieur de la région du pubis. Comme avec toutes ses autres victimes, le Vorace avait laissé derrière lui ce qui était devenu sa signature : la poitrine avait été ouverte et écartelée et il ne restait plus qu'une cavité béante à la place du sternum. À en juger par l'ampleur des taches de sang incrustées dans le ciment sous le corps et les traces d'éclaboussures sur les draps, la victime avait sans doute été tuée à l'endroit même où on l'avait découverte. La mort était due à une hémorragie massive provoquée par le sectionnement de l'aorte et l'ablation du cœur. Le médecin légiste n'avait pu déterminer si Marilyn était encore consciente à ce moment-là, mais après avoir analysé la disposition des taches de sang, il pensait pouvoir affirmer qu'elle était encore vivante quand on lui avait arraché le cœur.

Elle avait disparu du Club Liquid de South Beach un vendredi soir, deux mois plus tôt environ. Les quatre amies avec qui elle se trouvait à l'intérieur du night-club bondé ce soir-là avaient déclaré que Marilyn s'était rendue au bar principal pour boire un verre et n'était jamais revenue. Croyant qu'elle avait rencontré un garçon et qu'elle était partie avec lui, elles n'avaient signalé sa disparition à la police de Miami Beach que deux jours plus tard quand elle n'avait pas repris son travail de serveuse. La photo que ses parents avaient remise à la police faisait partie de sa dernière séance de pose pour un vendeur d'automobiles d'occasion des Keys, réalisée deux jours avant sa disparition.

Les spécialistes de la police scientifique allaient inspecter pendant plusieurs jours chaque centimètre carré du silo et de l'entrepôt voisin, ainsi qu'un large périmètre alentour, mais Dominick n'espérait pas grand-chose. Si le lieu du crime ressemblait aux huit précédents, il n'y aurait ni empreintes, ni traces de sperme, ni cheveux, ni ADN, rien. L'équipe des médecins légistes du FDLE, venue de Key West, aidée par la police criminelle du comté de Miami-Dade, avait passé les deux derniers jours à examiner minutieusement les environs pour rechercher des marques de pneus, des empreintes de pas, des mégots de cigarette, des vêtements ou des armes quelconques, et ils avaient fait chou blanc. L'ancien complexe militaire était situé à l'écart de la route principale et de tout témoin potentiel. La station-service la plus proche se trouvait à presque dix kilomètres. En outre, le site était protégé seulement par une clôture grillagée, de nombreux panneaux « Interdiction d'entrer » et une simple grille d'entrée munie d'une serrure qui n'aurait pas résisté à un enfant de deux ans.

La frustration était insupportable. Après huit mois passés au sein de cette brigade spéciale, il ne s'était toujours pas rapproché du tueur. Ou des tueurs. En revanche, les disparitions et les meurtres se succédaient à un rythme croissant. La violence infligée aux victimes augmentait et devenait de plus en plus spectaculaire, tout en restant méthodique et contrôlée. Chaque meurtre indiquait que le tueur s'enhardissait. Il narguait la police. Certaines des victimes avaient été tuées là où on les avait découvertes, mais d'autres avaient été torturées puis tuées ailleurs, et leurs corps transportés dans un lieu précis pour y être exposés. *Pourquoi certaines et pas d'autres ?* Tous les lieux avaient été choisis délibérément et soigneusement préparés. *Pourquoi ? Quel message essayait-il de faire passer ?* Les corps de deux des premières victimes, Nicolette Torrence et Hannah Cordova, avaient été découverts, d'après les estimations du médecin légiste, deux jours seulement après leur mort. Leur disparition avait été signalée moins d'une semaine avant qu'on les retrouve. Le Vorace semblait désormais prendre plus de temps avec chacune de ses victimes, pour faire des expériences. Plusieurs mois s'écoulaient entre les disparitions et la découverte des corps.

La couverture médiatique de ces meurtres ne connaissait aucune trêve. Les chaînes de télévision transformaient les lieux du crime en un véritable cirque avec des camions relais, des antennes, des perches de micro et des projecteurs. Des rédactions venues de tout le pays et même du monde entier avaient installé leurs campements à Miami afin de rendre compte de « l'épidémie de meurtres sauvages qui déconcertait la police ». Des journalistes pleins d'entrain et de détermination se battaient entre eux devant les sacs contenant les cadavres pour être les premiers sur l'affaire et ils s'efforçaient de cacher leur excitation quand ils annonçaient à l'antenne la découverte d'une nouvelle victime du Vorace.

Dominick passa sa main dans son épaisse chevelure noire et vida d'un trait le restant de son café froid. Il avait dormi moins de quatre heures au cours de ces deux derniers jours. Il appuya son menton au creux de sa main en tirant doucement sur le petit bouc poivre et sel qu'il essayait de faire pousser. Récemment, il avait remarqué que le sel prenait le pas sur le poivre. S'il paraissait toujours jeune et en pleine forme de l'extérieur, intérieurement il commençait à sentir le poids de ses trente-neuf ans.

C'était à cause de ce métier. De toutes ces affaires. Vous aviez beau tenter de prendre le maximum de recul, ça vous minait. Dans chacun de ses jeunes visages, beaux et frais, il voyait une petite amie, une sœur, une fille. En regardant ces yeux morts, il voyait sa propre nièce, qui hier encore faisait de la balançoire à Long Island, et qui aujourd'hui, devenue une jeune femme sensuelle de dix-huit ans, partait à l'université. Cela faisait dix-sept ans maintenant qu'il travaillait à la criminelle, quatre ans d'abord avec la police de New York dans le Bronx et les treize années suivantes en tant qu'agent spécial à la section des crimes violents du FDLE. Chaque année, il jurait que c'était la dernière. Il promettait de demander sa mutation à la brigade des fraudes où tout le monde quittait le bureau à 17 heures. Mais les années se succédaient et il était toujours là, avec ses cadavres et ses perquisitions à 3 heures du matin. Pour une raison mystérieuse, il se sentait obligé de faire ce qu'il faisait. À ses yeux, il n'y avait pas de repos possible tant que tous les meurtriers n'avaient pas été arrêtés et toutes les victimes vengées. Malheureusement, ce n'était pas toujours le cas.

Pourtant, il savait que tous les meurtriers commettaient des erreurs. Tous sans exception. Même les tueurs en série laissaient une carte de visite. Il en avait traqué quatre au cours de sa carrière, dont Danny Rolling à Gainesville et l'Étrangleur de Tamiani à Miami. Rétrospectivement, quand vous reveniez sur les lieux des crimes ignobles commis par les tueurs en série qui avaient été arrêtés, vous découvriez leurs erreurs. Il suffisait de savoir où chercher. Le Fils de Sam, l'Étrangleur de Boston, John Wayne Gracy, Ted Bundy, Jeffrey Dahmer.

Il suffisait de savoir où chercher.

Il étudiait Le Mur en essayant de trouver la pièce manquante que personne ne pouvait voir. Des photos aériennes de South Beach et du comté de Miami-Dade, parsemées d'épingles à tête rouge ou bleue, occupaient le mur opposé. Les points rouges qui constellaient le quartier Art déco appelé SoBe indiquaient les endroits où avait disparu chacune des jeunes femmes. Les points bleus s'étendaient tout autour de Miami.

Il était 21 heures. Dans la lumière des néons, Dominick prit ses lunettes pour relire l'interrogatoire de Shelly Hodges, une des dernières personnes à avoir vu son amie Marilyn Siban vivante. « Il y avait trop de monde pour se faire servir à une table. C'était trop long. Marilyn a dit qu'elle croyait avoir vu des gens qu'elle connaissait au bar, et elle est allée commander un martini. Je ne l'ai plus revue ensuite. »

Des gens qu'elle connaissait. Pluriel. Se pouvait-il qu'il y ait plusieurs tueurs ? Habituellement, les tueurs en série agissaient seuls, mais il existait des exceptions notables, comme les Étrangleurs des Collines, deux cousins de Californie. En supposant l'espace d'un instant qu'ils étaient plusieurs, Marilyn connaissait sans doute ses meurtriers, ou du moins elle leur faisait suffisamment confiance pour quitter la boîte de nuit avec eux. Dès le début les enquêteurs avaient émis l'hypothèse selon laquelle toutes les victimes connaissaient leur meurtrier. Sinon, pourquoi auraient-elles abandonné leurs amies qui les attendaient ?

Si tel était le cas, il devait bien exister un lien, une relation, entre plusieurs victimes au moins. Mais d'après les renseignements recueillis, aucune d'elles ne connaissait les autres et elles n'avaient pas d'amis communs. Parmi les mannequins, aucune n'appartenait à la même agence et elles n'avaient jamais travaillé ensemble. Impossible de faire apparaître le moindre lien. Les pensées de Dominick tournoyaient dans le vide, tandis que ses yeux revenaient se poser sur le panneau de liège.

Il suffisait de savoir où chercher.

C'était l'heure de rentrer. Il n'y avait rien de plus à faire ici ce soir, et de toute façon, il n'y avait plus personne. Il rassembla les rapports étalés sur la table et les fourra dans le nouveau classeur à soufflets, il éjecta du magnétoscope la cassette filmée sur le lieu où on avait retrouvé Marilyn Siban et éteignit son ordinateur portable. Au même moment, son téléphone sonna.

— Falconetti, j'écoute.

— Agent Falconetti, ici le sergent Lou Ribero de la police de Miami Beach. Je crois que j'ai une bonne nouvelle pour vous et pour votre équipe. Apparemment, on a mis la mains sur votre Vorace. Et il nous a amené sa toute dernière victime.

CHAPITRE 16

Dominick fonçait vers l'est sur la voie rapide Dolphin en direction de Miami Beach, son gyrophare allumé, en zigzaguant au milieu de la circulation encore dense à 21 heures. Les conducteurs de Floride étaient certainement les plus terribles. Et de loin. Ils battaient les new-yorkais haut la main. Soit ils roulaient à 30 km/h au-dessus de la vitesse autorisée, soit à 30 km/h en dessous. Il n'y avait pas de juste milieu. Du moins jusqu'à ce que les lièvres rattrapent les tortues et freinent brutalement, provoquant ainsi un enchaînement de collisions qui pouvaient s'étendre sur plusieurs kilomètres.

Juste après la bretelle d'accès à l'autoroute MacArthur, la circulation se trouva totalement bloquée. Devant lui, Dominick apercevait le rassemblement de lumières rouges et bleues clignotantes. À cet endroit, l'autoroute se séparait en deux pour emprunter un grand pont qui enjambait les eaux de l'Intercoastal, mais à moins d'y aller à la nage, il n'y avait aucun moyen de passer. Il maudit le flic idiot qui avait justement choisi cet endroit pour arrêter un automobiliste. Il déboîta à droite sur la bande d'arrêt d'urgence et roula pendant environ un kilomètre en dépassant les files de tortues et de lièvres tous unis par une même cause désormais et qui sortaient la tête par les vitres de leurs véhicules pour essayer d'apercevoir ce qu'ils pensaient être un sordide accident de la route. Dominick découvrait maintenant sur sa gauche un groupe de quinze à vingt voitures de police qui avaient convergé sur cette portion d'autoroute, en direction de l'ouest, et un hélicoptère de la ville de Miami qui décollait du même endroit. Les motards de la police de la route avaient bloqué la circulation dans les deux sens, et quelques curieux morbides, dans les premières rangées, étaient assis sur les capots et les toits de leurs voitures pour assister à la scène. Les énervés préféraient jouer du Klaxon.

Dès qu'il eut franchi le barrage des voitures de la police de la route, Dominick fonça jusqu'à la sortie suivante et quitta l'autoroute pour la reprendre dans l'autre sens, ce qui se révéla quasiment impossible, car la bretelle elle-même était encombrée par les véhicules immobilisés. Il dut appeler par radio un agent de la police de la route afin qu'il lui dégage le passage.

Ayant réussi à reprendre l'autoroute en direction de l'ouest cette fois, il fonça sur la bande d'arrêt d'urgence en passant devant un autre groupe de curieux et un autre barrage de la police de la route, puis il gara sa Grand Prix derrière une rangée d'une dizaine de voitures de police appartenant à toutes les brigades du comté de Miami-Dade. Les deux voies de droite étaient fermées par des balises en plastique et un jeune agent de la police de la route, qui ne devait pas avoir plus d'une vingtaine d'années, le visage constellé de taches de rousseur, faisait signe aux automobilistes voyeurs d'avancer sur la voie de gauche à présent rouverte.

Une ambulance et un camion de pompier stationnaient en première ligne, leurs gyrophares rouge et blanc alternant avec la lumière bleue des voitures de police. Une fourgonnette blanche portant l'inscription MÉDECIN LÉGISTE DU COMTÉ DE MIAMI-DADE en lettres noires sur le côté était garée à l'écart. Elle n'avait pas de gyrophare. Si Dominick n'avait pas su ce qui l'attendait, il aurait juré qu'il s'agissait d'une effroyable collision entre plusieurs voitures avec de nombreuses victimes.

Il passa devant les voitures de police vides. Il aperçut, stationnée sur la bande d'arrêt d'urgence, la Jaguar XJ8 noire, le long de la glissière de sécurité, entourée d'autres voitures de police. *Merde. Le monde entier était là. Encore un cirque médiatique en perspective.*

D'autant que l'immeuble du *Miami Herald* se trouvait juste derrière, en bordure des rives de l'Intercoastal ; les fenêtres du neuvième étage touchaient presque l'autoroute. *Formidable. Les journalistes n'auront même pas besoin de quitter le confort de leur bureau pour être aux premières loges.* Il leva les yeux vers l'immeuble dont les fenêtres éclairées étaient mouchetées de petites silhouettes noires. À cet instant même, un type muni d'un téléobjectif devait être en train de photographier les poils de son nez.

La Jaguar était vide, le coffre grand ouvert. À l'intérieur, Dominick apercevait le drap blanc agité par la légère brise tropicale venant de l'Intercoastal. À cinq mètres de la Jaguar, un petit groupe de policiers vêtus d'uniformes divers bavardait ; leurs corps formaient inconsciemment un cercle protecteur devant le coffre. Leurs émetteurs-récepteurs laissaient entendre un jargon confus débité par les voix nasillardes des dispatchers au milieu des grésillements.

À l'ouest, vers l'extrémité de l'autoroute, s'étendait la silhouette des immeubles de Miami, magnifiquement éclairés par des néons de couleur, des roses intenses, des bleus iridescents et des jaunes acidulés. À l'autre extrémité, les lumières blanches scintillantes des gratte-ciel qui bordaient Miami Beach illuminaient l'est.

Juste après la Jaguar flambant neuve était garée une voiture de patrouille de la police de Miami Beach. Sur le siège arrière, derrière la grille de protection qui séparait le conducteur du passager, Dominick distinguait la forme sombre d'un individu.

Il approcha du groupe de policiers en montrant son insigne.

— Quelqu'un sait où je peux trouver le sergent Ribero ?

Un autre gars d'une vingtaine d'années, en uniforme de la police de Miami Beach, hocha la tête et désigna un autre groupe d'hommes réunis derrière une fourgonnette de la police scientifique. Dominick vit trois policiers discuter avec deux sosies des Blues Brothers, les lunettes noires en moins. Les deux types en costume sombre écoutaient attentivement et prenaient des notes. Il reconnut un des agents du FBI et sa mâchoire se crispa instinctivement.

Le cercle rassemblé autour de la Jaguar s'écarta pour le laisser passer. La lumière du coffre éclairait le drap et en s'approchant il aperçut les taches rouges à travers l'épais tissu. Au moment où il sortait une paire de gants en caoutchouc de sa poche de pantalon, une grosse main s'écrasa sur son épaule.

— J'espère que tu n'as pas encore dîné, mon pote. C'est pas joli à voir.

Manny Alvarez, un inspecteur de la police municipale de Miami affecté à la brigade spéciale depuis l'an dernier, se dressait derrière lui, tirant sur une cigarette, les manches de sa chemise blanche fatiguée roulées sur ses bras chargés de trop nombreux bracelets en or, des auréoles de sueur sous les aisselles. Son col était à moitié déboutonné sur son cou épais, où pendait une cravate orange et bleu des Miami Dolphins, sur laquelle le portrait en noir et blanc de Dan Marino souriait à Dominick.

— Où tu étais passé, nom de Dieu ?

— J'étais bloqué sur cette putain d'autoroute, voilà où j'étais passé. (Dominick secoua la tête et regarda autour de lui.) Visiblement, le secret a été mal gardé, Manny. C'est la foire, ici.

Intimidant avec son 1 m 95 et ses 120 kilos, Manny l'Ours, comme on le surnommait, dominait Dominick Falconetti qui s'en tenait à son 1 m 75 et à ses 85 kilos plus ordinaires. Des touffes d'épais poils noirs recouvraient le corps massif de l'Ours et couraient le long de ses bras, jusque sur ses mains et même ses doigts. Il arborait une grosse moustache de jais et même rasé on aurait dit qu'il portait la barbe. Des poils jaillissaient par le col ouvert de sa chemise. En fait, Manny avait des poils partout. Sauf sur son crâne, qu'il rasait pour le rendre aussi lisse qu'une boule de billard. Il ressemblait à une version cubaine et menaçante de M. Propre.

— Que veux-tu que je te dise ? Quand on t'invite à une fête, il vaut mieux se pointer avant qu'il n'y ait plus de gâteau. Au fait, as-tu fait signe à nos nouveaux amis du *Herald* ?

Manny désigna l'immeuble derrière eux et agita le bras de manière exagérée. Cette photo ferait certainement la une le lendemain matin.

— OK, ça va, dit Dominick. Alors, quel est le topo ?

Manny Alvarez tira sur sa Marlboro et s'appuya contre la bordure en béton. Les eaux de l'Intercoastal clapotaient quinze mètres plus bas.

— Sur les coups de vingt heures quinze, l'agent Chavez, un bleu de la police de Miami Beach, a repéré une Jaguar qui fonçait dans Washington Avenue en direction de MacArthur. Elle roulait au moins à 90. Il la prend en chasse sur la 395 et il s'aperçoit que la Jag a un feu arrière pété. Il oblige la bagnole à s'arrêter. Il y a un seul gars à bord. Chavez lui demande son permis de conduire, sa carte grise et tout le tintouin. D'après Chavez, le type avait l'air super décontracté, relax, pas de transpiration, pas de tics nerveux, rien. Il lui file un permis de conduire de Floride au nom de Bantling. William Bantling. Il habite dans LaGorce Avenue au bord de la mer. Chavez revient vers sa bagnole pour lui coller un P.-V. lorsqu'il remarque une drôle d'odeur qui semble provenir du coffre de la Jag. Alors, il demande à Bantling l'autorisation d'inspecter son coffre. Le gars refuse.

« Y'a un truc louche, se dit Chavez. Pourquoi ce gars ne veut pas que je regarde dans son coffre ? Alors, il appelle des renforts et il garde le type jusqu'à l'arrivée de la cavalerie. Les renforts débarquent vingt minutes plus tard, avec des clebs qui se précipitent sur le coffre et se mettent à gratter, à aboyer, la totale. Les gars pensent aussitôt : coke, évidemment. Papa transporte des sucreries pour le pif dans son coffre. Ils l'ouvrent et… surprise, surprise ! Notre ami transporte une fille morte dans son coffre. Elle est ouverte en deux et son cœur a disparu.

« Tout le monde se met à flipper. Ils se jettent sur leurs radios. En moins de deux, tous les services rappliquent. Un vrai cirque. Ils ont même transporté mon chef dans un hélico pour qu'il puisse se rincer l'œil. Tu l'as loupé de peu. Il assistait à une sorte de pince-fesses mondain pour soutenir le gouverneur ou je ne sais quoi. Dès qu'il a appris la nouvelle, il a déclaré qu'il devait se rendre sur place, mais au lieu de se taper vingt minutes de bagnole depuis le Biltmore Hotel, il a demandé au gars de l'emmener en hélico, avec le gouverneur. Il a fallu qu'on dégage l'autoroute pour qu'il pose son gros cul et qu'il puisse s'offrir une avant-première et jouer les lèche-bottes sur le trajet du retour jusqu'à son assiette. C'est délirant, non ?

Manny secoua la tête d'un air dégoûté et lança sa cigarette d'une pichenette en direction du lent défilé de voyeurs qui roulait sur la file de gauche. Avec un peu de chance, le mégot entrerait par la vitre baissée d'un de ces connards assoiffés de sang. Il lui tomberait entre les jambes et lui brûlerait les couilles.

Dominick eut un mouvement de tête en direction de la fourgonnette blanche.

— C'est qui, les gars en costard ?

Manny esquissa un sourire narquois.

— Tu as besoin d'un dessin ? Ce sont nos chers amis du FBI sur qui on peut toujours compter, ils sont là pour récolter les lauriers d'une affaire sur laquelle ils n'ont jamais bossé. (Il leva les yeux au ciel.) Stevens et Carmedy. Ils font copain-copain avec les Beach Boys pour récolter le maximum d'infos avant la conférence de presse qu'ils vont sans doute donner dès demain.

— Comment se fait-il qu'ils ont été prévenus avant moi ? demanda Dominick. (Il regarda autour de lui et secoua la tête.) Bon Dieu, Manny, tout le monde est là !

— Le chef du FBI à Miami assistait au même dîner. Mais d'après ce que je sais, les fédéraux, toujours aussi humbles, sont venus par leurs propres moyens. Quant aux autres, comme tu peux le voir, ils veulent juste participer à cet instant historique.

Dominick secoua la tête encore une fois. Le chef du FBI à Miami se nommait Mark Gracker. Dominick et lui avaient déjà eu quelques démêlés bien avant l'enquête sur le Vorace, à cause d'une affaire de meurtre commis par la pègre, dont Gracker et ses amis agents fédéraux s'étaient emparés opportunément après que Dominick eut identifié le suspect. À peine avait-il murmuré le nom du meurtrier au cours d'un conciliabule avec le FDLE et le FBI qu'il avait vu peu de temps après, en regardant les infos d'un air abasourdi, Gracker passer les menottes au coupable tout en donnant une interview à Julia Yarborough de la chaîne

Channel 6. Dix jours plus tard, Gracker avait été nommé chef de la section locale du FBI.

Le bureau essayait toujours de se faire une place au premier plan pour que ses agents puissent passer pour des héros à la fin. Ils n'avaient plus très bonne presse depuis les affaires Waco et Ruby Ridge. Mais maintenant que le corps de Marilyn Siban avait été découvert sur un territoire fédéral, l'affaire relevait désormais de la compétence du FBI et Dominick savait qu'il ne pouvait plus envoyer Gracker se faire foutre. Il reporta son attention sur le coffre de la Jaguar.

— On a l'identité de la fille ?

— C'est Anna Prado, la jolie petite mignonne qui a disparu au Level. Ça ne faisait que quinze jours. Le corps est assez bien conservé. À mon avis, elle est morte depuis vingt-quatre heures environ. Si c'est pas malheureux. Une belle fille comme ça.

Dominick enfila ses gants en caoutchouc et souleva le drap blanc. Une nouvelle paire d'yeux vides et morts le regardait désespérément. Ils étaient bleu marine.

— Personne ne l'a déplacée ?

— Non. Elle est comme on l'a trouvée. Les fédéraux ont jeté un coup d'œil, mais c'est tout. J'ai joué la baby-sitter. « Pas touche, les gars, et soyez gentils avec les autres flics ! » Les gars du labo sont venus prendre des photos. Ils ont fini, il y a une dizaine de minutes.

Le corps nu d'Anna Prado était allongé sur le dos, les genoux pliés et les jambes coincées sous le corps. Ses bras étaient attachés par une corde de Nylon au-dessus de sa tête ; ses longs cheveux blond platine étaient relevés en tas sous ses bras. Sa poitrine avait été ouverte par deux incisions dessinant une croix, le sternum était sectionné net. Le cœur avait disparu. Le sang formait une flaque sous le corps, mais en faible quantité, ce qui indiquait qu'on l'avait tuée ailleurs.

— Il s'apprêtait sans doute à la transporter dans un endroit désert pour continuer à jouer avec elle. On aurait retrouvé son squelette dans deux ou trois mois, juste pour les fêtes. Laisse-moi te dire un truc, Dom, au cas où tu le saurais pas encore : il y a des sacrés dingues sur cette terre !

Manny se décolla du muret en béton et alluma une cigarette. Le majeur dressé, il sourit à une voiture qui passait au ralenti.

— Comme ces malades qui s'arrêtent pour essayer d'en voir le plus possible.

— Elle a l'air fraîche, Manny.

Dominick toucha le bras de la fille : la chair et les muscles bougèrent. La peau était froide. La raideur cadavérique s'était installée avant de disparaître, mais il n'y avait pas longtemps. Il songea qu'elle était morte depuis moins de vingt-quatre heures. En reculant, Dominick entendit un léger crissement sous sa chaussure. Il se baissa et ramassa ce qui ressemblait à un morceau de feu arrière. Il le glissa dans sa poche.

— Avec quoi ils ont ouvert le coffre ?

— Une pince-monseigneur, je suppose. Piedmont, le gars de la police de Miami Beach, est le seul à avoir touché au coffre après l'ouverture. Les gars du labo vont s'y plonger dès que le légiste aura embarqué le corps. Mais je voulais que tu vois ça avant.

— Qui est ce Bantling ? Il a des antécédents ?

Dominick se retourna vers la voiture de patrouille à l'intérieur de laquelle la silhouette assise à l'arrière se tenait bien droite et immobile. Il n'arrivait pas à apercevoir son visage.

— Non, aucun. On s'est renseigné. J'ai appelé Jannie, la psy de la brigade spéciale. En ce moment même, elle est en train de disséquer la vie de cette ordure, depuis la première fois où il a chié dans ses couches jusqu'à la dernière fois où il est allé pisser. On en saura plus demain matin.

— Qu'est-ce qu'il fait dans la vie ? Il vient d'où ? Je n'ai jamais entendu parler de lui. Son nom n'est jamais apparu sur nos listes, si ?

— Non. Il a quarante et un ans, il est acheteur pour la boutique Tommy Tan, une boutique de meuble chicos en bord de mer. Il voyage beaucoup en Amérique du Sud et en Inde. Il affirme qu'il se rendait à l'aéroport quand Chavez l'a obligé à s'arrêter. On ne sait pas grand-chose de plus, il ne dit rien. On a envoyé une armée chez lui pour interroger les voisins en attendant un mandat. Pour l'instant, on a eu droit aux conneries habituelles du genre : « Il avait l'air d'un homme charmant, mais je *savais* qu'il avait quelque chose de bizarre. » Dès demain, ils iront dans l'émission de Jerry Springer pour affirmer qu'ils avaient tout deviné et que nous sommes des imbéciles.

« J'ai déjà prévenu le procureur. Masterson et Bowman, de la brigade spéciale, s'occupent des mandats. Ils les soumettront à C.J. Townsend, du bureau du procureur, et ensuite, ils n'auront plus qu'à aller sonner chez le juge pour se faire offrir des biscuits et un verre de lait, en plus d'une petite signature.

— Ce Bantling n'a rien dit ?

— Que dalle. Il n'a pas ouvert la bouche depuis qu'il a interdit à Chavez d'ouvrir son coffre. On l'a installé à l'arrière de la voiture de patrouille de Lou Ribero avec les micros branchés et on l'a écouté, mais on ne l'entend même pas respirer. J'ai ordonné à tout le monde de le laisser tranquille. Nos amis agents fédéraux ne lui ont pas parlé eux non plus. Pas pour l'instant. Mais je parie que ça fait partie de leur programme.

— OK. Les gars du labo peuvent se mettre au boulot. Demande au légiste d'emmener le corps. Prends soin de lui mettre les mains dans des sacs avant qu'ils la transportent.

Dominick fit un signe de tête aux enquêteurs et aux scientifiques assis au bord de la route et essayant de passer inaperçus avec leurs blousons bleus sur lesquels étaient inscrits en grosses lettres jaunes, dans le dos, les mots POLICE et MÉDECIN LÉGISTE. Ils se précipitèrent vers le coffre comme des termites sur un morceau de bois.

Dominick salua ses collègues d'un petit hochement de tête en franchissant de nouveau le cercle qu'ils formaient toujours autour de la Jaguar. Dans le ciel, il entendit le vrombissement caractéristique d'un hélicoptère qui volait à basse altitude, et soudain, il fut aveuglé par une puissante lumière venue d'en haut.

— Eh, Manny, fais-moi plaisir, dis-moi que c'est ton chef qui ramène son gros cul pour se payer une deuxième séance.

Manny leva la tête en plissant les yeux. Puis il la secoua, avec le même air dégoûté.

— J'ai peur que non. Ça, mon pote, c'est les infos de dix heures de Channel 7. On a décroché la timbale. On va passer à la télé. N'oublie pas de sourire.

— Merde. La meute rapplique. OK, grouillons-nous d'emmener le type au bureau et interrogeons-le avant qu'il s'aperçoive que cet État applique la peine de mort et qu'il commence à réclamer un avocat en pleurnichant. J'irai discuter avec les gars du FBI quand on sera rentrés, mais fais-leur bien comprendre que c'est *notre* suspect.

Dominick ouvrit la portière arrière de la voiture de police et se pencha à l'intérieur. L'homme assis continua à regarder droit devant lui. Dans la lumière du plafonnier, Dominick constata que son œil droit était gonflé et que du sang s'échappant d'une profonde entaille au-dessus de la pommette coulait sur sa joue. Il avait des marques rouges dans le cou. Sans doute avait-il trébuché en montant à bord de la voiture de patrouille. Dominick était toujours surpris par la maladresse des suspects. Particulièrement à Miami Beach. Il avait les mains attachées dans le dos par des menottes.

— Monsieur Bantling, je suis l'agent spécial Dominick Falconetti, des services de police de l'État de Floride. J'ai besoin que vous veniez avec moi. J'ai quelques questions à vous poser.

William Bantling regardait toujours droit devant lui, l'air impassible. Ses yeux ne cillèrent qu'une seule fois.

— Je sais qui vous êtes, agent Falconetti. Et je peux vous assurer que je n'ai absolument rien à vous dire, ni à votre bureau ni ailleurs. J'invoque mon droit à garder le silence. J'exige de parler à mon avocat.

CHAPITRE 17

Marisol Alfonso attendait impatiemment sa chef devant les ascenseurs au premier étage du bureau du procureur du comté de Miami-Dade. Elle arpentait le hall sur ses petites jambes en tenant à la main un bloc de feuilles roses sur lequel elle notait les messages. Il n'était que 9 h 02 et officiellement elle avait commencé sa journée de travail depuis une heure et deux minutes, même si en réalité elle n'était arrivée qu'à 8 h 15. Sa colère ne connaissait pas de limites ; plus question de supporter tout ça. Elle n'était pas assez bien payée.

Les portes de l'ascenseur s'ouvrirent et Marisol passa en revue tous les occupants qui en sortaient. Tout au fond, derrière la masse d'uniformes de la police et de costumes, portant des lunettes noires et un ensemble gris de la plus grande sobriété, elle aperçut la personne qu'elle cherchait.

— Où étiez-vous passée ? aboya-t-elle. Vous savez que j'ai pris trente messages depuis que je suis arrivée ?

Elle feuilleta d'un geste théâtral son bloc rose en suivant sa proie derrière les portes de sécurité et dans le couloir jusqu'au petit bureau de la section des *Major Crimes* où une plaque sur une porte indiquait : C.J. TOWNSEND. CHEF ADJOINT. Marisol agitait maintenant le bloc au-dessus de sa tête.

— Tout ça, c'est pour vous !

La dernière personne que C.J. Townsend avait envie de voir le matin en arrivant, c'était sa redoutable secrétaire, Marisol. Si elle avait nourri l'espoir de passer une bonne journée, celui-ci s'envolait immédiatement. Particulièrement aujourd'hui. Elle ouvrit son attaché-case sur son bureau, ôta ses lunettes noires et soutint le regard furieux de la silhouette pleine de bourrelets qui se tenait devant elle, avec ses ongles vernis crispés sur ses hanches, vêtue d'un T-shirt en Lycra rose fluo et d'une jupe à fleurs trop petite de deux tailles et trop courte de dix centimètres.

— Aux dernières nouvelles, Marisol, répondre au téléphone et prendre les messages faisaient partie de vos fonctions.

— Pas autant ! Je n'ai rien pu faire d'autre. Pourquoi vous ne m'avez pas appelée pour me dire ce que je devais répondre à tous ces journalistes !

Comme si elle faisait grand-chose d'autre, pensa C.J. Elle sourit en serrant les dents.

— Dites-leur qu'il n'y a aucun commentaire et continuez à prendre les messages. Je rappellerai les personnes que je dois rappeler, mais pour l'instant, je dois préparer mon audition de dix heures. Veillez à ce qu'on ne me dérange pas, je vous prie.

Sur ce, elle commença à sortir les dossiers de son attaché-case.

Marisol fit claquer sa langue bruyamment, laissa tomber le bloc de feuilles sur le bureau, pivota sur ses talons hauts et roses et quitta la pièce comme une tornade en grommelant des paroles en espagnol.

C.J. la regarda s'éloigner d'une démarche vacillante dans le couloir en direction du secrétariat où elle allait passer deux heures à faire le tour de ses collègues pour papoter en évoquant les événements de la matinée et raconter que sa patronne était une peau de vache. C.J. ferma sa porte et poussa un soupir. Si elle devait accomplir une dernière chose ici, ce serait de faire muter cette femme dans un autre service, à un autre étage, de préférence à la DASS de l'autre côté de la rue. Une tâche difficile. Au bout de dix ans, Marisol était ici à perpétuité. Ils seraient obligés de la faire sortir dans une grande housse mortuaire rose avant que le procureur trouve le courage de la virer.

C.J. feuilleta le bloc de messages. NBC Channel 6, WSVN Channel 7, CBS Channel 2, *Today, Good Morning Ame-*

rica, Telemundo, Miami Herald, New York Times, Chicago Tribune et même le *Daily Mail* de Londres. Et la liste ne s'arrêtait pas là.

La nouvelle de l'arrestation d'un suspect dans l'affaire des meurtres du Vorace s'était répandue comme une traînée de poudre dans les médias, et la curée avait commencé. De la fenêtre de son bureau, C.J. apercevait le camp de réfugiés des journalistes qui avaient établi leurs revendications sur les marches du palais de justice, de l'autre côté de la rue, reliés en direct par satellites avec leurs affiliés de New York et de Los Angeles.

Depuis l'année précédente, C.J. s'était vu confier par le procureur la mission d'aider la brigade spéciale dans son enquête sur le Vorace. Elle s'était rendue sur les lieux des crimes, elle avait assisté à certaines autopsies, examiné divers mandats, interrogé le médecin légiste, épluché des rapports de police et de laboratoire et recueilli les dépositions des témoins. Elle avait également partagé le flot des critiques déversées quotidiennement par la presse qui reprochait à l'enquête de ne pas progresser. Mais son dévouement envers les « hommes en bleu » lui avait valu le meilleur de tous les prix : instruire le dossier du plus tristement célèbre tueur en série de toute l'histoire de Miami. Apparemment, cette tâche suffisait à faire d'elle la vedette du jour aux yeux des médias, une chose qu'elle redoutait par-dessus tout.

Depuis dix ans qu'elle travaillait pour le bureau du procureur, elle avait instruit toutes sortes d'affaires, des pêcheurs qui attrapaient des langoustes en dehors des périodes autorisées aux triples meurtres commis par des membres d'un gang âgés de dix-sept ans. Elle avait réclamé aux juges des amendes, des peines d'intérêt général, des mises à l'épreuve, des emprisonnements et des exécutions. Cinq ans plus tôt, son bilan presque parfait en matière de condamnations lui avait valu d'être nommée à la section des *Major Crimes*, une petite unité spécialisée composée des dix meilleurs procureurs du bureau. Ici, ses collègues et elle traitaient moins d'affaires que les deux cent quarante autres avocats qui œuvraient dans cette ruche, mais ces affaires concernaient généralement les crimes les plus affreux et les plus ardus en terme d'instruction. Il s'agissait généralement d'homicides, toujours odieux, et jugés dignes d'intéresser la presse. Tous ses accusés risquaient la peine de mort, que ce soit par la chaise électrique ou par injection mortelle. La plupart n'y échappaient pas. Les crimes commis par la pègre, les meurtres d'enfants, les exécutions entre gangs, les meurtres domestiques où des familles entières étaient décimées par un homme en colère et déprimé qui avait perdu son travail, chaque affaire, de par sa nature, était une bombe médiatique potentielle, mais certaines avaient droit à la une, et d'autres à seulement deux lignes en dernière page des nouvelles locales. D'autres encore ne sortaient jamais de l'ombre, masquées par une affaire encore plus atroce, ou l'arrivée d'un ouragan, ou la défaite humiliante des Dolphins contre les Jets.

Durant les cinq années passées dans cette unité, C.J. avait souvent vu son nom dans le journal. Cette attention dont elle était l'objet la mettait toujours mal à l'aise et elle détestait donner des interviews. Elle faisait son travail, non pas pour la publicité ou la gloire, mais pour les victimes, celles qui ne pouvaient plus s'exprimer au fond de leurs tombes six pieds sous terre, et pour leurs familles et leurs amis innocents qui se retrouvaient abandonnés et continuaient à se demander « pourquoi » une fois que la fumée des coups de feu s'était dissipée et que les caméras étaient éteintes. Elle avait l'impression d'offrir aux survivants un moyen de se défendre, un sentiment de pouvoir dans une situation où ils étaient impuissants. Mais dans cette affaire, la lumière des projecteurs serait encore plus oppressante, car pour la première fois elle devrait faire face aux médias nationaux et internationaux, et non plus uniquement à la presse locale. Quand Manny Alvarez l'avait appelée à son domicile hier soir pour lui annoncer qu'ils tenaient un suspect dans l'affaire du Vorace, elle avait tout de suite deviné ce qui l'attendait. Sans doute le plus gros dossier de toute sa carrière.

Elle avait passé la moitié de la nuit à vérifier les mandats de perquisition concernant le domicile de William

Rupert Bantling à Miami Beach et ses deux voitures. L'autre moitié, elle l'avait consacrée à préparer l'audition de Première comparution qui attendait Bantling le jour même, à 10 heures. Entre les deux, elle s'était rendue sur place, sur l'autoroute Mac Arthur, et elle avait fait un saut au bureau du médecin légiste pour voir le corps. Après quoi, elle avait dû supporter trois appels angoissés du procureur Jerry Tigler qui était dans tous ses états car, bien qu'il ait assisté au même dîner de gala que le chef de la police de Miami et que le chef de la section locale du FBI, il n'avait pas été invité avec les autres huiles pour la petite fête qui s'était déroulée sur l'autoroute. Il voulait que C.J. découvre pour quelle raison on l'avait snobé. Avec tout cela, elle en avait oublié de dormir.

Dans les vingt-quatre heures qui suivaient son arrestation, Bantling avait le droit de se voir notifier par un juge, au cours d'une audition de pure forme, qu'il existait une « cause raisonnable » pour l'inculper du meurtre d'Anna Prado. Était-il vraisemblable qu'il ait commis le crime dont on l'accusait ? De prime abord, la présence d'un cadavre mutilé dans le coffre de sa voiture permettait de le penser. Habituellement, une Première comparution n'était qu'une simple audition de deux minutes qui se déroulait sur des écrans de télévision en circuit fermé, avec l'accusé d'un côté, sur un moniteur, depuis la prison à l'autre bout de la ville ; et de l'autre, dans une minuscule salle de tribunal, un juge surchargé de travail et d'humeur changeante avec une liste de deux cent cinquante délits à régler.

Le juge énervé lisait le dossier d'arrestation, puis il énumérait les charges à voix haute, déclarait l'inculpation, avec remise en liberté sous caution, et il passait au suivant dans la longue file de détenus qui serpentait à travers la prison. Et voilà. C'était si rapide que l'accusé n'avait généralement même pas le temps de s'apercevoir que c'était son tour. Il restait planté sur l'estrade en lançant des regards hébétés autour de lui, jusqu'à ce qu'on le pousse vers la cohorte des détenus qui regagnaient leurs cellules. Le procureur et l'avocat de l'assistance judiciaire se trouvaient dans la salle de tribunal avec le juge, mais ils servaient juste de potiches. Il n'y avait pas de témoins, pas de dépositions, uniquement le juge énumérant les charges. Et il trouvait toujours une « cause probable ». Toujours. Cette bonne vieille justice expéditive du Sud.

Mais cette fois-ci, ce serait différent. Aujourd'hui, on ferait venir l'accusé directement de la prison située de l'autre côté de la rue et on le ferait parader à travers le tribunal à un moment particulier pour une audience particulière dans une salle particulière, rien que pour lui. Seraient présents son avocat, le procureur, le juge de moins mauvaise humeur que d'habitude et tous les journalistes qui avaient passé la nuit dehors, sur les marches du palais de justice, et avaient eu la chance de trouver une place dans la salle. Une jolie audition intime à laquelle assisteraient des millions de personnes en direct, dans tout le pays et dans certaines parties du monde. Et rediffusée dans tous les journaux télévisés de la soirée.

C.J. devinait que ce ne serait pas terminé en deux minutes.

Le juge choisi pour la Première comparution était l'Honorable Irving J. Katz, toujours en quête de gloire médiatique. Grincheux et vieux, il était déjà juge à Miami bien avant qu'on construise un palais de justice pour l'y installer. À sa grande tristesse, le doyen ne le laissait plus s'occuper des instructions, mais il en avait fait le Roi des Premières comparutions, une tâche généralement tranquille et ennuyeuse. Mais une affaire comme celle-ci avait de quoi faire saliver le juge Katz. C.J. s'attendait à ce qu'il reste muet durant les cinq premières minutes de l'audition, foudroyant Bantling du regard. En jetant quelques coups d'œil vers les caméras. Puis il demanderait au greffier de lui remettre le dossier et il lirait lentement les chefs d'inculpation en prenant soin de bien articuler, d'une voix dégoulinant de mépris. Il ferait semblant de lire le dossier où étaient décrites les conditions de l'arrestation de Bantling la veille au soir, ce qu'il avait déjà fait au moins dix fois dans son bureau, évidemment. Et une fausse expression de stupeur et de dégoût s'imprimerait sur son visage ridé. Il exigerait de savoir si Bantling plaidait coupable ou non coupable, même si cela n'était pas vraiment nécessaire avant la lecture officielle de l'acte d'accusation trois semaines plus tard. Il conclurait son numéro par un discours sévère et grandiloquent dans le style : « Je prie pour que ces crimes odieux, ces actes vils et barbares, n'aient pas été commis par vous, William Rupert Bantling. Que Dieu ait pitié de votre âme si tel est le cas, car vous serez condamné à brûler en enfer ! » Ou quelque chose dans ce goût-là. Belle accroche pour la une de la première édition du *Miami Herald : LE JUGE ENVOIE LE VORACE BRÛLER EN ENFER !* Bien évidemment, il trouverait une « cause probable ». Il était fort possible que C.J. n'ait pas besoin de prendre la parole. Malgré tout, elle devait être prête au cas où il lui faudrait répliquer à une attaque de l'avocat de Bantling.

Le juge Rodriguez était de garde la nuit dernière pour signer les mandats de perquisition et à 5 heures du matin, en robe de chambre, il avait autorisé qu'on fouille le domicile et les véhicules de Bantling. À cet instant, au moins quatre détachements de police mettaient au jour chaque centimètre carré de la vie de Bantling, littéralement. Mais d'après le dernier rapport qu'elle avait reçu à 8 h 30, ils n'avaient toujours pas découvert de « pistolet encore fumant », ni un lot de cœurs humains cachés dans une pièce avec un mot disant « C'est moi qui leur ai fait ça et elles le méritaient ! » scotché sur un miroir au milieu des photos des victimes.

C'était très troublant. Troublant car Bantling avait invoqué le droit de garder le silence et celui d'avoir un avocat, puis il n'avait plus dit un mot. C.J. aurait besoin de preuves autres que le cadavre d'Anna Prado pour établir le lien entre cet homme et les neuf autres filles assassinées.

Troublant, car il était tout à fait possible que ce William Bantling ne soit qu'un plagiaire, et que le véritable Vorace soit tranquillement chez lui en train de lire le journal et de rire aux éclats, devant une tasse de café et un croissant.

CHAPITRE 18

C.J. feuilleta une dernière fois les rapports de police et consulta sa montre. Il était 9 h 30 passées. Elle griffonna quelques notes de dernière minute, prit son code de procédure criminelle de l'État de Floride, rangea ses affaires dans son attaché-case et se rendit au tribunal. Elle emprunta l'escalier de derrière et l'entrée latérale afin d'éviter la horde de journalistes qui l'attendait à coup sûr, aussi bien devant l'immeuble que de l'autre côté de la rue, sur les marches du palais de justice. Elle passa ensuite par le parking souterrain du tribunal et adressa un petit signe de la main distrait au garde en uniforme qui s'ennuyait ferme, avant de monter dans l'ascenseur.

Les portes se rouvrirent au troisième étage et C.J. comprit alors que cette affaire serait encore plus énorme qu'elle l'avait imaginé. Comme elle l'avait deviné, une meute de cameramen accompagnés de journalistes enjoués faisaient le pied de grue devant la chambre 3-10. On installait des éclairages, on vérifiait le fonctionnement des micros, on remettait un peu de rouge à lèvres dans l'attente du grand moment.

C.J. marcha droit vers les grandes portes en acajou qui se dressaient devant elle, la tête légèrement baissée. Le balancement de ses cheveux blond foncé coupés au carré masquaient son visage. Elle ignorait la frénésie qui l'entourait.

Quelques murmures affolés fusèrent parmi les journalistes inexpérimentés qui n'avaient pas bien révisé leurs leçons : « C'est elle ? » « C'est le procureur ? » « C'est elle, Townsend ? » Ceux qui étaient plus préparés se frayèrent un passage à coups de coude, avec assurance, avant même que les autres aient eu le temps de brancher leurs micros.

— Mademoiselle Townsend, quelles preuves avez-vous découvertes au domicile de William Bantling ?

— Pas de commentaire.

— M. Bantling figurait-il sur la liste des suspects examinée par vos services auparavant ?

— Pas de commentaire.

— Allez-vous l'inculper pour les neuf autres meurtres ?

— Pas de commentaire.

— Le bureau du procureur a-t-il l'intention de réclamer la peine de mort ?

Cette fois-ci, elle foudroya du regard le journaliste guilleret aux yeux de biche. *Question idiote.* Les portes se refermèrent bruyamment derrière elle.

Elle se dirigea vers le fond de la salle du tribunal aux murs couverts de lambris en noyer et s'assit à la table de la partie civile, à droite. Le juge Katz avait choisi le décor le plus majestueux, évidemment, pour cette audition. Le plafond se dressait à sept mètres du sol et le trône en acajou de Son Honneur dominait toute la salle de près de deux mètres. Des lustres en métal chromé, typiques des années 1970, formaient des lignes diagonales à travers le plafond.

La salle était déjà bourrée de spectateurs, des journalistes en majorité, et on avait installé des caméras dans tous les angles possibles. Des agents de police en uniforme et des gardiens de l'administration pénitentiaire en tenue vert et blanc surveillaient toutes les issues. Quatre autres montaient la garde devant la porte du fond qui s'ouvrait sur l'étroit couloir par lequel on amenait les prisonniers en empruntant la passerelle reliant la prison au palais de justice. Quatre encore étaient postés devant une autre porte, donnant sur le couloir qui menait au bureau du juge. Dans les premiers rangs du public, C.J. repéra plusieurs de ses collègues. Elle les salua d'un hochement de tête.

Elle ouvrit son attaché-case et jeta un coup d'œil sur la gauche. À trois mètres de là, à la table de la défense, était assise l'imposante Lourdes Rubio, avocate. À côté d'elle, portant un costume noir impeccable, une cravate grise en soie et une paire de menottes argentées, se trouvait son client : William Rupert Bantling.

Le costume ressemblait à du Armani et la cravate à du Versace. Bantling avait coiffé ses cheveux blonds en arrière et son visage bronzé était en partie masqué par des lunettes italiennes hors de prix, derrière lesquelles C.J. distinguait un joli coquard, cadeau sans doute de la police de Miami Beach. D'où elle se trouvait, elle n'apercevait que son profil, mais elle pouvait dire que c'était un bel homme. Pommettes saillantes et mâchoire virile. *Formidable. Un tueur en série beau et élégant. Les lettres d'amour envoyées par les cœurs solitaires et les détraquées devraient affluer dès demain après-midi à la prison.*

C.J. remarqua également que les menottes reposaient sur une Rolex et que le lobe de son oreille gauche s'ornait d'un gros diamant. Cela expliquait pourquoi il était assis à côté de Lourdes Rubio. Elle était douée, mais elle n'était pas bon marché. Les menottes étaient reliées à une chaîne, elle-même reliée à des bracelets aux chevilles. Visiblement, les gars de la prison l'avaient mis sur son trente et un en choisissant ce qu'on faisait de mieux dans la mode carcérale, uniquement pour les caméras. C.J. s'étonna qu'ils ne lui aient pas mis un masque comme celui de Hannibal Lecter dans *Le Silence des agneaux*. Soudain, Bantling tourna la tête et se pencha vers Lourdes en souriant. C.J. remarqua ses dents parfaites. Sans cet œil au beurre noir, c'était assurément un bel homme. En tout cas, il ne ressemblait pas à un tueur en série, mais Ted Bundy non plus. De même que les pédophiles étaient presque toujours de charmants grands-pères présidents du Lion's Club local, et les maris les plus violents étaient parfois P-DG des plus grosses sociétés. Les apparences étaient trompeuses. C'était sans doute de cette façon que Bantling avait réussi à convaincre les filles dans ces boîtes de nuit. Elles s'attendaient à voir le Vorace sous l'apparence d'un monstre adipeux et puant, avec trois yeux et un couteau à la main. L'image même du méchant. Et non pas un playboy en costume Armani avec des dents impeccables, une Rolex et une Jaguar flambant neuve.

— Debout !

L'huissier ouvrit la porte du fond et le juge Katz fit son entrée dans la salle du tribunal d'un air déterminé. La première chose qu'il fit fut de jeter un regard noir en direction de William Bantling.

Il gravit les marches conduisant à son siège et s'assit. Puis il sortit ses lunettes et les posa en équilibre sur le bout de son nez. Sans se départir de son air mauvais.

— L'audience est ouverte ! aboya l'huissier. L'Honorable juge Katz préside ! Veuillez vous asseoir et faire silence !

Le juge balaya du regard son royaume d'un air hautain. Un silence tendu envahit l'atmosphère, brisé seulement par un froissement de papier ou une toux étouffée. Cela dura plusieurs minutes. Finalement, le juge Katz se racla la gorge et dit :

— Nous sommes ici dans le cadre de l'affaire *État de Floride contre William Rupert Bantling,* dossier F 2000-1-7-4-2-9. Mesdames de la défense et de l'accusation, veuillez vous présenter, je vous prie, pour le procès-verbal.

C.J. et Lourdes se levèrent toutes les deux, solennellement.

— C.J. Townsend représentant l'État.

— Lourdes Rubio, pour la défense.

Le juge continua :

— Motif de l'inculpation : meurtre. Monsieur Bantling, vous êtes ici pour votre Première comparution, conformément à la loi en vigueur dans l'État de Floride, afin de déterminer s'il existe dans le dossier d'arrestation une « cause raisonnable » justifiant les accusations portées contre vous. Si tel est le cas, vous resterez incarcéré à la prison du comté de Dade, sans remise en liberté sous caution, jusqu'à votre procès. Cela ayant été précisé, madame la greffière, veuillez me remettre, je vous prie, le dossier d'arrestation que je puisse en prendre connaissance.

Il était concis, clair et prenait soin de bien articuler. Le juge Katz aurait fière allure au journal télévisé. Habituellement, il aurait fait défiler dix accusés durant le même temps. La salle bruissait de murmures pendant que le juge faisait semblant de lire le dossier. Les caméras filmaient et les dessinateurs dessinaient.

— Silence ! aboya l'huissier et tout le monde se tut.

Après presque cinq minutes de froncement de sourcils intense, le juge Katz leva les yeux du document de trois pages. D'une voix dégoulinant de mépris, il déclara :

— J'ai pris connaissance du compte rendu d'arrestation. Et j'estime qu'il existe bel et bien dans cette affaire une « cause raisonnable » justifiant l'arrestation et l'inculpation de l'accusé, William Rupert Bantling, pour le meurtre de Mlle Anna Prado. Sans remise en liberté sous caution. L'accusé demeurera en détention à la prison du comté de Dade. (Il marqua une pause pour appuyer son effet, puis se pencha vers Bantling.) Monsieur Bantling, cette cour ne peut qu'espérer…

Lourdes Rubio se leva.

— Votre Honneur, si vous permettez que je m'adresse à la cour. Je déteste interrompre les gens, mais je crains que la cour ne s'apprête à conclure sans que l'accusé ait eu la possibilité de se faire entendre. Or, monsieur le juge, mon client est un membre éminent de la communauté. Il n'a aucun antécédent criminel. Il vit depuis six ans à Miami, où il a établi de profondes racines, sous la forme d'un travail et d'une maison. Il est disposé à remettre son passeport à la cour jusqu'à ce que cette affaire soit résolue et à porter un bracelet électronique à la cheville, accompagné d'une assignation à résidence, ceci afin de pouvoir aider son avocat à préparer sa défense. C'est pourquoi nous prions respectueusement la cour de prendre en compte ces facteurs pour autoriser une remise en liberté sous caution.

C.J. se leva pour intervenir, mais très vite elle comprit que c'était inutile. Le crâne chauve du juge Katz avait viré au rouge et il foudroyait Lourdes Rubio du regard. Elle avait gâché son numéro parfait jusqu'ici.

— Votre client est suspecté d'une série de meurtres violents et affreux. Il roulait dans Miami avec le cadavre d'une femme mutilée dans le coffre de sa voiture. Ce n'est pas un touriste qui a abusé des plaisirs de la vie nocturne de South Beach, maître Rubio. Je n'ai pas peur qu'il *s'enfuie* ;

j'ai peur qu'il ne *tue*. De toute évidence, il représente un danger pour la société. Il n'y aura pas de libération sous caution ; il peut vous aider de sa cellule.

Les yeux du juge Katz examinèrent Lourdes Rubio de la tête aux pieds, comme s'il venait de s'apercevoir que c'était une femme. À voix basse, il ajouta :

— Peut-être bien que vous me remercierez un de ces jours, maître. (Puis il se pencha en avant et recommença sa conclusion :) Monsieur Bantling, j'espère simplement, dans votre intérêt, que vous n'êtes pas coupable de cet horrible crime dont vous êtes accusé. Car si tel est le cas…

Bantling se leva brusquement en renversant sa chaise, qui cogna avec un bruit sourd contre la barrière en bois qui le séparait de la salle. D'un ton rageur, il cria au juge Katz :

— C'est ridicule ! Je n'ai rien fait, Votre Honneur ! Rien ! Je n'ai jamais vu cette femme ! C'est des conneries tout ça !

Alors que C.J. observait Bantling, sa tête se mit à tourner. Il faisait face à Lourdes Rubio maintenant et il la secouait par le coude avec ses mains menottées en hurlant :

— Faites quelque chose ! Faites quelque chose ! Je ne suis pas coupable ! Je ne veux pas aller en prison !

C.J. avait la bouche sèche. Pétrifiée, elle regarda les trois gardiens de prison se précipiter vers la table pour obliger Bantling à se rasseoir. Elle vit le juge donner des coups de marteau sur son bureau, les journalistes se lever, pendant que les caméras enregistraient toute la scène pour la diffuser en direct. Mais elle n'entendait plus rien, uniquement la voix de Bantling qui hurlait : « Faites quelque chose ! Vous devez faire quelque chose… ! »

Les yeux de C.J. se posèrent sur la main qui avait empoigné la veste de Lourdes Rubio et elle découvrit la cicatrice en forme de S sur le bras gauche, juste au-dessus de la Rolex. Elle connaissait cette voix. En une fraction de seconde épouvantable, dans cette salle de tribunal, elle sut qui était réellement William Rupert Bantling. Tout son corps se mit à trembler, tandis qu'elle regardait les hommes en vert et blanc entraîner vers la porte du fond l'accusé qui continuait de hurler à Lourdes Rubio de faire quelque chose. Elle continua à regarder cette image, bien après qu'elle eut disparu, sans entendre le juge Katz qui beuglait son nom du haut de son perchoir.

Des mains puissantes se posèrent sur ses épaules. C'était l'agent spécial du FDLE, Dominick Falconetti, qui se trouvait au premier rang du public et qui la secouait doucement en articulant son nom. Elle le regardait d'un air absent ; elle n'entendait plus rien, la salle de tribunal ressemblait à un grand vide et elle avait l'impression qu'elle allait s'évanouir. Mais soudain, les bruits refirent irruption dans sa tête.

— C.J. ? C.J. ? Ça va ? Le juge vous appelle.

La réalité environnante la submergea comme un déluge.

— Oui, oui, ça va, bredouilla-t-elle. C'est… le choc.

— Ça n'a pas l'air d'aller, commenta Dominick.

Le juge était cramoisi. Son numéro était complètement fichu.

— Mademoiselle Townsend, êtes-vous prête à tenir votre rôle ? Cette cour en a suffisamment vu pour aujourd'hui.

— Oui, oui, Votre Honneur. Pardonnez-moi, dit-elle en se retournant vers l'estrade.

— Je vous remercie. Je vous ai demandé si vous aviez quelque chose à ajouter avant que je lève la séance ?

— Non, rien à ajouter, Votre Honneur, dit-elle d'une voix blanche en regardant la chaise vide à côté de Lourdes Rubio.

Celle-ci l'observait d'un air interrogateur. Tout comme l'huissier et la greffière.

— Parfait. Je déclare donc la séance levée.

Le juge Katz jeta un dernier regard autour de lui et quitta son fauteuil en coup de vent, laissant la porte du couloir claquer derrière lui.

Un groupe de journalistes se précipita vers C.J. pour lui demander un commentaire en lui braquant des micros sous le nez. Elle prit son attaché-case et les bouscula pour passer, sans même entendre leurs questions ; il fallait qu'elle sorte de cette salle, de ce bâtiment, elle ne pouvait pas rester ici plus longtemps. Elle avait besoin de fuir.

Dans le couloir, elle fonça vers l'Escalator, car elle ne voulait pas attendre l'ascenseur et elle bouscula la foule des accusés, des victimes et des avocats qui bavardaient en bloquant le passage. Elle dévala les marches deux par deux. Dans son dos, elle entendait Dominick Falconetti qui lui criait d'attendre, mais elle traversa le hall principal sans s'arrêter et franchit les portes vitrées du palais de justice pour déboucher sous le soleil torride de Miami.

Il n'y avait aucune échappatoire. Le cauchemar recommençait.

CHAPITRE 19

C.J. traversa la rue en courant pour regagner son bureau à l'intérieur du Graham Building, suivie par une cohorte de journalistes qui essayaient de la rattraper. Elle avançait en levant la main pour montrer qu'elle refusait de répondre à leurs questions et elle planta la meute beuglante devant le contrôle de sécurité, tandis qu'elle gravissait les marches de l'escalier quatre à quatre jusqu'au premier étage. Elle se précipita aux toilettes et regarda rapidement sous les portes des cabines pour s'assurer que personne ne pouvait l'entendre. Alors, elle jeta son attaché-case par terre et dit adieu à son petit déjeuner.

Le front appuyé contre le carrelage froid du mur, d'un rose écœurant, elle ferma les yeux pour empêcher la pièce de tourner avant de s'aventurer hors de la cabine. Elle repoussa ses lunettes sur son front et, à deux mains, s'aspergea le visage et le cou d'eau fraîche en plongeant quasiment dans le lavabo. Sa tête semblait peser des tonnes et elle devait rassembler toutes ses forces uniquement pour la maintenir sur ses épaules. Dans le long miroir fixé au-dessus des lavabos alignés le long du mur rose, elle contempla son reflet.

Une femme livide et terrorisée la regardait. En l'espace de douze ans, elle avait vieilli plus que de raison. Ses cheveux blonds étaient coupés en un carré qui lui tombait sévèrement sur les épaules, avec une raie sur le côté. Elle utilisait une teinture châtain pour atténuer les reflets couleur miel. Quand elle ne les attachait pas avec une pince ou en queue-de-cheval, ils lui tombaient devant le visage et elle était sans cesse en train de les remettre en place derrière les oreilles. Ce n'était qu'un des nombreux tics nerveux qu'elle avait adoptés au fil des ans. Fumer comme un pompier en était un autre.

C.J. coinça ses cheveux derrière ses oreilles et se pencha vers le miroir en regardant fixement l'image qui était devant elle : les rides d'angoisses qui creusaient le front et les pattes-d'oie qui semblaient se propager comme des fêlures sur une assiette. Les cernes légèrement atténués par le fond de teint étaient la marque visible de ses cauchemars et des insomnies qui s'ensuivaient. En temps normal, les cernes étaient également masqués par des lunettes cerclées de métal doré. Ses lèvres étaient sensuelles, mais sa bouche toujours pincée et sévère, et elle apercevait des ridules qui commençaient à apparaître aux commissures. Dire que certains appelaient ça des « rides de sourire ». À l'exception de l'anti-cernes et d'une très légère touche de mascara qui soulignait ses cils, elle n'avait aucun maquillage. De même qu'elle ne portait ni boucles d'oreilles, ni collier, ni bague ni bracelet : aucun bijou. Son tailleur-pantalon gris était chic, mais austère ; elle ne mettait presque jamais de jupe, sauf pour les procès. Rien dans sa personne ne devait attirer l'attention. C'était une femme banale, une rien du tout. Tout en elle à présent était anonyme, y compris son nom.

Elle connaissait cette voix. Elle l'avait reconnue immédiatement. Après douze longues années, elle lui parlait encore à l'oreille chaque nuit, dans ses cauchemars, elle chuchotait dans son esprit avec ce même timbre grave et voilé, et cette pointe d'accent anglais.

Elle savait également que ce n'était pas un effet de son imagination. Cette voix était comme un couteau à dents qui s'enfonçait dans son cerveau, une sirène d'alarme interne si bruyante qu'elle avait failli hurler dans la salle du tribunal. Elle avait eu envie de montrer Bantling du doigt et de s'écrier : « C'est lui ! Je le reconnais ! Aidez-moi ! Aidez-moi à lui faire payer ! » Mais elle n'avait même pas bougé. Elle en était incapable. Paralysée, elle avait assisté à la scène qui semblait se dérouler sur un écran de télé. Chez vous, dans le confort de votre canapé, vous criez aux acteurs : *« Fais quelque chose ! Ne reste pas là ! »* Mais ils ne vous entendent pas et, à la fin de la scène, une autre victime innocente aux yeux de biche se fait trucider par un monstre muni d'un couteau de boucher, le visage dissimulé par un masque de gardien de hockey.

En entendant cette voix, elle avait senti tous ses poils se hérisser, des vagues de chair de poule avaient parcouru sa peau, et en une fraction de seconde, elle avait su que c'était lui. Douze ans s'étaient écoulés, mais quelque part en elle, elle s'était toujours dit qu'elle entendrait de nouveau cette voix, et elle attendait. La cicatrice boursouflée en forme de S sur le bras gauche n'avait été que la confirmation.

Apparemment, lui ne l'avait pas reconnue. À vrai dire, après tout ce qu'il lui avait fait subir, tout ce qu'il lui avait pris, c'était presque comique de constater qu'il lui avait à peine adressé un regard, comme si elle n'était même pas présente. Certes, elle ne ressemblait plus à ce qu'elle était autrefois, il y a une éternité. Elle n'était plus qu'un pâle reflet de son ancienne personnalité. Son image dans le miroir retenait des larmes brûlantes. Parfois, elle ne se reconnaissait pas.

Des années s'étaient écoulées depuis cette horrible nuit, mais le temps n'avait pas guéri les blessures, et en tout cas, il n'avait pas effacé, ni même atténué le souvenir. Elle se rappelait encore chaque minute, chaque seconde, chaque détail, chaque mot. Même si elle avait réussi à continuer à vivre normalement, en apparence du moins, il y avait des choses qu'elle n'arrivait pas à surmonter malgré ses efforts, et certains jours ressemblaient à une lutte psychologique pour tenir le coup. Cette nuit-là, toute sa vie s'était arrêtée, privée en un instant du sentiment de sécurité. Et si la plupart des cicatrices physiques avaient disparu, c'était la peur constante que C.J. ne supportait plus. Elle ne pouvait s'obliger à tirer un trait sur le passé pour repartir de zéro. C'était comme si elle se trouvait coincée au point mort, dans la crainte de reculer, mais aussi d'avancer. Elle savait que cela nuisait à ses relations, mais elle était forcée de traîner ce bagage écrasant qu'elle aurait dû donner en consigne à son psychiatre new-yorkais si onéreux, des années plus tôt.

Après une dépression nerveuse et deux années de thérapie intense, elle avait été obligée de s'avouer une chose qu'elle redoutait depuis toujours : le pouvoir est une illusion. En l'espace d'une nuit, elle avait perdu tout contrôle sur sa vie, puis elle avait mis encore des années à découvrir qu'elle n'en avait jamais eu en réalité. La vie n'était qu'un coup du destin, voilà pourquoi certaines personnes se faisaient renverser par un bus en rentrant chez elles après un enterrement et pourquoi d'autres gagnaient deux fois au loto. La solution pour éviter de se faire écraser par le bus, c'était de ne pas marcher dans une rue sombre.

Michael utilisait le terme *incident* pour faire référence à cette nuit-là. Michael, l'ignoble fiancé, qui avait fini par épouser sa secrétaire rousse. Quand la dépression nerveuse était survenue, il avait accepté de lui accorder le temps et l'espace dont elle avait besoin pour guérir. Il lui avait promis d'attendre éternellement s'il le fallait, pour qu'elle « reprenne le dessus ». Apparemment, l'éternité était trop longue pour lui et une semaine après leur séparation « temporaire », il sortait dans tous les endroits chics de New York avec la rousse. Six mois plus tard, ils étaient mariés. Depuis, C.J. n'avait plus eu de ses nouvelles. Mais après quelques années, elle avait appris son divorce par un entrefilet dans le *Wall Street Journal*, lorsque la rousse devenue une blonde incendiaire avait décidé de lui faire un procès pour lui prendre tout ce qu'il possédait, et c'était beaucoup.

Cependant, le plus terrible au cours de ces douze années avait été de ne pas savoir. Ne pas savoir qui était son agresseur, où il était. La peur ne la quittait jamais, elle ne retombait jamais. Était-il dans le métro avec elle ? Dans ce restaurant ? À la banque ? Était-ce lui, là, sur le tapis de course ou dans la queue à l'épicerie ? Était-ce son médecin, son comptable, un ami ?

Ne t'en fais pas, Chloé. Je serai toujours près de toi. À te regarder. À t'attendre.

À New York, il lui était impossible d'échapper à ces pensées, et après deux ans, elle avait décidé de ne plus essayer. Alors, elle avait changé de nom, elle avait passé l'examen d'entrée au barreau de Floride et s'était installée à Miami. L'anonymat l'aidait à mieux dormir la nuit, quand elle arrivait à dormir. Peut-être, pensait-elle, qu'une carrière de procureur lui donnerait un certain contrôle sur un monde incontrôlable, rempli d'absurdités, de chaos et de fous.

Les images de cette nuit-là envahissaient à présent son esprit, en clignotant lentement, par séquences, comme un stroboscope. Mais maintenant, elle savait à quoi ressemblait le visage derrière le masque. Et ce visage s'accompagnait d'un nom. Elle n'avait plus qu'à rester calme, à décider ce qu'il fallait faire. Devait-elle informer Jerry Tigler, le procureur principal ? Devait-elle appeler les inspecteurs de l'époque, Sears et Harrison, à supposer qu'ils fassent toujours partie de la police de New York ? Devait-elle en parler à la brigade spéciale chargée de traquer le Vorace ? Personne à Miami, à l'exception de son psychiatre, n'avait connaissance de son passé, de *l'incident*.

Instruis cette affaire comme n'importe quelle autre.

Elle souffla lentement face au miroir. La première chose à faire, c'était de se faire communiquer le casier judiciaire de ce Bantling et d'appeler New York pour connaître leur politique en matière d'extradition. Et obtenir le dossier concernant sa propre affaire. Bantling serait détenu en quartier de haute sécurité sans remise en liberté sous caution jusqu'à ce qu'une nouvelle audition soit fixée, ce qui prendrait au moins quinze jours. Au cours de cette audition, le juge écouterait le témoignage de Bantling et déterminerait ensuite si « les preuves étaient flagrantes et les présomptions fortes » pour l'inculper de meurtre. Si la réponse était positive, le juge s'opposerait à toute libération sous caution jusqu'au procès, quelle que soit la date de celui-ci. Autrement dit, Bantling n'irait nulle part avant un long moment, quoi qu'il arrive.

Elle devait être méticuleuse et logique. Elle devait prendre son temps. Il ne fallait pas tout foutre en l'air. Si jamais on l'accusait de ne pas jouer franc-jeu avec le tribunal ou avec les enquêteurs, elle pourrait toujours dire qu'elle n'était pas certaine au début que ce soit bien lui…

La porte des toilettes s'ouvrit soudain en grand et C.J. s'empressa de rabaisser ses lunettes sur son nez. Hélas, c'était Marisol, accompagnée d'une autre secrétaire. Elle tenait dans une main une trousse de maquillage rose à paillettes et dans l'autre une bombe de laque pour les cheveux.

— Ah, Marisol. (C.J. tira sur sa veste de tailleur et reprit son attaché-case.) Je suis revenue du tribunal, comme vous pouvez le voir, mais j'ai encore des tonnes de choses à faire. Soyez gentille de bloquer tous mes appels pour la journée. Surtout ceux des journalistes.

Elle remarqua que sa voix tremblait légèrement. Elle coinça ses cheveux derrière ses oreilles et ouvrit la porte des toilettes. Avant de sortir, elle se retourna et ajouta :

— Oh, veuillez également appeler l'avocat de la défense pour essayer de déplacer les dépositions dans l'affaire Jamie Tucker. Je vais avoir besoin d'au moins deux semaines supplémentaires de préparation maintenant que j'ai hérité du dossier Bantling. Je crois que les dépositions étaient prévues pour mercredi prochain.

Une expression d'exaspération outrée apparut sur le visage de Marisol.

— Un problème ? demanda C.J.

— Non, non, aucun. Si on veut.

D'un pas nonchalant, elle se dirigea vers l'extrémité des lavabos en agitant une main en l'air et en jetant à sa copine un regard qui disait : *« Pour qui elle se prend, celle-là ? »*

C.J. sortit des toilettes et emprunta le couloir pour regagner le refuge de son bureau. Il était à peine 11 heures et elle était déjà vidée. Elle commencerait par appeler Juan au Service des enquêtes du bureau du procureur afin d'obtenir le casier judiciaire de Bantling, y compris à New York. Peut-être pourrait-elle se procurer, par le biais de Dominick Falconetti, le dossier rassemblant toutes les données publiques concernant Bantling. Ainsi, elle connaîtrait tous les endroits où Bantling avait vécu, travaillé ou déclaré une voiture au cours des dix dernières années. Dominick avait certainement déjà rassemblé ces informations ; elle pourrait faire un saut au QG de la brigade spéciale dans l'après-midi. Puis elle rentrerait de bonne heure, afin de mettre de l'ordre dans ses pensées et appeler New York de chez elle. Elle devait juste récupérer son sac à main et le reste des dossiers du Vorace qu'elle avait laissés dans son bureau.

L'odeur caractéristique du hamburger McDonald's et de la cigarette flottait lourdement dans le couloir devant sa porte. Celle-ci était fermée, et quand elle l'ouvrit, C.J. comprit que son projet de plier bagage rapidement était compromis.

Dominick Falconetti et Manny Alvarez étaient assis en face de son bureau vide, lui tournant le dos. Un carton rempli de dossiers était posé à leurs pieds.

CHAPITRE 20

Penché au-dessus du bureau, Manny mangeait un *burrito* en guise de petit déjeuner et buvait un *café con leche*, tout en lisant le *Herald* posé devant lui. Dominick parlait dans son téléphone portable. Tous les deux se retournèrent vers C.J. en entendant la porte s'ouvrir.

Manny lui sourit.

— Bonjour, maître ! Comment ça va ? Vous nous avez fait peur.

Dominick dit dans son téléphone :

— Faut que je vous laisse. Le procureur vient de revenir du tribunal.

Il coupa la communication et dévisagea C.J. Il paraissait réellement inquiet.

— On a cru que vous vouliez nous éviter.

Manny lui tendit un petit gobelet en polystyrène contenant du café cubain fumant. L'odeur puissante de la caféine liquide lui souleva l'estomac.

— Vous voulez un *café con leche ?* Je vous en ai apporté un. Je vous ai pris aussi un *pastelito* avec de la confiture de goyaves.

Il déposa sur le bureau, devant son fauteuil, une pâtisserie cubaine dégoulinant d'une substance visqueuse et rose.

— Ah oui, ajouta-t-il entre deux bouchées de *burrito*, je vous ai aussi apporté les photos de l'autopsie de Prado, mais vous ne devriez peut-être pas manger le *pastelito* avant de les regarder.

C.J. posa bruyamment son attaché-case sur le meuble de classement.

— Comment êtes-vous entrés, tous les deux ?

— C'est votre secrétaire, Marisol, qui nous a ouvert, expliqua Manny en léchant le jaune d'œuf et la graisse de bacon dans sa moustache. Dites donc, elle n'a pas froid aux yeux, celle-la. Vous pourriez peut-être nous présenter ?

La cote de Manny Alvarez, que C.J. tenait en haute estime jusqu'alors pour ses qualités d'inspecteur, tomba en chute libre. S'il s'était appelé Dow Jones, ils auraient fermé les marchés pour la journée. Elle le regarda d'un air vide en ignorant la question.

— Qu'est-ce qui vous est arrivé au tribunal ? demanda Dominick. (Il essayait de masquer son inquiétude.) Il vous a fichu la frousse, hein ?

Manny intervint :

— Ce salopard est complètement givré, je vous le dis ! Il croyait vraiment qu'il allait être libéré sous caution et que le juge ne l'expédierait pas illico en taule, alors qu'il se baladait en ville avec un cadavre dans son coffre. Vous ne passez pas par la case départ, vous ne touchez pas deux cents dollars. Je l'entends encore gémir comme une gonzesse. (Manny adopta une voix aiguë.) « Non, pas la prison ! Pas moi ! Je ne peux pas aller en prison ! C'est une erreur, monsieur le juge. Le couteau m'a glissé des mains et il s'est planté dans sa poitrine ! »

Il finit son *burrito,* avant de conclure :

— Attendez un peu qu'il fasse connaissance de ses nouveaux amis en taule. Là, il aura de quoi gémir.

C.J. remarqua que Dominick continuait à la dévisager, malgré la digression de Manny.

— Ce type est un malade, c'est sûr. Mais je ne m'attendais pas à le voir flipper, dit-il.

Il s'était rapproché d'elle et il essayait de capter son regard.

— Mais vous avez connu pas mal de cinglés dans votre vie, C.J. Et je ne m'attendais pas à vous voir flipper, vous aussi.

Évitant de regarder Dominick en face, elle gardait les yeux fixés sur le fouillis qui encombrait maintenant son bureau. Elle espérait que sa voix ne tremblait pas trop.

— J'avoue qu'il m'a un peu déstabilisée. Je ne m'attendais pas à ce qu'il se mette à hurler comme ça.

Elle passa devant lui pour atteindre son bureau et changea de sujet :

— Alors, que s'est-il passé chez le légiste ce matin ?

Elle jeta un coup d'œil au journal posé sur son sous-main. À la une du *Miami Herald,* les petites photos en couleurs des visages des dix victimes avant leur mort étaient alignées de manière dramatique. Dessous figurait une grande photo, floue, de la Jaguar noire de Bantling entourée de voitures de police sur l'autoroute. Juste à côté, une autre photo montrait un très beau Bantling, soigné et souriant, torse nu et bronzé, une bière à la main. Ce montage de photos en couleurs coiffait un gros titre en noir qui clamait : ARRESTATION DU VORACE SUPPOSÉ ! LE CORPS MUTILÉ DE LA DIXIÈME VICTIME DÉCOUVERT DANS SON COFFRE ! Manny avait mangé son petit déjeuner dessus.

— Neilson affirme que la mort de Prado remonte à quatorze ou quinze heures. À son avis, le corps n'est resté que quelques heures dans le coffre. Cause du décès : aorte tranchée. Compte tenu du volume d'air dans les poumons, le Doc estime qu'on lui a arraché le cœur alors qu'elle était vivante.

Joe Neilson était le médecin légiste du comté de Miami-Dade. Il était extrêmement respecté au sein du bureau du procureur. C.J. expira lentement, les yeux fixés sur la rangée de jolies jeunes femmes mortes.

— C'est bien le même gars ou on a affaire à un plagiaire ?

Dominick s'assit devant son bureau. Il souleva le couvercle du carton posé sur le sol et en sortit dix Polaroid qui se trouvaient dans un classeur à soufflets.

— Les entailles sont identiques. Une coupure verticale au niveau du torse d'abord, avec un objet aiguisé, certainement un scalpel. Puis une entaille horizontale sous le sternum. Mêmes entailles à l'aorte. C'est un travail propre.

— Peut-il déterminer si les entailles ont été faites avec le même instrument ?

Le visage livide d'Anna Prado la regardait sur le Polaroid. Ses cheveux blond platine étaient peignés en arrière et étalés sur la civière métallique. Les gros plans du torse montraient les deux coupures profondes, la cage thoracique brisée et le trou béant là où aurait dû se trouver le cœur. Les entailles étaient nettes, comme les autres. Pendant un instant, C.J. pensa à ses propres cicatrices irrégulières, mais elle s'empressa de chasser cette image.

— Sans doute, répondit Manny. Il n'a pas encore terminé l'autopsie, mais il a découvert autre chose d'intéressant, maître. Apparemment, Prado avait des traces de drogue dans le sang. Comme Nicolette Torrence, la fille qu'on a retrouvée super vite en octobre de l'année dernière dans le grenier de cette fumerie de crack de la 79e Rue. Elle était morte depuis quelques jours seulement.

Dominick enchaîna :

— D'après Neilson, ses poumons étaient lourds, ce qui indique la présence d'un narcotique quelconque. On en saura plus quand le service de toxicologie aura jeté un œil.

— Des traces de violences sexuelles ? demanda C.J.

— Oui. Elle a été violée avec un objet contondant, dans l'anus et le vagin, répondit Dominick d'une voix blanche.

C.J. sentait que c'étaient ces détails qui le gênaient le plus.

— Elle a subi plusieurs traumatismes au niveau du col de l'utérus. Neilson pense que le meurtrier n'a pas utilisé qu'un seul instrument compte tenu des différents types d'éraflures et d'abrasions laissées sur la paroi utérine. Par contre, aucune trace de sperme. Il va quand même effectuer des prélèvements partout. Et la photographier sous toutes les coutures au cas où quelque chose nous aurait échappé.

— Et sous les ongles ?

Il arrivait fréquemment qu'une victime griffe son agresseur en se débattant et dans ce cas-là l'agresseur laissait sans le savoir un petit morceau de lui : de microscopiques lambeaux de peau coincés sous les ongles de sa victime. Mais surtout, en même temps que la peau, ils laissaient leur ADN, cette carte de visite génétique qui conduisait les enquêteurs directement à leur porte, dès qu'ils avaient un sujet avec lequel comparer l'échantillon.

— Rien, répondit Dominick. Aucune espèce de trace sur ce corps, a priori, comme avec les autres.

Dans cette affaire, c'était l'inverse : ils avaient un sujet, mais pas d'échantillon.

— Je vais rédiger un mandat pour obtenir des prélèvements de cheveux et de salive de Bantling. On ne sait jamais. Peut-être qu'il a été négligent cette fois. Ou peut-être qu'on a laissé passer quelque chose sur les autres. (Elle coinça ses cheveux derrière ses oreilles.) L'information concernant la drogue est intéressante. Cela pourrait peut-être nous fournir un lien avec au moins une des autres victimes. J'appellerai Neilson cet après-midi pour voir s'il peut m'en dire plus.

Après une courte pause, elle enchaîna :

— Dominick, avez-vous consulté son casier ? Le CNIC a quelque chose sur lui ?

Le fichier du CNIC, le Centre national d'information sur le crime, recensait tous les délits au niveau fédéral ; il leur dirait si Bantling avait des antécédents criminels dans d'autres États. C.J. entendit sa voix monter dans les aigus lorsqu'elle posa cette question.

— Que dalle. A priori, il est blanc comme neige.

— Je veux tout savoir sur ce type. Dès cet après-midi si possible. Je veux également examiner son passeport, pour savoir où il est allé.

— Je demanderai à Jannie de rassembler le maximum de renseignements. Manny l'a déjà chargée de contacter Interpol au cas où il serait fiché à l'étranger, vu que c'est un gros caïd de l'import-export. On a commencé à se renseigner. Il a vécu dans un tas d'endroits. Je vous enverrai une photocopie.

C.J. se leva brusquement pour mettre fin à cette conversation.

— J'ai des choses urgentes à régler aujourd'hui, je ne vais pas tarder à m'en aller. Je vous appellerai plus tard, Dominick, pour savoir si la perquisition a donné quelque chose.

Elle se tourna vers Manny qui avait déjà sorti une Marlboro de son paquet, se tenant prêt à l'allumer dès qu'il serait dehors. Une petite pour la route.

— Arrêtez de fumer dans mon bureau, Manny. C'est *moi* qu'on accuse après.

L'Ours parut surpris, comme un enfant qui se fait prendre la main dans le pot de confiture et qui cherche malgré tout à nier.

— Euh… on ne savait pas quand vous alliez revenir, maître, bafouilla-t-il.

Puis une idée lui vint et il retomba vite sur ses pattes :

— Votre jolie secrétaire m'a mis dans tous mes états, il a fallu que je me calme…, dit-il avec un grand sourire.

C.J. ne voulut pas en entendre davantage.

— Parlons d'autre chose, je vous en prie. Tout ce que vous voulez, mais pas ça.

Elle raccompagna les deux inspecteurs à la porte. Marisol se tenait au bout du couloir, à l'entrée du secrétariat. Elle sourit en voyant Manny, et elle passa sa langue sur ses lèvres brillantes de gloss comme dans une publicité Revlon. C.J. dut prendre sur elle pour ne pas claquer la porte. Manny se dirigea vers l'extrémité du couloir.

Dominick, lui, resta dans le bureau, et referma la porte. Il s'y adossa et regarda C.J. ; ses yeux noisette étaient pénétrants et graves. Il avait pris une douche avant de se rendre au tribunal et il sentait le savon. Ses cheveux étaient ébouriffés, comme s'il n'avait pas eu le temps de se peigner.

— Qu'est-ce qui vous arrive ? Ça ne va pas ?

— Si, si, ça va très bien, Dom.

Elle gardait la tête baissée pour ne pas croiser son regard. Elle paraissait fatiguée, angoissée.

— Ça n'avait pas l'air d'aller au tribunal ; ça ne vous ressemble pas, C.J.

Il caressa délicatement le dessus de sa main qui tenait toujours la poignée de la porte. Il avait la peau rêche et calleuse, mais son geste était doux et sincère.

— Et ça n'a pas l'air d'aller mieux maintenant.

Elle releva la tête pour affronter son regard sérieux. Elle dut faire appel à toutes ses forces pour lui mentir. Quelques secondes critiques s'écoulèrent, puis elle dit à voix basse :

— Tout va bien, je vous assure. Je suis fatiguée, c'est tout. Je n'ai pas beaucoup dormi cette nuit avec cette histoire de mandats et d'audition à préparer. (Elle soupira.) La réaction de Bantling m'a surprise, je ne m'attendais pas à ça.

Elle avait envie de pleurer, mais elle se mordit l'intérieur de la joue et parvint à repousser ses larmes.

Les yeux de Dominick scrutèrent les siens pour y chercher des signes de vérité et sa main rugueuse vint caresser son visage. C.J. se raidit. Elle savait qu'il l'avait senti, car il laissa retomber sa main aussitôt.

— Je pense que vous ne me dites pas tout, lâcha-t-il simplement. (Il se retourna et ouvrit la porte.) Je vous enverrai le dossier de Bantling dès que j'aurai terminé chez lui, ajouta-t-il en s'éloignant dans le couloir, le dos tourné.

C.J. savait qu'il était inquiet. Mais elle aussi, nom d'un chien.

CHAPITRE 21

La maison blanche d'un étage, avec les élégants stores verts et la grande baie vitrée, se dressait légèrement en retrait de la route. Une allée pavée de briques rouges conduisait à la porte à double battant en chêne verni couleur châtaignier. Un mur en ciment haut de deux mètres, peint en blanc et percé de grilles tarabiscotées en fer forgé, protégeait des regards le jardin touffu. Un immense cyprès s'élevait fièrement et des arbres du voyageur, de presque sept mètres, se répandaient de manière spectaculaire au-dessus du mur. C'était une jolie maison située dans une zone résidentielle calme, entre North Miami Beach et le quartier à la mode de SoBe. Avant que les hordes de journalistes ne s'abattent dessus ce matin-là, dès 8 heures, les habitants aisés de LaGorce Avenue ne s'étaient sans doute jamais intéressés à leur beau voisin tiré à quatre épingles. Et voilà que celui-ci avait été désigné comme principal suspect dans la chasse à l'homme la plus intense qu'ait connue Miami depuis qu'Andrew Cunnanen avait abattu le couturier Gianni Versace sur Ocean Drive, à SoBe justement.

Des policiers en uniforme grouillaient tout autour de la maison, comme une colonie de fourmis. Deux fourgonnettes des services scientifiques de la police de Miami-Dade stationnaient près de l'entrée. Dominick, suivi de Manny, remonta l'allée de briques impeccable en passant devant des rangées de bougainvillées rose fuchsia. Un jeune policier de Miami Beach, qui ne semblait pas avoir plus de vingt-deux ans, montait la garde nerveusement à l'entrée, conscient sans doute que chacun de ses mouvements était enregistré puis analysé en direct à la télé par les deux douzaines d'équipes de reporters, ou plus, qui surveillaient les lieux de l'autre côté de la rue, derrière les bandes de plastique jaune tendues par les forces de l'ordre. En montrant son insigne au jeune policier de Miami Beach, Dominick imagina le texte de la dépêche qui défilait probablement en bas de l'écran sur des millions de téléviseurs à cet instant: *Les policiers de la brigade spéciale pénètrent dans la maison de l'horreur pour y chercher des morceaux de corps et des preuves.*

À l'intérieur, les techniciens de la police scientifique étaient partout; leurs doigts enveloppés de gants en latex sondaient minutieusement chaque centimètre carré, récoltaient et préservaient des échantillons de choses les plus ordinaires, comme du shampooing ou des bouts de tapis, dans une affaire qui, elle, n'avait rien d'ordinaire. Tout et n'importe quoi était désormais considéré comme un indice potentiel, et une petite partie de tout ce qui se trouvait dans la maison serait empaquetée, scellée et envoyée au laboratoire pour y être analysée.

Des flashs crépitaient de partout: les spécialistes photographiaient chaque pièce de la maison, sous tous les angles possibles. Une fine poussière noire recouvrait toutes les surfaces susceptibles de porter des empreintes, et même les autres. Dans le salon, de gros morceaux avaient déjà été découpés dans le tapis berbère sans doute hors de prix et un morceau du panneau de revêtement avait été décollé du mur couleur moutarde. Le tapis d'Orient du vestibule et le chemin de couloir turc avaient été roulés et emballés ce matin lors de l'arrivée des premiers agents. Le contenu de toutes les corbeilles à papier, les sacs d'aspirateur, les têtes de balais, le chiffon à poussière… tout cela avait été mis dans des sacs en plastique blanc et déposé dans le vestibule en attendant d'être transporté à bord des fourgonnettes.

Dans la cuisine, des techniciens s'affairaient pour démonter le siphon du lavabo, comme ils le feraient avec tous les autres siphons de la maison, et des inspecteurs de Miami Beach enfermaient dans des sachets transparents des morceaux de viande noire provenant du congélateur.

La série de couteaux de boucher et de cuisine avait été emballée et scellée elle aussi, chaque couteau dans un sac. Au laboratoire, les siphons seraient examinés afin de déterminer s'ils portaient des traces de sang ou de tissus qu'on aurait essayé de nettoyer. La viande serait décongelée et analysée pour vérifier qu'il ne s'agissait pas de restes humains. Les couteaux seraient testés afin de comparer les marques laissées par les lames avec celles retrouvées dans la chair de la poitrine d'Anna Prado.

À l'étage, tous les lits avaient été défaits et emballés ; dans le couloir, tout le linge de maison avait été sorti des armoires et soigneusement empilé dans des sacs en plastique noir plus grands, à présent alignés le long du mur. La forte odeur écœurante du Luminol s'échappait à travers les portes fermées de la chambre d'amis, où les hommes du laboratoire venaient de répandre cette puissante poudre chimique sur les murs et le plancher pour déceler de microscopiques taches de sang. Aspergées de ce produit, elles brilleraient d'un jaune fluorescent dans l'obscurité. Des taches de sang que l'eau et le savon ne pouvaient pas faire disparaître et qui racontaient leur sinistre histoire dès qu'on éteignait les lumières.

Dans une autre chambre, d'autres techniciens aspiraient le tapis à l'aide d'un container en acier spécialement conçu et stérilisé, afin de rassembler la moindre fibre, le moindre cheveu ou poil. Les rideaux avaient été décrochés des tringles et emballés eux aussi.

Dominick trouva l'inspecteur Eddie Bowman et l'agent spécial Chris Masterson, de la police du comté de Miami-Dade, assis par terre dans la chambre de Bantling, en train de passer en revue des piles de cassettes vidéo rangées dans une grande malle en osier. Les deux hommes faisaient partie de la brigade spéciale chargée d'enquêter sur le Vorace depuis sa création. Dans la grande armoire en chêne massif, derrière eux, un téléviseur grand écran fonctionnait bruyamment.

— Salut, Eddie. Alors, ça donne quoi ? Vous avez trouvé quelque chose ?

Eddie Bowman leva les yeux de sa collection de cassettes.

— Salut, Dom. Fulton essayait de te joindre. Il est en bas, dans l'appentis.

— Oui, je sais, je viens de lui parler. J'irai le voir tout à l'heure.

Sur l'écran de la télé, une rousse gâtée par la nature, vêtue d'un uniforme d'école catholique en tissu écossais, avec un porte-jarretelles, était couchée sur les genoux d'un homme nu dont la tête était coupée par le Caméscope. Dominick constata qu'il manquait de gros morceaux de tissu dans l'uniforme, aux endroits « stratégiques ». Les fesses nues de la fille étaient dressées et l'homme sans tête les frappait avec une sorte de petite pelle en fer, alors qu'elle hurlait. Difficile de déterminer si c'était de douleur ou de plaisir, ou les deux.

— Comment ça s'est passé au tribunal ? demanda Eddie, nullement incommodé par ces cris, visiblement.

— Bien. Le juge a justifié l'inculpation et refusé la libération sous caution, répondit Dominick, distrait par la rousse qui hurlait sur l'écran.

Il regarda à l'intérieur de la malle en osier. Elle semblait contenir au moins une centaine de cassettes noires. Des étiquettes blanches étaient collées sur la tranche ; sur l'une d'elles, il pouvait lire : *Lolita blonde, 4/99*.

Manny rejoignit Dominick dans la chambre à cet instant, encore essoufflé après avoir monté l'escalier.

— Tu ne racontes jamais les histoires en entier, Dom. C'est pas marrant. (Il se tourna vers Eddie Bowman en s'appuyant sur le côté de l'armoire pour essayer de reprendre son souffle.) Bantling a flippé à mort. Il s'est mis à brailler comme une gonzesse pour que le juge l'envoie pas en taule. « Oh ! Non, non, pas moi ! » La honte.

Il ricana.

Quelques secondes s'écoulèrent avant que Manny remarque sur l'écran l'image dérangeante que tous les autres regardaient fixement.

— Eh, qu'est-ce que tu mates, Bowman ? demanda-t-il d'un air dégoûté.

— C'est pour ça que tu respires si fort, l'Ours ? rétorqua Bowman.

— Va te faire foutre. J'ai besoin d'une clope, c'est tout. Mais ce cher Dommy m'interdit de fumer sur les lieux du crime. (Il reporta son attention sur l'écran de télé et fit la grimace.) C'est quoi, ce truc de malade ? C'est pas ta femme, Bowman, si ?

Eddie ne releva pas.

— Voilà ce que notre ami Bantling aimait regarder sur sa téloche. C'est pas vraiment la chaîne éducative. Il a des piles de cassettes de vidéo amateur. Je ne suis pas coincé pourtant, mais Chris et moi, on a visionné des trucs délirants depuis ce matin. Apparemment, les filles sont consentantes, mais c'est difficile à dire.

Un grand lit en bois foncé avec une gigantesque tête de lit en cuir couleur chocolat occupait la majeure partie de la chambre à la décoration masculine. Le lit avait déjà été entièrement défait. La malle en osier et l'armoire étaient les seuls autres objets d'ameublement.

Un cri strident s'échappa du téléviseur. La fille rousse semblait maintenant secouée de pleurs incontrôlables. Elle s'adressait à l'homme en espagnol.

— Eh, Manny. Qu'est-ce qu'elle lui dit ? demanda Dominick.

— « Arrêtez, je vous en supplie. Je serai sage, promis. Ça fait trop mal. » C'est un truc de malade, Bowman.

— Ce n'est pas moi qui ai filmé.

L'homme sans tête ignorait ces supplications. La pelle claquait bruyamment sur la peau des fesses, rougie et comme à vif.

Dominick observait la scène qui se déroulait sur l'écran.

— Combien de cassettes as-tu regardées, Eddie ?

— Seulement trois pour l'instant. Il y en a plus d'une centaine dans la malle.

— Tu as repéré une des filles du Mur ?

— Non, hélas. Pas pour l'instant du moins. Certaines étiquettes ont une date, d'autres juste un nom de fille, et sur certaines cassettes, il n'y a pas d'étiquette. Il possède aussi une collection de vrais films ; Chris les a découverts en bas de l'armoire. Une cinquantaine.

— Emportez-les. Il a pu enregistrer sa propre version du

Collectionneur par-dessus. Il faudra toutes les visionner. Peut-être qu'on pourra retrouver certaines des stars qui jouent dans ces saloperies.

Le claquement des fessées se poursuivait, comme les cris. Le regard de Dominick fut de nouveau attiré par l'écran.

— C'est Bantling qui tient la pelle ?

— Aucune idée. Il ne parle presque pas et je n'ai pas reconnu les pièces de la maison. Je pense que c'est lui, mais je n'ai pas vu Bantling à poil.

— Que se passe-t-il sur les trois autres cassettes ? demanda Dominick.

— Le même genre de trucs sadiques. Mais c'est peut-être consenti. Difficile à dire. Il aime les filles jeunes, mais je pense qu'elles sont majeures. Pas de chance, là encore. C'est peut-être le même type sur toutes les vidéos, mais sa tête est toujours coupée, alors… Avec un coup de bol, on le verra en train de baiser une des filles mortes.

— Tu es un détraqué, Bowman, dit Manny qui s'était approché du grand placard encastré. Vous n'avez pas fouillé le dressing ?

— Non. Les gars du labo sont venus le photographier, le filmer, passer l'aspirateur et relever les empreintes. Chris comptait tout emballer une fois qu'on aurait inventorié les cassettes. Ils vont balancer du Luminol dans toute la pièce ce soir.

— Mister Psycho a du goût pour les fringues, je vous le dis ! lança Manny de l'intérieur du dressing. Visez-moi un peu ça : Armani, Hugo Boss, Versace. Putain, pourquoi je suis devenu flic ? J'aurais pu être un créateur de meubles homo et me faire des couilles en or.

— *Représentant* pour un créateur de meubles homo, rectifia Eddie Bowman. Bantling n'était que représentant. Imagine un peu la garde-robe du créateur de meubles homo.

— Super. Je me sens vachement plus heureux maintenant, Bowman. J'aurais dû être représentant. Ils gagnent vraiment autant de fric ou le dingo avait d'autres revenus ?

Dominick pénétra dans la salle de bains attenante à la

chambre. Tout était en marbre rose : le sol, le lavabo à deux vasques, la douche. Mais la fine couche de poussière noire qui recouvrait toutes les surfaces lui donnait un aspect sale. Il lança en direction de la chambre :

— D'après son patron, Tommy Tan, ses seules commissions de l'an dernier se sont montées à cent soixante-quinze mille dollars. Pas d'enfant, pas de femme… ce n'est que de l'argent de poche.

— Pas d'enfant, pas *d'ex-femme*, tu veux dire. C'est les ex qui te pompent tout ton fric.

Manny parlait par expérience : il avait trois ex-épouses.

— Nom de Dieu ! s'exclama-t-il. Il a une dizaine de costards qui doivent coûter ce que je gagne en un mois ! Et tout est bien rangé. (Il ressortit la tête du dressing-room.) Hé, Bowman, viens donc voir ça : toutes ses chemises sont suspendues par couleur, avec une cravate coordonnée pour chaque chemise. Ce type est un obsédé.

— Incroyable, hein ? Un type qui porte des cravates sans personnage de dessin animé ou joueur de foot dessus. Ça, c'est louche, tu as raison, répondit Bowman sans quitter son poste devant la télé.

— Que veux-tu que je te dise ? C'est mon style. D'ailleurs, c'est toi qui as voulu m'emprunter ma cravate Bugs Bunny. Tout le monde ici t'a entendu.

— Je voulais me déguiser pour Halloween. C'était une farce, Ducon.

Dominick sortit ses gants en latex de sa poche de pantalon et ouvrit les portes du placard en bois sous les lavabos. Des rangées de shampooings et d'après-shampooings bien alignés, des savonnettes empilées, des rouleaux de papier-toilette, un sèche-cheveux. À côté : un panier contenant des peignes et des brosses à cheveux, encore des rouleaux de papier-toilette, une boîte de préservatifs.

— Eh, Eddie ! Chris ! Les gars du labo ont juste relevé les empreintes, hein ? Ils n'ont rien emporté encore ?

Ce fut Chris Masterson qui lui répondit :

— Non. Uniquement les empreintes. Après les cassettes, j'allais m'occuper du dressing et de la salle de bains. Fulton a promis de venir nous filer un coup de main quand il aurait fini dans l'appentis, mais je ne sais pas ce qu'il fout.

Manny sortit de nouveau la tête hors du dressing-room.

— Vous n'êtes que deux feignasses. Nous, on trime toute la journée pour envoyer ce salopard derrière les barreaux, et vous, vous restez assis là à mater des films pornos. Laissez-moi vous poser une question : vous avez besoin d'être *deux* pour faire l'inventaire des cassettes ? L'un de vous aurait pu faire autre chose pendant ce temps-là ?

— Lâche-nous, l'Ours ! répondit Bowman. On a fait une petite pause pendant le film porno pour regarder la retransmission de l'audience en direct. On sait bien que ça a duré vingt minutes en tout. Le reste du temps, tu devais être dans un bar en train de boire un *café con leche* et de draguer la future señora Alvarez numéro 4.

— Allons, les enfants, pas de bagarre ! lança Dominick de la salle de bains.

Il ouvrit l'armoire à pharmacie. Des flacons d'Advil, de Tylenol et de Motrin étaient parfaitement alignés, à côté d'un pot de Vicks VapoRub, d'un tube de vaseline et une bouteille de Mylanta pour les brûlures d'estomac. Sur les deux étagères du haut étaient rangés une pince à épiler, du dentifrice, un bain de bouche, du fil dentaire, de la mousse à raser et des lames de rasoir. Tout était bien ordonné, on aurait dit un présentoir dans une pharmacie. Deux petits flacons en verre fumé contenaient des produits vendus sur ordonnance. Mais rien de très intéressant. Le premier, daté de février 1999, contenait un antibiotique, l'Amoxicilline, délivré par un médecin de Coral Gables. Le deuxième médicament, délivré par le même médecin en juin 2000, était du Claritin pour décongestionner le nez.

Dominick ouvrit le tiroir sous les lavabos. Un petit panier contenant des boules de coton était posé à côté de tubes de démaquillants et de crème hydratante, bien alignés. Des gants de toilettes soigneusement pliés formaient des piles beige et noire qui tapissaient le fond du tiroir. Là, sous les deux piles se trouvait un autre flacon en verre fumé, plus qu'à moitié rempli.

— Bingo, commenta Dominick à voix haute en tenant au creux de sa main gantée le flacon d'Haldol, un neuroleptique délivré à William Rupert Bantling.

CHAPITRE 22

Elle se faufila hors de l'ascenseur et traversa le triste hall rose et gris du Graham Building qui abritait deux cent quarante procureurs et grouillait de monde présentement car l'heure du déjeuner approchait. Plusieurs personnes bavardaient ici et là en attendant que des amis ou des collègues reviennent du tribunal. C.J. dut rassembler tout son courage pour les saluer d'un signe de tête en passant devant eux sur le chemin du parking.

Elle espérait qu'elle avait l'air normale et qu'elle avait repris un peu de couleurs depuis l'audition du matin. Et si elle paraissait un peu bizarre – angoissée, nerveuse ou Dieu sait quoi d'autre –, elle espérait que les gens mettraient ça sur le compte du manque de sommeil ou du stress lié à l'affaire du Vorace, au lieu de spéculer, comme adoraient le faire les avocats. Les rumeurs et les ragots allaient bon train dans tous les couloirs de cet immeuble de quatre étages, et les histoires de divorce ou de grossesse faisaient souvent le tour des bureaux avant que la ou le futur divorcé ait reçu les papiers officiels ou que le test de grossesse ait viré au bleu. Elle espérait également que seuls les yeux inquisiteurs de Dominick avaient décelé sa peur ce matin, que personne d'autre autour d'elle ne pouvait remarquer qu'un terrible drame venait de survenir dans son existence. Elle chaussa rapidement des lunettes de soleil en se précipitant dehors et déboucha dans le soleil éclatant. Nul ne semblait avoir remarqué quoi que ce soit. Plusieurs collègues la saluèrent d'un geste de la main et reprirent aussitôt leur conversation.

Elle grimpa à bord de la Jeep Cherokee, lança les cartons de dossiers et son sac sur le siège du passager, puis fouilla frénétiquement dans la boîte à gants à la recherche du vieux paquet de Marlboro qu'elle cachait derrière une pile de cartes routières inutiles et des paquets de Kleenex pour les cas d'urgence. Jamais une cigarette n'avait été aussi bienvenue. Ou nécessaire. Ce n'était pas le jour d'être à court. Dire qu'elle avait été idiote pour croire, quand elle avait écrasé sa dernière cigarette à 5 heures du matin, qu'elle pourrait peut-être essayer d'arrêter encore une fois.

La flamme de l'allumette jaillit et dansa entre ses doigts qui tremblaient toujours. Enfin, les petits brins de tabac odorant embrassèrent l'allumette et le bout de la cigarette vira à l'orange incandescent ; l'odeur familière et réconfortante envahit la voiture. Sur le parking du Graham Building, C.J. se renversa contre le dossier de son siège, ferma les yeux, inhala profondément la fumée et la recracha lentement. La nicotine trouva d'abord ses poumons, puis traversa à toute allure son sang pour atteindre son cerveau et son système nerveux central, et comme par magie, elle détendit immédiatement toutes les terminaisons nerveuses à vif rencontrées en chemin. C'était une sensation que les non-fumeurs ne pouvaient pas et ne pourraient jamais comprendre, contrairement à d'autres drogués. L'alcoolique qui buvait la première gorgée de scotch de la journée, le junkie qui se faisait enfin son shoot. Si ses mains tremblaient encore, pour la première fois de la journée, une sensation de calme l'enveloppa. Soufflant un anneau de fumée à travers le volant, elle comprit qu'elle ne pourrait jamais arrêter de fumer. Jamais. Elle quitta le parking au volant de sa Jeep et prit la direction de la I-95 et de Fort Lauderdale.

Dominick. Elle revoyait son visage à la porte du bureau, les rides d'inquiétude qui creusaient son front. Elle se souvenait du contact de sa main posée sur la sienne, hésitante, de la fugitive expression d'étonnement et de détresse dans son regard quand elle s'était crispée, et de ses dernières paroles intuitives : *Je pense que vous ne me dites pas tout.*

Elle l'avait repoussé. Involontairement, mais le résultat était le même. Et elle ne savait pas quel sentiment cela lui inspirait. Depuis la seconde où elle avait reconnu Bantling au tribunal, une onde de choc émotionnelle l'avait submergée et avait engourdi toutes ses émotions. Réagir positivement au contact de la main de Dominick lui avait semblé déplacé. Le temps s'était à nouveau arrêté. C'était presque comme douze ans plus tôt : elle menait une vie à la fois morne et excitante et merveilleusement normale, un avenir morne, excitant et merveilleusement normal l'attendait, et soudain… Bang ! Réajustement instantané des priorités de l'existence. Bantling lui avait volé sa vie une fois de plus. En un laps de temps infime, dans cette chambre jadis, dans cette salle de tribunal ce matin, son monde avait changé.

Douze heures plus tôt, elle n'aurait pas eu de mouvement de recul en sentant la main de Dominick sur elle. Peut-être même aurait-elle fait un pas en avant ou répondu de manière similaire. Depuis quelques mois qu'ils travaillaient ensemble sur cette affaire, il existait entre eux une certaine attirance non formulée, l'éventualité de quelque chose de plus intense, une délicieuse tension qui semblait croître, et aucun des deux ne savait quand, ni où ni comment, cela se manifesterait. Elle avait remarqué qu'il l'avait appelée un peu plus souvent que nécessaire pour des problèmes juridiques, et elle, de son côté, l'avait appelé un peu plus souvent que nécessaire pour des problèmes de police. Après quelques questions de pure forme, la conversation évoluait vers des sujets plus légers et plus personnels. Elle avait conscience de cette attirance, cette puissante chimie qui existait entre eux, et plusieurs fois elle s'était demandé : « Et si ? » Si avant aujourd'hui elle s'interrogeait sur la nature des sentiments de Dominick envers elle, à présent elle était fixée. Il y avait son expression angoissée durant l'audition, l'inquiétude qui perçait dans sa voix quand elle était revenue du tribunal, les questions insistantes et le contact de sa main.

Mais elle s'était repliée sur elle-même et il était parti, convaincu certainement d'avoir mal interprété les signes, de s'être trompé sur la nature de leurs relations. L'instant était passé. Sans doute pour toujours. Elle ferait mieux de cesser tout de suite de penser à Dominick, mais il ne la quittait pas. Elle alluma une autre cigarette et s'efforça de chasser ces pensées ; ce n'était pas le moment de succomber aux affres d'une relation amoureuse. Surtout avec une personne aussi compliquée que Dominick Falconetti. Et surtout avec une personne impliquée, même de loin, dans l'arrestation et l'inculpation de William Rupert Bantling.

En arrivant devant l'entrée bordée de palmiers de sa résidence, elle adressa un petit signe de la main au gardien assis dans sa loge climatisée, en train de lire un livre. Il lui répondit de la même manière, en levant à peine les yeux, et il souleva la barrière. Dans l'ensemble, les gardiens des résidences surveillées de Floride étaient comme une alarme bon marché sur une voiture banale garée sur un parking de grande surface bondé : ils ne servaient à rien. C.J. aurait pu tout aussi bien arriver avec un passe-montagne sur la tête, des outils de cambrioleur à côté d'elle et un fusil à pompe sur la banquette arrière, il l'aurait quand même laissée entrer.

Elle se gara à sa place réservée devant son immeuble et prit l'ascenseur pour monter jusqu'au onzième étage où elle habitait. Tibby II l'accueillit à la porte par une série de miaulements affamés et indignés ; les longs poils blancs de son ventre pendaient entre ses pattes et balayaient le dallage, ramassant au passage des flocons de poussière qu'il traînait avec lui.

— Donne-moi une minute, Tibs. Laisse-moi entrer et je te donnerai un casse-croûte.

« Casse-croûte » était un mot magique pour Tibby, dont les miaulements plaintifs cessèrent momentanément. Il observa sa maîtresse avec ce mélange de curiosité et d'ennui propre aux chats pendant qu'elle refermait la porte et rebranchait l'alarme, puis il la suivit dans la cuisine en se frottant contre elle pour déposer des poils noirs et blancs sur son pantalon de tailleur tout juste sorti du pressing. C.J. déposa ses dossiers et son attaché-case sur la table de la cuisine, avant de verser une petite dose de croquettes dans le bol rouge de Tibby. L'odeur réveilla immédiatement Lucy, sa chienne basset de dix ans, sourde, qui arriva dans la cuisine en traînant les pattes et en reniflant. Un demi-aboiement plus tard, Lucy avait la gueule plongée dans son propre bol de croquettes à moitié ramollies, à côté de Tibby, et tout allait pour le mieux. Pour eux, du moins. La prochaine grande décision qui les attendait serait de savoir où continuer leur sieste : dans la chambre ou dans le salon ?

C.J. fit du café pour accompagner le nouveau paquet de Marlboro qu'elle avait acheté en chemin. Puis elle se rendit dans la chambre d'amis.

En haut de la penderie, glissé derrière les rouleaux de papier cadeau, les petites boîtes, les bobines de bolduc, se trouvait le carton avec un couvercle amovible. Elle jeta le papier et le reste sur le lit et descendit le carton à moitié vide. Le contenu remua à l'intérieur. Elle s'assit par terre, à côté du carton et, en retenant son souffle, elle ôta le couvercle.

Cela faisait dix ans qu'elle n'avait même pas jeté un coup d'œil à l'intérieur. Une odeur de moisi s'en échappa. Elle prit les trois chemises cartonnées et la grosse enveloppe jaune, et retourna dans la cuisine. Elle se versa une tasse de café, reprit les chemises et l'enveloppe, sans oublier ses Marlboro, et sortit sur son petit balcon vitré qui surplombait les eaux scintillantes de l'Intercoastal, tout en bas.

Elle regarda la chemise sur laquelle étaient griffonnés les mots RAPPORTS DE POLICE, de sa main. Dans le coin supérieur droit était agrafée la carte de visite de l'inspecteur Amy Harrison de la police de New York. En mâchonnant le bout de son crayon, C.J. réfléchit à ce qu'elle allait dire, et comment elle allait le dire. Bon sang, elle aurait bien aimé avoir un scénario. Elle alluma une autre Marlboro et composa le numéro.

— Bureau des inspecteurs, comté du Queens, j'écoute.

Il y avait un fort bruit de fond. Des éclats de voix, de différents timbres, des sonneries de téléphones, des sirènes qui gémissaient au loin.

— Je voudrais parler à l'inspecteur Amy Harrison.

— Qui ça ?

— L'inspecteur Amy Harrison, de la brigade des crimes sexuels.

Curieusement, elle avait du mal à prononcer ces mots *crimes sexuels*, alors qu'elle avait appelé la section des agressions sexuelles de la police de Floride du Sud des centaines de fois au cours de sa carrière.

— Ne quittez pas.

Trente secondes plus tard, une voix bourrue dotée d'un épais accent new-yorkais dit :

— Unité spéciale, inspecteur Sullivan.

— Passez-moi l'inspecteur Amy Harrison, je vous prie.

— Qui ça ?

— Amy Harrison, elle travaille à la section des crimes sexuels de Bayside.

— Y a pas de Harrison. Ça remonte à quand ?

Elle inspira profondément. Et expira lentement.

— Une douzaine d'années.

L'homme au bout du fil laissa échapper un long sifflement.

— Douze ans ? La vache. Y a personne de ce nom-là ici. Attendez voir… (Elle l'entendit plaquer sa main sur l'appareil et lancer :) Quelqu'un a entendu parler d'un certain inspecteur Harrison, Amy Harrison ? Elle bossait à l'Unité spéciale y a douze ans.

Une voix s'éleva au loin.

— Ouais, j'ai connu Harrison. Elle a pris sa retraite. Elle est partie d'ici il y a trois ou quatre ans. Je crois qu'elle bosse pour la police du Michigan maintenant. Qui la demande ?

La voix bourrue au fort accent new-yorkais commença à répéter l'information, mais C.J. le coupa :

— J'ai entendu. Et l'inspecteur Benny Sears ? Ils faisaient équipe.

— Sears. Benny Sears ! cria l'homme Elle veut savoir s'il y a un Benny Sears.

— Nom de Dieu, répondit la même voix. Benny est mort, il y a sept ans environ. Il a fait une crise cardiaque sur le pont de la 59e en pleine heure de pointe. Qui veut savoir tout ça ?

— Z'avez entendu ? L'inspecteur Sears est mort, il y a quelques années. Je peux faire quelque chose pour vous ?

À la retraite. Mort. Bizarrement, elle n'avait pas envisagé ces possibilités. Son silence provoqua un soupir d'agacement à l'autre bout du fil.

— Allô ? Je peux faire quelque chose pour vous ?

— Qui est chargé de leurs anciennes affaires, alors ? J'ai besoin de renseignements sur... euh, une affaire dont ils se sont occupés en 1988.

— Vous avez un numéro de dossier ? Il y a eu une arrestation ?

Elle ouvrit la chemise et feuilleta rapidement les feuilles jaunies à la recherche d'un numéro de dossier.

— Oui, il est quelque part ici... Ne quittez-pas, accordez-moi une seconde... Non, il n'y a pas eu d'arrestation, autant que je sache. Ah, voilà le numéro, on dirait...

— Pas d'arrestation ? Dans ce cas, faut appeler la section des affaires sans suite. Je vais vous les passer. Quittez pas.

La communication fut coupée. Puis :

— Inspecteur Marty, j'écoute.

— Bonjour, inspecteur. J'ai besoin de renseignements sur une affaire d'agression sexuelle de 1988, jamais résolue. C'est l'Unité spéciale qui m'a passé votre service.

— C'est John McMillan qui s'occupe des crimes sexuels non résolus. Mais il est de repos aujourd'hui. Vous voulez que je lui demande de vous contacter ou vous préférez rappeler demain ?

— Je rappellerai, merci.

C.J. raccrocha. Elle avait fait chou blanc.

Elle redécrocha et composa un autre numéro.

— Bureau du procureur du Queens, j'écoute.

— Les extraditions, je vous prie.

Nouveau silence, suivi d'un morceau de musique classique.

— Bureau des enquêtes, Michelle à l'appareil. Vous désirez ?

— Bonjour. Les extraditions, je vous prie.

— C'est ce service qui s'occupe des extraditions. Que puis-je pour vous ?

— J'ai besoin de parler à la personne chargée des extraditions criminelles pour l'État de New York.

— C'est Bob Schurr. C'est lui qui gère toutes les extraditions pour ce bureau. Mais j'ai peur qu'il ne soit pas là pour le moment.

Bon sang, il n'y avait donc personne qui travaillait dans « la ville qui ne dort jamais » ?

— Quand pourrai-je le joindre ?

— Il est parti déjeuner, et je crois qu'il a une réunion après. Il devrait être rentré en fin d'après-midi.

Elle laissa son nom, Townsend, et son numéro de téléphone personnel. Après avoir raccroché, elle contempla l'eau. Le soleil dansait à la surface du clapotis, provoquant des reflets qui scintillaient comme des diamants. Une jolie brise venue de l'est traversait le balcon et faisait tinter son carillon. En ce mercredi après-midi, un certain nombre de bateaux étaient sortis ; les passagers en Bikini se faisaient bronzer à l'avant, étendus sur des serviettes, pendant que les capitaines en maillot de bain, fiers, une bière à la main, tenaient la barre. Sur des bateaux plus grands, des yachts, de jolies filles aux corps luisants d'huile solaire se prélassaient dans des chaises longues, pendant que l'équipage se chargeait du pilotage. Et aussi de la cuisine. Et du ménage. Du haut de son balcon, C.J. observait ces riches oisifs au bronzage qui respirait la santé et la décontraction, avec leurs cocktails frais, et les touristes m'as-tu-vu avec leurs petits maillots Speedo, leurs piñas coladas et leurs coups de soleil, qui déambulaient en toute insouciance. Un sentiment familier de jalousie face à cette vie facile forma une boule dans sa gorge et elle déglutit pour la ravaler. Si son métier de procureur lui avait appris une chose à son âge, c'était qu'il ne fallait jamais se fier aux apparences. Comme disait son père : *« Il faut toujours marcher un kilomètre dans les chaussures d'un autre avant de les acheter, Chloé. Il est fort probable qu'ensuite tu n'en veuilles plus. »*

C'est ainsi que ses pensées l'entraînèrent vers ses parents, qui vivaient toujours dans le calme de la Californie du Nord, et qui tremblaient toujours pour leur Chloé, seule dans une autre métropole impitoyable, pleine d'étrangers et de fous. Pire encore : elle travaillait avec eux désormais, parmi eux, chaque jour, avec la lie de l'humanité – des meurtriers, des violeurs, des pédophiles – et elle se débattait pour gagner dans un système où il n'y avait jamais de gagnants. Car le temps que les affaires parviennent jusqu'à elle, tout le monde avait déjà perdu. C.J. n'avait pas voulu écouter leurs conseils, leurs mises en garde, et c'était douloureux, fatigant, pour eux de se faire du souci à cause d'elle en permanence, tout ça parce qu'elle avait décidé d'aller à l'encontre des ennuis, comme si elle était suicidaire. Pour C.J., en revanche, cette distance émotionnelle qui s'était installée entre eux depuis *l'incident* était un bienfait. Elle avait suffisamment de souvenirs à transporter sur son dos, elle n'avait pas besoin de partager ceux des autres. Il en allait de même pour toutes ses relations d'autrefois, dans une autre vie, si solides qu'elles aient été à une époque. Elle n'avait pas parlé à Marie depuis des années.

Elle vida sa tasse de café et rouvrit l'épaisse chemise cartonnée portant la mention RAPPORTS DE POLICE. Les fines feuilles blanches avaient commencé à jaunir, l'encre du carbone s'était légèrement effacée. Le premier rapport portait la date du 30 juin 1988. À 9 h 02. Le passé jaillit à la surface, comme si c'était hier, et des larmes brûlantes s'échappèrent de ses yeux. C.J. les essuya du revers de la main et se mit à lire le récit de son viol, douze ans auparavant.

CHAPITRE 23

— Falconetti, tu es là ? Dom ?

Le talkie-walkie de Dominick, accroché à sa ceinture, s'anima. L'écran du Nextel indiquait : « Agent spécial James Fulton. »

— Oui, je suis là, Jimbo. Je t'écoute. (Ne voyant aucun sac de pièce à conviction dans la salle de bains, il retourna dans la chambre.) Hé, Chris, où sont les sacs ?

Chris lui tendit un paquet de sacs en plastique transparent, du ruban adhésif rouge et des fiches d'inventaire blanches, et Dominick retourna dans la salle de bains.

— On a un truc très intéressant ici, dans l'appentis derrière la maison. Et toi, tu es où ?

L'accent du Sud de Jimmy Fulton obligeait parfois à jouer aux devinettes pour deviner des mots pourtant présents dans le dictionnaire. C'était un type d'un certain âge déjà, un inspecteur aguerri qui travaillait pour le FDLE depuis vingt-six ans et occupait actuellement le poste d'agent spécial en chef à la brigade des stupéfiants. Son expérience passée dans le domaine des crimes violents et des perquisitions en faisait un atout précieux.

— Je suis à l'étage, dans la grande chambre. Moi aussi je viens de découvrir un truc très intéressant. Figure-toi que Bantling planquait un flacon d'halopéridol, plus connu sous le nom d'Haldol, dans un tiroir de la salle de bains.

— Haldol ? C'est pas un truc pour les cinglés, ça ?

Dominick imaginait Fulton en train de tirer sur les poils de sa barbe grise, les yeux masqués par ses lunettes noires, même à l'intérieur de l'appentis.

— Gagné, Jimbo. C'est bien ça. Il a été délivré par un médecin de New York.

Dominick laissa tomber le flacon à l'intérieur du sac, qu'il scella avec le ruban adhésif rouge.

— Nom de Dieu ! Mais je crois que je te bats quand même.

— Ah oui ? Comment ?

Il nota ses initiales, DF, au feutre noir, sur le ruban adhésif.

— Procédons par ordre. Apparemment, nos amis du FBI sont venus nous rendre une petite visite amicale. Ils sont devant la maison, en train de serrer des mains, d'embrasser des enfants et de donner des interviews à la presse pour expliquer où en est *leur* enquête.

Dominick sentit sa mâchoire se crisper.

— Tu te fous de moi, j'espère. Je t'en prie, Jimbo, dis-moi que ce n'est pas vrai.

— J'ai peur que si, mon pote.

— C'est qui ?

— Tiens-toi bien. Le Beach Boy posté à l'entrée leur a demandé leurs cartes de visite, tu imagines un peu ? Comme il n'a pas voulu les laisser entrer, ils sont en train de faire un scandale sur la pelouse. Rappelle-moi de demander au chef Jordan de filer une augmentation à ce gars.

Dominick retourna dans la chambre pour regarder par la fenêtre donnant sur le côté de la maison. Comme il s'en doutait, les deux mêmes types en costume sombre qui se trouvaient déjà sur l'autoroute étaient là, avec leurs lunettes noires et se donnant de grands airs, à côté des bougainvillées sur la pelouse bien taillée. Ils parlaient dans leurs portables tout en prenant des notes. On aurait dit Mulder et Scully, déguisés en mecs. Il imagina les bandes défilant en bas de l'écran sur CNN : *Le FBI reprend l'enquête aux forces de police locales.* Ou mieux : *Les policiers se font baiser par les fédéraux.* Visiblement, ils avaient même pris possession des places de stationnement stratégiques devant la maison en bloquant les fourgonnettes des services scientifiques dans l'allée.

— J'ai leurs cartes sous les yeux, Dom, reprit Fulton. On a là l'agent Carl Stevens et l'agent Floyd Carmedy. Tu connais ces types ?

— Oui, je les connais, Jimbo. Ils étaient déjà sur le lieu du crime hier soir, sur l'autoroute. Je vais descendre leur parler. Aux dernières nouvelles, les fédéraux ne figuraient pas sur le mandat de perquisition. Si leurs noms ne sont pas sur la liste des invités, ils ne peuvent pas entrer. Tu diras au chef Jordan que j'approuve cette augmentation et qu'il demande à ses gars de maintenir la racaille à distance.

— OK, Dom. C'est toi le patron. Et je m'en réjouis. Car il y a quelqu'un d'autre du FBI qui veut venir s'amuser avec nous, et je n'ai aucune envie de lui annoncer qu'il n'est pas le bienvenu. J'ai ici la carte de l'agent spécial en chef Mark Gracker. Si tu regardes par la fenêtre, c'est lui qui fait un discours sur la pelouse.

Merde. Merde. Merde. *Gracker.* Dominick passa sa main dans ses cheveux et ferma les yeux de toutes ses forces.

— OK, Jimbo. Je m'occupe des fédéraux. Je descends. Juste le temps de prévenir le DR Black qu'une tornade risque de s'abattre sur lui cet après-midi.

Le DR Black était le directeur régional du centre des opérations du FDLE à Miami. Son supérieur, autrement dit. Quand Black saurait qu'il s'apprêtait à faire un concours avec le chef local du FBI pour savoir qui pissait le plus loin… Ce qu'il y avait de bien avec Black, c'était qu'il détestait les fédéraux autant que Dominick ; simplement, dans sa position, il ne pouvait pas le dire. Publiquement, il condamnerait les conflits entre services, mais, une fois les caméras parties, il fermerait la porte du bureau et il demanderait à Dominick de tout faire pour les entuber, comme ils avaient entubé le FDLE par le passé. En fait, Black était le DR chargé de l'affaire concernant le crime organisé quand Gracker lui avait piqué le dossier.

— Avant cela, Dom, j'ai une autre nouvelle à t'annoncer. Tu as oublié que je t'ai dit que j'avais mieux que toi ?

— Ce n'est pas tout ? J'espère que tu as commencé par la mauvaise nouvelle, car l'arrivée du FBI, c'en est une. Vas-y, crache le morceau.

— Ça va te plaire. Apparemment, on a retrouvé du sang, ici dans l'appentis. Et peut-être même l'arme du crime. Que dis-tu de ça ?

CHAPITRE 24

Dominick demanda à Chris et à Bowman de terminer avec les cassettes et la salle de bains et il laissa Manny s'occuper des costumes Armani dans la penderie. Après quoi, il dévala l'escalier et sortit de la maison. Le jeune policier de Miami Beach montait toujours la garde à l'entrée. Il semblait furieux.

Stevens et Carmedy étaient toujours sur la pelouse, en costume sombre, chemise blanche et cravate noire, les lunettes de soleil sur le nez et un carnet à la main. Stevens tenait également un portable contre son oreille, mais Dominick était prêt à parier qu'il faisait ça pour avoir l'air important face aux journalistes massés sur le trottoir d'en face. Il avait déjà travaillé avec Stevens, une fois. Comme disait Manny en espagnol, c'était un *maricon*. Un pédé. Sans doute était-il en communication avec sa mère qui lui demandait ce qu'il voulait manger ce soir.

De l'autre côté de la rue, à proximité du parc de Ford Taurus noires du FBI qui encombrait l'allée de briques, se trouvait le chef de la section locale du FBI : Mark Gracker. Et tout près de lui se tenait Lyle McGregor la journaliste de Channel 10. Gracker affichait un air grave et sombre. Lyle, elle, paraissait excitée.

Dominick estimait qu'il serait malpoli d'interrompre Gracker au milieu d'une interview en direct pour lui demander d'aller chercher un mandat de perquisition s'il voulait jouer dans le bac à sable avec les autres enfants. Alors, il laissa Stevens finir avec sa maman et il se dirigea d'abord vers « Mulder », sur la pelouse. Tel un lion, il attaquait d'abord les plus faibles.

— Hé, Floyd ! Floyd Carmedy, c'est bien ça ? FBI ? Je suis l'agent Dominick Falconetti du FDLE. *Que les choses soient bien claires dès le départ : cette maison est à nous. Ici, vous n'êtes pas l'agent fédéral Carmedy. Vous êtes seulement Floyd.* Dominick lui tendit la main.

Floyd Carmedy la lui serra.

— Enchanté, agent Falconetti. C'est vous qui menez la perquisition ?

— Exact, Floyd. C'est moi. Que puis-je pour vous ?

N'étant plus aveuglé par les projecteurs de la télévision qui s'étaient braqués instantanément sur le technicien de la police scientifique sortant de la maison avec un gros sac en plastique noir, il avait dû remarquer la présence de Dominick sur la pelouse.

Floyd commença à répondre, mais voyant approcher Gracker du coin de l'œil, il se tut aussitôt et recula d'un pas, avec déférence, pour laisser son supérieur prendre la place qui lui revenait.

Mark Gracker avança en se pavanant, le torse gonflé dans son costume noir, sa cravate noire se balançant sur sa bedaine, et il vint se placer devant Floyd Carmedy.

— Agent Falconetti. J'ai essayé de vous joindre toute la journée. Nous avons besoin d'accéder à cette maison.

Il parlait sans hausser le ton, avec sérieux. *Les faits, rien que les faits.* Il mesurait presque dix centimètres de moins que Dominick et celui-ci apercevait le sommet de son crâne, qui commençait à se dégarnir et laissait entrevoir la blancheur de son cuir chevelu.

Dominick jeta un regard en direction de Lyle McGregor et de son équipe de cameramen.

— Bonjour, Mark. Ça fait un bail.

Le visage crayeux de Mark Gracker s'empourpra et ses lèvres fines dessinèrent une moue. Dominick savait que Gracker détestait être appelé par son prénom. Il le soupçonnait même d'obliger sa femme à l'appeler agent spécial en chef Gracker pendant qu'ils baisaient.

— Oui, ça fait longtemps, *Dominick.* Vous savez que je suis le chef du FBI à Miami maintenant ?

— Oui, j'ai entendu ça quelque part. Félicitations. Vous devez avoir du pain sur la planche.

— En effet. Le travail ne manque pas. Le FBI a besoin de pénétrer dans cette maison, mais ce petit puceau de Miami Beach nous empêche d'entrer.

Gracker changea de position ; visiblement gêné par la différence de taille entre eux, il cherchait un point plus élevé.

— Hmmm. Ça pose un problème. Voyez-vous, nous avons un mandat qui autorise seulement certaines forces de police locales à fouiller cet endroit. Or, je crains que le FBI ne soit pas mentionné. Nous n'avons pas besoin de votre aide dans cette affaire.

Une rangée de gouttes de sueur perlait sur la lèvre supérieure de Gracker.

— Vous n'ignorez pas, répondit-il, que l'affaire Siban relève de notre juridiction. Le meurtre a été commis sur un territoire fédéral. Le bureau va donc prendre possession de l'enquête.

— C'est très bien. Bravo. Sauf que Bantling a été arrêté pour le meurtre *Prado.* (Il prit soin de bien prononcer ce nom, comme s'il s'adressait à un jeune enfant qui apprend les sons de l'alphabet.) Et nous sommes ici grâce à un mandat de perquisition délivré à partir des éléments liés à *cet* homicide. Si jamais nous découvrons un lien avec l'affaire *Siban,* je ne manquerai pas de vous prévenir.

Le visage de Gracker était cramoisi maintenant. *Où était Lyle McGregor et ses caméras quand on avait besoin d'eux ?*

— Vous allez m'obliger à réclamer un mandat fédéral ?

— Je crains que ce ne soit nécessaire, en effet. Le FBI pourra alors inspecter la maison de fond en comble… quand on aura terminé.

— Je crois que je vais être contraint de contacter le directeur Black.

— Le directeur Black est déjà informé de la situation et il vous adresse par avance ses excuses pour les désagréments qui pourraient en résulter. Sur ce, si vous voulez bien m'excuser, il faut que je retourne à l'intérieur.

Dominick fit demi-tour et traversa la pelouse en laissant derrière lui un Mark Gracker hors de lui. Scully et Mulder regardaient autour d'eux d'un air gêné, en essayant malgré tout de paraître importants face aux caméras de télévision de nouveau braquées sur eux. Dominick gravit les marches du perron jusqu'au jeune policier de Miami Beach et il lui glissa :

— Bon travail.

— Quel connard, marmonna le Beach Boy.

Dominick se retourna vers la pelouse.

— Ravi de vous avoir revu, Mark ! Et félicitations pour votre promotion.

Et il disparut à l'intérieur de la maison.

CHAPITRE 25

Il traversa la maison jusqu'à la double porte-fenêtre qui s'ouvrait sur le patio et la piscine. Dans un coin du jardin, sous les palmes tombantes d'un arbre du voyageur, était blottie une curieuse cabane aux parois d'aluminium, percée d'une fenêtre panoramique. Ça ne ressemblait pas véritablement à une cabane, plutôt à une petite maison coiffée d'un toit de bardeaux noir. La fenêtre était même munie d'un rideau noir qui était tiré. Dominick trouva Jimmy Fulton devant la porte.

— Comment l'agent spécial en chef Gracker a-t-il réagi en apprenant qu'on n'avait pas besoin de lui ?

— Mal. Très mal. Je l'ai laissé en train de bouder sur la pelouse.

L'image d'un Mark Gracker rouge de colère crachant des insultes à Stevens et Carmedy alors qu'ils quittaient LaGorce dans leur voiture climatisée lui traversa l'esprit et il sourit intérieurement. Au cours des trois minutes qu'il avait fallu à Dominick pour traverser la maison, Gracker s'était certainement jeté sur son téléphone portable pour appeler le DR Black et exiger l'insigne de Dominick sur un plateau d'argent. En même temps qu'une petite place sur le mandat de perquisition, indispensable s'il voulait entrer dans la maison. Il n'obtiendrait ni l'un ni l'autre, mais cela ne l'empêcherait pas de hurler.

— Ça va faire des remous, Jimbo. (Il soupira.) Mais comme le dit Clemenza à Al Pacino dans *Le Parrain :* « Il faut que ces choses-là arrivent tous les cinq ans environ. Ça calme les animosités. » Heureusement, Black nous soutient. Il m'a dit : « Évitez seulement de traiter Gracker de connard en face. »

— Je parie qu'il veut se réserver ce privilège.

— Sacrée journée, hein ? dit Dominick en passant sa main dans ses cheveux. Alors, qu'est-ce qu'il y a dans la cabane ?

— Ils n'ont pas fini de photographier l'intérieur, laissons-leur une minute. Je vais te dresser le topo en attendant. Notre ami Bantling devait aimer dépecer et empailler les animaux. Il y a des chouettes et des oiseaux qui pendent au plafond. Avec les griffes et tout. Quand je suis entré, putain, j'ai cru que c'étaient des vrais. Puis je me suis ressaisi, j'ai mis mes lunettes et j'ai vu qu'ils étaient empaillés. Mais il a surtout un grand lit à roulettes en acier, comme ceux qu'on voit dans les hôpitaux. La cabane est nickel, pas une empreinte, impeccable. Alors, on se disait qu'on ne trouverait rien, hein ?

Les photographes de la police sortirent de la cabane.

— Elle est à vous, agent Fulton ! lança l'un d'eux. On a fait une bobine.

— Super. Merci.

Jimbo les salua d'un hochement de tête avant de se tourner vers le gars du bureau du médecin légiste de la police du comté qui attendait lui aussi près de la porte avec sa sacoche noire.

— Je vous demande une seconde, Bobby, avant de faire les prélèvements de sang. J'aimerais que l'agent Falconetti voie ça d'abord.

Ils entrèrent dans la cabane. Au-dessus de leurs têtes, deux chouettes empaillées, les yeux écarquillés, étaient suspendues, comme en plein vol, aux poutres du plafond par des fils invisibles. Une seule ampoule, entourée d'un abat-jour métallique noir, pendait au milieu de la pièce, entre les deux chouettes. L'intérieur était étonnamment spacieux pour une cabane de jardin, environ cinq mètres sur trois, avec un sol en ciment et des murs de pierres sèches. Tout était d'une propreté impeccable, surtout pour un abri extérieur. Pas une tache de boue sur le sol en ciment blanc. En effet, un lit métallique à roulettes était appuyé contre le mur. Juste au-dessus, une rangée de placards en Formica blanc occupait toute la longueur du mur. Dans le coin, à côté du lit, se trouvait une magnifique aigrette empaillée, les ailes légèrement déployées comme si elle allait prendre son envol, son long cou fin et son bec jaune étaient dressés, ses yeux noirs en verre regardaient fixement le lit.

— Regarde un peu ça.

Jimbo s'était agenouillé près du lit à roulettes. Un cercle tracé à la craie blanche délimitait une petite zone de ciment derrière le lit, près du mur, sous les placards. À cet endroit, trois petites taches brunâtres maculaient le sol. Jimbo les balaya avec le faisceau de sa lampe électrique et elles brillèrent légèrement.

— Encore humides ?

— Non. Mais elles sont fraîches, c'est sûr. Vu la disposition des taches et la hauteur du lit, Bobby pense que le corps était allongé dessus et que le sang a goutté de là-haut.

Il braqua sa lampe sur le mur, à une trentaine de centimètres du sol.

De minuscules éclaboussures de la même couleur constellaient la pierre blanche.

— Quant à ça… il semblerait que le sang ait éclaboussé le mur en tombant sur le sol. Ça confirme la théorie selon laquelle le sang a coulé du lit. On est quasiment sûrs que c'est du sang.

— Oui. Mais est-ce du sang humain ? demanda Dominick en songeant aux yeux de verre de l'aigrette majestueuse.

— On sera bientôt fixés. Le labo nous le dira dès qu'ils auront fait les prélèvements. Mais vise-moi ça.

Toujours agenouillé sur le sol en ciment, Jimbo désigna une autre zone entourée d'un trait à la craie, beaucoup plus large celle-ci et située juste à l'extrémité du lit. Elle mesurait environ un mètre de diamètre.

Dans le faisceau de la lampe, Dominick aperçut les légères traces brunes en forme de spirales et les traînées sombres.

— On dirait que quelqu'un a essayé de nettoyer ses saletés.

— Exact. Les Luminol Boys viendront y jeter un coup d'œil quand le légiste aura fini. Ça nous donnera peut-être une idée de l'ampleur du carnage avant l'opération de nettoyage.

— N'oublie pas de démonter les roulettes du lit, en faisant attention. (Dominick se pencha pour regarder en dessous et braqua la lampe sur les roues en caoutchouc noir.) On dirait qu'il a roulé dans quelque chose.

— C'est noté.

— Tu m'as parlé d'une arme, aussi.

— Oh, oui, j'oubliais le meilleur. Regarde un peu ça !

Jimmy Fulton ouvrit le placard du milieu. Sur l'étagère du bas se trouvait un plateau métallique. Dessus étaient soigneusement disposés des scalpels et des ciseaux de différentes tailles.

— Cet imbécile aurait pu nous faire gagner du temps en passant aux aveux directement. On va bien s'amuser au procès, crois-moi.

Le talkie-walkie de Dominick crépita.

— « Dommy Boy, oh Dommy Boy, les cornemuses t'appellent… »

C'était Manny qui chantait en s'efforçant de prendre un accent irlandais pour couvrir son accent cubain. Pour s'amuser, Dominick le laissa continuer un petit moment avant de répondre. Jimbo et Bobby grimacèrent. Manny dut penser que d'autres personnes l'entendaient peut-être, car après quelques mesures il arrêta de chanter et aboya :

— Hé, Dom, tu es là ?

— Oui, l'Ours. Je suis avec Jimmy Fulton dans le jardin. Quoi de neuf, là-haut ? Tu as embarqué la garde-robe ?

— Je suis en train. Et laisse-moi te dire une bonne chose : dans une prochaine vie, je veux être créateur de meubles.

— *Représentant !* lança Eddie Bowman dans le fond. Ce que tu veux être quand tu seras grand, c'est *représentant* en meubles.

— Va te faire foutre, Bowman. Regarde ta maman à la télé. (Il reporta son attention sur le talkie-walkie.) Ce pervers a des super fringues. Eh, s'il écope de la peine de mort, tu crois que je pourrais les garder ?

— Oui, peut-être. Si tu perds trente kilos et dix centimètres. Finis les *pastelitos*.

Dominick s'accroupit pour observer Bobby, le légiste, qui tamponnait avec une sorte de coton la substance brune sur le sol, avant de déposer les échantillons dans de longs tubes stériles.

— Je peux toujours porter les cravates. C'est dommage de gâcher tout ça. Comment ça s'est passé avec les Blues Brothers devant la maison ? Je parie que ce *maricon* de Stevens a fait un scandale.

— Pas très bien, Manny. N'en parlons pas.

— Bon, j'ai quasiment tout emballé dans le dressing, qui fait à peu près la taille de ma chambre, soit dit en passant. Ce malade est un obsédé du rangement. À ce point-là, c'est pas clair. Tout est organisé et compartimenté. Je dis bien « tout ». Il a une housse à costard avec « smokings » écrit dessus, au *pluriel*. Il a une boîte avec marqué « pulls d'hiver », une autre avec « chaussures d'hiver ». Peut-être que c'est pas notre homme, finalement, car pour moi, ce type m'a tout l'air d'un pédé. Ou alors, c'est un homo refoulé qui hait les femmes parce qu'elles lui rappellent sa mère. Voilà un bon mobile. Ça explique les problèmes de Bowman. Mais attends, c'est pas tout : j'ai trouvé ses costumes de Halloween dans une boîte à part, bien pliés et tout ça. Apparemment, il adore se déguiser, vu les tonnes de conneries qu'il y a là-dedans : un masque d'extraterrestre, un masque de Batman, la tête de Frankenstein, un chapeau de cow-boy et un pantalon en cuir dans le style pédale, sans rien sur le cul ; tu sais, ces machins qu'ils portent par-dessus leur jean.

— On appelle ça des jambières.

— Oui, si tu veux. Mais c'est pas tout. Imagine un peu ce malade à la fête d'anniversaire de ton gamin. Il a même un masque de clown.

Dominick regardait les taches sur le sol. À cinquante centimètres de là, dans le coin, se trouvaient les pattes jaunes et palmées de l'aigrette empaillée. Les gars du labo allaient répandre du Luminol qui luirait dans l'obscurité, partout où il y avait eu du sang. Au cours de sa carrière d'inspecteur de la criminelle, il avait vu des pièces entières, plafond compris, projeter une effroyable lumière jaune dans le noir. *À quoi ressemblerait cette drôle de cabane de jardin une fois les lumières éteintes ? Quel épouvantable tableau peindrait-elle dans l'obscurité ?*

— Emporte tout, l'Ours. On ne sait pas encore ce qui va être important ou pas dans cette affaire.

CHAPITRE 26

Bien qu'il n'y ait pas grand-chose à lire en vérité, il lui fallut quand même deux heures pour passer en revue tous les rapports de police, puis les rapports de l'hôpital et enfin les rapports du laboratoire. À mi-parcours, elle dut s'interrompre pour arpenter l'appartement, refaire du café, plier le linge, essuyer le plan de travail de la cuisine… tout ce qui pouvait lui faire oublier le poids écrasant des souvenirs qui envahissaient son cerveau. C'était absolument ahurissant : la plupart du temps, elle n'était pas capable de se rappeler ce qu'elle avait mangé à midi, en revanche, elle se souvenait de chaque seconde, de chaque bruit, de chaque odeur d'une portion de temps qui datait de plus de dix ans. Alors qu'elle lisait la déposition de son ancien voisin, Marvin Wigford, elle dut se précipiter dans la salle de bains afin de vomir pour la deuxième fois de la journée. Wigford affirmait que Chloé s'habillait « de manière provocante » devant les hommes de l'immeuble et qu'elle « paradait dans la cour » en portant des tenues « que n'aurait pas dû se permettre une femme sortant d'une université catholique ». Et il concluait en disant : « Pas étonnant qu'il lui soit arrivé une chose pareille, car elle faisait exprès d'exciter les hommes. » Les affres de la culpabilité et de la honte qu'elle avait repoussées pendant des années revenaient lacérer son esprit, et même si elle savait, intellectuellement, que ces affirmations n'étaient que le délire d'un dément et d'un pervers, elle ne pouvait s'empêcher de se sentir sale et humiliée. Car il y avait, tout au fond d'elle, une partie d'elle-même qui s'était toujours sentie responsable de ce qui était arrivé, comme si elle avait fait en sorte de provoquer ce qu'elle avait subi. Pendant des années, son esprit avait envisagé le milliard de choses qu'elle aurait pu faire, qu'elle aurait dû faire, différemment, et le milliard de chemins différents qu'aurait suivis sa vie. Elle avait ainsi découvert quelle était la partie la plus difficile de sa thérapie : apprendre à ne pas culpabiliser.

Après le passage obligé par la salle de bains, elle était sortie sur le balcon pour contempler encore un peu les bateaux qui allaient et venaient, en sirotant ce qui devait être sa dixième tasse de café de la journée. On approchait de l'heure de pointe et de l'autre côté de l'Intercoastal, à Pompano Beach, les rues commençaient à se remplir de voitures. Son biper avait sonné plusieurs fois, l'arrachant au passé pour la plonger dans la réalité déplaisante du présent et elle s'était forcée à rappeler tout le monde. Ces coups de téléphone lui permettaient d'oublier temporairement les rapports de police et les dépositions des témoins, la peur glaciale et familière, le sentiment de panique et la culpabilité qui prenaient à nouveau possession de son esprit. Elle emmena Lucy faire une longue promenade au bord de l'eau, avant que la tombée de la nuit rende cette sortie impossible.

À son retour, il lui fallut encore une heure pour finir de lire les derniers rapports, dont sa propre déposition où elle racontait avec des détails d'une précision atroce chaque moment conscient de ce 30 juin 1988. Ça commençait par la dispute avec Michael dans la voiture de celui-ci, devant l'immeuble, ça se poursuivait par un réveil en sursaut avec le goût du latex sur sa bouche et un poids écrasant sur la poitrine, la douleur lorsqu'il s'était couché sur elle et que son pénis était entré en elle pendant qu'elle se débattait inutilement en dessous. Et ça se terminait, Dieu soit loué, par le dernier souvenir conscient, quand la lame glacée du couteau avait rageusement entaillé la peau fragile de ses seins et qu'elle avait vu ses draps blancs devenir peu à peu écarlates. Debout sur son balcon, de retour dans le présent, elle porta la main à sa poitrine instinctivement, pour se protéger, tandis que l'autre montait vers sa gorge pour ôter le poids invisible de la peur qui lui broyait le larynx et l'empêchait de respirer.

C'est alors que le téléphone sonna. L'identificateur d'appel indiquait qu'il provenait du bureau du procureur du Queens. Elle essuya ses larmes d'un geste et répondit de la voix la plus normale possible.

— Allô ?

— Je voudrais parler à une mademoiselle… (Apparemment, la personne au bout du fil essayait de déchiffrer un nom écrit quelque part.)… Tonsent ? C'est ici ?

— Mlle Townsend. C'est à quel sujet.

— Pardonnez-moi. Ma secrétaire a massacré votre nom, je croyais que c'était Tonsent. Toutes mes excuses. Je suis Bob Schurr, assistant du procureur au bureau du Queens. Vous avez essayé de me joindre. Puis-je faire quelque chose pour vous ?

Chloé s'efforça de remettre de l'ordre dans ses pensées.

— Oui, monsieur Schurr. Merci de me rappeler. Voilà… euh… j'aimerais savoir quel est le protocole pour faire extrader un criminel vers l'État de New York.

Elle avait retrouvé un ton professionnel. Le procureur qui était en elle avait repris le dessus, comme si cette affaire concernait quelqu'un d'autre.

Il y eut un long silence au bout du fil.

— Vous êtes procureur ?

— Oui. Pardonnez-moi. Je travaille pour le bureau du procureur à Miami.

— Oh. Très bien. Qui est le criminel et quel est le motif du mandat émis à New York ?

— Euh… il n'y a pas encore de mandat. Il s'agit en fait d'un crime non élucidé pour lequel nous pensons détenir une personne suspecte.

— Non élucidé ? Vous voulez dire qu'il n'y a pas eu d'inculpation ? Ni de mandat ?

— Non, pas encore. Les autorités locales viennent tout juste d'identifier une personne suspecte, au stade des interrogatoires et de l'enquête.

Elle avait conscience d'être floue.

— Ah. Avez-vous parlé aux inspecteurs de New York

chargés de l'enquête ? Ils vont vous procurer un mandat ?

— Euh… pas pour l'instant. Je pense que le dossier a échoué au service des affaires sans suite. Au moment où je vous parle, nous cherchons à entrer en contact avec les inspecteurs de ce service pour obtenir un mandat et tout ce qui est nécessaire, d'après la législation de New York, pour arrêter l'individu en question, ici en Floride.

— Pour cela, il faut d'abord qu'il y ait une inculpation. Ensuite, ils pourront obtenir un mandat pour procéder à son arrestation et les inspecteurs de chez vous pourront le coffrer et le garder en taule à Miami pendant qu'on lance la procédure d'extradition. Mais peut-être qu'on met la charrue avant les bœufs. À quand remonte cette affaire ?

Chloé déglutit. Une impression de malaise l'envahit, car elle repensait à une chose qu'en tant que procureur elle n'aurait pas dû oublier.

— Euh… je crois que le crime remonte à un peu plus de dix ans, mais il faudrait que je vérifie auprès des inspecteurs qui s'occupent de l'affaire ici.

À l'autre bout du fil, Bob Schurr laissa échapper un petit sifflement.

— Dix ans ? Oh oh. Dites-moi que vous voulez extrader ce type pour meurtre et je vous répondrai : pas de problème.

— Non, il ne s'agit pas d'un meurtre.

Elle avait les paumes moites. Et elle redoutait la réponse à sa prochaine question :

— Que signifie ce « Oh oh » ?

— Pour quel crime voulez-vous épingler ce type ? S'il s'agit bien d'un type, d'ailleurs. Vous n'avez pas précisé.

Chloé se racla la gorge en espérant paraître normale.

— Il s'agit d'une agression sexuelle. Un viol avec violences. Et une tentative de meurtre.

— Voilà ce que signifiait mon « Oh oh ». Vous n'avez pas de chance. À New York, il y a prescription pour tous les crimes de ce genre au bout de cinq ans. Sauf en cas de meurtre, évidemment. Là, il n'y a aucune prescription. Si aucune inculpation n'a été prononcée dans les cinq ans qui ont suivi le crime, ce gars est intouchable, car le délai est dépassé.

Il marqua un temps d'arrêt. Ne rencontrant que le silence au bout du fil, il enchaîna :

— Je suis navré. Ce genre de conneries arrive souvent, surtout dans les affaires sexuelles. Vous finissez par trouver le gars grâce à des concordances d'ADN, mais vous ne pouvez rien faire. Ils en sont venus à inculper les échantillons d'ADN eux-mêmes dans les affaires où ils n'ont pas de suspect et où le temps presse. Peut-être qu'ils ont procédé comme ça dans votre affaire. Vous avez vérifié auprès de l'inspecteur des dossiers sans suite ?

— Non. Mais je vais vérifier. Peut-être qu'ils l'ont fait. J'espère.

Chloé savait bien qu'ils n'avaient jamais retrouvé la moindre preuve physique permettant d'extraire un échantillon d'ADN.

— Merci pour votre aide, dit-elle en sentant que sa voix allait se briser. Je vous rappellerai si j'ai du nouveau.

— C'est comment votre nom, déjà ?

C.J. raccrocha. Non, ce n'était pas possible ! La loi sur la prescription ! Ce laps de temps arbitraire que des législateurs stupides avaient gravé dans la pierre pour déterminer quel était le délai juste pour traduire quelqu'un en justice. Pendant combien de temps un criminel pouvait-il continuer à vivre en redoutant le jour où il serait rattrapé par ses crimes passés ? Qu'est-ce qui était juste pour l'accusé ? Et merde à la victime. Du moment que les droits de *l'accusé* étaient protégés.

L'énormité de la situation commençait à lui apparaître. Bantling ne pourrait jamais être jugé pour ce qu'il lui avait fait. Jamais. Jamais. Jamais. Il pouvait monter au sommet de l'Empire State Building et clamer sa culpabilité à la face du monde avec une profusion de détails hauts en couleur, vivaces, sanglants et écœurants, sans pour autant être jugé. Il pouvait reprendre l'ascenseur pour descendre et repartir libre comme l'air, sans que personne ne puisse faire quoi que ce soit. Elle aurait dû se souvenir de cette loi sur la prescription, mais en Floride, certains crimes sexuels n'en bénéficiaient pas, et franchement, cela ne l'avait pas effleurée un seul instant. Concentrée sur la *façon* de faire arrêter Bantling et de l'envoyer à New York – et sur la manière d'affronter ses propres démons sans devenir folle –, elle n'avait pas pensé à répondre à cette question : « *Peut-il* être arrêté ? » Aveuglée par ses œillères de victime, elle avait déjà imaginé la conclusion.

Elle avait le sentiment que tout s'écroulait de nouveau et il fallait absolument qu'elle tienne bon. Elle devait réfléchir à travers le brouillard, malgré la peur qui lui broyait la poitrine.

Elle marcha de long en large dans l'appartement. Le soleil avait presque disparu à l'horizon et la douceur du crépuscule déclinait rapidement. Elle versa dans l'évier le restant de café froid et sortit du réfrigérateur la bouteille de chardonnay. Elle s'en servit un verre, but une longue gorgée et prit de nouveau le téléphone. Au bout de la quatrième sonnerie, le Dr Chambers décrocha.

— Allô ?

Le son de sa voix était instantanément réconfortant.

— Je pensais bien vous trouver encore là. Même à cette heure-ci. C'est C.J. Townsend. Comment allez-vous, docteur Chambers ?

Elle se mordillait l'ongle du pouce en faisant les cent pas dans son salon, en chaussettes, son verre de vin blanc à la main. Elle n'avait toujours pas quitté son tailleur.

— Bonjour, C.J. (Il semblait surpris de l'entendre.) Je finissais quelques paperasses. Vous avez failli me louper. Que puis-je pour vous ?

Par la fenêtre, elle regarda passer un bateau-restaurant. Les échos lointains des rires et de la musique s'élevaient dans l'air.

— Il s'est passé quelque chose et j'ai besoin de vous voir.

CHAPITRE 27

Gregory Chambers se redressa dans son fauteuil en cuir. Il sentait l'angoisse et le désespoir percer dans la voix de C.J. Townsend.

— Aucun problème, C.J. Aucun problème. Que diriez-vous de demain ?

— Demain, c'est très bien… parfait.

Elle entendit un bruit de feuilles qu'on tourne, sans doute un carnet de rendez-vous.

— Pouvez-vous venir à dix heures ? Je vais apporter quelques savantes modifications à mon planning.

Elle poussa un profond soupir de soulagement dans l'appareil.

— Merci infiniment. Demain à dix heures, parfait.

Le Dr Chambers se renversa dans son fauteuil, le front plissé. La voix de C.J. l'inquiétait ; elle semblait affolée et abattue.

— Vous avez besoin de parler maintenant, C.J. ? J'ai le temps.

— Non, non, je dois d'abord remettre de l'ordre dans mes pensées. Mais je serai là demain, soyez-en sûr. Merci de m'avoir trouvé une petite place.

— C'est normal. Appelez-moi quand vous voulez. Je vous dis à demain, donc. (Il marqua un silence.) N'oubliez pas que vous pouvez m'appeler si vous avez besoin de moi avant.

Après avoir appuyé sur la touche rouge du téléphone sans fil, elle balaya du regard le salon vide. Le bateau-restaurant avait disparu, le calme était revenu, à l'exception du vent qui soufflait dans les branches des palmiers et des vaguelettes qui venaient lécher la digue tout en bas. Tibby II vint se frotter contre sa jambe en miaulant avec force. La journée était finie, c'était l'heure du repas.

Le téléphone sonna dans sa main et C.J. le lâcha en faisant un bond sur place.

La sonnerie retentit de nouveau. C'était Falconetti. D'une main hésitante, elle ramassa l'appareil.

— Allô ?

— C'est moi. J'ai les renseignements que vous m'avez demandés.

Elle avait complètement oublié. Tous les événements de la journée s'étaient mélangés dans sa tête.

— Oh… oui… merci, bafouilla-t-elle en faisant un effort pour paraître lucide et en pleine possession de ses moyens. Je, euh… je passerai les chercher au FDLE demain matin. Euh… À quelle heure vous arrivez ?

Elle reprit son verre de vin et se remit à faire les cent pas dans le salon.

Elle avait l'air d'avoir la tête ailleurs, elle était fatiguée, elle n'était pas elle-même.

— Non. Vous ne comprenez pas, dit Dominick. Je suis *venu* vous apporter vos informations. Je suis en bas de chez vous, devant la porte. Ouvrez-moi.

Non, pas ce soir. Elle n'avait pas le courage de se retrouver en face de lui. Elle ne se sentait pas capable de parler avec qui que ce soit.

— Euh… Dominick. Ce n'est pas le bon moment. Sincèrement. Je passerai les prendre demain matin. (Elle but une grande gorgée de vin.) Si vous préférez, vous pouvez les déposer dans ma boîte aux lettres. Numéro 1222. Je les prendrai plus tard.

Elle savait qu'elle devait paraître ridicule, mais c'était comme ça. « Pensez ce que vous voulez, mais allez-vous-en. »

Il y eut un long silence dans le téléphone. Elle prit son paquet de Marlboro, presque vide, sur la table dehors.

Puis la voix de Dominick brisa le silence.

— Pas question. Je veux monter. Ouvrez-moi.

CHAPITRE 28

Trois minutes plus tard environ, elle entendit le bruit de la sonnette, suivi de quelques petits coups frappés à la porte. En regardant par le judas, elle vit Dominick appuyé contre le mur, les yeux baissés. Il était habillé comme le matin, avec ses manches de chemise roulées, la cravate desserrée et le col ouvert. Son insigne doré du FDLE pendait autour de son cou au bout d'une chaîne et son arme de service était glissée dans un holster sous son aisselle. Elle déconnecta l'alarme, déverrouilla la porte et l'ouvrit à moitié seulement.

Dominick lui sourit et elle vit qu'il tombait de fatigue. Il tenait dans la main une fine liasse de feuilles agrafées dans un coin. Il l'agita par la porte entrouverte.

— Merci de vous être déplacé pour m'apporter les documents, Dom. (Elle prit les feuilles.) Mais vous n'étiez pas obligé. Je serais passée les chercher.

Elle ne l'invita pas à entrer.

— Vous disiez que vous les vouliez pour aujourd'hui, les voici. D'après ma montre, il me restait encore trois heures. Il n'est que neuf heures.

— Je vous suis reconnaissante. Mais comment avez-vous su où j'habitais ?

L'idée que l'on puisse la localiser si aisément la mettait mal à l'aise. Elle protégeait son intimité et ne donnait jamais son adresse. Et du fait de son statut de procureur, celle-ci n'apparaissait sur aucun document public.

— Je suis flic, vous l'oubliez ? On est payés pour découvrir ce genre de choses. En fait, j'ai appelé votre bureau et Marisol m'a donné votre adresse. J'ai consulté le plan sur Internet et me voici.

C.J. se jura de transformer la vie de Marisol en un véritable enfer dès le lendemain.

Un moment de gêne s'installa entre eux. Finalement, Dominick dit :

— Est-ce que je pourrais rentrer une minute ? J'aimerais vous parler de la perquisition. À moins que vous ne soyez occupée.

Son regard balaya distraitement l'appartement derrière elle.

Elle répondit rapidement, sans doute trop rapidement :

— Je suis seule. (Elle se ressaisit et ajouta :) C'est juste que… je suis fatiguée et j'ai mal à la tête…

Elle remarqua qu'il la dévisageait, il scrutait son regard et il en tirait des conclusions. Une fois encore elle s'efforça de sourire et de paraître normale.

— Mais… oui, bien sûr. Pardonnez-moi. Entrez.

Elle ouvrit la porte en grand et Dominick fit un pas dans l'appartement. Ils demeurèrent face à face pendant une seconde, ou deux, puis C.J. pivota et entra dans la cuisine.

— Vous voulez un verre de vin ou vous êtes encore en service ?

Il la rejoignit.

— Je croyais que vous aviez mal à la tête.

— C'est vrai, répondit-elle, la tête plongée dans le réfrigérateur. Mais le vin c'est excellent pour les migraines : on oublie qu'on a mal à la tête.

Dominick rit de bon cœur.

— Dans ce cas, j'en veux bien un verre, dit-il.

Il regarda autour de lui. L'appartement était coloré et décoré avec goût. La cuisine était d'un jaune éclatant, avec une frise de fruits exotiques dans les tons primaires qui courait à mi-hauteur. Les murs du salon étaient d'un rouge profond et ornés d'œuvres d'art audacieuses. Il était surpris. C.J. était toujours si austère. Il imaginait son appartement tout blanc et gris, avec peut-être une touche de crème pour la couleur, et des murs nus.

— J'aime bien votre appartement. C'est très clair, gai.

— Merci. J'aime mettre de la couleur. Ça m'apaise.

— C'est très chouette. Et quelle vue !

Les portes-fenêtres coulissantes du salon étaient ouvertes sur un petit balcon. Il entendait le clapotis des eaux de l'Intercoastal juste en dessous et il apercevait les lumières de Pompano Beach sur l'autre rive.

— Oui. Je l'adore. Ça va faire cinq ans que je suis ici. Hélas, c'est petit. Il n'y a que deux chambres. Mais bon, c'est suffisant pour moi, Lucy et Tibby.

— Lucy ? Tibby ?

— Tibby, c'est lui qui est en train de coller des poils blancs sur votre pantalon noir.

En entendant son nom, Tibby poussa un long miaulement plaintif. Dominick se baissa pour caresser la tête du gros chat et celui-ci ronronna en prenant un air pitoyable comme s'il n'avait jamais connu la moindre marque d'affection jusqu'alors.

— Et voici Lucy. Mon bébé.

Ayant senti l'odeur qui s'échappait du réfrigérateur ouvert, la chienne avait fait son entrée dans la cuisine en traînant les pattes et en humant l'air. Elle vint se frotter contre les jambes de sa maîtresse pour récolter une petite caresse et des gratouilles derrière ses longues oreilles.

— Elle n'entend plus très bien, mais c'est pas grave. Hein, ma fille ?

C.J. approcha son visage de la gueule de Lucy, qui laissa échapper un petit aboiement joyeux. Son bout de queue tronquée s'agitait furieusement.

— C'est tranquille par ici, commenta Dominick. Rien à voir avec Miami.

— J'aime le calme. Comme dans toutes les grandes villes, il y a trop de cinglés à Miami. Je vois ça tous les jours. Je travaille avec eux du matin au soir. Je n'ai pas besoin de vivre avec eux par-dessus le marché. Fort Lauderdale n'est certainement pas l'épicentre de la normalité, mais en tout cas, il y a davantage de retenue. De plus, je ne travaille pas dans cette ville. Et vous savez ce qu'on dit : il ne faut pas faire là où on mange…

— Vous aimez l'anonymat ?

— Oh que oui. Ça vaut bien les trente-cinq minutes de voiture pour aller travailler.

— Je vis à Miami depuis trop longtemps ; j'ai cette ville dans le sang. Je ne peux pas être à plus de vingt minutes d'un bon sandwich cubain.

— Le comté de Broward n'est qu'à un quart d'heure d'ici et on y trouve des haricots noirs avec du riz. C'est plus cher, voilà tout.

— Oui, vous avez raison. Je devrais peut-être demander ma mutation à Broward. Je conduirai une fourgonnette banalisée pour surveiller les lycéens qui sèchent le cours d'économie domestique.

— Vous exagérez volontairement. Ce n'est quand même pas un trou paumé au fin fond de l'Iowa. Hélas. Il se passe un tas de vilaines choses là-bas. De plus en plus chaque année.

— Je plaisante. Le comté de Broward a droit à son lot de problèmes. Et ils s'accentuent, vous avez raison. Que voulez-vous, même les cinglés se reproduisent et ils ont besoin d'un endroit pour vivre, en dehors de la circonscription où ils sont interdits en séjour, tout en restant dans un périmètre de 80 kilomètres autour de leurs contrôleurs judiciaires. (Il marqua une pause comme s'il réfléchissait, en caressant son bouc.) En fait, j'aime Miami, je crois. J'y suis habitué. Et j'aime être habitué aux choses. Je suis un type de tout repos.

— Tant mieux. C'est bon à savoir.

Après cet échange, ils restèrent silencieux pendant un instant, en sirotant leur vin. C.J. semblait fatiguée, vidée. Ses cheveux tirés en arrière étaient négligemment relevés en chignon à l'aide d'une pince ; quelques mèches s'en étaient échappées et encadraient son visage légèrement hâlé. Il l'avait rarement vue sans ses lunettes. Même sans maquillage, elle était jolie. Très jolie même. Elle possédait une beauté naturelle qui faisait défaut à beaucoup de femmes. Mais bizarrement, on aurait dit qu'elle cherchait toujours à la cacher. Il est vrai que l'univers de la justice était parfois machiste, surtout dans les États du Sud, même dans une métropole comme Miami. C'était un monde encore peuplé de juges, de policiers et d'avocats phallocrates. Depuis treize ans qu'il appartenait au FDLE, il avait vu bien des femmes lutter pour se faire respecter au tribunal et être prises au sérieux par leurs pairs. Et C.J. était toujours prise au sérieux. Toujours. C'était sans doute le procureur le plus respecté. Bien plus que son maboul de patron, Tigler. Apercevant sa veste grise posée à cheval sur la chaise de la cuisine, il remarqua qu'elle n'avait pas quitté son ensemble.

— Je croyais que vous étiez rentrée tôt aujourd'hui.

— C'est juste. Pourquoi ?

— Vous avez encore votre tailleur.

— Oui, j'ai travaillé en arrivant et je n'ai pas eu le temps de me changer. (Elle s'empressa de changer de sujet.) Alors, qu'a donné la perquisition ? Vous avez découvert quelque chose ?

— Oui. Un tas de choses. Je suis surpris que Manny ne vous ait pas appelée pour vous le dire.

— Il m'a appelée sur mon biper, je l'ai rappelé et j'ai laissé un message sur son portable. Il y a deux heures environ et il ne m'a pas rappelée.

— Ils ont terminé il y a trois quarts d'heure à peu près. Je suis venu directement ici. On a découvert des traces de sang dans une cabane de jardin derrière la maison. Pas grand-chose, trois gouttes, mais c'est suffisant. Les résultats des examens préliminaires nous sont parvenus, il y a une heure. C'est du sang humain. On va analyser l'ADN et le comparer avec celui de Prado pour voir si c'est son sang. Ça risque de prendre plusieurs semaines.

Après une courte pause, il enchaîna :

— Il se peut qu'on ait l'arme du crime également. Apparemment, Bantling adorait empailler des animaux dans sa petite cabane. Comment on appelle ça déjà… ?

— La taxidermie.

— Ah oui. Il avait plusieurs oiseaux suspendus aux poutres de sa cabane. Mais il avait surtout six scalpels différents. Dont un avec peut-être du sang dessus. Neilson va faire appel à un spécialiste pour voir si on peut établir un rapprochement entre ce scalpel et les incisions pratiquées sur les filles, celles qui n'étaient pas trop décomposées, au niveau des déchirures microscopiques de la peau.

C.J. frissonna. La conversation devenait dangereuse ; elle n'était pas certaine de pouvoir continuer sur ce terrain ce soir.

— On a tout mis dans des cartons et on les a expédiés au labo et au légiste. Maintenant, on attend les résultats des analyses. Ils ont passé toute la maison au Luminol. Rien. Aucune trace de sang nulle part.

— Et dans cette cabane dont vous parlez ?

— Illuminée comme une luciole. Il a dû essayer de tout nettoyer, mais il a laissé passer quelques taches en bas du mur. À part ça, il y avait du sang partout. Même le plafond était lumineux. À en juger par ces éclaboussures, Prado a peut-être été tuée quand elle était allongée sur une sorte de lit métallique à roulettes qui se trouvait dans la cabane. Le sang a dû gicler comme un geyser quand il a tranché l'aorte. Leslie Bickins, l'experte du FDLE doit arriver de Tallahassee demain pour examiner ces taches. Évidemment, le problème c'est qu'il aimait découper les animaux aussi dans sa cabane, pour les empailler. La grande question est donc de savoir : à qui appartient ce sang ?

— Autre chose ?

— Oui. J'ai trouvé un flacon d'halopéridol délivré à Bantling par un médecin de New York. Vous connaissez peut-être ce médicament sous le nom d'Haldol. C'est un psychotrope utilisé pour contrôler le delirium. Apparemment, Bantling souffre de problèmes mentaux. Ça colle avec tout le reste et ça expliquerait le caractère atroce des meurtres.

Comme C.J. ne disait rien, il ajouta :

— Il avait également chez lui une malle remplie de films pornos amateurs sadomasos. Avec des femmes différentes, certaines ayant l'air très jeunes, à peu près de l'âge de nos victimes. On ne les a pas tous visionnés, il y en a une bonne centaine. Mais à en juger par les titres, la plupart des filles sont blondes.

C.J. avait blêmi.

— Ça ne va pas ? demanda Dominick. Bon sang, vous faites la même tête que ce matin au tribunal !

Il se pencha par-dessus la table pour lui prendre le bras. C.J. serra le pied de son verre à vin à s'en faire blanchir les jointures. L'angoisse se lisait dans ses yeux.

— Qu'y a-t-il, C.J. ? Que se passe-t-il ? Je peux peut-être vous aider.

— Ça va, merci. J'ai l'impression que je couve quelque chose.

Elle parlait d'une voix hésitante, elle avait du mal à se concentrer. Il était temps de mettre fin à cette conversation. Immédiatement, avant qu'elle s'effondre totalement. Elle se leva, libéra son bras et s'écarta de Dominick. Elle gardait les yeux baissés, de peur de croiser son regard.

— Merci de m'avoir apporté ce dossier. Je vais m'y plonger.

Sa voix semblait venir de très loin ; ses doigts jouaient avec les feuilles sur la table. Enfin, elle osa regarder Dominick.

— Et merci d'avoir fait le trajet jusqu'ici. Vous n'étiez pas obligé.

Il se leva à son tour et la suivit jusqu'à la porte d'entrée. Il remarqua qu'il y avait quatre serrures différentes. Plus un système d'alarme sophistiqué. *De quoi cherchait-elle à se protéger, là-haut dans sa tour, dans sa paisible et chic banlieue de Fort Lauderdale ?*

Au moment où elle allait ouvrir la porte, Lucy accourut pour sortir.

— Non, Lucy. Non. Je t'ai déjà promenée.

C.J. se retourna vers Dominick. Il vit la peur dans ses yeux émeraude, impossible à dissimuler.

— Merci encore, Dom. On se verra sûrement demain. Appelez-moi après avoir parlé à Neilson. Peut-être que je vous rejoindrai là-bas. Je suis désolée d'être si… distante. Mais je…

La main de Dominick trouva la sienne sur la poignée de la porte ; elle la saisit et la serra. Leurs visages étaient tout près l'un de l'autre ; elle sentait la chaleur de son haleine sur sa joue, à la fois sucrée et fraîche, mélange de menthe et de chardonnay. Son regard était grave, mais doux en même temps. Il plongea ses yeux dans les siens.

— Ne dites rien, murmura-t-il. Ne dites rien ou sinon, il risque de ne rien se passer.

Il posa ses lèvres sur sa joue et elles glissèrent délicatement sur sa peau jusqu'à sa bouche. Les poils de son bouc ras lui chatouillaient le menton. Elle s'aperçut avec étonnement que ses propres lèvres étaient entrouvertes dans l'attente de sa bouche. Elle avait envie de sentir son baiser, la saveur de sa langue sucrée et mentholée sur la sienne.

Leurs lèvres s'unirent enfin et C.J. frissonna. La langue de Dominick explora doucement sa bouche. Leurs corps se touchaient, appuyés contre la porte, et malgré leurs vêtements, ils sentaient la chaleur intense qui s'en dégageait. C.J. ne pouvait ignorer le contact du sexe gonflé contre sa cuisse. La main de Dominick enserrait toujours la sienne dans son dos sur la poignée de la porte. Il finit par la lâcher et ses doigts remontèrent le long de son bras, caressèrent tendrement son épaule à travers le chemisier en soie, puis redescendirent le long des côtes jusqu'au renflement de la hanche. Sa main glissa alors dans son dos et sa paume chaude se plaqua sur ses reins. Son autre main tenait son visage, son pouce était étonnamment doux et lisse sur sa joue. Leurs bouches ne formaient toujours qu'une et leur baiser se fit plus intense, plus passionné. Sa langue s'enfonça plus profondément, son torse puissant appuya sur sa poitrine, elle pouvait presque sentir les battements de son cœur.

Cette fois, elle ne s'écarta pas de lui. Sa main se posa de manière hésitante dans le cou de Dominick ; elle sentit sous ses doigts les petits cheveux drus dans la nuque et elle l'attira contre elle. Elle fit courir ses ongles dans le haut du dos, sur les muscles qu'elle devinait à travers la chemise. En elle monta alors une vague d'émotions qu'elle avait enterrées depuis longtemps en les croyant mortes et l'intensité de l'instant la submergea totalement.

Dominick sentit les larmes brûlantes qui coulaient sans bruit sur la joue de C.J., contre la sienne. Elle gardait la tête baissée, honteuse d'apparaître ainsi devant lui. Jamais elle n'aurait dû laisser les choses en arriver là ce soir. Les mains chaudes et calleuses de Dominick encadrèrent son visage et l'obligèrent à pencher la tête en arrière, face à lui. De nouveau, elle vit l'inquiétude dans ses yeux, et comme s'il lisait dans ses pensées, il murmura :

— Je ne te ferai pas de mal, C.J. N'aie pas peur. (Ses lèvres asséchèrent les deux rivières de larmes sur ses joues.) On va y aller en douceur. Très doucement.

Il l'embrassa tendrement sur la bouche. Et pour la première fois depuis longtemps, C.J. se sentit protégée, là, dans les bras de cet homme.

CHAPITRE 29

À 7 heures, elle était assise à son bureau, un café à la main, et elle passait en revue les piles de documents qui avaient réussi à s'accumuler en l'espace d'un après-midi. Malgré le délicieux baiser de Dominick pour lui souhaiter bonne nuit, son sommeil avait été peuplé de rêves, d'horribles rêves imbibés de sang. Le masque de clown avait disparu, remplacé par le beau sourire et les traits finement ciselés de William Rupert Bantling. C'était son visage qui se moquait d'elle désormais, c'était sa main ornée d'une Rolex qui lui lacérait la peau. Elle ne pouvait même pas dire si c'étaient des rêves qu'elle avait faits ; peut-être n'avait-elle pas dormi du tout et ces images effrayantes qui défilaient dans sa tête étaient simplement des souvenirs qui revenaient pour exécuter un rappel nocturne. À 4 heures du matin, n'osant plus fermer les yeux, elle était allée s'asseoir sur le balcon et là, enveloppée dans le drap arraché au lit, elle avait regardé le soleil se lever sur Fort Lauderdale et Pompano Beach.

Après le départ de Dominick la veille au soir, elle avait essayé de réfléchir. À ce qu'elle pouvait faire, à ce qu'elle devait faire au sujet de l'affaire du Vorace. Devait-elle informer Tigler de son implication personnelle dans cette affaire ou peut-être refiler le dossier en douce à un collègue, sans fournir d'explications ? Une autre solution ne cessait de revenir la hanter, même si elle savait que c'était sans doute impossible : devait-elle continuer sans rien dire ?

Si elle en parlait à son supérieur, tout le bureau serait obligé de transmettre l'affaire à une autre juridiction pour une question de conflit d'intérêts. Un nouveau procureur serait nommé, ce qui pouvait se révéler désastreux, surtout dans une affaire aussi complexe, entièrement centrée sur Miami. D'autres juridictions n'étaient pas aussi expérimentées que la Onzième, et leurs procureurs non plus. Certaines ne possédaient que trois ou quatre procureurs et elles n'avaient jamais eu à traiter des meurtres en série.

D'un autre côté, C.J. connaissait les détails de chaque meurtre. Elle s'était rendue sur presque tous les lieux du crime, elle avait vu tous les cadavres, elle avait interviewé tous les parents des jeunes femmes, leurs amis, leurs fiancés, elle avait interrogé les médecins légistes et rédigé tous les mandats. Elle avait vécu avec cette affaire pendant un an. Personne ne connaissait les faits aussi bien qu'elle.

Si elle confiait l'affaire en douce à un autre procureur de son bureau, le risque était que son remplaçant ne soit pas au courant de tous les éléments de tous les meurtres. En outre, il y avait un autre problème : expliquer ses motivations. Pourquoi abandonnait-elle brusquement l'affaire la plus prestigieuse de sa carrière ? Une affaire dont rêvaient tous les autres procureurs ? Son geste provoquerait des questions auxquelles elle n'avait pas envie de répondre. Jamais.

Quant à la dernière solution, C.J. se disait qu'elle pouvait continuer à aller de l'avant pour le moment sans rien dire. Jusqu'à ce qu'elle ait acquis la certitude que c'était bien Bantling, là-bas, à New York. Que c'était bien *lui.* Elle n'avait pas encore interrogé McMillan de la section des affaires sans suite à New York. Peut-être que par un hasard improbable quelqu'un avait plongé le nez dans son dossier au cours de ces dix dernières années, depuis qu'elle avait cessé d'appeler les inspecteurs chaque jour. Peut-être avaient-ils effectué de nouvelles analyses sur ses draps, son pyjama rose, sa culotte, etc., et trouvé des traces de substances corporelles qui leur avaient échappé la première fois. Peut-être que par miracle ils allaient inculper Bantling à partir d'un échantillon d'ADN. Peut-être. Peut-être. Peut-être.

Elle voulait agir au mieux, mais elle ne savait pas ce que ça signifiait. Elle voulait traduire Bantling en justice. Elle soupira et regarda dehors par la fenêtre de son bureau, dans la 13e Avenue où les vendeurs de rue installaient déjà leurs stands de hot dogs et de sodas alors qu'il était tout juste 8 heures. Un peu plus loin, des mangues, des papayes, des bananes et des ananas frais pendaient sous un parasol rouge et blanc, dont le propriétaire finissait de s'installer en bougeant au rythme d'une musique latino-américaine que diffusait son énorme radiocassette.

Assise sur son balcon la nuit dernière, elle avait ressassé ces réflexions un million de fois. Et bien évidemment, elle avait pensé à Dominick. Ce moment était certainement le plus mal choisi de toute sa vie pour s'abandonner à une histoire d'amour ou à la passion. Mais cette *chose* était là et elle ne lui avait pas tourné le dos. Caressant sa lèvre d'un geste absent, elle repensa au contact de la bouche de Dominick sur la sienne. Elle sentait encore son haleine sucrée et mentholée, elle revoyait l'inquiétude dans ses yeux. Il l'avait simplement enlacée devant la porte, il lui avait caressé le dos, son souffle chaud avait frôlé son oreille et l'impression de se sentir à l'abri, d'être protégée, ne serait-ce que cinq minutes, l'avait transportée.

Cela faisait longtemps qu'elle n'avait pas fait l'amour avec un homme. La dernière fois, c'était dans un état d'ébriété avancé, avec un courtier prénommé Dave qu'elle fréquentait de manière irrégulière depuis deux mois. Elle le trouvait drôle et adorable, jusqu'à ce qu'il cesse de l'appeler. Ce qui, par une étrange coïncidence, s'était produit juste après qu'ils eurent fini par coucher ensemble. Quand elle lui avait demandé pourquoi leur relation avait pris fin de manière si soudaine, il lui avait simplement répondu qu'elle avait « trop de complexes ». Cela remontait à quelques années déjà. L'intimité avec un homme était un domaine qui l'effrayait ; cela posait trop de problèmes, cela rouvrait trop de blessures. Depuis cette date, il y avait eu quelques rendez-vous, mais rien de sérieux et, surtout, rien d'intime. Un dîner au restaurant et un petit baiser de temps en temps.

Et depuis la veille au soir, il y avait Dominick.

Ils avaient échangé un baiser, rien de plus, et il était parti quand elle le lui avait demandé. Mais elle ne pouvait s'empêcher de repenser à ce qu'il lui avait dit, et à la manière dont il l'avait dit. Il paraissait si sincère, et elle désirait tellement retrouver un sentiment de sécurité, ne serait-ce que cinq minutes. Hélas, il était trop impliqué dans cette affaire pour qu'elle puisse lui dire la vérité, et comment vivre une relation sans vérité ? Combien de mensonges et d'histoires serait-elle obligée d'inventer pour l'empêcher de deviner ? Et même si elle pouvait lui dire la vérité, aurait-elle le courage de raconter à un homme ce qui s'était passé cette nuit-là ? Pourquoi son corps avait cet aspect quand la lumière de la chambre était allumée ?

Les petites fiches roses correspondant à des messages téléphoniques formaient une pile monstrueuse sur son bureau. Il faudrait qu'elle demande au responsable des relations publiques du bureau du procureur de rappeler presque tous les journaux et toutes les chaînes de télévision du pays. Sur la fiche du haut, Marisol avait écrit, en majuscules : « C'EST LE 3e MESSAGE ! POURQUOI VOUS AVEZ PAS RAPPELÉ ? ! ! »

Le casier en bois posé dans un coin du bureau était déjà rempli de courrier. Outre l'affaire du Vorace, C.J. s'occupait de dix autres affaires de meurtres, dont deux qui devaient être jugées au cours des deux prochains mois. Elle avait une très importante audition de requête en référé la semaine prochaine et plusieurs dépositions prévues pour les quinze prochains jours. Aucune de ces obligations ne devait être négligée à cause du Vorace. Elle allait donc devoir jongler avec tout cela en espérant éviter la casse.

Ses yeux étaient fixés sur le dos des trois pages du rapport d'arrestation de Bantling. Les noms d'environ vingt-cinq personnes y étaient mentionnés, tous policiers. L'initiale du prénom, le nom, le service et le matricule. Des témoins. Le policier qui avait arrêté Bantling sur l'autoroute, les premiers policiers arrivés sur place, ceux qui avaient ouvert le coffre de la Jaguar et découvert le corps d'Anna Prado, les inspecteurs chargés de l'enquête, l'agent spécial D. Falconetti, FDLE, matricule 0277.

Elle disposait de vingt et un jours, à partir de la date d'arrestation, pour faire inculper Bantling de meurtre par un grand jury. Cela signifiait qu'elle devait interroger tous les témoins, recueillir leurs dépositions et préparer une note pour l'assistant de Tigler, Martin Yars. Yars était l'unique procureur de ce bureau qui présentait les affaires devant le grand jury. Ce serait encore Yars qui réclamerait l'inculpation de Bantling, sans doute avec l'appui du témoignage de Dominick Falconetti, en tant qu'inspecteur numéro un chargé de l'enquête. Le grand jury ne se réunissait que les mercredis. Aujourd'hui, on était déjà jeudi. Cela ne lui laissait donc que deux mercredis pour instruire le dossier. Si elle n'arrivait pas à le présenter devant le grand jury d'ici là, elle serait obligée de déposer un acte d'accusation – rédigé sous serment – pour homicide volontaire, et ceci dans le fameux délai de vingt et un jours. Ensuite seulement elle l'inculperait pour meurtre avec préméditation, quand Yars pourrait présenter le dossier devant le grand jury. Et pour cela, il lui faudrait quand même recueillir les dépositions sous serment de tous les témoins nécessaires, ceux qui pouvaient fournir les éléments justifiant l'inculpation pour meurtre. Dans tous les cas de figure, vingt et un était le chiffre magique, et c'était court.

Tic-tac, tic-tac fait la pendule.

Elle vida le fond de son gobelet de café et se massa les tempes avec les doigts. La migraine était réapparue. Elle devait prendre une décision sur la manière dont elle allait continuer. *Si* elle décidait de continuer. Le temps était un facteur crucial dans cette affaire, elle ne pouvait pas « réfléchir à la question » pendant des lustres. Il fallait convoquer tous les policiers pour recueillir leurs témoignages, ce qui prendrait au moins plusieurs jours.

C.J. jeta un coup d'œil à sa montre. Déjà 9 h 30. Elle prit son sac à main, ses lunettes et sortit rapidement de son bureau. Elle passa devant le secrétariat et une Marisol à la mine boudeuse, vêtue aujourd'hui de Lycra violet de la tête aux pieds.

Elle se jura de prendre une décision, dans un sens ou dans l'autre.

À son retour.

CHAPITRE 30

La petite maison à un étage située à Coral Gables, une banlieue chic de Miami, était jolie. Construite dans le style espagnol, sans doute soixante ou soixante-dix ans plus tôt, elle était parfaitement carrée, avec des murs en stuc peints de couleur chaude, dans des tons moutarde brun, coiffés d'un toit de tuiles orange. De magnifiques et éclatantes fleurs blanches, rouges et jaunes remplissaient des bacs en terre cuite accrochés à chaque rebord de fenêtre et des massifs abondamment fleuris bordaient le chemin de briques conduisant à l'épaisse porte en chêne dotée de poignées en fer forgé. Assurément, ça ne ressemblait pas au cabinet d'un psychiatre. Une petite plaque fixée près de la porte, juste au-dessus de la boîte aux lettres en terre cuite, indiquait : GREGORY CHAMBERS, médecin.

C.J. poussa la porte et entra. La salle d'attente était en carreaux mexicains, dans des tons jaune pâle et bleu ciel. Des couleurs douces et apaisantes. De grands palmiers déployaient leurs feuilles aux quatre coins de la pièce et de somptueux fauteuils en cuir étaient alignés le long de deux murs. Des magazines de toutes sortes étaient étalés sur la superbe et immense table en acajou, et en fond sonore, Sarah Brightman chantait l'*Ave Maria* de Schubert. Une musique douce et apaisante. Veillons à ce que les riches cinglés ne soient pas trop excités, trop nerveux, lorsqu'ils venaient voir le gentil docteur.

La secrétaire, Estelle Rivero, était assise derrière le mur jaune pâle qui séparait les gens sains d'esprit de ceux « qui avaient besoin d'aide ». À travers la petite vitre, C.J.

apercevait les touffes de cheveux couleur coucher de soleil en automne qui se dressaient au moins à cinq centimètres au-dessus de la tête d'Estelle.

Il n'y avait personne d'autre dans la salle d'attente. C.J. fit tinter délicatement la clochette installée près de la vitre. Celle-ci s'ouvrit en coulissant et Estelle sourit à travers ses lèvres rouges comme une boule de feu.

— Bonjour, mademoiselle Townsend ! Comment allez-vous ?

Je croyais que le personnel du secrétariat n'était pas censé poser des questions sans un médecin dans la pièce.

— Bien, Estelle. Et vous ?

Estelle se leva. Son menton ne dépassait pas le bas de la vitre. Elle mesurait environ 1m55.

— Vous avez l'air en forme, mademoiselle Townsend. Je vous ai vue aux infos hier soir. Ce type est un cinglé, hein ? Quand je pense à ce qu'il a fait à ces pauvres femmes !

Elle secoua la tête.

Vous ne pouvez pas imaginer, Estelle. Vous ne pouvez pas imaginer...

— Il a des problèmes mentaux, sans aucun doute.

C.J. changea de position ; ses talons résonnèrent sur le dallage. Estelle porta ses mains fripées à son visage et secoua la tête de nouveau. Ses doigts, dont chacun s'ornait d'une babiole en or, se terminaient par des ongles éclatants de quatre centimètres.

— C'est affreux, dit-elle. De si jolies filles. Et pourtant, il a l'air si normal, hein ? C'est un bel homme, il a tout de quelqu'un de bien. Ça prouve qu'on ne peut jamais savoir. (Elle se pencha en avant et baissa la voix.) J'espère que vous allez nous en débarrasser, mademoiselle Townsend. Pour qu'il ne puisse plus faire de mal aux femmes.

Là où il va se retrouver, Estelle, les femmes n'ont plus de souci à se faire.

— Je ferai de mon mieux, Estelle. Le docteur Chambers est ici ?

Cette question la mit dans tous ses états.

— Oh, oui, oui. Pardon. Il vous attend. Entrez donc.

La porte émit un bourdonnement électrique et C.J. quitta le monde des sains d'esprit. Au bout du couloir, la porte du bureau du Dr Gregory Chambers était ouverte et C.J. apercevait sa silhouette penchée au-dessus de la grande table de travail en bois verni. En entendant le cliquetis des talons sur le sol dallé, il leva la tête et lui sourit.

— C.J. ! Quelle joie de vous voir. Entrez, entrez.

Le bureau était peint de couleur bleu ciel. Des cantonnières à motif floral, jaune et bleu, ornaient le haut des deux fenêtres qui allaient du sol au plafond. Des stores à lamelles en bois laissaient entrer de douces bandes de soleil qui se répandaient sur le tapis berbère et les profonds fauteuils en cuir bleu.

— Bonjour, docteur Chambers. J'aime beaucoup la nouvelle décoration de votre cabinet. Très joli.

Elle s'était arrêtée sur le seuil.

— Merci. Nous avons tout refait, il y a trois mois environ. Cela fait longtemps que vous n'êtes pas venue, C.J.

— En effet. J'ai été très occupée.

Il s'ensuivit un bref silence. Finalement, le Dr Chambers se leva et fit le tour de son grand bureau.

— Entrez, je vous en prie, dit-il en fermant la porte derrière elle. Asseyez-vous.

Il lui désigna un des fauteuils et il s'assit en face d'elle, dans l'autre, légèrement penché en avant, les coudes posés sur les genoux, les mains jointes devant le visage. Tout cela était très détendu, informel ; C.J. se demandait s'il se comportait de cette façon avec tous ses patients ou si elle avait droit à un traitement de faveur compte tenu de leur relation ancienne. Greg Chambers lui donnait toujours le sentiment que ses problèmes vis-à-vis du monde extérieur étaient une chose qui pouvait se régler facilement.

— J'ai vu qu'ils avaient arrêté un suspect dans l'affaire du Vorace. J'ai entendu une partie de la retransmission de l'audience aux infos de vingt-trois heures. Joli travail, C.J.

— Merci. Merci bien. Mais la route est encore longue.

— Ce type est le bon ?

C.J. changea de position dans le fauteuil et croisa les jambes.

— On dirait bien. Si le corps d'Anna Prado retrouvé dans le coffre de sa voiture ne suffisait pas, après ce qu'ils ont découvert à son domicile hier, le doute n'est plus permis.

— Vraiment ? Dans ce cas, je vous souhaite bonne chance. (Ses yeux bleus sondèrent ceux de C.J.) Je sais que c'est une affaire très stressante, avec la pression des médias et tout le reste.

Sa voix était montée légèrement à la fin de sa phrase, comme s'il posait une question ; elle comprit qu'il lui offrait une ouverture.

Elle hocha la tête et fixa son regard sur ses genoux. Cela faisait plusieurs mois qu'elle ne s'était pas assise dans ce fauteuil. Après toutes ces années, le moment était venu de vérifier si tout ce travail avait été efficace, si l'oisillon pouvait quitter le nid, si elle pouvait affronter seule le monde, s'affranchir des souvenirs qui tentaient de la ramener dans sa prison. Dans cette optique, en utilisant le prétexte de la surcharge de travail et du manque de temps, elle avait réduit ses rendez-vous bihebdomadaires à quelques visites occasionnelles, avant de cesser totalement de venir, au printemps. Et voilà qu'elle revenait frapper à la porte du Dr Chambers pour réclamer son aide.

— Vous instruisez cette affaire avec un collègue ?

Il lui parlait comme un père qui craignait qu'elle ne mange pas ou ne dorme pas assez.

— Non. Je suis seule pour l'instant. À moins que Jerry Tigler ne décide de nommer quelqu'un d'autre.

— Qui est l'inspecteur principal dans cette affaire ? Dom Falconetti ?

— Oui. Avec Manny Alvarez pour la municipalité.

— Je connais Manny. C'est un très bon inspecteur. J'ai eu l'occasion de travailler avec lui sur un quadruple meurtre à Liberty City, il y a quelques années. Je crois avoir rencontré l'agent Falconetti à la conférence de médecine légale à Orlando l'année dernière.

Les cheveux noirs de Greg Chambers étaient saupoudrés de gris, mais d'un gris intense, brillant, qui soulignait le bleu de ses yeux doux et ajoutait du caractère à son visage par ailleurs un peu fade. L'irrésistible marche du temps avait creusé des rides profondes sur son front et autour de ses yeux, mais elles lui conféraient de la personnalité, et C.J. était certaine qu'il était plus séduisant à l'approche de la cinquantaine que lorsqu'il avait vingt ans. Elle repensa alors au reflet de son propre visage creusé et ridé dans le miroir des toilettes hier. Les hommes vieillissaient tellement mieux que les femmes. C'était injuste.

— Vous m'avez franchement inquiété avec votre coup de téléphone, C.J. J'ai bien senti à votre voix que quelque chose n'allait pas. Que se passe-t-il ?

C.J. décroisa et recroisa les jambes dans l'autre sens. Elle avait la bouche sèche.

— En fait, il s'agit de l'affaire du Vorace.

— Oh. Vous avez besoin d'un conseil professionnel ?

C'était là que résidait le problème. Outre le fait qu'il était son psychiatre depuis dix ans, par intermittence, Gregory Chambers était également un collègue. En tant qu'expert psychiatre, il collaborait régulièrement avec le bureau du procureur et la police dans les affaires de crimes violents. En de nombreuses occasions, il avait témoigné dans des affaires complexes de meurtres ou de violences conjugales, lorsque le jury avait besoin qu'on réponde à la question essentielle : pourquoi ? Pourquoi les hommes faisaient-ils tant de mal ? Les mêmes qualités qui faisaient de lui un psychiatre à qui on pouvait parler facilement en faisaient un expert que l'on écoutait facilement. Avec son visage doux, son sourire décontracté et la liste impressionnante de ses références, Gregory Chambers expliquait l'inexplicable en des termes simples.

Et ses diagnostics tombaient toujours pile. La police lui faisait confiance et le respectait, tout comme ses confrères. Ce qui expliquait, évidemment, le succès de son cabinet de Coral Gables où il recevait une clientèle aisée prête à payer 300 dollars de l'heure : quand vous êtes riche, vous pouvez vous permettre d'être fou. Fort heureusement, C.J. bénéficiait de la remise consentie aux procureurs et autres représentants de la loi.

Néanmoins, il n'avait jamais témoigné dans un des procès de C.J. ; elle avait toujours pris soin de tracer une frontière pour éviter un conflit d'intérêts au tribunal. Elle avait donné des cours à ses côtés dans des conférences et des séminaires consacrés à la justice, et elle avait sollicité son opinion, officieusement, dans certaines affaires. Dans ces rôles, le Dr Chambers était à la fois son collègue et son ami, et elle se souvenait que dans ces occasions elle l'avait appelé « Greg », simplement.

Mais aujourd'hui, c'était le Dr Chambers.

— Non. Je ne viens pas solliciter votre avis d'expert. Je ne vous aurais pas téléphoné à neuf heures du soir pour ça.

Elle esquissa un sourire.

— Je vous en suis reconnaissant, mais d'autres n'ont pas autant de scrupules. Jack Lester m'a déjà appelé à une heure du matin. (Il lui sourit d'un air entendu.) Et ça ne me gêne pas du tout.

Jack Lester était également un procureur chargé des crimes importants. C.J. le détestait.

— Jack Lester est un imbécile arrogant et prétentieux. Vous auriez dû lui raccrocher au nez. Moi, je l'aurais fait.

Le psychiatre rit de bon cœur.

— J'y penserai la prochaine fois. Car je suis sûr qu'il y aura une prochaine fois. (Son visage redevint sérieux.) Si vous ne venez pas pour avoir mon avis d'expert…

Sa phrase s'acheva en forme de point d'interrogation.

Une fois de plus, C.J. s'agita nerveusement dans son fauteuil. Elle entendait les secondes défiler dans sa tête.

Sa voix, quand elle répondit, ressemblait à un murmure.

— Vous savez pourquoi je suis venue vous consulter au tout début. Vous savez pourquoi je viens vous voir… en tant que patiente.

Il hocha la tête.

— Les cauchemars ? Ils sont revenus ?

— J'ai peur que ce ne soit bien pire que ça.

Elle jeta des regards désespérés autour d'elle et enfouit ses mains dans ses cheveux. Bon sang, elle avait envie d'une cigarette.

Le Dr Chambers plissa le front.

— De quoi s'agit-il ?

— Il est revenu, murmura-t-elle d'une voix brisée. Mais cette fois, c'est pour de vrai. Il existe réellement. William Bantling… c'est lui. Le Vorace ! C'est lui !

Le Dr Chambers secoua la tête, comme s'il ne comprenait pas ce qu'elle disait.

À cet instant, les larmes qu'elle avait retenues pendant aussi longtemps qu'elle le pouvait se mirent à couler librement sur ses joues.

— Vous comprenez ce que je vous dis ? Le Vorace, c'est *lui* ! C'est l'homme qui m'a violée ! C'est le Clown !

CHAPITRE 31

Le Dr Chambers se raidit, puis il relâcha lentement la respiration qu'il retenait et il demanda d'une voix apaisante :

— Qu'est-ce qui vous fait dire ça, C.J. ?

Il était psychiatre, son métier consistait à ne pas se laisser démonter.

— Sa voix au tribunal. Je l'ai reconnue dès qu'il s'est mis à hurler devant le juge Katz.

Elle essayait d'arrêter ses sanglots. Le Dr Chambers se pencha pour prendre la boîte de mouchoirs en papier sur son bureau.

— Tenez, dit-il.

Il se rassit au fond de son fauteuil, la main sur la bouche, caressant son menton.

— Vous êtes sûre, C.J. ?

— Oui. Absolument. Quand vous entendez une voix pendant douze ans, vous la reconnaissez immédiatement. Et puis, j'ai vu sa cicatrice.

— Sur le bras ?

— Oui, juste au-dessus du poignet. Pendant qu'il agrippait son avocate durant l'audience. (Elle osa enfin le regarder ; ses yeux étaient noyés de larmes et de désespoir.) C'est lui. Je le sais. Ce que je ne sais pas, c'est ce que je dois faire.

Le Dr Chambers réfléchit un long moment, sans bouger. C.J. profita de cette pause pour se ressaisir. Finalement, le psychiatre dit :

— Si c'est bien lui, c'est une bonne nouvelle, en un sens. Maintenant, vous savez qui il est et où il est. Vous allez pouvoir enfin faire le deuil de cette histoire. Après toutes ces années. Je me doute que le procès à New York sera pénible, mais…

Elle le coupa aussitôt.

— Il n'y aura pas de procès à New York.

— Allons, C.J., après tout ce que vous avez vécu pendant douze ans, vous n'allez pas témoigner contre cet homme ? Il n'y a aucune raison d'avoir honte. Aucune raison de continuer à vous cacher. Vous avez convaincu suffisamment de témoins récalcitrants dans votre carrière pour savoir…

— Oh, je témoignerais si je le pouvais. Sans hésiter. Mais il n'y aura pas de procès, car la prescription est entrée en vigueur il y a sept ans. Vous comprenez maintenant ? On ne *peut pas* le juger pour m'avoir violée, pour avoir essayé de me tuer, pour m'avoir… massacrée.

Elle avait les bras croisés, les mains sur les coudes, et elle se tenait penchée en avant comme pour protéger son ventre.

— On ne peut pas le juger. Quoi qu'il arrive.

Le Dr Chambers demeura totalement immobile pendant quelques instants, puis il exhala lentement à travers sa main qui était revenue se poser sur sa bouche.

— Vous en êtes sûre, C.J. ? Avez-vous contacté les autorités de New York ?

— Les inspecteurs qui se sont occupés de l'enquête à l'époque sont morts ou à la retraite. Le dossier a été envoyé aux affaires sans suite. Il n'y a jamais eu aucun suspect, aucune arrestation.

— Comment savez-vous que l'affaire ne peut pas aller plus loin ?

— J'ai téléphoné au bureau du procureur du Queens, au service des extraditions, c'est là qu'on m'a expliqué. J'aurais dû penser à la prescription, mais je… je n'y ai pas pensé. Je n'ai jamais pensé que le jour où je le retrouverais enfin, je ne pourrais rien faire. Rien.

Les larmes réapparurent.

Un nouveau silence s'installa dans la pièce. Pour la première fois, depuis dix ans qu'elle le connaissait, le Dr Chambers restait muet. Finalement, il dit :

— On surmontera cette épreuve, C.J. Tout ira bien. Que voulez-vous faire maintenant ?

— C'est *ça* mon problème. Je n'en sais rien. Qu'est-ce que je veux faire ? Je veux le faire griller sur la chaise. Pas seulement pour moi, aussi pour les onze femmes qu'il a tuées et toutes les autres victimes innombrables qu'il a laissées dans son sillage. Et je veux que ce soit *moi* qui l'envoie sur la chaise. C'est condamnable ?

— Non, dit le Dr Chambers. Ce n'est pas condamnable. C'est un sentiment. Un sentiment justifié.

— Si je pouvais, je l'enverrais à New York. Je dirais à tout le monde là-bas que c'est lui, le salopard, et je le ferais jeter en taule là-bas. Je le regarderais dans les yeux et je lui dirais : « Va te faire foutre, sale ordure ! Tu n'as pas eu ma peau ! Dis bonjour à tes nouveaux camarades de chambre, c'est les seuls culs que tu vas voir pendant vingt ans ! »

Elle leva les yeux vers le Dr Chambers ; son regard quêtait une réponse.

— Mais je ne peux pas, je ne peux plus, reprit-elle. Je ne peux pas faire ce que j'ai attendu pendant douze ans. Même ça, il me l'a pris. Même ça…

— Il reste cette affaire en cours, C.J. Il risque la peine de mort pour les meurtres de ces femmes, non ? Ce n'est pas comme s'il allait ressortir libre.

— C'est avec ça que je me débats, justement. Je sais que je ne peux pas instruire le dossier, mais si je dis tout à Tigler, on nous retirera l'affaire et on verra débarquer un néophyte, à peine sorti de la fac, chargé de son premier procès pour meurtre. Et moi, je serai sur la touche pendant que quelqu'un foutra tout en l'air une fois de plus et que le meurtrier se retrouvera libre !

Soyez certaine que nous poursuivons l'enquête de manière active, Chloé. Nous espérons arrêter le coupable très bientôt. Merci pour votre coopération constante.

— Il doit bien exister une solution. Tigler pourrait confier l'affaire à un autre bureau efficace et compétent.

— Tigler n'a pas son mot à dire. C'est au petit bonheur la chance, et je ne suis pas prête à prendre ce risque. Je ne peux pas. Vous savez combien ces affaires de tueurs en série sont complexes. Surtout avec dix cadavres sans aveux ni déclarations compromettantes. Pour l'instant, on ne peut lui coller qu'un meurtre sur le dos. Il n'a pas été inculpé pour les autres. C'est facile de commettre une erreur. Trop facile.

— Je comprends, mais je m'inquiète pour vous. Je suis très inquiet. Je sais que vous êtes forte, vous êtes sans doute la femme la plus forte que j'ai jamais rencontrée, mais personne, quelle que soit sa force de caractère ou la solidité de ses convictions, ne devrait instruire le dossier de l'individu qui l'a sauvagement agressé. Je pense que le problème vient du fait que vous refusez de lâcher prise.

— Oui, peut-être. En attendant qu'on m'offre une solution acceptable. Dans laquelle je puisse avoir confiance.

— Et si vous transmettiez le dossier à un de vos collègues, à l'intérieur de votre service. À Rose Harris, par exemple ? Elle connaît son métier et elle est très douée pour les histoires d'ADN et de témoignages d'experts.

— Comment transmettre ce dossier à quelqu'un d'autre sans alerter tout le monde ? Surtout à ce stade de la partie. Dites-le-moi ! Les gens savent à quel point je voulais ce dossier. Bon Dieu, j'ai travaillé dessus pendant un an ! J'ai vu tous les cadavres boursouflés, j'ai rencontré les familles, j'ai examiné toutes les photos des autopsies, j'ai lu tous les rapports d'analyse, j'ai quasiment rédigé tous les mandats… Je *connais* cette affaire. Vous me voyez annoncer brusquement à mes collègues et à la presse que je n'en veux plus ? Tous ceux qui me connaissent savent que je ne renoncerai pas, à moins qu'on ne me diagnostique une maladie incurable. Et encore… Les médias se mettront à creuser pour comprendre « pourquoi », jusqu'à ce qu'ils trouvent quelque chose. Quelqu'un finira par découvrir le viol, et par là même le conflit d'intérêts qui aurait dû être dévoilé, mais ne l'a pas été. Alors, je verrai le même jeunot débarquer de sa fac de droit pour juger *mon* violeur, *mon* tueur en série, et je le verrai foutre tout le dossier en l'air et faire relâcher Bantling. Seulement, je verrai tout ça devant mon poste de télé, chez moi, car je ne serai plus procureur, j'aurai été rayée du barreau.

Alors, dites-moi, docteur Chambers, *comment* je peux faire et je le ferai, mais seulement si j'ai la garantie que ce salaud sera condamné et qu'il paiera pour ce qu'il a fait. Hélas, personne, absolument personne, ne peut me le garantir. Alors, si quelqu'un doit faire foirer ce procès, je préfère encore que ce soit moi, merci. Personne d'autre.

— Répondez-moi, C.J., dit Chambers. (Elle voyait bien qu'il marchait sur des œufs.) Je vous repose la question : que voulez-vous faire ?

Elle demeura silencieuse pendant quelques minutes. *Tic-tac, tic-tac fait la pendule.*

Quand elle s'exprima, sa voix avait conservé toute sa détermination.

— Je dispose de vingt et un jours pour obtenir l'inculpation. Il est trop tard pour changer de meneur de jeu en cours de partie, me semble-t-il. Je dois continuer au moins jusqu'à la mise en accusation. Ensuite, peut-être que je ferai entrer quelqu'un d'autre dans l'équipe, peut-être Rose Harris, pour me seconder. Si tout se passe bien, je lui passerai les rênes du procès et je tirerai ma révérence en prétextant une mystérieuse maladie quand j'estimerai qu'elle a la situation bien en main. Quand je lui ferai confiance. Quand je saurai qu'elle ira jusqu'au bout.

— Et au sujet de ce fameux conflit d'intérêts ?

— Bantling était tellement occupé à sauver sa peau devant le juge qu'il ne m'a même pas reconnue. C'est presque ironique. Après tout ce qu'il m'a fait, il m'a à peine adressé un regard. Il a sans doute baisé avec tellement de femmes qu'il ne s'en souvient même plus. Elles n'ont plus de visage. Et de toute façon, je ne ressemble plus à celle que j'étais à cette époque. (Elle esquissa un sourire sans joie et coinça ses cheveux derrière ses oreilles.) Moi seule sais ce qu'il a fait. Et si jamais la vérité éclate plus tard, je dirai que je n'étais pas sûre que ce soit lui. Il ne peut pas être jugé à New York de toute façon, alors ce n'est pas comme si je sacrifiais ma propre affaire en disant que je ne peux pas l'identifier.

— Ce n'est pas un jeu, C.J. Outre le problème éthique évident que cela pose, croyez-vous que vous serez capable de tenir le coup mentalement ? Pourrez-vous supporter d'entendre ce qu'il a fait à ces femmes ? En sachant ce qu'il *vous* a fait ? Revivre chaque jour cet épisode, chaque fois que vous entendrez de nouvelles horreurs, que vous verrez de nouvelles photos ?

Le Dr Chambers secoua la tête.

— Je *sais* ce qu'il a fait à ces femmes, répondit-elle. Je l'ai vu. En effet, ce sera dur et je ne sais pas comment je tiendrai le coup, mais au moins, je saurai que le travail est bien fait. Et je saurai où il est, à chaque minute de la journée.

— Vous ne craignez pas de perdre votre licence en dissimulant vos liens avec l'accusé ?

— Je vous le répète, je suis la *seule* à savoir. Et nul ne peut prouver que je savais qu'il y avait un conflit d'intérêts. Pour cela, il faudrait que j'avoue que je savais que c'était mon agresseur. Je peux vivre avec ce mensonge par omission.

Elle marqua une pause et pensa à une autre chose, à laquelle elle aurait dû penser plus tôt. Elle demanda :

— Est-ce que je vous mets dans une position délicate, docteur ? Êtes-vous obligé de le signaler ?

En tant que médecin, il avait obligation de dénoncer à la police un patient qui avait l'intention de commettre un crime. Tout le reste, tout ce qui était dit au cours d'une séance était protégé par le secret professionnel. Le fait que C.J. ait omis de signaler un conflit d'intérêts constituait sans doute une violation de l'éthique à laquelle chaque avocat doit se conformer, mais ce n'était pas un acte criminel.

— Non, C.J. Ce que vous envisagez n'est pas criminel. Et tout ce qui est dit dans cette pièce est confidentiel, bien évidemment. Je n'ai pas à le divulguer. En revanche, à titre personnel, je ne sais pas si c'est une bonne idée pour vous, sur le plan thérapeutique en tant que patiente ou sur un plan professionnel en tant qu'avocate.

Elle prit le temps d'enregistrer cette remarque.

— J'ai besoin de sentir à nouveau que je contrôle ma vie, docteur. N'est-ce pas ce que vous m'avez toujours dit ?

— Si, si.

— Le moment est venu. C'est moi qui contrôle tout maintenant. Ce n'est pas un inspecteur fatigué à New York. Pas un jeune avocat idiot. Pas le Clown. Pas le Vorace.

Sur ce, elle se leva pour prendre congé. Les larmes avaient disparu et la colère avait remplacé le désespoir dans sa voix.

— C'est *moi.* Je contrôle tout. J'ai le pouvoir. Et cette fois, je ne laisserai pas ce salopard me l'arracher.

Elle tourna le dos au psychiatre et laissa derrière elle l'atmosphère apaisante et rationnelle du joli bureau bleu et jaune, en adressant un signe de la main à Estelle par-dessus son épaule, avant de sortir.

CHAPITRE 32

— Services de l'institut médico-légal.

— L'agent Dominick Falconetti et l'inspecteur Manny Alvarez. Nous venons voir le Dr Joe Neilson. Nous avons rendez-vous à 13 h 30.

— Oui. Le Dr Neilson vous attend dans le hall.

La barrière automatique se souleva et Dominick quitta la circulation dense de la 14e Rue pour pénétrer sur le parking au volant de sa Grand Prix. Il se gara sur un emplacement portant la mention RÉSERVÉ AUX VÉHICULES DE POLICE, en face des portes vitrées du bâtiment en briques rouges d'un étage, juste à côté d'un corbillard noir dernier modèle.

Manny ouvrit la portière du passager et sortit sur le parking, sans se presser. Il avait été étonnamment silencieux durant le trajet. Voyant que Dominick ne descendait pas de voiture, il se pencha à l'intérieur.

— Alors, tu viens, Dom ?

Une certaine nervosité était perceptible dans sa voix.

— Oui. Accorde-moi juste une minute, l'Ours. Je te rejoins à l'intérieur. J'ai un petit coup de téléphone à passer.

Dominick avait sorti son portable et il attendait visiblement que Manny s'en aille avant de téléphoner.

Manny Alvarez regarda le bâtiment de briques rouges et grimaça. Il détestait l'institut médico-légal. C'était le seul aspect du métier d'inspecteur à la criminelle qui continuait à le mettre mal à l'aise, même après seize ans et des centaines de morts. Ce n'était pas les corps conservés dans la chambre froide au sous-sol qui le minaient, car il était capable de regarder un corps toute la journée sur le lieu d'un crime sans que ça le dérange. Même les corps en décomposition ou les « flottants » que l'on retrouvait avec un œil ou un membre en moins et qui semblaient refaire surface quotidiennement dans un des quatre mille canaux, lacs et étangs que comptaient Miami et ses environs. Sans parler de ceux qui surgissaient devant des pêcheurs sur la Miami River ou qui flanquaient une peur bleue aux surfeurs dans l'Atlantique. Ces cadavres-là le laissaient de marbre, sauf quand il s'agissait d'un enfant évidemment, car il n'aimait pas voir de jeunes victimes : trop dur. Non, ce n'était pas la vue des corps qui le minait, c'étaient les autopsies, la fonction même de l'institut médico-légal.

Mais les autopsies faisaient partie de son travail. En tant qu'inspecteur chargé d'une enquête sur un meurtre, il devait y assister régulièrement. Pour savoir laquelle des treize balles retrouvées dans le dos de la victime avait provoqué la mort. Lequel des coups de couteau avait été fatal. S'agissait-il d'un meurtre ou d'un suicide ? Manny avait eu droit à son lot d'autopsies et il ne démissionnerait pas à cause de ça. Ce qu'il détestait, c'était l'acte en lui-même, la froideur de toute l'opération. Il avait toujours horreur de ça et le temps n'y faisait rien. Les grands réfrigérateurs, le carrelage blanc de la salle glaciale, les tables métalliques, les lumières crues, les balances pour peser les organes, la scie circulaire et les pinces pour écarter les côtes, l'épais fil noir dont ils se servaient pour tout recoudre quand ils avaient terminé. Lors d'une autopsie, les morts n'étaient plus des victimes ; ce n'était plus que des cadavres, des spécimens, étudiés par une bande de cinglés qui *aimaient* découper des gens morts, qui avaient choisi cette profession et étaient impatients d'aller travailler chaque matin. Les corps nus couchés sur les tables à roulettes étaient offerts à tous les regards, des internes aux policiers en passant par le personnel d'entretien, pendant qu'un médecin armé d'un outil électrique leur découpait la boîte crânienne uniquement pour voir ce qu'elle contenait et combien pesait leur cerveau. Tout cela était beaucoup trop clinique aux yeux de Manny et il exécrait ce processus. Purement et simplement. Il pensait que les médecins légistes, dans l'ensemble, étaient des gens bizarres et inquiétants. Qu'est-ce qui vous incitait à gagner votre vie en découpant des cadavres et en jouant avec leurs intestins ? Évidemment, on pouvait dire la même chose de ceux qui décidaient de devenir inspecteurs à la criminelle. Peut-être était-ce parce qu'il s'imaginait allongé sur cette table métallique, nu, glacé et privé de toute dignité, avec la scie circulaire bourdonnant près de son oreille, pendant qu'un médecin légiste et son interne se moquaient de la taille de sa bite ou de son ventre plein de graisse.

Aujourd'hui, Dominick et lui venaient uniquement pour interroger le Dr Neilson au sujet de l'autopsie pratiquée la veille sur le corps d'Anna Prado. Malgré tout, le simple fait d'entrer dans ce bâtiment, de savoir ce qui se passait au sous-sol pendant qu'ils discutaient en buvant un café, lui donnait des palpitations. Une chose était sûre : il ne voulait pas que ce soit Joe Neilson qui s'occupe de lui s'il tombait raide mort sur le carrelage blanc et froid, victime d'une crise cardiaque.

Penché vers l'intérieur de la voiture, Manny jeta à Dominick un regard qui semblait dire : « Ne me fais pas ce coup-là, amigo ».

— Neilson me file les jetons. Sans dec'.

L'Ours tirait nerveusement sur la fin de sa Marlboro.

— Tous les légistes te filent les jetons, Manny.

— Ouais, d'accord, mais…

Son portable à la main, Dominick semblait attendre patiemment qu'il disparaisse derrière un palmier.

— Bon, OK. Je te laisse passer ton coup de fil et je t'attends à l'entrée. *Dehors.*

— Un inspecteur de police grand et fort comme toi ! Tu parles d'une poule mouillée. D'accord, je te rejoins à l'entrée. J'en ai pour une seconde.

Manny s'éloigna et disparut immédiatement. Dès qu'il fut parti, Dominick essaya de joindre encore une fois le bureau de C.J. en espérant qu'elle décrocherait, mais il tomba sur sa messagerie. Il laissa un bref message :

« Bonjour, c'est Dominick. Je suis avec Manny à l'institut médico-légal. Je vous ai appelée sur votre biper, mais vous n'avez pas dû le prendre. Je croyais que vous vouliez venir voir Neilson. Appelez-moi sur mon Nextel quand vous aurez ce message. 3-0-5-7-7-6-3-8-8-2. »

Gardant le téléphone dans sa main, il observa à travers la vitre le vieux bonhomme ébouriffé, assis au volant du corbillard, en train de manger un sandwich et de boire un Coca ou une bière cachée dans un sachet marron. Compte tenu de son métier, Dominick penchait plutôt pour une bière.

Il savait qu'il avait sans doute tort, mais il était inquiet au sujet de C.J. Il avait laissé un message à Marisol le matin, à propos du rendez-vous de 13 h 30 avec Neilson et il savait que C.J. s'était rendue à son bureau. Mais voyant qu'elle ne le rappelait pas pour confirmer sa venue, il avait insisté par deux fois sur son biper et il n'avait toujours pas de nouvelles, ce qui ne lui ressemblait pas. Du moins, c'était ce qu'il croyait jusqu'à hier. De toute évidence, il s'était passé quelque chose depuis la première comparution de Bantling, même si elle affirmait le contraire. Il avait vu la peur dans ses yeux, il l'avait vue se raidir et devenir pâle comme un linge, totalement décontenancée devant le juge Katz. Et la veille au soir, quand ils avaient commencé à parler de Bantling, elle était redevenue blême et s'était empressée de le mettre dehors. Dominick n'était pas un génie, mais point n'était besoin de s'appeler Einstein pour voir que C.J. Townsend, le procureur qui avait la réputation d'avoir des couilles en acier trempé était morte de peur. *Mais qu'est-ce qui peut l'effrayer à ce point ? Et quel rapport avec William Rupert Bantling ?*

Dominick essayait encore de faire le tri dans les sentiments confus et déroutants que lui avait inspirés la journée précédente. En voyant C.J. aussi terrorisée, angoissée et vulnérable – au tribunal et dans sa cuisine –, il avait ressenti le besoin irrésistible de la protéger. De l'envelopper dans ses bras pour la défendre. C'était très étrange. Ce sentiment ne lui ressemblait pas, se disait-il. Certes, ils avaient un peu flirté depuis quelques mois et il savait qu'elle lui plaisait. Mais surtout, il respectait C.J. Il aimait son courage, son indépendance, sa volonté de faire fonctionner un système bourré de défauts. Incarnation idéale de la justice pour toute victime, elle défendait ses causes avec acharnement devant le tribunal, comme si elle avait quelque chose à prouver, non seulement aux douze membres du jury, mais aussi à elle-même. C'était formidable de la voir affronter oralement certains des avocats les plus égotistes et narcissiques de Miami et finir par l'emporter. Voilà ce qu'il aimait chez elle.

Au cours de ces derniers mois, en bavardant avec elle dans les locaux de la brigade spéciale ou au bureau du procureur, ou même au téléphone, il avait fini par s'apercevoir que leurs points communs ne se limitaient pas au monde des accusés, des juges et des avocats. Avant l'affaire du Vorace, il la respectait en tant que procureur. Depuis, il avait commencé à l'apprécier en tant que personne, que femme. Il ne pouvait pas le nier. Il avait envisagé de l'inviter au restaurant ou au cinéma, mais voilà dix mois que cette affaire l'occupait seize heures par jour, sept jours par semaine, et il lui semblait qu'il n'avait pas une seule minute de libre. À moins qu'il n'ait pas le temps pour d'autres raisons. Ces mêmes raisons psycho-machinchose que les psys de la police lui avaient conseillé de surmonter cinq ans plus tôt, après la mort de Nathalie. Mais la veille, consciemment ou inconsciemment, il avait mis ces raisons de côté, quelles qu'elles soient, et il avait cédé à ses pulsions en sonnant à la porte de C.J. Maintenant, il le regrettait. Peut-être l'avait-il effrayée avec ce baiser ?

Le type dans le corbillard avait fini son sandwich, et sans doute avait-il compris que Dominick, étant garé sur un emplacement réservé aux véhicules de police, devait être flic, car le sachet en papier avait disparu.

Dominick descendit de voiture et gravit les marches en ciment conduisant à l'entrée du bâtiment. Une jeune femme qu'il connaissait car elle travaillait à l'accueil fumait une cigarette devant la porte, sous l'avancée en béton, en bavardant avec un enquêteur attaché à l'institut médico-légal, un type deux fois plus âgé qu'elle. Dominick le connaissait également ; c'était un ancien inspecteur de la police du comté de Miami-Dade qui avait quitté le navire pour travailler ici, attiré par une meilleure retraite et des horaires plus souples. Dominick passa devant eux sans prendre la peine de les saluer, ils semblaient bien s'amuser tous les deux. Il regarda autour de lui. Manny était introuvable. Soit il avait pris peur pour de bon et il se cachait dans les buissons près de la rampe d'accès pour handicapés, ou bien il avait été entraîné à l'intérieur par le diabolique médecin légiste-chef, Joe Neilson. En approchant des portes vitrées, il constata que la deuxième option était la bonne.

Joe Neilson avait acculé Manny contre le canapé datant des années 1970, turquoise avec des coussins bordeaux, et il n'y avait aucune échappatoire. Neilson portait une blouse verte et ses cheveux étaient emprisonnés sous un bonnet de la même couleur en coton jetable. Dominick remarqua qu'il parlait avec animation en agitant les mains devant Manny. Vu sa tenue, il était évident que le bon docteur venait de quitter son sous-sol pour accéder au monde des vivants. Heureusement, il avait pensé à ôter ses gants en latex avant de serrer la main à l'inspecteur Manny Alvarez, qui était tout pâle et semblait avoir besoin d'une cigarette ou d'un sac pour vomir.

Dominick entra et tenta une opération de sauvetage, avec la main tendue et un sourire.

— Bonjour, docteur Neilson. J'espère que je ne vous ai pas fait attendre. Il fallait que je passe un coup de téléphone.

Le Dr Neilson s'avança vers Dominick, libérant ainsi Manny qui était prisonnier du canapé, et il secoua vigoureusement la main que lui tendait Dominick.

— Non, non, absolument pas, répondit-il. Je demandais des nouvelles de l'enquête à l'inspecteur Alvarez. Je lui disais également que j'étais très content de vous voir tous les deux, car j'ai quelque chose de très très excitant à vous montrer en bas !

L'enthousiasme débridé de Joe Neilson pour son travail

était une des raisons qui mettaient Manny mal à l'aise. C'était un grand type maigre comme un clou avec des yeux enfoncés, qui avait sans doute souffert de troubles déficitaires de l'attention et d'hyperactivité quand il était enfant, se disait Dominick, car il était incapable de tenir en place. Ses mains, son esprit, ses pieds, ses yeux… il y avait toujours quelque chose qui bougeait chez lui. Quand il était obligé de rester longtemps au même endroit, il dansait d'un pied sur l'autre, ses yeux clignaient et son nez remuait. On aurait dit qu'il était sur le point d'exploser.

— Tant mieux. Ça concerne Prado ou une des autres filles ?

— Je viens juste d'examiner Prado. Mais j'ai sorti les dossiers des autres victimes et je crois que je vais être obligé de toutes les réexaminer, maintenant que je sais ce que je cherche. On y va, inspecteurs ?

Les sourcils du Dr Neilson s'étaient mis à monter et descendre, monter et descendre… et les battements de ses paupières s'étaient accélérés. Ils perdaient du temps. Le train allait partir sans eux.

Manny avait une sale tête. Une très sale tête. En fait, il était tout vert.

— Ça va, Manny ? Tu préfères m'attendre ici ? demanda Dominick.

— Bien sûr que non ! Il ne va pas louper ça ! intervint Neilson. Allez, venez. J'ai fait du café, il nous attend en bas au labo. Ça va vous réveiller !

Le Dr Neilson se dirigeait déjà vers l'ascenseur.

— J'arrive. J'arrive… soupira Manny d'un air résigné.

Les portes de l'ascenseur s'ouvrirent et ils pénétrèrent à l'intérieur de la boîte en acier, assez longue pour contenir un lit à roulettes.

— Docteur Neilson, dit Dominick, le procureur chargé de l'affaire voulait nous retrouver ici. Je lui ai laissé un message pour…

Le légiste lui coupa la parole.

— C.J. Townsend ? Oui, oui, je sais. Elle a appelé, il y a une demi-heure. Elle ne pourra pas venir. Elle passera toute seule demain ou après-demain. Elle a dit de ne pas l'attendre, elle est retenue au tribunal ou un truc comme ça.

Le Dr Neilson appuya sur le bouton S.-S. et les portes métalliques se refermèrent avec un bruit sourd. La cabine les entraîna au sous-sol.

CHAPITRE 33

Le corps d'Anna Prado était allongé sur une table métallique ; elle avait les yeux fermés. Sa peau autrefois d'un blanc crémeux, comme sur la photo de famille que Dominick avait punaisée sur Le Mur, avait viré au gris et les légères taches de rousseur qui parsemaient son nez n'apparaissaient presque plus à cause de la pâleur de son teint. Ses longs cheveux blonds étalés en corolle sous sa tête encadraient son cou et ses épaules. Quelques mèches pendaient au bord de la table, collées et teintées de noir par le sang séché. Un drap blanc amidonné remonté jusqu'au cou cachait le carnage en dessous.

— Quand vous m'avez appelé hier pour me parler de l'halopéridol que vous aviez découvert au domicile du suspect, j'ai effectué de nouveaux tests dont les résultats me sont parvenus ce matin.

Le Dr Neilson se tenait à côté du corps et sa main frôlait négligemment les doigts fins de la victime qui dépassaient de la table. Dominick remarqua que les ongles étaient longs et sales. Le vernis rose était écaillé.

— L'halopéridol est un psychotrope très très puissant prescrit pour maîtriser le delirium des patients psychotiques ou schizophrènes. Il est commercialisé essentiellement sous le nom d'Haldol. Un fort dépresseur. Il détend et apaise le patient et permet de contrôler les hallucinations auditives ou les poussées délirantes ; il parvient même à maîtriser les psychotiques violents. Dans les cas extrêmes, on peut l'injecter dans la masse musculaire pour obtenir un effet immédiat. À forte dose, il peut provoquer une catatonie, une perte de conscience, le coma et même la mort. Vous voyez où je veux en venir, inspecteurs ?

Les yeux du Dr Neilson se mirent à clignoter rapidement. Comme personne ne répondait, il enchaîna :

— L'halopéridol possède un gros avantage : les examens toxicologiques que nous effectuons lors de chaque autopsie ne le détectent pas. Il faut le *chercher* pour le trouver.

« On soupçonnait bien que Nicolette Torrence et Anna Prado avaient toutes les deux une forme de dépresseur dans leur organisme à cause du poids de leurs poumons lors des autopsies, mais on ne savait pas de quoi il s'agissait, ni même ce qu'on devait chercher, une fois éliminés les narcotiques habituels comme le Valium, le Darvocet ou l'Hydocodone. On a même recherché des traces de Rohypnol, de kétamine et de gamma hydroxybutirique, le GHB, plus connu sous le nom de Special K ou d'ecstasy liquide. Rien. Impossible d'identifier le narcotique présent dans leurs organismes.

« Mais après votre coup de fil d'hier, agent Falconetti, j'ai commencé à me dire que l'halopéridol pouvait coller, très bien même. J'avoue que cette idée m'a emballé. Alors, j'ai refait des analyses de toxicologie et… voilà ! s'exclama le Dr Neilson en tapotant sur une planchette marron sur laquelle était fixée une feuille jaune. C'est écrit là ! Halopéridol ! Ensuite, j'ai réexaminé le contenu de l'estomac de Mlle Prado, au cas où j'aurais laissé passer quelque chose. Négatif. Rien. Mais ça ne veut rien dire, car l'halopéridol possède une demi-vie de six heures environ. Donc, si la mort est survenue durant les six heures après l'absorption du médicament, on devrait en trouver des traces dans les tissus et le sang, même après la fin de la digestion.

« Alors, j'ai commencé à élaborer des théories dans ma tête. Je vous demande un peu de patience, inspecteurs. Voyons si cela correspond aux éléments récurrents de vos différentes affaires. La quantité prescrite sur le flacon d'halopéridol que vous avez saisi était de vingt milligrammes deux fois par jour. C'est une dose extrêmement forte, même pour un homme costaud qui a développé une certaine tolérance à ce produit. Pour une personne qui n'est pas dans ce cas et qui ne pèse pas très lourd, une seule pilule de vingt milligrammes suffirait à la priver de tous ses moyens. Si votre suspect a administré une seule pilule à votre victime, dans une boisson par exemple, ou en lui vendant comme de l'ecstasy, un quart d'heure après l'absorption, elle a dû présenter toutes les caractéristiques d'une personne sous l'influence de l'alcool : gestes maladroits, élocution laborieuse, fonctions motrices diminuées et temps de réaction ralenti. Ses pensées n'étaient plus cohérentes. Il était facile de la soumettre.

« Mais comme je vous le disais, l'halopéridol est également injectable. Les effets sont alors immédiats. Et il est plus facile de les prolonger avec une injection. En fait, dans le cas de patients qui ont du mal à prendre des médicaments, l'halopéridol peut être donné sous forme d'injection à effet retard. Une injection peut faire effet entre deux et quatre semaines plus tard. Bref, je suis retourné examiner le corps pour en avoir le cœur net.

Neilson ménagea le suspense face à son public désormais captif en marquant une pause théâtrale. Puis il souleva le drap blanc qui couvrait le corps d'Anna Prado comme le ferait un magicien avec sa cape sur scène. Manny s'attendait presque à l'entendre s'écrier « Abracadabra ! ». Mais il n'y avait pas de lapin blanc sous le drap. À la place, il y avait le corps nu, violenté, d'Anna Prado, immobile sur l'acier froid de la table. Comme un vendeur de voitures d'occasion qui présente toutes les caractéristiques d'un modèle, le Dr Neilson fit rouler Anna sur le côté pour montrer ses fesses aux deux inspecteurs.

Il était évident qu'elle avait été tuée alors qu'elle était couchée sur le dos, car le sang s'était accumulé sous la peau de ses fesses, ainsi que sous les coudes et les articulations des genoux. Quand son cœur avait cessé de battre, la force de gravité avait fait retomber le sang dans les parties les plus basses du corps. On appelait ça la lividité cadavérique.

— Maintenant, regardez ça, dit le médecin légiste en tendant aux deux inspecteurs une loupe.

Un petit morceau de peau et de chair avait été découpé

au niveau des fesses. Juste à côté se trouvait une petite marque de la taille d'un trou d'aiguille, invisible à l'œil nu.

— Il y avait deux petites marques de ce type. Je suis passé à côté de l'hématome à cause de la lividité qui s'était installée dans cette zone. Et surtout, je ne cherchais pas ce que j'ai trouvé. J'ai découpé le morceau de peau que vous ne voyez pas pour examiner les dégâts infligés aux vaisseaux sanguins. Ces deux piqûres d'aiguille, inspecteurs, correspondent aux marques d'une injection faite à cet endroit. Une injection d'halopéridol, selon moi.

Manny n'était pas convaincu. Voilà que le Dr Mort jouait au Superdétective.

— Pas si vite, docteur. Ces femmes ont toutes été torturées avant de mourir d'un tas de manières dégueulasses. Est-ce que ce malade ne se serait pas amusé à leur planter des aiguilles dans la peau uniquement par plaisir ? Pourquoi êtes-vous si sûr que ce sont des traces d'injection ?

Le Dr Neilson semblait presque vexé de voir Manny rejeter son hypothèse, mais il se ressaisit rapidement. Avec un petit rictus qui semblait dire « Je sais quelque chose que vous ignorez », il enchaîna :

— Après avoir fait cette découverte, je suis reparti en chasse et j'ai découvert une chose encore plus intéressante.

Il remit Anna Prado sur le dos et écarta son bras droit de son corps. Ses bras étaient couverts d'hématomes, surtout au niveau des poignets, car elle avait certainement été attachée par une corde ou une courroie. Le Dr Neilson indiqua une petite marque mauve à l'intérieur du coude.

— Voici une autre marque, correspondant elle aussi à une injection. Mais pas seulement. Il y a là une veine dans laquelle on a installé une intraveineuse. Le meurtrier a dû s'y reprendre à plusieurs fois, car j'ai découvert deux autres veines abîmées, sur l'autre bras et sur une des chevilles.

— Une intraveineuse ? C'est quoi, cette histoire ? demanda Dominick, déconcerté. Vous pensez qu'il lui a fait une piqûre d'Haldol et qu'ensuite, il lui en a injecté en intraveineuse ? Ça n'a aucun sens.

Il pensa aux Étrangleurs de la Colline, deux cousins

meurtriers de Californie qui avaient injecté du Glasex et d'autres produits ménagers aux femmes qu'ils avaient kidnappées, uniquement pour voir ce qui se passait.

— Non, ça n'a absolument aucun sens, en effet.

Le Dr Neilson semblait de plus en plus agacé. Il n'avait pas de temps à perdre avec ça. Il tapota le sol avec son pied, grinça des dents et poursuivit :

— Alors, j'ai continué à chercher, j'ai fait d'autres examens et j'ai trouvé autre chose. Quelque chose que je n'aurais jamais pensé devoir chercher. Quelque chose qui explique le recours à une intraveineuse !

— Quoi donc ? demanda Manny d'un ton bourru.

Il estimait que ce n'était ni le lieu ni le moment pour jouer à l'animateur de jeu télévisé.

Le Dr Neilson concentrait toute son attention sur Dominick désormais.

— J'ai fait une nouvelle analyse toxicologique et j'ai découvert la présence d'une autre drogue dans son organisme. Du chlorure de mivacurium.

— Du quoi ? demanda Dominick.

— Le nom commercial est le Mivacron. Il ne peut être administré que par intraveineuse. C'est un paralysant neuromusculaire. Au départ, il a été mis au point comme un anesthésiant pour les opérations chirurgicales. Mais on a vite découvert, après des tests effectués sur des patients en Afrique, que si ce produit était effectivement un paralysant musculaire, il n'avait aucun effet anesthésiant ou analgésique. Hélas, on s'est aperçu du problème *après* l'opération et *après* que les effets paralysants se furent dissipés, quand les patients ont retrouvé l'usage de la parole. Ceux qui avaient survécu à l'opération, du moins. Car c'est à ce moment-là qu'ils ont dit qu'ils avaient ressenti la douleur durant l'opération. Du début à la fin.

— Mais ils ne pouvaient pas le dire, car…

La voix de Dominick mourut ; il commençait à comprendre l'horreur que recouvrait cette conversation.

— C'est exact, dit le légiste. Leurs langues et leurs muscles faciaux étaient paralysés, ils ne pouvaient pas parler.

Il leur laissa le temps de bien assimiler l'information qu'il venait de leur livrer. À voir leur expression, c'était chose faite. Il avait enfin réussi à estomaquer Starsky et Hutch. Il ajouta alors, d'un ton plutôt enjoué :

— Je dois dire que vous avez mis la main sur un sadique plutôt ingénieux.

— Quelle quantité de drogue avez-vous trouvée dans son corps ?

— Je ne peux pas vous indiquer un chiffre précis. Concernant l'halopéridol, elle en avait une bonne dose. Je pense qu'il lui en donnait continuellement pour la maintenir en état de soumission, avant sa mort. Pour le chlorure de mivacurium : suffisamment pour la paralyser complètement, j'imagine. Mais souvenez-vous : le Mivacron n'a aucun effet sur la conscience ; elle était donc lucide, mais incapable de bouger. C'est une drogue à la durée d'action très courte, c'est pourquoi il faut l'administrer par intraveineuse et elle possède une demi-vie très courte également ; sans doute s'est-elle dissipée avant même qu'on lui retire l'intraveineuse. Ça explique pourquoi l'hématome est si récent. Ça s'est produit juste avant la mort.

— Autrement dit, ce dingue… car on a bien affaire à un dingue, vu qu'il prenait de l'halopéridol… commença Dominick.

Mais la colère hachait ses paroles. La colère provoquée par le tableau d'une incroyable perversion qui prenait naissance dans son esprit. Comme si la mort de ces jeunes femmes n'était pas suffisamment tragique. Ou violente. *Ce n'est pas fini, les amis ! Restez avec nous !* Il s'arracha à ses pensées pour demander :

— Qu'est-ce que ça signifie, docteur ? Le fait qu'on lui ait prescrit de l'Haldol ? C'est un schizo, un psychopathe, un maniaco-dépressif ?

— Je ne suis pas psychiatre, agent Falconetti. Je ne peux pas vous donner un diagnostic. L'halopéridol est prescrit dans divers cas de troubles psychiatriques.

— Et merde ! Je sens venir le coup de l'irresponsabilité pénale, cracha Manny.

Plaider la folie, c'était du gâteau pour un accusé ayant des antécédents psychiatriques avérés, surtout s'il est question de schizophrénie paranoïaque, de psychose maniaco-dépressive. Si on peut prouver qu'un meurtrier est frappé de démence au point de ne pas avoir conscience de la nature ni des conséquences de ses actes, et de ne pas pouvoir distinguer le bien du mal, un procureur ou un jury peuvent le déclarer irresponsable. Personne ne voulait en arriver là. Balancez la carte « Allez directement en prison » et rendez-vous à l'asile de fous le plus proche. Il n'y avait pas de peine minimale. Il ne serait pas nécessairement enfermé à vie. S'il recouvrait sa santé mentale, il pouvait même être relâché. C'était aussi simple que ça. Avec un peu de chance et assez d'argent pour s'offrir quelques examens psychiatriques favorables, il pouvait même se payer un billet pour rentrer à la maison dans une dizaine d'années.

Dominick faisait défiler dans son esprit les dernières minutes de la courte et belle vie d'Anna Prado. Il se souvenait de ses yeux bleus qui le regardaient dans le coffre de la voiture ; la terreur dont ils avaient été témoins dans les derniers instants y était gravée à tout jamais. Manny n'était plus le seul à avoir envie de vomir. Il bafouilla quelques instants, essayant de rassembler ses pensées, de comprendre l'incompréhensible, d'exprimer lentement le scénario qui se déroulait maintenant dans sa tête comme une scène provenant d'un film d'horreur.

— Donc, ce cinglé fait absorber à cette fille l'Haldol qu'on lui a prescrit. La drogue la plonge dans une sorte d'état catatonique et il la fait sortir de la boîte de nuit, par la porte, devant des centaines de témoins dont la moitié sont certainement défoncés ou ivres eux-mêmes. Ensuite, il l'enferme quelque part pendant un certain temps, en lui refilant cette saloperie, par injections ou sous forme de pilules, pendant qu'il fait joujou avec elle. Et après s'être bien amusé pendant quelques jours ou même quelques semaines et après l'avoir violée probablement d'une quinzaine de manières différentes, il la laisse se réveiller et il revient pour le grand final. Il lui installe une perfusion et il lui injecte une bonne dose de drogue qui paralyse complètement tous les muscles de son corps, mais malheureusement pour elle, ça ne lui fait pas perdre connaissance et elle ressent la douleur atroce pendant qu'il lui ouvre la poitrine avec un scalpel, qu'il lui écarte le sternum et qu'il lui arrache le cœur. Bon Dieu… C'est encore pire que Bundy ou Rolling.

Le Dr Neilson se fit entendre de nouveau. Heureusement, il avait abandonné son ton guilleret et enthousiaste, ou sinon, Dominick lui-même l'aurait tabassé ; ou du moins, il l'aurait tenu pour Manny.

— J'ai également découvert des résidus de substance adhésive sur ses paupières, et de nombreux cils avaient été arrachés.

— Ce qui signifie ?

— À mon avis, il a dû lui scotcher les paupières.

— Vous voulez dire qu'il l'a obligée à regarder ce qu'il lui faisait ? Pendant qu'il lui arrachait le cœur ? Nom de Dieu de merde.

Dominick secoua la tête pour essayer de chasser de son esprit cette dernière image.

— C'est une chance qu'on ait coffré ce type, Manny.

L'Ours contemplait le corps nu et brisé d'Anna Prado. C'était la fille de quelqu'un, la sœur de quelqu'un, la fiancée de quelqu'un. Cette fille avait été suffisamment belle autrefois pour être mannequin. Aujourd'hui, un épais fil noir maintenait en place la peau de sa poitrine, du nombril jusqu'au cou, en passant sous ses seins, formant une croix déchiquetée et masquant le trou où se trouvait autrefois son cœur.

— Je déteste cette putain de morgue.

Ce fut la seule chose que Manny trouva à dire.

CHAPITRE 34

Dahlia Street 134-05, Appartement 13, Flushing, Queens County, New York.

C'était écrit là, noir sur blanc. Là devant elle, dans le dossier que Dominick lui avait remis la veille. L'adresse de William Rupert Bantling, telle qu'elle figurait sur son permis de conduire de l'État de New York, d'avril 1987 à avril 1989. À quelques stations de bus de St. John, à dix minutes en voiture de Rocky Hill Road où elle avait habité, et à un pâté de maisons du club de gym de Main Street, au niveau de la 135e Rue, qu'elle fréquentait à cette époque.

C.J. se renversa dans son fauteuil et laissa échapper un long soupir. Même si au plus profond d'elle-même elle savait que son agresseur était Bantling, depuis l'instant où elle avait entendu sa voix de malade dans la salle de tribunal, elle éprouvait désormais un curieux sentiment de soulagement et d'approbation ; c'était la confirmation qu'elle ne s'était pas trompée. Elle savait qu'elle n'était pas devenue folle. Cette voix était bien réelle, ce n'était pas de la paranoïa. Le lien qu'elle avait découvert n'était pas juste une coïncidence ; la preuve se trouvait là, imprimée.

Il avait vécu à quelques kilomètres seulement de chez elle, tout près de son club de gym. Elle n'avait pas oublié ce qu'il lui avait murmuré à l'oreille cette nuit-là, avec son petit ricanement.

Je serai toujours là à te regarder, Chloé. Toujours. Tu ne peux pas m'échapper, je te retrouverai toujours.

Il avait dit cela car il pouvait l'observer physiquement. Sans doute au club de gym. Ou bien dans le métro. Ou à la

« Maison de Pékin », son restaurant chinois préféré à Flushing, ou « Chez Tony », sa pizzeria préférée dans Bell Boulevard, à Bayside. Ça pouvait être n'importe où, car il était juste là, au bout de la rue, en permanence. Son esprit la projeta douze ans en arrière, à toute allure, pour essayer de repérer ce visage qu'elle connaissait maintenant – quelque part, n'importe où, dans sa vie, mais en vain.

Un bruit sourd retentit à la porte, accompagné d'un tintement, et avant que C.J. puisse dire « Entrez », la porte s'ouvrit à la volée et Marisol apparut sur le seuil. Le tintement provenait des dix-sept bracelets qu'elle portait au poignet.

— Vous vouliez me voir ? demanda-t-elle.

— Oui. Je veux pointer toutes les préauditions à prévoir pour la semaine prochaine dans l'affaire Vorace.

Elle tendit à Marisol le formulaire rose d'arrestation de Bantling. À côté du nom de chacun des officiers de police, elle avait noté une date et une heure. Elle avait programmé Dominick vers la fin de la semaine, bien que, en tant qu'inspecteur principal dans cette enquête, il eût dû passer en premier. Elle avait pris deux décisions aujourd'hui, depuis sa visite chez le Dr Chambers. Premièrement, elle allait continuer à instruire ce dossier au mieux et à préparer l'inculpation, étape par étape. Deuxièmement, ce n'était pas le moment idéal pour se lancer dans une relation avec quelqu'un, surtout un inspecteur chargé d'une affaire très médiatique, avec un accusé qui n'était pas n'importe quel accusé. Il fallait qu'elle rétablisse une certaine distance entre eux ; elle devait revenir sur un terrain purement professionnel. Quels que soient ses sentiments pour Dominick, quels que soient ceux de Dominick pour elle, il existait trop de secrets qui ne pourraient jamais être partagés. Or, une relation construite sur la tromperie et le mensonge était comme un château de cartes. Elle finissait toujours par s'écrouler.

— Nous sommes pressées par le temps, Marisol, et nous avons beaucoup de témoins. (Elle avait décidé d'essayer la tactique « esprit d'équipe ».) Nous devons présenter le dossier devant le grand jury dans quinze jours. J'ai noté les dates et les heures pour chaque policier. Accordez-moi quarante-cinq minutes pour chacun et trois heures avec Alvarez et Falconetti.

Marisol prit le formulaire que C.J. lui tendait.

— OK. Je vais les prévenir. Autre chose ? Il est presque seize heures trente.

Ah, oui. L'heure du départ. C.J. avait failli oublier. Contre vents et marées, Marisol ne travaillait pas au-delà de 16 h 30.

— Oui. J'ai une tonne de recherches à effectuer durant les deux prochains jours. D'ailleurs, je vais sûrement rester tard ce soir. J'ai besoin que vous annuliez mon rendez-vous de demain matin concernant l'affaire Wilkerson, et la réunion préparatoire de l'après-midi avec les inspecteurs Munos et Valdez pour le dossier Valdon. Déplacez-les à vendredi. Oh ! Ces prochains jours, j'aimerais beaucoup que vous preniez les messages de toutes les personnes qui m'appelleront, sauf si c'est le procureur en chef ou si l'immeuble est en feu.

Elle sourit en se demandant si elle pouvait réussir à faire rire Marisol.

Apparemment non.

— Très bien, dit simplement Marisol.

Et elle repartit d'un pas décidé en marmonnant des injures en espagnol, que C.J. entendit à travers la porte que Marisol avait refermée brutalement derrière elle. Évidemment, C.J. ne pensait pas que Marisol prendrait la peine de la prévenir si l'immeuble était en feu, tel était le prix de leurs rapports tumultueux, mais d'après ce qu'elle savait, les détecteurs de fumée fonctionnaient et sa fenêtre n'était qu'au premier étage. Voilà pour l'esprit d'équipe.

De nouveau seule dans son bureau, enfoncée dans son fauteuil en similicuir bordeaux, elle regardait par la fenêtre, de l'autre côté de la rue, le palais de justice et la prison du comté où son violeur était actuellement enfermé, aux frais de l'administration pénitentiaire. Elle sirotait son café froid en observant ses collègues qui sortaient du tribunal après avoir terminé leur journée, certains avec des dossiers à la main, d'autres traînant des cartons derrière eux, empilés sur des chariots pliants. Après son rendez-vous avec le Dr Chambers aujourd'hui, l'épais brouillard qui voilait ses pensées depuis quarante-huit heures avait commencé à se dissiper et les choses reprenaient un sens ; elle parvenait à les placer en perspective. Elle avait un but désormais, une direction à suivre, même si ultérieurement il apparaissait que c'était une fausse route.

Ce qu'il lui fallait, c'étaient des réponses. Des réponses aux nombreuses questions qui la tracassaient depuis l'année précédente dans l'affaire du Vorace. Des réponses aux questions qu'elle se posait sans cesse depuis douze ans au sujet de sa propre agression. Elle ressentait l'envie, le besoin impérieux de savoir tout ce qu'il était possible de savoir sur cet inconnu, ce monstre, Bill Bantling. Qui était-il ? D'où venait-il ? Était-il marié ? Avait-il des enfants ? Une famille ? Des amis ? Où avait-il vécu ? Que faisait-il dans la vie ? Connaissait-il ses victimes ? Où les avait-il rencontrées ? Comment les avait-il choisies ?

Connaissait-il Chloé Larson ? Comment l'avait-il choisie ?

Quand était-il devenu un violeur ? Quand était-il devenu un meurtrier ? Y avait-il d'autres victimes ? Des victimes qu'ils ignoraient ?

Y avait-il encore d'autres victimes comme elle ?

Sans oublier les « pourquoi ». Pourquoi haïssait-il les femmes ? Pourquoi les torturait-il ? Pourquoi prenait-il leurs cœurs ? Pourquoi tuait-il ? Pourquoi les avait-il choisies *elles* ?

Pourquoi l'avait-il choisie, elle ? Pourquoi ne l'avait-il pas tuée ?

Plus de douze années et plus d'un millier de kilomètres séparaient son viol des meurtres du Vorace, et malgré cela, elle avait du mal à présent à différencier les questions qui devaient être posées. Les frontières étaient devenues floues, les questions étaient imbriquées, elles exigeaient des réponses identiques.

Où Bantling s'était-il caché pendant douze ans ? Où avait-il donné libre cours à ses fantasmes de malade ? C.J.

savait, par son expérience de procureur avec les violeurs et les pédophiles, et grâce aux innombrables séminaires auxquels elle avait assisté, que les auteurs de crimes sexuels avec violence ne naissent pas par hasard. Pas plus qu'ils ne s'arrêtent. Leurs crimes représentent généralement l'escalade progressive et la réalisation ultime de leurs fantasmes sexuels dépravés. Parfois, ces fantasmes mettent des semaines, des mois et même des années, à se développer dans leur esprit avant qu'ils passent à l'acte, et en apparence, pendant tout ce temps, le criminel aura l'air d'un brave gars, ce sera le meilleur voisin, le meilleur collègue, le meilleur mari, le meilleur père. Mais à l'intérieur de sa tête, à l'abri des regards, des pensées infâmes et destructrices bouillonnent, pour finir par déborder de son cerveau, comme de la lave, et par tout brûler sur leur passage, jusqu'à la réalisation du fantasme. Un « inoffensif » voyeur devient un cambrioleur. Un cambrioleur devient un violeur. Un violeur devient un meurtrier. Il s'agit de passer à l'étape suivante du fantasme. Et chaque fois qu'il commet un crime sans être pris, le futur meurtrier devient plus téméraire, les frontières des anciennes interdictions disparaissent et l'étape suivante devient toujours un peu plus facile à entreprendre. Les violeurs en série ne s'arrêtent que lorsqu'ils ne peuvent plus continuer. À cause de la prison, d'une incapacité physique qui les empêche de commettre leur crime, ou de la mort.

Bantling avait le profil type d'un violeur en série. C'était également un sadique, une personne qui prenait plaisir à faire souffrir les autres. Elle repensa une fois de plus à cette nuit d'orage du mois de juin, douze ans plus tôt, aux minutes qui semblaient durer des heures. Il avait tout planifié à la perfection, du début à la fin, il avait même apporté son « sac d'accessoires » pour réaliser ses fantasmes. La violer ne lui suffisait pas. Il fallait qu'il la torture, qu'il l'humilie, qu'il la viole de toutes les manières possibles. Sa souffrance l'avait mis dans tous ses états, elle l'avait excité. Et pourtant, l'arme la plus puissante qu'il avait utilisée cette nuit-là n'était pas dans son sac, ce n'était pas son couteau aiguisé, c'était tous les renseignements précis qu'il possédait. Les détails intimes sur elle, sa famille, ses relations, sa carrière, de son surnom à sa marque de shampooing préféré, qu'il maniait comme une épée, laminant sa confiance dans les autres, brisant sa croyance en un avenir. Chloé Larson n'avait pas été prise au hasard cette nuit-là. Elle avait été choisie. Traquée.

Si, comme elle le croyait, Bantling était un violeur en série qui était devenu un tueur en série, où étaient donc ses autres victimes des onze années écoulées avant les premiers enlèvements du Vorace en avril 1999 ?

Son nouveau voisin, de l'autre côté de la rue, avait vécu dans de nombreux endroits : New York, Los Angeles, San Diego, Chicago, Miami. Elle avait épluché les archives criminelles de tous les États dans lesquels il avait habité, sans rien trouver, pas même un procès-verbal pour stationnement illégal.

Sur le papier, Bantling était un citoyen modèle. Se pouvait-il qu'il soit resté endormi pendant plus de dix ans, en contenant sa fureur et ses fantasmes tout au fond de lui, pour finalement exploser avec une cruauté et une sauvagerie sans limites sous les traits du Vorace ? C.J. en doutait. La précision avec laquelle Bantling avait préparé son agression prouvait qu'elle n'était pas sa première victime, et sa brutalité montrait qu'il était incapable de se contrôler. Il devait avoir du mal à maîtriser ses fantasmes durant les quelques mois dont il avait besoin pour traquer sa prochaine victime ; il n'avait pas pu se contrôler pendant dix ans. C.J. ne savait même pas si elle était censée mourir elle aussi, et si elle avait survécu par hasard. Ou l'avait-il épargnée volontairement ?

Elle savait que la brigade spéciale chargée de l'enquête allait désosser la vie de Bantling, pièce par pièce, pour chercher des réponses également. Eux aussi possédaient les archives criminelles de tous les États où Bantling avait vécu. Dans quelques jours, des inspecteurs seraient envoyés à travers le pays pour interroger d'anciens voisins, d'anciens patrons, d'anciennes petites amies, dans l'espoir de découvrir que Bantling avait commis un meurtre à la hache en Californie avant de devenir un dingue du scalpel à South Beach. Son nom, son signalement et une description des meurtres du Vorace avaient déjà été transmis au centre de données du FBI et à Interpol pour voir si d'autres crimes semblables avaient été commis ailleurs. Peut-être une épidémie de disparition de jeunes femmes dans les villes où Bantling s'était rendu pour ses affaires ? Mais ça n'avait rien donné. Car évidemment, les membres de la brigade spéciale cherchaient un meurtrier.

En utilisant le site Lexus/Nexus, la société de recherches juridiques en ligne, auquel était abonné le bureau du procureur, C.J. partit en quête de réponses. Elle commença par interroger les archives des journaux des villes où Bantling avait vécu depuis 1988, en commençant par L.A. où il avait passé la plus grande partie de son temps, à deux adresses différentes, de 1990 à 1994. Elle interrogea d'abord le *Los Angeles Times,* en entrant des mots-clés liés aux meurtres du Vorace : *blondes, femmes, disparition, mutilations, meurtres, attaque, couteau, tortures...* Mais elle n'obtint aucun résultat. Juste quelques prostituées disparues et retrouvées assassinées, divers drames conjugaux sans aucun lien entre eux, quelques adolescentes fugueuses, mais rien qui ressemble au Vorace. Aucune disparition de jeunes femmes blondes, mannequins ou non, qui semble présenter des points communs avec d'autres, pas de meurtres rituels non élucidés, pas de cœurs arrachés. Elle effectua la même recherche dans les archives du *Chicago Tribune,* du *San Diego Times,* du *New York Times,* du *Daily News* et du *New York Post,* mais là encore, elle fit chou blanc. Pour finir, elle lança une nouvelle recherche, de nouveau dans le *Los Angeles Times.* Mais elle n'entra que cinq mots : *femmes, violées, couteau, clown, masque.*

L'ordinateur sélectionna trois articles.

En janvier 1991, une étudiante de l'Université de Californie à Los Angeles s'était réveillée à 3 heures du matin dans son studio à l'extérieur du campus face à un inconnu portant un masque de clown et penché au-dessus de son lit. Elle avait été sauvagement violée, puis torturée et battue pendant plusieurs heures. Le violeur, non identifié, s'était enfui par la fenêtre du rez-de-chaussée.

En juillet 1993, une barmaid qui venait de finir son service à 1 heure du matin avait été surprise dans son appartement de Hollywood par un inconnu portant un masque de clown en latex. Elle aussi avait été sauvagement violée. Son agresseur lui avait également donné plusieurs coups de couteau, mais ses jours n'étaient pas en danger, d'après l'article. Son agresseur n'avait pas été arrêté.

En décembre 1996, une étudiante de Santa Barbara fut retrouvée dans son appartement au rez-de-chaussée, victime d'un viol et d'une agression sauvages, commis par un homme non identifié qui était entré en brisant une fenêtre au beau milieu de la nuit. L'agresseur portait un masque de clown en caoutchouc. Il n'avait été ni identifié ni capturé. Il n'y avait aucun suspect.

Trois articles. Trois agresseurs portant un masque de clown en latex. Le même mode opératoire à chaque fois : des appartements au rez-de-chaussée, des inconnus masqués, des viols brutaux. C'était le même violeur. C.J. étendit ses critères de recherche et découvrit un autre cas un peu plus au nord le long de la côte, à San Luis Obispo, avec le même mode opératoire, mais ce violeur portait un masque d'extraterrestre.

Quatre victimes. Et elle commençait tout juste à chercher. Ces agressions avaient été commises à trois années d'intervalle, dans quatre comtés différents, dépendant sans doute de polices différentes, voilà pourquoi personne n'avait fait le rapprochement. C.J. continua à interroger les archives du *Times*, sans rien trouver qui puisse relier les affaires entre elles. Il y avait seulement un entrefilet de deux petits paragraphes consacré à la barmaid de Hollywood. Publié quatre jours après le viol, il indiquait que la femme non identifiée était sortie de l'hôpital et qu'elle récupérait dans sa famille. Il était également précisé que, malgré tous les efforts de la police, aucun individu n'avait été arrêté ni aucun suspect identifié. Les personnes possédant des informations étaient priées de contacter la police.

Le *Times* n'avait pas pris la peine de publier des mises à jour concernant les trois autres victimes.

C.J. lança la même recherche dans les villes où avait vécu Bantling avant d'arriver à Miami en 1994. Elle découvrit un viol commis de manière similaire, par un agresseur portant un masque d'extraterrestre, à Chicago en septembre 1989, et un autre avec un masque de clown cette fois, à San Diego, début 1990. Ça en faisait six. Et uniquement ceux qui avaient été déclarés. Mais s'agissait-il de Bantling ou de simples coïncidences ? À l'aide d'Internet, elle obtint les plans des anciennes adresses de Bantling à Chicago et à San Diego, fournies dans son dossier, et celles des deux victimes de viol mentionnées dans les articles. Il avait résidé à moins de quinze kilomètres de chacune. Retenant son souffle, elle interrogea les archives des journaux de Floride du Sud depuis 1994 ; le *Miami Herald,* le *Sun Sentinel,* le *Key West Citizen* et le *Palm Beach Post*, sans rien trouver.

Elle feuilleta le passeport de Bantling, qui avait été remis à la justice. Brésil, Venezuela, Argentine, Mexique, Philippines, Inde, Malaisie. Bantling avait beaucoup voyagé à travers le monde pour son travail chez Tommy Tan, et avant cela chez Indo Expression, une autre boutique de mode ultra-chic, en Californie. Ses voyages d'affaires duraient entre quinze jours et un mois. D'après la liste fournie par Tommy Tan, les usines de fabrication de meubles que Bantling visitait semblaient situées dans des endroits pauvres, aux abords des grandes villes, où il était facile de conserver l'anonymat. Il avait pu se rendre fréquemment dans de nombreuses villes. Y avait-il d'autres victimes à l'étranger.

Faisant défiler les fiches de son Rolodex, C.J. trouva le numéro de l'inspecteur Christine Frederick, affectée au siège d'Interpol à Lyon. Christine et elle avaient collaboré quelques années plus tôt pour arrêter un suspect qui avait tué toute sa famille avec un fusil à pompe dans une chambre d'hôtel de South Beach. Il s'était enfui dans les montagnes allemandes où Interpol et la police locale l'avaient retrouvé à Munich, en train de manger des *schnitzels*, et Christine avait favorisé l'extradition vers les États-Unis. Durant les quelques mois de transaction nécessaires pour ramener le meurtrier à Miami, elles avaient sympathisé. Ça faisait bien longtemps qu'elles ne s'étaient pas parlé.

Dès la première sonnerie, elle tomba sur la boîte vocale de Christine. Avec un message en français, allemand, espagnol, italien et, heureusement, en anglais. C.J. jeta un coup d'œil à sa montre. Il était déjà 22 h 30. Elle avait totalement perdu la notion du temps. Avec le décalage horaire, le soleil se levait à peine à Lyon. C.J. laissa uniquement son nom et son numéro de téléphone, en espérant que Christine se souviendrait d'elle.

Dehors, il faisait nuit depuis que le soleil s'était couché derrière les Everglades, depuis plusieurs heures déjà, et seule la lampe de banquier, avec son petit cordon pour l'allumer et l'éteindre, cadeau de son père, éclairait son bureau. Au bout d'un moment, les néons trop violents lui faisaient mal aux yeux et elle préférait l'intimité douillette de sa vieille lampe. Les longs couloirs déserts, de l'autre côté de la porte verrouillée de son bureau, étaient plongés dans l'obscurité. Il faudrait qu'elle appelle le service de sécurité, en bas dans le hall, pour se faire escorter jusqu'à sa voiture.

Une fois de plus, elle se tourna vers la fenêtre et la prison du comté de l'autre côté de la rue, où des lumières brillaient à tous les étages. Des individus étranges et désespérés rôdaient autour du grillage surmonté de fil de fer barbelé acéré, attendant que leur petit ami ou leur petite amie, leur mac, leur associé commercial ou leur mère, soit incarcéré ou relâché. Des voitures de police stationnaient le long du bâtiment, amenant de nouveaux criminels pour remplacer ceux qui étaient libérés sous caution. Et dans ce bâtiment gris et sale, avec ses portes en acier et ses fenêtres grillagées, au-delà de la clôture et du fil de fer barbelé, se trouvait William Rupert Bantling, entre les mains de l'administration pénitentiaire. L'homme qu'elle fuyait, de qui elle se cachait depuis douze ans, était juste là, sur le trottoir d'en face, à moins de cinquante mètres. S'il était à la fenêtre, il était peut-être en train de l'observer à cet instant, comme il avait promis de le faire éternellement. Cette pensée la fit frissonner ; son sang se glaça.

Elle reporta son attention sur son bureau pour ranger ses affaires dans sa mallette et rentrer chez elle. L'écran de son ordinateur scintillait dans la pénombre. Il affichait encore le dernier article sélectionné par le site Lexus/Nexus. La recherche concernait l'État de New York. Le journal était le *New York Post*. C.J. regarda fixement les mots, mais elle n'avait pas besoin de les lire. La date était celle du 30 juin 1988. Et même si le journal ne dévoilait pas l'identité de la victime, cela ne changeait rien. C.J. savait de qui il s'agissait.

D'un geste brusque, elle tira sur le cordon de la lampe pour l'éteindre et arrêta l'ordinateur. Puis elle enfouit son visage dans ses mains, et dans le noir où personne ne pouvait la voir, elle éclata en sanglots.

CHAPITRE 35

À 8 heures 10, le vendredi matin, elle était de retour à son bureau. Sa nuit avait été agitée et son sommeil peu réparateur, une fois de plus, rempli de hurlements et de cauchemars familiers. Finalement, à 5 heures du matin, elle avait cessé de regarder les chiffres rouges de son réveil, elle s'était levée et était allée à la salle de sport, avant de prendre la I-95 pour se rendre à son travail.

Outre les deux messages que Dominick avait laissés sur sa boîte vocale professionnelle dans la journée, un autre l'attendait chez elle la veille au soir, sur son répondeur. Il voulait savoir pourquoi elle ne s'était pas rendue à l'institut médico-légal, et si tout allait bien. Apparemment, le Dr Neilson avait apporté de nouveaux développements dans l'enquête, et il demandait à C.J. de l'appeler dès qu'elle arriverait.

C'était très étrange. Après tant d'années, elle rencontrait enfin quelqu'un qui pouvait occuper une place à part dans sa vie. Quelqu'un à qui elle pouvait parler, et peut-être même se confier, qu'elle pourrait un jour laisser pénétrer dans le cagibi qu'était sa vie. Quand elle parlait avec Dominick, les mots lui venaient simplement ; il n'y avait pas de silences gênés. Pas de conversations superficielles non plus. Chaque phrase, chaque mot qu'elle avait partagé avec lui était vrai et authentique, même quand leur sujet de conversation semblait léger, idiot, infantile peut-être, elle éprouvait une sorte d'excitation rien qu'à écouter parler Dominick, en se demandant ce qu'il allait dire, ce qu'elle allait lui répondre. Chaque mot, chaque geste constituait une des milliards de pièces du grand puzzle qui lui permettrait de savoir qui était cet homme, ce qu'il pensait, ce qu'il cherchait.

Elle n'avait jamais été attirée physiquement par les policiers. Dans l'ensemble, elle les trouvait trop autoritaires, animés par une volonté de pouvoir; c'était sans doute leur métier qui voulait ça. Or, C.J. n'était pas du genre à se laisser contrôler. Mais elle était presque étonnée par la différence entre Dominick et les autres policiers. C'était un homme fort, mais pas de manière écrasante, et il parvenait à contrôler chaque situation sans jamais imposer son pouvoir. Il dirigeait une brigade spéciale qui, sous les ordres de quelqu'un d'autre, aurait éclaté sous la pression des ego, mais grâce à lui, elle affichait un front uni, même sous les lumières des projecteurs et devant les caméras. C.J. avait également remarqué que Dominick écoutait avant de parler, encore une qualité rare chez les policiers, comme chez tous les hommes en général. Au cours des douze derniers mois, elle avait découvert qu'ils avaient un tas de choses à se dire, en dehors du cadre purement professionnel. Si on le leur en avait donné l'occasion, sans doute auraient-ils pu explorer tous les points communs qu'ils s'étaient découverts: la randonnée à vélo, les voyages, l'art.

Elle n'avait jamais ressenti cette envie de partager quelque chose, pas même avec Michael. Avec Dominick, elle s'apercevait que cette envie ressemblait presque à un besoin. Et depuis qu'il avait exprimé les sentiments qu'elle lui inspirait, l'autre soir, elle se disait qu'il éprouvait peut-être la même chose qu'elle, ce désir de tout savoir sur elle. Et peut-être aurait-elle dû s'ouvrir à lui. C'était ça, le plus difficile. Sacrifier ces sentiments et ces émotions intenses avant de goûter tout leur potentiel la laissait toujours avec une interrogation: qu'est-ce qui aurait pu se passer? Elle aurait pu le laisser entrer dans son cœur, et maintenant, c'était impossible. Dominick était devenu une autre victime de ce jeu.

Pendant un instant, elle envisagea de le rappeler, d'entendre sa voix, et peut-être de capter une fois de plus cette incroyable sensation de chaleur qu'elle avait ressentie à la porte de chez elle deux soirs plus tôt. Mais elle repoussa cette idée aussi vite qu'elle lui était venue. Sa décision de poursuivre l'affaire du Vorace s'accompagnait de conséquences. Elle le savait et elle l'acceptait.

Néanmoins, elle serait obligée de le rappeler tôt ou tard et de revenir sur le terrain professionnel. Alors qu'elle se demandait comment faire, son téléphone sonna.

— Bureau du procureur. Townsend, j'écoute.

— *Bonjour, madame le procureur.*

C'était Christine Frederick.

— Christine ? Comment ça va ?

C.J. n'essaya même pas de dire bonjour en français ; c'était mieux pour tout le monde.

Peu importait, d'ailleurs. La voix au bout du fil lui répondit dans un anglais parfait, avec juste une pointe d'accent germanique.

— C.J. Townsend ! Quoi de neuf ? Comment ça se passe là-bas sous le soleil ?

— C'est ensoleillé. Et toi, comment ça va ?

— Je me dis toujours que si je devais être une criminelle, ce serait en Floride. Il fait toujours beau et chaud. Ici, tout se passe bien. Je n'ai pas à me plaindre. Sauf au niveau du temps : il n'arrête pas de pleuvoir.

— Je te déconseille de devenir criminelle en Floride, Christine. Limite-toi à la Côte d'Azur ; les délinquants internationaux sont plus riches et la nourriture est… quel est ce mot que j'ai appris au lycée en cours de français… *Magnifique !*

Christine rit de bon cœur.

— *Bravo, mon amie.* Excellent ! J'ai eu ton message d'hier. Tu as le temps d'en parler maintenant ?

— Oui, oui. Merci de me rappeler si vite. J'ai besoin de ton aide, si tu veux bien. Je ne tiens pas à passer par Washington pour l'instant. Je préfère que ça ne soit pas officiel.

— Pas de problème, C.J. Que puis-je faire pour toi ?

— Je voudrais que tu interroges la banque de données d'Interpol. On a ici, à Miami, un violeur en série qui a beaucoup voyagé à l'étranger, essentiellement dans des pays pauvres d'Amérique du Sud. Et également au Mexique et aux Philippines. J'ai besoin de savoir si tu as des modes opératoires qui concordent.

— Qu'est-ce que tu possèdes comme renseignements ?

— C'est un homme de race blanche, la quarantaine. Il se sert d'un masque. Apparemment, il a un faible pour les visages de clown ou d'extraterrestre, mais il peut utiliser d'autres types de masque en latex, dans le genre Halloween. Généralement, il s'introduit dans les appartements situés au rez-de-chaussée et il cible les jeunes femmes vivant seules. On pense qu'il les espionne longtemps avant de passer à l'acte. Son arme de prédilection est le couteau, et la plupart du temps il ligote solidement ses victimes. (Elle reprit son souffle et enchaîna d'une voix maîtrisée, du moins à ses oreilles.) Nous avons également la preuve que c'est un sadique ; il aime torturer. Quelques filles ont été salement découpées, mutilées au niveau de la poitrine et du sexe.

Elle imaginait Christine en train de prendre des notes à l'autre bout du fil.

— C'est tout ? demanda celle-ci.

— Oui. Concentre-toi sur les dix dernières années. Tu n'as qu'à partir de 1990 ; c'est à cette date-là qu'il a commencé à voyager.

— Au niveau ADN ?

— Rien. Ni empreintes, ni sperme, ni cheveux. Il laisse un endroit nickel après son passage.

— Tu as un nom de suspect à me donner ?

— J'ai déjà entré son nom dans le ficher d'Interpol. J'essaye une autre approche. Rends-moi ce service : fais les recherches sans mettre le nom. Intéressons-nous uniquement aux similitudes.

— OK. Ça marche. Il s'agit de quels pays d'Amérique du Sud ?

C.J. prit la photocopie du passeport de Bantling.

— Venezuela, Brésil, Argentine.

— C'est noté. Tu as parlé également des Philippines et du Mexique. Tu veux que j'essaye ailleurs ?

— Oui. Essaye la Malaisie et l'Inde.

— Entendu. Je te rappelle dès que j'ai quelque chose.

— Merci, Christine. Je te laisse mon numéro de portable au cas où tu voudrais me joindre ce week-end. 9-5-4-3 4-6-7 7-9-3.

— Noté. Au fait, qu'est-il arrivé au gars qui avait tué toute sa famille en vacances à Miami Beach ? Celui qu'on a arrêté en Allemagne ?

— Il a été condamné à mort.

— Oh.

Après avoir raccroché, C.J. repensa au message de Dominick la veille au soir. Il fallait qu'elle sache ce qui l'attendait avec Joe Neilson à l'institut médico-légal. Alors, elle reprit son téléphone et appela Manny sur son Nextel, en priant pour que Dominick ne soit pas à côté de lui dans la pièce.

— *Buenos días,* maître ! Où étiez-vous donc passée hier ? Vous nous avez manqué chez le légiste.

— Bonjour, Manny. Vous êtes au siège de la brigade ?

— Vous voulez rire ? Je me suis levé il y a vingt minutes. Je suis dans ma bagnole, à Little Havana. Je cherche ma dose du matin.

— Oui, vous avez l'air d'un junkie en manque, Manny. Si cette saleté de *café cubano* ne vous réveille pas, rien n'y arrivera.

— M'en parlez pas. J'en suis au point où je n'arrive même plus à penser si j'ai pas ma dose.

— Je m'apprête à appeler Neilson, mais je voulais vous parler d'abord pour savoir ce qui s'est passé là-bas, hier.

— Vous avez eu Dom ? Je crois qu'il vous cherchait hier.

Un sentiment de culpabilité la traversa et elle sentit son visage s'enflammer. *Que lui avait donc raconté Dominick sur leur relation ? Au sujet de l'autre soir ?*

— Non. Pas encore, répondit-elle. J'essaierai de le joindre plus tard.

— Oh. Bref. Neilson dit que… Ce type est un vrai malade si vous voulez mon avis. … Il dit que Prado était bourré d'halopéridol. Il en a retrouvé une bonne quantité dans son organisme.

— De l'halopéridol ?

— Le nom commercial c'est Haldol.

— N'est-ce pas le médicament que Dominick a trouvé chez Bantling pendant la perquisition ?

— Exact, maître. Cette saloperie de détraqué nous a tracé un chemin royal jusqu'à sa porte. Pas vrai ?

C.J. entendait une forte musique latino-américaine en fond sonore et des milliers de voix qui bavardaient dans ce qui ressemblait à un mélange précipité d'espagnol et d'anglais. Apparemment, Manny marchait dans la rue maintenant, car elle entendait son souffle court.

— Où êtes-vous, Manny ?

— Je vous l'ai dit, je vais m'envoyer ma dose. (Elle l'entendit qui demandait : *« Me puede dar dos cafecitos. »*) À vrai dire, je vais même en prendre deux. La journée risque d'être longue. J'ai besoin de faire bonne impression.

La qualité de réception des Nextel était parfaite. Trop parfaite. C.J. l'entendit avaler d'un trait les deux petits cafés, pousser un « Aaaah » de plaisir et repartir en soufflant, sans doute vers sa voiture. Le son de la musique s'éloigna.

— Donc, ils ont découvert de l'Haldol dans le sang de Prado, dit-elle. Quel était l'effet de ce médicament sur elle ? Neilson vous a expliqué ?

— C'est un dépresseur. Ça calme les cinglés. Les toubibs refilent ce médicament aux malades qui font des crises psychotiques. Ça les détend, ça les rend dociles. En fait, Neilson le Superlimier pense que le Vorace s'en est servi pour faire sortir la fille du Level, la boîte de nuit.

— Et vous n'êtes pas d'accord ?

— Si, si, je suis d'accord. Je pense qu'il a raison, surtout si cet Haldol a les mêmes effets que l'ecsta liquide. On a vu des trucs déments avec ces nouvelles drogues dites du violeur. Devant plein de témoins. Des filles qu'on emmène quasiment inconscientes. Elles se font baiser tellement de fois ensuite que même leurs petites-filles ne seront pas vierges, et ensuite elles se réveillent dans un hôtel miteux, comme la Belle au bois dormant, sans se souvenir de rien et elles demandent : « Où je suis ? » aux pervers qui les ont violées.

« C'est pas que je ne suis pas d'accord avec lui, maître. Simplement, ce type me file les jetons. Il ne tient pas en place et ses yeux n'arrêtent pas de cligner.

— Oui, en effet. Il a peut-être un problème physique.

— Il est super bizarre, vous voulez dire. Mais attendez, j'ai gardé le meilleur pour la fin. Neilson est surexcité à cause de ça. Il a trouvé une autre drogue dans l'organisme de la fille. Apparemment, le meurtrier lui avait fait une intraveineuse, car c'est la seule façon de doser ce médicament. Ça s'appelle le Mivacron. C'est le nom commercial. Vous en avez déjà entendu parler ?

— Non.

— Moi non plus. C'est un décontractant musculaire, à ce qu'il paraît, mais ça vous met pas KO, ça vous paralyse seulement. Mais le plus chouette, c'est que ça n'a aucun effet sur la douleur. Vous continuez à tout ressentir, mais vous ne pouvez pas bouger. Un vrai truc de malade, hein ? D'après Neilson, la fille était sous perf' avec cette saloperie quand le Vorace lui a ouvert la cage thoracique pour arracher le cœur. Il a également la preuve qu'on lui a scotché les paupières pour qu'elle voie tout.

C.J. était incapable de dire quoi que ce soit. Une scène se répétait dans sa tête : Bantling l'avait obligée à ouvrir les yeux pour le regarder pendant qu'il faisait courir la lame du couteau sur son torse. Instinctivement, elle porta sa main à sa poitrine et elle se souvint de l'insupportable douleur qui avait submergé son cerveau, des hurlements qui se succédaient, mais seulement dans sa tête. Elle avait la tête qui tournait, comme si elle allait vomir. Les deux tasses de café qu'elle avait bues le matin menaçaient de remonter et elle s'empressa de s'asseoir à son bureau.

Un long silence s'ensuivit avant que Manny intervienne :

— Maître ? Vous êtes toujours là ?

— Oui, oui, Manny. Je réfléchis, répondit-elle dans un murmure.

La tête penchée entre ses genoux, elle essayait de faire redescendre le sang dans son cerveau, pour chasser de son esprit les images qu'elle ne supportait plus. Il fallait qu'elle se ressaisisse, qu'elle soit plus forte. Elle était bien décidée à aller jusqu'au bout.

— J'ai cru qu'on avait été coupés, dit Manny. Bref, Neilson pense que Prado n'est pas la seule à qui le Vorace a fait ça. Il a décidé de refaire tous les examens toxicologiques sur les neuf autres filles, maintenant qu'il sait ce qu'il cherche. Peut-être même aura-t-il les résultats en fin de journée. Dom a prévu de passer s'il n'avait pas de ses nouvelles sur les coups de quatre heures. Vous devriez l'accompagner.

C.J. se rassit au fond de son fauteuil. Les vertiges avaient disparu.

— J'appellerai Neilson. Je veux voir le corps de Prado. On sera peut-être obligés d'exhumer les autres, ceux qui n'ont pas été incinérés. Je veux également que vous vous renseigniez sur l'ordonnance d'Haldol ; je suis curieuse de savoir qui soignait Bantling et pour quoi.

— Eddie Bowman a appelé le médecin hier. Un certain Fineberg, ou Feinstine. Un truc comme ça. Il a envoyé Bowman se faire foutre car il n'avait pas de mandat. Il n'a même pas voulu reconnaître que Bantling était son patient. Secret professionnel. « Ah, non, inspecteur, je ne peux pas vous dire combien de femmes mon patient a tuées, ce ne serait pas bien ! Les gens doivent pouvoir parler de ces choses avec leur médecin sans craindre de se retrouver en prison parce qu'ils ont arraché le cœur à quelques jolies filles. »

— Bon. Transmettez-moi les infos et je demanderai un mandat.

Il y eut un long silence. C.J. entendait Manny tirer sur sa cigarette, pendant que le bruit de la circulation défilait par la vitre ouverte de sa voiture. Finalement, il ajouta :

— On peut dire qu'on a mis la main sur un sacré malade, pas vrai ?

— Oui, en effet, Manny.

— Bon, c'est tout pour l'instant, maître. À vous de jouer maintenant : faites griller ce salopard !

CHAPITRE 36

Assise à son bureau, elle se récita quelques paroles d'encouragement dans le miroir de son poudrier, puis se rendit au tribunal pour régler rapidement une question concernant une affaire qui devait faire l'objet d'un référé vendredi. Il fallait qu'elle reprenne en main ses émotions si elle voulait mener à bien cette instruction. Le Dr Chambers avait raison, elle devait s'attendre à voir et à entendre quotidiennement des choses qui déclencheraient d'insupportables flash-backs. Cela avait déjà commencé, et chaque vision du 30 juin 1988 était comme un coup de poing dans le ventre. Ses pires cauchemars étaient réapparus. Qu'est-ce qui l'attendait si elle n'arrivait pas à se contrôler ? Une nouvelle dépression ? Une nouvelle chambre capitonnée et une nouvelle psychothérapie ?

Tout était une question de contrôle. Il fallait qu'elle garde le contrôle. Le contrôle de ses sentiments, de ses émotions. Elle devait maîtriser la situation, en se tenant prête à tout. *Ne le laisse pas te terrasser cette fois. Ne le laisse pas gagner.*

Après le tribunal, elle se rendit à l'institut médico-légal pour voir Neilson et examiner encore une fois le corps d'Anna Prado. Elle l'avait déjà examiné le soir où on l'avait retrouvé, mais elle éprouvait le besoin de voir par elle-même les traces de piqûre, l'endroit où son meurtrier avait installé la perfusion. Anna Prado devait être enterrée lundi et la famille voulait que la veillée funèbre ait lieu samedi et dimanche ; c'était donc la dernière occasion de voir le corps avant qu'il soit transporté au salon funéraire.

Manny avait raison : Neilson faisait preuve d'un peu trop d'enthousiasme dans son travail. Il sautillait et s'agitait dans la salle pour montrer avec une excitation visible les traces d'injection sur les fesses, les veines éclatées à la cheville et au bras droit et, pour finir, l'emplacement de la perfusion ayant permis d'injecter le Mivacron dans l'organisme de la victime.

Neilson s'était servi des photos qu'il avait prises lors des autopsies des neuf autres victimes pour localiser des marques suspectes, pouvant correspondre à des traces de piqûres, sur au moins quatre des corps. Les analyses toxicologiques préliminaires avaient révélé la présence d'halopéridol chez six des victimes. La recherche de chlorure de vivacurium prendrait quelques jours de plus.

Les vivants aiment se consoler en se disant que, lorsqu'une personne meurt et quitte ce monde, son âme est enfin « en paix ». Peut-être était-ce un moyen d'éviter de regarder en face la froide réalité de la mort. Mais C.J., elle, n'y croyait pas. Non pas qu'elle soit athée – elle croyait en Dieu et allait à la messe presque chaque dimanche –, mais en ce qui concernait la mort, elle savait bien que les gens ne partaient pas en paix, surtout ceux qui étaient décédés prématurément de manière violente, ceux à qui on avait cruellement ôté la vie, sans prévenir. Ceux-là n'étaient pas en paix. Ils ne le seraient jamais, car toujours ils se demanderaient pourquoi ils avaient dû quitter ce monde alors que celui qui avait volé leur vie, très souvent, était libre d'aller et venir, d'embrasser sa mère et de voir sa famille. Aujourd'hui, c'était au tour d'Anna Prado d'aller voir le préparateur de cadavre, de se faire belle pour la fête finale. En la voyant couchée là sur cette table métallique, avec les cheveux collés et noircis par le sang coagulé, les cils arrachés, la poitrine recousue avec du fil noir, le visage blême, vidé des couleurs de la vie, C.J. ne pouvait s'empêcher de remarquer combien elle semblait triste. Triste et terrorisée. Pour elle, il n'y aurait jamais de paix.

Elle sauta le déjeuner, optant à la place pour un *café coolada* avec double ration de crème Chantilly et un autre paquet de Marlboro. Cet après-midi-là, cloîtrée dans son bureau, elle ouvrit le dossier contenant les six articles de journaux qu'elle avait dénichés et imprimés la veille. Elle avait besoin de savoir avec certitude ce qui s'était passé dans ces affaires. Impossible de se faire une idée précise à partir des articles. Commençant par ordre chronologique, elle décrocha son téléphone pour appeler la police de Chicago.

— Police de Chicago, service des archives. Agent Rhonda Michaels, j'écoute.

— Bonjour, agent Michaels. Je travaille pour le bureau du procureur du comté de Miami-Dade et j'espère que vous allez pouvoir m'aider. J'ai besoin de renseignements concernant un viol qui s'est produit, il y a plusieurs années, dans votre circonscription. Ce sont vos services qui ont mené l'enquête. Hélas, je n'ai que des informations partielles…

— Quel est le numéro du dossier ?

L'agent Michaels lui avait coupé la parole d'un ton à la fois bourru et fatigué. Sans doute sortait-elle des centaines de documents par jour et, visiblement, elle n'était pas d'humeur à faire la conversation.

— Comme je vous le disais, je n'ai pas le numéro de dossier. Tout ce que j'ai, malheureusement, vient d'un vieil article de journal publié en 1989.

— Vous avez un nom de suspect ?

— Non. D'après cet article, aucun suspect n'a jamais été identifié. C'est justement ça mon problème. J'ai besoin d'en savoir un peu plus sur cette affaire, car elle pourrait être liée à celle dont je m'occupe actuellement.

— Hmmm. Sans nom de suspect… Vous connaissez le nom de la victime ? Peut-être que je pourrais rechercher comme ça.

— Non, hélas. Son nom n'était pas mentionné dans l'article.

— Dans ce cas, je crains de ne pas pouvoir vous aider. (Il y eut un bref silence.) Savez-vous au moins quand ça s'est passé ? Avez-vous une adresse ? Le nom d'un inspecteur ?…

— J'ai une date : le 16 septembre 1989. Et l'adresse, c'est le 1162 Schiller Avenue. Je ne connais pas le numéro de l'appartement. L'article indique que l'enquête a été menée par des inspecteurs de la police de Chicago.

— Bon. Peut-être que ça suffira. Ne quittez pas. Je dois rentrer les données dans le programme et faire quelques contrôles ensuite. Ça peut prendre du temps.

Vingt minutes plus tard exactement, l'agent Michaels revint en ligne. Elle avait retrouvé un ton aimable.

— J'ai trouvé. Le numéro du rapport de police est F 89 -2-2-2-3-4 X. Trois pages. La victime se nommait Wilma Barrett, 29 ans. Violée et agressée à son domicile, au rez-de-chaussée. Appartement A. C'est ce que vous cherchez ?

— Oui. Ça doit être ça. Pouvez-vous me dire ce qu'est devenue cette affaire ? A-t-elle été résolue ?

— Attendez, laissez-moi jeter un coup d'œil... Non. L'affaire n'a jamais été résolue. Aucun suspect n'a été arrêté. L'inspecteur chargé de l'enquête était Brena, Dean Brena. Peut-être qu'il travaille toujours ici. Mais on a des milliers de policiers, je ne les connais pas tous, évidemment. Et ça remonte à loin. Vous voulez que je vous passe la brigade des crimes sexuels ?

— Non, pas pour l'instant. Il faut d'abord que je consulte ce rapport pour voir si cette affaire est liée à la mienne. Pouvez-vous me le faxer à mon bureau ?

— Pas de problème. Mais ça risque de prendre quelques minutes. C'est quoi, votre numéro ?

C.J. lui donna son numéro de fax et fonça ensuite vers le télécopieur pour recevoir le document. Le secrétariat, où se trouvaient à la fois le télécopieur et Marisol, était un labyrinthe d'une dizaine de bureaux séparés par des cloisons en Formica à mi-hauteur.

C.J. se faisait l'impression d'être l'élève obèse qui débarque en jean et en anorak dans une fête au bord de la piscine, sans avoir été invitée. Elle savait qu'elle était une étrangère dans ce labyrinthe. Les bavardages et les rires cessèrent instantanément dès que sa présence fut repérée devant le télécopieur. Une sirène d'alarme silencieuse traversa tout le pool des secrétaires et le brouhaha laissa place à un silence embarrassé.

Il existait au sein du bureau du procureur, comme dans d'autres administrations ou entreprises, se disait-elle, une sorte d'ordre social implicite : le personnel administratif fréquentait le personnel administratif, les avocats fréquentaient les avocats et les secrétaires fréquentaient les secrétaires. Parfois, certains s'aventuraient hors de leur cercle, mais c'était rare. C.J. avait trois handicaps : en tant qu'adjointe du procureur en chef, elle faisait partie de l'administration, c'était une avocate et surtout, c'était la patronne de Marisol, et même si cela aurait incité n'importe quelle personne normale à picoler, Marisol faisait partie du pool des secrétaires et les diligences s'étaient mises en cercle autour d'elle pour la protéger. C'est pourquoi, dès que C.J. avait pénétré dans le labyrinthe, les bavardages avaient cessé : l'ennemi était dans la place.

Elle adressa quelques sourires timides aux secrétaires qui la regardaient par-dessus leurs épaules, tout en priant pour que le fax arrive rapidement, et la plupart lui répondirent par les mêmes sourires gênés. Une courte éternité plus tard, la machine émit enfin une petite sonnerie et les trois pages du rapport apparurent. Après un ultime sourire crispé avant de repartir, C.J. battit en retraite dans son bureau et referma la porte.

À 19 heures, elle avait appelé les archives des six polices différentes et obtenu par fax un double de chacun des rapports.

Elle avait l'impression de lire et de relire le récit du même viol, six fois de suite. Le contexte était toujours identique : un appartement au rez-de-chaussée, en pleine nuit quand les proies dormaient. Le mode opératoire aussi était le même : les victimes étaient d'abord ligotées et bâillonnées, puis agressées par un inconnu, un homme musclé portant un masque de clown en latex avec des cheveux hirsutes et des sourcils roux en polyester et un sourire jusqu'aux oreilles, ou bien un masque d'extraterrestre aux yeux noirs et à la bouche rougeoyante. Un couteau à la lame en dents de scie lui permettait de terroriser et de soumettre ses prises. Ses outils de torture variaient à chaque fois, mais tous avaient laissé des cicatrices. Les victimes des viols parlaient de bouteilles, d'objets métalliques, de brosses à cheveux. Toutes les femmes avaient été physiquement martyrisées, principalement dans la région du vagin et de l'utérus, et leurs poitrines avaient été tailladées à l'aide du couteau, et malgré cela, l'agresseur n'avait laissé aucun indice derrière lui. Quand il repartait, tout était propre, impeccable.

Toutefois, ce n'est pas dans les similitudes entre toutes ces agressions que C.J. trouva la confirmation qu'il s'agissait bien de Bantling, mais dans les détails personnels que le violeur connaissait pour chacune de ces femmes. Des détails intimes dont il se servait comme d'une arme, comme une autre forme de torture. Leurs restaurants, leurs parfums, leurs marques de savon préférées. Leurs tailles de vêtements, leurs horaires de travail, les noms de leurs petits amis. Dans le cas de l'étudiante d'UCLA, il savait tous les résultats qu'elle avait obtenus ; pour la barmaid de Hollywood, il connaissait les montants des relevés de carte Visa des trois mois précédents. Il savait tout : anniversaires, surnoms…

C'était Bantling, elle n'avait aucun doute. Plus maintenant. Aucune de ces affaires n'avait jamais été résolue, elles n'avaient pas été liées entre elles. Il n'y avait eu ni arrestation, ni piste, ni suspect. Jusqu'à aujourd'hui.

Mais est-ce que cela avait encore de l'importance ? Ses pensées dérivèrent vers la conversation qu'elle avait eue avec Bob Schurr au bureau du procureur du comté du Queens, deux jours plus tôt. Elle avait peur de découvrir la réponse qu'elle devinait déjà. Même si un dossier d'inculpation pouvait être monté – ce qui n'était pas encore gagné compte tenu de l'absence de preuves matérielles dans chacun de ces cas –, mais en supposant que les victimes acceptent de témoigner, toute démarche ne seraitelle pas étouffée dans l'œuf par le principe de prescription ? Le viol de Chicago avait été commis plus de dix ans auparavant. Elle doutait qu'il reste encore du temps pour obtenir une inculpation, et de fait, elle ne fut guère surprise, en consultant les textes de loi de l'Illinois sur le site Lexu/Nexus, d'apprendre que la limite était fixée à dix ans. Comme sa propre affaire, celle-ci n'existait plus, quoi qu'il arrive.

Mais le dernier meurtre en Californie datait du 23 mars 1994, il y avait donc un peu plus de six ans. C.J. savait que, au cours de ces dernières années, certains États avaient rallongé les délais de prescription, notamment pour certains crimes sexuels. Alors, peut-être restait-il un peu de temps… Sur le site législatif de l'État de Californie, elle put consulter les textes en vigueur et elle rechercha les délais de prescription concernant les agressions sexuelles. En lisant la réponse, elle eut envie de pleurer.

Six ans à partir de la date du crime. Elle avait cinq mois de retard.

CHAPITRE 37

Dominick passa le week-end à interroger les patrons, les collègues, les voisins, anciens et actuels, de William Bantling. Il voulait essayer de comprendre qui était Bantling, et pourquoi personne n'avait jamais remarqué qu'il n'était pas comme tout le monde, qu'il s'agissait d'un monstre inhumain. Un loup qui vivait, travaillait et s'amusait au milieu des moutons, qu'il tuait l'un après l'autre, mais personne, pas même le berger, n'avait remarqué ses pattes griffues, ses grandes oreilles ou ses dents pointues et aiguisées.

Bien que la plupart des interrogatoires aient déjà été effectués par les membres de la brigade spéciale durant les quarante-huit heures qui avaient suivi la découverte du corps d'Anna Prado, Dominick jugeait nécessaire de revenir à chaque témoin quelques jours plus tard. Les inspecteurs avaient fait du bon travail, mais il aimait donner aux gens un peu de temps après leurs déclarations initiales pour absorber ce qui s'était passé et y réfléchir. Généralement, après quelques jours, ils repensaient à des choses qui ne les avaient pas frappés et qui, rétrospectivement, leur paraissaient louches.

Maintenant que j'y pense, agent Falconetti, mon gentil voisin Bill n'arrêtait pas de transporter de grands tapis orientaux roulés, de chez lui à sa voiture, à trois heures du matin. Vous croyez que ça cache quelque chose ?

Dans quelques semaines, il retournerait tous les voir, personnellement, pour les interroger de nouveau. Il s'était aperçu que, à force de gratter le fond de la rivière, on découvrait parfois de l'or.

Bantling était né à Cambridge, en Angleterre, le 6 août 1959 ; il était le fils d'Alice, femme au foyer, et de Frank, charpentier. Il s'était installé à New York en 1982 pour suivre des études au FIT, le Fashion Institute of Technologie, d'où il était sorti en 1987 avec un diplôme de décorateur d'intérieur. Durant les deux années suivantes, il avait occupé quelques postes d'assistant dans de petites sociétés de décoration et de design, à New York et aux alentours, avant de partir à Chicago en 1989 où on lui offrait un poste de designer dans une petite société qui créait des meubles. Huit mois plus tard, la société avait fait faillite et Bantling avait trouvé une place de vendeur chez Indo Expressions, une société de meubles installée à Los Angeles. Il avait vécu en Californie pendant cinq ans, avant de venir vivre à Miami en juin 1994 et de se faire engager chez Tommy Tan Designs.

Ses voisins de LaGorce disaient tous la même chose grosso modo : *il avait l'air d'un gars sympathique, mais je ne le connaissais pas bien.* Ses collègues le décrivaient comme un vendeur zélé et redoutable. Charmant avec les clients, aussi mortel qu'un serpent lors des négociations à huis clos. D'ailleurs, il ne s'était pas fait beaucoup d'amis – aucun, à vrai dire –, il avait uniquement des « relations », qui toutes disaient qu'elles ne le connaissaient pas bien. Dominick avait constaté que c'était un problème courant dans les enquêtes sur des homicides. Quand une personne apprend que son meilleur ami est un tueur en série, elle refuse même d'admettre qu'elle le connaissait généralement, et encore plus qu'ils étaient copains comme cochons. Cela crée des sortes de stigmates sociaux. Mais à en croire ses voisins, ses collègues et ses associés, Bantling était effectivement un être solitaire.

Une seule personne refusait de participer à ce bannissement social : Tommy Tan, le patron de Bantling à Miami durant ces six dernières années. Dominick l'avait interrogé deux fois. Celui-ci n'avait pas été seulement choqué d'apprendre que son meilleur employé était accusé d'une succession d'horribles meurtres, il avait été terrassé. Il avait fondu en sanglots, en choisissant fort heureusement un de ses assistants, Hector, et non pas Dominick, pour le soutenir littéralement lors du premier interrogatoire. Pour le deuxième, il avait cherché du réconfort auprès d'un nommé Juan. S'il voulait bien admettre que Bantling était un peu arrogant, un trait de caractère que Tan trouvait « viril et excitant », il ne tarissait pas d'éloges sur « son meilleur collaborateur qui lui avait trouvé des joyaux magnifiques et cachés à travers le monde ». Des joyaux achetés pour une bouchée de pain dans les pays du tiers-monde et revendus des milliers de dollars à des gens chics du monde capitaliste. Tan était un homme riche. Pas étonnant qu'il ait tant d'affection pour Bantling.

Répondant à une question de Dominick, Tan avait nié avoir eu des relations avec Bantling, et il jurait que celui-ci était hétérosexuel à cent pour cent. D'ailleurs, précisa-t-il, il avait toujours une fille à son bras quand il sortait dans les endroits huppés de SoBe. De jolies filles que l'on remarque, celles qui vous font vous retourner. Il semblait avoir un faible pour les blondes. En évoquant ce souvenir, Tan avait de nouveau éclaté en sanglots, sur la veste rose Versace de Juan, et Dominick avait décidé de mettre fin à l'interrogatoire.

Il n'y avait jamais eu de Mme Bantling, ni même de future Mme Bantling potentielle, et d'après les renseignements rassemblés par les enquêteurs, il n'y avait pas de petits Bantling qui se promenaient ici ou là. Bantling avait eu de nombreuses petites amies, assurément, dont un grand nombre que les enquêteurs n'avaient toujours pas identifiées. Mais aucune ne semblait avoir dépassé le stade du deuxième rendez-vous, et non sans raison. Grâce aux six ou sept filles qu'ils avaient pu interroger, Dominick et ses collègues avaient appris pas mal de choses. Bantling était un détraqué, sans aucun doute. Il aimait les fouets, les chaînes, le bondage, les accessoires sadomasos et les Caméscope. En voyant cela, la plupart des filles avaient pris peur, et pourtant, elles avaient déjà pas mal vécu. Toutes partageaient la même opinion au sujet de Bantling : il avait une double personnalité. Le parfait gentleman dans les restaurants chics. Le parfait connard au lit.

Trois des filles qu'ils avaient interrogées tenaient la vedette dans certains des films amateurs qu'Eddie Bowman et Chris Masterson avaient découverts dans la chambre de Bantling. Quand elles protestaient devant ces perversions, dont elles-mêmes jugeaient qu'elles franchissaient les bornes, Bantling se mettait en colère et il les flanquait à la porte, sans se donner la peine de les raccompagner ou de leur appeler un taxi. Il avait carrément jeté l'une d'elles sur sa pelouse bien taillée, nue et en pleurs, l'obligeant à aller tambouriner à la porte des voisins pour réclamer des vêtements et pouvoir téléphoner.

Maintenant que j'y pense, agent Falconetti, vous avez raison ! Mon voisin Bill avait peut-être quelque chose de louche !

Bantling n'avait pas de famille ici aux États-Unis et ses deux parents étaient morts cinq ans plus tôt dans un accident de voiture à Londres. Les médias avaient devancé la police pour retrouver les amis et les membres de la famille vivant en Angleterre, mais aucun d'eux ne semblait avoir conservé un souvenir très vivace de ce garçon qu'ils décrivaient comme calme et renfrogné. Il n'y avait pas d'anciens copains d'école, pas d'amis du quartier. Personne.

Le samedi soir, Dominick et Manny avaient fait la tournée des clubs où les filles du Mur avaient été vues pour la dernière fois : le Crobar, le Liquid, le Room, le Bar Room, le Level, l'Amnesia. Ils avaient réinterrogé les barmen et le personnel de salle, armés d'une photo en couleurs de Bantling, cette fois. Celui-ci était connu pour fréquenter les boîtes de nuit, ils le savaient déjà, et plusieurs employés l'identifièrent formellement comme étant un habitué. Toujours tiré à quatre épingles et toujours avec une jolie fille blonde, mais jamais la même. Hélas, personne ne se souvenait de l'avoir vu en compagnie d'une des victimes figurant sur Le Mur, et personne ne pouvait affirmer qu'il se trouvait dans le bon club le soir où une des victimes avait disparu.

Il correspondait au signalement que l'agent Elizabeth Ambrose, profiler du FDLE, avait reconstitué à l'époque où ils cherchaient à définir le portrait du Vorace après les trois premiers meurtres : un homme de race blanche entre vingt-cinq et cinquante-cinq ans, un solitaire, sans doute séduisant, intelligent, exerçant une activité professionnelle stressante. Évidemment, ce portrait correspondait à un tas d'autres hommes que Dominick connaissait, à commencer par lui-même. Malgré cela, toutes les pièces s'assemblaient et le dossier se construisait, élément par élément. Une fois tous agrafés ensemble, ils se liraient comme un bon livre. Ses ex-petites amies décrivaient Bantling comme un être pervers, arrogant, narcissique et coléreux, supportant mal qu'on le rejette. Il affichait un comportement sadique, violent, et possédait une attirance particulière pour les blondes. Il fréquentait les clubs où les victimes avaient été enlevées. Le médicament qu'on lui avait prescrit, l'Haldol, correspondait au narcotique retrouvé dans l'organisme d'au moins six victimes. Taxidermiste amateur, il manipulait des outils tranchants comme des scalpels. Du sang humain, dont Dominick était prêt à parier que c'était celui d'Anna Prado, avait été retrouvé dans sa cabane de jardin, sur ce qui était certainement l'arme du crime. Et enfin, on avait découvert le cadavre mutilé dans son coffre de voiture.

Qu'est-ce qui avait poussé cet homme séduisant et riche vers le gouffre ? Difficile à dire. Mais Dominick n'avait pas besoin de répondre à cette question pour bâtir son dossier. Les raisons étaient accessoires, du moment qu'elles ne conduisaient pas à l'irresponsabilité pénale. Ces meurtres étaient si atroces, si bizarres, qu'un jury pouvait penser qu'aucun être humain n'était capable de les commettre, à moins d'être fou. Ajoutez au scénario des antécédents psychiatriques et l'accusation risquait de tomber sur un os. Dès lors, le travail de Dominick ne consistait pas seulement à rassembler des faits prouvant la culpabilité de Bantling, il devait également prouver que Bantling savait pertinemment ce qu'il faisait. Qu'il était parfaitement conscient de ses actes et de leurs conséquences, et de la différence entre le bien et le mal. Il n'avait pas torturé et tué onze femmes parce qu'il était mentalement dérangé, mais simplement parce que c'était un être maléfique.

En ce dimanche soir, sur les coups de 22 heures, installé une fois de plus dans l'obscurité du QG de la brigade spéciale, Dominick contemplait les photos réunies sur Le Mur afin d'essayer de rassembler tous les éléments dont il avait besoin pour écrire le livre. Depuis mardi, près de soixante-dix interrogatoires avaient été menés, trois mandats de perquisition avaient permis de remplir cent soixante-quatorze cartons avec des pièces à conviction provenant du domicile et des voitures de Bantling, des centaines d'heures d'enquête avaient été dépensées.

Il suffisait de savoir où chercher.

Ses yeux revinrent se poser sur les cartes aériennes et les plans qui indiquaient l'endroit où chaque fille avait été retrouvée. *Pourquoi Bantling avait-il choisi ces endroits ? Que représentaient-ils pour lui ?*

Il se massa le front du bout des doigts en regardant son téléphone portable ; il avait envie d'appeler C.J., mais il savait qu'il ne le ferait pas. Il n'avait pas de nouvelles d'elle depuis le mercredi soir. Elle ne l'avait pas rappelé et, comme il n'était pas du genre à la harceler, il avait cessé depuis la veille de lui laisser des messages. Visiblement, elle était confrontée à un problème dont elle ne voulait pas lui parler et il s'était complètement fourvoyé au sujet de leurs relations. C'était un grand garçon maintenant, il pouvait assumer cette rebuffade, mais il craignait que cette tension ne nuise à l'affaire et il était certain qu'elle ne le souhaitait pas plus que lui. Il devait trouver un moyen de les ramener tous les deux sur le terrain professionnel et amical.

Cependant, il sentait que C.J. Townsend était plus complexe qu'elle ne voulait bien le montrer ; il l'avait senti l'autre soir, chez elle. En la serrant dans ses bras, il avait compris qu'il y avait une terrible fêlure dans sa vie et il avait envie de l'aider à la colmater. Il l'avait vue vulnérable et effrayée, totalement sans défense. C'était un aspect d'elle-même qu'elle ne voulait montrer à personne, et maintenant qu'il en avait été témoin, il se disait que C.J. avait du mal à le regarder en face.

Qu'est-ce qui l'a terrorisée à ce point, au tribunal, chez elle ? Est-ce Bantling ? Cette affaire a-t-elle une signification différente à ses yeux, pour une raison quelconque ? Il l'avait déjà vue aux prises avec des affaires difficiles et extrêmement violentes. Elle restait toujours maîtresse d'elle-même, elle contrôlait la situation ? Mais pas cette fois ; cette fois, elle était rongée par l'angoisse. *En quoi cette affaire était-elle si différente ?*

Et pourquoi lui-même était-il si attentif aux réactions de C.J. ?

CHAPITRE 38

L'agent Victor Chavez frappa brutalement à la porte du bureau à 9 heures 10 en ce lundi matin. Il avait déjà dix minutes de retard.

— Procureur Townsend ? C.J. Townsend ?

C.J. était assise derrière son bureau, depuis 7 heures. Levant la tête, elle découvrit le jeune policier dans l'encadrement de la porte, tenant à la main la convocation qu'il avait reçue. Derrière lui, dans le couloir, se tenaient deux autres policiers de Miami Beach en uniforme. Sur une des épaules, elle reconnut des galons de sergent.

— On est là pour les dépositions, dit l'homme aux insignes de sergent en bousculant Chavez qui était resté planté sur le seuil, comme s'il n'osait pas entrer.

— Lou Ribero, annonça-t-il en tendant la main par-dessus le bureau. (Il eut un mouvement de tête par-dessus son épaule.) Eux, c'est Sonny Lindeman et Victor Chavez. Désolé pour le retard. C'est à cause des embouteillages.

— Je croyais vous avoir convoqués séparément, sergent Ribero. Du moins, c'est ce que j'avais demandé à ma secrétaire.

C.J. lui serra la main, fronça les sourcils et consulta son agenda de bureau, tandis que des pensées meurtrières envahissaient son cerveau. Elle imaginait ses mains enserrant le cou épais de Marisol la prochaine fois qu'elles se croiseraient aux toilettes.

— Oui, c'est juste, mais vu qu'on était ensemble mardi sur les lieux, on s'est dit qu'on pouvait venir ensemble, si ça pose pas de problème. Généralement, c'est ce qu'on fait pour les dépositions. Tout le monde gagne du temps.

Les mains de C.J. lâchèrent le cou de Marisol.

— Merci, sergent, mais je préfère recueillir les dépositions des témoins séparément. Je crois vous avoir convoqué à 10 heures 30 et l'agent Lindeman à 11 h 45. Allez donc boire un café, je vous biperai quand j'en aurai terminé avec l'agent Chavez. J'essaierai de finir tôt, si je peux.

Le jeune homme planté sur le seuil se décida enfin à entrer dans le bureau.

— Bonjour, madame, dit-il en hochant la tête. Victor Chavez.

C.J. se sentit très vieille tout à coup. En faisant un gros effort d'imagination, elle pourrait être la mère de ce garçon ; il paraissait si jeune. Et avec le manque de sommeil accumulé depuis une semaine, elle avait sans doute pris un coup de vieux. Il ne devait pas avoir plus de dix-neuf ans.

— Asseyez-vous, agent Chavez. Sergent, soyez gentil de fermer la porte derrière vous.

— Bon, fit Ribero, les yeux fixés sur l'arrière du crâne de Chavez. Amuse-toi bien, Victor. À plus tard.

— Merci, sergent.

Chavez se laissa tomber dans un des fauteuils en similicuir. C'était un joli garçon, assurément, avec un teint mat et des traits lisses. À en juger par l'épaisseur de ses avant-bras qui dépassaient de sa chemise d'uniforme à manches courtes, il faisait de la musculation. Beaucoup. Ses cheveux d'un noir d'encre étaient coupés en brosse, conformément au règlement pour tous les bleus de l'école de police, et C.J. se demanda depuis quand il en était sorti. Il promena son regard autour de lui, en mâchonnant son chewing-gum. C.J. se dit qu'il avait peut-être l'air un peu trop à l'aise.

— Levez la main droite, dit-elle. Jurez-vous de dire la vérité, toute la vérité, rien que la vérité ?

— Je le jure.

Il laissa retomber sa main. Sur ses genoux étaient posés un carnet, la fiche d'arrestation et un rapport de police. Il posa négligemment sa cheville sur son genou et C.J.

aperçut alors son holster de cheville, ce qui était sans doute l'effet recherché, pensa-t-elle. C'était une arme personnelle, seule l'arme de poing était fournie par la police. *Formidable. Un cow-boy.*

C.J. sortit son bloc-notes.

— Agent Chavez, a-t-on déjà recueilli votre déposition ? Êtes-vous bien installé ?

— Oui, madame. Ça m'est déjà arrivé plusieurs fois.

— Très bien. Commençons par les préliminaires. Et cessez de m'appeler « madame ». Je me sens vieille. (Elle sourit.) Depuis combien de temps êtes-vous officier de police ?

— Depuis février.

— De quelle année ?

— De cette année.

— 2000 ?

— Oui.

— Vous travaillez avec un officier instructeur ?

— Non. Plus depuis le mois d'août. J'ai ma voiture à moi, maintenant.

— Quand êtes-vous sorti diplômé de l'école de police ? En janvier ?

— Oui, madame.

Ce n'était pas un bleu, c'était un nouveau-né.

— Écoutez, agent Chavez, on va bien s'entendre tous les deux si vous cessez de m'appeler « madame ».

Elle lui sourit de nouveau, mais ce sourire n'avait rien d'amical.

Il lui répondit par un sourire éclatant.

— OK. Pigé.

— Très bien. Venons-en au mardi 19. C'est vous qui avez ordonné à William Bantling de s'arrêter sur le bas-côté. Pouvez-vous me raconter ce qui s'est passé ce soir-là ?

— Ouais. J'étais dans ma voiture et tout à coup, je vois cette Jaguar noire qui me dépasse à toute vitesse. Alors, je l'ai fait s'arrêter.

Ça ne va pas être simple, pensa C.J.

— Merci. C'était très intéressant. Mais j'ai besoin d'un peu plus de détails.

Elle l'observa. Il semblait nerveux, il jouait avec le lacet de sa chaussure noire bien cirée, et il avait beau essayer de paraître décontracté et sûr de lui, C.J. sentait bien qu'il était tendu. C'était sans aucun doute la plus grosse affaire de sa courte carrière. Il avait le droit d'être nerveux. Malheureusement, elle détectait également en lui une forte dose d'arrogance, un rictus provocant derrière le sourire éclatant. Elle avait remarqué que les jeunes recrues tout juste sorties de l'école de police se répartissaient en deux catégories la première année. Soit ils étaient totalement dépendants ; ils ne prenaient aucune initiative, ils attendaient les instructions, ils interrogeaient sans cesse leurs supérieurs ; ils manquaient d'assurance et ne savaient pas quoi faire en cas de problème. Soit c'étaient des Rambo, des types totalement indépendants, le genre : « Je sais tout, j'ai pas besoin de poser de questions ». Elle avait appris à se méfier de ceux qui appartenaient à cette seconde catégorie, ceux qui débarquaient armés de leur méga-ego. L'inexpérience était source d'erreurs, inévitablement, et C.J. était prête à l'accepter, mais les Rambo, alors que c'étaient eux qui commettaient le plus d'erreurs, ne voulaient jamais assumer leurs fautes.

— Vous patrouilliez seul, ce soir-là ?

— Oui.

— Où ?

— Washington Avenue, au niveau de la 6e.

— Dans une voiture de police ?

— Oui.

— C'est à ce moment-là que vous avez aperçu la Jaguar ?

— Ouais.

— À quel endroit ?

— Elle fonçait dans Washington Avenue en direction de la voie express MacArthur.

— Vers le sud ?

— Ouais.

— Vous utilisiez un pistolet-radar ?

— Non.

— Dans ce cas, comment saviez-vous que la Jaguar roulait trop vite ?

— Elle zigzaguait au milieu de la circulation de manière dangereuse, à une vitesse que mon expérience et ma formation m'ont permis de juger supérieure à la limite autorisée.

Une réponse piochée directement dans le manuel intitulé : « Quelles formules utiliser pour témoigner quand vous êtes flic. »

— À quelle vitesse roulait la Jaguar ?

— J'ai estimé qu'elle dépassait les 80 km/h.

— Bon. Qu'avez-vous fait alors ?

— J'ai suivi le véhicule en question jusque sur la voie express MacArthur, en direction de l'ouest et du centre-ville. C'est là que je lui ai finalement ordonné de s'arrêter.

La voie express MacArthur, qui allait du bord de mer au centre-ville, faisait environ trois kilomètres de long.

— Agent Chavez, M. Bantling a été arrêté presque au bout de la voie express, n'est-ce pas ? Juste en face des locaux du *Herald*.

— Exact.

— Ça fait loin de Washington Avenue. Y a-t-il eu une poursuite ?

— Non, je ne dirais pas ça.

Forcément. Les poursuites en voiture étaient interdites dans la police de Miami Beach, sauf pour rattraper un criminel violent qui tentait de fuir. Et seulement si un sergent donnait l'autorisation. Cela étant dit, les poursuites étaient fréquentes.

— S'il n'y a pas eu de poursuite, à quelle vitesse rouliez-vous ?

— Autour de cent sur la voie rapide, grosso modo.

— Donc, vous êtes en train de me dire que vous *suiviez* ce type sur la voie MacArthur en roulant à la vitesse maximale, avec votre gyrophare et votre sirène allumés, jusqu'à ce qu'il s'arrête sur le bas-côté ?

— Ouais. Mais je suis pas sûr que j'avais mis la sirène. Peut-être qu'il y avait juste le gyrophare.

— Avez-vous réclamé des renforts à ce moment-là ?

— Non.

— Pourquoi ? Ce type roulait trop vite depuis Washington

Avenue, il fonçait hors des limites de Miami Beach et vous n'avez alerté personne ?

— Euh… non.

L'agent Chavez commençait à avoir l'air mal à l'aise. Il décroisa les jambes et changea de position dans le fauteuil.

— Comment l'avez-vous obligé à s'arrêter, alors ?

— Il s'est arrêté tout seul. Sur le bas-côté.

Ça devenait intéressant. Très intéressant.

— Vous ne trouvez pas que ça ressemble à une poursuite, agent Chavez ?

— Écoutez… Peut-être qu'il m'avait même pas vu dans son rétro. Peut-être que c'est pour ça qu'il s'est pas arrêté tout de suite. Tout ce que je sais, c'est qu'il a fini par s'arrêter.

— Soit. Que s'est-il passé ensuite, une fois qu'il était arrêté. Qu'avez-vous fait ?

— Je lui ai demandé son permis de conduire et sa carte grise, et il me les a donnés. Je lui ai demandé pourquoi il roulait si vite, il m'a répondu qu'il allait à l'aéroport et qu'il avait un avion à prendre. Alors, je lui ai demandé où il allait et il m'a pas répondu. Alors, je lui ai demandé si je pouvais jeter un coup d'œil dans le coffre, et il m'a dit non. Alors, je suis retourné à ma voiture pour lui dresser une contravention pour excès de vitesse. Et pour son feu arrière cassé.

— Attendez. Voyons si j'ai bien compris. Ce type que vous avez pourchassé… pardon, *suivi*, pendant plusieurs kilomètres, vous envoie sur les roses lorsque vous lui demandez d'inspecter son coffre, et vous, vous dites « bon, tant pis » et vous regagnez votre voiture de patrouille pour lui dresser une contravention ?

— Oui.

Jamais de la vie. Impossible. Elle n'imaginait pas un policier de Miami Beach réagir de cette façon si l'automobiliste qu'il vient d'arrêter refuse de le laisser inspecter son coffre. Et peu importe qu'il ait une bonne raison ou non pour vouloir inspecter le coffre.

— Bien. Et ensuite ?

— En retournant à ma voiture, je sens une drôle d'odeur en passant devant le coffre. Une odeur de pourri, comme un cadavre ou un truc dans ce genre…

— Continuez.

— Je demande de nouveau au type l'autorisation de regarder dans son coffre et il refuse, il me répond qu'il est pressé. Alors, je lui dis qu'il n'ira nulle part. Et j'appelle des renforts. La police de la route se pointe, avec Beauchamp, le flic de Miami Beach et Butch son clébard. Butch devient dingue en approchant du coffre, alors on fait sauter la serrure. Le reste, c'est de l'histoire connue. On découvre un cadavre dans le coffre, avec la poitrine ouverte. Je comprends qu'on vient de choper le Vorace. J'ordonne à ce Bantling de descendre de bagnole et ensuite, on a attendu environ cinq ou six minutes au bord de la route, le temps que le monde entier rapplique.

C.J. relut le rapport d'arrestation. Puis elle se souvint de ce que lui avait dit Manny mardi soir, après qu'on l'avait appelée au sujet des mandats, et elle comprit qu'elle avait un petit problème sur les bras.

— Où étiez-vous déjà quand vous avez aperçu la voiture de Bantling, agent Chavez ?

— Dans Washington Avenue, au niveau de la 6e Rue.

— Vous étiez dans Washington ou dans la 6e ?

— Dans la 6e. Oui, j'étais dans la 6e quand je l'ai vue passer.

— Au niveau de Washington, la 6e est à sens unique, agent Chavez. Les voitures roulent vers l'est. Si vous étiez face à Washington, ça veut dire que vous regardiez vers l'ouest.

Chavez remua dans son fauteuil. De toute évidence, il était très mal à l'aise, mais il ne se laissa pas démonter.

— Oui, j'étais au coin de la 6e et je regardais à contresens quand j'ai vu passer cette voiture. Je le fais tout le temps. C'est une super ruse pour coincer les fous du volant ; ils ne s'attendent pas à vous trouver là.

— Et quand vous l'avez vu rouler vers le sud, en direction de la voie MacArthur, vous l'avez suivi immédiatement ?

— Ouais.

— Sans jamais le perdre de vue ?

— Non.

— Bien. Maintenant que nous savons tous les deux que vous mentez, agent Chavez, si vous me racontiez ce qui s'est réellement passé.

CHAPITRE 39

La 6e Rue n'était pas seulement une voie à sens unique, c'était également une sorte d'impasse. Même si Chavez était face à l'ouest, dans le mauvais sens donc, des petits plots en ciment l'empêchaient de tourner à gauche, vers le sud, dans Washington. Il était obligé de tourner au nord, dans Washington, pour effectuer un demi-tour une ou deux rues plus loin. Autrement dit, Chavez n'avait pas pu garder la Jaguar dans sa ligne de mire, à supposer qu'il l'ait vue passer à toute vitesse, pour commencer.

Le jeune policier était visiblement ébranlé. Son visage avait rougi. C.J. l'avait pris la main dans le sac et il le savait.

— Bon, d'accord, dit-il. J'étais dans la 6e. J'ai vu passer la Jag, alors j'ai descendu la 6e jusqu'à Collins. J'ai tourné à droite et j'ai remonté la 5e, direct jusqu'à la voie MacArthur. Je l'ai perdue de vue une minute au maximum, si c'est ce que vous voulez me faire dire.

— Attendez, attendez. Vous avez descendu la 6e ?

— Oui.

— Autrement dit, vous ne regardiez même pas en direction de Washington, hein ?

Elle n'en croyait pas ses oreilles. Elle se leva et se pencha au-dessus du bureau ; la colère faisait trembler sa voix.

— Je vais me payer votre insigne, agent Chavez ! Je vous rappelle que vous déposez sous serment. Je veux la vérité, c'est compris ? Sinon, j'irai discuter de votre cas avec votre avocat minable, pendant que vous perdez votre jeunesse dans une cellule surpeuplée !

Il y eut un long silence. Toute trace d'arrogance avait disparu, le ballon s'était dégonflé. Chavez avait le front plissé, le regard sombre. Il ne parvenait plus à masquer son inquiétude.

— Bon Dieu, je pouvais pas savoir que cette affaire deviendrait aussi… énorme ! Comment je pouvais imaginer que ce type était en fait le Vorace ?

Il passa ses mains dans ses cheveux et C.J. sentit que toute son affaire était sur le point de voler en éclats.

— Bon, je vous explique, reprit Chavez. J'étais au coin de la 6ᵉ, j'étais descendu de voiture pour discuter avec une bande de jeunes, des touristes, qui se disputaient. J'ai reçu un appel radio. Un coup de téléphone anonyme venait d'arriver concernant un type qui transportait de la came à l'arrière de sa voiture. D'après l'informateur, une Jaguar noire dernier modèle roulait dans Washington vers le sud. La came était dans le coffre.

— Un appel anonyme ?

C.J. n'en revenait pas ; c'était la première fois qu'elle entendait ça.

— Ouais. Le type transportait, paraît-il, deux kilos de cocaïne dans son coffre et il roulait vers l'aéroport. Bref, je vois cette Jag passer devant moi, je dis *adiós* aux ados en train de se disputer, je saute dans ma bagnole et je fonce dans la 6ᵉ jusqu'à Collins. Je remonte la 5ᵉ, mais le type a disparu, alors je prends la voie MacArthur et au bout d'un kilomètre environ, après Star Island, je le rattrape ! Peinard au volant de sa Jag. Là, je me dis : ce salopard va foutre le camp, ni vu ni connu, tranquillos, sans dépasser le 80 km/h. Alors, je l'ai fait s'arrêter, avant qu'il franchisse les limites de Miami Beach et qu'il sorte de mon secteur.

C.J. se laissa retomber dans son fauteuil. Elle avait la bouche sèche, son cœur cognait dans sa poitrine. Tout cela ne lui disait rien qui vaille.

— Autrement dit, vous ne l'avez jamais vu commettre un excès de vitesse ? Vous l'avez obligé à s'arrêter sur le bas-côté sur la foi d'une dénonciation anonyme, c'est ça ?

Chavez ne dit rien ; il se contentait de regarder les documents posés sur ses genoux.

— Que disait exactement cet appel anonyme ?

— Je vous l'ai dit : une Jag XJ8 noire dernier modèle roulait vers le sud dans Washington avec deux kilos de coke dans le coffre.

— En direction de l'aéroport ?

— Oui, en direction de l'aéroport.

— L'informateur donnait le signalement du conducteur ? Est-ce qu'il indiquait au moins le numéro d'immatriculation ? A-t-il précisé comment il avait obtenu cette information ? A-t-il dit quelque chose, n'importe quoi, qui puisse convaincre un policier raisonnable que ce type était un trafiquant ?

C.J. avait haussé la voix, presque au point de se mettre à crier, et elle le savait. Les dénonciations anonymes sont toujours considérées avec méfiance par les tribunaux ; n'importe qui peut téléphoner à la police, sans qu'on puisse juger de sa crédibilité. Et si la dénonciation ne s'accompagne pas de faits détaillés, il n'y a pas de « doute raisonnable ». Une Jaguar noire qui roulait en direction du sud avec deux kilos de cocaïne, ça ne passerait pas.

— Non. C'est tout. Le temps pressait, madame Townsend. Il était sur le point de sortir de notre secteur. Comme je ne voulais pas le perdre, je l'ai obligé à s'arrêter.

— Non. Vous l'aviez déjà perdu dans la 6e. D'ailleurs, comment saviez-vous que la Jaguar noire que vous avez « rattrapée » sur la voie MacArthur était la même que celle que vous avez vue passer dans Washington ? Et comment saviez-vous que la voiture que vous avez arrêtée était bien celle dont parlait l'informateur anonyme, à supposer, bien évidemment, que le tuyau ait été valable.

Nouveau silence.

— Vous n'en saviez rien, parce que ce tuyau était bidon et vous le saviez. Voilà pourquoi vous ne m'en avez même pas parlé au départ. Alors, reprenons au moment où vous avez arrêté la Jaguar. Racontez-moi exactement ce qui s'est passé.

— J'ai ordonné au type de descendre et je lui ai demandé son permis et sa carte grise. Je lui ai demandé où il allait ; il m'a répondu : « À l'aéroport. » C'est à ce moment-là que je lui ai demandé ce qu'il y avait dans son coffre. Il n'avait qu'un seul sac à l'arrière, et d'après l'appel anonyme, la came était dans le coffre. Il m'a envoyé chier. J'ai compris alors qu'il avait quelque chose à cacher. Je lui ai dit qu'il allait louper son avion et j'ai appelé les renforts.

— Que contenait le sac sur la banquette arrière ?

— Des vêtements, un passeport et un agenda. Plus des paperasses et des conneries.

— Quand avez-vous fouillé le sac ?

— En attendant les renforts.

— Il n'y avait pas d'odeur, hein ? Dans le coffre ?

— Si, si, je vous assure ! Ça sentait super bizarre, comme un cadavre.

— Vous n'êtes qu'un sale menteur, agent Chavez. Vous n'avez rien senti du tout, vous le savez aussi bien que moi. D'abord, vous avez dit à Manny Alvarez que vous pensiez qu'il transportait de la drogue, et maintenant vous avez changé de version, car on n'a pas trouvé de drogue. Nulle part. Et vous ne pouvez pas avoir senti le corps d'Anna Prado, car elle était morte depuis un jour seulement. Alors, arrêtez votre baratin et dites-moi que vous vouliez inspecter le coffre car vous étiez furieux qu'il vous en empêche, et vous saviez que nous n'aviez aucun motif valable pour l'ouvrir vous-même. Vous faites ce métier depuis dix minutes et vous vous prenez pour un caïd. Personne ne peut vous tenir tête. Vous n'aviez même pas de motif valable pour l'obliger à s'arrêter, vous le savez ça ? Parce que vous n'avez pas pris la peine de vérifier le tuyau. Avez-vous une idée de ce que vous avez royalement foutu en l'air, agent Chavez ?

Il se leva et arpenta le bureau.

— Putain, je pouvais pas savoir que c'était le Vorace ! Je croyais que ce type était un dealer. Je me disais que j'allais peut-être le coincer à moi tout seul, sur une intuition. Mon officier instructeur dit que ça arrive tout le temps à Miami ce genre de trucs. Si quelqu'un vous interdit de regarder dans son coffre, c'est qu'il a quelque chose à cacher. Et ce type transportait un cadavre, nom de Dieu !

Il avait une fille morte dans son coffre ! Vous allez me dire que ça ne compte pas ?

— Oui, c'est exactement ce que je vais vous dire, car si les conditions de la fouille sont jugées illégales, il n'y aura plus de cadavre dans le coffre, vous pigez ? Ce ne sera pas recevable devant un tribunal, comme s'il ne s'était rien passé. Ils ne vous ont pas donné des cours de droit à l'école de police, ou peut-être que vous étiez trop occupé à vous attacher des flingues un peu partout, vous n'avez pas fait attention.

Ils demeurèrent silencieux l'un et l'autre, tandis que la pendule murale bon marché égrenait bruyamment les secondes et les minutes.

Finalement, C.J. demanda :

— Ça remonte jusqu'où ?

— Jusqu'à mon sergent, Ribero ; c'est lui qui a réagi après qu'on a ouvert le coffre. Je lui ai tout raconté. Il a flippé, exactement comme vous, en disant que toute l'affaire allait finir aux oubliettes. Mais ensuite, il a dit qu'il ne pouvait pas laisser filer ce type, pas question. Il a dit que je devais avoir une autre raison pour l'obliger à s'arrêter. Ça ne pouvait pas être seulement l'appel anonyme.

— Qui a brisé le feu arrière ?

Chavez ne répondit pas ; il regardait fixement par la fenêtre.

— Vous et Ribero ?

— Le lieutenant Lindeman était au courant, lui aussi, au sujet de l'appel. Dites, madame Townsend, c'est grave ? Je vais me faire virer à cause de ça ?

— Votre cas personnel est le dernier de mes soucis, agent Chavez. Je dois trouver un moyen de garder en prison un homme qui a massacré dix femmes, et pour l'instant, je n'ai pas la moindre idée.

CHAPITRE 40

Assise derrière son bureau, immobile, elle essayait de réfléchir malgré le vacarme de la confusion. Chavez s'était rassis dans le fauteuil, mais ses épaules larges étaient maintenant voûtées, ses yeux regardaient ses genoux, ses mains étaient jointes, comme s'il priait. C'était peut-être le cas.

C.J. avait rappelé Lou Ribero à la cafétéria du coin de la rue, sur son biper. Le sergent, assis les bras croisés dans un des fauteuils, foudroyait du regard le jeune policier à côté de lui. Visiblement, il songeait à toutes les sales missions qu'il allait refiler au bleu durant les dix prochaines années.

Finalement, après un long silence, C.J. s'exprima d'une voix posée en choisissant ses mots avec soin :

— Si les faits varient d'une affaire à l'autre, la loi de l'État de Floride concernant les informations anonymes est très claire. Comme il n'est pas possible de se renseigner sur l'informateur, de vérifier d'où il tient son information, ni de juger de ses motivations, ceci afin de justifier l'interpellation d'un conducteur, l'information anonyme doit s'accompagner d'une quantité de détails suffisante pour que l'agent de police ait la certitude que la personne qui fournit cette information possède une bonne connaissance des faits qu'il évoque. Si ces faits sont ensuite corroborés, de manière indépendante, par l'agent de police, alors et alors seulement, il aura un motif suffisant, ou du moins des soupçons raisonnables, pour estimer qu'un crime se prépare et décider d'intercepter le véhicule pour enquêter. Une information anonyme livrée sans aucun élément annexe, sans suffisamment de détails pour être jugée crédible, ne peut servir à justifier l'interpellation d'un conducteur au volant de son véhicule. Un point c'est tout. Et bien entendu, nous savons tous qu'une fouille menée à la suite d'une arrestation illégale sera considérée elle aussi comme illégale, sauf si cette fouille a été justifiée par une « cause raisonnable » indépendante. Les preuves recueillies dans le cadre d'une fouille illégale seront jugées irrecevables par le tribunal, car considérées comme le fruit d'un arbre empoisonné.

« Cela étant dit, il est possible d'arrêter un véhicule pour toute infraction au code de la route commise en présence d'un agent de police, comme un excès de vitesse, un demi-tour interdit ou toute infraction de type mécanique constatée par cet agent de police, comme un phare, un feu arrière ou un clignotant cassés.

« L'agent Chavez, ici présent, m'a informée que le 19 septembre aux environs de 20 h 15, alors qu'il circulait à bord d'une voiture de patrouille dans Washington Avenue à South Beach, il a remarqué une Jaguar XJ8 noire immatriculée TTR-L57 qui roulait vers le sud en direction de la voie express MacArthur, conduite par un homme de race blanche, blond, âgé de 35 à 45 ans. Cette voiture est passée devant lui à une vitesse que cet agent a estimée supérieure à 80 km/h, dans une zone où la vitesse est limitée à 50 km/h. L'agent Chavez a alors descendu la 6e Rue jusqu'à Collins, puis il a remonté la 5e Rue pour accéder à la voie express MacArthur, en direction de l'ouest. C'est là qu'il a aperçu de nouveau la Jaguar XJ8 noire immatriculée TTR-L57, conduite par le même homme de race blanche. Il a suivi le véhicule pendant environ trois kilomètres sur la voie express ; c'est alors qu'il a remarqué que la Jaguar possédait un feu arrière défectueux et il a surpris le conducteur en train de changer de file sans le signaler à l'aide de son clignotant. À ce moment-là, l'agent Chavez a décidé d'interpeller le conducteur de la Jaguar. Il a branché sa sirène et ses gyrophares et fait stopper le véhicule sur la bande d'arrêt d'urgence.

« Il a demandé au conducteur, identifié ultérieurement comme étant William Rupert Bantling, son permis de conduire et sa carte grise. Ses mains tremblaient lorsqu'il tendit ses papiers à l'agent Chavez et il avait le regard fuyant. Alors qu'il regagnait sa voiture de patrouille, l'agent Chavez s'est arrêté pour examiner de plus près le feu arrière cassé. C'est à ce moment-là qu'il a remarqué sur le pare-chocs une substance ressemblant à du sang. En retournant vers M. Bantling pour lui rendre son permis de conduire et sa carte grise, l'agent Chavez a cru déceler une odeur de marijuana à l'intérieur du véhicule. Il a demandé à M. Bantling la permission de fouiller le véhicule, permission qui lui a été refusée. D'après la conjugaison de ces divers éléments – la substance sur le pare-chocs, l'odeur de marijuana et le comportement de M. Bantling –, l'agent Chavez en a conclu que le véhicule transportait peut-être de la marchandise de contrebande et il a appelé l'unité K-Neuf en renfort. L'agent Beauchamp, de la police de Miami Beach, s'est rendu sur les lieux et son chien, Butch, a immédiatement donné l'alerte en reniflant le coffre de la voiture. Cette réaction a offert aux officiers de police une raison suffisante pour inspecter le contenu du coffre ; c'est ainsi qu'ils ont découvert le corps d'Anna Prado.

C.J. se tut et dévisagea les deux hommes, un long moment. Puis elle demanda :

— C'est ce qui s'est passé, agent Chavez ? Vous ai-je bien compris ?

— Oui, madame. Vous avez tout compris. C'est exactement ce qui s'est passé.

Elle se tourna ensuite vers Ribero.

— Est-ce ainsi que la scène vous a été rapportée, sergent ?

— Parfaitement.

— Très bien. Retournez donc finir votre café avec l'agent Lindeman. Je pense que je le recevrai ensuite pour sa déposition préliminaire, à midi.

Ribero se leva pour prendre congé.

— Merci infiniment pour votre aide, madame Townsend.

Je suppose qu'on se reverra, au tribunal. (Il salua C.J. d'un petit hochement de tête accompagné d'un rictus, puis il lança un regard noir en direction de Chavez.) Allons-y, Chavez.

La porte du bureau se referma derrière eux. Et voilà. Marché conclu. Elle venait de faire un pacte avec le diable ; aucun d'eux ne pouvait plus faire marche arrière.

CHAPITRE 41

Pour la première fois de sa carrière, C.J. s'était compromise dans une affaire. C'était dans l'intérêt général, se disait-elle. Le petit sacrifice de son intégrité professionnelle dans l'intérêt général. Pour neutraliser un monstre, pour terrasser le dragon, même les bons étaient parfois obligés de se salir les mains.

L'interpellation de Bantling était un problème, impossible de le nier. Légalement, elle ne reposait sur aucune justification; cela voulait dire que la fouille du véhicule n'était pas valable, elle non plus. C.J. regrettait que Chavez ne sache pas mieux mentir; elle ne serait pas obligée de savoir ce qu'elle savait maintenant. Elle ne serait pas obligée de jouer le rôle qu'elle allait devoir jouer.

Sans la fouille du coffre, il n'y avait pas de cadavre. Sans cadavre, il n'y avait pas d'affaire à juger. Si Chavez ne peaufinait pas son histoire, Bantling allait se retrouver libre, c'était aussi simple et horrible que ça. Qu'importent toutes les preuves que la police avait découvertes à son domicile et qui établissaient un lien entre lui et les meurtres, tout serait rejeté par le tribunal, car sans cette interpellation et cette fouille illégales, la police n'aurait même jamais su que William Rupert Bantling existait. Elle n'aurait jamais perquisitionné son domicile. Elle n'aurait pas trouvé l'Haldol, le sang, l'arme du crime probable, les films pornos sadiques. Ainsi fonctionnait la justice.

La sonnerie de son téléphone l'arracha au brouillard de ses pensées.

— C.J. Townsend, j'écoute.

— C.J. ? C'est Christine Frederick, d'Interpol. Désolée, je n'ai pas pu te rappeler plus tôt. J'ai dû rentrer les infos que tu m'as données dans plusieurs systèmes de recherches.

— Tu as trouvé quelque chose ?

— Si j'ai trouvé quelque chose ? Oui, je crois que j'ai trouvé pas mal de choses pour toi. Quand tu en auras fini avec ton suspect, je pense que quelques pays seraient ravis de l'accueillir. Le mode opératoire que tu m'as décrit a fait tilt dans les trois pays d'Amérique du Sud : viols à Rio, Caracas et Buenos Aires. Un homme de race blanche portant un masque. Il aime faire joujou avec un couteau. Mais le masque n'est pas toujours le même. J'ai un extraterrestre, un monstre, un clown plus deux ou trois autres visages en latex que les femmes n'ont pas réussi à identifier. J'ai découvert des cas similaires aux Philippines où ils ont recensé quatre viols avec le même mode opératoire, mais ceux-là ont été commis entre 1991 et 1994. Rien depuis. Les avis de recherche des années 1980 sont presque tous obsolètes, je n'ai donc pas pu remonter plus avant. Il n'y avait rien en Malaisie. En tout, ça nous fait environ dix victimes, dans quatre pays. Mais ça, c'est uniquement à partir des avis de recherche ; je n'ai pas appelé les consulats ni les différentes polices pour avoir confirmation. Je me suis dit que tu voudrais t'en charger personnellement, si ce type correspondait au schéma, ce qui semble être le cas. Je vais te faxer les avis de recherche, tu pourras te faire une idée par toi-même.

Dix autres femmes. C.J. n'avait même pas besoin de lire les avis de recherche envoyés par Christine pour savoir qu'il s'agissait de Bantling. Ce type était un violeur en série, un meurtrier en série, un prédateur sexuel. Il avait violé et torturé plus de dix-sept femmes. Il en avait tué dix autres, peut-être même plus.

Sans Chavez, il n'y avait pas de procès. Bantling serait innocenté pour le meurtre de Prado. Il y avait prescription pour les viols commis aux États-Unis, il ne serait donc pas inquiété là non plus. Et C.J. savait que les viols commis à l'étranger ne donneraient lieu à aucune poursuite. Il n'existait aucune preuve matérielle et, dans les pays pauvres d'Amérique du Sud, le système judiciaire laissait à désirer, c'était le moins qu'on puisse dire. William Rupert Bantling serait blanchi là encore. Il repartirait en homme libre. Libre de traquer d'autres femmes. Libre de violer, de torturer et de tuer à nouveau, ce qu'il ferait inévitablement. C'était juste une question de temps.

Un petit sacrifice dans l'intérêt général.

Pas question d'abandonner cette affaire maintenant, ni jamais. Une seule question demeurait. Une question qu'elle ne pouvait pas ignorer, mais à laquelle elle ne pensait pas pouvoir répondre un jour :

Qui était l'auteur de la dénonciation anonyme ?

CHAPITRE 42

— Vous cherchez à m'éviter.

L'agent spécial Dominick se tenait dans l'encadrement de la porte de son bureau, un sac de donuts dans une main, et dans l'autre une mallette en cuir noir. Il était trempé jusqu'aux os.

C.J. s'efforça de paraître outrée par cette accusation et elle ouvrit la bouche pour protester, mais elle s'empressa de la refermer et se renversa dans son fauteuil. *Je plaide coupable, monsieur l'agent.*

— N'essayez pas de nier. C'est la vérité. La semaine dernière, vous m'avez posé un lapin à l'institut médico-légal et vous n'avez répondu à aucun de mes coups de téléphone. Vous rappelez Manny, mais pas moi, et vous me convoquez en dernier pour les dépositions préliminaires.

— Oui, vous avez sans doute raison. Je vous évite.

— Je veux savoir pourquoi. Pourquoi est-ce que vous préférez Manny ? Il est beaucoup plus horripilant que moi. Et il fume dans votre bureau pendant que vous n'y êtes pas.

Dominick entra dans le bureau et s'assit en face d'elle.

— La police ne vous fournit pas des parapluies en même temps que vos pistolets Glock.

— C'est un Beretta. Et pour répondre à votre question, ils se fichent pas mal que je sois trempé du moment que je peux encore tirer en cas de besoin. Mais ne changez pas de sujet.

— Écoutez, Dominick, cette… chose entre nous… ça doit rester professionnel. Uniquement. Vous êtes chargé de l'enquête dans l'affaire dont je m'occupe et il n'est pas bon que nous soyons… trop intimes. Je ne savais pas comment vous dire ça, je crois.

— Mais si, voyons. Apparemment, vous vous entraînez à prononcer ces mots depuis une semaine.

Les paumes appuyées sur le bureau, il se pencha vers elle, près de son visage. Ses cheveux noirs mouillés formaient des boucles sur son front et des gouttelettes de pluie glissaient sur ses tempes, en zigzag, jusque dans son cou. Il sentait le savon. C.J. regardait les gouttelettes disparaître par le col de sa chemise bleue, moulée sur son torse par la pluie.

— Je suis peut-être prétentieux, mais je ne vous crois pas. Je croyais que…

Il eut un moment d'hésitation et C.J. observa sa bouche qui cherchait les mots appropriés.

— Je croyais qu'il y avait quelque chose entre nous. Et après le baiser que nous avons échangé, je suis sûr que vous pensiez la même chose.

C.J. se sentit rougir ; elle pria pour que personne n'ait choisi cet instant pour passer devant son bureau dont la porte était restée ouverte. Elle s'empressa de détourner la tête pour échapper aux yeux pénétrants de Dominick.

— Dominick, je…, bafouilla-t-elle en s'efforçant de mettre de l'ordre dans ses pensées. Je… *nous* devons rester sur le terrain professionnel. Mon patron… et les médias se régaleraient s'ils apprenaient que…

Dominick se rassit au fond du fauteuil devant le bureau.

— Les médias n'en ont rien à foutre. Ça les intéresserait deux minutes. Et de toute façon, quelle importance ?

Il plongea la main dans le sac en papier Dunkin' Donuts et en sortit deux gobelets de café fermés par un couvercle. Il en tendit un par-dessus le bureau.

— Un seul sucre, avec de la crème, c'est bien ça ? dit-il.

Elle esquissa un sourire et hocha la tête.

— Oui. Un seul sucre, avec de la crème. Merci. Il ne fallait pas.

Il y eut quelques minutes de silence tendu, tandis qu'elle remuait son café. La pluie martelait les carreaux de la fenêtre. Cela faisait trois jours qu'il pleuvait sans discontinuer. Dehors, on n'apercevait pas le trottoir d'en face, le parking semblait inondé. De petites silhouettes couraient vers le palais de justice en faisant de grands bonds parfois pour enjamber les flaques d'eau. Quelqu'un avait laissé tomber un dossier et des feuilles blanches étaient éparpillées dans la 13e Avenue, collées sur le bitume par la pluie battante.

D'une petite voix, C.J. brisa le silence.

— Vous comprenez ce que je veux dire.

Dominick se pencha de nouveau vers elle. Il poussa un soupir.

— Non. Non. Je ne comprends pas. Jouons cartes sur table, C.J. Vous me plaisez, beaucoup. Je suis attiré par vous. Et j'étais persuadé que cette attirance était réciproque. Je pensais que, peut-être, cela pourrait déboucher sur d'autres relations, à un autre niveau, mais plus maintenant, j'imagine.

« Mais je suis sûr d'une chose : vous n'êtes plus la même depuis l'arrestation de Bantling. J'ignore ce qui s'est passé, mais je ne pense pas que ça concerne les médias. Ou votre patron. Alors, si vous me demandez d'accepter ce que vous me dites, soit, je l'accepte. Mais si vous voulez que je *comprenne*, je ne peux rien faire pour vous.

Il passa sa main dans ses cheveux mouillés, ce qui eut pour effet de les lisser en arrière sur son crâne.

— Bref, je suis ici pour ma déposition préliminaire. Vendredi quatorze heures. Pile à l'heure.

Il avait pris un ton résigné. Il posa sa mallette sur le fauteuil à côté de lui et l'ouvrit.

— Oh, j'ai failli oublier… (Il replongea la main dans le sac en papier.) Je vous ai apporté un donut à la crème. Je l'ai protégé avec mon corps pour qu'il ne soit pas mouillé.

Seules les vingt premières minutes de la déposition furent empreintes de gêne, puis la tension se dissipa, et pendant un moment, la conversation devint même agréable, c'était comme enfiler une vieille paire de pantoufles. C.J. savait que Dominick était furieux contre elle et meurtri. Quelle ironie ! Alors qu'il lui avait promis de ne pas lui faire de mal, c'était *elle* qui le faisait souffrir. C'était pourtant la dernière chose qu'elle désirait. Au contraire, elle brûlait d'envie de lui confier ce qu'elle éprouvait, de lui avouer qu'elle aurait voulu passer à un autre niveau de relations comme il disait. Mais elle ne dit rien, elle se contenta de lui faire prêter serment et de recueillir sa déposition. *À ajouter à la liste des petits sacrifices dans l'intérêt général.*

L'adjoint du procureur, Martin Yars, avait prévu de présenter le dossier devant le grand jury le mercredi suivant, le 27 septembre, quelques jours seulement avant la lecture de l'acte d'accusation, fixée au 2 octobre. Dominick témoignerait devant le grand jury, il présenterait l'enquête sur la mort d'Anna Prado dans l'espoir d'obtenir l'inculpation de Bantling pour meurtre avec préméditation. En apparence, à la lecture des rapports, le dossier était en béton. Ils avaient un cadavre mutilé et, même si les analyses d'ADN ne leur étaient pas encore parvenues, le sang retrouvé dans la cabane de jardin de Bantling correspondait au groupe sanguin d'Anna Prado : O négatif. Apparemment, ils avaient également mis la main sur l'arme du crime : le scalpel découvert par Jimmy Fulton portait des traces de sang. Et le puissant narcotique retrouvé dans l'organisme de la victime, l'halopéridol, correspondait au médicament vendu sur ordonnance découvert au domicile de Bantling. Tout cela constituait un cas exemplaire, exception faite des troublantes révélations de l'agent Chavez. Malgré tout, C.J. comptait sur une inculpation pour meurtre. À ce stade de l'instruction, seule l'accusation pouvait présenter ses arguments devant le grand jury. Il n'y avait ni juge, ni avocat de la défense. Comme l'avait souligné un jour un professeur de droit criminel de C.J., le ministère public pouvait très bien faire inculper un sandwich au jambon si l'envie lui en prenait.

C.J. ne parla pas à Dominick de l'interpellation litigieuse. Nul ne devait pénétrer dans cette zone ténébreuse, même si la question de savoir *qui* était l'auteur de la dénonciation anonyme continuait à la ronger. Après mûre réflexion, C.J. avait conclu qu'il devait s'agir d'une coïncidence. Il n'y avait pas qu'une seule Jaguar XJ8 noire à Miami, et peut-être que Chavez avait arrêté une Jaguar qui n'était pas celle désignée par l'appel anonyme. Ou peut-être que Bantling avait fait un bras d'honneur à un automobiliste idiot qui avait jugé amusant, pour se venger, de le dénoncer à la police pour un faux motif. Essayer d'en savoir plus sur cet appel reviendrait à laisser ouverte la porte d'une pièce où vous ne vouliez que personne n'entre.

Dehors, il pleuvait toujours à verse quand, ayant achevé la déposition quelque trois heures plus tard, Dominick se leva pour prendre congé. Le vent plaquait des rafales de pluie contre les carreaux. C.J. ouvrit un des tiroirs de son bureau pour prendre un parapluie.

— Maintenant que vous êtes sec, n'allez pas vous faire tremper de nouveau. Je demanderai aux agents de sécurité de m'accompagner jusqu'à ma voiture avec un parapluie.

— Les agents de sécurité ? Un vendredi après dix-sept heures, un jour de pluie ? Ils sont tous rentrés chez eux depuis longtemps, comme tous vos collègues, j'imagine. Merci, mais je ne peux pas accepter. Je suis un dur à cuire, je vous signale. La pluie glisse sur moi sans me mouiller.

— Comme vous voulez. Mais n'attrapez pas froid. On a besoin de vous devant le grand jury mercredi et… Oh, j'allais oublier. J'ai appris aujourd'hui même qu'une audition Arthur allait avoir lieu. Bantling réclame une remise en liberté sous caution. Allez comprendre ! Elle a été fixée à vendredi prochain, le 29, à treize heures. J'aurai besoin de vous là aussi. Vous pourrez vous libérer ?

Un « Arthur » comme on disait était une procédure plus complexe que la première audience préliminaire lors de laquelle le juge lisait simplement le rapport d'arrestation pour déterminer l'existence d'une « cause raisonnable ». Même si une inculpation avait déjà été prononcée à ce moment-là, C.J. devrait encore prouver, avec l'appui de témoins, que « des preuves flagrantes et de fortes présomptions » indiquaient que Bantling était coupable d'un meurtre avec préméditation ; ce qui l'obligeait à faire témoigner, au minimum, l'inspecteur responsable de l'enquête. Contrairement à la présentation devant le grand jury, tous les témoins pouvaient être soumis à un contre-interrogatoire. Les avocats de la défense se servaient souvent de ces auditions comme d'une sonde pour déterminer ce que le procureur avait dans sa manche et la solidité de ses témoins sous la pression, en sachant très bien que jamais le juge ne consentirait à libérer leur client sous caution. C.J. soupçonnait Lourdes Rubio de vouloir utiliser cette ruse dans cette affaire.

— C'est vous qui vous en chargez ? demanda Dominick.

— Oui. Yars ne s'occupe que du grand jury. Ensuite, je me retrouve livrée à moi-même.

— Dans ce cas, comment pourrais-je refuser ? Mais étant donné que nous devons demeurer sur un terrain strictement professionnel, vous et moi, vous devriez m'envoyer une convocation officielle.

C.J. sentit son visage s'empourprer encore une fois.

— Très drôle. Merci d'avoir… compris la nécessité de maintenir notre… cette amitié… sur un terrain strictement professionnel.

— Je n'ai jamais dit que je comprenais. J'ai dit que j'acceptais. Ce n'est pas du tout pareil.

Elle l'accompagna jusqu'aux ascenseurs, en passant devant le labyrinthe désert du secrétariat.

Arrivé devant les portes, Dominick se tourna vers elle.

— Je dois retrouver Manny à l'Alibi pour boire un verre et discuter de deux ou trois choses. Vous êtes la bienvenue si ça vous tente. Rien ne nous empêche de rester professionnels tous les trois en buvant quelques bières.

— Merci, mais ce ne serait pas raisonnable. J'ai un tas de choses à boucler.

— Très bien. Bon week-end, maître. Je suppose que je vous verrai mercredi, après l'audition devant le grand jury.

— Attention à ne pas vous mouiller ! lui lança-t-elle au moment où les portes de l'ascenseur se refermaient, la laissant seule dans le couloir vide et sombre.

CHAPITRE 43

Il fallut moins d'une heure au grand jury pour inculper William Rupert Bantling du meurtre avec préméditation d'Anna Prado. Et s'il leur fallut si longtemps, c'est uniquement parce qu'ils avaient commandé à déjeuner au cours des délibérations. L'addition était aux frais de l'État seulement s'ils mangeaient *avant* d'avoir rendu leur verdict.

Quelques minutes seulement après l'énoncé de l'inculpation, les hordes journalistiques s'étaient jetées sur la nouvelle pour la dévorer et la régurgiter immédiatement sur les marches de marbre immaculées du palais de justice, avec des grands sourires éclatants, afin d'analyser « ce qu'elle signifiait réellement » à l'intention des millions de téléspectateurs captifs à travers le monde.

C.J. n'avait pas prévu un verdict si rapide. Elle participait à une réunion impromptue avec le procureur en chef du comté en personne, Jerry Tigler, quand une des secrétaires se précipita dans la salle de conférences pour annoncer la nouvelle et allumer la télé. C.J., Tigler, ainsi que le procureur en chef du Southern District et l'agent spécial du FBI responsable du bureau de Miami, purent ainsi voir en direct un Martin Yars rougissant et dans tous ses états. Arrêté sur les marches du palais de justice, l'adjoint du procureur en chef du comté peinait à essayer de satisfaire l'appétit insatiable d'une douzaine de journalistes qui lui avaient sauté dessus alors qu'il regagnait sa voiture. Ce n'était pas beau à voir. À entendre, c'était encore pire.

La réunion inattendue avait été organisée à la demande conjointe du FBI et du bureau du procureur. Apparemment, les agents fédéraux voulaient récupérer le Vorace et ils n'étaient pas disposés à partager. Tous les regards étaient fixés sur Yars, qui avait choisi ce moment pour se mettre à bégayer. Heureusement, après quelques minutes difficiles pour tout le monde, même Channel 7 eut pitié de lui et passa une page publicitaire. Tom de la Flors, le procureur en chef du Southern District, fut le premier à briser le silence embarrassant qui s'était installé dans la salle.

— Vous voyez, Jerry ? Voilà exactement le genre de choses dont je parlais. Notre bureau possède les ressources et l'expérience nécessaires pour gérer tout ce cirque médiatique.

Il secoua la tête et baissa la voix de plusieurs octaves pour s'exprimer dans un chuchotement plus intime que seules pouvaient entendre les personnes présentes dans la salle, et il regarda fixement Tigler qui s'agitait nerveusement dans son fauteuil en similicuir.

— Peut-on parler franchement, Jerry ? Cette affaire est une bombe politique, nous le savons tous. Une seule goutte de renversée, une seule erreur de manipulation et tout risque d'exploser. On sera aux premières loges. En pleine année électorale. Et je sais à quel point ça peut être difficile de garder la confiance des urnes et de convaincre les électeurs de scander vos louanges le jour du vote. J'ai été juge d'un État, je sais de quoi je parle. Les sondages ne mentent pas, Jerry. Ils n'apprécient guère la manière dont votre bureau gère cette affaire depuis le début. Dix-huit mois avant qu'un suspect soit enfin arrêté, et il n'a été inculpé que d'un seul meurtre. Les familles des autres familles crient vengeance devant les journalistes qui veulent bien les écouter. Et ils ne demandent que ça. Ils sont tout ouïe, Jerry.

Comme s'il attendait ce moment pour intervenir, le responsable local du FBI, Mark Gracker, déclara :

— Le FBI est disposé à prendre en charge la totalité de l'enquête criminelle. Évidemment, nous aurons besoin de tous les éléments réunis à ce jour par la brigade spéciale chargée de traquer le Vorace pour les transmettre au laboratoire du FBI afin de les faire réexaminer.

Gracker se tut et de la Flors laissa passer un moment avant d'enchaîner, le temps que ces paroles fassent leur chemin dans les esprits. Il se renversa contre le dossier de sa chaise et, d'un ton résigné qui évoquait aux oreilles de C.J. celui d'un père qui vient de réprimander son enfant, il ajouta :

— Notre bureau est disposé à reprendre les dossiers de *tous* les meurtres, Jerry, pas uniquement celui de Marilyn Siban. Je pense que ce serait plus facile pour tout le monde si nous pouvions nous mettre d'accord avant et nous éviter un tas de chamailleries devant le tribunal.

Assise sur sa chaise, C.J. bouillonnait de rage intérieurement en écoutant les menaces à peine voilées qui sortaient de la bouche de Tom de la Flors, à travers ses dents blanches parfaites et son sourire mielleux. Elle avait envie de voir Tigler se lever pour lui balancer son poing dans la figure, mais il faudrait d'abord qu'il retrouve ses couilles, et ça pouvait prendre des années.

Tigler balaya du regard les personnes assises autour de la table et s'agita de nouveau sur son siège au bout de la longue table. Finalement, après un long moment, il se racla la gorge et retrouva sa voix :

— J'apprécie vótre sollicitude, Tom. Sincèrement. Mais j'estime qu'à ce stade de la partie nous avons la situation bien en main. C.J. Townsend, ici présente, est un de nos meilleurs procureurs et je suis sûr qu'elle saura gérer cette affaire.

Jerry Tigler ne faisait pas le poids. Son costume marron était froissé et démodé. Son postiche avait glissé sur sa tête au cours de la réunion, sous l'effet de la sueur causée par le stress. Il n'était pas de taille à lutter contre Tom de la Flors l'ancien juge devenu procureur en chef, nommé par le président en personne, avec son sourire éclatant et son costume Calvin Klein.

— Je crois que vous n'avez pas compris, monsieur Tigler, reprit Gracker.

C.J. le regarda appuyer son petit index boudiné sur la table pour essayer d'attirer l'attention sur sa petite personne.

— Le FBI a enquêté sur des centaines d'homicides en série. Nous possédons les ressources suffisantes pour enquêter sur les meurtres des onze victimes.

C'en était trop. C.J. ne pouvait en entendre davantage.

— Il y a *dix* victimes, agent Gracker. Pour l'instant, nous n'avons que *dix* victimes, à moins que le FBI ne sache où se trouve le corps de Morgan Weber. Et peut-être puis-je vous expliquer pourquoi nous n'avons pas procédé à des arrestations et à des inculpations prématurées pour les neuf autres victimes. Au moment où je vous parle, aucune preuve matérielle ne permet d'établir un lien entre Bantling et ces neuf autres femmes, et notre bureau a jugé plus prudent d'engager des poursuites uniquement pour le crime que nous pouvons prouver.

— Ce n'est pas une critique dirigée contre vous, mademoiselle Townsend… dit Tom de la Flors, mais C.J. lui coupa la parole.

— Si ! C'est une critique dirigée contre moi, contre mon travail et contre ce bureau, monsieur de la Flors ! Et même en supposant que l'État confie à vos services l'instruction de ces dix affaires de meurtres, quelle justification légale vous conférerait l'autorité nécessaire ? Seul le meurtre de Marilyn Siban a été commis sur un territoire fédéral.

De la Flors semblait hébété. S'il s'attendait à quelques jérémiades de la part de Tigler, il ne s'attendait pas à une riposte du procureur Townsend. Il lui fallut un petit moment pour se ressaisir.

— Je crois savoir que chaque victime avait dans son organisme des traces d'un médicament inscrit au tableau B, administré par leur ravisseur, à savoir William Bantling. M. Bantling s'est ainsi rendu coupable d'une entreprise criminelle permanente, délit puni par le code pénal des États-Unis.

Tom de la Flors avait choisi le mauvais jour et la mauvaise personne pour essayer de jouer les gros bras avec son interprétation de la loi.

— Votre information concernant le médicament est correcte. Toutefois, corrigez-moi si je me trompe, je crois que d'après la loi, il faut cinq personnes ou plus pour constituer une « entreprise criminelle ». Là encore, si le FBI connaît le nom d'autres suspects dans cette affaire, nous serions ravis de les connaître, mais à ma connaissance, il n'y a que Bantling.

Et voilà. Elle pouvait dire adieu à tout espoir de carrière au sein du gouvernement fédéral. De la Flors la foudroyait du regard de l'autre côté de la table.

— Il faudra que je me penche plus attentivement sur la question, mademoiselle Townsend. C'était juste une théorie que je vous livrais comme ça. Il y a également le Hobbs Act. (En disant cela, il reporta son attention sur Tigler.) Nous nous en sommes déjà servis, avec succès, pour poursuivre des voleurs de touristes, ici même dans le comté de Dade.

— Oui. Mais ça ne concernait que des vols, répliqua C.J. Ça ne vous donne aucune compétence juridique pour les meurtres.

De la Flors était franchement agacé par cette sale peste de Townsend. C'était un politicien, pas un procureur. Sans doute n'avait-il pas vu une salle de tribunal ni un exemplaire du code pénal depuis quatre ans qu'il occupait ses nouvelles fonctions et il n'était pas prêt à discuter des subtilités de la loi. Il haussa la voix de quelques octaves, celles qu'il avait supprimées pour s'adresser à Tyler précédemment.

— Soyez sûre que si. Au minimum, cela devrait donner lieu à une belle bataille. Si votre bureau souhaite nous affronter sur le terrain de la compétence juridique, nous pouvons toujours entreprendre des poursuites pour chacun des vols.

— Puis-je vous demander de quels vols vous parlez ? dit Tigler le Timide d'une voix docile.

— Vous pouvez, Jerry. Chaque victime a été retrouvée nue, sans son cœur, n'est-ce pas ? Y compris Mlle Prado ? Il y a donc eu vol. Et la loi est très claire sur ce point, mademoiselle Townsend : nos pouvoirs fédéraux nous autorisent à agir. Nous pouvons envoyer ce M. Bantling devant un tribunal fédéral pendant plusieurs années en l'inculpant individuellement pour chacun des vols. Quand nous en aurons fini avec lui, vous pourrez le récupérer pour de nouvelles poursuites, si vous avez enfin réussi à bâtir un dossier d'inculpation. En supposant, Jerry, que vous occupiez toujours le poste de procureur de l'État et que vous puissiez encore prendre ce genre de décisions.

« Réfléchissez bien et dites-moi si nous pouvons aborder cette affaire dans un esprit d'équipe, avant que je lance les procédures d'inculpation. En attendant, j'ai un mandat et un ordre du tribunal signés par le juge Carol Kingsley, nous donnant accès au domicile et aux véhicules de Bantling, ainsi qu'à toutes les pièces à conviction saisies au cours des perquisitions antérieures.

De la Flors lança un épais document sur la table.

C.J. ne détachait pas de lui son regard d'acier.

— Je vous fournirai un double de tous les documents saisis, monsieur de la Flors. Je vous montrerai personnellement les pièces à conviction stockées au FDLE, quant à celles qui se trouvent au laboratoire, je vous transmettrai les résultats de toutes les analyses. Mais ne m'en demandez pas plus, car malgré mon désir de coopérer, je dois instruire une affaire de meurtre, et à en juger par le parfum de menace qui flotte dans cette pièce, j'ai intérêt à faire vite avant d'être obligée de déposer un *habeus* pour récupérer mon meurtrier présumé, égaré dans le néant des tribunaux fédéraux où il sera jugé pour *vol* !

Elle se leva et prit le mandat sur la table.

— Je vous prie de m'excuser, messieurs. Je dois faire des doubles de tous les documents que vous réclamez par le biais de cette injonction du tribunal.

Jerry Tigler semblait jaloux de la tirade de C.J. ; il aurait aimé prononcer lui-même ces paroles. Néanmoins, il semblait avoir grandi de cinq centimètres dans son costume fripé et il affichait un grand sourire alors que Mark Gracker et Tom de la Flors, frustrés et furieux, sortaient en coup de vent de la salle de réunion.

CHAPITRE 44

C.J. sentait l'angoisse lui nouer l'estomac, tandis qu'elle traversait le palais de justice en direction de la salle d'audience 4-8 où devaient avoir lieu les auditions Arthur, devant le juge Nelson Hilfaro. À mesure que le vieil Escalator branlant la conduisait d'un étage à l'autre, les battements de son cœur s'accéléraient et des aiguilles lui transperçaient le ventre ; elle sentait monter la nausée. Pourvu qu'elle ne soit pas malade encore une fois, se disait-elle. Mais si ses mains étaient moites autour de la poignée de son gros attaché-case en cuir, son visage demeurait impassible. La peur brutale qui lui broyait le ventre et lui serrait la gorge était invisible aux yeux de tous ceux qui l'entouraient ; C.J. y veillait. Face au monde entier, elle incarnait le procureur puissant et sûr de lui. Mais à l'intérieur, elle craignait de s'effondrer à chaque instant.

Au cours de sa carrière, elle avait sans doute participé à plus de deux cents « Arthur ». Peut-être même trois cents. C'était la routine. Tous les accusés qui risquaient la prison à perpétuité ou la peine de mort pour un crime qui interdisait la remise en liberté sous caution avaient droit à un « Arthur », et si, dans la plupart des cas, c'était une perte de temps, quand vous disposiez d'un dossier en béton et d'un bon inspecteur, ce n'était pas plus grave que ça. Mais aujourd'hui, il ne s'agissait pas d'une affaire ordinaire.

Presque trois semaines s'étaient écoulées depuis que C.J. avait posé les yeux sur William Bantling dans la salle de tribunal du juge Katz. Trois semaines depuis que son esprit avait pris conscience de cette effroyable vérité qui était devenue un cauchemar vivant. Et si le choc initial était passé, si son cerveau avait fini par accepter les faits qu'elle lui avait fait avaler de force, elle ne s'était pas encore retrouvée assise devant lui dans une salle, face à son regard bleu acier. Elle ne supportait pas l'idée que le souffle de cet homme se mélange au sien dans le même air, l'idée même de sa présence, de son odeur, partout, sans aucune issue, à moins de quitter la salle d'audience en courant, suivie par une meute de journalistes, sous les invectives d'un juge furieux. Comment allait-elle réagir en étant face à son agresseur, à quelques pas seulement ? Allait-elle se pétrifier, étouffée par la peur, cherchant à reprendre son souffle, comme lors de l'Audience préliminaire ? Allait-elle craquer et fondre en sanglots, comme chaque nuit depuis ce jour-là ? Allait-elle lui faire face et le montrer du doigt en hurlant, telle une créature issue d'un vieux film d'horreur ? Ou bien saisirait-elle simplement son coupe-papier dans son attaché-case pour le lui planter dans le cœur avec un sourire froid, avant que quiconque puisse arrêter son geste ? Voilà ce qui était si effrayant, et pourquoi l'angoisse lui vrillait l'estomac : elle ne savait pas comment elle allait réagir. Elle n'était même pas certaine de pouvoir se contrôler.

Elle ouvrit à la volée l'imposante porte en acajou et, après avoir inspiré à fond, elle pénétra d'un pas décidé dans la salle de tribunal bondée. Sept affaires figuraient au programme du jour et aucun des prisonniers concernés n'avait encore été amené de la prison d'en face, par la passerelle. Le box où prenaient place habituellement les jurés et où s'assoiraient les prévenus, enchaînés les uns aux autres, était vide. C.J. se sentit libérée d'un poids énorme et elle constata avec bonheur qu'elle pouvait respirer. Pour le moment, du moins. Devant, dans la tribune située à côté de la table du ministère public, elle aperçut le crâne lisse de Manny Alvarez. Avec sa taille, impossible de ne pas le remarquer ; il dominait de plus d'une tête les procureurs et les autres inspecteurs de police qui s'agitaient autour de la table pour consulter le rôle et éviter les yeux indiscrets d'une douzaine de caméras réparties à travers le tribunal. C.J. balaya du regard le reste de la salle, à la recherche de la silhouette familière de Dominick, sa carrure, ses cheveux châtains et son bouc poivre et sel, mais il demeurait invisible. C'est alors qu'elle sentit une main se poser sur son épaule, lourde et chaude.

— Vous me cherchez ?

C'était lui. Il portait une chemise blanche impeccable et un costume bleu marine, avec une cravate bleu et argent soigneusement nouée. Ses cheveux étaient plaqués en arrière sur son crâne, mais une mèche avait réussi à s'échapper et elle dessinait une bouclette sur son front. Il faisait très soigné, très professionnel. Il était très séduisant.

— À vrai dire, oui. Je vois que Manny est ici.

Elle sentait la chaleur de ses doigts sur son épaule, tandis qu'il la conduisait au milieu de la foule de manière protectrice, vers la tribune.

— On ne risque pas de le louper, hein ? Il a même apporté une veste et une chemise au cas où vous voudriez le faire témoigner. Mais je tiens quand même à vous prévenir que la veste sent la naphtaline et qu'il y a des pièces en daim aux coudes. Je n'ai pas vu la cravate. À votre place, je ne ferais appel à lui qu'en cas d'urgence.

— Merci pour le conseil. Je vais commencer par vous, je crois. Vous êtes plus chic. Dites donc, vous êtes bien payés au FDLE. Joli costume.

— Pour vous, je choisis ce qu'il y a de mieux. Uniquement. On passe quand ?

— Nous sommes en sixième position sur le rôle, mais je ne sais pas si le juge Hilfaro va respecter l'ordre aujourd'hui.

Ils rejoignirent Manny appuyé contre la table du ministère public, en train de discuter avec un procureur. Une femme, évidemment. En apercevant C.J., il lui fit un grand sourire et lui serra la main ; sa grosse patte velue engloutit les doigts fins de C.J.

— *Hola*, maître ! Ça faisait un bail. Quoi de neuf ?

— Bonjour, Manny. Merci de vous être mis sur votre trente et un. Vous êtes très beau.

— Oui, tu es superbe, l'Ours, renchérit Dominick. Mais évite de lever le bras sans avoir mis de veste quand tu jureras de dire la vérité.

— Merde. Tu te fous de moi, hein ?

Manny leva le bras et découvrit l'auréole de sueur sous son aisselle.

— J'arrive pas à faire disparaître ces taches de respiration.

— Il te faut une bonne lessive, dit Dominick.

— Non. Ce qu'il me faut, c'est une bonne épouse. Vous connaissez une fille mignonne, maître ?

— Aucune assez mignonne pour vous, j'en ai peur.

— Et votre secrétaire ?

— N'abordons pas ce sujet. Je veux continuer à vous respecter. Mais ne vous inquiétez pas pour la veste, Manny, je ne ferai témoigner que Dominick.

À ce moment-là, la porte du box des jurés s'ouvrit et trois gardiens de l'administration pénitentiaire, en uniforme vert foncé, firent leur entrée. Vinrent ensuite une ribambelle d'accusés, menottés et les fers aux pieds ; leurs chaînes s'entrechoquèrent bruyamment lorsqu'ils s'alignèrent sur deux rangées à l'intérieur du box. La plupart d'entre eux portaient des vêtements civils, comme ils en avaient le droit pour se présenter devant le tribunal. Rien de très chic. Généralement, c'étaient les affaires qu'ils portaient au moment de leur arrestation, et qui servaient pour chaque comparution, jusqu'à ce que leur avocat leur dégotte une veste plus élégante, provenant d'œuvres de bienfaisance, pour leur procès. Mais là, au deuxième rang, assis à l'écart des autres, un bel homme blond était le seul à porter un survêtement rouge vif : une tenue de prisonnier servant à identifier les détenus « spéciaux », ceux qui étaient accusés de meurtre. C.J. sentit que la pièce commençait à tournoyer et elle s'empressa de détourner le regard.

— Ah, voici notre homme, commenta Dominick en fixant son attention sur le box.

— Hmmm… J'ai l'impression que la prison ne lui réussit pas, dit Manny en ricanant. Il a maigri, on dirait. C'est peut-être la nourriture. Ou les distractions.

Dominick revint sur C.J. pour voir sa réaction, mais elle avait plongé le nez à l'intérieur de son attaché-case et il ne voyait pas son visage.

— Puisqu'on parle du diable en personne, dit Dominick, le grand jury n'a pas traîné pour prononcer l'inculpation. Même moi, je pensais qu'il leur faudrait au moins une heure, et je suis un éternel optimiste.

— Oui. Yars m'a dit que vous aviez fait du bon travail à la barre. Le témoin parfait, je n'en attendais pas moins de vous.

Elle inspira à fond et leva la tête de son attaché-case en prenant soin de tourner le dos au box des accusés et en gardant les yeux fixés sur Dominick. Elle essayait de repousser la peur rampante et paralysante qui montait inexorablement de son ventre, jusque dans sa gorge, pour finalement atteindre son esprit affolé ; elle voulait s'obliger à se retourner pour regarder la folie dans les yeux. Non, pas maintenant. Elle n'était pas encore prête. Elle savait que Dominick l'observait, qu'il guettait sa réaction, aussi faisait-elle bien attention à ne rien laisser paraître.

— Dom, ça me fait penser qu'il faut que je vous parle d'une chose qui s'est produite ici mercredi, au cas où vous ne le sauriez pas déjà.

— Quoi donc ?

— Jerry Tigler et moi avons reçu la visite de nos amis de *downtown*.

— Oh, non ! Vous voulez parler des agents fédéraux ?

— Exact.

— Le FBI ?

— Oui. Le responsable du bureau de Miami, un petit bonhomme grassouillet avec de sales manières, un certain Gracker. Mark Gracker. Accompagné de sa majesté en personne !

— Tom de la Flors ?

— Lui-même.

— Vous vous foutez de moi. Que voulaient-ils ?

— En un mot : le Vorace.

— Levez-vous ! aboya une voix puissante et le silence se fit dans la salle de tribunal.

La lourde porte à double battant qui permettait d'accéder au bureau du juge s'ouvrit en grand et l'Honorable Juge Nelson Hilfaro entra et grimpa sur son piédestal en se dandinant ; sa robe noire traînait sur le sol dans son sillage.

— Il faudra que je vous raconte cette sordide histoire plus tard, murmura C.J.

— Je suis impatient, répondit Dominick.

— Asseyez-vous, ordonna l'huissier et tout le monde obéit.

— Bonjour à tous, déclara le juge Hilfaro en se raclant la gorge. Compte tenu de l'affaire… *particulière* que nous avons à traiter aujourd'hui, et qui explique votre présence si nombreuse, je suppose… (En disant cela, il fit un mouvement de tête en direction des journalistes entassés sur dix rangées au fond de la salle), j'ai décidé de modifier l'ordre du rôle et de commencer par l'affaire *État de Floride contre William Rupert Bantling*. Ceci afin de faire un peu le vide dans cette salle de tribunal, après quoi nous examinerons les autres affaires dans l'ordre prévu. L'accusation est-elle prête ?

C.J. était un peu prise au dépourvu ; elle avait cru qu'elle disposerait d'une ou deux affaires pour se préparer mentalement. Mais finalement, peut-être valait-il mieux se jeter à l'eau sans trop réfléchir. Elle se leva et avança vers l'estrade du juge.

— Oui, monsieur le juge. C.J. Townsend pour l'État de Floride. Nous sommes prêts.

— Pour la défense ?

Lourdes Rubio, vêtue d'un ensemble noir très strict, les cheveux tirés en arrière et noués en chignon, approcha du fond de la salle.

— Lourdes Rubio. Je représente l'accusé : Bill Bantling. Nous sommes prêts nous aussi, Votre Honneur.

— Très bien. Combien de témoins pour le ministère public ?

— Un seul, Votre Honneur.

— Parfait. Commençons. À vous, madame le procureur.

Le juge Hilfaro était un homme qui n'y allait pas par

quatre chemins. Il n'aimait pas les feux des projecteurs et il ne s'intéressait pas aux affaires médiatiques. C'était une des raisons pour lesquelles le bâtonnier l'avait affecté aux auditions Arthur. Nullement parce qu'il était incompétent, car il était tout le contraire. Simplement, les « Arthur » n'attiraient guère l'attention en temps normal ; seule la Première Comparution d'un accusé assoiffé de sang provoquait l'intérêt de la presse, et éventuellement le procès plus tard, si l'excitation n'était pas retombée. Mais ce n'était pas tous les jours qu'un tueur en série qui faisait la une de la presse internationale échouait dans la paisible salle de tribunal du juge Hilfaro.

— Le ministère public appelle à la barre l'agent spécial Dominick Falconetti.

Dominick marcha d'un pas décidé vers la barre ; tous les yeux étaient fixés sur lui. Il prêta serment.

Après quelques questions préliminaires destinées à établir ses qualifications, C.J. amena Dominick à évoquer la nuit du 19 septembre, quand il avait été appelé sur la voie MacArthur. C'était un témoin de rêve : il savait de quels éléments juridiques elle avait besoin pour étayer son accusation et il savait quels faits lui permettraient d'établir ces éléments. À part un « Que s'est-il passé ensuite ? » de temps à autre, il n'avait pas besoin qu'on le tienne par la main. Il emmena son auditoire à travers les différentes étapes : l'interpellation de Bantling au volant de sa voiture, la découverte du corps d'Anna Prado, la perquisition au domicile de Bantling, la présence de taches de sang humain correspondant à celui d'Anna Prado sur les murs et le sol de la cabane de jardin, ainsi que d'autres traces de sang sur ce qui était probablement l'arme du crime : un scalpel.

Il n'y eut aucune allusion aux résidus de drogue découverts dans l'organisme d'Anna Prado, ni aux cassettes pornos qui se trouvaient dans la chambre de Bantling. Pour maintenir celui-ci en prison jusqu'à son procès, l'accusation devait simplement prouver, à ce stade de l'instruction, qu'un meurtre avait été commis, et que « des preuves flagrantes et une forte présomption » permettaient de penser qu'il avait été commis par Bantling. Tous les autres faits, aggravants et extérieurs, pourraient être utilisés plus tard lors du procès, lorsque le mobile et les circonstances du meurtre deviendraient des points essentiels face à un jury de douze personnes devant décider en leur âme et conscience, lorsque l'enjeu serait la mort.

Les journalistes buvaient chaque parole de Dominick et dans le silence de la salle de tribunal on entendait le bruit des stylos qui couraient furieusement sur le papier. La plupart des détails évoqués aujourd'hui étaient nouveaux pour eux et leur excitation était presque palpable.

C.J. sentait les yeux froids de Bantling qui glissaient sur elle, lentement et avec insistance, de haut en bas et de bas en haut. Sans doute la déshabillait-il du regard. Pour ce genre d'auditions, les détenus n'étaient pas assis à côté de leurs avocats et de là où il se trouvait, dans le box des jurés, il avait une vue d'ensemble sur toute la salle et particulièrement sur elle, alors qu'elle recueillait le témoignage de Dominick. Du coin de l'œil, elle voyait qu'il l'observait. Pendant un instant, elle se demanda s'il pouvait la reconnaître, et comment elle réagirait alors, mais très vite elle chassa cette idée. Elle ne ressemblait plus du tout à celle qu'elle était dans une autre vie, et elle savait que l'intérêt que lui portait Bantling n'était que la manifestation de sa curiosité maladive pour toutes les femmes présentes dans la salle. Durant une fraction de seconde, elle crut entendre le bruit de sa respiration, ce même sifflement que produisait son souffle laborieux en sortant de la bouche en latex du clown ; une légère odeur de noix de coco flottait dans l'air. Repoussant ces pensées hors de son esprit, tout en s'efforçant de tourner le dos au box, elle s'obligea à se concentrer sur les paroles de Dominick. *Ne le regarde pas de trop près. Ce n'est pas le moment de devenir folle.*

— Merci, agent Falconetti, dit le juge Hilfaro quand il eut fini de témoigner. La défense a des questions ?

Lourdes Rubio se leva et fit face à Dominick.

— Juste quelques-unes, agent Falconetti. Ce n'est pas vous qui avez procédé à l'arrestation, je crois ?

— Non.

— En fait, l'interpellation de M. Bantling au volant de son véhicule, la fouille du coffre qui y a succédé et la découverte du corps de Mlle Prado ont été effectuées par des officiers de la police de Miami Beach, avant que vous soyez appelé sur place, c'est bien cela ?

— Oui.

— L'interpellation de M. Bantling et la découverte du corps de Mlle Prado sont dues à la chance, en vérité. N'est-ce pas ?

— Non. L'interpellation a été motivée par une vitesse excessive et un équipement défectueux, constatés par un officier de la police de Miami Beach.

— Ce que je veux dire, c'est qu'avant le 19 septembre, le nom de Bantling ne figurait sur aucune de vos listes de suspects concernant l'identité du Vorace. Je me trompe ?

— Non.

— En vérité, avant ce jour, aucun membre de votre brigade spéciale n'avait même entendu le nom de Bantling ?

— En effet.

— Autrement dit, l'arrestation du véhicule de M. Bantling sur la voie express MacArthur était un coup de chance ? Une banale interpellation de routine, pratiquée au hasard par nos chers policiers de Miami Beach au-dessus de tout reproche ?

Cette remarque provoqua quelques ricanements dans l'assistance. Tout le monde connaissait la réputation, pas toujours très glorieuse, des forces de police de Miami Beach.

— Oui.

— Et bien évidemment, jamais elles n'interpelleraient une personne sans raison, et jamais elles ne fouilleraient son coffre sans son contentement ?

— Objection ! La défense ergote, lança C.J.

Elle n'aimait pas la direction empruntée par Lourdes et elle se sentait très mal à l'aise. *A-t-elle discuté avec Chavez ou Ribero ? Connaît-elle l'existence de cette dénonciation anonyme ? Ou est-ce du bluff ?*

— Objection accordée. Continuez, maître. J'ai compris votre argument. Si vous souhaitez déposer une demande en annulation, rédigez-la et remettez-la au juge concerné. Je ne vous laisserai pas débattre de cette question ici. Autre chose, mademoiselle Rubio ?

— Non, Votre Honneur. Je n'ai plus de questions. Toutefois, j'aimerais avancer un argument en faveur d'une remise en liberté sous caution.

— Ce ne sera pas nécessaire, maître. J'ai entendu tout ce que j'avais besoin d'entendre. Compte tenu des éléments qui m'ont été présentés, j'estime qu'il existe des preuves suffisantes et de fortes présomptions permettant de penser que l'accusé s'est rendu coupable d'un meurtre. La cour estime donc que l'accusé représente un danger pour la société ; en outre, il risque de prendre la fuite. C'est pourquoi nous décidons de le maintenir en détention jusqu'à son procès, sans remise en liberté sous caution.

— Votre Honneur, reprit Lourdes en haussant la voix, j'estime que l'interpellation de M. Bantling était illégale, tout comme la fouille du coffre de sa voiture. J'aimerais m'exprimer sur ce point.

— Soit. Je vous le répète : déposez une demande en annulation auprès du juge Chaskel. Mais pas ici. Pas sans témoins. J'ai rendu ma décision.

— Puis-je au moins évoquer des formes alternatives de remise en liberté ?

— Oui, allez-y. Proposez-moi des formes de remise en liberté alternatives pouvant protéger la société d'un homme accusé de dix meurtres.

— Il n'a jamais été inculpé pour aucun des autres meurtres, monsieur le juge. C'est justement ce que je veux souligner. Aux yeux de cette cour et face au tribunal de l'opinion publique, mon client est accusé d'avoir tué dix femmes, alors qu'en réalité, il n'a été inculpé que pour la mort de l'une d'entre elles.

— Ça me suffit amplement, mademoiselle Rubio. (Le juge Hilfaro se tourna vers Dominick.) M. Bantling est-il considéré comme suspect pour les neuf autres meurtres commis par le Vorace, agent Falconetti ?

— Oui, monsieur.

Le juge Hilfaro fit les gros yeux à Lourdes Rubio, mais il la laissa néanmoins évoquer pendant dix minutes, inutilement, une autre forme de remise en liberté pour son client. Quand elle réclama une mise en résidence surveillée, le juge éclata de rire pour de bon.

Assise à la table du ministère public, avec Dominick à ses côtés, C.J. laissa échapper un soupir de soulagement discret. Bantling resterait derrière les barreaux jusqu'au procès. Elle avait déjà obtenu ça.

L'étape suivante consistait à le conduire jusque dans le couloir de la mort.

CHAPITRE 45

Bill Bantling savait qu'il ne serait pas libéré sous caution. Il savait que son avocate n'était pas assez bonne pour ça, mais ce n'était pas ce qui allait l'empêcher d'essayer. Il irait jusqu'au bout. D'une manière ou d'une autre, il ferait en sorte que cette salope justifie ses 300 dollars de l'heure.

Il dut s'avouer qu'il ne fut pas véritablement surpris quand l'Honorable Juge Nelson Hilfaro refusa sa remise en liberté sous caution. Il n'était pas surpris, mais furieux. Furieux contre ce juge ignare qui le regardait comme s'il était une sorte de lépreux ; furieux contre cette femme procureur hautaine et coincée qui arpentait la salle de tribunal comme si sa merde sentait la rose pour interroger son témoin, ce flic du FDLE, un malin. Le seul de toute la clique, d'ailleurs, pour lequel il avait du respect, un tout petit peu. Il était même furieux après cette salope d'avocate qui lui avait interdit d'ouvrir la bouche pour se défendre. Pas un mot. Il n'aimait pas ça. Pas du tout. Recevoir des ordres de la part d'une femme trop chère. Nom de Dieu, quitte à se faire baiser par une femme, autant que ce soit dans un lit.

Jamais de la vie il n'aurait fait confiance à une femme pour faire la queue à sa place à l'épicerie du coin, et encore moins devant un tribunal alors qu'il risquait sa peau. Mais Billy Bantling n'était pas fou. Non, monsieur. Il savait ce que les journaux écrivaient sur lui. Il savait que les gens le considéraient comme un monstre, l'incarnation du diable en personne. Dans les esprits vides et simples de millions de téléspectateurs, partout dans le monde, il avait déjà été jugé et condamné. Et sachant cela, il savait également que Lourdes Rubio, cette sorte de maîtresse d'école sérieuse et collet monté, avec son tailleur strict à la jupe un peu trop courte, était le meilleur choix comme avocat. Il s'était renseigné sur elle bien avant d'avoir besoin de ses services. Bien physiquement, sans être vraiment belle, elle était respectée aussi bien dans la communauté latino-américaine que dans la communauté judiciaire de Miami, et suffisamment mignonne pour amener le jury à s'interroger. À se demander comment cette petite Cubaine, jolie, gentille et instruite pouvait défendre un monstre aussi ignoble que lui. Comment elle pouvait supporter d'être assise à côté de lui, de lui parler à l'oreille, de partager la même table, de boire l'eau du même pichet et clamer son innocence à la face du monde en sachant pertinemment de quels crimes on l'accusait. Alors, si cette gentille Cubaine pensait qu'il n'avait pas commis ces viols, ces tortures et ces meurtres, peut-être que ce n'était pas vrai finalement. Après tout, jamais une femme ne laisserait en liberté un violeur et tueur en série psychopathe, si ?

Bantling savait, au plus profond de lui, que son raisonnement était correct depuis le début, et qu'il avait choisi la bonne personne pour le représenter, si le besoin se présentait un jour. Mais il enrageait à l'idée de rester enfermé ne serait-ce qu'un jour de plus dans ce trou à rats qui puait la pisse, infesté de vermines, de l'autre côté de la rue, et il devait rassembler ses moindres forces pour s'empêcher d'injurier ce gros lard de juge assis devant son bureau en bois de mauvaise qualité, cette salope de procureur avec son air coincé, et même son avocate. Alors, il restait assis et muet, comme le lui avait ordonné Lourdes Rubio, en joignant ses mains menottées dans une parodie de prière, et il se mordait l'intérieur de la joue pour refouler le ricanement de mépris qui menaçait de jaillir de son visage impénétrable comme celui d'un joueur de poker.

Il regardait tous ces gens qui débattaient de sa liberté devant le juge. Son avocate réclamait une surveillance électronique, une mise en résidence surveillée, des libérations pour le week-end, en soulignant le risque de suicide. De son côté, madame le procureur, avec ses cheveux châtain terne, exigeait un isolement cellulaire, la suppression du téléphone et l'interdiction de recevoir des journalistes. C'était une coriace, cette C.J. Townsend. Il avait déjà lu son nom dans les journaux, mais maintenant, il pouvait l'observer à loisir. Il la regardait discuter avec l'agent Falconetti à la table de l'accusation. Quelque chose le dérangeait dans cette scène, une chose qu'il n'arrivait pas à définir.

Cette femme avait un air familier.

CHAPITRE 46

— Alors, c'est quoi cette histoire de FBI qui veut récupérer le Vorace ?

Dissimulés dans le couloir conduisant au bureau du juge, C.J. et Dominick attendaient que les journalistes rentrent chez eux. Le juge Hilfaro avait réussi à chasser tout le monde de sa salle de tribunal après l'examen du cas Bantling, pour pouvoir s'attaquer aux autres cas, et même si les représentants des principaux organes de presse étaient partis, quelques journalistes moins honorables continuaient à fureter dans le hall pour tenter de ramasser quelques miettes.

— De la Flors m'a remis une injonction du tribunal et un mandat signés par le juge Kingsley, du district fédéral, expliqua C.J. Ils veulent tout. Les analyses du labo, les pièces à conviction, les documents… Tout ce qu'on a.

— Vous vous moquez de moi !

Dominick frappa rageusement dans le mur, du plat de la main. Le claquement sec résonna dans le couloir.

— On ne va pas leur donner ce qu'ils réclament, hein ? (En voyant l'expression de C.J., il devina la réponse.) Merde ! On ne peut pas s'y opposer ?

— Je vous explique : le bureau du procureur fédéral veut poursuivre le Vorace pour les meurtres, mais à l'exception du cas de Siban dont le corps a été retrouvé sur un terrain fédéral, ils n'ont aucune compétence. Ça veut dire qu'on peut s'opposer à leur demande. Et je vous assure que de la Flors n'était pas heureux quand il m'a entendue lui dire ça.

— OK. Si légalement ils ne peuvent pas récupérer les neuf autres meurtres, pourquoi sommes-nous obligés de leur remettre tout ce qu'on a ? Uniquement à cause du cas Siban ?

— Oui et non. Ils veulent tout ce qu'on a pour poursuivre Bantling dans l'affaire Siban, mais ils veulent également le poursuivre pour… tenez-vous bien… vols.

— Pour vols ? C'est quoi, cette histoire ? Quels vols ?

— De la Flors rêve de gloire. Il veut voir son nom dans le journal, voilà ce qu'il veut. Et il veut le Vorace. Alors, s'il ne peut pas le faire condamner pour meurtre, il le traînera devant un tribunal fédéral pour le vol des vêtements et des cœurs de ces femmes. Je ne sais pas quel ordre il choisira dans son acte d'accusation. Son but, c'est d'utiliser le Hobbs Act pour l'enfermer dans un tribunal fédéral pendant quelques années, afin de faire passer Tigler pour un clown, ce qui n'est pas très difficile. Une fois que Tigler aura perdu les élections et que de la Flors aura été nommé juge fédéral, peut-être qu'il relâchera Bantling pour lui permettre de revenir au pays, et peut-être que nous pourrons terminer ce que nous avons commencé.

— Le Hobbs Act ? Il pense vraiment qu'il pourra prouver que le Vorace nuit au commerce entre les États ?

— Il va essayer, en tout cas.

— Quel est le rôle de Gracker dans tout ça ? Cette sale petite merde grasse ?

— C'est le supporter numéro un de De la Flors, j'imagine. Il était assis au fond de la pièce et il chantait : « Je sais mieux enquêter que vous… » Mais au bout du compte, il n'est rien sans de la Flors.

— Et Tigler, qu'a-t-il fait ?

— À votre avis ? Après avoir invité les vampires à venir boire un café avec un donut et un grand verre de A négatif, rien.

— Ça veut dire qu'on va leur donner ce qu'ils réclament ?

— Pas tout. Des doubles de documents, des doubles de rapports d'analyse. Je vais les gaver de paperasses, à tel point qu'ils auront besoin de loupes à la place des lunettes pour lire quand ils auront fini, tellement ils auront les yeux fatigués. J'ai dit à de la Flors de se préparer à un combat s'il pensait que j'allais lui remettre des pièces à conviction originales. C'est à ce moment-là qu'il a décidé de rentrer chez lui.

Dominick sourit et se pencha vers le visage de C.J. ; son bras était appuyé sur le mur au-dessus d'elle.

— Vous me plaisez bien. Vous n'êtes pas seulement jolie, vous êtes sacrément coriace.

Elle se sentit rougir.

— Merci. Je prends ça pour un compliment.

— C'en était un.

À cet instant, la porte de la salle de tribunal du juge Hilfaro s'ouvrit et Manny apparut. Dominick ôta son bras du mur et regarda son collègue qui affichait un air maussade. C.J. sentit que les battements de son cœur ralentissaient.

— Hé, où étais-tu passé, l'Ours ? demanda Dominick. Ne me dis pas que tu donnais une interview à Channel 7 ?

— Tu te fous de ma gueule ? Je préfère Cartoon Network : ils me font rire tous les deux, mais les personnages sont plus intéressants. Qu'est-ce que vous faites ici, tous les deux ? Vous vous cachez ?

Sans trop savoir pourquoi, C.J. se sentit rougir encore une fois. Dominick s'empressa de répondre :

— C.J. me parlait de la petite visite que lui ont rendue les fédéraux, mercredi. Apparemment, Gracker s'est dégoté un pigeon : Tom de la Flors. Le bureau du procureur fédéral réclame le Vorace. Ils ont remis un mandat à C.J.

— Ah, putain, comme si cette journée n'était pas assez merdique. Qu'ils aillent se faire foutre. Pardonnez mon langage, maître.

— Ne t'inquiète pas pour les oreilles chastes de C.J. C'est exactement ce qu'elle a répondu à de la Flors et à son mouchard.

— Quelque chose me dit que ça ne doit pas se produire, Dom. Surtout maintenant.

— Pourquoi ? Que s'est-il passé ?

— Ils viennent de découvrir la dernière œuvre d'art du Vorace. Ça ressemble au cadavre de Morgan Weber, ce qu'il en reste du moins. Il a été découvert, il y a environ une heure. Le devoir nous appelle, mon ami.

— Où l'a-t-on trouvé ? interrogea Dominick.

— Dans une cabane de pêcheur, au milieu des Everglades. Un pêcheur bourré voulait piquer un roupillon le temps de dessoûler et il l'a découverte suspendue au plafond. C'est pas beau à voir, paraît-il. Le légiste s'est rendu sur place. Les flics de Miami-Dade et de la brigade marine de Floride ont bouclé les environs. Mais les vautours sont au courant et les hélicos tournoient déjà dans le ciel.

— OK. Allons-y, déclara Dominick.

Merde. Son ultime et infime espoir de retrouver Morgan Weber vivante venait de s'envoler.

— Laissez-moi vous accompagner, dit C.J. J'ai besoin de voir les lieux du crime.

— Montez dans ma voiture. Je vous ramènerai ou je demanderai à un agent.

— Très bien.

— Eh, maître, joli boulot devant le juge, commenta Manny, alors qu'ils se dirigeaient tous les trois vers les portes de sécurité qui s'ouvraient sur le hall principal et la rangée d'ascenseurs.

— Merci, mais je crois que la vedette du spectacle, c'était Dominick. Il n'avait pas besoin de moi.

— Ne soyez pas modeste. Croyez-moi, maître, vous avez vos admirateurs, vous aussi.

— De quoi parlez-vous ? demanda-t-elle au moment où les portes s'ouvraient en grand devant eux.

Une masse de journalistes étaient regroupés autour des ascenseurs et de la salle d'audience 4-8. De toute évidence, ils avaient appris la nouvelle concernant Morgan Weber. Dès que les portes de sécurité s'ouvrirent, la foule se précipita vers le trio, précédée par l'éclat aveuglant de leurs projecteurs. Ils avaient flairé le sang.

— Vous semblez beaucoup plaire à M. le Dingue, murmura Manny, tout en adoptant un visage de marbre devant les caméras. Il ne vous a pas quittée des yeux durant toute l'audience.

CHAPITRE 47

Cela faisait une éternité que C.J. n'avait pas dormi huit heures d'affilée, lui semblait-il. Après avoir passé le vendredi soir dans le décor macabre où avaient été découverts les restes de Morgan Weber, dans les Everglades, elle avait accompagné Dominick et Manny à l'institut médicolégal pour assister à l'autopsie pratiquée par Joe Neilson le samedi à la première heure. Après cela, elle avait passé l'après-midi dans son bureau, à essayer de déterminer si la cabane de pêcheur était située sur un terrain fédéral ou sur une propriété appartenant au comté de Miami-Dade. Ravie de constater que la deuxième hypothèse était la bonne, elle passa le samedi soir au téléphone à se faire enguirlander par ce connard de De la Flors et son entourage de connards au ministère de la Justice. Ce n'est qu'après qu'elle lui eut fait part du résultat de ses recherches et l'eut menacé de poursuites pour violation de propriété privée et entrave à la justice qu'il consentit à rappeler les limiers du FBI envoyés sur les lieux du crime, tout en jurant de se venger, d'elle et de son bureau, jusqu'à la fin des temps. Cet entêtement valut à C.J. les louanges des « garçons en bleu » de la police, mais le dimanche soir venu, elle était tellement épuisée, mentalement et physiquement, que lorsqu'elle s'écroula enfin dans son lit, même ses cauchemars ne purent la réveiller.

Morgan Weber. dix-neuf ans. Blonde. Pleine de vie. Belle. Morte… Alors que C.J. se rendait au tribunal en ce lundi matin pour la lecture de l'acte d'accusation concernant le meurtre d'Anna Prado, les images de l'apprentie mannequin du Kentucky défilaient dans sa tête. Après avoir vu l'horreur de la cabane de pêcheur, elle ne pouvait plus chasser cette vision de son esprit. Tenu par du fil de pêche accroché aux fines poutres du toit de la petite cabane en bois, le corps fluet de Morgan Weber pendait telle une chauve-souris, les bras et les jambes écartés, comme une acrobate ou une contorsionniste, le cou tiré en arrière pour l'obliger à lever les yeux vers le plafond. Elle était morte depuis si longtemps que son corps n'était quasiment plus qu'un squelette ; seuls quelques morceaux de chair noircie étaient encore accrochés à ses os fins par endroits. Ils avaient rapidement établi une identité provisoire grâce à son permis de conduire retrouvé sous le corps, maculé de taches de sang. Identité confirmée par la suite grâce à sa dentition.

Ils savaient que c'était l'œuvre du Vorace. À en juger par l'énorme quantité de sang par terre, sous le corps, et la disposition des projections, il ne faisait aucun doute que Morgan avait été tuée là où on l'avait découverte. La sauvagerie et la cruauté du meurtre, la mise en scène de cette exécution dans un lieu isolé correspondaient au style du Vorace. Mais ironie du sort, c'étaient cette précision, ce soin apporté aux détails, cette présentation des victimes qui risquaient fort de provoquer la perte de Bantling. Car le corps de Morgan Weber ainsi suspendu au plafond de la cabane obscure, par du fil de pêche invisible, ressemblait à un oiseau en plein vol. Une vision qui rappelait de manière obsédante celle des oiseaux empaillés filmés par les techniciens de la police dans la propre cabane de jardin de Bantling.

Jamais une inculpation pour meurtre n'avait été plus justifiée. Même les adversaires les plus virulents de la peine de mort auraient du mal à défendre William Rupert Bantling quand viendrait l'heure de la piqûre.

Un double de l'acte d'accusation à la main, C.J. entra dans la salle d'audience pleine à craquer. Les journalistes ne tenaient plus en place ; ils attendaient la grande annonce officielle en retenant leur souffle. Le public laissa échapper un soupir d'excitation quand C.J. entra sur le côté gauche de la tribune, là où les procureurs attendaient qu'on appelle leurs affaires.

Les détenus étaient déjà là et elle vit du coin de l'œil le survêtement rouge vif et les cheveux blonds, au fond du box, à l'écart des autres prisonniers, flanqué de deux gardiens en uniforme vert. Prenant bien soin d'éviter de croiser son regard, elle garda les yeux fixés sur le document qu'elle tenait dans ses mains moites.

Le juge Leopold Chaskel III leva le nez de son programme du lundi matin et découvrit la cause de cette agitation soudaine. Ignorant le discours que débitait un avocat d'un ton geignard, le juge s'adressa à C.J.

— Bonjour, mademoiselle Townsend. Je crois que vous figurez sur mon rôle, ce matin.

— Euh… oui, monsieur le juge, répondit-elle en approchant de l'estrade.

— Apparemment, c'est moi le veinard qui a été choisi pour juger l'affaire William Bantling, n'est-ce pas ?

— Oui, monsieur le juge. C'est vous le grand gagnant. Il est à vous, à partir de maintenant.

— Bien. La défense est présente également ?

— Oui, monsieur le juge. Lourdes Rubio pour la défense. L'accusé est présent, lui aussi, Votre Honneur, dit Lourdes.

Elle s'était levée, telle une ombre, dans le box à côté de son client, pour s'adresser à la cour.

— Bien. Allons-y, alors. Le juge Chaskel se tourna vers l'avocat de la défense qui poursuivait ses geignements et il dit d'une voix sévère : Je m'occuperai de vous et de votre client dans un instant, maître Madonna. Ne pleurez pas, je vous en prie. Nous ne sommes que lundi et je vois que vous figurez trois fois sur mon programme de la semaine. Hank, apportez-moi le dossier Bantling.

Le juge Leopold Chaskel III incarnait le juge idéal. Ancien procureur, il ne supportait pas le baratin, contrairement à d'autres juges plus timorés qui craignaient les protestations du barreau. Il écoutait les deux parties de manière équitable, mais il ne tolérait pas les jérémiades et les coups tordus.

— Bien. Veuillez vous présenter pour l'enregistrement du procès verbal, je vous prie.

— C.J. Townsend pour l'État de Floride.

— Lourdes Rubio pour la défense, dit Lourdes en marchant vers le juge.

— Nous sommes ici dans le cadre de l'affaire : *État de Floride contre William Rupert Bantling*. Nous sommes au vingt et unième jour. Le ministère public a-t-il une déclaration à faire ?

— Oui, Votre Honneur. Le grand jury a rendu un verdict en faveur de l'inculpation de William Rupert Bantling, dans l'affaire F 2001-7-4-2-9, pour le meurtre avec préméditation d'Anna Prado.

C.J. remit le document à la greffière.

— Très bien, dit le juge Chaskel en prenant l'acte d'accusation que lui tendait la greffière. Monsieur Bantling, l'État de Floride vous accuse de meurtre avec préméditation. Qu'avez-vous décidé de plaider ?

— Non coupable, Votre Honneur, répondit Lourdes. (Bantling demeura silencieux sur son siège à l'intérieur du box.) Nous renonçons à la lecture de l'acte d'accusation, nous plaidons non coupable et réclamons un procès devant un jury.

— Bien. Communication des pièces du dossier dans dix jours.

— Non, Votre Honneur. J'ai discuté avec mon client, qui a décidé de ne pas réclamer la communication des pièces. Il demande uniquement qu'une date soit fixée rapidement, dit Lourdes.

Le juge Chaskel fronça les sourcils.

— Maître Rubio, au cas où vous ne l'auriez pas remarqué, il s'agit d'un procès pour meurtre. L'enjeu est important. Que voulez-vous dire par : « Mon client renonce à la communication des pièces » ?

— Rien d'autre que ça, Votre Honneur. Je lui ai expliqué qu'il avait ce droit, mais il a choisi d'y renoncer.

Le regard du juge Chaskel avait glissé vers Bantling et il l'observait d'un air interrogateur.

— Monsieur Bantling, vous êtes accusé de meurtre. Vous avez le droit de savoir quelles sont les preuves retenues contre vous et de vous adresser aux témoins que le procureur a l'intention de faire témoigner pour étayer son accusation.

— Je comprends, dit Bantling sans quitter le juge des yeux.

— Si vous choisissez de ne pas bénéficier de ce droit, sachez que vous ne pourrez pas revenir sur votre décision ensuite, en cas de condamnation. Vous comprenez ? Vous renoncez à votre droit de faire appel du verdict.

— Je comprends, monsieur le juge.

— En sachant cela, vous choisissez malgré tout de ne pas assister à la communication des pièces et aux dépositions des témoins de l'accusation ?

— C'est exact, monsieur le juge. J'en ai discuté avec mon avocat, je sais quelles sont mes options et je ne souhaite pas participer à la communication des pièces.

Le juge secoua la tête.

— Très bien. Fixons une date pour le procès, dans ce cas. Qu'avons-vous de libre, Janine ?

Janine, la greffière, leva la tête.

— Le 12 février 2001 pour le procès. Date de remise des rapports : le mercredi 7 février.

Lourdes se racla la gorge.

— Votre Honneur, M. Bantling souhaite régler cette affaire et laver son nom le plus vite possible. Ne pourrait-on pas fixer une date moins éloignée ?

— Vous comprenez bien qu'il s'agit d'une affaire de meurtre, maître Rubio ?

— Oui, Votre Honneur. Telle est la décision de mon client.

Le juge secoua la tête de nouveau, il n'en revenait pas.

— Très bien. Notre but est de faire plaisir aux gens. Janine, trouvez une autre date. En décembre, je vous prie.

— Le 18 décembre 2000. Date de remise des rapports : le mercredi 13 décembre.

— Très bien. Allons-y pour décembre. Joyeux Noël. Joyeuse Hanoukka. Bon Kwanzaa. Maître Rubio, j'espère que vous ne viendrez pas pleurnicher dans deux mois en me disant que vous n'êtes pas prête. C'est vous qui avez voulu précipiter les choses.

— Non. Soyez tranquille, monsieur le juge.

— Très bien. Nous nous reverrons donc tous en décembre. Demandes en référés dans un délai d'un mois, je vous prie. Et pas de surprises, je déteste ça.

— Votre Honneur, dit C.J., j'ai une autre déclaration à faire devant ce tribunal.

— Je m'en doutais, mademoiselle Townsend.

Elle se racla la gorge et tendit un document à la greffière.

— Conformément aux lois de procédure criminelle en vigueur dans l'État de Floride, le ministère public dépose une notification écrite pour informer de son intention de réclamer dans cette affaire la peine de mort pour William Rupert Bantling.

CHAPITRE 48

Ça commençait à bien faire. Il en avait marre de cette comédie que tout le monde jouait devant lui. Ce juge insipide qui interrompait son programme du jour au beau milieu du laïus de ce pauvre idiot, tout ça pour se lancer dans son propre discours. Uniquement pour attirer les objectifs sur son visage banal. Et cette salope de la dernière fois, Miss Coincée, qui entrait dans la salle de tribunal en prenant de grands airs avec son tailleur-pantalon noir et ses lunettes, et qui faisait sa grande déclaration. Comme si tous les regards étaient braqués sur elle. *Tu parles!* C'était lui qu'ils voulaient voir; elle, ce n'était qu'une potiche. La cerise sur le gâteau. *Oooh! Vas-y, Miss Coincée, coupe-moi le souffle avec ta déclaration. J'aimerais bien te décoincer, moi. Laisse-moi juste cinq minutes...*

Comment pouvait-il avoir droit à un procès équitable avec eux? Ils accaparaient l'attention des objectifs, alors que c'était à lui qu'ils devaient leur notoriété. Ils se foutaient pas mal de la vérité. Ils n'écoutaient même pas quand on la leur hurlait au visage.

Il se renversa contre le dossier de sa chaise en grognant et il regarda le spectacle, la farce, qui se déroulait devant ses yeux. Il avait envie de tourner la tête pour adresser son plus beau sourire à ces putains d'objectifs. Peut-être qu'il ferait craquer une de ces jolies journalistes blondes qui lui enverrait une lettre d'amour en prison, ou mieux, qui viendrait l'interviewer en prison. *Approche-toi du micro, ma belle. Oui, c'est ça, ouvre la bouche et avale-le tout entier.* Ah, ce serait chouette. Elle pourrait même apporter sa caméra. Son esprit se mit à vagabonder, loin de cette salle de tribunal et sa queue gonfla dans son survêtement rouge.

C'est alors que Miss Coincée fit son grand numéro.

Le ministère public… bla bla bla… son intention de réclamer dans cette affaire la peine de mort…

Il s'attendait à cette « déclaration », comme on disait. Simplement, il ne s'attendait pas à ce que ça arrive aujourd'hui, au milieu de tout ce cirque. Aujourd'hui, ce devait être la lecture de l'acte d'accusation, uniquement. « Restez assis et ne dites rien. C'est aujourd'hui que nous plaidons non coupable, c'est tout. » Voilà ce que lui avait dit son avocate incompétente. Alors comme ça, ils voulaient le condamner à mort ? Ils avaient intérêt à sortir des cordes solides pour le maîtriser, pour l'empêcher de se débattre et de hurler. Il y aurait de la bagarre, soyez en sûrs. Vous pouviez compter dessus.

Il entendit le ronronnement des caméras qui faisaient le point sur son visage, tandis qu'il regardait Miss Coincée qui quittait la salle de tribunal de sa petite démarche prétentieuse et passait devant lui. Si près qu'il aurait pu lui cracher dessus. Si près qu'il sentit son parfum. Chanel n° 5. Il vit son petit nez retroussé, sa peau claire, sa bouche pleine et boudeuse.

Le Grinch eut alors une idée. Une idée merveilleuse et affreuse.

Bill Bantling fit un sourire timide et étudié en direction des caméras. Car, brusquement, il venait de se rappeler pourquoi madame le procureur lui semblait si familière.

CHAPITRE 49

— Il a fallu environ quinze jours au labo, mais ils ont fini par l'identifier. Le fil de pêche qu'il a utilisé pour Morgan Weber est identique à celui retrouvé dans la cabane de jardin, annonça Dominick.

C'était le lundi 16 octobre, soit exactement deux semaines après la mise en accusation de Bantling. Manny, Eddie Bowman, Chris Masterson, Jimmy Fulton et trois autres membres de la brigade spéciale étaient réunis autour de la table de conférence de leur QG installé dans les locaux du FDLE à Miami. C.J. était assise à côté de Dominick en bout de table. C'était une réunion stratégique. Le grand *pow wow.*

— Super, dit Manny. Maintenant, donne-nous la mauvaise nouvelle. Combien de bobines de ce même fil ont été fabriquées et vendues au cours des dix dernières années dans les boutiques d'articles de pêche de Floride ?

— Beaucoup. On essaye d'estimer le chiffre, répondit Dominick. Mais une autre bonne nouvelle vient de tomber : Jimmy et Chris ont fini d'éplucher la compta et les archives de Tommy Tan. Alors que notre cher représentant en canapés voyageait à l'étranger six mois par an, il a quand même eu la gentillesse de rester chez lui, dans le confort douillet de la Floride, chaque jour où une fille a disparu.

— A-t-on réussi à l'identifier en compagnie d'une des victimes ? demanda C.J.

— Non. Rien de crédible, répondit Dominick.

— Il n'a pas fourni d'alibi et il refuse de participer à la communication des pièces, ce qui m'inquiète un peu. Je me demande quelle stratégie de défense il va nous sortir. Peut-être qu'une grosse surprise nous attend au tribunal, dit C.J.

— Dans le genre : jumeau parfait et meurtrier ? intervint Chris.

— Assieds-toi, Matlock, tu vas te faire du mal ! lui lança Manny.

Tout le monde éclata de rire.

— Quand est-ce qu'on va pouvoir lui coller les autres meurtres sur le dos ? demanda Eddie Bowman tandis que les rires mouraient. (Il se grattait nerveusement l'arrière du crâne.) Ça me ferait mal que ce malade réussisse à se tirer d'affaire pour le meurtre de Prado, sans qu'on puisse l'empêcher de foutre le camp.

— Il ne s'en tirera pas pour Prado, dit C.J.

— Le dossier est bétonné, hein, C.J. ? demanda Chris.

— Autant qu'un dossier peut l'être. On a reçu les résultats de l'ADN : il correspond à celui d'Anna. C'est bien son sang dans la cabane. En plus de ça, on a le cadavre dans son coffre. On a l'arme du crime dans la cabane. La mutilation de son corps et l'ablation du cœur sont des actes de cruauté atroces, sans parler des drogues qu'il a utilisées pour la paralyser et la maintenir consciente pendant qu'il la tuait. Plus l'enlèvement au Clevelander qui prouve la préméditation. Autant de facteurs aggravants dont nous aurons besoin pour obtenir la peine de mort. La seule chose que je voudrais pour boucler cette affaire, c'est le cœur de Prado, et ceux des autres victimes évidemment. Mais au moins, concernant Prado, nous avons de quoi aller de l'avant.

— Dans ce cas, pourquoi ne pas l'inculper pour les autres meurtres ? répéta Bowman.

Il semblait exaspéré. Cela faisait douze ans qu'il travaillait pour la police, et parfois il ne comprenait pas la manière dont fonctionnait le système judiciaire une fois qu'une affaire en béton échouait entre les mains d'un avocat. Prenez le cas d'un type avec un casier long comme le bras et deux heures d'aveux enregistrés sur une bande : vous pouvez parier ce que vous voulez que, pour une quelconque raison juridique à la con, le jury n'entendra jamais parler ni de l'un ni de l'autre.

Apparemment, c'était comme ça que ça se passait, et ça l'énervait de plus en plus chaque année. Il s'attendait à recevoir des éloges pour l'excellent travail de police qu'il avait effectué dans une affaire, avec son nom sur une plaque, et l'instant d'après, il se retrouvait dans une salle de tribunal en train d'écouter un verdict de non-culpabilité dans cette même putain d'affaire ! Voilà pourquoi il ne nourrissait aucun espoir concernant Bantling, même si, à en croire le procureur, le dossier était « bétonné ».

— Parce que Bantling est très pointilleux question délai. Il veut un procès rapide dans l'affaire Anna Prado et moi, je ne veux pas agir précipitamment et laisser passer un truc, uniquement parce que je n'ai pas réussi à maîtriser la situation. Si j'obtiens une condamnation pour Prado, je pourrai ensuite étendre la condamnation, mais aussi les éléments de ce meurtre aux autres affaires et les faire juger toutes ensemble. De cette façon, même sans preuve matérielle liant directement Bantling aux autres victimes, je pourrai évoquer les autres meurtres devant le jury et la condamnation de Bantling pour l'un d'eux, au moins. Évidemment, tout cela reste au niveau des présomptions, et c'est ce qui m'angoisse, surtout avec des jurés de Miami. Je veux des preuves matérielles – et le fil de pêche est un début – qui établissent un lien direct entre Bantling et ces femmes. Je veux retrouver l'arme encore fumante, Eddie. Trouvez-moi les trophées qu'il collectionnait pour chacune de ses victimes. Retrouvez-moi leurs cœurs.

— On cherche, mais si ça se trouve, il les a brûlés ou bouffés ou enterrés. D'ailleurs, je ne vois pas pourquoi c'est si important de les retrouver, dit Bowman en se grattant de nouveau la tête.

— Eh, t'as des poux, Bowman ? lança l'Ours. Peut-être qu'ils ont fait leur nid dans tes oreilles, c'est pour ça que t'entends mal. Elle t'a dit qu'elle avançait, même sans ça. Laisse-lui du temps.

Tout le monde ne partageait pas l'optimisme morose de Bowman.

— Je ne pense pas qu'il ait fait ce que vous suggérez avec les cœurs, Eddie, répondit C.J. Je pense qu'il les a conservés quelque part. Dans un endroit où il peut les contempler pour se souvenir. J'ai discuté avec Greg Chambers, le psychiatre qui est intervenu dans l'affaire de l'Étrangleur de Tamiani. Tous les tueurs en série gardent des trophées. Des photos, des bijoux, des mèches de cheveux, des sous-vêtements, des objets personnels. Il pense que les trophées de Bantling sont les cœurs de ses victimes. Ça colle avec le reste. Et jamais il ne détruirait une chose qu'il a obtenue en se donnant tant de mal, de manière aussi rituelle. Il les a forcément préservés dans un endroit auquel il peut avoir accès à sa guise, pour les regarder, les toucher, se souvenir. Voilà pourquoi je pense qu'ils sont toujours quelque part, Eddie. Il suffit de savoir où chercher.

« En attendant, reprit-elle, j'ai réclamé les dossiers médicaux de Bantling à New York. Il n'a toujours pas plaidé officiellement la folie et je doute que le juge Chaskel me laisse consulter les résultats des examens tant que Bantling n'aura pas évoqué son état mental. Mais les diagnostics concernant son état de santé et les ordonnances délivrées par son médecin ont un rapport direct et je les aurai. Cela établira un lien évident entre lui et les victimes chez qui le médecin légiste a découvert de l'halopéridol.

Elle passa sa main dans ses cheveux et les coinça derrière ses oreilles. Puis elle commença à ranger ses affaires dans son attaché-case.

— Mais peut-être que nous n'aurons pas à nous donner tout ce mal. Peut-être qu'il nous facilitera la tâche.

— Comment ça ? demanda Dominick.

— Lourdes Rubio m'a appelée hier. Ils veulent discuter. Sans doute de la manière dont il doit plaider pour éviter la peine de mort.

— C'est du pipeau tout ça ! s'exclama Bowman. Me dites pas qu'il va finir sa vie en taule à bouffer trois repas par jour avec le fric de *mes* impôts après avoir massacré onze femmes !

— Arrête de faire ton rabat-joie, grogna l'Ours. C.J. ne le laissera pas s'en tirer. Je l'ai vue faire au tribunal et je peux te dire qu'elle a une paire de couilles plus grosse que la tienne, Bowman.

— Il n'est pas question de lui éviter la peine de mort, dit C.J. Mais s'il veut faire économiser du temps et de l'argent à l'État en nous dispensant de le juger pour onze meurtres, je le laisserai faire. Il pourra toujours déclarer devant le jury, avant les délibérations, qu'il a rencontré la foi et que sa coopération joue en sa faveur. Cet argument n'a pas marché pour Danny Rolling à Gainsville, je doute qu'il marche pour Bantling.

Son attaché-case à la main, elle se dirigeait vers la porte.

— Je vous tiendrai au courant de la suite. En attendant, j'ai envoyé aux agents fédéraux assez de paperasses pour inonder tout Manhattan avec des confettis lors du prochain défilé. Quand ils auront tout lu, je leur ferai la visite guidée de toutes les preuves qu'ils souhaitent voir. Vendredi. Ils commencent à s'impatienter. J'aurai donc besoin de quelqu'un pour ouvrir le local et surveiller le tout. Des volontaires ?

— Oui, Bowman, répondit Manny en riant. Il adore jouer les baby-sitters. Pas vrai, le Pouilleux ? Peut-être que tu pourrais refiler quelques poux au patron du FBI ?

— Il n'a plus assez de tifs sur sa boule de billard pour qu'ils se cachent, lança Jimmy Fulton du fond de la salle.

— Ne te moque pas des gars qui n'ont pas de cheveux. Bowman et moi, on est très susceptibles sur ce sujet, répondit Manny d'un ton grave.

— Va te faire foutre, l'Ours. Je perds pas mes cheveux ! protesta Eddie Bowman.

— Non. Tu te les arraches à force de te gratter le crâne, Pouilleux.

Chris Masterson s'en mêla :

— On te traitera d'« handicapé capillaire », Eddie. Je préfère ne rien dire sur l'Ours, il est trop costaud pour moi.

— Je vous raccompagne, dit Dominick à C.J. Soyez sages, les enfants. Pas de bagarre.

Dominick et C.J. sortirent de la salle et marchèrent vers l'extrémité du couloir. La pluie tombait à verse derrière les portes vitrées qui donnaient sur le parking. Un énorme coup de tonnerre retentit.

C.J. s'arrêta devant les portes.

— Zut, j'ai oublié mon parapluie, dit-elle.

— Permettez que je vous accompagne.

Dominick prit un parapluie parmi ceux qui se trouvaient dans le hall. Il sortit le premier sous des trombes d'eau puis ils marchèrent serrés l'un contre l'autre, jusqu'à la voiture de C.J.

— Vous avez réussi à dormir ? demanda-t-il.

Elle le regarda d'un drôle d'air, comme s'il savait une chose qu'il n'aurait pas dû savoir.

— Hein ?

— Vous m'avez dit que vous n'aviez quasiment pas dormi le week-end, après qu'on est allés sur les lieux où a été assassinée Morgan Weber. Je voulais savoir si vous aviez rattrapé votre sommeil en retard.

— Tout va bien, je vous remercie

Elle monta à bord de sa Jeep. Il lui tint la portière ouverte, tout en continuant à l'abriter avec le parapluie. L'eau qui ruisselait sur les côtés trempait son pantalon. Les palmiers alignés devant la voiture ployaient sous les rafales : un orage d'après-midi typique de la Floride en pleine saison des ouragans. Soudain, Dominick plongea tout le haut de son corps à l'intérieur de la voiture, au-dessus du siège du conducteur. Son visage n'était plus qu'à quelques centimètres de celui de C.J. Le léger parfum de son eau de toilette lui chatouillait le nez. Son haleine sentait la menthe et elle distinguait les fines rides qui partaient du coin de ses yeux marron si doux. Elle repensa à leur baiser échangé quelques semaines plus tôt et elle retint son souffle.

— Quand tout cela sera terminé, est-ce que vous accepterez de dîner avec moi ? demanda-t-il.

Elle bafouilla, surprise par cette question qu'elle n'avait pas vue venir. Quand enfin elle retrouva sa voix quelques longues secondes plus tard, elle fut étonnée par sa réponse :

— Oui. Quand tout ça sera terminé.

— Parfait.

Il sourit et les rides creusèrent un peu plus profondément son visage hâlé. Il avait un si beau sourire.

— Quand avez-vous rendez-vous avec eux ? Bantling et son avocate ?

— Après-demain. À la prison. Je vous appellerai pour vous dire comment ça s'est passé.

Elle ne put s'empêcher de lui rendre son sourire ; un sourire chaleureux et intime.

Dominick ferma la portière et la regarda par-dessous le parapluie, tandis qu'elle quittait le parking et prenait la direction de la voie rapide sous la pluie battante.

CHAPITRE 50

Les couloirs vert pâle de la prison du comté de Dade sentaient la sueur, l'urine et la merde ; l'odeur était si agressive qu'on avait du mal à respirer. C.J. détestait se rendre à la prison ; chaque fois que cela était possible, elle faisait venir les détenus soit au tribunal soit à son bureau pour les dépositions ou les négociations de remise de peine. Mais compte tenu des mesures de sécurité entourant Bantling, cela n'était pas envisageable. Voilà pourquoi elle se retrouvait là, derrière les mêmes barreaux que les criminels, longeant les murs à la peinture écaillée, sous les rampes de néons, essayant d'ignorer les sifflets et les commentaires des prisonniers qui venaient des passerelles métalliques au-dessus d'elle. C.J. priait intérieurement pour que rien ne lui tombe sur la tête. *Continue d'avancer ; une cible mouvante est plus difficile à atteindre.*

Au sixième étage, là où se tenait le quartier de haute sécurité, un gardien installé au centre du hall, dans une guérite en plastique à l'épreuve des balles, lui indiqua au bout du couloir une porte en acier percée d'une petite lucarne, elle aussi à l'épreuve des balles. Au moment où C.J. l'atteignait, une sonnerie rauque retentit et la porte s'ouvrit en coulissant. C.J. la franchit et la porte se referma aussitôt derrière elle avec un bruit sourd, et elle se retrouva devant un autre couloir aux murs verts écaillés, avec une grille tout au bout. Trois caméras vidéo fixées en hauteur enregistraient tout. D'où elle se trouvait, elle apercevait à travers les barreaux une table métallique et deux personnes assises, dont une, vêtue d'une combinaison orange familière, qu'elle reconnut immédiatement : Bill

Bantling. Le Vorace. Là, à quelques mètres d'elle. Elle inspira à fond, retint son souffle, puis exhala lentement. *C'est le grand moment.* Elle marcha jusqu'à la grille, qui s'ouvrit automatiquement elle aussi. Elle rassembla tout son courage et entra. La grille se referma derrière elle, violemment. Voilà, elle était enfermée.

Bantling avait levé la tête quand la grille s'était ouverte, mais C.J. garda les yeux fixés sur Lourdes Rubio, assise à la droite de Bantling. Elle sentit qu'il la suivait des yeux tandis qu'elle traversait la pièce. Vide à l'exception de la table métallique et des trois chaises disposées autour. C'était un endroit glacial. Un frisson parcourut C.J.

— Bonjour, Lourdes, dit-elle en s'asseyant devant l'avocate et son client tout en ouvrant son attaché-case pour en sortir un bloc-notes.

— Bonjour, répondit Lourdes en levant le nez de la pile de papiers disposés devant elle. Merci d'avoir accepté de nous rencontrer ce matin.

— Vous vouliez me parler d'une peine négociée, je crois. Alors je vous écoute.

C.J. ne regardait que Lourdes.

— Nous devons effectivement aborder des questions qui joueront un rôle décisif dans toute discussion en vue d'une peine négociée.

Lourdes émit un soupir et, après une seconde d'hésitation, elle prit un épais paquet de feuilles qu'elle posa devant C.J.

— Qu'est-ce que c'est ? demanda celle-ci en fronçant les sourcils.

— Ma demande d'annulation du procès.

C.J. parcourut rapidement le document, pendant que Lourdes continuait d'une voix douce et résignée :

— Nous avons des raisons de penser que votre jugement est faussé dans cette affaire, mademoiselle Townsend. Nous déposerons dès demain, devant le juge Chaskel, une demande formelle pour exiger votre révocation. J'ai également l'intention d'évoquer le problème avec le procureur général.

C.J. déglutit avec peine. Un sentiment de panique s'empara d'elle, semblable à celui que devait éprouver un animal en sentant les mâchoires du piège se refermer sur lui. C'était comme si elle venait de recevoir un terrible coup par-derrière, et tout ce qu'elle parvint à répondre, ce fut :

— Pardon ? Qu'est-ce qui vous fait dire que mon jugement est faussé ?

— Nous avons des raisons de penser… En fait, nous avons découvert des faits…

Lourdes cligna des yeux deux fois et se tut. Puis elle baissa la tête et un long moment déplaisant s'écoula. C.J. sentait le regard de Bantling sur elle, il ne la quittait pas des yeux. Elle sentait son odeur, lourde dans l'air froid de la pièce. Ses longs doigts s'amusaient à écailler le dessus de la table métallique à laquelle il était attaché par des menottes. Des petits éclats de peinture vert olive tombaient sur le sol. Le coin de sa bouche était retroussé par un rictus, comme s'il allait éclater de rire ; on aurait dit un enfant qui savait une chose qu'aucun autre ne savait dans sa classe. C.J. gardait son attention fixée sur Lourdes, mais sous la table ses genoux se mirent à trembler.

Lourdes s'exprimait calmement, sans lever les yeux de son bloc-notes.

— Je sais que vous avez fait changer votre nom qui était Chloé Larson. Je sais également qu'il y a douze ans vous avez été victime d'un viol sauvage dans votre appartement de New York. J'ai lu les rapports de police. (Elle sembla marquer un temps d'hésitation et elle leva enfin les yeux vers C.J.) Je tiens à dire que je suis sincèrement navrée de ce qui vous est arrivé.

Elle se racla la gorge et repoussa ses lunettes sur son nez avant de continuer :

— Mon client affirme que c'est lui qui vous a violée. Il est persuadé que vous l'avez reconnu. Compte tenu de la loi sur la prescription en vigueur dans l'État de New York, il ne peut plus être poursuivi pour ce crime ; il pense que vous le savez et que vous vous livrez à une vendetta. Nous pensons que vous dissimulez des preuves dans cette affaire de meurtre, car vous savez qu'il est innocent.

Lourdes poussa un profond soupir, visiblement soulagée d'avoir terminé.

Le choix des pronoms dans sa tirade était intéressant. Bantling souriait carrément maintenant et il avait hoché la tête pendant que son avocate parlait, comme s'il écoutait un prêtre faire un formidable sermon. Ses yeux inquisiteurs se promenaient sur C.J. Elle savait à quoi il pensait et elle se sentait souillée, nue et exposée aux regards dans une pièce remplie de voyeurs. Elle demeurait immobile sur sa chaise, sonnée par ce qu'elle venait d'entendre. Que pouvait-elle dire ? Que pouvait-elle dire ? Son esprit s'emballa. Son visage s'empourpra et un silence insupportable envahit la pièce.

C'est alors qu'*il* parla. La voix de ses cauchemars se trouvait à moins d'un mètre d'elle.

— Je me souviens encore de ton goût, dit la voix.

Sans cesser de sourire, il se pencha au-dessus de la table, ouvrit la bouche et se lécha lentement la lèvre supérieure avec sa longue langue rose. Il ferma les yeux, comme pour mieux savourer son fantasme.

— Hmmmmm, c'est bon, Chloé. Ou dois-je t'appeler *Beany ?*

Lourdes se raidit sur sa chaise.

— Monsieur Bantling ! Vous vous faites du tort. Taisez-vous !

Les genoux de C.J. tremblaient maintenant de manière incontrôlable ; elle décolla légèrement les pieds du sol pour qu'il n'entende pas ses talons claquer sur le ciment. Elle avait envie de vomir. Une vague de transpiration inonda son corps ; elle devait se retenir pour ne pas fuir. Fuir, tout simplement. Car, une fois de plus, elle était tombée dans un piège.

Mais elle ne pouvait pas bouger de son siège. Elle ne pouvait pas bouger, car c'était l'instant capital. Le moment qu'elle avait attendu, le moment qu'elle avait redouté.

Parlez maintenant ou taisez-vous à tout jamais.

C.J. capta le regard infâme de Bantling et le soutint pendant de longues secondes. Il avait la bouche déformée par un rictus moqueur et l'excitation faisait briller ses yeux ; C.J. fit un terrible effort pour retrouver sa voix. Une voix faible, mais pleine de force et de détermination ; d'ailleurs, elle s'étonnait de paraître aussi solide.

— J'ignore comment vous avez eu vent du crime dont j'ai été victime, monsieur Bantling. Sincèrement. Sans doute par le biais des rapports de police. Ça s'est passé il y a longtemps. Vos allégations sont proprement écœurantes, surtout si dans votre sale petit esprit pervers vous vous êtes dit que cela vous offrirait un avantage dans ce procès.

C'était à son tour de jouer maintenant. Elle sentait que la colère qui l'habitait prenait de l'ampleur, elle bousculait la faible Chloé qui voulait s'enfuir et se cacher. Elle se pencha en avant et emprisonna le regard bleu acier de Bantling dans le sien ; elle vit dans ces yeux une lueur de stupéfaction, un soupçon de confusion. Elle continua, d'une voix qui n'était plus qu'un murmure, mais elle savait qu'il l'entendait :

— Je peux vous assurer que rien, absolument rien, ne me fera plus plaisir que de les voir attacher votre petit corps rabougri sur la table en fer pour vous injecter une dose de poison dans les veines. Vos yeux effrayés chercheront désespérément parmi les spectateurs présents pour être témoins de votre mort quelqu'un, *n'importe qui,* qui puisse vous aider à arracher cette aiguille de votre bras, à arrêter le poison qui coulera dans votre corps. Mais vous ne trouverez aucun allié dans l'assistance. Non, aucun. Ce que vous trouverez, c'est moi. Et soyez certain, monsieur Bantling, que je serai là pour assister au spectacle. D'ailleurs, c'est *moi* qui vous allongerai sur cette table. Quel dommage qu'on n'envoie plus les gens à la chaise électrique. Ç'aurait été un tel bonheur de voir fondre votre visage déformé.

Sur ce, elle lui adressa un sourire entendu, se leva et se tourna pour s'adresser à Lourdes Rubio qui avait assisté à cette scène bouche bée.

— Quant à vous, mademoiselle Rubio, sachez que je n'avais encore jamais vu un avocat agir de façon aussi contraire à la déontologie. Soyez certaine que j'en référerai au juge Chaskel dès que j'aurai regagné mon bureau. Il est même possible que j'informe le barreau.

Lourdes ouvrit la bouche pour dire quelque chose, mais C.J. la coupa, d'une voix vibrante de colère et de mépris.

— À l'avenir, n'espérez plus communiquer avec moi, si ce n'est en déposant des motions écrites, devant le tribunal. Tout ce que vous venez de dire, vous pouvez le dire devant le juge. Vous ne valez pas mieux que votre client.

Sur ce, elle récupéra son attaché-case, marcha vers la grille et sonna pour qu'on lui ouvre.

Bantling était devenu livide, des gouttes de sueur coulaient sur son front et ses joues. Soudain, un cri inhumain, comme si on écorchait un chat vivant, résonna dans la pièce métallique.

— Nom de Dieu, Bill ! Arrêtez ça ! brailla Lourdes.

C.J. attendit qu'on lui ouvre la grille, sans se retourner. La colère contenue dans la voix de cet homme était trop familière à ses oreilles. Elle se mit à prier en silence.

— Ce n'est pas moi ! cria-t-il. Vous savez que je suis innocent ! Vous ne pouvez pas condamner à mort un innocent !

L'imposante grille s'ouvrit. C.J. la franchit en s'efforçant de ne pas courir dans le couloir.

Bantling se leva d'un bond, sa chaise tomba bruyamment sur le ciment derrière lui et ses menottes cognèrent contre le pied métallique de la table qui le retenait. Il hurla dans le dos de C.J.

— Espèce de sale pute ! Tu ne peux pas t'enfuir, Chloé ! N'oublie pas ça… espèce de chienne !

La grille se referma dans un fracas et C.J. sonna à la porte d'acier qui donnait sur le hall. À l'intérieur de la guérite à l'épreuve des balles, le gardien leva les yeux de son magazine. *Vite, vite, ouvrez !* Ses genoux s'entrechoquaient, elle avait du mal à respirer. Elle avait besoin d'air. La porte s'ouvrit dans un bourdonnement électrique.

Bantling hurlait de toutes ses forces en tirant sur la table. C.J. se demanda si quelqu'un avait déjà réussi à la soulever. Et s'il la rattrapait avant que le gardien pose son magazine et sorte de sa guérite ?

— Douze ans après, tu continues de fuir, Chloé ! Mais je t'ai retrouvée ! Je t'ai retrouvée, *Beany* ! Je t'avais dit que je reviendrais ! Je suis revenu te chercher…

Les cris furent étouffés par la porte en acier qui se referma derrière elle. C.J. se dirigea vers les ascenseurs et d'une main tremblante elle appuya sur le bouton pour descendre. Des heures semblèrent s'écouler avant que la porte s'ouvre et qu'elle puisse monter dans la cabine pour se retrouver enfin seule. Même si elle savait que les caméras vidéo enregistraient toujours chacun de ses gestes. Les jambes en coton, elle marcha jusqu'au guichet d'accueil pour signer le registre ; sa main droite avait du mal à tenir le stylo, elle dut l'aider de sa main gauche.

— Ça ne va pas, mademoiselle Townsend ? lui demanda l'homme derrière le guichet.

C'était Sal Tisker. Agent de sécurité au tribunal, c'était lui qui conduisait les détenus.

— Si, si, ça va, Sal. J'ai eu une sale journée, c'est tout.

Même sa voix tremblait. Elle se racla la gorge et reprit son sac posé sur le comptoir devant Sal. Elle sortit ses lunettes noires et les chaussa.

— Bonne journée, mademoiselle Townsend.

Sal lui ouvrit la dernière porte de sécurité et C.J. déboucha enfin sous le soleil éclatant.

Très vite, elle traversa la rue pour regagner son bureau, en passant devant les trois mêmes tapineuses qu'elle avait croisées sur les marches en ciment de la prison en arrivant. Apparemment, elles attendaient que leur mac ait payé sa caution. Bon sang, pensa-t-elle, il serait furieux en voyant que ses trois meilleures gagneuses avaient passé la journée à glander ici au lieu de gagner du fric. Dans la lumière du soleil, tout ce qui l'entourait lui semblait irréel maintenant. Elle résista à l'envie de foncer vers le havre de son bureau. *Conduis-toi normalement encore un peu. Tu es presque arrivée. Ensuite, tu pourras t'effondrer.*

Dans son dos, une voix s'éleva sur les marches de la prison. C'était Lourdes Rubio. Elle semblait hystérique.

— Mademoiselle Townsend ! Bon Dieu, C.J. ! Arrêtez-vous !

CHAPITRE 51

— Je n'ai rien à vous dire.

— Je vous en prie, accordez-moi juste un moment. Je suis navrée. J'ignorais qu'il se comporterait de cette façon, qu'il dirait ces choses.

Lourdes trottinait à la hauteur de C.J. en essayant d'accrocher son regard.

— S'il vous plaît, C.J., écoutez-moi.

— Laissez-moi deviner. Vous avez tiré quelques ficelles et vous avez obtenu les rapports de police de New York. Vous donnez une arme chargée à un fou et vous vous étonnez qu'il tue quelqu'un ? Un peu de sérieux, Lourdes !

C.J. continua d'avancer à grands pas.

— Il savait des choses qui ont été confirmées par ces rapports, C.J. Je l'ai autorisé à les lire seulement après.

— J'ai été agressée, il y a plus de douze ans, Lourdes. Il a eu douze ans pour lire ces rapports, avant que vous ayez la gentillesse de les lui communiquer. Ne soyez donc pas aussi naïve.

— Ce qui est vrai, C.J., c'est que je regrette ce qui s'est passé, la manière dont ça s'est déroulé. Je sais combien ce doit être douloureux pour vous…

C.J. s'arrêta net et regarda Lourdes d'un air qui aurait pu geler une rivière. D'une voix tremblante, elle répondit :

— Non, vous ne pouvez pas savoir. Vous ne pouvez même pas commencer à imaginer. Vous vous réveillez en sursaut en pleine nuit avec les mains ligotées, pendant qu'un fou masqué vous lacère tout le corps avec un couteau à dents.

Lourdes ferma les yeux en frissonnant et elle détourna la tête.

— Ça vous gêne d'entendre ça, Lourdes ? (C.J. crachait ses paroles comme un venin.) Le mot « viol » est si propre. Si facile à prononcer. « Vous avez été violée ? Ah, d'accord. » Comme une étudiante sur quatre dans les universités de ce pays. « Vous allez vous en remettre. » La vérité, c'est que ça ne se limite pas à ça. C'est quatre heures de tortures, quatre heures de viol ininterrompu avec un pénis, une bouteille, un portemanteau. À se débattre sous un homme bien décidé à prendre du plaisir en vous tailladant la peau et en regardant votre sang couler. À hurler si fort dans votre tête que vous pensez que vous allez exploser sous l'effet de la douleur et de la terreur. Peut-être que vous n'avez pas lu les rapports que vous avez obtenus pour votre client. Car si vous les aviez lus, vous sauriez que l'homme qui m'a violée m'a également rendue stérile. Il m'a laissé agoniser entre mes draps imbibés de sang ! Vous pensiez pouvoir lancer vos accusations comme ça, sans provoquer de douleur ni effet dévastateur ? Vous le pensiez vraiment ? Qui vous a donné ce droit ?

— C'est mon client, C.J. Et il risque la peine de mort.

La voix de Lourdes Rubio n'était plus qu'un murmure étouffé, ses paroles réclamaient de la compréhension. En vain.

— Votre client vous avoue qu'il est un monstre. Qu'il a sauvagement violé une femme, il y a douze ans, et que cette femme, comme par hasard, veut le faire condamner maintenant qu'il est accusé du viol et du massacre de onze femmes. Ça tombe bien, non ? Et vous, sans réfléchir aux conséquences, vous jetez ces accusations au visage d'une femme dont vous savez qu'elle a été violée, *alors qu'il est assis juste en face.* J'ignore comment votre client a appris que j'avais été agressée, je n'en ai aucune idée, mais je peux vous dire une chose : j'ai la conscience tranquille. Et si par hasard il sauvait sa peau, s'il devait sortir de prison un jour pour violer, torturer et tuer une autre pauvre femme, ce qu'il fera inévitablement si on lui en laisse l'occasion, je sais que je pourrai regarder en face les parents de cette victime pour leur dire : « Toutes mes condoléances. » Je peux vivre avec ma conscience. Et vous, Lourdes ?

L'avocate ne répondit pas. Des larmes coulaient sur ses joues.

— Faites ce que vous estimez devoir faire pour votre client. Moi, je ferai ce que j'estime être juste. Je vous laisse, j'ai un rendez-vous.

Sur ce, C.J. se retourna et traversa la 13e Rue, laissant Lourdes Rubio en pleurs sur le trottoir, devant la prison.

CHAPITRE 52

— C.J. Townsend. Bureau du procureur.

C.J. brandit sa carte sous le nez du policier posté à l'accueil.

— Qui vous venez voir, déjà ?

— L'agent spécial Chris Masterson.

— Ah oui. Bougez pas, il arrive.

C.J. fit nerveusement les cent pas dans le hall du quartier général du FDLE ; ses talons résonnaient faiblement sur le dallage blanc. Des récompenses et des plaques commémoratives ornaient les murs, ainsi qu'une énorme photo en couleurs représentant l'insigne doré des agents spéciaux. Sur un autre mur étaient fixés, presque les uns sur les autres, les avis de personnes disparues. C.J. parcourut du regard les photos sur les avis. La plupart étaient des adolescents fugueurs ou des enfants enlevés par un parent qui n'avait pas obtenu le droit de garde, mais certains d'entre eux avaient simplement disparu dans des circonstances bizarres. Ceux-là portaient la mention « En danger ». Les avis demeuraient affichés là jusqu'à ce que la personne soit retrouvée ou l'affaire résolue. Les nouveaux avis étaient punaisés à côté des anciens, si bien que ceux-ci se retrouvaient à moitié cachés. C.J. remarqua la photo en noir et blanc d'une Morgan Weber souriante, dont l'avis était en partie masqué par le visage constellé de taches de rousseur d'une adolescente en fugue. Ils n'avaient pas encore ôté sa fiche.

Une porte s'ouvrit et Chris Masterson apparut.

— Hé, comment allez-vous, C.J. ? Désolé de vous avoir fait attendre. Dominick ne m'a pas dit que vous aviez besoin d'aller dans la salle des pièces à conviction aujourd'hui, il m'a fallu quelques minutes pour mettre de l'ordre.

— Je devais venir jeudi, Chris, mais j'ai une déposition et je dois servir de guide au FBI vendredi. C'est pour ça que je viens aujourd'hui. Merci d'avoir tout préparé.

— De rien.

Ils empruntèrent plusieurs couloirs tortueux jusqu'à ce qu'ils atteignent la salle de réunion fermée à clé. Le QG de la brigade spéciale. Chris ouvrit la porte. Des cartons étaient empilés sur la longue table. Sur le côté de chaque carton, le mot VORACE était griffonné, accompagné du numéro du dossier.

— Je vous ai laissé les inventaires des mandats de perquisition sur la table. Tout est inscrit dans l'ordre. N'oubliez pas de signer quand vous aurez terminé et de prévenir Becky. Elle est juste en face ; c'est elle qui garde les pièces à conviction. Je vous aurais volontiers aidée, mais j'ai un interrogatoire dans une heure. D'ailleurs, presque tout le monde est absent cet après-midi.

— C'est inutile. Je veux juste jeter un coup d'œil pour voir ce qu'on a. Ce ne sera pas long.

— Dom est parti interroger des gens à Miami Beach, je crois. Ça m'étonnerait qu'il rentre ce soir. Vous voulez que je le prévienne par radio ?

— Non, non, je n'ai pas besoin d'aide. Merci quand même.

— Bon. Bonne chance, alors. Je vous laisse travailler.

Chris referma la porte derrière lui, la laissant seule dans la pièce faiblement éclairée. Il était presque dix-sept heures et la lumière commençait à décliner dehors. Les filles mortes alignées sur Le Mur la toisaient tandis qu'elle allumait une cigarette en tremblant, avant de lire soigneusement les six pages d'inventaires qui se trouvaient sur la table. Elle ne savait pas trop ce qu'elle cherchait, mais elle savait que si cette chose existait, c'était ici qu'elle la trouverait.

Lourdes était partie à la pêche aux informations pour contrer la « cause raisonnable », sinon sa demande d'annulation serait incomplète. L'avocate lui avait remis un double de la motion qu'elle déposerait le lendemain matin. C.J. l'avait lue attentivement, trois fois et nulle part ne figurait la moindre allusion à la dénonciation anonyme par téléphone. La motion reposait uniquement sur les protestations de Bantling qui affirmait qu'il ne roulait pas trop vite, que son feu arrière n'était pas cassé, et que la fouille de son véhicule était donc injustifiée et illégale. Pour s'assurer que ni Chavez ni Linderman ni Ribero n'avait parlé avec Lourdes ou un de ses assistants, ni avec personne d'autre, C.J. avait appelé elle-même le sergent à la police de Miami Beach. Celui-ci avait failli succomber à une crise cardiaque en apprenant que Bantling soutenait que la fouille était injustifiée. Ribero l'avait rassurée : personne n'avait parlé à personne. La motion de Lourdes ne tenait pas debout : c'était la parole d'un détenu contre celle d'un officier de police estimé. Pas difficile de voir qui remporterait cette guerre des mots.

Mais si C.J. avait pu pousser un soupir de soulagement, celui-ci fut bref. Car la deuxième partie de la motion reprenait les allégations formulées par Lourdes à la prison. C.J. avait été violée, Bantling était son violeur et elle se livrait maintenant à des malversations pour dissimuler cette vérité. Et C.J. savait que Bantling détenait peut-être la preuve de ce qu'il affirmait. De quoi élever l'affrontement au-delà de la guerre des mots.

Les inventaires dressaient la liste de toutes les pièces à conviction saisies au domicile et dans les véhicules de Bantling ; chacune s'était vue attribuer un numéro. C.J. ignora volontairement les cartons contenant des échantillons de tapis, les draps et le linge, les ustensiles de cuisine et les articles de toilette pour se diriger vers trois gros cartons portant les mentions : « Pièces à conviction 161 A, B et C ». En haut de l'inventaire, il était écrit : « Effets personnels ». Suivait une liste des objets saisis : « Photos diverses », « Albums photos numérotés de 1 à 12 », « Cassettes vidéo VHS sans étiquettes, numérotées de 1 à 89 », « Livres (44) », « Magazines (15) », « CD numérotés de 1 à 64 », « Vêtements divers », « Chaussures diverses

(7 paires) », « Costumes divers », « Bijoux divers ». C'était ce carton qui l'intéressait.

Elle examina chaque album photos, chaque photo, sans rien trouver. Puis elle inspecta soigneusement le carton contenant les vêtements de Bantling. Rien là non plus. Les livres étaient principalement des romans contemporains, à l'exception, on aurait pu s'en douter, de quelques ouvrages du marquis de Sade et d'Edgar Allan Poe. Les magazines allaient du soft au porno : *Playboy, Hustler, Shaved.* Les CD n'offraient aucun intérêt et le bureau du procureur avait déjà reçu un double de toutes les cassettes vidéo, qu'elle avait visionnées dans leur intégralité au cours d'un long et effroyable week-end. Toujours rien.

Pièces à conviction FDLE numéro 161 C, objet 11 : Costumes divers était écrit à la main sur une étiquette blanche collée directement sur le dessus d'une boîte en plastique bleu, dans le dernier carton. Il n'y avait aucune description détaillée sur la feuille d'inventaire. C.J. souleva le couvercle de la boîte qui n'était pas scellée… et elle laissa échapper un hoquet.

Posé là, sur le dessus, avec son large sourire rouge sang et ses sourcils hirsutes en polyester, il y avait un horrible masque de clown. C.J. le reconnut immédiatement. Son sang se glaça et elle fut prise de tremblements incontrôlables alors que les souvenirs se jetaient sur elle, tels des fantômes qu'on vient de libérer d'un grenier. Ce visage blanc qui brillait au pied du lit dans la lumière des éclairs entrant dans la chambre. Le bruit de sa respiration qui sifflait à travers la bouche en caoutchouc. Elle sentait les mains gantées sur sa peau, le chatouillement des cheveux en polyester sur ses jambes et son ventre. Elle sentait l'odeur du latex, son haleine de café rance, la soie sèche de la culotte sur sa langue. Ce souvenir lui donna l'impression d'étouffer. Après quelques instants d'étourdissement, elle souleva le masque avec ses doigts gantés en le prenant par les cheveux roux frisés et elle le tint à bout de bras comme s'il s'agissait d'un animal putréfié. Elle savait ce qu'il fallait faire. Elle fourra le masque dans un sac en plastique noir vide et referma le couvercle de la boîte bleue.

Le dernier sac dans le carton des pièces à conviction numéroté 161 C était un sac en plastique transparent sur lequel était agrafé l'inventaire. *« FDLE 161 C Objet 12 : Bijoux divers. Tiroir supérieur gauche du bureau, chambre principale. »* C.J. posa le sac sur la table et étala les bijoux qui se trouvaient à l'intérieur pour les examiner un par un. Une montre TAG Heuer. Un bracelet en or. Un autre bracelet en or, torsadé celui-ci. Des colliers. Des boutons de manchettes. Une chevalière en onyx. Plusieurs boucles d'oreilles dépareillées.

Puis elle le vit. Le pendentif en or et en diamants représentant le double cœur que Michael lui avait offert pour leur anniversaire douze ans plus tôt. Des larmes coulèrent sur ses joues, mais elle s'empressa de les essuyer et, soigneusement, elle souleva le ruban adhésif rouge qui scellait le sac, en prenant soin de ne pas toucher aux initiales, C.M., de l'agent qui avait emballé ces bijoux. Sans doute Chris Masterson. Elle sortit le pendentif en le serrant entre ses doigts, comme la dernière fois qu'elle l'avait vu, quand il pendait autour de son cou. Elle se souvint des paroles de Michael ce soir-là.

Je l'ai fait faire spécialement. Il te plaît ?

Un bijou unique, et la seule chose qui pouvait la rattacher à Bantling de manière irréfutable. Les fantômes se ruèrent de nouveau sur elle pour l'agresser, lui coupant le souffle et la laissant vidée. Elle se souvint de la lame du couteau tranchant rageusement le collier. Son souffle court qui sentait le café âcre, à travers la fente en caoutchouc. *Elle ne devait pas redevenir folle. Impossible. La dernière fois, elle avait mis trop longtemps à revenir.*

Les boucles d'oreilles, comme les bracelets et les colliers, avaient certainement appartenu aux autres victimes de Bantling : la barmaid de Hollywood, l'étudiante de l'UCLA ou l'infirmière de Chicago. C'étaient des trophées, des symboles arrachés à chaque conquête. Combien de fois Bantling avait-il regardé ce pendentif en pensant à elle ? Pour se souvenir de qui était Chloé ? Pour s'exciter en l'imaginant en train d'agoniser dans son lit ?

C.J. glissa le pendentif dans le plastique noir avec le masque et elle fourra le tout dans son sac à main. Après cela, elle referma soigneusement le sachet contenant les bijoux et elle le rangea dans le carton. Elle avait trouvé ce qu'elle était venue chercher. Les chances étaient de nouveau réparties. Ce serait la parole de Bantling contre la sienne. Et elle savait qu'elle l'emporterait.

Elle était devenue une voleuse, une criminelle. Elle faisait partie des « méchants » désormais.

Encore un petit sacrifice pour le bien commun.

CHAPITRE 53

Elle s'apprêtait à s'en aller lorsque la porte s'ouvrit soudainement. C.J. fit un bond et retint son souffle. Planté sur le seuil de la pièce, Dominick la regardait d'un air perplexe.

— Hé ! Qu'est-ce que vous faites ici ? demanda-t-il. Je suis repassé chercher mon ordinateur et j'ai vu de la lumière du parking. Je pensais que c'était peut-être Manny.

— Vous m'avez fichu la frousse. Je ne vous ai pas entendu arriver, dit-elle, la main plaquée sur sa poitrine.

— Désolé. Je ne voulais pas vous effrayer. Vous êtes un peu pâle, en effet.

— C'est Chris qui m'a laissée entrer. J'avais besoin de me familiariser avec les pièces à conviction. Je dois servir de guide à Gracker et au FBI vendredi ; je ne voulais pas être prise au dépourvu.

— Tenez-le à l'œil. Il risque de faucher quelques trucs pendant que vous regardez ailleurs.

Dominick balaya du regard la salle de réunion.

— Où est Chris ?

— Il avait un interrogatoire.

— Où ça ? En haut ?

— Non. En ville, je crois.

Dominick parut furieux tout à coup.

— Il n'aurait pas dû vous laisser seule avec les pièces à conviction. Il doit noter tout ce qui entre et tout ce qui sort de la salle de stockage. Il devrait être ici.

— Il m'a dit d'aller voir Becky en partant.

— Becky est partie à dix-sept heures, comme tout le

monde. Le bâtiment est désert. Il va falloir que j'enregistre tous ces machins et que je les range. Bon, je vais ouvrir la salle…

— Désolée.

— Ce n'est pas votre faute. Je réglerai ça avec Chris demain matin. Avez-vous trouvé tout ce dont vous aviez besoin ?

— Oui. J'ai vu tout ce que j'avais besoin de voir.

Elle aida Dominick à transporter les cartons jusqu'à la salle de stockage et elle le regarda avec angoisse pendant qu'il pointait chaque objet. Elle avait les paumes moites pendant qu'il s'occupait des objets contenus dans le dernier carton, celui avec le sac de bijoux et la boîte des costumes. Elle poussa un soupir de soulagement lorsqu'il se redressa enfin, ferma à double tour la porte de la salle, brancha l'alarme et signa le registre.

— Au fait, comment s'est passée votre réunion avec Bantling et son avocate ? C'était bien cet après-midi, non ? demanda-t-il alors qu'ils rebroussaient chemin dans le couloir.

C.J. se mordit les joues. À part Chris Masterson et Lou Ribero, Dominick était la seule personne avec qui elle avait parlé depuis l'effroyable scène de la prison. Elle n'était pas certaine de pouvoir avoir cette discussion maintenant sans s'effondrer. Sentant naître les picotements dans ses yeux, elle fixa son regard sur son sac à main posé sur la grande table en merisier.

— Bien. Il n'y a pas grand-chose à en dire.

— Il veut une peine négociée ?

— Non. Il a déposé une requête pour vice de forme concernant son arrestation.

— Pour vice de forme ?

— Il prétend qu'il n'y avait pas de « cause raisonnable ». D'après lui, Victor Chavez, le policier de Miami Beach qui l'a arrêté, a menti, il ne l'a pas vu commettre un excès de vitesse. Il s'est servi de cette excuse après coup pour justifier l'interpellation. Bantling prétend également que son feu arrière n'était pas brisé et que cette excuse est bidon également. En gros, il affirme que Chavez est un flic véreux qui cherche à se faire un nom en utilisant cette histoire de Vorace.

C.J. omit volontairement de parler de l'autre partie de la motion, la véritable raison pour laquelle on l'avait fait venir à la prison aujourd'hui.

Dominick se souvenait du morceau de feu arrière qu'il avait ramassé sur les lieux de l'interpellation et qu'il avait glissé dans sa poche. Ce ne serait pas la première fois, loin s'en faut, qu'un flic décidait de prendre les choses en main avec une matraque, une lampe ou son pied. Histoire que les faits concordent.

— Ah, génial, dit-il en secouant la tête pour essayer de chasser l'image qui l'habitait maintenant : celle de Chavez dispersant des bouts de feu arrière sur la voie express MacArthur.

Juste devant le siège du *Miami Herald*.

— Vous avez interrogé ce policier, dit-il. Que pensez-vous de son histoire ?

— C'est un bleu, il manque d'expérience. Mais je pense qu'il sera à la hauteur.

C.J. se sentait plus que mal à l'aise à présent. Elle n'était pas douée pour mentir. Par omission, peut-être, mais pas davantage.

— Si j'avais pu choisir quelqu'un d'autre pour effectuer l'interpellation, je l'aurais fait, mais ce n'est pas possible, alors il faudra faire avec.

— Je ne comprends pas. Rubio vous a demandé de venir jusqu'à la prison pour une requête en annulation ? Ça ne tient pas debout. Elle pouvait faire ça devant le tribunal ; elle n'avait pas besoin de vous faire venir dans ce trou à rats. Bantling était là, lui aussi ?

— Oui.

Elle se mit à trembler légèrement.

— Il y avait quelqu'un d'autre ?

— Non.

— Juste vous, Rubio et Bantling dans une cellule ?

Dominick voyait le visage de C.J. blêmir à chaque question. *Pourquoi ?*

Elle savait qu'il lisait en elle, il cherchait une réponse ;

et à cet instant, il n'était pas difficile de percer ses pensées. Elle prit son sac et le serra contre elle.

— Dominick, je vous en prie. La journée a été longue. Ce type est un monstre. Je n'ai pas envie d'en parler.

— Quel pouvoir a-t-il sur vous, C.J. ? Pourquoi cette affaire vous perturbe-t-elle à ce point ? De quoi s'agit-il ? Vous pouvez vous confier à moi. Peut-être que je peux faire quelque chose...

Bon sang, comme elle aurait aimé se confier à lui. Comme elle aurait aimé qu'il puisse faire disparaître ce cauchemar, et peut-être la prendre dans ses bras pour lui donner l'impression qu'elle n'avait rien à craindre, comme ce soir-là, chez elle, un mois plus tôt. Protégée, à l'abri et au chaud. Plus que jamais elle avait besoin d'éprouver ce sentiment, car une fois de plus sa vie semblait lui échapper et partir furieusement dans tous les sens, et C.J. se retrouvait en train de tirer sur des bouts de ficelle pour essayer de la retenir et de la maintenir intacte.

— Non, non, répondit-elle. Je vous l'ai dit, ce type est un monstre, c'est tout. Il faut que je rentre. Il est tard et je suis fatiguée.

Dominick la regarda prendre son attaché-case.

— La demande en annulation est solide ?

— Non. C'est de la poudre aux yeux. Il ne devrait pas y avoir de problème.

— Je peux en avoir un double ?

— Elle est au bureau.

Elle savait que la presse se jetterait sur les éléments contenus dans cette motion dès qu'elle serait déposée devant la cour et deviendrait publique. Son viol ferait la une, il serait analysé par tous les journalistes novices désireux de se faire un nom. Elle revivrait ce drame encore et encore jusqu'à ce que le public se lasse. Et même si ce n'était pas une raison, en soi, pour qu'on lui retire l'affaire, elle savait que le juge Chaskel ne serait pas très heureux qu'elle ait caché la vérité. Elle craignait également que Tigler ne nomme un autre procureur à sa place, un collègue qui n'entrait pas dans la salle de tribunal avec des accusations de partialité et de préjugés sur les épaules.

Elle savait qu'elle devrait mettre Dominick au courant avant que ces allégations soient diffusées, et s'entraîner à nier sans pleurer toutes les deux secondes, mais pas ce soir. Ce soir, elle n'en était pas capable.

— Laissez-moi vous accompagner dehors.

Il savait qu'il ne devait pas la brusquer, cela ne ferait que l'éloigner davantage. Alors, il décida de changer de sujet.

— Je vais essayer de joindre Manny pour savoir s'il veut aller dîner. J'ai passé tout mon après-midi à faire la tournée des boîtes de Miami Beach, et franchement, en pleine journée, ça n'a rien de drôle.

Il ferma à clé la porte de la salle de réunion et, en sortant, il salua d'un geste de la main le policier de garde, seul à l'accueil.

Ils marchèrent en silence jusqu'à la Jeep. C.J. s'installa au volant. Ce ne serait pas un tendre au revoir comme la fois précédente.

— Merci, Dominick, dit-elle simplement.

— Bonne nuit, C.J. Appelez-moi si vous avez besoin de moi. N'importe quand.

Elle hocha la tête et démarra.

Dominick fit demi-tour pour se diriger vers sa voiture. Il resta un moment sur le parking obscur et désert pour réfléchir à ce qui venait de se passer, à la réaction excessive de C.J. dès que l'on prononçait le nom de Bill Bantling. Il laissa un message sur le portable de Manny et interrogea sa propre boîte vocale. Les petits coups frappés à la vitre le firent sursauter.

C'était C.J. Il baissa sa vitre.

— Nom d'un chien ! Évitez de prendre les gens par surprise comme ça. Surtout ceux qui sont armés, sur un parking noir et désert. Un problème ? demanda-t-il en balayant le parking du regard, s'attendant à découvrir la Jeep de C.J. en panne avec le capot ouvert.

— L'invitation à dîner de l'autre jour tient toujours ? demanda-t-elle avec un petit sourire crispé. Je meurs de faim.

CHAPITRE 54

Il était 20 heures et Lourdes Rubio était toujours assise devant sa table en chêne massif dans son bureau désert, à contempler son diplôme d'avocate de l'université de Miami et à se demander comment les choses avaient pu dégénérer à ce point aujourd'hui. À côté du diplôme, les murs couleur crème étaient décorés de toutes les récompenses et félicitations qu'elle avait obtenues au fil des ans de la part de diverses organisations juridiques d'intérêt public.

Elle se souvenait encore, mot pour mot, du serment d'avocate qu'elle avait prêté devant le vieux juge Fifler, et de l'horrible tailleur magenta, avec les épaulettes de joueur de football américain, qu'elle portait pour l'occasion. C'était il y a quatorze ans. Le juge Fifler était mort depuis, le tailleur rouge avait été brûlé et les années s'étaient envolées.

Au grand désarroi de sa mère, Lourdes avait toujours voulu être avocate de la défense. Elle voulait *véritablement* défendre la Constitution et empêcher que les droits des innocents ne soient piétinés par les yeux et les oreilles indiscrets d'un méchant Big Brother. Toutes ces conneries qu'elle avait apprises à la fac de droit et prises pour des paroles d'évangile. Puis elle avait découvert la vraie vie en tant qu'avocate commise d'office et elle avait vu sa naïveté se désintégrer.

Il n'y avait pas de place pour les sans-abri, aucune aide pour les malades mentaux. Les avocats voulaient gagner de l'argent et conclure des arrangements. Les juges voulaient se débarrasser du maximum d'affaires. Les procureurs voulaient se faire un nom. Pour beaucoup, le système judiciaire n'était qu'une cruelle porte à tambour. Et malgré cela, Lourdes voulait être avocate de la défense.

Jusqu'à aujourd'hui.

Elle avait résisté aux défauts du système en quittant le Bureau de l'aide juridique trop bureaucratique pour fonder son propre cabinet de droit pénal. En tant que femme, Cubaine, sans associé, elle avait lutté pendant des années pour se bâtir une réputation dans une profession dominée par les hommes, où elle était entourée d'hommes, y compris dans sa clientèle. Après huit années difficiles, elle s'était fait un nom, sans jamais prendre de gants avec les meilleurs de ses confrères. Aujourd'hui, elle se trouvait au sommet, c'était un des avocats les mieux payés et les plus respectés de Miami. Elle avait remporté la médaille. Et pourtant, en cet instant, elle regardait son diplôme avec dégoût et non avec fierté. Elle n'éprouvait que mépris pour son client au lieu d'avoir de la compassion.

Comment pouvait-elle se laisser entraîner dans ce cycle, dans ce système même qu'elle détestait et que, pendant des années, elle avait prétendu vouloir changer, chaque jour ? Comment avait-elle pu laisser un violeur provoquer sa victime, lui permettre d'utiliser son crime comme une arme juridique afin d'être remis en liberté ? Parce que dans ce système, pour gagner, il fallait parfois employer la méthode forte, quel que soit le prix à payer, et elle savait que les affirmations de Bantling boucleraient cette affaire. Une victoire rapide.

Elle commença à ranger ses dossiers dans sa mallette pour rentrer chez elle, préparer un dîner pour sa vieille mère et peut-être regarder un film sur HBO, mais elle s'arrêta brutalement et enfouit son visage dans ses mains.

Elle avait confondu victoire et justice aujourd'hui, et elle s'en voulait affreusement.

CHAPITRE 55

Chloé Larson, la jolie petite étudiante en droit du Queens était devenue adulte et elle jouait au procureur. La vache, le temps n'avait pas été tendre avec elle. Il l'avait à peine reconnue avec ses cheveux pouilleux et son tailleur de grand-mère qui cachait son petit cul et ses seins bien fermes d'autrefois. Mais ce visage… Il n'oubliait jamais un visage. Surtout un visage comme celui de Chloé. D'ailleurs, c'était pour ça qu'elle avait été choisie au départ. Elle n'était pas seulement mignonne, elle était *exceptionnelle.*

Et il l'avait retrouvée. Douze ans après, il l'avait retrouvée et ils étaient à nouveau réunis. Ah, l'expression de ce visage *exceptionnel* quand son avocate inutile lui avait annoncé la nouvelle ! Ça n'avait pas de prix. Le choc. Puis la peur. Et pour finir, la terreur. Elle était prise au piège. Par son ravisseur. Obligée de le regarder en face avec ses beaux yeux verts et d'avouer qu'elle n'était pas de taille à jouer à ce petit jeu. Elle avait perdu encore une fois.

Assis sur la couchette défoncée qui empestait la pisse et le vieux poisson, il se curait les dents avec la couverture cartonnée d'un petit carnet.

Taisez-vous et restez assis. Voilà ce que lui avait crié son avocate inutile. *Taisez-vous et restez assis.* Pour qui se prenait-elle ? Il fallait qu'il revoie son rôle dans cette histoire. Au départ, il croyait que c'était un bon choix, mais maintenant… Elle lui avait quand même procuré les rapports de police de New York et cela lui avait fait de bonnes histoires à dévorer avant de dormir. Lire le récit de ce qu'il avait fait, vu à travers les yeux d'autres personnes. Particulièrement ces crétins de flics new-yorkais même pas foutus de trouver leur trou du cul pour se torcher. C'était chouette. Et son avocate inutile l'avait aidé à flanquer une peur bleue à madame le procureur avec tout son baratin juridique. Mais maintenant, elle disait qu'elle ne pouvait pas déposer la demande d'annulation, car elle devait continuer d'enquêter, paraît-il. Voilà pourquoi il se demandait si elle était capable de jouer dans la cour des grands.

Laissez-moi faire. Vous avouez que vous êtes un violeur qui agresse ses victimes avec un couteau. Vous dites : « Je suis coupable de ça, mais pas du reste » et vous vous en tirez en accusant le procureur, votre victime de malversations. Mais sachez une chose, Bill : les gens vous mépriseront encore plus et ils auront pitié d'elle. La situation est extrêmement délicate, nous ne pouvons pas porter ces accusations. Elle nie vos affirmations et franchement, votre parole n'a aucune valeur devant la cour, surtout face à la sienne. Il vous faut des preuves.

Je vous en donnerai des preuves. Mais ça me fera de la peine de m'en séparer.

Les emportements comme celui d'aujourd'hui ne servent pas votre cause. Vous avez tout du serial killer. *Laissez-moi gérer cette affaire comme j'estime qu'elle doit l'être. Ne dites rien. Taisez-vous et restez assis.*

Elle avait peur, c'était sûr. Maintenant que Lourdes Rubio savait à qui elle avait affaire, à côté de qui elle était assise dans la salle de tribunal, avec qui elle parlait à voix basse dans la cellule. Et il se demandait si elle pouvait se montrer aussi convaincante qu'avant devant un jury, quand elle le croyait innocent. Le regard de biche plein de candeur avait disparu.

Bill Bantling faisait les cent pas comme un animal en cage, enfermé à l'écart des autres, en isolement, car il représentait un danger. *Conneries.* C'était uniquement (il le comprenait maintenant) parce que *Chloé, Beany, madame le procureur* l'avait reconnu depuis le début et qu'elle avait besoin de l'enfermer pour se sentir protégée. Pour sa santé mentale. Plus il y avait de barreaux autour de lui, mieux elle dormait. Mais il avait vu clair dans son jeu et c'était terminé. Ce serait très amusant de la voir s'effondrer.

Quel dommage qu'on n'envoie plus les gens à la chaise électrique. Ç'aurait été un tel bonheur de voir fondre votre visage déformé.

Oh, elle avait une grande gueule. Mais c'était uniquement parce qu'il était menotté et enchaîné à une putain de table qu'elle pouvait lui dire ces choses.

En réalité, il savait qu'elle était terrorisée. Et elle avait raison.

Quand il sortirait, il la tuerait.

CHAPITRE 56

— J'ai une liaison avec Dominick Falconetti.

— Ça s'est fait comment ?

Greg Chambers avait repris son rôle de thérapeute. Il était assis de manière décontractée dans son fauteuil qu'il avait tiré devant son bureau. Le soleil de fin d'après-midi qui filtrait à travers les stores baignait la pièce d'une chaude lumière caramel.

— C'est arrivé comme ça. J'ai essayé de l'empêcher, surtout depuis l'arrestation de Bantling, mais ça a pris de l'ampleur.

Chambers la regarda écraser sa cigarette dans le cendrier, après en avoir allumé une autre. La fumée flottait dans l'air et dansait dans les faisceaux de lumière tamisée. Elle souffla lentement, puis écarta ses cheveux de son visage en les coinçant derrière ses oreilles.

— Que ressentez-vous ? Est-ce une chose que vous désirez ?

Il parlait d'une voix douce, vide de tout jugement ou opinion. Dans le cas contrairc, elle se fermerait comme une huître et elle garderait tout en elle pour se laisser ronger de l'intérieur.

— Ce que je ressens ? J'ai peur, je suis angoissée, heureuse, excitée et je culpabilise. Tout ça en même temps. Je n'aurais pas dû laisser les choses aller jusque-là, mais… Il m'aide à oublier. Tout. Et ça fait du bien. C'est une bonne thérapie, docteur. Quand je suis avec lui, je suis avec *lui*. Point. Je me sens à l'abri. C'est la seule façon de décrire ce que je ressens. Avec lui, je peux abaisser ma barrière de protection, je peux débrancher mon radar.

Je peux me laisser aller. Je coupe tout. J'oublie enfin le visage de ce dingue, même si c'est pendant quelques heures seulement ; j'ai l'impression d'être ailleurs, et ce poids invisible qui m'écrase le cœur disparaît. C'est un sentiment que je n'ai jamais connu avec aucun homme… et je ne veux pas m'en priver.

Elle se leva du fauteuil en cuir bleu pour marcher de long en large dans la pièce.

— Mais j'ai peur aussi. À vrai dire, je suis tétanisée. Je ne veux pas le laisser s'approcher de trop près. Il y a des choses qu'il ne doit pas savoir.

— Faites-vous allusion à vous-même ? Vous ne voulez pas qu'il vous voie telle que vous êtes réellement, de peur qu'il n'aime pas ce qu'il voit ?

— Non… Oui. Sur le plan des sentiments, peut-être qu'un jour, je pourrai baisser totalement ma garde. Me partager, comme vous dites. Mais il y a des choses, des faits, que je ne peux pas partager avec lui. Des choses qu'il n'acceptera jamais. Et je pense qu'on ne peut pas bâtir une relation sur des demi-vérités.

— Faites-vous allusion à votre agression, au viol ? Ce sont ces choses que vous ne voulez pas partager avec lui ? Peut-être que le fait d'en parler pourrait faire progresser votre relation.

— Non. Il y a d'autres choses en dehors du viol, mais je ne tiens pas à en parler aujourd'hui. Pas maintenant.

C.J. se souvenait qu'il y avait une chose qui n'était pas protégée par le secret professionnel : les crimes futurs. Dissimulation de preuves, manipulation de témoins et de pièces à conviction, incitation au faux témoignage : autant d'actes criminels. Elle devait faire très attention à ne pas aller plus loin.

— Avez-vous eu des relations intimes ?

Cette question la mit légèrement mal à l'aise. Autrefois sans doute n'aurait-elle eu aucune difficulté à partager ces détails, mais le Dr Chambers entretenait maintenant des relations professionnelles avec toutes les personnes impliquées. Inconsciemment, elle vint se placer derrière le fauteuil.

— Oui.

— Et ?

— Et c'était… (Elle marqua un temps d'arrêt, comme si elle se remémorait quelque chose.)… c'était *bien*. Mais ça ne s'est pas fait tout de suite. Nous sommes allés dîner ce soir-là après… après ce qui s'était passé à la prison.

— Après la confrontation avec Bantling et son avocate ?

— Oui.

Elle avait fait part à Chambers des allégations de Bantling qui affirmait être son violeur. Mais elle ne lui avait pas parlé des accusations de Lourdes, selon lesquelles elle avait dissimulé des preuves.

— Je ne pouvais pas rentrer chez moi. J'avais besoin de l'avoir près de moi. J'étais terrorisée, tout était remonté à la surface comme si ça s'était passé la veille. Je n'avais pas le courage de retrouver un appartement vide. Je sais bien que la peur ne constitue pas une bonne base pour une relation, mais nous n'avons pas couché ensemble ce soir-là. C'était juste un dîner. Le besoin d'avoir de la compagnie. J'avais besoin d'être près de lui, je ne peux pas expliquer pourquoi.

Elle s'approcha de la fenêtre. Dehors, des gens affairés se pressaient. C'était le début de l'heure de pointe.

— Bref, c'est arrivé. En douceur. Hier soir. Je n'étais sortie avec aucun homme depuis ce courtier, il y a quelques années, et franchement, je ne pensais pas que ce serait *bien*. Mais ça l'a été. C'était chaleureux, doux, *bien*. Même dans le noir absolu, j'étais terrorisée à cause de mes cicatrices, j'avais peur de sa réaction quand il les toucherait…

Elle repensa aux mains chaudes de Dominick qui lui caressaient doucement les reins pendant qu'il l'embrassait tendrement ; leurs langues se mêlaient, il défaisait les boutons de son chemisier, sans se presser, pour plaquer son torse nu contre sa poitrine. Elle repensa à la vague d'angoisse qui l'avait alors submergée tout à coup, car elle savait qu'il allait les sentir. Peut-être même qu'il les verrait une fois que ses yeux se seraient habitués à l'obscurité, ces horribles marques boursouflées qui zébraient sa poitrine et son ventre.

Ils avaient bu du vin, trop, en regardant passer les bateaux sur l'Intercoastal en bas. Ils avaient plaisanté. Elle se sentait détendue et à l'aise, *heureuse* pour la première fois depuis si longtemps qu'elle avait oublié depuis quand. Et quand Dominick s'était penché en avant dans son fauteuil sur le petit balcon éclairé par la lune, avec les palmiers en arrière-plan, et qu'il l'avait embrassée, elle n'avait pas résisté. Au contraire, elle s'était rapprochée et ils s'étaient retrouvés dans la pénombre de sa chambre. Les mains audacieuses de Dominick électrifiaient son corps et terrorisaient son esprit. Son chemisier et son soutien-gorge avaient fini par terre, puis leurs peaux nues s'étaient touchées et il n'avait rien dit. Il n'avait même pas marqué une hésitation. Il avait continué à l'embrasser dans le noir, leurs deux corps dansaient au rythme d'une musique silencieuse, comme si rien d'autre au monde n'existait. Et ce matin, quand elle s'était réveillée, il était toujours à côté d'elle ; il jouait délicatement avec ses cheveux dans sa nuque.

— … mais il s'en fichait, ajouta-t-elle. Il n'a fait aucune remarque. Mais je savais qu'il les avait senties, forcément, alors je lui ai dit que j'avais eu un accident de voiture. Ça m'est venu comme ça.

— Quelle a été sa réaction ?

— Il m'a demandé si ça me faisait encore mal. Il m'a demandé si ça me faisait mal quand il les touchait. Je lui ai dit que non, mais que ça faisait longtemps que je n'avais pas été avec quelqu'un. Et il m'a fait l'amour. Très lentement, très doucement…

Après une courte pause, elle enchaîna :

— Je ne devrais pas vous raconter ça. C'est très intime et vous connaissez toutes les personnes concernées. Mais vous êtes le seul à connaître les dessous de l'affaire, Greg… docteur Chambers. Je sais que je suis en train de tomber amoureuse de lui, c'est peut-être déjà fait. J'ai besoin de savoir si je suis idiote de voir un avenir dans cette histoire.

— Vous seule pouvez répondre à cela, C.J.

— Je n'arrive même pas à me résoudre à lui parler du

viol. Il ne doit pas savoir la vérité au sujet du Vorace. Il y a tellement de secrets, tellement de mensonges…

— Et la demande d'annulation ? Ne m'avez-vous pas dit qu'elle décrivait votre viol ? Dominick ne va-t-il pas apprendre ce qui s'est passé quand la motion sera examinée ?

— C'est exact. Le projet de motion que m'a donné Lourdes Rubio racontait le viol en détail. Mais après notre petite discussion devant la prison, je me dis qu'elle a peut-être changé d'avis. Pour l'instant. Le viol n'est pas mentionné dans le double de la motion qu'elle a déposé au tribunal la semaine dernière. Chaskel doit l'examiner mardi matin. Le jour de Halloween ! Évidemment, elle peut encore me surprendre et appeler Bantling à la barre. Dans ce cas, je suppose que le monde entier apprendra en même temps que Dominick que j'ai été violée.

— Que vous inspire cette éventualité ? Votre impuissance à contrôler ces événements ?

— *Tout* m'échappe, on dirait. Mais je ne peux pas laisser tomber cette affaire, je ne veux pas. Et si jamais la vérité éclate, si je m'effondre devant le monde entier, j'espérais que… que vous seriez là pour me soutenir. Car si Bantling est invité à témoigner, je risque de redevenir folle.

— Si vous voulez que je sois là, j'y serai.

C.J. se sentit soulagée. Elle aurait au moins une personne de son côté si jamais tout s'écroulait autour d'elle.

— Vous avez intérêt à arriver tôt pour avoir une place, dit-elle. On se les arrache. Il paraît que CBS va planter une tente dehors, la veille.

Chambers rit.

C.J. réfléchit à voix haute :

— Peut-être que Lourdes Rubio possède une conscience finalement dans sa jolie tête. Peut-être se dit-elle que son client ment au sujet du viol. Peut-être est-elle trop maligne pour utiliser cela comme système de défense. On verra bien mardi.

Le psychiatre croisa ses mains sous son menton et appuya ses coudes sur ses genoux.

— Je suis content que vous ayez décidé de reprendre la thérapie, C.J. Sincèrement. J'aimerais vous revoir tous les mercredis soir, au moins une fois par semaine durant l'instruction de cette affaire. Je pense que cela risque d'être encore plus stressant que vous l'imaginez.

Elle sourit.

— Est-ce que j'ai l'air de redevenir folle ? Ai-je les yeux qui se révulsent ? Mes paroles sont-elles incohérentes ?

— Faisons en sorte de ne pas en arriver là. Vous ne partagez avec personne tous ces événements, c'est un facteur dont il faut tenir compte pour reprendre une thérapie hebdomadaire. Mais ça ne veut pas dire que je pense que vous « redevenez folle » comme vous dites.

C.J. hocha la tête nerveusement. *Si la métamorphose se produisait, saurait-elle reconnaître les signes, ou faudrait-il que quelqu'un les lui fasse remarquer ?*

— Je suis désolée d'avoir interrompu la thérapie de cette façon au printemps dernier, sans… sans vous en parler d'abord. Je voulais voir si j'étais capable de survivre tant bien que mal seule…

— N'en parlons plus. Je comprends. L'essentiel, c'est que vous ayez compris que vous aviez besoin d'aide, que vous ne pourrez pas vous en sortir seule. À part ça, ajouta-t-il pour changer de sujet et évacuer ce moment de gêne aussi rapidement qu'il était apparu, comment se passe l'instruction ?

— Toutes les pièces sont en place. Le FBI a fait un peu marche arrière. Je pense que de la Flors attend de voir ce que donne la motion de Lourdes Rubio. Si je perds, il me pendra haut et court et il débarquera en héros avec une inculpation. Si je gagne… il fera sans doute pareil. Tout dépend dans quel sens souffle le vent politique.

« Je viens de recevoir le dossier médical de Bantling, de la part de son médecin de New York. Le diagnostic, du moins. Chaskel a parcouru le dossier dans son bureau et il a déclaré que seul le diagnostic importait étant donné que Bantling n'avait pas encore évoqué sa santé mentale. Je vais enregistrer le rapport et les médicaments comme pièces à conviction. Cela me fournira un lien supplémentaire avec Anna Prado et avec les six autres filles qui avaient des traces d'halopéridol dans leurs organismes.

Le médecin de Bantling lui avait prescrit vingt milligrammes d'Haldol par jour.

— C'est une dose extrêmement forte. Était-il toujours soigné par ce médecin ?

— Le Dr Fineburg. Occasionnellement. Mais assez souvent pour qu'il lui refasse des ordonnances tous les trois mois.

— Quel est le diagnostic ?

C.J. écrasa sa dernière cigarette et poussa un soupir de lassitude avant de se lever pour partir.

— Troubles de la personnalité accompagnés de fortes et violentes tendances antisociales. Autrement dit : le parfait psychopathe. Comme si j'avais besoin d'un médecin pour savoir ça.

CHAPITRE 57

En cette matinée de Halloween, la chaleur était infernale. Un front chaud s'était installé sur Miami depuis deux jours, apportant dans ses bagages des températures proches de 40°C, un taux d'humidité de 95 % et de méchants orages en fin d'après-midi. Dominick se tenait devant l'entrée du Graham Building ; sous sa veste de costume, sa chemise était déjà plaquée sur son torse par la sueur. Dix heures moins le quart : il avait failli être en retard.

Il avait écourté sa réunion sur le Vorace avec le Dr Black et le chef du FDLE, car il savait qu'il devait être ici. Même si elle ne le lui avait pas demandé, et ne le lui demanderait sans doute jamais, il savait qu'il devait être ici. Il avait bien vu son expression d'angoisse à la simple évocation du nom de Bantling, et il avait bien vu son étrange réaction quand elle était obligée de se trouver dans la même pièce que cet homme. La peur envahissait son regard, son corps se mettait à trembler, légèrement mais de manière incontrôlable. Ces derniers jours, alors qu'elle se préparait pour cette demande d'annulation, il l'avait vue se refermer sur elle-même petit à petit et devenir nerveuse. Mais elle ne voulait pas en parler avec lui ; elle mettait son stress sur le compte de la pression qui accompagnait un procès dans lequel l'accusé risquait la peine de mort ; elle jouait gros. Trop gros. Dominick ne connaissait pas encore la cause de cette angoisse, mais il savait que ce n'était pas uniquement le stress du procès qui faisait briller la peur dans ses yeux. Et il savait qu'il devait être ici, maintenant, même si elle protestait, pour l'escorter à l'intérieur du tribunal au milieu de la meute des journalistes avides, agressifs et odieux, des curieux et de ceux qui, derrière leurs sourires, priaient pour qu'elle échoue. Ou ne serait-ce que pour s'asseoir derrière elle, tandis qu'elle luttait contre les démons invisibles dont elle ne voulait pas parler.

Les portes vitrées du Graham Building s'ouvrirent. Elle s'immobilisa en le voyant, et derrière ses lunettes noires, Dominick vit son air étonné. Elle portait un tailleur-pantalon noir strict, ses cheveux blond foncé étaient relevés en chignon. Son lourd attaché-case sur l'épaule, elle tirait derrière elle un chariot contenant trois cartons.

— J'ai pensé que je pourrais t'aider à porter tous ces dossiers, dit-il.

— Je croyais que tu avais rendez-vous avec Black.

— Exact. Mais ça m'a paru plus important.

C'était encore si nouveau, cette… relation. Bien qu'ils aient passé la nuit dernière ensemble, une certaine gêne était perceptible entre eux à cet instant. Il ne savait pas trop où ils allaient, où il voulait qu'ils aillent, mais présentement, il sentait qu'elle se souciait des apparences. Elle ne voulait pas qu'on les voie ensemble. C'est pourquoi il conserva une certaine distance tandis qu'ils traversaient la route ensemble, en silence, lui tirant les énormes cartons dans le chariot.

CHAPITRE 58

Victor Chavez était nerveux. Il transpirait comme un bœuf avec tous ces foutus journalistes qui tournoyaient comme des vautours à l'intérieur, attendant qu'un morceau de viande se détache des os pour l'emporter dans leurs nids et le dévorer à coups de bec. Attendant que quelqu'un se plante dans cette affaire pour pouvoir être les tout premiers à donner la nouvelle. Assis sur un banc juste devant la salle d'audience 2-8, il attendait son tour pour monter sur scène. Tout le monde était là. Tout le monde regardait. Son sergent, son lieutenant, tous ses collègues.

Pourtant, il avait déjà témoigné devant le tribunal. C'était la troisième arrestation pour laquelle il devait venir faire une déposition et il avait l'impression de bien se débrouiller à la barre. Mais évidemment, le Vorace, ça n'avait rien à voir. Et évidemment, il n'avait pas complètement merdé dans les affaires précédentes. Et voilà qu'il était appelé à témoigner par l'avocate de la défense, à cause de cette stupide demande d'annulation pour vice de forme. Ils voulaient annuler *son* arrestation. *Sa* fouille du véhicule. Un type roule dans Miami avec une fille morte dans son coffre et l'arrestation est illégale ? *Ça voulait dire quoi, ce bordel ?*

Le sergent Ribero ne l'avait pas quitté des yeux, quasiment, depuis que c'était arrivé. Putain, il était même obligé de signaler quand il allait pisser maintenant, et c'était sacrément énervant d'avoir une baby-sitter sur le dos en permanence. Mais Chavez savait que ce serait bien pire s'il merdait maintenant, au moment crucial de ce procès, face aux caméras. Non seulement il perdrait son boulot, mais il deviendrait à son tour l'objet d'une enquête criminelle. Et bien sûr, cette espèce de cinglé serait libéré. Il devait se souvenir de son histoire à la virgule près.

C'était ça le plus difficile. Se souvenir de chaque détail, comme le lui avait expliqué le procureur, dans l'ordre où elle l'avait dit. *C'est ça le problème quand on raconte un mensonge,* disait toujours sa mère. *Très souvent, tu ne te souviens pas exactement de ce que tu as raconté.* Surtout qu'il y avait toujours quelqu'un pour lui demander ce qui s'était passé ce soir-là, comment il avait fait pour arrêter le Vorace. Tout le monde lui posait la question, partout. Ses voisins d'immeuble. Ses copains du lycée. Des inconnus dans la rue. Des filles sur la plage. Des filles à la piscine. Des filles dans les bars. Des flics en patrouille. Il était devenu une vraie vedette. *Le Flic qui a arrêté le Vorace.* Et même si son sergent lui avait dit de la boucler tant qu'il n'avait pas témoigné, ce n'était pas son sergent à qui les filles voulaient tailler une pipe pour qu'il leur raconte son histoire. Comment lui, Victor Chavez, encore en formation, tout seul et en suivant son intuition, avait arrêté le tueur en série le plus tristement célèbre d'Amérique.

Mais l'heure était cruciale ; il devait s'assurer que chaque détail était exact. Sans exception. Ils défilaient dans sa tête comme une bande magnétique embrouillée.

Assis sur ce banc, avec son uniforme de la police de Miami Beach, les mains moites jointes sur les genoux, il attendait son tour pour marcher vers l'échafaud, lorsque soudain la porte à double battant en acajou s'ouvrit à la volée et, d'une voix puissante, l'huissier appela son nom.

CHAPITRE 59

Bantling était déjà assis à la table de la défense, vêtu de sa combinaison rouge, à côté de Lourdes, quand C.J. entra dans la salle de tribunal. Elle sentit qu'il la suivait du regard tandis qu'elle passait devant l'estrade du juge pour rejoindre la table de la partie civile et que, avec l'aide de Dominick, elle déballait tous ses dossiers. Bien qu'elle ne puisse pas le voir, elle savait qu'il souriait. Elle le sentait. *Concentre-toi. Concentre-toi. Comme pour n'importe quelle affaire.*

Dominick alla s'asseoir derrière elle, au premier rang, avec Manny et Jimmy Fulton. Arrivés en retard, Chris Masterson et Eddie Bowman durent se frayer un chemin avec leurs insignes et se contenter d'une place au fond, à côté de Greg Chambers. De l'autre côté de la salle, toujours en costume noir, avec leurs lunettes noires glissées dans leurs poches de poitrine, il y avait les Blues Brothers : Carmedy et Stevens, et le chef d'orchestre, Gracker. C.J. n'avait pas vu de la Flors, mais elle était certaine qu'il était présent, ou alors il avait envoyé deux assistants à sa place, avec une inculpation fédérale dans chaque main au cas où C.J. perdrait. Comme toujours, toutes les grandes chaînes de télévision avaient disposé leurs caméras à travers la salle. Et les journalistes de la presse écrite étaient là eux aussi, représentant les plus grands quotidiens du pays. Le tribunal faisait le plein.

Lourdes n'avait pas regardé C.J. quand celle-ci était entrée ; elle avait gardé les yeux fixés sur les documents étalés devant elle. C.J. ne savait pas à quoi s'attendre de sa part aujourd'hui et elle avait la gorge serrée. La porte conduisant au bureau du juge s'ouvrit et Hank l'huissier s'écria :

— Mesdames, messieurs, la séance va débuter. Présidée par l'Honorable Leopold Chaskel III. Asseyez-vous et faites silence. Pas de téléphones portables. Pas de bipers.

Le juge Chaskel monta sur son estrade et ne perdit pas de temps à faire des discours ou des annonces face au public impatient ; d'ailleurs, il semblait n'avoir même pas remarqué sa présence. Juge depuis dix ans, après avoir été procureur pendant vingt, il avait tout vu, et le fait d'avoir son nom dans le journal ne l'excitait plus. Ce n'était qu'un des désagréments de son métier. Il se tourna vers Lourdes et entra aussitôt dans le vif du sujet.

— Mademoiselle Rubio, nous sommes réunis ici aujourd'hui pour écouter votre requête visant à faire annuler l'interpellation et la fouille qui a suivi dans l'affaire *État de Floride contre William Bantling*. J'ai lu votre motion, alors allez-y, amusez-nous. Appelez votre premier témoin.

CHAPITRE 60

Étant donné que la requête émanait de la défense, la charge de la preuve incombait à la défense. Celle-ci devait prouver que l'interpellation était illégale ; ce n'était pas à la partie civile de prouver qu'elle était justifiée. Et la seule façon de prouver qu'elle était illégale, c'était, évidemment, d'interroger les personnes qui y avaient assisté. Le premier témoin appelé par Lourdes Rubio fut donc l'agent de la police de Miami Beach, Victor Chavez.

Chavez franchit d'un pas calme la porte à double battant de la salle de tribunal, hocha la tête d'un air sombre en direction du juge Chaskel, avant de prendre place sur le siège des témoins, à côté de l'estrade. Il ajusta sa cravate et se racla la gorge ; le silence se fit dans l'assistance.

Lourdes finit de ranger ses papiers et de jeter quelques notes, et après de longues secondes, elle se leva de son siège à côté de Bantling pour s'approcher du témoin. C'est à ce moment très précis qu'une peur glacée noua l'estomac de Chavez et que sa bouche devint sèche. C'est à cet instant qu'il comprit qu'il était foutu.

Quelques semaines plus tôt, il s'était promené dans le quartier de SoBe avec son frère. En fait, ils étaient allés au Clevelander, le club où cette Morgan Weber, la dernière victime en date du Vorace, avait disparu. Et comme toujours, la nouvelle s'était répandue qu'il était là, *Le Policier qui a arrêté le Vorace*. Il s'était retrouvé entouré de femmes qui voulaient savoir comment il avait fait.

Elles voulaient savoir s'il portait une arme. Et où. Elles voulaient visiter l'arrière de sa voiture de patrouille. C'était incroyable. Il restait toujours assez de filles pour son frère. Et cette soirée n'avait pas fait exception.

À peine s'était-il assis que cette jolie rousse en jupe rose moulante et sa copine brune s'étaient installées à côté de lui en lui demandant si c'était vrai qu'il avait arrêté le Vorace. Il avait déjà bu quelques verres avant de débarquer au Clevelander, où il en avait bu d'autres, et il commençait à se sentir très bien. Son frère, lui, était complètement parti, il tenait à peine debout, s'il se souvenait bien. Et la rouquine commençait à s'échauffer, elle buvait chacune de ses paroles, et il savait qu'il n'aurait aucun mal à emballer ce soir encore.

Maintenant, assis sur cette chaise en bois, sous les regards des personnes qui s'entassaient dans la salle de tribunal et devant les caméras, il savait qu'il avait complètement merdé. La sueur coulait sur son front et ses tempes. Il la sentait ruisseler dans son dos. Il frotta ses lèvres sèches l'une contre l'autre.

L'avocate de la défense qui se tenait devant lui, vêtue d'un ensemble gris très austère, les bras croisés sur son torse frêle était la fille brune du Clevelander, la copine de la rousse.

Chavez savait qu'elle avait tout entendu.

CHAPITRE 61

Qu'avait-il dit ? Qu'avait-il dit ? Les mêmes paroles embrouillées défilaient devant lui. Mille histoires différentes, laquelle avait-il racontée ce soir-là ? Laquelle avait-elle entendue ? Avec tout cet alcool ingurgité. Il se souvenait à peine de son nom en rentrant chez lui.

— Veuillez décliner votre identité, demanda-t-elle.

— Euh… Victor Chavez, police de Miami Beach, bredouilla-t-il.

Calme-toi, calme-toi.

— Depuis quand faites-vous partie de la police de Miami Beach ?

— Depuis janvier. Janvier 2000.

— Venons-en directement aux faits, agent Chavez. Vous étiez en service de quinze heures à vingt-trois heures le 19 septembre 2000, le soir où mon client, William Bantling, a été arrêté. C'est exact ?

— Oui, oui. Exact.

— En fait, c'est vous qui avez procédé à son interpellation, n'est-ce pas ?

— Oui.

— Peut-on connaître les raisons qui vous ont conduit à arrêter le véhicule de M. Bantling ?

Chavez regarda autour de lui d'un air ahuri ; peut-être attendait-il qu'une bonne âme jaillisse de l'ombre pour venir lui souffler la réponse à l'oreille.

— Autrement dit, que s'est-il passé ce soir-là, agent Chavez ?

Le policier plongea le nez dans son rapport, mais Lourdes l'arrêta.

— Non, non, avec vos propres mots, de mémoire, s'il vous plaît.

C.J. se leva de son siège.

— Objection ! Le témoin a le droit de consulter des documents susceptibles de lui rafraîchir la mémoire.

Le juge Chaskel se pencha vers Chavez et l'observa d'un œil sceptique.

— Il n'a pas dit à la cour qu'il avait besoin qu'on lui rafraîchisse la mémoire, mademoiselle Townsend. De plus, agent Chavez, j'imagine que vous avez vécu la nuit la plus excitante de votre courte carrière de policier et que vous vous souvenez quasiment de chaque minute. Essayez d'abord sans l'aide de votre rapport, on verra bien.

C.J. laissa échapper un long soupir en essayant de ne pas croiser le regard du policier aux abois.

— Je patrouillais. Dans Washington Avenue. Quand j'ai vu cette Jag… cette Jaguar immatriculée TTR-L 57, passer devant moi à toute allure en direction du sud, vers la voie express. La voie McArthur. Alors, je l'ai prise en chasse. Je l'ai suivie sur la voie express pendant un moment, pour l'observer quoi. Elle a effectué un changement de file dangereux, sans mettre de clignotant, et j'ai remarqué qu'un des feux arrière ne fonctionnait pas. Alors, je l'ai obligée à s'arrêter. Je me suis approché du véhicule, juste devant l'immeuble du *Herald*, et j'ai demandé au conducteur de me montrer son permis, ce qu'il a fait. Il avait l'air nerveux, il tremblait, il transpirait. Je suis revenu à ma voiture avec le permis et je me suis arrêté pour examiner le feu arrière cassé. C'est à ce moment-là que j'ai vu ce qui ressemblait à… du sang. Sur le pare-chocs. J'ai rendu son permis au conducteur et c'est là que j'ai senti l'odeur de marijuana dans la voiture. Je lui ai demandé… à Bantling, si je pouvais inspecter son coffre et il m'a envoyé paître. Alors, j'ai appelé des renforts. Beauchamp, un collègue, s'est pointé avec son chien, Butch, et le clebs est devenu dingue en approchant du coffre. Pardon, il a flairé quelque chose à l'intérieur du coffre. On l'a ouvert et on a trouvé le cadavre de la fille.

— Est-ce que vous patrouilliez seul ou avec quelqu'un ?

— J'étais seul ce soir-là.

— À quelle vitesse roulait M. Bantling quand vous l'avez vu passer ?

— Euh… environ 60 km/h, dans une zone limitée à 40 km/h.

— Vous avez enregistré sa vitesse à l'aide d'un radar ?

— Non.

— Oh ! Vous l'avez suivi alors et vous avez vu sur votre compteur qu'il roulait à 60 km/h ?

— Non.

Chavez s'agitait nerveusement sur sa chaise.

— Où étiez-vous exactement, agent Chavez, quand vous avez constaté l'excès de vitesse ? Quand vous avez vu passer ce délinquant qui filait dans Washington Avenue à 20 km/h au-dessus de la vitesse autorisée, à bord d'une Jaguar flambant neuve ?

— J'étais dans la 6e Rue. Au coin de Washington.

— Dans quel sens ?

— Ma voiture était face à l'est. Moi, j'étais descendu.

— Vous étiez descendu de votre voiture de patrouille ? Résumons-nous : vous n'avez pas utilisé de radar, vous n'avez pas suivi mon client avec votre véhicule, vous n'étiez même pas à bord d'ailleurs, car vous étiez au coin de la rue quand vous avez vu cette voiture qui dépassait à peine la limite autorisée ?

— Oui.

— Et à l'œil nu, alors que vous êtes sorti de l'école de police depuis neuf mois seulement, vous avez réussi à déterminer que cette voiture dépassait d'environ 20 km/h la vitesse autorisée ?

— Oui, oui. Il zigzaguait au milieu de la circulation. Il avait adopté une conduite dangereuse.

Comme dans le manuel.

— Et peut-on savoir ce que vous faisiez hors de votre véhicule de patrouille à ce moment-là ?

— Je séparais deux gamins qui s'étaient disputés et qui se battaient.

— Et vous avez abandonné cette bagarre alors que des gens risquaient d'être blessés et vous avez sauté dans votre voiture qui tournait le dos à Washington Avenue. Et ensuite ?

— Je… euh, j'ai suivi votre client sur la voie express.

— Comment avez-vous regagné Washington Avenue pour suivre mon client sur la voie express ?

— J'ai suivi la 6e jusqu'à Collins et j'ai remonté la 5e, j'ai dépassé Washington et j'ai pris la voie express.

— En descendant la 6e, vous avez donc perdu de vue mon client à bord de son bolide, je suppose ?

Chavez hocha la tête.

— Veuillez parler dans le micro, agent Chavez. Le greffier ne peut pas enregistrer votre réponse si vous hochez simplement la tête.

— Oui. C'est exact. Je l'ai perdu de vue. Mais je l'ai retrouvé ensuite. Très vite. C'était la même voiture avec la même plaque TTR-L 57, sur la voie express.

Chavez ne paraissait pas seulement de plus en plus mal à l'aise face à ces questions ; on sentait qu'il commençait à mépriser Lourdes Rubio. Ses réponses étaient sèches, brutales.

— Roulait-il trop vite à ce moment-là ?

— Oui. Oui. Il roulait environ à 100 km/h dans une zone limitée à 80, si je me souviens bien.

— Pourtant, vous ne l'avez pas arrêté immédiatement, n'est-ce pas ?

— Non.

— Grosso modo, combien de kilomètres avez-vous parcourus sur la voie express avant de décréter que ce conducteur constituait une menace pour les habitants de Miami, et qu'il fallait l'interpeller ?

— Je dirais trois kilomètres. Je l'ai arrêté devant le *Herald,* avant qu'il sorte de ma juridiction.

— Hmm. Et il a obéi immédiatement ?

— Oui.

— Il n'a pas tenté de fuir ?

— Non.

— Vous disiez qu'il était agité, nerveux et qu'il transpirait quand vous vous êtes approché ?

— Oui.

— Un peu comme vous à cet instant, agent Chavez ?

L'assistance gloussa.

— Objection ! s'exclama C.J. en se levant.

— Dans le mille, mademoiselle Rubio. Continuez, dit le juge Chaskel.

— Vous vous êtes arrêté pour examiner le feu arrière brisé que vous aviez remarqué soudainement au cours de la poursuite, trois kilomètres avant ?

— Oui. J'avais repéré le feu cassé dès que je l'ai rattrapé sur la voie express.

— C'est à ce moment-là que vous avez vu le sang sur le pare-chocs.

— Ça ressemblait à du sang. C'était une substance foncée. Il s'est avéré plus tard que c'était du sang. Celui de cette fille.

— Quelle heure était-il ?

— Environ vingt heures trente.

— Aviez-vous une lampe électrique avec vous ?

— Non, pas avec moi. Elle était dans la voiture.

— À vingt heures trente, au milieu du vacarme de la circulation tout autour de vous, vous avez remarqué une substance sombre sur le pare-chocs de ce véhicule et vous avez pensé immédiatement que c'était du sang ?

— Oui. Il y avait assez de lumière grâce aux lampadaires de la voie express et aux immeubles environnants. Je voyais très bien. C'était une substance presque noire et collante. Ça ressemblait à des taches de sang.

— Vous êtes donc revenu vers M. Bantling pour lui rendre son permis de conduire ?

— Oui.

— Avez-vous dégainé votre arme ?

— Non.

— Vous remarquez des taches de sang. Vous dites que mon client était nerveux et agité. Vous soupçonnez qu'il se passe quelque chose de louche, et pourtant, vous ne dégainez pas votre arme ?

— Non. Pas à ce moment-là. Je l'ai fait en découvrant la fille morte dans le coffre.

— Vous avez déjà rappelé à la cour qu'il y avait un corps dans le coffre, agent Chavez. Plusieurs fois même. Or, la question n'est pas là.

Chavez essaya d'adopter un ton plus courtois.

— Je suis revenu vers M. Bantling dans sa voiture et c'est alors que j'ai senti l'odeur de marijuana.

— La voiture a été entièrement fouillée ce soir-là, n'est-ce pas ?

— Oui.

— Et aucune trace de marijuana n'a été découverte dans la voiture, n'est-ce pas ?

— Pourtant, il en avait fumé, c'est évident. Si ça se trouve, il a avalé le mégot avant que je lui rende son permis.

Chavez était exaspéré. Elle le faisait passer pour un idiot.

Lourdes Rubio le regarda fixement pendant quelques instants. Puis elle se retourna et garda les yeux fixés sur C.J. pour poser sa question suivante.

— Que pensiez-vous trouver dans le coffre, en réalité, agent Chavez ?

— De la drogue, des armes… je ne savais pas trop. En tout cas, Butch avait flairé un truc. Il a failli déchiqueter le coffre à coups de patte.

— N'est-ce pas ce que vous vous attendiez à trouver dans le coffre depuis le début, agent Chavez ? De la drogue ?

C.J. sentit naître des picotements dans ses mains.

— Non. Je l'ai arrêté pour excès de vitesse. Et infraction au code de la route. Par la suite, de nouveaux éléments m'ont amené à penser qu'il cachait des produits illicites dans son coffre. La réaction du chien l'a confirmé.

— Soyons francs, agent Chavez. N'avez-vous pas pensé, dès que vous avez vu cette Jaguar dans Washington Avenue, qu'elle transportait de la drogue ?

— Objection ! dit C.J. Le témoin a déjà répondu à la question.

— Objection rejetée. Le témoin peut répondre, dit le juge Chaskel.

Chavez se souvenait maintenant de ce qu'il avait raconté à la nana rousse dans le bar, mais il était trop tard pour faire marche arrière maintenant. Il était acculé dans un coin. Sa carrière de flic reposait sur la bonne réponse.

— Non. Je l'ai arrêté pour excès de vitesse.

— Qu'est-ce qui vous a poussé à abandonner cette bagarre entre deux jeunes pour sauter dans votre voiture et prendre en chasse un automobiliste en excès de vitesse ? Votre instinct vous disait qu'il y avait peut-être de la drogue dans ce coffre ? Ou est-ce quelqu'un d'autre qui vous a dit ce qu'il y avait ?

Elle est au courant du tuyau anonyme. C.J. se leva d'un bond.

— Objection ! Le témoin a déjà répondu à la question.

— Rejetée. Finissons-en, mademoiselle Rubio.

— Il roulait trop vite, c'est tout. C'est la seule raison, déclara Chavez.

Il n'en démordrait pas et ce serait la guerre entre eux. À moins qu'elle ne possède une preuve.

— Il se trouve que quand j'ai ouvert le coffre de votre client, madame, il y avait un cadavre à l'intérieur.

— Putain de menteur ! lança Bantling.

Lourdes Rubio abandonna Chavez pour se tourner vers son client.

— Monsieur Bantling, n'intervenez pas durant l'audition du témoin, dit le juge Chaskel d'un ton sévère. Et je ne tolérerai pas ce langage devant la cour.

Il avait entendu parler du cinéma de Bantling lors de l'audience préliminaire et il n'était pas décidé à accepter ça, pas dans sa salle de tribunal.

Bantling se leva en faisant tinter ses chaînes aux chevilles.

— Je suis navré, monsieur le juge, mais c'est un menteur. Comme tous les autres. Regardez-le !

— Ça suffit, monsieur Bantling ! Asseyez-vous !

— Je souhaite m'exprimer, Votre Honneur. (Bantling se tourna vers C.J. et un sourire narquois apparut sur son visage.) Il y a une chose que cette cour doit savoir.

C.J. sentit que la pièce se mettait à tournoyer ; elle serra son stylo dans sa main. Elle détacha son regard de Bantling pour regarder le juge. L'heure du désastre avait sonné. *Que ressentait-on lorsqu'on était accusé devant tous ces gens ?* Elle retint son souffle dans l'attente de la phrase suivante de Bantling.

— Tout ce que la cour a besoin de savoir, votre avocate me le dira. Maintenant, asseyez-vous ou je vous fais évacuer. Autre chose, mademoiselle Rubio ?

Lourdes Rubio regarda les deux gardiens costauds se saisir de son client pour l'obliger à se rasseoir. Et tandis qu'il regardait fixement le procureur, une expression d'intense mépris et de haine pure se peignit sur les traits finement ciselés de son joli visage. Il aime cette manipulation mentale, ce jeu du chat et de la souris qu'il joue avec elle, ce jeu du *Je sais une chose que tu ne veux pas que l'on sache.* Lourdes n'était pas décidée à le laisser s'amuser. Pas aujourd'hui. Pas avec elle.

— Non, ce sera tout, Votre Honneur, déclara-t-elle sèchement et elle alla se rasseoir.

CHAPITRE 62

C.J. demeura assise un long moment à la table de la partie civile, bien après la fin de l'audience, pour laisser la salle se vider. Elle avait croisé brièvement le regard de Lourdes alors que celle-ci rangeait ses affaires dans son attaché-case à la table voisine, mais elles n'avaient rien à se dire. Lourdes s'était empressée de quitter le tribunal dès que les gardiens en uniforme avaient raccompagné son client visiblement fort mécontent dans sa cellule du quartier de haute sécurité.

Chavez était un imbécile. Un épouvantable menteur. Un clown. Lourdes l'avait coincé. Et pourtant, elle avait fait marche arrière brusquement. *Pourquoi ?* Elle aussi connaissait l'existence de ce tuyau anonyme. *Mais comment ?* Et puis, il y avait l'histoire du viol. Elle n'avait pas fait allusion aux allégations de Bantling devant la cour, alors que Bantling l'avait quasiment poussée à travers cette porte après l'avoir ouverte lui-même. *S'agissait-il d'une simple stratégie ou d'autre chose ?*

Une gigantesque et insupportable vague de culpabilité submergea C.J. Avant l'affaire Bantling, elle appréciait Lourdes. Elles avaient travaillé ensemble sur deux autres affaires de meurtres auparavant, et C.J. avait toujours trouvé que Lourdes était une personne franche et honnête. Ni pleurnicharde ni dénuée de scrupules comme la plupart des avocats de la défense. Et maintenant, elle savait que Lourdes était en train de se compromettre. Et pour cette raison, elle se sentait mal. Mais depuis cette confrontation à la prison, C.J. avait appris à se méfier de Lourdes et elle se demandait si celle-ci ne profitait pas de cette occasion pour la déstabiliser, en attendant un moment plus propice pour provoquer une déflagration avec sa foutue information. Peut-être juste après que les jurés auront prêté serment et que le principe de *double jeopardy* aura été énoncé, car alors, si Lourdes présentait ses allégations devant le tribunal et si le juge prononçait une annulation pour faute professionnelle de la part du procureur, Bantling ne pourrait pas être rejugé. Jamais. Il ressortirait libre du tribunal. Les pensées de C.J. la ramenèrent à ce jour dans la prison, quand un Bill Bantling souriant et joyeux était assis à côté de son avocate, autrefois intègre, pendant qu'elle tirait à boulets rouges sur la victime qui se trouvait en face d'elle. Lourdes savait déjà, avant cela, que son client était fou. Il le lui avait dit lui-même, il lui avait montré la preuve dans les rapports de police. Et malgré cela, Lourdes s'était laissé manipuler comme un pion, entre les mains de Bantling. Elle avait fait en sorte que C.J. affronte le regard de son agresseur dans une cellule. Uniquement pour produire un effet. Pour remporter une motion. Cette dernière pensée suffit à chasser le sentiment de culpabilité de C.J.

Maintenant que Bantling avait quitté la salle et que la meute des journalistes se concentrait sur les policiers de la brigade spéciale et les agents du FBI, dehors, elle sentait qu'elle pouvait respirer, pour l'instant. Au bout d'un moment, elle n'aurait su dire combien de temps, Dominick vint s'asseoir à côté d'elle dans la salle déserte.

— Joli travail, dit-il.

— Je n'ai pas fait grand-chose.

— Tu as fait annuler la motion, c'est suffisant. Sans être aidée par ce jeune connard prétentieux de Miami Beach. Il faudra que quelqu'un le briefe avant qu'il se présente devant un jury.

— Il n'est pas très réceptif. J'ai essayé. Son supérieur aussi.

— Peut-être qu'on pourrait demander à Manny de s'occuper de lui. Il sait manier les mots. (Il s'interrompit pour essayer de capter le regard de C.J. qui demeurait obstinément fixé sur les dossiers étalés sur la table.) Je sais que tu te fais du souci, mais le dossier est solide, même si Chavez fait son possible pour tout faire foirer.

— Espérons.

— Bantling n'arrange pas son cas non plus. J'ai l'impression que Chaskel va obliger le Vorace à assister à son procès sur un écran de télé s'il ne la ferme pas.

C.J. ne dit rien.

— J'ai bien aimé ta déclaration récapitulative.

— Merci. Sacrée journée.

— Ouais. Tous les revenants sont de sortie aujourd'hui. Bonne fête de Halloween, au fait. Je peux t'aider à tout rapporter dans ton bureau ?

— Tout le monde est parti ?

— Oui, quasiment. Je crois qu'il ne reste que Manny et les gars dans le couloir, avec ta secrétaire.

— Marisol est ici ?

— Elle est venue pour t'encourager, je suppose.

— Ça m'étonnerait.

— Elle est restée durant toute l'audition. Maintenant, elle discute avec Manny dehors. Très intéressante, sa tenue.

— Comme toujours. Bon. OK pour le coup de main.

Dominick prit les dossiers sur la table et les déposa dans le chariot, les uns sur les autres. D'une main, il tira le chariot, et de l'autre, il tint le lourd attaché-case de C.J. Ensemble, ils se dirigèrent vers les portes qui donnaient sur le couloir principal.

— Si on dînait tous les deux ? proposa-t-il.

— Avec plaisir.

Cette fois, elle n'hésita pas. Pas une seule seconde.

CHAPITRE 63

Lourdes Rubio ouvrit le tiroir du bas de son bureau et en sortit la bouteille ambrée de Chivas Regal, le bon whisky qu'elle gardait pour les grandes occasions, les verdicts favorables, les acquittements. Mais aujourd'hui, il remplirait un rôle différent. Aujourd'hui, elle en boirait pour se redonner le moral, se soûler et calmer ses nerfs.

Elle se servit un verre et contempla son bureau, recouvert de sinistres photos prises sur le lieu du crime. Le corps martyrisé et ensanglanté d'Anna Prado, avec ses yeux écarquillés et son air terrorisé, la regardait à l'intérieur du coffre de la Jaguar flambant neuve de son client.

Elle se haïssait. Elle se haïssait à cause de ce qu'elle avait dit devant le tribunal. De ce qu'elle avait failli dire. De ce qu'elle n'avait pas dit. Il n'y avait aucun gagnant. Aucune victoire à fêter, pour personne.

Elle savait que son client était un violeur. Un violeur pervers, sadique et violent. Elle savait qu'il avait violé C.J., et qu'il n'avait pas le moindre regret d'avoir détruit sa vie. Lourdes le soupçonnait d'avoir violé d'autres femmes également, bien qu'il n'ait fait aucun aveu à ce sujet. Pour l'instant. Bill Bantling lui avouait des détails au compte-gouttes, quand il estimait qu'elle avait besoin de savoir telle ou telle chose. Rien de surprenant à cela ; la plupart de ses clients agissaient de la même manière.

Était-ce un meurtrier ?

Au début, quand il l'avait engagée, elle aurait soutenu que non. Il devait s'agir d'un coup monté ou d'une erreur. Cet homme ne pouvait pas être un violeur ou un meurtrier. Non. Il ne pouvait pas être le Vorace. Il l'avait complètement trompée, et ça n'arrivait pas souvent. Surtout pour un avocat de la défense qui sait et qui accepte le fait que la plupart des clients cachent des choses et mentent, même à la personne qu'ils ont choisie pour les sauver. Mais Bill Bantling n'était pas comme la plupart des clients. C'était un brillant homme d'affaires, séduisant, charmant, sincère. C'était son ami bien avant qu'il soit arrêté ; ils faisaient du jogging ensemble à SoBe le samedi matin et parfois ils partageaient un cappuccino le week-end. Elle avait gobé toute son histoire, et elle s'apercevait maintenant qu'elle avait été dupée. Totalement aveuglée par ce psychopathe beau parleur. Voilà ce qui faisait le plus mal.

Et il y avait C.J. Townsend, qu'elle avait toujours respectée et admirée en tant que procureur. Elle refusait les petites magouilles politiciennes et les viles manœuvres qui ne servaient qu'à donner une bonne image de son administration. Lourdes savait que C.J. mentait elle aussi, et si ses raisons étaient peut-être plus justifiées, elles n'avaient rien d'honorable. Elle avait consulté les inventaires laissés par la police quand ils avaient fouillé le domicile et les véhicules de son client. Elle avait inspecté les cartons contenant les pièces à conviction saisies grâce aux mandats. Il n'y avait rien. Encore une impasse. Lourdes en était arrivée à un stade où elle n'osait plus se fier à ses jugements sur les gens.

Elle vida son premier verre, sans quitter des yeux les effroyables clichés. *Où était la justice pour Anna Prado ? Où était la justice pour son client qu'elle avait juré de défendre avec zèle ? Et d'abord, le mot justice avait-il encore un sens ?*

En tant qu'avocate, elle n'avait pas été à la hauteur aujourd'hui. Elle tenait ce jeune flic, il allait foncer droit dans le mur, tout seul, mais elle l'avait arrêté. Parce qu'elle savait que son client était un violeur, et à cet instant, dans la salle de tribunal, quand il avait regardé sa victime, sans remords ni pitié, avec uniquement de la haine dans le regard, elle avait compris qu'il recommencerait s'il en avait l'occasion. Et elle ne pouvait se résoudre à être celle grâce à qui il pourrait faire subir la même chose à une autre. Elle qui défendait les droits des femmes dans la communauté cubaine, cette communauté dans laquelle elle vivait et travaillait. En fait, elle était présidente d'une organisation, La Lucha, qui aidait les immigrantes hispaniques victimes de violences conjugales à trouver des refuges pour échapper à leurs agresseurs. Comment pouvait-elle prétendre défendre la cause des femmes et utiliser parallèlement ses talents pour permettre à un violeur sanguinaire de recouvrer la liberté ? Elle avait vu de ses propres yeux les dégâts qu'il avait infligés à une victime ; elle savait ce qu'il ferait à la suivante.

Lourdes vida son deuxième verre de scotch. Il lui parut plus doux, plus facile à avaler. Le whisky lui brûlait moins la gorge. Peut-être fallait-il y voir une analogie avec son rôle dans cette comédie. Peut-être que chaque pas serait plus facile que le précédent pour accompagner son client dans le couloir de la mort. Peut-être que ça ne brûlerait pas autant quand elle verrait le bourreau enfoncer l'aiguille dans le bras. Complice du meurtre de son client.

Car elle ne croyait pas vraiment que ce soit un meurtrier. Et elle savait qu'elle pouvait le faire acquitter, qu'elle aurait pu le faire acquitter aujourd'hui. Elle connaissait l'existence de ce mystérieux tuyau anonyme adressé par téléphone à la police de Miami Beach le 19 septembre. Cet imbécile de flic, ivre et qui espérait se la taper, avait ouvert sa grande gueule devant elle et sa stagiaire au Clevelander. Elle savait que c'était pour cette raison qu'il avait arrêté la Jaguar, même si, maintenant, il avait choisi une autre version. Il croyait qu'il pouvait nier ce qu'elle avait entendu dans ce bar, tout simplement, et qu'on n'en parlerait plus. Mais ça ne marchait pas comme ça, si ?

Elle retourna dans sa main la cassette audio qu'elle avait réclamée à la police de Miami Beach. Dessus était griffonné : *19/9/2000 20 h 12.* Les enregistrements des appels à la police étaient généralement conservés un mois avant d'être effacés. Coup de chance, elle avait obtenu cette copie le vingt-neuvième jour.

Le whisky produisait son effet magique : elle était prise d'un léger tournis et d'une sorte de douce torpeur. Les yeux fixés sur les photos d'Anna Prado, elle se servit un troisième verre.

Elle sentit à peine l'alcool couler dans sa gorge engourdie.

CHAPITRE 64

Il regardait la scène qui se déroulait devant ses yeux dans la salle de tribunal bondée. C'était encore mieux qu'il ne l'avait imaginé. Voir les différents protagonistes se répondre et s'affronter. Les émotions étaient exacerbées, la tension si épaisse qu'on aurait pu la couper au couteau. Les spectateurs retenaient leur souffle et se rongeaient les ongles, en grignotant l'inévitable pop corn et en prenant des photos comme de vulgaires touristes. Il se fondait parmi eux. Il faisait partie d'eux. Ce jeu qu'il avait personnellement déclenché se déroulait de manière parfaite en donnant naissance à des intrigues secondaires et le suspense devenait presque insoutenable.

Mais il en voulait davantage. Cela faisait des mois maintenant qu'il se retenait, il ne pouvait plus attendre. Le sentiment qui l'habitait ressemblait à un homme qui cherche de l'eau en plein désert. C'était une soif de vie insatiable, inextinguible. Une soif de mort.

Il ne pouvait pas courir le risque de gâcher le drame qui se déroulait désormais en mettant en cause l'innocence du coupable. Il devait se démarquer de ce que la police appelait son « modus operandi », sa méthode d'action. S'il choisissait une autre poupée blonde, n'importe où, il éveillerait les soupçons. Et bien entendu, contrairement aux autres, celle-ci ne devrait jamais être retrouvée. Car ce qu'il ferait subir à son corps était tout bonnement indicible. Et ce qu'il infligerait à son esprit avant cela était inimaginable. S'ils savaient quelles horreurs il possédait en stock, ils considéreraient William Bantling comme un doux agneau.

Oui. Une jolie brune. Une fille avec des cheveux noirs comme de l'encre et une peau blanche comme la neige, et des lèvres roses. Sa propre petite Blanche-Neige pour jouer avec. En espérant gagner son cœur.

Le meurtrier surnommé le Vorace se leva en même temps que les autres spectateurs dans la salle de tribunal et il les suivit dans le couloir, dans les Escalator, jusque sous le soleil brûlant de Miami, et là, il les quitta pour partir en quête de son prochain grand amour.

TROISIÈME PARTIE

CHAPITRE 65

C.J. retrouva Manny et Dominick à la cafétéria du rez-de-chaussée, assis devant des *cafés con leche*. Elle alla se servir une tasse de café au self-service et prit une chaise.

— Alors, comment s'est passée la réunion ? demanda Dominick.

On était aujourd'hui le 13 décembre, date à laquelle Bantling devait se présenter devant le juge Chaskel. Lors de cette réunion, les avocats discutaient avec le juge du statut de l'affaire, ils évoquaient les peines négociées et pour finir, ils établissaient le programme du procès pour la semaine suivante.

— Aucune demande n'a été formulée en vue d'un report. Apparemment, je dois constituer le jury lundi matin.

— Sans déconner ? s'exclama Manny. J'aurais juré que ce cinglé allait trouver mille et une excuses pour éviter qu'on le fasse griller avant les fêtes. Tant mieux. Finissons-en.

— J'avoue que je suis surpris, moi aussi, dit Dominick. Deux mois de préparation seulement dans une affaire où l'accusé risque la peine de mort, ici, à Miami, le pays des reports et des juges laxistes ? Pas de demande de communication des pièces du dossier. Pas même une tentative pour changer de juridiction. Ça ne risque pas de poser des problèmes ultérieurement, C.J. ?

— Pour faire appel ? Non. C'est Bantling qui exige un procès rapide, pas Rubio. Et c'est Bantling, je pense, qui veut que ça se déroule ici, à Miami, au lieu de prendre le risque d'être jugé dans un comté du Nord où l'âge moyen est de soixante-cinq ans et où tout ce que dit la police est parole d'évangile. Il n'y a pas non plus incompétence de la part de la défense. Le juge Chaskel a bien fait préciser à Bantling, par écrit, qu'il savait qu'il possédait certains droits et que, s'il y renonçait en toute connaissance de cause, il ne pouvait pas ensuite utiliser cet élément pour se pourvoir en cassation après sa condamnation. La fameuse tactique de défense : « Mais personne ne m'a rien dit, monsieur le juge ! » Chaskel ne tient pas à voir revenir cette affaire et Lourdes n'a pris aucun autre client depuis qu'elle s'occupe de Bantling. C'est une avocate respectée qui a déjà défendu six accusés qui risquaient la peine de mort ; elle sait ce qu'il faut faire et je ne pense pas qu'elle ait été bousculée. Ce n'est pas la première fois qu'elle attaque un procès sans communication des pièces au préalable ; certains avocats essayent de s'en servir comme tactique : « Vous ne me montrez pas les vôtres, vous ne verrez pas les miennes. » Peut-être veut-elle nous faire une surprise. J'espère que non.

— Pourquoi Bantling est-il si pressé ? Il croit vraiment qu'il sera libéré à temps pour finir ses courses de Noël ? demanda Manny.

— Ça nous arrange qu'il veuille faire vite. Je déteste quand ces affaires traînent au purgatoire. Les témoins oublient, des pièces à conviction s'égarent, il y a un tas de problèmes, dit Dominick.

— Je suis d'accord, dit C.J. Mais une demande de report nous aurait offert au moins une chose : du temps. (Elle marqua une pause avant d'enchaîner.) Tigler m'a appelée ce matin. De la Flors présente le meurtre de Siban et les vols devant le grand jury la semaine prochaine. Si on perd dans l'affaire Prado, il va se jeter sur Bantling pour l'embarquer illico presto à la Maison FBI avant qu'on ait le temps de dire ouf. Ensuite, on sera obligés d'attendre notre tour pendant qu'il jugera Bantling pour tous les délits fédéraux.

— Ce qui lui procurera assez de temps et d'attention pour obtenir le poste de juge fédéral qu'il vise, dit Dominick.

— Exact, confirma C.J.

— Dans ce cas, pourquoi est-ce qu'on ne le prend pas de vitesse en inculpant Bantling des autres meurtres, maître ? demanda Manny. On a du temps devant nous maintenant.

— Parce que, à part le fil de pêche retrouvé à l'endroit où a été tuée Morgan Weber, il n'existe aucune preuve matérielle qui établisse un lien entre Bantling et les autres victimes. Et je vous rappelle que je n'ai pas encore obtenu de condamnation dans l'affaire Prado. (Elle se tourna vers Dominick.) J'ai besoin de ces cœurs. Il faut que vous retrouviez ses trophées.

— Vous n'avez pas dit que ce n'était pas nécessaire de les retrouver pour le faire condamner ? demanda Manny.

— C'est juste. Mais vous avez vu la prestation de Victor Chavez à la barre. Il apparaît comme évasif, effronté et arrogant.

— Un vrai connard, dit Manny.

— Exact. C'est un témoin épouvantable, hélas, je ne peux pas continuer sans lui. Mais je ne veux pas qu'il se mette les jurés à dos, à tel point qu'ils finiront par penser que Bantling est victime d'un coup monté. S'ils relâchent Bantling dans l'affaire Prado, je n'aurai plus rien pour poursuivre mon instruction. Et peut-être même que le juge ne voudra pas que le prochain jury entende parler de l'affaire Prado.

— On a cherché partout, C.J., dit Dominick. On a interrogé trois cents témoins, analysé des milliers de pièces à conviction. Je ne sais plus où chercher.

— Peut-être que son psy à New York sait ce qu'il a fait des cœurs, dit Manny. Avez-vous parlé à ce Dr Fineburg ?

— Non. Bantling a décidé de ne pas plaider la folie ; c'est irrévocable d'après son avocate. Je ne peux donc pas consulter son dossier médical et je ne peux pas le faire examiner par nos psys. Je suis pieds et poings liés et toutes les informations qu'il a fournies à son psychiatre sont protégées par le secret professionnel. Il ne vous dira rien, même si Bantling a enterré les cœurs dans son jardin.

— Et si Bowman a raison ? dit Manny. Si Bantling a joué les Jeffrey Dahmer et bouffé les cœurs ? Peut-être qu'on ne le saura jamais.

— Je ne pense pas, l'Ours, répondit Dominick. Je pense que C.J. a raison. J'ai déjà enquêté sur des tueurs en série. Ils gardent toujours un trophée. Si c'est le cœur, ça correspond bien. Il *veut* qu'on les cherche, à mon avis. Bantling nous provoque, il nous met au défi. Il s'est donné beaucoup de mal pour nous horrifier en arrachant les cœurs, et il veut nous horrifier de nouveau quand on les retrouvera.

— Examinez encore les pièces à conviction. Épluchez les dossiers. Peut-être qu'un détail nous a échappé, dit C.J. Un reçu de garde-meuble, par exemple, ou une clé de consigne. Je ne sais pas… Essayons. On est sûrement partis pour trois semaines de procès. Si d'ici là je peux obtenir une mise en accusation dans les autres affaires, aucun juge ne laissera filer Bantling chez les fédéraux avant qu'il ait été jugé pour tous ces meurtres.

— Trois semaines de procès ? répéta Manny. Oh oh oh, Bonne année à tous ! Pas de voyage au pôle Nord pour aucun de nous à Noël. Même si on a été sages.

CHAPITRE 66

Manny attendit que C.J. soit repartie à son bureau pour dire :

— J'aime bien le procureur, mais je pense qu'elle est folle de penser qu'on peut retrouver ces cœurs à ce stade de la partie. À moins que Bantling les ait foutus dans un congélo quelque part, ils doivent être décomposés.

— Trouvons le congélo, dans ce cas.

— Toujours optimiste, hein ? Depuis quand vous êtes ensemble, au fait, avec le procureur ? demanda brusquement Manny en regardant Dominick avec un petit sourire en coin entre deux bouchées de *pastelito*.

Dominick soupira.

— Je ne dirais pas qu'on est ensemble, pas vraiment. C'est si évident que ça ?

— Pour moi, ton vieux pote. J'aime croire que je sais lire dans les pensées des femmes, Dom. Et je sens que le procureur a un faible pour toi.

— Ah oui ?

— Ouais. Et tu as un faible pour elle. Alors, depuis quand ?

— Deux mois environ, pas plus.

— Et ?

— Et c'est tout. Je ne sais pas. Elle me plaît, je lui plais. Mais elle me maintient à distance. On est au point mort, je crois.

— Ah, les femmes. Elles réclament une relation, une relation, une relation. Et quand tu leur en proposes une, elles n'en veulent plus. C'est pour ça que je me suis marié trois fois, Dom. Je n'arrive toujours pas à les comprendre.

Mais j'ai beau jurer de ne plus y toucher, je finis toujours par craquer pour une gourmandise chaude et épicée. C'est comme avec les *picadillos*, ça me file une indigestion et je me demande pourquoi j'ai recommencé.

— En tout cas, elle ne veut pas que ça se sache, alors ça reste entre nous et tu mets ton instinct en veilleuse, d'accord. Elle va flipper si elle pense que les gens se doutent de quelque chose. Elle s'inquiète à cause de Tigler et de la presse.

— Motus et bouche cousue. Mais pas de pelotage dans la voiture de patrouille, hein ?

— Je pense qu'elle a raison, Manny. Sincèrement, dit Dominick, lentement, en se demandant s'il devait formuler ses pensées ou bien les garder pour lui.

Il regarda autour d'eux pour voir si quelqu'un les écoutait, mais la cafétéria s'était vidée et ils étaient seuls au fond. Il reprit à voix basse :

— J'ai réfléchi, Manny. J'ai examiné les rapports et les photos. Pour essayer de trouver ce qui nous échappe depuis le début. Pourquoi n'y a-t-il aucun indice matériel ? Parce que le Vorace ne veut pas qu'on les trouve ? Non, ça ne colle pas, car si tel était le cas, on n'aurait jamais retrouvé le moindre corps. À mon avis, c'est parce qu'il est trop intelligent, l'Ours. Il a pris des risques énormes avec ces filles. Il les a enlevées dans des boîtes de nuit, devant les videurs, devant leurs propres amis. Il a pris son temps pour les tuer, pour installer les décors, jouer avec les cadavres. Tout cela est extrêmement contrôlé et calculé.

« Il veut nous montrer ce qu'il a fait, Manny. Il veut qu'on sache ce qu'il a fait à ses victimes avant de les tuer, avec cette drogue, le Mivacron. Il veut que nous soyons horrifiés, hypnotisés, abasourdis par son intelligence. Malgré sa cruauté, malgré son audace, on n'arrive pas à mettre la main dessus. Tous les lieux du crime, sauf dans le cas d'Anna Prado, étaient préparés. Préparés pour le moment où il tuerait ses victimes et préparés pour le moment où on les découvrirait. Tout était mis en scène, jusqu'à la position des doigts.

— Bon, d'accord, il est intelligent. Il a tout planifié, même la façon dont on découvrirait les corps. Où veux-tu en venir au juste ? Quel est le rapport ? demanda Manny.

— Pense à Marilyn Siban dans cette base militaire abandonnée. À mon avis, il savait que des flics s'y entraînaient. Il savait que des flics la découvriraient et que cette scène donnerait envie même aux plus coriaces d'entre nous de changer de métier. Nicolette Torrence : découverte par des mômes dans cette fumerie de crack abandonnée. Une fumerie de crack qui, coïncidence, était l'objet d'une enquête et d'une procédure judiciaire de la part des services de Coral Gables. Hannah Cordova : découverte dans une usine de canne à sucre désaffectée investie par les services des douanes un mois plus tôt à la suite d'une information concernant un trafic d'héroïne. Krystal Pierce : découverte dans un ancien supermarché où un triple meurtre avait été commis moins de six mois plus tôt, et sur lequel avait enquêté la police de Miami-Dade. Presque tous ces endroits ont un rapport avec des forces de police quelconques.

— Où veux-tu en venir, Dom ? Tu penses que Bantling est un plagiaire ? Tu crois à son baratin : « Je suis victime d'une machination ! » ? Cette histoire d'enquêtes de police, c'est peut-être une coïncidence. À en croire ces pauvres âmes sensibles de la Ligue des droits de l'homme, presque tous les habitants de Miami ont reçu la visite des flics chez eux un jour ou l'autre. Et Dieu sait que les fédéraux sont de vrais cafards quand ils cherchent de la came. Certes, les corps ont été découverts dans des endroits peu ragoûtants, Dom, mais c'est souvent le cas.

— Je ne pense pas que Bantling soit un plagiaire, l'Ours. Je pense que c'est le meurtrier original. Les entailles sur le torse étaient situées aux mêmes endroits, dans le même ordre, que pour les autres victimes. Anna Prado avait la même drogue que les autres dans son organisme. Un plagiaire n'aurait pas su comment s'y prendre, il n'aurait pas su au sujet de la drogue. Mais je pense qu'il y a un lien avec la police, en effet.

— Genre Bantling serait un flic refoulé et on ne s'en serait pas aperçu, ou son chat aurait été tué par un flic ? Il y a un tas de raisons de s'en prendre aux flics, Dommy Boy. On sert de boucs émissaires à tout le monde.

Dominick hocha la tête et sirota une gorgée de café avant d'enchaîner sur sa dernière réflexion :

— Peut-être. Mais concernant Anna Prado, je pense que Bantling avait d'autres projets pour elle. Qui ont été interrompus car on l'a arrêté prématurément. Si on arrive à deviner quels étaient ses plans, on trouvera peut-être où sont cachés ses trophées.

Manny secouait la tête.

— Je ne suis pas convaincu, Dom. Un lien avec la police ? Si c'est le cas, comment Bantling pouvait-il être au courant des descentes, des fouilles et de tout ce que tu viens de raconter ?

Dominick ne dit rien.

Manny saisit enfin la pensée de son ami et il laissa échapper un petit sifflement.

— Oh, putain, Dom. Tu penses qu'il y en a un autre, c'est ça ? Tu penses que ce type a un complice quelque part, en train de se tordre de rire. *Et tu penses que ça pourrait être l'un de nous.*

CHAPITRE 67

Cinq jours. C.J. n'avait plus que cinq jours avant que débute le plus grand procès de sa carrière. Pendant plus d'un an elle avait vécu et dormi avec cette affaire, et elle savait qu'elle était aussi prête qu'il était possible de l'être, sur tous les plans. Elle connaissait les témoins, elle connaissait les pièces à conviction, elle connaissait les victimes. Sous toutes les coutures. Chaque jour ou presque, depuis qu'elle avait rejoint la brigade spéciale, elle avait répété mentalement son réquisitoire, le mettant à jour chaque fois qu'apparaissait un élément nouveau ou qu'on découvrait le corps d'une nouvelle victime, et enfin, en septembre dernier, elle avait pu ajouter un nom : celui de l'accusé. Elle avait quelqu'un à montrer du doigt dans la salle de tribunal bondée, face à un jury furieux et vindicatif.

Mais voilà que l'accusé risquait de se transformer en accusateur. Six semaines s'étaient écoulées depuis qu'elle avait posé les yeux sur Bantling dans la salle d'audience, quand il avait essayé de se lever pour la montrer du doigt lui aussi, devant ses pairs, face au tribunal de l'opinion publique. Le juge Chaskel l'en avait empêché, involontairement ; son avocate l'avait calmé et la bombe n'avait pas explosé. Depuis six semaines, il restait silencieux et presque chaque jour C.J. se demandait quand elle allait recevoir un coup de téléphone du juge Chaskel, quand on lui apporterait une nouvelle motion, quand les unes des journaux clameraient la nouvelle : *La femme procureur violée par le Vorace ! Son plan de vengeance déjoué !* Combien de temps encore Bantling se laisserait-il contenir ?

Jusqu'à l'ouverture du procès ? Les plaidoiries d'introduction ? Le témoignage de Chavez ? Le témoignage de Dominick ? Celui du médecin légiste ? La plaidoirie finale et le réquisitoire ? Ou peut-être que le big-bang se produirait lorsqu'il déciderait de venir à la barre pour assurer lui-même sa défense. Non pas pour nier les accusations portées contre lui, mais pour accuser son accusatrice. Chaque journée passée dans cette salle de tribunal durerait une éternité, la pression s'accumulerait dans sa tête et sa poitrine, à force de se sentir observée, déshabillée du regard, face à cet homme qui se léchait les babines avec sa grande langue rose, jusqu'à ce que son cœur cède sous l'effet du stress.

Elle savait que c'était exactement ce qu'il voulait. Avec un magnifique sourire éclatant, il balançait son secret au-dessus d'un gouffre noir, tandis qu'elle essayait de le rattraper en suant à grosses gouttes. En ce sens, il la contrôlait totalement et il aimait ça. C'était une torture mentale qu'il pouvait même exercer de sa cellule, derrière des barreaux et des portes en acier, là où elle ne pouvait ni l'entendre ni le voir.

Il fallait qu'elle gagne ce procès. Si elle perdait, Bantling se retrouverait libre. Peut-être pas immédiatement, peut-être que les fédéraux le garderaient quelque temps avec leurs inculpations pour vols, conformément au Hobbs Act, mais il n'y avait plus de preuves matérielles de sa culpabilité. Il serait relâché et elle ne saurait plus où il était. Jusqu'à ce qu'il réapparaisse un jour, comme voisin dans son immeuble, ou sur l'Escalator du palais de justice, au restaurant pendant qu'elle dînait, à la cafétéria un midi. Comme à New York lorsqu'il pouvait se trouver partout et n'importe où. Mais cette fois, ce serait différent, car même si elle le voyait, elle ne pourrait rien faire. Elle aurait beau hurler, hurler, hurler dans une rue pleine de monde au moment où il la croisait, dans le bus lorsqu'il viendrait s'asseoir à côté d'elle, au restaurant lorsqu'il lui tiendrait la porte, personne ne pourrait rien faire, avant qu'il pose la main sur elle de nouveau. Et à ce moment-là, elle le savait, il serait trop tard.

La lumière grise de l'écran de l'ordinateur dans la pièce sombre l'obligeait à plisser les yeux pour finir de rédiger le premier jet des questions qu'elle poserait aux jurés potentiels pour établir la sélection du jury. À présent, quand elle était seule dans son bureau la nuit, elle baissait les stores pour se protéger des regards indiscrets de ses voisins d'en face. Sur son bureau étaient étalées les trois premières moutures de sa déclaration initiale. Chacune était différente, en fonction de l'éruption éventuelle du volcan et des projections de lave en fusion. En fonction de la découverte éventuelle, par Dominick et ses hommes, des preuves matérielles qu'elle avait réclamées. La réponse était là, quelque part, elle le savait, et elle continuerait à chercher jusqu'à ce que…

Et si Bantling n'était pas le meurtrier ?

Elle n'y croyait pas vraiment, mais… Et s'ils ne trouvaient pas les cœurs des victimes ni aucune preuve supplémentaire tout simplement parce qu'il n'y avait rien à trouver ? Et si c'était quelqu'un d'autre ? Quelqu'un qui, alors qu'elle luttait pour garder derrière les barreaux le diable qui se trouvait de l'autre côté de la rue, aiguisait son meilleur couteau en attendant une occasion propice pour surgir d'une ruelle obscure ? Et s'il avait frappé à nouveau, sans qu'ils le sachent, car ils ne faisaient plus attention ? Son esprit refusait de s'aventurer sur ce terrain, de jouer à ce jeu dangereux. Tous les indices qu'ils avaient rassemblés désignaient Bantling de manière irréfutable, à une seule exception.

C.J. fit tourner fébrilement la cassette entre ses doigts avant de l'introduire dans le radiocassette posé sur le dessus du meuble de rangement.

« — Police secours, j'écoute.

— J'appelle au sujet d'une voiture, une Jaguar XJ8 noire, dernier modèle, qui roule dans Washington Avenue en venant de Lincoln Road, en direction du sud. Il y a deux kilos de cocaïne dans le coffre et elle se dirige vers l'aéroport. Elle va prendre la voie express MacArthur, au cas où vous la laisseriez filer dans Washington.

— Quel est votre nom, monsieur ? D'où appelez-vous ? »

La communication avait été coupée.

C.J. avait écouté cet échange au moins trente fois depuis que la police de Miami Beach lui en avait fourni une copie. La voix était étouffée, comme si le correspondant anonyme avait placé un tissu devant l'appareil. Mais c'était une voix grave, une voix d'homme, assurément. Il parlait d'un ton calme, sans précipitation. En fond sonore, on entendait une musique douce, de l'opéra peut-être.

Pourquoi fournir un faux tuyau en disant que la voiture transportait de la drogue ? Qui souhaitait voir la Jaguar arrêtée et le coffre fouillé ? Un automobiliste furieux qui voulait se venger à la suite d'une queue-de-poisson ? Non, la voix calme et posée n'était pas celle d'un homme en colère. Et l'appel ne semblait pas provenir d'un téléphone portable. Ils n'avaient découvert aucun indice pouvant laisser deviner que Bantling se droguait et encore moins qu'il faisait du trafic.

Qui avait intérêt à ce que la police fouille le coffre ?

La seule explication possible glaçait le sang de C.J.

Quelqu'un qui savait quelle découverte macabre attendait la police.

CHAPITRE 68

L'odeur du poulet rôti au citron et aux épices, et des petits sablés chauds, envahit ses narines quand elle ouvrit la porte d'entrée. Lucy se précipita pour en découvrir l'origine, en essayant désespérément de se faufiler entre les jambes de sa maîtresse, mais C.J. la coinça avec son pied. Tibby II localisa la personne qui détenait ces trésors et se frotta langoureusement contre les mollets de Dominick en ronronnant, comme s'il n'avait pas eu à manger depuis une semaine.

— Je vois que tu as apporté le dîner, commenta C.J.

— On ne peut pas discuter sans se remplir l'estomac, répondit Dominick en entrant dans l'appartement. Mais ne sois pas trop impressionnée. Ça vient de chez le traiteur. (Il fit jaillir de derrière son dos une bouteille enveloppée dans un sac en papier marron.) Un bon dîner n'est pas complet sans une bouteille de chardonnay !

Il se pencha pour caresser la tête de Lucy.

— Bonjour, ma vieille ! Ta méchante maman ne t'a pas donné à manger ? J'ai une surprise pour toi ! (Tibby poussa un fort miaulement.) Oui, pour toi aussi, Tibby. Évidemment.

Il sortit de derrière son dos un autre sac, en plastique cette fois, contenant une barquette de foies de poulet cuisinés. Lucy laissa échapper un aboiement d'extase. Tibby faillit sauter sur la tête de Dominick.

— Allons chercher vos gamelles.

C.J. assista à la scène en déposant le poulet rôti, les biscuits et les verres à vin sur la table de la cuisine.

— Elle va aboyer comme ça pendant vingt minutes. Et ensuite, elle voudra ressortir.

— Ne t'en fais pas, j'irai la promener, répondit Dominick et il tendit la main vers la bouteille de vin en s'approchant dans le dos de C.J. occupée à mettre la table. Je m'occupe du vin, dit-il alors qu'elle se retournait vers lui.

Il la plaqua contre la table de la cuisine et l'embrassa tendrement sur la bouche. Leurs mains se trouvèrent et leurs doigts s'enlacèrent.

— Qui a besoin de manger, après tout ? demanda-t-il d'un ton léger.

— Allez, Casanova. Débouche la bouteille et fais-moi voir tes muscles.

— Pas de problème, répondit-il.

Mais il ne bougea pas. Sans cesser de la coincer contre la table, il passa ses mains dans le dos de C.J. pour prendre la bouteille et le tire-bouchon. Puis leurs bouches se rencontrèrent de nouveau et la langue de Dominick s'insinua langoureusement entre les lèvres de C.J. Elle promena ses mains sur son polo, sentant la fermeté de son torse, la puissance de ses épaules, le dessin de ses muscles, jusqu'à ce qu'elle les noue autour de son cou. À travers la soie de son chemisier, elle sentait le contact froid de la bouteille de vin contre ses reins. Les gouttes de condensation provoquées par la chaleur de son corps mouillaient et plaquaient le tissu fin sur sa peau. Le bouchon fut éjecté du goulot, mais leur baiser se poursuivit. Dominick posa la bouteille sur la table et tira sur le chemisier pour le faire sortir du pantalon et le décoller du dos de C.J., remplaçant le contact de la soie mouillée par ses mains, humides et froides à cause de la bouteille. Elles remontèrent dans son dos en provoquant de délicieux frissons, survolèrent le soutien-gorge et s'arrêtèrent pour caresser les épaules. Après quoi elles redescendirent pour défaire l'attache du soutien-gorge et ses doigts frôlèrent les côtes jusqu'à ce qu'ils trouvent enfin les seins. Repoussant l'obstacle du soutien-gorge, il prit délicatement dans ses mains la poitrine ferme et la sentit se soulever et retomber sous ses caresses, à mesure que la respiration de C.J. s'accélérait.

Une de ses mains descendit vers son ventre, sans se soucier des horribles cicatrices, et elle trouva le bouton du pantalon. C.J. ne pouvait s'arracher à ce baiser, et en moins d'une seconde, le bouton fut ouvert, la fermeture Éclair baissée, et la main de Dominick continua à descendre, en écartant la culotte, et ses doigts la découvrirent chaude et humide, prête. Son pantalon noir tomba en tas sur le sol de la cuisine. Avec la puissance de son corps, il la fit asseoir sur la table, en continuant à explorer son intimité avec ses doigts ; elle sentait la pression de son pénis dur contre sa cuisse à travers le pantalon.

Sachant ce qui allait suivre, C.J. se força à interrompre leur baiser. Elle ouvrit les yeux et fut aveuglée par la lumière brutale de la rampe de spots au plafond.

— Allons dans la chambre, Dominick, murmura-t-elle.

Les mouvements de ses doigts s'accélérèrent en elle et une sensation d'intenses picotements la parcourut de la tête aux pieds.

— Laisse-moi te faire l'amour ici. Laisse-moi te voir, C.J. Tu es si belle, répondit-il dans son oreille, tout en enveloppant son lobe avec sa langue.

Son autre main abandonna ses seins pour s'attaquer aux boutons du chemisier.

— Non ! Non ! Dans la chambre. Je t'en prie, Dominick.

Les picotements devenaient presque intenables et elle se mit à trembler sur la table. L'orgasme n'était pas loin.

— Laisse-moi te regarder. J'aime ton corps. Je veux voir ce que je te fais.

Sa main avait abaissé la culotte, qui alla rejoindre le pantalon par terre. Seul son chemisier en soie blanche la couvrait encore, et il avait déjà défait tous les boutons.

— Non, dit-elle en secouant la tête. Je t'en prie…

Il recula légèrement et la regarda droit dans les yeux. Sans un mot, il la souleva délicatement dans ses bras et il la porta dans le couloir jusque dans la chambre obscure, en laissant allumée derrière eux la lumière de la cuisine.

CHAPITRE 69

Ils étaient couchés l'un contre l'autre dans le noir, en chien de fusil, encastrés comme deux cuillères. Dans la faible lumière rouge du réveil, Dominick la regardait somnoler en jouant avec ses cheveux dans la nuque, là où les racines poussaient blondes. Après qu'ils avaient fait l'amour, C.J. s'était empressée, comme toujours, d'enfiler un T-shirt, sans allumer la lumière, avant de revenir se blottir contre lui dans le lit. Il glissa sa main sous le T-shirt, sentant la chaleur de son dos contre sa paume, la fragilité de son ossature, le galbe des muscles qui la recouvraient et la douceur de sa peau. Il regardait et sentait son corps endormi se soulever et retomber lentement à chaque respiration.

Comme souvent, ses pensées le ramenèrent vers Natalie, et dans la lueur du réveil, il vit ses longues mèches brunes étalées sur ses épaules et dans son dos quand elle dormait. Natalie. Sa fiancée d'autrefois, la seule autre femme pour laquelle il avait éprouvé tant de sentiments, dont la présence lui était indispensable. Ne serait-ce que pour se trouver près d'elle et la regarder dormir. Il n'avait pas oublié la douleur intense quand elle s'était éloignée de lui, et quand il avait fini par la perdre totalement. Le chagrin l'avait terrassé. À tel point qu'il avait l'impression qu'une partie de lui-même était morte en même temps qu'elle, comme si quelqu'un avait fait un trou dans sa poitrine pour lui arracher le cœur. La mort de Natalie lui avait fait comprendre ce que voulaient dire les proches des victimes, au cours de ses enquêtes, quand ils lui parlaient de la douleur incommensurable qu'ils ressentaient. Une douleur si profonde et si forte qu'elle infectait tout ce qu'ils faisaient, toutes leurs relations, leur âme même. Et puis, il y avait ce terrible secret, cette découverte ultime que partageaient les membres de ce club macabre : le temps ne guérit pas nécessairement toutes les blessures.

Dominick ne voulait plus éprouver cette souffrance. Il n'avait pas oublié la torture que représentait le fait de se lever chaque matin dans un appartement rempli de souvenirs heureux qu'ils avaient partagés, désormais incarnés et figés dans une photo, une table basse achetée ensemble ou une tasse favorite. La souffrance s'était répétée quotidiennement, longtemps, jusqu'à le plonger dans une sorte d'hébétude, il s'était alors juré de ne plus jamais s'attacher autant à une femme. Il avait rangé ses souvenirs, dans un recoin de son cerveau, mais un moment familier suffisait à les réveiller et ils remontaient à la surface pour bien se montrer. Il revoyait alors le visage éclatant de Natalie et son magnifique sourire, avant qu'il se transforme devant lui en un regard froid et vide d'entrepreneur des pompes funèbres.

Il était allongé à côté de C.J., leurs corps se touchaient et l'odeur de ses cheveux le rendait fou. En dépit de ses résolutions, il s'apercevait qu'il avait envie d'aller plus loin avec elle, il voulait savoir tout ce qu'il y avait à savoir sur cette belle et mystérieuse femme rongée par l'angoisse.

Il l'embrassa dans le cou et, instinctivement, elle se rapprocha encore plus de lui.

— Il est quelle heure ? murmura-t-elle d'une voix assoupie.

— Minuit. Tu dors depuis presque une heure.

— Je n'ai pas ronflé, j'espère.

— Non, pas ce soir.

Elle roula sur elle-même et posa sa tête sur le torse de Dominick.

— Je meurs de faim, dit-elle.

Elle regarda la porte fermée de la chambre. Un trait de lumière filtrait en dessous. Tout était étrangement calme.

— Je me demande si le poulet est toujours là.

— J'en doute fort.

— On se croirait dans un mauvais film d'horreur, dit-elle, quand l'étudiante sexy demande à son petit ami d'aller chercher une bière après qu'ils ont batifolé. Il n'y a plus rien de vivant dans la cuisine après l'attaque des animaux domestiques affamés.

— Heureusement que j'ai fermé la porte, car sinon ce gros chat serait en train de nous braquer avec mon arme pour en réclamer encore. C'est lui le chef de la bande, à mon avis.

— Je crois que j'ai une pizza surgelée. Ou une soupe. C'est à peu près tout.

Ils restèrent allongés dans l'obscurité pendant un instant, puis Dominick demanda :

— Au fait, que représentent les initiales C.J. ? Je m'aperçois que je ne t'ai jamais posé la question.

Elle se raidit. Prise au dépourvue, elle se surprit à répondre :

— Chloé, dit-elle dans un murmure. Chloé Joanna.

— Chloé… J'aime bien. C'est joli comme prénom. Pourquoi tu ne t'en sers pas ?

— Ne m'appelle pas comme ça, s'il te plaît.

— D'accord, si tu ne veux pas. Mais explique-moi pourquoi.

— Je ne veux pas aborder ce sujet. C'est personnel.

Elle roula sur le côté pour s'éloigner de lui.

Dominick attendit un moment, puis, dans un soupir, il demanda :

— Pourquoi es-tu si pleine de secrets ? Pourquoi me maintiens-tu à l'écart ?

— Ce prénom appartient au passé. Et je n'ai pas envie de discuter de ça.

— Ton passé fait partie de toi. (Il baissa la voix et ajouta :) Et moi aussi, je veux faire partie de toi, C.J.

— Le passé, c'est ce que j'étais, pas ce que je suis maintenant. Je ne peux pas t'en donner davantage, Dominick.

Elle se redressa dans le lit.

Il l'imita et enfila son pantalon.

— D'accord, d'accord. J'attendrai que tu sois prête, dit-il, résigné. Si je nous faisais une omelette ? Tu as des œufs ?

Elle ne répondit pas immédiatement.

— Écoute… Il faut qu'on se parle, mais je ne veux pas que tu le prennes mal surtout.

Elle était assise au bord du lit, immobile dans l'obscurité de la chambre, et elle lui tournait le dos.

— Le procès va débuter dans quelques jours, dit-elle. Et je pense que pendant tout ce temps… il ne faut pas qu'on se voie. On va être examinés à la loupe tous les deux, par la presse et nos patrons respectifs. Et je crois que mes sentiments pour toi se lisent sur mon visage quand on est ensemble. Il vaut mieux qu'on prenne nos distances.

Dominick reçut les paroles de C.J. comme une claque.

— Qu'est-ce que ça peut faire si les gens devinent nos sentiments ? Quelle importance ?

— Pour moi, c'est important. Je ne peux pas mettre ce dossier en danger, Dominick. Bantling doit être mis hors d'état de nuire pour ce qu'il a fait.

— Je suis d'accord avec toi, C.J., et il sera mis hors d'état de nuire. Je te le promets. (Il vint s'asseoir à côté d'elle sur le lit.) On fait tout ce qu'on peut. On a un dossier en béton. Tu es un formidable procureur. Il n'a aucune chance.

Il la regarda au fond des yeux et attira son visage vers le sien.

— Pourquoi est-ce qu'il t'obsède à ce point ? Qu'a-t-il fait d'autre, C.J. ? Parle-moi, je t'en supplie.

L'espace d'un instant, il crut véritablement qu'elle allait se confier à lui. Ses lèvres tremblèrent et un mince filet de larmes glissa sur sa joue. Puis elle se ressaisit.

— Non.

Elle sécha ses larmes du revers de la main, avec un air de défi.

— Je tiens beaucoup à toi, Dominick. Plus que tu l'imagines, mais il faut que nous gardions nos distances durant ce procès. J'ai besoin de prendre du recul ; il faut que tu comprennes ça. S'il te plaît.

Dominick prit sa chemise et l'enfila. Il finit de s'habiller en silence, pendant que C.J. restait assise au bord du lit, en lui tournant toujours le dos. La porte de la chambre s'ouvrit et la lumière s'engouffra dans la pièce. La voix de Dominick était froide :

— Non. Ne me demande pas encore une fois de comprendre, car je ne comprends pas.

Il récupéra son arme et ses clés sur la table basse dans le salon et quitta l'appartement.

CHAPITRE 70

La porte du couloir conduisant au bureau du juge s'ouvrit à la volée et le juge Chaskel en jaillit pour se précipiter vers son estrade dans une envolée de robe noire.

— Levez-vous ! La séance est ouverte ! L'Honorable Juge Leopold Chaskel troisième du nom préside ! s'écria Hank, l'huissier, un peu surpris.

Le silence s'abattit sur l'assistance, tandis que le juge s'empressait de chausser ses lunettes pour parcourir, en plissant le front, la liste des jurés potentiels que Janine, sa greffière, avait déposée sur son bureau. Le box des accusés était vide, tout comme les rangées de bancs sur le côté droit de la salle, dont l'accès était interdit par des cordes. C'était là que les jurés potentiels prendraient place lors du processus de sélection. Les observateurs et la presse, évidemment, occupaient les rangées de gauche. Il était 9 h 10 en ce lundi 18 décembre.

— Bonjour à tous. Désolé pour ce retard. J'ai dû assister au petit déjeuner de fin d'année des juges. C'est de saison.

Il regarda au pied de son estrade, par-dessus ses lunettes, le bureau auquel était assise Janine, juste en face de lui.

— En parlant de ça, pas de couvre-chef, je vous prie, Janine, pendant que la cour siège, dit-il en faisant allusion au petit bonnet de Père Noël, rouge et blanc, qu'elle portait.

Honteuse, elle l'ôta et le rangea dans le tiroir de son bureau. Le juge se racla la gorge.

— Nous sommes ici aujourd'hui pour l'affaire *État de Floride contre...*

Il s'arrêta et balaya la salle du regard.

— Où est l'accusé ? demanda-t-il en fronçant les sourcils.

— Il est encore à la prison, il va arriver, répondit Hank.

— Pourquoi n'est-il pas déjà là ? J'avais dit neuf heures, Hank. Pas neuf heures et quart. Seul le juge a le droit d'arriver en retard.

— Oui, monsieur le juge, mais apparemment, il leur a donné du fil à retordre ce matin, dit Hank. Il a refusé de coopérer.

Visiblement agacé, le juge Chaskel secoua la tête.

— Je ne veux pas que les gardiens de prison amènent l'accusé devant les futurs jurés. Cela va les influencer. Faites-les patienter jusqu'à ce qu'il soit là. Combien de jurés potentiels attendent en bas, Hank ?

— Deux cents.

— Deux cents ? À l'approche des fêtes ? C'est pas mal. Commençons par les cinquante premiers et on verra. J'aimerais dire un mot à M. Bantling avant qu'on procède à la sélection du jury. (Il regarda Lourdes par-dessus ses lunettes.) Mademoiselle Rubio, votre client se fait une réputation d'enquiquineur, à l'intérieur de ce tribunal et au-dehors.

Lourdes parut gênée, comme si elle était responsable du comportement de son client quand il n'était pas en sa présence. Lors de la réunion à huis clos de la semaine précédente, c'était la première fois que C.J. revoyait Lourdes depuis Halloween, et comme ce jour-là, elle avait remarqué que l'avocate évitait de croiser son regard.

— Je suis désolée, monsieur le juge, mais…

Elle fut interrompue par le bruit sourd que faisaient les portes du box du jury en s'ouvrant. Trois gardiens costauds entrèrent avec William Bantling, les fers aux pieds et menotté. Celui-ci portait un élégant costume italien gris anthracite, avec une chemise blanche et une cravate en soie gris clair, griffées elles aussi. Bien qu'il ait perdu une dizaine de kilos, estima C.J., il était fringant, si l'on exceptait le côté gauche de son visage rougi et tuméfié. Les gardiens le firent asseoir sans ménagement à côté de Lourdes qui, remarqua C.J., écarta légèrement sa chaise.

— Ne lui enlevez pas tout de suite ses menottes. Je veux dire un mot à M. Bantling, déclara le juge d'un ton sévère. Pourquoi l'amène-t-on seulement maintenant ?

— Il a piqué sa crise, monsieur le juge, répondit un des gardiens. Il s'est mis à brailler qu'il voulait pas aller au tribunal sans tous les bijoux avec lesquels il a été arrêté. Il nous a traités de voleurs. On a été obligé de le ligoter pour le faire sortir de sa cellule.

— Pourquoi ne peut-il pas porter ses bijoux ?

— Question de sécurité.

— Une montre pose-t-elle un problème de sécurité ? Ne nous aventurons pas dans le domaine de l'absurde. Je l'autorise à porter ses bijoux dans la salle de tribunal.

Le juge Chaskel plissa les yeux et regarda l'accusé.

— Écoutez-moi bien, monsieur Bantling. J'ai assisté à vos coups de colère dans cette salle et j'ai entendu parler de vos crises ailleurs. Je vous préviens dès maintenant : je ne suis pas un juge patient, ni tolérant. Au bout de trois fois, c'est l'exclusion, et vous en êtes déjà à deux. En cas de besoin, je vous ferai attacher, bâillonner et traîner jusqu'ici tous les jours, avec votre jolie combinaison rouge. Me fais-je bien comprendre ?

Bantling hocha la tête. Pas une seule seconde ses yeux froids ne quittèrent le regard dur du juge Chaskel.

— Oui, Votre Honneur.

— Quelqu'un d'autre a-t-il quelque chose à ajouter ou peut-on commencer la sélection du jury ?

Bantling reporta son regard sur C.J. Son secret se balançait en équilibre précaire au-dessus du gouffre béant.

Le juge Chaskel attendit un petit instant avant d'enchaîner :

— Très bien. Puisque personne n'a rien à dire, allons-y. Messieurs, veuillez ôter les menottes et les chaînes de M. Bantling. Hank, allez chercher les cinquante premiers veinards. Je tiens à constituer le jury avant la fin de la semaine. Évitons que ça se prolonge jusqu'après la coupure de Noël.

Bien qu'elle sente ses poumons se resserrer et les murs vaciller, C.J. affronta avec un air de défi le regard pénétrant de Bantling. De manière à peine perceptible, il darda sa langue rose au coin de sa bouche et la promena sur sa lèvre supérieure, puis un sourire entendu apparut sur son visage. Sa bouche luisait sous les éclairages violents de la salle de tribunal.

C.J. savait que ce n'était pas aujourd'hui qu'il dévoilerait son secret au monde entier. Il la torturerait en la faisant attendre, en la maintenant dans le doute. Il manierait son secret comme une arme mortelle, qu'il utiliserait au moment jugé opportun, pour frapper rapidement et violemment, en visant la jugulaire.

Et elle ne verrait rien venir.

CHAPITRE 71

Le jury, composé de cinq femmes et de sept hommes prêta serment le vendredi après-midi à 14 h 42 très exactement, soit quelques minutes avant que le tribunal ferme ses portes pour les fêtes de Noël. En Floride, les jurés ne sont pas séquestrés, ils purent donc rentrer dans leurs familles. Quatre Hispaniques, deux Afro-Américains et six Blancs constituaient le jury des pairs de William Bantling. Les âges allaient de vingt-quatre ans pour un moniteur de plongée sous-marine à soixante-seize ans pour un libraire à la retraite. Ils vivaient tous à Miami, et bien qu'ils aient entendu parler, à la télé ou dans les journaux, des meurtres du Vorace, tous affirmèrent qu'ils ne s'étaient pas encore formé une opinion quant à la culpabilité ou à l'innocence de l'accusé et tous jurèrent de se montrer impartiaux.

Le temps que C.J. range ses affaires dans son attaché-case et sorte pour traverser la rue, le tribunal était complètement désert. Les journalistes eux-mêmes étaient rentrés chez eux, sans doute trouvaient-ils que la sélection du jury manquait d'intérêt.

L'ambiance était la même dans les locaux du bureau du procureur. Tigler avait fermé boutique à 15 heures également, mais la plupart des employés étaient rentrés chez eux à midi. C.J. passa devant les rangées de bureaux vides, ornés de décorations de Noël en carton, avec leurs corbeilles à papier pleines d'emballages rouge et vert déchirés. Un grand chariot qui servait habituellement à transporter les dossiers provenant des archives au sous-sol avait été abandonné près de la photocopieuse ; il débordait de gobelets en plastique à moitié remplis de soda et d'assiettes en carton où restaient des petits fours entamés : les vestiges de la petite fête de Noël qu'elle avait loupée. La plupart des avocats étaient partis dès le lundi afin d'utiliser leurs derniers jours de congé avant de les perdre, et leurs bureaux étaient désolés et noirs.

C.J. prit les dossiers dont elle aurait besoin pour finir de rédiger sa plaidoirie préliminaire et elle enferma les autres à clé dans le meuble de rangement. Elle récupéra son manteau sur le dossier de la chaise, son sac à main, son attaché-case, son petit chariot et se dirigea à pas lents vers les ascenseurs. Elle avait souvent entendu dire que les suicides étaient plus nombreux à l'époque de Thanksgiving, de Noël et du jour de l'an. Ce n'était pas seulement les plus beaux moments de l'année, ce pouvait être également les plus déprimants quand on se sentait seul.

Franchissant la porte du hall, elle déboucha sur le parking plongé dans la pénombre et s'empressa de boutonner son manteau. Même en Floride, même dans le « Sunshine State » comme on l'appelait, les nuits pouvaient être glaciales quand un méchant vent de décembre soufflait de la Miami River.

Tout le monde avait des projets pour les fêtes, avec des amis, avec l'être aimé. Pas elle. Pour C.J., il n'y avait personne cette année, et les fêtes passeraient comme toutes les autres auparavant, comme cette longue succession de Noëls sans « Joie sur Terre » ni « Bonheur Fraternel », ni tous ces clichés qui décoraient les cartes de vœux à deux sous. Évidemment, il y avait toujours la Californie et ses parents, si elle avait pu envisager de se rendre en avion sur la côte Ouest pour deux jours seulement, mais des souvenirs tristes et amers planaient toujours autour de leurs retrouvailles, la menace permanente de voir surgir une véritable discussion. Sa mère éviterait d'aborder des sujets graves, se contentant de parler du temps et des comédies musicales pendant une semaine. Son père la regarderait d'un air triste, en attendant qu'elle craque de nouveau, sans doute. Une fois par an, une semaine en été, c'était tout ce qu'elle pouvait supporter mentalement, mais certainement pas maintenant, même pour un dîner de fêtes. Bantling l'avait également privée de ces relations. Cette année encore elle resterait chez elle avec Lucy, Tibby et une dinde cuisinée maison. Mais cette année, il n'y aurait pas de James Stewart et *La vie est belle*. Au lieu de cela, dans la solitude de sa cuisine, elle écrirait et récrirait encore son texte préliminaire, elle préparerait son interrogatoire, elle commencerait à formuler son réquisitoire, tout cela dans un effort concerté pour tuer un meurtrier.

Elle n'avait pas revu Dominick, ni entendu sa voix, depuis une semaine exactement et elle se demandait comment il allait passer Noël. En famille ? Avec des amis ? Seul ? Elle s'aperçut à cet instant qu'elle savait très peu de chose sur lui ; pourtant, à un moment, elle avait espéré en apprendre plus. Elle voulait croire que, lorsque cette affaire serait terminée, ils pourraient peut-être tout reprendre depuis le début, mais intérieurement, elle savait que c'était sans doute impossible. Elle l'avait senti trop déterminé quand il était parti, quand elle l'avait laissé partir.

Encore un sacrifice pour le bien commun. Mais celui-là n'était pas insignifiant.

Après avoir chargé ses dossiers et son attaché-case à bord de la Jeep, elle fit signe que tout allait bien au gardien installé au chaud dans le hall violemment éclairé du Graham Building. Puis elle prit la direction de Fort Lauderdale et de sa dinde pour une personne, sans remarquer un seul instant ce visage familier qui l'observait en silence dans la pénombre.

Il observait. Et il attendait.

CHAPITRE 72

— Si je restais assise à ma place sans rien dire, si je restais assise là sans dire un mot, vous penseriez qu'il est coupable, alors que la justice vous a dit le contraire.

Lourdes était restée assise sur sa chaise pour attaquer sa déclaration préliminaire. Face à l'estrade du juge, elle s'adressait au jury comme si elle formulait ses pensées à voix haute.

C.J. venait de retourner à sa place après avoir délivré une première plaidoirie qu'elle jugeait bonne et solide, une plaidoirie qui ne laissait guère de place au doute, face à la foule des spectateurs muets et aux caméras de télévision. C'était maintenant au tour de Lourdes.

Celle-ci laissa passer un moment de silence, puis elle pivota enfin sur sa chaise pour faire face aux jurés avec une expression d'incrédulité et de déception mêlées.

— Vous regardez tous mon client comme si c'était un boucher. De toute évidence, vous êtes effrayés et écœurés par le portrait extrêmement vivace et sanglant que le procureur vous a dépeint pendant une heure. Aucun doute, Anna Prado était une jolie jeune femme, sauvagement mutilée par un fou. Et vous pensez que mon client est coupable, comme si les paroles du procureur suffisaient à vous mener à cette conclusion. Et vous avez envie d'être effrayés et écœurés à la simple vue de William Bantling, même si le bon sens vous dit que cet homme d'affaires séduisant et cultivé ne mérite pas une telle réaction.

Elle posa la main sur l'épaule de Bantling et la pétrit d'un geste nonchalant, comme pour montrer discrètement qu'elle était là pour le soutenir. Puis elle secoua la tête.

— Mais ce que le procureur vous a offert dans son introduction, mesdames et messieurs, ce ne sont pas des preuves. En aucun cas. Ce ne sont pas des faits. Ce sont des suppositions. Des conjectures. Des spéculations. Basées sur l'idée que les preuves, les faits, qu'elle *espère* présenter ou voir présenter dans cette affaire, se rattacheront plus ou moins les uns aux autres pour former une chaîne accablante. Elle veut vous obliger à parvenir à la conclusion qu'elle a déjà tirée à votre place, à savoir que mon client est coupable de meurtre. Mais je vous mets en garde, mesdames et messieurs, car les apparences sont parfois trompeuses. Et les faits, si ignobles soient-ils, ne forment pas toujours une chaîne quand on les assemble.

À ce moment-là, Lourdes se leva devant les jurés et son regard balaya leurs visages. Certains détournèrent la tête, honteux d'être déjà parvenus à la conclusion injuste que venait de citer l'avocate, d'avoir renié le serment d'impartialité qu'ils avaient juré de respecter le vendredi précédent.

— Tous les producteurs de cinéma se ressemblent, et leurs buts aussi. Ils veulent que vous alliez voir leur dernier film. Ce film de plusieurs millions de dollars sur lequel ils ont travaillé pendant des mois. Et pour cela, ils essaient de vous persuader que leur film est génial, avant même que vous entriez dans la salle. Ils veulent que, impressionnés par leur bande-annonce de deux minutes, vous couriez voir vos parents et vos amis pour leur dire : « C'est un super film ! », même si vous ne l'avez pas vu. Ils veulent que vous achetiez les affiches, les T-shirts et tous les autres produits, et que vous attribuiez l'Oscar du meilleur rôle, tout cela avant même d'avoir acheté votre billet. Et beaucoup le feront, sans avoir vu le film. Tout cela à cause d'une bande-annonce de deux minutes palpitante qui les a assurés que c'était un super film. Le prochain gagnant des Oscars. Et Mlle Townsend a bien fait son travail aujourd'hui, mesdames et messieurs. Elle a truffé sa bande-annonce d'action, de sang et de détails sordides, avec énormément d'effets spéciaux. Ça a vraiment l'air super. Mais je vous mets en garde : attendez avant d'acheter votre billet. Une succession de scènes terrifiantes mises bout à bout par une productrice très talentueuse… (Lourdes se tourna vers C.J. et marqua une courte pause pour souligner son effet) ne fait pas nécessairement un bon film, pas plus qu'un paquet de faits sanglants et cruels, assemblés tant bien que mal ne fait un bon dossier. Qu'importe la quantité d'effets spéciaux dont elle vous a bombardés pour vous impressionner. Un mauvais film reste un mauvais film.

« Mon client est innocent. Ce n'est pas un meurtrier. Ce n'est pas un tueur en série. C'est un brillant homme d'affaires qui n'a même jamais eu une seule contravention.

« Un alibi ? M. Bantling n'était même pas chez lui au moment où, comme vous le dira le médecin légiste, Anna Prado *aurait* été assassinée dans cette cabane de jardin. Et mon client le prouvera, bien que rien ne l'oblige à le faire.

« L'arme du crime ? M. Bantling est un taxidermiste renommé, ses créations sont exposées dans divers musées et établissements locaux. Le scalpel retrouvé dans sa cabane de jardin n'est rien d'autre que l'outil qu'il utilise pour son hobby, ce n'est pas une arme. Les traces de sang microscopiques qu'on a retrouvées dessus sont de nature animale, pas humaine. Et il le prouvera, même si, là encore, rien ne l'oblige à le faire.

« Le sang ? Les taches de sang retrouvées « partout à l'intérieur de la cabane », pour reprendre l'expression choc de Mlle Townsend dans son exposé et détectées par le Luminol, sont elles aussi de nature animale et non humaine. Permettez-moi de souligner que *trois*… (elle leva trois doigts face aux jurés en marchant lentement devant eux) *trois* taches de sang microscopiques correspondant à l'ADN d'Anna Prado ont été retrouvées dans cette cabane, une cabane qui, à en croire les affirmations de l'accusation a été aspergée du sang d'Anna Prado lorsque celle-ci a eu l'aorte tranchée, mais où on a retrouvé uniquement *trois taches microscopiques*. Des taches retrouvées par un policier du FDLE qui avait désespérément besoin de mettre un nom et un visage sur le tueur en série baptisé le Vorace qu'il a traqué pendant plus d'un an. Un policier dont la carrière est liée à l'arrestation de ce meurtrier.

« Le coffre de la voiture ? La Jaguar avait été laissée dans un atelier de réparation pendant deux jours avant que M. Bantling la récupère le 19 septembre. Hors de tout contrôle, autrement dit. Il n'a même pas ouvert le coffre, il a jeté son sac de voyage sur la banquette arrière avant de foncer à l'aéroport pour un rendez-vous d'affaires. Et il le prouvera là aussi, même si, encore une fois, rien ne l'oblige à prouver quoi que ce soit.

« Veuillez noter, je vous prie, que pas une seule empreinte digitale, pas un cheveu, pas une fibre de vêtement, pas une égratignure, pas une marque, ni aucune substance retrouvée sur le corps d'Anna Prado n'a permis d'établir un lien entre sa mort et M. Bantling. Et bien qu'il ne soit pas jugé pour le meurtre d'autres femmes, et qu'il n'ait été inculpé d'aucun autre crime, sachez qu'il n'existe absolument aucune preuve matérielle permettant d'établir un lien entre mon client et une seule de ces dix autres femmes. Pas une empreinte digitale, pas un cheveu, pas une fibre de vêtement, pas une égratignure, pas une marque. Pas une goutte d'ADN. Pas une parcelle de preuve matérielle. Rien.

— Objection ! s'exclama C.J. en se levant. Les éléments concernant toute autre enquête n'ont pas été inclus dans cette affaire. Ils sont donc hors de propos.

— Objection accordée.

Mais le mal était fait. Lourdes avait veillé à ce que le jury sache qu'il n'existait aucune preuve de l'implication de Bantling dans les autres meurtres. Aucune.

Lourdes capta le regard d'une femme qui avait précédemment détourné la tête devant son air accusateur. Cette femme hochait maintenant la tête très légèrement en écoutant les paroles de l'avocate, tout en regardant Bill Bantling avec curiosité. C.J. entendait presque les pensées qui jaillissaient dans son esprit : *Il n'a pas une tête de* serial killer. Bantling lui adressa un petit sourire et la femme le lui rendit, avant de tourner la tête, gênée.

— Les prétendues preuves accablantes le sont beaucoup moins tout à coup, n'est-ce pas, mesdames et messieurs ? Le film n'est pas si bon, finalement. Alors, ne vous laissez pas aveugler par les effets spéciaux, les détails sanglants et les mots *serial killer* à la une du *Miami Herald.* Souvenez-vous de votre serment de jurés et… attendez avant d'acheter votre place pour ce film.

En disant cela, Lourdes se rassit dans une salle de tribunal hébétée et muette. Son client posa sa main sur la sienne, comme pour la féliciter, alors qu'une larme parfaitement opportune coulait sur sa joue.

C.J. comprit alors que son dossier avait du plomb dans l'aile.

CHAPITRE 73

— Nom de Dieu, C.J., comment pouviez-vous ne pas savoir ? (Tigler faisait les cent pas dans le bureau en se massant nerveusement le dessus du crâne.) On a l'air d'une bande d'étudiants en droit qui n'ont jamais participé à un procès !

— Je ne savais pas, Jerry. Il n'a pas voulu participer à la communication des pièces du dossier. On pensait être blindés… visiblement, on s'est trompés.

— La bagnole de ce type est restée au garage pendant deux jours avant le meurtre et la brigade spéciale, une brigade spéciale composée d'inspecteurs hautement expérimentés, paraît-il, n'a pas été foutue de le découvrir ? Il a fallu que quelqu'un d'autre le leur apprenne ?

Tigler était cramoisi. C.J. ne l'avait jamais vu aussi en colère.

— Le fait que sa voiture ait été au garage avant qu'il la conduise ne prouve pas qu'il soit innocent. Il y avait quand même une fille morte dans son coffre.

— Certes. Mais on donne l'impression d'être des procureurs assoiffés de sang qui ne prennent pas la peine de faire leur boulot, car ils sont pressés de coller un nom sur un tueur en série et de balancer un bouc émissaire en pâture à l'opinion publique terrorisée. On passe pour des amateurs et je n'aime pas passer pour un amateur. Surtout une année où il y a des élections.

— J'arrangerai ça, Jerry. J'ai rendez-vous avec l'inspecteur Alvarez et l'agent Falconetti dans dix minutes. J'arrangerai ça.

— J'espère bien, C.J. Car même les fédéraux n'oseront

plus toucher à ce type maintenant. En apprenant la nouvelle, Tom de la Flors a renoncé à ses inculpations. Il estime que l'affaire mérite un complément d'enquête avant qu'un innocent potentiel soit condamné sur de simples présomptions. (Tigler cessa de faire les cent pas et essuya ses mains moites sur son pantalon.) Bon Dieu ! On passe pour des imbéciles !

— Je vais arranger ça, Jerry.

— Je vous ai fait confiance pour cette affaire, C.J. Vous avez intérêt à arranger, c'est tout ce que je peux vous dire. (Il redressa son postiche sur son crâne en sueur et tendit la main vers la poignée de la porte.) Et on a intérêt à faire tout notre possible pour s'assurer qu'on ne plante pas une aiguille dans le bras d'un innocent.

La porte se referma derrière lui avec fracas. Quelques secondes plus tard, on frappa tout doucement et la porte s'ouvrit de nouveau. Manny glissa la tête par l'entrebâillement.

— Votre patron a une sale tête. Je crois qu'il va craquer, C.J.

— On sera deux.

Manny entra dans le bureau, suivi quelques secondes plus tard par Dominick. Tous les trois se regardèrent pendant un instant.

— Qu'est-ce qui s'est passé, les gars ? demanda finalement C.J. d'un ton plein d'exaspération, les mains à plat sur son bureau. Comment se fait-il que nous n'étions pas au courant de cette histoire de garage ? Où était Bantling exactement durant les dix ou quatorze heures qui ont précédé la découverte du corps d'Anna Prado ?

— C.J., vous savez bien qu'il n'a jamais voulu nous parler. Il a gueulé pour avoir un avocat avant même qu'on ait quitté la voie express. Et il n'a pas participé à l'instruction, répondit Dominick à voix basse en faisant visiblement un gros effort pour se maîtriser. On a interrogé trois cents personnes. Il n'était avec aucune d'elles le 18 ou le 19 septembre. Et il n'y avait aucune raison de penser que la Jag serait en réparation, elle est toute neuve !

— Il a tout manigancé depuis le début. Pour nous conduire jusque-là et nous faire passer pour des idiots devant le jury. J'aurais dû le voir venir, car Lourdes a déjà utilisé cette méthode par le passé : l'embuscade. Mais je ne pensais pas qu'elle tenterait le coup cette fois, vu l'enjeu. Les preuves étaient tellement solides…

— Elle m'a carrément accusé de les avoir fabriquées pour obtenir une arrestation ! s'exclama Dominick avec rage. Qu'est-ce que je ressens à votre avis, C.J. ? Vous savez, vous n'êtes pas la seule à vous décarcasser pour que ce type reste derrière les barreaux.

Manny essaya de calmer la tension en prenant un ton aussi doux que possible, pour un Ours.

— On enquête de tous les côtés, maître. On visite tous les garages dans un rayon de dix kilomètres…

— Allez jusqu'à vingt. Il faut retrouver ce garage. Essayez de savoir si quelqu'un a vu quelque chose.

— D'accord. Vingt bornes. On va retourner interroger les témoins. Tous les associés qu'il a eus à Miami, dont on connaît l'existence…

— Vous feriez bien de vous grouiller, car le juge Chaskel est décidé à faire accélérer les choses. Il commence tôt tous les matins et il finit très tard. On n'a pas beaucoup de temps devant nous.

— On va devoir attendre de savoir ce qu'il a à dire quand il présentera sa défense.

— Il sera peut-être déjà trop tard, Dominick. Si les jurés pensent qu'on n'a pas de preuves, ou pire encore, qu'on a caché des éléments, ils vont le relâcher. Il a une chance de s'en sortir… Non, je ne le laisserai pas sortir !

Une fois encore, elle sentit que les petites fissures de sa façade fragile, colmatée par des années de thérapie, commençaient à s'agrandir, à s'élargir et à se propager dans toutes les directions. Elle passa sa main dans ses cheveux, comme si elle espérait ainsi empêcher ses pensées de partir dans tous les sens. Dominick l'observait attentivement.

Il la regardait s'effondrer. Il la regardait se liquéfier devant ses yeux.

— Il faut que je consulte tous ses dossiers. Tout. Il faut que je sache ce qu'il va sortir de son chapeau. Et j'ai besoin de le savoir avant qu'il prenne la parole, dit-elle à voix haute, mais en vérité elle se parlait à elle-même.

Elle leva les yeux du plateau de son bureau et regarda les deux hommes qui l'observaient. Le lourd silence avait un effet calmant.

— Vous ne comprenez pas ? dit-elle finalement dans un murmure rauque et tremblant. Il a tout prévu depuis le début. Nous sommes tombés dans le panneau. Et je n'ai rien vu venir…

CHAPITRE 74

La sonnerie du téléphone portable tira immédiatement Dominick de son profond sommeil sur le canapé. À la télé, l'émission de Jay Leno avait cédé la place à une publicité pour un système d'épilation totale. Il regarda son téléphone pendant un instant en clignant des yeux, comme pour s'assurer qu'il ne rêvait pas.

— Falconetti, dit-il après avoir soulevé le capot de son Nextel.

— Qui est DR ? demanda la voix à l'autre bout.

— Hein ? C'est toi, C.J. ? (Il se frotta les yeux et chercha à repérer un réveil dans la pièce.) Il est quelle heure ?

— Une heure. Qui est DR ? Ou qu'est-ce que DR ?

— De quoi tu parles ? Où es-tu ?

— Je suis encore au bureau. Ça fait quatre heures que j'épluche les vieux agendas de Bantling qui ont été saisis lors de la perquisition et les initiales DR ne cessent d'apparaître ici et là durant toute l'année 1999 et cette année aussi, sans plus d'infos. Il y a même une allusion à DR la veille du jour où Anna Prado a disparu, et encore une fois la veille de l'arrestation de Bantling. Tu avais remarqué ça ?

— Oui, évidemment. On a enquêté. On a interrogé toutes les personnes qu'on pouvait trouver avec ces initiales. Ça n'a rien donné. On ne sait pas de qui il s'agit, ni même s'il s'agit d'une personne.

— Même chose avec au moins trois des victimes. Entre deux jours et une semaine avant leur disparition, les lettres DR apparaissent. Qu'est-ce que ça signifie, nom de Dieu ?

— Ça peut être n'importe quoi. Ou même rien. Je ne sais pas. Manny n'est pas chez lui ?

— Pourquoi tu me demandes ça ?

— Ça fait presque deux semaines que tu ne me donnes pas de nouvelles et je sais que tu l'appelles quand tu as besoin de quelque chose, alors j'en déduis que tu m'appelles parce qu'il n'est pas là.

Ses sarcasmes furent reçus par un silence.

— Je me disais que ce DR correspondait peut-être à un détail qui nous a échappé, reprit C.J., ignorant la pique de Dominick. À un endroit où nous n'avons pas encore cherché. C'est peut-être un lieu où il va, où il a planqué…

— Nous avons déjà suivi cette piste. Je pense que tu te raccroches à un semblant d'espoir.

Nouveau silence. C'était le moment idéal pour qu'elle raccroche. Mais elle le surprit en restant en ligne. D'une voix plus douce, elle dit :

— Je suis navrée pour hier, dans mon bureau. J'ai eu tort de perdre mon calme avec vous. Disons que je suis un peu angoissée, car je ne sais pas où Lourdes veut en venir.

— Écoute. On sait tous que ce type est cinglé. Il prend son pied en nous faisant devenir chèvres. C'est pour ça qu'il n'a pas demandé la communication des pièces du dossier ; il voulait nous ridiculiser, comme s'il avait été plus malin que nous. S'il était innocent, il aurait accepté de parler dès le début, il nous aurait donné des informations permettant de le disculper. Tout ça n'est qu'un jeu pour lui, C.J. N'oublie jamais ça. Ne te laisse pas bouffer par lui, car c'est exactement ce qu'il cherche.

— Tu as été très bon aujourd'hui, au tribunal, pendant les interrogatoires. Je voulais te le dire, mais tu es parti si vite. Lourdes n'a pas réussi à te déstabiliser.

— Dieu sait pourtant qu'elle a essayé. Mais elle a réussi à me présenter comme un pauvre flic aux abois qui risquait de perdre son boulot s'il ne résolvait pas cette affaire. Dis-moi, est-ce que je te parais désespéré à ce point ?

— Non. Et je te signale que c'est *moi* qui t'ai appelé.

Il rit.

— Tu crois que le jury a gobé son explication ?

— Non. Je pense que tu as été très convaincant.

— Et avec Chavez, comment ça s'est passé ?

Les témoins des deux parties n'étaient pas autorisés à assister à l'audience pour ne pas se laisser influencer en écoutant le témoignage des autres.

— Pas beaucoup mieux que la première fois. Après la tranche d'humilité que Lourdes l'a obligé à avaler, il s'est montré un peu moins arrogant, mais même si son témoignage était bien plus policé cette fois, il faisait trop répété. À l'arrivée, on n'a rien gagné.

— Qu'en a pensé le jury ?

— Qu'il était fuyant ou stupide. Peut-être même les deux. En tout cas, ils ont senti la tension qui régnait entre lui et Lourdes. Ils étaient comme chien et chat. Ça a clashé dès le départ.

C.J. omit de préciser à Dominick que Lourdes avait de nouveau entraîné l'agent Chavez vers les eaux dangereuses de son précédent témoignage, en faisant les mêmes allusions floues aux véritables motivations ayant incité le jeune policier à arrêter la Jaguar. Et comment C.J. avait senti la sueur perler sur son front et au-dessus de sa lèvre, tandis que son cœur attendait la question suivante. La question définitive.

Le tuyau. Lourdes était-elle réellement au courant ou bluffait-elle ? Allait-elle s'en servir ? Avait-elle en sa possession, elle aussi, l'enregistrement de la police ? Mieux : savait-elle qui était l'informateur ? C.J. devait-elle s'attendre à voir l'homme à la voix râpeuse faire une apparition surprise au tribunal pour témoigner et tout faire s'écrouler ?

Mais une fois de plus, après avoir poussé Chavez jusqu'à la limite, Lourdes avait soudain rebroussé chemin, laissant aux jurés l'impression que le jeune policier ne disait pas tout. Et C.J. avait senti dans sa poitrine le poids écrasant de la peur disparaître peu à peu.

— Qu'est-ce qu'il te reste ? demanda Dominick.

— Le légiste, les gars du labo, Masterson pour les vidéos pornos. Deux ou trois jours peut-être. Sans doute jusqu'après le nouvel an, mais avec le juge, on ne sait jamais. Ça sera peut-être fini demain.

— Tu ne plaisantais pas en disant que Chaskel avait mis le turbo. Il en a fait plus en une semaine que la plupart de ses collègues en un mois. Surtout avec la peine de mort à la clé. À quelle heure tu commences ?

— Huit heures. Hier et aujourd'hui, on a fini à vingt et une heures passées. Les jurés sont furieux. Leurs fêtes sont gâchées. J'ai peur qu'ils ne me tiennent pour responsable. Pourtant, ce n'est pas moi qui ai choisi de faire ce procès durant la plus belle période de l'année.

— En parlant de ça, comment s'est passé ton Noël ?

Leur conversation était devenue moins agressive, plus banale. C.J. lui manquait terriblement, c'en était presque douloureux.

— Bien, mentit-elle. Tibby m'a offert une boule de poils. Une grosse. Et toi ?

— C'était bien, mentit-il. Manny ne m'a rien offert. Par contre, il s'est offert un suçon. Et conformément à l'esprit de Noël, je suppose qu'il a dû en rendre deux ou trois.

— Sans blague ? Pas à toi, j'espère ?

— Non. Mais je pense que ta secrétaire va porter des cols roulés cette semaine.

— Oh, mon Dieu. Les hommes sont donc aveugles à ce point ?

— Oui.

Elle ne dit rien, mais il crut l'entendre renifler.

— Tigler est toujours furax ? demanda-t-il pour briser le silence, honteux de sa dernière réplique.

— Oui. Tant que je n'aurai pas gagné ce procès, ce qui paraît de plus en plus aléatoire.

Dominick perçut le tremblement dans sa voix, cette même marque d'angoisse que l'autre jour dans son bureau quand elle les avait mis sur la sellette, Manny et lui.

— Tu tiens le coup ? Ça va ? Tu veux que je vienne te…

Elle l'interrompit aussitôt, sachant ce qu'il allait lui proposer.

— Je vais te laisser te rendormir, dit-elle précipitamment, car elle sentait les larmes monter et sa voix commençait à trembler. Désolée de t'avoir réveillé. Bonne nuit.

Elle lui raccrocha au nez et Dominick comprit qu'elle pleurait. Elle pleurait, seule dans l'obscurité de ces bureaux du centre de Pourriville. Il se leva du canapé et fit le tour de son appartement, à présent parfaitement réveillé.

Elle s'approchait trop près du bord. Il le sentait dans sa voix, il l'avait vu dans ses yeux au cours de ces derniers mois, de ces derniers jours. Il suffisait d'un faux pas, d'une glissade…

Par la fenêtre du salon, il regarda en direction du centre-ville, là où elle se trouvait, seule et bouleversée.

Il espérait juste être là pour la retenir au moment où elle tomberait.

CHAPITRE 75

DR. Ces initiales apparaissaient de manière sporadique dans les agendas de Bantling. À différents jours de la semaine, à différentes heures. Jour et nuit. La dernière fois, c'était juste la veille du jour où on avait découvert le corps d'Anna Prado dans le coffre de sa voiture. *Que signifiaient ces deux lettres ? S'agissait-il d'un lieu ? Une personne ? Une chose ? Une idée ? Rien du tout ?*

C.J. avait mal au crâne à force de réfléchir. Elle but une gorgée de café froid, refusant de baisser les bras et de rentrer chez elle. D'ailleurs, si elle restait encore un peu, ça n'aurait plus aucun sens de rentrer. Le procès reprenait à 8 heures et il était déjà 2 heures 30. Son bureau était littéralement couvert de papiers. Des documents provenant des cartons remplis à ras bord de carnets, d'agendas, de répertoires, de relevés de comptes, de déclarations fiscales… saisis au domicile de Bantling et remis à la brigade spéciale par Tommy Tan. Tout ce qu'il y avait à savoir sur William Bantling se trouvait là, éparpillé devant elle, comme un livre ouvert. Elle avait épluché ses carnets de notes et ses agendas, elle avait vérifié tous ses rendez-vous professionnels, passé en revue ses déclarations fiscales et ses factures. Elle savait que certains la jugeraient obsédée pour s'aventurer dans un territoire trop insignifiant, trop familier, où, peut-être, il n'y avait aucune preuve à découvrir. D'autant que tous ces carnets, documents et factures, avaient déjà été examinés à la loupe par des inspecteurs à l'œil exercé. Mais il fallait qu'elle regarde, il fallait qu'elle comprenne comment cet homme réussissait à vivre avec lui-même au quotidien, à mener une existence normale. Et peut-être, peut-être seulement, que ces yeux exercés avaient laissé passer quelque chose en chemin…

Elle prit le carnet d'adresses personnel de Bantling, celui qui avait été saisi avec l'agenda dans son sac de voyage, sur la banquette arrière de la Jaguar. Elle le feuilleta. Le vieil agenda Coach en cuir noir était plein à craquer de feuilles de répertoire perforées, de cartes de visite, de morceaux de pochettes d'allumettes et de dessous de verre sur lesquels avaient été griffonnés à la hâte des noms et des numéros de téléphone. C.J. entreprit de les passer en revue en déchiffrant l'écriture presque illisible de Bantling, à la recherche de quelque chose, n'importe quoi. Un graphologue lui avait dit un jour qu'il était capable de faire la différence entre un individu sain d'esprit et un fou uniquement en le regardant faire sa signature. C.J. repensait à ses paroles en se demandant quel serait son avis sur les pattes de mouche qui couvraient les feuilles de ce petit agenda noir.

Il y avait des centaines de noms, parfois juste un prénom et un numéro de téléphone, presque uniquement des femmes. Il avait dû noter les noms de toutes celles qu'il avait connues. C.J. en reconnaissait certains pour les avoir lus dans les rapports d'interrogatoire de la brigade spéciale. D'autres ne lui disaient rien. Tandis qu'elle parcourait ces dizaines de noms de femmes, un frisson glacé la parcourut et elle s'empressa de passer à la section des L pour vérifier que son propre nom ne figurait pas dans cet horrible petit carnet noir. Son regard glissa sur la liste. Il n'y avait pas de Larson. Elle sauta alors à la section des C et ses yeux dévorèrent les feuilles, s'attendant à chaque seconde à découvrir son prénom, noté avec cette écriture de malade mental. *Pour passer un bon moment, appelez Chloé! 202-18 Rocky Hill Road, Appartement 1B, Bayside, New York.* Un par un, elle parcourut les noms de la liste, la gorge nouée. Mais elle n'y figurait pas et elle relâcha enfin son souffle.

Mais son soulagement fut de courte durée, car son regard fut arrêté soudain par un autre nom figurant dans le carnet, griffonné de manière presque illisible, *presque*. Un nom qui la surprit, car elle ne s'attendait pas à le trouver là. Un nom qu'elle aurait préféré ne jamais voir.

Chambers, G.
22 Almeria Street
Coral Gables, Fl.

CHAPITRE 76

Greg Chambers. Pourquoi son nom figurait-il dans le carnet de Bantling ? Comment se connaissaient-ils ? Et d'abord, se connaissaient-ils, ou bien Bantling avait-il trouvé le nom de Greg quelque part ? Peut-être lui avait-il été recommandé par un psychiatre et Bantling l'avait noté à tout hasard ?

C.J. se leva et arpenta son bureau en faisant tourner ses méninges. *S'ils se connaissaient, pourquoi Greg ne lui avait-il rien dit ?* Non, il l'aurait fait. C'était évident : il ne savait pas que Bantling le connaissait. Il ne pouvait même pas savoir que son nom se trouvait dans ce carnet. De toute évidence, ce carnet était ancien, certaines choses qui y figuraient dataient de plusieurs années. Peut-être s'agissait-il d'une vieille recommandation entre collègues, à moins qu'il ne s'agisse de très anciennes relations qui s'étaient perdues de vue. Greg serait certainement le premier surpris de découvrir son nom dans ce carnet. Oui, certainement.

Mais alors qu'elle arpentait la pièce, son esprit en ébullition tentait d'ordonner les pensées qui tourbillonnaient dans sa tête ; elle sentait les doigts insidieux et familiers de la paranoïa remonter dans sa nuque et resserrer leur étau sur son cerveau. Les « Et si ? » vinrent frapper à la porte, exigeant qu'on les laisse entrer.

Et s'ils se connaissaient réellement ? Et s'ils étaient amis ? Et s'ils étaient plus que ça ? Elle repoussa ce sentiment de peur paralysant. La peur de se dire que, du fond de sa cellule, il avait organisé cette surprise. La peur que ces paroles murmurées il y a des années se réalisent :

Je serai toujours là pour t'observer, Chloé. Toujours. Tu ne peux pas m'échapper, je te retrouverai toujours.

La peur qu'il soit partout, à l'observer, à lui dicter ses peurs les plus irrationnelles.

Elle regarda son bureau couvert de papiers, sa tasse de café froid, les stores baissés, la pièce éclairée uniquement par une lampe de bureau et l'écran gris de l'ordinateur. Il était 3 heures du matin et elle devait reprendre le procès à 8 heures. Depuis le mois de septembre, elle n'avait pas dormi plus de quatre heures par nuit.

Tu tires des conclusions hâtives. Tu ne réfléchis pas de manière rationnelle. Cette affaire te consume. Bantling te consume. Il te dévore vivante. Et tu le laisses faire.

Le stress constitue un facteur essentiel de toute maladie, physique ou mentale. Elle savait que c'était le facteur accélérateur de sa précédente dépression. Elle devait le maîtriser avant qu'il devienne incontrôlable, avant que sa vie tout entière devienne incontrôlable. Ses relations avec les autres, sa carrière… tout était emporté par le tourbillon, comme la fois précédente. *Ça y est, ça recommençait, comme la fois d'avant.* Le parallèle était terrifiant.

Elle écrasa sa dernière cigarette et rangea toutes ses affaires dans son attaché-case, y compris le carnet noir. Elle appela la réception, où elle réveilla le gardien, et se dirigea vers l'ascenseur.

Il fallait qu'elle s'éloigne de là. Elle avait besoin de prendre du recul. De réfléchir. Elle avait besoin de se reposer, se disait-elle.

Avant que le tourbillon emporte tout.

Comme la fois d'avant.

CHAPITRE 77

Estelle était en train de ranger ses affaires dans son grand sac en osier de baba cool lorsque C.J. frappa au carreau, au-dessus de sa tête. Il était un peu plus de 19 heures ce jeudi soir, et dans trois jours, c'était le nouvel an.

— Oooh, mademoiselle Townsend ! s'exclama-t-elle en relevant brusquement la tête, sa main aux longs ongles rouges plaquée sur sa poitrine. Vous m'avez fait peur. Je ne vous avais pas vue entrer.

— Je suis désolée, Estelle. Le Dr Chambers est là ?

— Oui, répondit-elle d'une voix lointaine en feuilletant le cahier de rendez-vous. Mais il est avec un patient pour le moment. (Elle leva les yeux et regarda C.J. d'un air visiblement inquiet.) Je suis désolée, mais je ne vous ai pas notée sur le cahier.

C.J. savait que la secrétaire devait brûler d'envie de lui poser *la* question : *Vous allez bien ? Ça n'a pas l'air d'aller.* Le juge Chaskel lui-même l'avait prise en aparté aujourd'hui durant le procès, pour s'assurer qu'elle n'était pas souffrante. L'anti-cernes ne parvenait plus à remplir son office. Rien qu'au cours de la semaine écoulée, elle avait perdu plus de deux kilos et elle n'était pourtant pas grosse. De profondes rides d'angoisse barraient son front pâle. Elle expliquait à tout le monde que c'était à cause du manque de sommeil, car elle pensait que personne ne comprendrait si elle disait la vérité, à savoir qu'il était fort possible qu'elle devienne folle à nouveau. *Encore quelques jours avant l'asile de dingues. Dépêchez-vous de prendre vos billets.* Mais Estelle avait affaire à des fous tous les jours, et elle se garderait bien de poser la question.

— Je n'ai pas rendez-vous, Estelle. Mais il faut que je voie le Dr Chambers quand il aura fini. C'est très important. Il comprendra.

— Oh. D'accord. Mais, euh… je n'aime pas le déranger pendant une séance. (Elle jeta un coup d'œil à la pendule dans la salle d'attente.) Et je dois m'en aller. J'ai rendez-vous avec mon mari pour aller dîner.

— Ce n'est pas grave, Estelle. Je vais attendre qu'il ait terminé. Il faut absolument que je lui parle ce soir.

— Oh, je vois. (Elle baissa la voix.) C'est au sujet de votre affaire ? Je vous vois à la télé tous les soirs. Le procès fait l'ouverture du journal.

— Il faut que je lui parle, voilà tout.

Estelle réfléchit un instant.

— Bah, vous êtes amis, je suppose qu'il ne dira rien. Allez donc vous asseoir. C'est son dernier patient de la journée ; il devrait avoir fini sur les coups de dix-neuf heures trente. Vous n'avez qu'à l'agripper quand il sortira.

— Très bien. Merci, Estelle.

La secrétaire prit son sac, son manteau et sortit dans la salle d'attente.

— En temps normal, je resterais, mais on a rendez-vous avec le patron de Frank et sa femme. Vous savez ce que c'est. On ne peut pas se permettre d'être en retard.

— Il n'y a aucun problème.

Estelle s'arrêta à la porte. Elle se remit à murmurer :

— Dites, mademoiselle Townsend, vous pensez vraiment que c'est lui le coupable ? Vraiment ?

— Je n'essaierais pas de le faire condamner si je ne le croyais pas coupable.

Je peux même vous dire mieux, Estelle. Je sais qu'il est coupable. Simplement, je suis un peu moins sûre qu'avant que ce soit un meurtrier.

— Comme quoi, on ne sait jamais qui sont les gens, hein ? dit Estelle en secouant la tête. Allez, bonne soirée, mademoiselle Townsend.

— Non, on ne sait jamais, en effet, murmura C.J. alors qu'Estelle s'en allait.

Elle s'assit dans la salle d'attente déserte pendant quelques minutes, essayant de mettre de l'ordre dans ses pensées. Sans y parvenir. C'était la première fois qu'elle avait l'occasion de parler à Greg Chambers depuis sa découverte de la veille, en pleine nuit. Elle ne savait pas trop ce qu'elle allait lui dire, ni comment. Elle ne voulait pas avoir l'air paranoïaque et hystérique, même si c'était sans doute l'image qu'elle donnait.

La porte du bureau d'accueil était restée entrouverte ; Estelle avait oublié de la fermer en partant. C.J. se leva et se mit à arpenter nerveusement la salle d'attente en faisant rouler un vieux numéro de *Entertainment Weekly* entre ses paumes moites. Arrivée devant la vitre du bureau d'Estelle, elle s'arrêta et constata que la porte du cabinet du docteur, au fond du couloir, était fermée, comme toujours au cours d'une séance avec un patient, pour éviter que les secrets s'ébruitent. Son regard se posa sur le bureau et elle remarqua le cahier de rendez-vous ouvert, comme Estelle l'avait laissé. Les *Et si ?* hurlèrent de nouveau dans sa tête ; ils exigeaient des réponses.

À petits pas, elle s'approcha de la porte et s'immobilisa un instant. Elle n'entendait pas un bruit. Elle poussa tout doucement la porte entrouverte ; celle du cabinet était toujours fermée. Elle jeta un coup d'œil à la pendule de la salle d'attente par-dessus son épaule. 19 h 22.

Sans vraiment réfléchir, elle franchit le seuil entre le monde des sains d'esprits et celui des fous et s'approcha du bureau. Le cahier de rendez-vous était ouvert à la semaine du lundi 25 décembre au vendredi 29 décembre. La dernière page de l'année 2000. Elle posa une main hésitante sur le cahier, puis elle tourna les pages à l'envers pour remonter le temps, faisant défiler les semaines de novembre puis d'octobre, couvertes de notations à l'encre. Elle s'arrêta à la semaine du lundi 18 septembre au vendredi 22 septembre.

Ses yeux parcoururent lentement la colonne réservée au lundi. C'était marqué là, à la fin de la journée. Le 18 septembre. La veille de la découverte du corps d'Anna Prado.

C.J. sentit sa respiration s'arrêter en voyant la confirmation de sa peur la plus terrible et la plus irrationnelle.

Ce jour-là, le patient qui avait rendez-vous à 19 heures était B. Bantling.

CHAPITRE 78

Elle passa en revue, à l'envers, les sept dates qu'elle avait relevées dans l'agenda de Bantling la nuit précédente. Toutes concordaient. Les mêmes dates, les mêmes heures, le même nom : *B. Bantling.*

Il ne pouvait pas s'agir d'une coïncidence. *DR.* Tout s'expliquait. *DR... Dr... Docteur.* Chambers était son médecin. *Chambers était le psy de Bantling.*

C.J. s'éloigna du bureau, loin de ce cahier, loin de cette vérité qui se trouvait sous son nez depuis le début. Les murs de la pièce se mirent à tournoyer. Elle avait envie de vomir. *Qu'est-ce que ça signifiait ? Comment était-ce possible ?* Chambers les avait soignés tous les deux. Il avait soigné son violeur. *Pendant combien de temps ? Des années ?* Les souvenirs défilaient dans sa tête comme un Rolodex en pleine tempête. Avait-elle déjà rencontré Bantling ? Peut-être s'était-elle assise à côté de lui dans cette salle d'attente, peut-être avaient-ils échangé un sourire, un magazine ou une remarque sur le temps qu'il faisait, pendant qu'elle attendait d'être reçue par le bon docteur ? *Que savait Chambers ? Que lui avait confié Bantling ? Que savait Bantling ? Que lui avait confié Chambers ?* Les pensées qu'elle avait rejetées la veille en les jugeant paranoïaques envahirent de nouveau son cerveau, menaçant de tout faire sauter. L'air était oppressant, elle avait du mal à respirer.

Non, ce n'était pas possible. Ça n'allait pas recommencer. *Je vous en supplie, Seigneur, pas ça. Il y a des limites à ce qu'une personne peut supporter dans la vie. Et moi, j'ai eu mon compte. C'est terminé.* Il fallait qu'elle sorte.

Il fallait qu'elle réfléchisse. En reculant, elle bouscula le fauteuil à roulettes d'Estelle qui alla percuter le mur, faisant tomber un cadre. Elle se retourna et sortit du bureau en courant ; elle récupéra son sac à main sur un siège dans la salle d'attente. Dans son dos, elle entendit une voix étouffée : « C'est quoi, ce vacarme, Estelle ? » et la porte du cabinet qui s'ouvrait au bout du couloir, mais ça n'avait plus d'importance. Elle ouvrit la lourde porte en chêne, passa en courant devant les jolis massifs de fleurs jaunes, blanches et rouges dans l'allée de briques. Loin de la belle maison de style espagnol d'Almeria Street, loin de Coral Gables. Loin du gentil docteur si compréhensif vers lequel elle s'était tournée pendant dix ans pour qu'il l'aide à affronter la sinistre réalité qu'était sa vie. À qui elle avait demandé conseils et soutien pour combattre les peurs qui paralysaient son esprit. Mais aujourd'hui, elle fuyait tout cela, le plus vite possible. Elle sauta dans sa Jeep, démarra en trombe et fit une embardée pour éviter le cycliste qui venait de surgir devant sa voiture et qui la couvrait d'insultes.

Elle disparaissait au bout d'Almeria Street au moment où le Dr Gregory Chambers entrait dans la salle d'attente déserte pour voir quelle était la cause de cette agitation.

CHAPITRE 79

— La première incision dans la poitrine a été faite à partir du sternum et en descendant verticalement jusqu'au nombril. L'entaille était bien nette, la peau n'a pas été déchirée.

Joe Neilson fut pris d'un soubresaut en exécutant la démonstration sur le mannequin féminin en plastique qu'on avait installé devant le jury et la baguette tressauta légèrement dans sa main.

— La deuxième incision a été pratiquée horizontalement, sous la poitrine, en commençant juste sous le sein droit et en continuant latéralement jusque sous le sein gauche. La encore, il n'y avait qu'une seule entaille bien nette.

— Avez-vous une idée sur le type d'instrument qui a pu faire ces incisions ? demanda C.J.

La salle de tribunal était silencieuse, suspendue à ses paroles.

— Oui. Il s'agit d'un scalpel. Les entailles étaient profondes. Elles ont pénétré jusqu'aux os en traversant plusieurs couches de peau, les tissus adipeux et les muscles. Comme je vous le disais, nous n'avons relevé aucune déchirure. De fait, le scalpel numéro 5 retrouvé au domicile de l'accusé a permis de comparer avec les entailles effectuées sur la poitrine d'Anna Prado : la profondeur et la largeur correspondaient. Les entailles faites par ce scalpel étaient identiques.

Deux agrandissements fixés sur du carton étaient posés côte à côte sur des chevalets, près du mannequin. Un des clichés représentait la lame du scalpel saisi au domicile de

Bantling, agrandie cinquante fois. L'autre était un gros plan de l'incision pratiquée dans la poitrine de la victime, elle aussi grossie cinquante fois.

— Après les incisions, le sternum, l'os qui soutient la cage thoracique et protège le cœur et les poumons, a été brisé et écarté.

— Savez-vous quel instrument a été utilisé pour fendre le sternum ?

— Non. Probablement un coupe-boulons.

— Anna était-elle toujours en vie à ce moment-là ?

— Oui. La mort est déclarée lorsque le cœur cesse de battre. À ce moment-là, les autres fonctions du corps s'arrêtent, y compris la respiration évidemment, et les choses restent telles qu'elles étaient au moment exact où la personne est décédée. C'est ainsi que nous pouvons déterminer ce qu'une personne a mangé et quand, quelles toxines se trouvaient dans son sang, dans son foie, etc. Lorsque le sternum de Mlle Prado a été fendu, les poumons se sont retrouvés exposés à l'air et à la pression extérieure, ce qui peut provoquer un collapsus. Au moment où les poumons se vident, l'oxygène n'arrive plus au cœur ni au cerveau, et la mort par asphyxie survient entre deux et cinq minutes plus tard. Mais nous avons retrouvé de l'air dans le poumon gauche de Mlle Prado au cours de l'autopsie, nous savons donc qu'elle n'est pas morte par asphyxie. Alors, oui, elle était encore vivante lorsque…

Un cri retentit dans la salle, suivi d'un hoquet d'effroi. C'était la mère d'Anna. Secouée de sanglots incontrôlables, elle était soutenue par des membres de sa famille.

— Monstre ! Monstre ! hurla-t-elle.

— Silence ! ordonna le juge Chaskel, le visage cramoisi. Hank, veuillez accompagner Mme Prado dans le couloir jusqu'à la fin de ce témoignage. Je suis navré, madame, mais je ne peux tolérer de pareils éclats dans une salle de tribunal.

— Il m'a pris mon bébé ! hurla-t-elle, tandis que les membres de la famille l'entraînaient vers la sortie, sous les yeux des jurés. Ce salaud m'a pris ma petite fille et il l'a découpée ! Et maintenant, il est assis là, tout sourires !

Les portes se refermèrent sur ses cris.

— Les jurés ne tiendront pas compte de ces remarques, déclara le juge d'un ton sévère, alors que Lourdes se levait pour émettre une objection.

Les douze membres du jury regardaient dans la direction d'un William Bantling visiblement troublé. Le visage enfoui dans les mains, il secouait la tête.

Un silence pénible flotta dans l'air pendant quelques instants, tandis que s'éloignaient les échos des gémissements de Mme Prado que l'on conduisait vers les Escalator.

— Bon, vous pouvez continuer, mademoiselle Townsend, dit le juge Chaskel.

— Qu'est-ce qui a provoqué l'arrêt du cœur, docteur ?

— Le sectionnement de l'aorte, l'artère qui fournit le sang au cœur. L'aorte a été tranchée et le muscle cardiaque arraché immédiatement après l'ouverture du sternum, avant que les poumons se vident. Voilà ce qui a provoqué la mort immédiate.

La baguette se déplaça vers une autre photo agrandie représentant le corps nu et gris d'Anna Prado, allongé sur la table métallique à l'institut médico-légal, avec un trou noir à l'endroit où aurait dû se trouver son cœur.

— Était-elle consciente à ce moment-là ?

— C'est impossible à déterminer, même si, comme je l'ai déjà souligné, le mivacurium chlorure retrouvé dans son organisme n'a pas provoqué une perte de conscience. Simplement une paralysie. Toutefois, ses effets décontractants sur les muscles ont certainement retardé ou empêché le phénomène d'état de choc, qui constitue la défense naturelle du corps lorsqu'il est attaqué. Alors, je dirais que oui, il est fort possible qu'elle ait été encore consciente quand on lui a arraché le cœur.

Un murmure parcourut la salle, comme une ola dans les tribunes d'un stade.

— Merci, docteur Neilson. Ce sera tout.

— Très bien, dit le juge. Mademoiselle Rubio ? Souhaitez-vous interroger le témoin ?

— Juste deux questions. Docteur, vous venez de dire que les incisions pratiquées sur le corps de Mlle Prado correspondaient à celle d'un scalpel numéro 5, c'est bien cela ?

— Oui.

— N'importe quel scalpel numéro 5. C'est exact ? Pas précisément le scalpel retrouvé, nous dit-on, au domicile de M. Bantling ?

— Oui. N'importe quel scalpel numéro 5.

— Et les scalpels numéro 5 sont des outils assez répandus finalement, surtout dans les professions médicales et chez les taxidermistes, n'est-ce pas ?

— Concernant les taxidermistes, je ne pourrais dire, mais effectivement, ils sont assez répandus dans le milieu médical. On peut les acheter dans n'importe quelle boutique spécialisée.

— Merci, docteur. (Lourdes traversa la salle pour regagner sa place, puis elle se retourna.) Oh, fit-elle comme si cette idée venait de la traverser, qui vous apporte ce scalpel, cette prétendue « arme du crime », pour effectuer les tests ? Quel inspecteur ?

— L'agent Dominick Falconetti du FDLE.

— Ah, fit-elle, songeuse, en se rasseyant. Je n'ai pas d'autres questions.

— L'accusation souhaite-t-elle ajouter quelque chose ? demanda le juge Chaskel.

Il était 18 h 10 en ce vendredi 29 décembre. Dernier jour ouvrable de l'année 2000. C.J. avait pénétré dans le palais de justice ce matin alors que la réalité s'effritait, se lézardait et menaçait de s'effondrer autour d'elle, après une nouvelle nuit d'insomnie qui avalait ses yeux dans des cernes profonds et creusait davantage les rides de son front. Elle était venue, car elle ne pouvait rien faire d'autre à ce stade, et il n'était pas question de perdre par forfait face à l'équipe adverse.

À l'image du contre-interrogatoire de Lourdes, tout était sous-entendu et tout le monde était suspect désormais. Les réponses aux questions entraînaient de nouvelles questions. Les vérités absolues devenaient équivoques. Et plus rien n'était réel, plus rien n'était certain. Elle n'exerçait plus aucun contrôle sur quiconque, ni sur rien, que ce soit dans sa vie personnelle ou professionnelle. Des témoins qui étaient censés se trouver de son côté fournissaient des réponses favorables à la partie adverse. Des médecins censés l'aider aidaient également l'ennemi. Les confidents pouvaient se transformer en espions. Et les fissures qui lézardaient sa façade se propageaient dans un millier de directions, en profondeur. *Comme la fois d'avant.*

— Non, monsieur le juge. Je n'ai rien à ajouter, répondit-elle en se levant.

Joe Neilson était son dernier témoin, afin de conclure sur une description détaillée et douloureuse des derniers instants de souffrance d'Anna Prado.

— Très bien. C'est le moment parfait pour s'arrêter avant le week-end férié, déclara le juge Chaskel.

Il se tourna ensuite vers les jurés pour leur réciter sa liste habituelle d'avertissements avant de les libérer.

C.J. se retourna pour regarder Bantling assis à côté de Lourdes. Il avait toujours le visage enfoui dans ses mains et il secouait la tête, devant le jury. Mais maintenant, elle comprenait pourquoi.

C'était parce qu'il riait.

CHAPITRE 80

— Tu as essayé de l'appeler, Dom ? demanda Manny, dont le chapeau pointu et doré penchait en équilibre instable sur le côté de son crâne.

Il était déjà un peu éméché, comme la plupart des autres personnes présentes à cette soirée.

— Oui. J'arrête pas de tomber sur sa boîte vocale. Je suis un peu inquiet, Manny.

— Je sais, *amigo.* Bois donc une autre bière. Hé, Mari ! cria-t-il par-dessus la tête d'Eddie Bowman à travers la pièce remplie de policiers, d'agents et d'inspecteurs eux aussi coiffés de chapeaux dorés et buvant dans des verres à champagne en plastique. Apporte une autre bière pour Dommy Boy !

Marisol, occupée à discuter avec six autres femmes, tourna la tête. Elle était vêtue de la tête aux pieds d'une grande robe à paillettes mauve, à laquelle il manquait de manière évidente une large bande au niveau du nombril. Elle jeta un regard noir à Manny accompagné d'un « tss tss » muet.

— OK, OK. Apporte une bière à Dom, *s'il te plaît.* (Manny se retourna vers Dominick.) Bon Dieu, une nuit au plumard et il faut que je fasse des courbettes. J'envisage de redevenir célibataire, Dom. Peut-être que tu devrais en prendre de la graine.

— Je ne veux plus rien boire, de toute façon. Je vais rentrer de bonne heure.

— Eh, c'est bientôt minuit ! Tu peux pas te barrer avant le grand moment. Peut-être qu'elle n'est pas rentrée. Si ça se trouve, elle est partie pour le week-end.

— Peut-être. Sauf que sa voiture est garée devant chez elle.

— Ah, tu vas pas me faire le coup du suiveur, hein ? Genre, je passe devant chez elle et tout ça.

— Je suis inquiet, l'Ours. Elle est dans un sale état. Elle a maigri, elle ne mange plus, visiblement elle ne dort plus. Elle ne nous rappelle pas. Même toi. Ce Bantling veut la rendre dingue et il est en train de réussir. Il a du pouvoir sur elle. Toi qui la connais depuis des années, tu l'as déjà vue comme ça ?

— Non. Et ça m'inquiète, moi aussi. Peut-être que cette affaire l'a foutue K-O et qu'elle a décidé de faire un break ce week-end. (Il s'interrompit, le temps d'avaler une gorgée de bière.) Ou peut-être qu'elle a quelqu'un d'autre, Dom.

— Si c'est le cas, je laisserai la place. Mais je ne pense pas qu'il y ait quelqu'un d'autre. Je crois qu'elle s'est lancée dans un truc trop énorme pour elle, mais elle ne veut pas qu'on l'aide. Elle refuse d'en parler à quiconque et ça la détruit, ça la consume. Je le vois dans ses yeux. Quand elle me laisse la regarder, évidemment.

— Le procès est bientôt terminé. Il reste combien de temps ? Quelques jours ?

— Il n'y a plus que la plaidoirie de la défense.

— Ça, c'est un problème. Nul ne sait ce que ce cinglé va dire, ni même s'il va venir à la barre. Toujours rien au niveau du garage, au fait ?

— Que dalle. On a tout vérifié. Eddie a même suivi une dernière piste ce matin. Rien. On est obligés d'attendre pour voir ce que fait Bantling. Et ensuite, on avisera.

— Son avocate est une baratineuse de première. (Manny prit une voix haut perchée pour l'imiter :) *Nous prouverons que c'est du sang animal. Nous prouverons qu'il ne savait pas ce qui se trouvait dans son putain de coffre. Même si rien ne nous oblige à prouver quoi que ce soit.* Mon cul ! Le Luminol ne nous permet pas d'analyser le sang qui a éclaboussé les murs de la cabane. Il permet juste de le voir. Elle le sait bien, mais elle est obligée de déformer les faits. Même chose quand Bantling raconte que c'est du sang d'oiseau. Tu connais un oiseau qui peut balancer du sang au plafond comme un geyser ? Mais Rubio, elle s'en branle de ça. Elle mène les jurés par le bout de la bite pour leur faire gober ses conneries.

— Ou par autre chose.

Manny secoua la tête d'un air dégoûté.

— Tu as entendu ça ? Le greffier de Chaskel m'a raconté que la jurée du premier rang n'arrêtait pas de faire les yeux doux à Bantling. Même après les histoires de charcutage de Neilson. Comment une femme peut en arriver là ?

Comme si on l'avait appelée, Marisol surgit de la cuisine avec deux bières.

— Tiens, l'Ours, roucoula-t-elle en lui tendant les bouteilles. C'est bien parce que tu as dit « s'il te plaît ».

— Je m'en vais, Manny. J'ai deux ou trois trucs à faire demain matin. Des gens que je dois retourner interroger. Peut-être que j'obtiendrai quelques réponses avant que Bantling fasse son numéro.

— Le jour de l'an ?

— Il n'y a pas de repos pour les braves. Et ça me vide la tête.

— Rappelle-la demain, vieux. Tiens bon. C'est presque fini.

— Rappeler qui ? demanda à voix basse Marisol à Manny.

Dominick se fraya un chemin jusqu'à la porte en saluant les gens au passage.

« Cinq, quatre, trois, deux, un… Bonne année ! » hurla dans son dos un présentateur à la télé et les cris, les sifflets et les applaudissements explosèrent dans la pièce. « 2001 s'annonce comme une année formidable ! »

La mélodie de « Auld Lang Syne » résonna dans les enceintes.

— Je ne crois pas, mon vieux, murmura Dominick en se parlant à lui-même, alors qu'il refermait la porte de la maison derrière lui. Je ne crois pas.

CHAPITRE 81

Lourdes débuta son exposé le mardi matin à 9 heures. Elle appela d'abord à la barre le propriétaire de la Carrosserie Louie à North Miami Beach, puis le président de l'Association américaine de taxidermie et enfin le directeur du service de pathologie légale à l'école de médecine Albert Einstein. En l'espace d'une seule journée, C.J. vit son procès transformé en une montagne de « doutes raisonnables ».

La Jaguar de Bantling était restée au garage du lundi 18 au mardi 19 septembre. Son propriétaire l'avait récupérée le mardi sur les coups de 19 h 17. Louie déclara qu'elle avait passé la nuit sur un parking découvert et que plus de dix employés avaient eu accès à la Jaguar dans la journée. Il déclara également que personne n'avait regardé dans le coffre depuis que Bantling l'avait déposée le lundi. Ce n'était pas nécessaire.

William Bantling était un taxidermiste réputé, plusieurs fois récompensé pour ses talents par la branche locale de l'Association américaine de taxidermie. On utilisait souvent un scalpel numéro 5 dans cette activité. En temps normal, l'animal est mort au moment de l'opération, mais dans certains cas, on peut se servir d'un animal vivant afin d'obtenir « un aspect plus réaliste », surtout au niveau des yeux. Voilà qui expliquait, évidemment, les éclaboussures de sang mises en évidence par le Luminol.

Quant aux taches relevées sur le scalpel numéro 5 retrouvé dans la cabane de Bantling, elles étaient trop minuscules pour permettre un test d'ADN. Toutefois, des analyses indiquaient la présence d'un sang animal, sans doute celui d'un oiseau. Les cellules sanguines découvertes sur la lame contenaient des noyaux que ne possèdent pas les cellules sanguines humaines. Les volutes présentes sur la lame et qui correspondaient initialement au groupe sanguin d'Anna Prado semblaient avoir été «fabriquées», tout comme les trois gouttes de sang découvertes sur le sol de la cabane. C'est du moins ce qu'affirma le directeur du service de pathologie légale de l'école de médecine Albert Einstein.

C.J. savait qu'il était toujours possible de trouver un expert prêt à dire n'importe quoi, même à réfuter avec conviction les preuves les plus évidentes, s'il était suffisamment bien payé. Des psychologues rejetteront la faute sur les combats de catch après qu'un adolescent aura commis un meurtre de sang-froid, des médecins rejetteront la faute sur une crise cardiaque au volant, au lieu de parler du taux d'alcoolémie. Si le prix était suffisant, on trouvait des témoins pour justifier n'importe quelle défense, n'importe quelle théorie. Et parfois, ça marchait. Mais voir ainsi son affaire s'écrouler, se fissurer de tous les côtés, voir le sourire de Bantling s'élargir alors que les jurés hochaient la tête inconsciemment devant le défilé des témoins, voir les regards aguicheurs que la jurée du premier rang lançait de plus en plus fréquemment en direction de l'accusé, la peur initiale ayant été remplacée par le désir… c'en était trop pour C.J. Elle savait que ses contre-interrogatoires n'étaient pas à la hauteur, son ton paraissait de plus en plus désespéré à chaque témoin. Il était évident qu'elle n'avait pas préparé ses questions, qu'elle avait été prise au dépourvu, *prise au piège*, et elle sentait que les jurés ne lui faisaient plus confiance.

Elle n'avait pas fermé l'œil de tout le week-end. Les cauchemars liés au viol avaient cédé la place aux cauchemars provoqués par l'éventuel acquittement de Bantling. Le grand sourire écarlate et déformé du masque de clown se tournait vers elle dans la salle d'audience et il éclatait de rire. Il riait pendant que l'huissier lui ôtait ses menottes et ses fers aux chevilles pour le laisser partir. Puis il marchait vers elle, sous les regards de tous les autres.

Dominick, Manny, Lourdes, ses parents, Michael, le juge Chaskel, Greg Chambers, Jerry Tigler, Tom de la Flors. Tous se contentaient de regarder pendant qu'il la couchait de force sur la table, lui fourrait sa culotte dans la bouche et coupait les boutons de son chemisier à l'aide d'un couteau à dents étincelant.

Elle savait que son apparence était presque effrayante. Elle n'arrivait plus à masquer les cernes sur son visage blême et creusé, ses ongles étaient tellement rongés qu'elle ne pouvait pas en poser des faux. Son tailleur pendait sur elle comme sur un mannequin dans une boutique de seconde zone.

Tiens bon jusqu'à ce soir, demain ça ira forcément mieux, se répétait-elle sans cesse, sans en être convaincue.

Elle savait par expérience que la spirale ne tournait que dans un sens. Si Bantling était libéré, elle était fichue. Terminé. Ça semblait ne plus être qu'une question de temps.

À 17 h 45, le juge Chaskel congédia les jurés jusqu'au lendemain.

— Mademoiselle Rubio, combien d'autres témoins souhaitez-vous appeler pour que je me fasse une idée du planning ?

— Juste deux ou trois, monsieur le juge.

— Votre client a-t-il l'intention de témoigner ?

— Je ne suis pas en mesure de répondre à cette question, monsieur le juge. Je ne sais pas.

— S'il décide de témoigner, pensez-vous avoir terminé demain soir ?

— Oui, monsieur le juge. Mais évidemment, cela dépend du contre-interrogatoire de l'accusation.

En disant cela, elle se tourna vers C.J.

— Prenons les choses comme elles viennent, monsieur le juge, répondit C.J. J'ignore combien de temps durera mon contre-interrogatoire. Si l'accusé témoigne, j'aurai besoin de temps pour me préparer.

S'il témoigne, je serai probablement rayée du barreau. Et ensuite, les types en blouse blanche viendront me chercher.

— Je comprends. Mais nous avançons à un bon rythme. J'aimerais entendre les plaidoiries jeudi et ensuite – à moins que vous n'ayez besoin de temps supplémentaire évidemment, mademoiselle Townsend –, réunion vendredi matin pour définir les instructions à donner aux jurés. Vendredi après-midi, ils se retirent pour délibérer. Si le verdict tombe rapidement, on aura terminé pour le week-end.

On aura terminé pour le week-end. Tout sera terminé, oui. Comme ça. Avant le week-end. À temps pour les *playoffs* des Dolphins et pour le Coconut Grove Art Festival.

Avant le week-end, son destin serait scellé.

CHAPITRE 82

Elle était assise dans son bureau, les stores baissés, évidemment, avec en fond sonore le journal de Channel 7 sur son petit téléviseur portatif, une montagne de papiers étalés inutilement devant elle, à côté d'un bol de soupe froide et de sa cinquième tasse de café. Le procès du Vorace faisait l'ouverture du journal télévisé de 18 h 30, bien évidemment, suivi par un reportage sur une compagnie financière douteuse qui avait escroqué plusieurs millions de dollars à des personnes du troisième âge, et par une brève concernant une étudiante de Fort Lauderdale, souffrant de crises d'épilepsie, qui avait disparu. C.J. n'avait aucune envie de rester là. Elle n'avait aucune envie de rentrer chez elle. Il n'y avait aucune échappatoire, nulle part. C'était ça le problème. Jusqu'au week-end, du moins. *On aura terminé avant le week-end.*

On frappa tout doucement à la porte, et avant même que C.J. puisse répondre, celle-ci s'ouvrit lentement. Elle s'attendait à voir un Jerry Tigler furieux, peut-être même un Dominick Falconetti et un Manny Alvarez inquiets, car elle n'avait pas répondu à leurs appels. Elle ne s'attendait pas à voir un Gregory Chambers souriant.

— Puis-je entrer ? demanda-t-il en entrant de toute façon et en regardant autour de lui.

C.J. se raidit et secoua la tête, mais curieusement elle était comme muette, et il s'assit devant elle.

— Comment allez-vous ? demanda-t-il en plissant le front d'un air soucieux. Je sors d'un séminaire de formation sur les agresseurs sexuels, au rez-de-chaussée, et j'ai eu envie de monter vous voir. Comme vous n'êtes pas venue à nos deux dernières séances, je suis un peu inquiet. Avec tout ce stress que vous subissez.

— Je vais bien. Très bien, répondit-elle. Je crois que vous feriez mieux de partir.

— Ça n'a pas l'air d'aller, C.J. Vous ne semblez pas être dans votre assiette. Je vous ai vue à la télé, et franchement, je me fais du souci pour vous.

— Du souci ? Vous vous faites du souci pour moi ?

Elle ne pouvait plus contenir sa colère, sa douleur, sa confusion.

— Je suis venue réclamer votre aide, Greg… Docteur Chambers. Je vous faisais confiance en tant que médecin, en tant qu'ami, et vous pendant ce temps-là, vous vous foutiez de ma gueule !

L'étonnement et la douleur balayèrent le visage de Greg Chambers.

— De quoi parlez-vous, C.J. ?

— Je suis allée à votre cabinet !

— Oui, je sais. Estelle m'a dit que vous étiez passée la semaine dernière, dit-il, l'air visiblement dérouté. Mais quand je suis sorti, vous étiez repartie. Voilà le genre de comportement qui fait que je m'inquiète pour…

Elle le coupa, d'une voix étranglée par les sanglots. Elle ne pouvait plus retenir ses larmes.

— Et j'ai vu ! De mes propres yeux, dans votre cahier de rendez-vous !

— Vous avez ouvert mon cahier de rendez-vous, C.J. ? Comment avez-vous pu…

— Vous le soigniez, lui aussi ! Bantling, ce salopard ! Pendant tout ce temps, et vous ne me l'avez jamais dit. Vous saviez depuis le début qu'il m'avait violée et vous m'avez manipulée comme une idiote !

Le visage surpris de Greg Chambers s'assombrit en entendant ces accusations.

— Je ne savais rien de tel. Écoutez-moi, C.J. Je l'ai soigné, c'est vrai. J'ai soigné Billy Bantling…

— Et vous ne m'avez rien dit ! Comment avez-vous pu me faire ça ? Ne rien me dire !

—Je ne vous dois ni excuses ni explications, mais je veux bien vous en fournir quelques-unes, en raison de notre… amitié.

La colère montait dans sa voix à mesure qu'il parlait, et même s'il s'efforçait de la contrôler, son ton était tranchant, et C.J. se sentit soudain toute petite et déstabilisée. Faible.

—En tant que procureur, reprit le Dr Chambers, vous savez très bien que je ne peux pas avouer que je soigne telle ou telle personne. Cette information est protégée par le secret professionnel et jamais je ne la dévoilerai. Jamais. J'ai prêté serment. Je ne dirai rien à personne, sans le consentement du patient. Ou sauf s'il s'agit d'un conflit avéré, ce qui n'était pas le cas ici.

«Je n'ai jamais établi le rapprochement jusqu'à ce que vous veniez me dire que la personne arrêtée dans l'enquête sur le Vorace était l'homme qui vous avait violée. Et à ce moment-là, mes rapports avec Bill Bantling ont cessé, bien évidemment, à cause de son arrestation. Bien entendu, je ne vous répéterai pas ce qui a été dit durant nos séances, alors soyez gentille de ne pas poser la question. Sachez simplement que je ne compromettrai jamais un de mes patients. Jamais. Et au risque de vous paraître brutal, C.J., je trouve insultant et choquant que vous puissiez mettre en cause mon intégrité professionnelle et formuler pareilles accusations sans même m'en parler. Je me trouvais dans une position délicate et j'ai agi en fonction de ce que me recommandait l'éthique.

«Je suis venu ici pour voir comment vous alliez, si je pouvais vous aider. Mais je doute que ce soit une bonne idée, finalement. Étant votre médecin, je vous conseille néanmoins de poursuivre votre thérapie avec quelqu'un d'autre, car vous présentez des signes inquiétants.

Il se leva pour prendre congé.

Un sentiment de honte aussi soudain qu'inexplicable s'empara alors de C.J. Ses pensées confuses se bousculaient dans sa tête.

—Je ne sais plus quoi faire, murmura-t-elle. Je ne sais plus qui croire, ni quoi. Tout m'échappe, je ne contrôle plus rien. Plus rien n'est réel. Je ne sais plus ce qui est vrai ou faux, Docteur Chambers.

Les larmes s'échappaient de ses yeux, alors qu'elle croyait qu'il ne lui en restait plus.

C'était trop tard. Greg Chambers était en colère, les mots avaient été prononcés, on ne pouvait pas les reprendre.

— Je vous avais déconseillé de vous occuper de cette affaire, car vous étiez trop impliquée, C.J. Le manque de recul a peut-être faussé votre vision des choses et des relations entre les gens. Peut-être avez-vous contracté les mauvaises alliances et maintenant, vous ne pouvez plus avoir confiance. Les décisions prises sous l'effet du stress et de la confusion sont souvent regrettables.

— Dominick ? Vous voulez parler de lui ?

— Je vous répète simplement le conseil que je vous ai donné il y a plusieurs mois. Le recul offre plus de perspective, et vous semblez en avoir besoin. Continuez votre thérapie et vous vous en apercevrez. Sur ce, bonsoir.

Il referma la porte derrière lui avec un bruit sourd, abandonnant C.J. dans son bureau.

Elle enfouit son visage dans ses mains en sanglotant. Elle sentait la façade se lézarder, menaçant de détruire tout ce qu'elle avait essayé de reconstruire au cours de cette dernière décennie.

Elle ne vit donc pas la photo de la jeune fille de vingt et un ans, étudiante à la Florida Atlantic University, Julie LaTrianca, qui s'afficha quelques secondes sur l'écran de la télé, et elle n'entendit pas les commentaires de la présentatrice guillerette, avec ses yeux de biche, qui évoquait la disparition de cette belle brune dans un bar de Fort Lauderdale, le soir du réveillon, « dans des conditions mystérieuses ».

CHAPITRE 83

Vingt minutes après que Greg Chambers eut quitté son bureau, le téléphone de sa ligne privée sonna. D'abord, elle le laissa sonner, mais comme il continuait, elle décrocha au bout de la dixième sonnerie, en essuyant ses larmes du revers de la main.

— Townsend, j'écoute.

— C.J., c'est moi. Dominick.

Elle entendait des sirènes de voitures de police en fond sonore, un grand nombre de sirènes, auxquelles se mêlaient des éclats de voix.

— Tu tombes mal, Dominick. Est-ce que je peux te rappeler ?

— Non, tu ne peux pas me rappeler. Et je ne tombe pas mal, crois-moi. On les a retrouvés, C.J. ! Il faut que tu viennes immédiatement.

— Hein ? De quoi tu parles ?

— Je suis dans un mobile home à Key Largo, juste à la sortie de la U.S. One. Il appartenait à la tante décédée de Bantling, Viola Traun. On a retrouvé les cœurs. Tous. Stockés dans un congélateur. On a également trouvé des photos, C.J. Des tonnes de photos de toutes les victimes, prises devant une sorte de fond noir pendant qu'il les torturait sur la table métallique. Et même pendant qu'il les tuait, comme dans des *snuff movies*. Ça pourrait être sa cabane de jardin. Tout est ici.

— Comment as-tu fait pour…

Son cœur cognait dans sa poitrine : un mélange de soulagement, d'excitation, de peur, de panique. Une surcharge d'émotions menaçait de faire sauter les circuits.

— Je suis tombé sur un mandat émis à l'encontre de Bantling par un juge du comté de Monroe. Il date d'il y a quelques semaines, c'est pour ça qu'on ne l'a pas vu passer. C'est une vulgaire histoire de fric. Bantling était le tuteur des biens de sa tante quand elle était vivante et il a omis de remplir un dossier à la con dans les soixante jours qui ont suivi son décès, alors le juge a émis un mandat, sans se rendre compte, je suppose, qu'il s'agissait du même William Bantling qui était jugé pour meurtre à Miami. J'ai découvert où habitait la tante et j'y suis allé avec Manny. Le gérant du camp nous a laissés entrer dans le mobile home. Si tu voyais ça ! Les photos étaient dans le congélo avec les cœurs. Ne t'inquiète pas, tout est réglo : le mobile home devait être saisi pour non-paiement de la location de l'emplacement. Le proprio avait les papiers à son nom et tout ça. J'ai vérifié avant. Mais il nous faut un mandat de perquisition pour aller plus loin. Je ne veux pas tout foutre en l'air.

— Oh, bon sang… (C.J. avait du mal à trouver ses mots.) OK, j'arrive.

— On le tient, C.J. ! dit Dominick. Il est à nous maintenant !

CHAPITRE 84

La jurée du premier rang cessa de sourire et Bill Bantling cessa de rire lorsque C.J. annonça le mercredi matin qu'elle rouvrait le dossier. Puis vers midi, après que l'agent spécial Dominick Falconetti fut revenu à la barre pendant deux heures, plus aucun membre du jury n'osait jeter un regard en direction de Bantling et on sentit un froid glacial se répandre dans toute la salle de tribunal. Avant la fin de l'après-midi, deux jurés avaient fondu en larmes et trois jurées avaient vomi après avoir découvert le véritable cœur d'Anna Prado, conservé dans un sac en plastique transparent, puis les effroyables photos trouvées dans le congélateur de Viola Traun. Parmi ces femmes figurait la jurée aguicheuse qui s'imaginait peut-être quelques mois plus tard sur une des photos que Bantling conservait comme des trophées. Il fallut de nouveau évacuer la mère d'Anna Prado prise d'une crise d'hystérie, mais cette fois, le juge Chaskel décida, d'un air grave, de faire une pause pour le déjeuner. Indubitablement, le vent avait changé de sens.

Au cours de la pause, Dominick accusa William Rupert Bantling de dix nouveaux meurtres avec préméditation et déposa dix autres formulaires d'arrestation à la prison du comté de Dade au cas, peu probable désormais, où le jury déciderait de le relâcher. Lourdes renonça au droit de Première Comparution que pouvait faire valoir son client et, en fin d'après-midi, elle annonça au juge Chaskel que son client ne prendrait pas la parole pour assurer sa défense. Le sourire en coin de Bantling avait cédé la place à un rictus nerveux et provocant et son visage avait pris un teint cireux. De violentes paroles, bien que prononcées à voix basse, furent échangées entre lui et son avocate.

Les plaidoiries eurent lieu le vendredi après-midi, mais Lourdes ne retrouva pas la force de conviction affichée lors de son intervention préliminaire. Les deux jurés remplaçants furent libérés de leurs fonctions et leurs commentaires furent dévorés dans le couloir par les correspondants des différentes chaînes de télé. Les douze autres jurés reçurent les instructions et, à 16 h 27, ils s'enfermèrent pour délibérer et décider du sort de l'accusé.

Moins d'une heure plus tard, à 17 h 19 précisément, on frappa à la porte, de l'intérieur, et l'huissier alla porter un mot au juge retiré dans son bureau.

Le jury avait rendu son verdict.

CHAPITRE 85

— Tel est votre verdict, à l'unanimité ? demanda le juge Chaskel en s'adressant au premier juré par-dessus ses lunettes, tandis que dans la salle tout le monde se hâtait de reprendre sa place.

Nul ne s'attendait à un verdict aussi rapide dans un procès où l'accusé risquait la peine de mort. Surtout pas C.J. qui avait à peine eu le temps de faire un détour par la machine à café du rez-de-chaussée avant de regagner son bureau pour y attendre le verdict. Elle était dans l'Escalator quand Eddie Bowman lui avait sauté dessus pour lui annoncer que le jury était de retour.

Le visage du juge ne trahissait aucune émotion alors que ses yeux plissés parcouraient le verdict. Tout le monde était debout dans la salle de tribunal envahie de procureurs, d'avocats, de journalistes, de spectateurs et de membres de la famille. Un bourdonnement d'excitation flottait au-dessus de l'assistance.

— Oui, Votre Honneur, répondit d'une voix mal assurée le premier juré, un éboueur d'une quarantaine d'années vivant à Miami Beach.

Il s'efforçait d'ignorer les caméras et les micros braqués sur lui pour capter son moindre souffle et ses tics nerveux. De fines gouttes de sueur perlaient au-dessus de sa lèvre ; il les essuya du revers de la main.

— Vous pouvez vous asseoir, monsieur. Accusé, levez-vous.

Le juge Chaskel replia la feuille contenant le verdict et la tendit par-dessus son bureau à Janine la greffière. Le premier juré, visiblement soulagé de ne plus être sous le feu des projecteurs, reprit sa place au milieu des onze autres membres du jury, qui tous regardaient fixement le juge en évitant de croiser le regard de Bill Bantling.

— Madame la greffière, veuillez lire le verdict, je vous prie.

Le juge Chaskel se pencha en avant sur sa chaise, la main posée fermement sur son marteau.

— « Le jury du comté de Miami-Dade, Floride, déclare en ce jour du 5 janvier 2001, l'accusé, William Rupert Bantling, coupable de meurtre. »

Coupable. Coupable de meurtre. Un sanglot étouffé, émanant sans doute de Mme Prado, songea C.J., résonna dans la salle d'audience.

— Que tout le monde reste à sa place, ordonna le juge d'un ton sévère et d'une voix grave qui parvint à imposer le calme à la foule surexcitée. Mademoiselle Rubio, souhaitez-vous entendre le verdict de la bouche de chaque juré ?

— Oui, Votre Honneur, répondit Lourdes d'une voix blanche après un moment d'hésitation, les mains posées au bord de la table pour se retenir.

Bantling, lui, regardait fixement le juge, comme s'il n'avait pas entendu le verdict.

— Mesdames et messieurs les jurés, je vais vous interroger individuellement pour vérifier que le verdict rendu est bien le vôtre. Juré numéro un, quel est votre verdict ?

— Coupable, répondit la secrétaire à la retraite de Kendall, en pleurant.

— Juré numéro deux ?

— Coupable.

Et ainsi de suite jusqu'au bout de la rangée. Certains jurés avaient les yeux rougis par les larmes, d'autres semblaient soulagés, d'autres encore lancèrent des regards chargés de dégoût et de colère quand vint leur tour de parler.

Dès que le douzième juré eut répété le verdict de culpabilité, le chaos éclata dans la salle de tribunal. Mme Prado se mit à gémir, les familles des autres victimes du Vorace qui avaient assisté au procès poussèrent des cris et applaudirent, les journalistes se précipitèrent dans le couloir pour appeler leurs agences, et C.J. baissa la tête pour adresser une prière de remerciement à un Dieu dont elle avait cru qu'il n'existait plus.

C'était terminé. C'était enfin terminé.

CHAPITRE 86

C'est à ce moment-là que William Rupert Bantling se mit à hurler.

C'étaient les mêmes cris furieux, à vous glacer le sang, que C.J. avait déjà entendus lorsqu'elle était enfermée avec lui et Lourdes dans une cellule de la prison. Le brouhaha d'excitation qui s'était emparé de la salle de tribunal se transforma en un silence hébété, alors que tous les yeux et toutes les caméras se tournaient vers Bantling.

Il s'arrachait les cheveux à deux mains et secouait furieusement la tête de droite à gauche. Son visage était cramoisi, ses yeux exorbités et furieux, de sa bouche grande ouverte jaillissait cet effroyable son strident. Il se tourna vers C.J. et pointa le doigt dans sa direction.

— Espèce de salope ! cracha-t-il. J'aurais dû te tuer ce jour-là, espèce de sale chienne ! J'aurais dû te tuer, nom de Dieu ! Tu ne t'en tireras pas comme ça !

— J'exige le silence ! Immédiatement ! s'écria le juge Chaskel, dont le visage était aussi empourpré que celui de Bantling. Vous m'avez entendu, monsieur Bantling ? Je vous ordonne de vous taire !

Lourdes posa la main sur le bras de Bantling pour le calmer, mais il la repoussa, si violemment qu'elle faillit heurter le dossier de la chaise.

— Me touche pas, toi, sale baratineuse ! Tu es de mèche avec elle… Je le sais !

— Monsieur Bantling, je ne tolérerai pas un tel débordement dans ma salle de tribunal. Je n'hésiterai pas à vous bâillonner pour vous faire taire, s'il le faut ! (Il se tourna vers Hank.) Évacuez le jury. Immédiatement !

Hank s'empressa de pousser vers la porte de la salle de délibération insonorisée les jurés qui regardaient tous Bantling bouche bée.

Celui-ci se tourna vers l'estrade.

— Votre Honneur, j'exige un autre avocat. J'en veux un autre tout de suite !

— Monsieur Bantling, vous venez d'être condamné pour meurtre. Vous pourrez vous faire représenter par l'avocat de votre choix en appel, si vous avez les moyens. Si vous ne les avez pas, le tribunal vous en attribuera un. Mais vous ne pouvez pas avoir un autre avocat maintenant.

— Vous ne comprenez pas, monsieur le juge ! Ce n'est pas moi, le meurtrier, et elles le savent bien toutes les deux !

— Il faut vous calmer, monsieur. Maîtrisez-vous.

— J'ai baisé ce procureur, il y a des années de cela. Je l'ai baisée à mort dans son appartement à New York ! Et maintenant, elle veut me faire porter le chapeau pour ces meurtres ! J'exige un nouveau procès ! J'exige un autre avocat !

Le juge Chaskel plissa le front de nouveau.

— Monsieur Bantling, ce n'est ni le lieu ni le moment pour formuler ce genre d'allégations, qui me paraissent ridicules soit dit en passant. Libre à vous d'aborder cette question ultérieurement avec votre avocat, lors du pourvoi en cassation.

— Demandez-lui ! Elle vous le dira ! Elle vous dira qu'elle a été violée ! Et elle sait que c'est moi son violeur ! Mon avocate, elle sait aussi que c'est moi, mais elle a de la peine pour Mlle Townsend. Elle a de la peine pour la pauvre Chloé. Alors, elle ne me défend pas comme elle devrait. Ce procès aurait dû s'achever par un non-lieu !

— Mademoiselle Townsend ? Mademoiselle Rubio ? Savez-vous de quoi il est question ?

Le juge Chaskel semblait perplexe.

Il était arrivé. Le moment qu'elle redoutait tant. Elle s'y attendait, mais aujourd'hui, curieusement, elle pensait y avoir échappé. *Ça ferait quel effet quand tout s'effondrerait ?*

C.J. avala sa salive et se leva pour faire face au juge.

— Votre Honneur, dit-elle lentement. J'ai été effectivement victime d'un viol il y a plusieurs années de cela, lorsque j'étudiais le droit à New York.

Un immense et unique hoquet de stupeur s'éleva dans la salle. Une voix s'exclama : « Oh, mon Dieu ! » Une autre : « Putain de merde ! » Une autre encore : « T'as entendu ça ? » *Flash spécial. CNN en direct de Miami : Le procureur fait une révélation choc au cours du procès du Vorace !*

Elle se racla la gorge et reprit d'une voix aussi forte que possible.

— Apparemment, Votre Honneur, l'accusé a eu vent de cette information par le biais d'anciens rapports de police et en consultant des archives publiques et il sait que mon violeur n'a jamais été arrêté. Pour tenter de ridiculiser ce tribunal et de faire peser sur les débats des accusations d'irrégularités et de partialité, M. Bantling a fait des aveux tardifs dans lesquels il déclarait être mon violeur. Mais je peux vous assurer, Votre Honneur, que ce n'est pas le cas. M. Bantling n'est pas l'homme qui m'a agressée et violée, et je l'ai dit à son avocate au cours d'une précédente rencontre. Je pense qu'elle n'accorde aucun crédit à ces accusations.

Sur son perchoir, le juge Chaskel paraissait abasourdi. Il n'aimait pas se retrouver dans cette position. Surtout après avoir dirigé un procès qu'il estimait parfait, à l'abri de tout pourvoi en cassation.

— Et c'est la première fois que j'entends parler de cette histoire ? Là, maintenant ? (Il se tourna vers Lourdes.) Mademoiselle Rubio, souhaitez-vous vous exprimer sur ce sujet ?

Lourdes Rubio regardait droit devant elle, en direction du juge ; pas une fois elle ne tourna la tête vers C.J.

— Monsieur le juge, je me suis entretenue avec mon client et j'ai lu les rapports de police concernant l'agression dont a été victime Mlle Townsend. (Elle marqua un léger temps d'arrêt, avant de poursuivre :) J'estime que les accusations de mon client à l'encontre de Mlle Townsend sont sans fondement et je ne les soutiens pas.

Le juge Chaskel demeura silencieux ; il réfléchissait à ce qu'il allait dire. La salle était silencieuse, elle aussi. Il s'exprima enfin et, si ses paroles semblaient sincères, elles étaient choisies avec soin à l'attention des journalistes.

— Mademoiselle Townsend, je regrette que vous ayez été obligée de dévoiler aujourd'hui, devant cette cour, une affaire aussi intime. J'espère simplement que les médias ici présents et en possession maintenant de cette information sauront la traiter avec la discrétion et le tact qu'elle mérite.

— C'est du baratin, tout ça !

Bantling poussa violemment la table, à deux mains. Elle se renversa et tous les dossiers de Lourdes s'éparpillèrent sur le sol.

— C'est du pipeau ! Vous voulez me tuer parce que vous êtes triste pour cette sale menteuse !

Trois gardiens se jetèrent sur lui et l'immobilisèrent en lui tenant les bras et les jambes, pendant qu'il continuait à se débattre. Tandis qu'ils le menottaient et lui remettaient les fers aux chevilles, Bantling regarda dans la direction de C.J. en montrant les dents ; ses yeux étaient remplis de haine pure, il avait la bave aux lèvres.

Le juge Chaskel haussa la voix, presque au point de crier :

— Vous demanderez à votre futur avocat de plaider ce que vous voulez en appel. Dans l'immédiat, le dossier est clos. Hank, bâillonnez-le !

— Chloé, espèce de sale petite pute menteuse ! C'est pas fini ! C'est pas fini ! hurla Bantling.

Juste avant que l'huissier le fasse taire avec du ruban adhésif.

CHAPITRE 87

Elle ne pouvait pas rentrer chez elle. Les journalistes avaient réussi, d'une manière ou d'une autre, à découvrir son adresse pourtant confidentielle et ils campaient sur le parking de sa résidence en attendant son retour. Apparemment, ils avaient graissé la patte au gardien pour qu'il détourne la tête au moment où ils passaient devant lui à bord de leurs camionnettes bleu électrique de Channel 7. Voilà pourquoi elle était encore dans son bureau à 22 h 30, à appeler des hôtels pour essayer de trouver une chambre pour quelques nuits, le temps que les médias se lassent et repartent avec leurs caméras et leurs micros. Elle ne remarqua même pas sa présence dans la pénombre de la porte, jusqu'à ce qu'il prononce son nom à voix basse :

— C.J. ?

Elle leva la tête et découvrit Dominick.

— Bonsoir.

Ce fut tout ce qu'elle trouva à dire. Il était dans la salle de tribunal lors de la lecture du verdict.

— Qu'est-ce que tu fais ?

— En fait, je cherche un endroit où dormir pendant quelques jours. Mme Cromsby, la vieille dame qui habite en dessous de chez moi et qui s'occupe de Lucy et de Tibby quand je travaille, m'a conseillé de « me cacher » pendant un certain temps. Il semblerait que ce soit un vrai cirque devant chez moi.

Elle n'osait pas le regarder.

Dominick entra dans la pièce et contourna le bureau pour s'y asseoir au bord. C.J. sentait ses yeux posés sur elle ; il l'observait comme un spécimen. Elle aurait voulu qu'il s'en aille.

— Tu m'as dit que tu avais eu un accident de voiture. Ces cicatrices, il ne s'agit pas d'un accident, hein ?

Sentant sa lèvre trembler, elle mordit dedans.

— Non.

— Pourquoi tu ne m'as rien dit ?

— Parce que je ne voulais pas que tu saches. Ni toi ni personne. C'est ironique, non ? Maintenant, mon viol va faire les gros titres un peu partout. (Elle passa ses doigts dans ses cheveux et appuya sa tête dans ses mains.) Je ne voulais pas que tu saches, c'est tout.

— Tu pensais que ce serait différent entre nous si je savais ? C'est ça ?

— Je n'ai pas besoin de ta pitié, Dominick. Sincèrement.

— Ce n'est pas de la pitié, C.J. Je pensais que c'était bien plus que ça. Tu me crois superficiel à ce point ?

— Il ne s'agit pas de toi, d'accord ? C'est le passé. *Mon* passé. Je suis encore obligée de gérer ça tous les jours, le mieux possible. Disons qu'aujourd'hui, ce n'était pas une très bonne journée à ce niveau-là.

— Ne me rejette pas.

— Je ne peux pas avoir d'enfants, Dominick. Voilà, ça y est, c'est dit. Peut-être est-ce important pour toi, peut-être que non. Mais je ne peux pas. Maintenant, tu sais. Tu sais.

Un long silence flotta dans la pièce. La pendule bon marché accrochée au mur égrenait bruyamment les minutes et personne ne parlait. Finalement, Dominick brisa le silence, à voix basse :

— C'était lui ? C'était Bantling ?

En l'espace de quelques heures, les médias avaient rassemblé à l'attention du public avide un certain nombre de détails sur le viol de C.J. Et Dominick se souvenait maintenant de la voix de Manny au téléphone lui parlant du masque de clown qu'il venait de découvrir dans la penderie de Bantling. Il se souvenait d'avoir surpris C.J. dans la salle de réunion, seule avec les pièces à conviction. Tout était là. *Il suffisait de savoir où chercher.*

Elle laissa passer de longues secondes avant de répondre à la question. Elle sentit les larmes monter et couler sur ses joues, brûlantes, sans qu'elle puisse les arrêter. Elle le regarda en face, droit dans ses yeux marron inquisiteurs, et elle dit enfin, dans un murmure, d'un ton résigné :

— Non. Non. Ce n'était pas lui.

Dominick l'observa. Il observa ce visage encadré de cheveux blond châtain, plus clairs aux racines qu'aux extrémités ; ses yeux vert émeraude bordés de cernes inquiétants. Il essaya d'imaginer ce qu'avait fait Bantling pour lui laisser ces cicatrices. Il imagina ce visage, dont il était devenu amoureux, en train de pleurer et de hurler, torturé, sous le poids d'un monstre barbare. Il savait qu'elle lui mentait. Mais d'une certaine façon, ça n'avait pas d'importance.

— Ferme ça.

— Hein ?

— Ferme cet annuaire. Et pose le téléphone.

— Pourquoi ?

— Parce que tu viens chez moi, voilà pourquoi. Je t'emmène à la maison.

Il lui prit la main et l'obligea à se lever. Puis il la serra dans ses bras et l'embrassa sur le front. La tenant plaquée contre sa poitrine, il l'écouta sangloter, en lui caressant les cheveux. Il aurait voulu ne plus jamais la lâcher.

CHAPITRE 88

Après quelques jours, l'histoire du Vorace fut reléguée en pages deux des journaux, et au bout d'une semaine, les infos du soir n'en parlèrent même plus. Les médias étaient partis se repaître d'un autre drame : meurtre, incendie ou inondation. Les douloureux détails de son viol, les spéculations sur ses motivations et son désir de vengeance avaient fait la une dans les premiers temps, mais le courant de l'opinion publique avait balayé les éditoriaux ; le droit à l'intimité pour les personnes violées était passé au premier plan et la presse s'était retrouvée dans le rôle du méchant.

C.J. se mit en congé pour prendre du recul, se remettre et permettre aux journalistes de l'oublier. L'inculpation de Bantling pour dix autres meurtres s'était faite sans tambour ni trompette, et curieusement, les médias s'en étaient fait l'écho en se limitant à une ou deux allusions à l'histoire du viol. Mais ça n'avait plus guère d'importance. L'instruction concernant les autres meurtres avait été confiée à Rose Harris. C.J. n'avait plus qu'une épreuve à affronter : un dernier face-à-face avec le monstre, une dernière rencontre avec la presse avide, puis son travail serait terminé.

Elle passa quelques jours à Key West avec Dominick, pendant que la fureur retombait à Miami. C'était calme et détendant, et ils passèrent des heures à discuter tous les deux, en buvant du vin devant de somptueux couchers de soleil. Elle éprouvait un invraisemblable sentiment de soulagement. Le soulagement de pouvoir enfin partager avec quelqu'un cette part isolée et solitaire d'elle-même, une part qui avait vécu enfermée, dans l'obscurité, pendant douze ans. Car même si Dominick et elle n'évoquaient pas vraiment le sujet, celui de son viol, le simple fait de se dire qu'il *savait*, que ça n'avait pas d'importance et qu'il l'aimait constituait une expérience d'une grande intensité. Et cela la rendait encore plus amoureuse de lui.

L'ultime phase pénale commença six semaines plus tard. Sur ordre du juge Chaskel, Bantling fut bâillonné, menotté et on lui attacha les chevilles. Au préalable, le juge avait bien évidemment organisé une audition pour déterminer si Bantling était capable de se tenir correctement, mais au bout de quatre minutes, Bantling l'avait envoyé se faire foutre, et le procureur aussi par la même occasion. Chaskel avait donc demandé qu'il soit bâillonné et attaché. Il n'avait aucune envie que le jury assiste à une nouvelle crise de démence, alors que le procès était enfin terminé. Il avait offert à l'accusé l'occasion de réagir et sa propre avocate avait rejeté ses accusations bizarres. La cour d'appel n'aurait qu'à se débrouiller avec ses délires. Car, une fois que les jurés auraient rendu la sentence, ce ne serait plus son problème.

Lorsque le condamné risquait la peine de mort, la phase pénale était une sorte de mini-procès, au cours duquel les deux parties étaient autorisées à présenter des témoignages. Mais la culpabilité ou l'innocence de l'accusé n'était plus à l'ordre du jour. La question était de savoir s'il devait vivre ou mourir. Les jurés eurent droit aux autres pièces à conviction retrouvées dans le mobile home de Viola Traun. Ils virent ainsi les photos des dix autres cœurs, en plus de celui d'Anna Prado, retrouvés dans le congélateur, avec les sinistres photos souvenirs. On leur parla des dix autres enlèvements et des dix autres victimes, qui toutes avaient eu la poitrine ouverte de la même façon, en croix. Autant de preuves qui n'avaient pu être utilisées pour obtenir sa condamnation, mais qui pouvaient maintenant servir à déterminer sa peine. Pendant tout ce temps, Bantling resta assis à côté de Lourdes Rubio, d'un air provocant, réduit au silence par un morceau de ruban adhésif.

Le quatrième jour, après l'exposé de l'accusation et avant que la défense puisse présenter ses éléments, le juge Chaskel fit sortir le jury de la salle.

— Mademoiselle Rubio, avez-vous l'intention, à ce stade, d'appeler un témoin à décharge ?

— Juste un, Votre Honneur. M. Bantling souhaite faire appeler un seul témoin. Il souhaite témoigner lui-même à décharge.

Le juge Chaskel laissa échapper un soupir.

— Très bien. C'est son droit. Mais voyons d'abord s'il est capable de suivre les règles. Hank, enlevez-lui son bâillon.

C.J. sentit son cœur s'emballer dans sa poitrine. *Du calme. Ce n'étaient que des paroles de dément. Il n'y avait aucune preuve. Elle y avait veillé.* Tournant la tête sur la gauche, elle vit Dominick qui l'observait du fond de la salle. Il hocha la tête pour lui dire que tout irait bien.

Le juge regarda Bantling par-dessus ses lunettes ; ses yeux n'étaient que deux fentes remplies de méfiance.

— Monsieur Bantling, votre avocate m'informe de votre désir de témoigner, ce qui est votre droit. Toutefois, ce témoignage ne doit pas avoir une action perturbatrice et je ne vous autoriserai pas à exercer ce droit si vous n'êtes pas capable de vous contrôler, déclara-t-il d'un ton sévère. Cela étant précisé, pouvez-vous assurer à cette cour qu'il n'y aura pas de nouveaux éclats intempestifs comme celui auquel vous vous êtes livré lors de la lecture du verdict ? Si vous pouvez faire cette promesse à la cour, je vous autoriserai à témoigner, bien évidemment. Mais sachez que je ne tolérerai plus ce comportement. Alors, que décidez-vous, monsieur Bantling.

— Des éclats intempestifs ? s'exclama Bantling. Allez vous faire foutre, vous et votre cour de pingouins ! Je suis victime d'un coup monté ! Cette espèce de salope m'a piégé !

Retour du ruban adhésif.

Il fallut au jury moins de vingt-cinq minutes pour revenir avec un verdict unanime. La mort.

Inutile de prolonger cela un jour de plus. Le juge Chakel condamna immédiatement Bantling à mort. Par injection.

Puis il ordonna qu'on emmène le prisonnier, descendit de son estrade et la salle de tribunal se vida. Bantling fut emmené de force par trois gardiens, en hurlant à travers son bâillon. Les journalistes se précipitèrent dans le couloir pour appeler leurs rédactions et interroger les membres du jury à leur sortie. Dominick, Manny, Chris Masterson et Eddie Bowman furent attirés au-dehors par différentes chaînes de télévision désireuses de recueillir leurs commentaires en direct. Il ne restait plus dans la salle que la greffière, C.J. et Lourdes, chacune occupée à ranger les volumineux dossiers consacrés à l'affaire *État de Floride contre William Rupert Bantling*.

En se dirigeant vers la sortie, Lourdes s'approcha de la table de l'accusation, où se trouvait C.J., en traînant ses deux gros cartons posés en équilibre précaire sur un chariot métallique. C'était la première fois que Lourdes daignait la regarder depuis leur dernier échange sur les marches de la prison.

C.J. lui tendit la main. Une offrande de paix.

— Ravie d'avoir travaillé avec vous, Lourdes.

Cette dernière ignora à la fois la main tendue et la remarque.

— Vous allez vous occuper des dix autres inculpations pour meurtre, C.J. ?

— Non, je ne pense pas.

— C'est sans doute préférable.

Ignorant la pique, C.J. tourna le dos à Lourdes pour finir de ranger ses affaires.

— Il y a de nombreux aspects qui me troublent dans cette affaire, C.J. Certains sont peut-être de mon fait et j'en assume l'entière responsabilité. La fin justifie-t-elle les moyens ? Je n'en sais rien. Je ne sais pas. Elle balaya la salle du regard, comme si elle voulait enregistrer ce décor une dernière fois. Mais il y a une chose qui me tracasse, je n'arrive pas à me la sortir de la tête. Et je me dis que, peut-être, ça vous tracasse aussi.

C.J. gardait les yeux fixés sur ses dossiers, elle aurait voulu que Lourdes fiche le camp avec ses problèmes de conscience.

— Au tout dernier moment, juste avant les plaidoiries et le réquisitoire, l'agent Falconetti découvre subitement la maison de la grand-tante décédée de Bill Bantling, un homme dont il a récuré le passé, jusque dans les coins, comme on gratte une poêle sale. Quelle chance, C.J., qu'il ait découvert l'existence de cette tante à quelques heures de la fin du procès, alors que pendant des mois il était passé à côté. Un vrai héros. C'était très ingénieux de sa part d'évoquer ainsi le passé criminel de Bantling à ce stade du procès. Brillant travail de policier ou étrange coïncidence ? Je suppose que nous ne le saurons jamais.

C.J. leva la tête, ses yeux croisèrent le regard insistant de Lourdes. *Maintenant tu sais que je savais. Depuis le début.*

Lourdes fit demi-tour et descendit l'allée centrale en passant devant le box désert et les rangées de banc abandonnées. Arrivée à la porte, elle lança par-dessus son épaule une ultime remarque :

— On dit que la justice est aveugle, C.J. Je pense que dans certains cas, c'est parce qu'elle décide de ne pas voir. Vous feriez bien de vous en rappeler.

CHAPITRE 89

— Je vous dois des excuses, dit C.J. À vrai dire, je crois que j'en dois à plusieurs personnes, mais c'est vous que je voulais voir en premier.

Elle se tenait dans la salle d'attente bleu et jaune, alors que Greg Chambers se trouvait du côté du bureau d'accueil. La vitre à l'épreuve des balles les séparait, c'est pourquoi elle parlait, de manière un peu maladroite, dans l'Interphone.

— De plus, ajouta-t-elle avec un sourire forcé, je crois que j'ai toujours rendez-vous le mercredi soir.

Il semblait surpris de la voir. Surpris, mais pas choqué. Il hocha la tête et la porte s'ouvrit avec un bourdonnement électrique.

— Docteur Chambers, j'ai tiré des conclusions hâtives. Je m'aperçois maintenant que j'ai eu tort. Vous n'avez pas été seulement un médecin, mais aussi un ami pour moi, pendant dix ans et…

— Je vous en prie, C.J. Vous n'avez pas besoin de vous excuser, même si j'apprécie votre geste. Entrez. Entrez. Vous avez failli me louper.

Il retourna dans son cabinet et alluma les lumières.

— Asseyez-vous, je vous en prie. C'est à mon tour de m'excuser. Je ne vous ai pas revue depuis la dernière fois où je vous ai parlé dans votre bureau et je ne pensais pas que vous viendriez ce soir. Je crains que nous n'ayons donné votre rendez-vous du mercredi à une femme dépressive du foyer de Star Island. Elle vient juste de partir au volant de sa Mercedes pour aller dîner au restaurant, ajouta-t-il avec un léger sourire.

— Je me réjouis de voir que vous continuez à aider les gens dans le besoin, répondit-elle sur le même ton en lui rendant son sourire.

La tension n'était pas aussi forte qu'elle le redoutait.

— J'ai appris que la sentence avait été rendue aujourd'hui. Vous voilà enfin débarrassée, n'est-ce pas ? À moins que vous ne vous occupiez de la suite ?

— Non, c'est fini pour moi. Rose Harris va se charger des dix autres meurtres. Je n'ai plus envie d'être la reine d'un jour. Sans façon.

— Je devrais vous féliciter pour avoir tenu bon. D'ailleurs, j'ai toujours une bouteille de champagne au frais pour fêter les grandes occasions. Les patients qui guérissent, qui arrêtent leur thérapie et prennent un abonnement pour aller voir jouer les Dolphins, ce genre de choses. J'en avais mis une au frais pour vous, en espérant bien l'ouvrir un jour. Je pense que c'est peut-être le moment. Vous avez réussi. Vous avez tourné la page. (Il la regarda avec ses yeux qu'elle avait toujours trouvés chaleureux et son ton devint très sérieux.) Permettez que je la débouche maintenant, comme votre ami, pas comme votre médecin.

Elle hocha la tête en souriant. Elle comprit ce qu'il voulait dire. Après les paroles échangées la fois précédente, il ne pouvait plus être son psychiatre. Ce n'était souhaitable ni pour l'un ni pour l'autre.

— Seulement si vous m'autorisez à fumer en même temps. Je ne peux renoncer qu'à une seule drogue à la fois et mon psychiatre est le plus gros sacrifice de la soirée.

Il rit.

— J'ai des crackers et du fromage également. Permettez-moi de vous nourrir avant de vous saouler.

— Ne vous donnez pas tant de mal.

— Ce n'est rien. (Il se leva et se dirigea vers le petit bar doté d'un réfrigérateur.) Comment avez-vous résisté à toute cette pression médiatique ?

— À vrai dire, j'ai pris la fuite. Chez Dominick. Et puis, quand j'ai cessé d'être la coqueluche de la presse, je suis rentrée chez moi. Le temps a passé assez vite. Je crois que les sondages sont de mon côté. Bantling est un horrible malade et je suis son bouc émissaire.

C'était étrange de prononcer le nom de Bantling devant Chambers. Elle se promit d'être plus prudente. Il s'adressait à elle en ami maintenant, et non plus en tant que médecin, mais elle ne pouvait pas changer les relations qu'il avait entretenues avec cet individu.

— Tigler m'a accordé une augmentation et trois semaines de congé. C'était bon de s'éloigner du bureau.

Elle entendit le « pop » du bouchon de champagne.

— L'agent Falconetti et vous, ça continue ?

— Oui. Ça s'est arrêté pendant un moment, mais ça a repris. Je crois qu'il me fait du bien.

— Ne soyez pas impressionnée, dit Chambers en posant sur la table basse qui séparait les deux fauteuils un plateau sur lequel se trouvaient la bouteille de champagne, deux verres et une assiette de canapés. Ce sont des restes de l'anniversaire d'Estelle, le week-end dernier. (Il s'assit en face d'elle.) Il a élucidé l'affaire, n'est-ce pas ? Il a inversé le courant, d'une certaine façon.

— Oui. C'est un excellent inspecteur. Il a découvert les trophées. Et les photos. C'était affreux. Je n'ai jamais rien vu de tel.

— Je m'en doute.

— Je frémis en pensant à ce qui aurait pu se passer si Dominick ne les avait pas trouvés.

— S'il n'avait pas su où chercher, surtout. Je me réjouis de lui avoir parlé après la réunion. Sinon, il n'aurait jamais eu d'indice.

— Un indice ? À propos de quoi ?

Un sentiment de malaise inexplicable s'empara de C.J.

— L'endroit où chercher. Je lui ai conseillé de reprendre les dossiers. Car on ne sait jamais ce qu'on peut trouver. Champagne ?

Des questions commençaient à tourbillonner dans son esprit. Des questions dont elle n'était pas sûre de vouloir connaître les réponses. Puis elle repensa aux dernières paroles de Lourdes dans la salle de tribunal.

— Je regrette ce que je vous ai dit l'autre soir, dit-elle afin de changer de sujet pour gagner du temps et tenter de contrôler les pensées qui l'assaillaient. J'étais sous le choc. L'affaire était en train de m'échapper. J'ai dit des choses que je n'aurais pas dû.

— Vous étiez stressée.

— C'est vrai.

Il lui montra la bouteille de champagne afin qu'elle fasse le service. Elle n'arrivait pas à se débarrasser d'un pressentiment. Son instinct sentait qu'il y avait quelque chose de bizarre.

— J'espère que vous comprenez la position délicate dans laquelle je me trouvais, C.J. Le fait que Bill soit mon patient et tout ça. Et la position encore plus délicate dans laquelle vous me placez.

Elle secoua lentement la tête en sortant la bouteille de Moët rosé du superbe seau ancien en épais cristal. Un objet rouge foncé reposait au fond du seau.

— Une position très difficile… vu que j'ai envie de vous baiser et tout ça.

Un hurlement déchira le calme du cabinet et se répercuta entre les murs, comme un écho. Assis en face d'elle dans le grand fauteuil, il l'observait, les jambes croisées négligemment, avec un sourire amusé.

Il fallut un instant avant qu'elle prenne conscience de l'horreur de la situation, avant que son cerveau puisse comprendre l'incompréhensible et menace d'imploser sous le choc. Avant qu'elle comprenne que cette chose rouge sombre qu'elle contemplait était un cœur humain, et que ce cri qui lui vrillait les oreilles sortait de sa bouche.

CHAPITRE 90

Elle serrait encore la bouteille de champagne dans sa main quand elle bondit hors du fauteuil, qui bascula et tomba à la renverse avec fracas. *La porte ! Vite, dehors !* Elle se précipita vers la porte close. Soudain, elle sentit la main de Chambers qui agrippait le dos de sa veste pour la tirer en arrière, alors elle se retourna et le frappa de toutes ses forces avec la bouteille en visant la tête.

Mais il était vif. Son bras droit bloqua l'attaque et il poussa un grognement lorsque la bouteille s'abattit sur l'os de son avant-bras. La bouteille se brisa et le champagne jaillit, aspergeant le visage et les cheveux de C.J. Elle se tourna de nouveau vers la porte, mais les doigts de Chambers l'agrippaient toujours et il la tirait vers lui. Elle se contorsionna jusqu'à ce qu'elle parvienne à sortir ses bras des manches de la veste et il se retrouva avec un morceau de tissu inerte dans la main. Elle se jeta sur la poignée de la porte, l'ouvrit à la volée et fonça dans le couloir jusqu'au bureau vide et sombre d'Estelle. Elle avait presque atteint la salle d'attente lorsqu'elle sentit le poids de son corps contre elle, sa respiration dans son oreille, tandis qu'il la retenait par les épaules. Ses doigts glissèrent sur la poignée de la porte et elle tomba à la renverse, lourdement, sur le sol dallé.

Une douleur vive explosa dans sa jambe et l'arrière de son crâne heurta le sol. Le décor s'effaça pendant une seconde, puis elle ressentit des élancements dans sa jambe gauche tordue sous elle. D'abord, elle crut qu'elle s'était cassé quelque chose en tombant.

Accroupi près d'elle, Chambers essayait de reprendre son souffle, en la regardant se tordre de douleur sur le sol. Elle remarqua qu'il souriait. *Pourquoi souriait-il ?*

Elle observa sa jambe en se disant qu'il l'avait peut-être poignardée, et elle s'attendait à voir son sang couler entre les dalles, sur les joints couleur cendre. C'est alors qu'elle découvrit, plantée dans sa cuisse, la seringue vide. La pièce se mit à tournoyer et ses pensées devinrent confuses. Elle voulut arracher la seringue, mais son bras retomba mollement. Elle resta allongée sur le sol, le corps lourd et fatigué. Toujours accroupi, Chambers s'adossa contre le mur à côté d'elle ; il l'observait intensément et son visage souriant passait du net au flou. Les éclairages au néon au-dessus de sa tête l'aveuglaient ; ils clignotaient lentement quand elle battait des paupières. Elle voulut dire quelque chose, mais elle était incapable de former des mots ; sa langue était trop épaisse. La dernière chose qu'elle entendit, ce fut une mélodie de Bach provenant du bureau d'Estelle. De la musique classique. De la musique pour calmer les fous.

Puis la pièce devint noire.

CHAPITRE 91

Elle ouvrit lentement les yeux en s'attendant à découvrir au-dessus d'elle les néons du bureau, mais au lieu de cela, elle se vit. Sa propre image la contemplait, allongée sur la table métallique, vêtue de son ensemble vert olive, les bras ligotés le long du corps, les chevilles attachées. Elle cligna des yeux et s'aperçut qu'il s'agissait d'un miroir. Couchée sur le dos, elle contemplait un miroir fixé au plafond. Le miroir était entouré de néons, comme ceux auxquels elle s'attendait, qui illuminaient une pièce entièrement peinte en noir. Bien qu'elle ne puisse pas voir derrière elle, la pièce paraissait assez petite, environ trois mètres sur cinq, et elle ne voyait aucune fenêtre. Un appareil photo fixé sur un pied se dressait devant la table métallique. Le *Requiem* de Mozart passait en fond sonore.

Son corps semblait peser des tonnes, ses membres étaient comme dissociés de son torse. Quand elle pensait à remuer un doigt, elle ne savait pas s'il remuait ou pas. Elle n'avait plus aucune perception sensorielle. Ses paupières se soulevaient et s'abaissaient lentement, et chaque fois, ses yeux luttaient pour faire la mise au point. Ses cheveux sentaient le champagne. Elle essaya de parler, mais sa langue était inerte et seule une bouillie de sons sortait de sa bouche ; c'était comme si elle n'avait plus de langue.

Faisant rouler sa tête sur la droite, elle l'aperçut, debout dans un coin ; il lui tournait le dos. Et il fredonnait. Elle entendait un bruit d'eau qui coule et le cliquetis d'objets métalliques qui s'entrechoquent. Les bruits résonnaient dans ses oreilles, puis s'atténuaient, telle une migraine lancinante.

Il se retourna vers elle et pencha la tête sur le côté en fronçant les sourcils.

— Tu dois avoir une forte tolérance. Je ne pensais pas te voir récupérer avant plusieurs heures.

Une fois encore elle essaya de parler, mais elle ne produisit qu'une sorte de marmonnement. Elle aperçut derrière lui un chariot métallique. Dessus, sur un linge blanc, les instruments argentés et tranchants scintillaient dans la lumière des néons. C'est alors qu'elle découvrit le coupe-boulons.

— Peut-être que la durée de conservation est dépassée. Peu importe. Tu es ici. C'est ce qui compte. Comment te sens-tu, C.J. ?

Il braqua un stylo-lampe dans ses yeux. Elle sentit ses paupières lutter pour se fermer.

— Pas très bien, j'imagine. N'essaye pas de parler. Je te comprends quand même. (Il défit la sangle qui lui immobilisait le bras et palpa son pouls du bout des doigts.) Oooh, tu devrais être en train de dormir. Tu devrais être quasiment dans le coma, mais ton pouls bat à toute vitesse. Tu es du genre coriace, hein ?

Il lâcha son bras et le regarda retomber sur la table avec un bruit sourd. C.J. remarqua alors qu'il avait un bandage autour de son propre bras et elle se souvint de la bouteille de champagne.

— Ne lutte pas. Pas de stress. Ça augmente le rythme cardiaque, le sang circule plus vite et franchement, ça fait un tas de saletés. Non pas que je n'aimerais pas me baigner dans ton sang, mais il faut penser au nettoyage après.

C.J. s'efforça de remuer la tête.

— Tu comprends maintenant, hein ? Tu comprends tout.

Il l'observait en souriant, pour lui laisser le temps d'assimiler l'horreur dont il l'abreuvait. Il voyait qu'elle luttait pour réfléchir, malgré la drogue.

— Ne t'imagine pas que je vais te révéler de vieilles recettes de famille et que je vais faire des aveux détaillés à la dernière minute pour que tout devienne clair, car je ne le ferai pas. Tu vas emporter quelques questions sans réponse dans ta tombe. (Il poussa un soupir et lui caressa les cheveux.) Sache simplement que je suis un gentleman et les gentlemen préfèrent les blondes, comme on dit. Ça a toujours été mon cas, C.J. Depuis le jour où je t'ai rencontrée, il y a dix ans, je ne pense qu'à toi. La belle C.J. Townsend, procureur émérite, qui déploie de gros efforts pour être moins séduisante, moins visible, et qui se débat pour affronter chaque journée. En portant en elle un triste et sombre secret qu'elle choisit de ne partager qu'avec une seule personne. Son psychiatre. Menant sa vie triste et solitaire, hantée par des souvenirs et des cauchemars qui l'empêchent de dormir, qui l'empêchent de trouver quelqu'un qui l'aiderait à être moins triste et moins seule. Un diagnostic de stress post-traumatique s'impose. Et à certaines périodes symboliques, comme Noël ou la Saint-Valentin, on a droit à une dépression clinique. Ça te dit quelque chose tout ça, C.J. ? Est-ce que ça résume bien la situation ? Soixante-quinze dollars de l'heure, avec la réduction professionnelle, multipliés par combien de mois de thérapie ? Combien d'années ? Et en quelques phrases, je viens de te cataloguer.

Il continuait à lui caresser les cheveux en les écartant de son visage en sueur. Il se pencha en avant, tout près d'elle ; les yeux bleus qu'elle avait trouvés si chaleureux l'observaient avec pitié. Et une pointe de mépris, peut-être ?

— Je vais te dire une chose qui va te remonter le moral, C.J., murmura-t-il à son oreille. Tu n'as jamais été très malade. Pas plus que n'importe qui. Pas plus que n'importe quelle femme au foyer de Star Island qui s'ennuie dans son existence luxueuse. Simplement, tu as pris le temps de constater que ta vie était un désastre et, malheureusement, c'est moi que tu as choisi pour t'aider à la sauver.

Il se redressa et elle le vit sortir de sa poche de veste une seringue et un petit flacon.

— J'ai promis de ne pas t'ennuyer avec des aveux de dernière minute et tous mes actes ignobles. Mais je dois préciser que Bill et toi, vous représentiez un cas d'école parfait. Un magnifique sujet de thèse. La femme violée et son violeur. Que se passerait-il si on inversait les tables ? Si la persécutée devenait la persécutrice ? Si on lui offrait le choix, quelle voie choisirait-elle ? La voie éthique ou la voie juste ? Jusqu'où irait-elle pour se venger ? Quel serait le prix à payer par Billy Boy pour ses crimes d'amour ? Devrait-il payer sa dette avec sa vie ?

« J'avoue, C.J., que c'était une sacrée partie de plaisir de t'observer. De voir ce pauvre Billy Boy qui ne se doutait de rien, dont le seul problème est qu'il n'arrive pas à garder sa queue dans son pantalon, et qu'il est incapable de contrôler sa colère, évidemment.

Chambers désigna le ventre de C.J. d'un mouvement de tête pendant qu'il remplissait la seringue d'un liquide transparent.

— Pendant que tu dormais, j'ai vu ce qu'il t'a fait. Tu as raison. C'est barbare, dit-il avec une moue de dégoût. C'était amusant de le voir, avec son ego, convaincu jusqu'à la fin qu'il s'en sortirait. Il t'a sous-estimée dès le début.

« J'étais tenté d'attendre qu'il soit relâché. Pour conserver mes trophées. Et voir ce que tu ferais quand ils ouvriraient la porte de sa cellule et qu'ils lui donneraient cinq dollars pour prendre le bus et rentrer chez lui. Tu l'aurais attendu dans l'ombre, avec le pistolet de ton papa, pour lui faire sauter la cervelle ?

« Mais j'ai décidé que cette fin serait plus amusante. Tu vas aller retrouver ton créateur en sachant que tu as incité d'autres personnes à tuer un innocent pour toi. Essaye d'expliquer ça à Dieu. Mais d'abord, est-ce qu'ils iront jusqu'au bout ? Hmmm. Peut-être, je dis bien peut-être, que Bill gagnera son procès en appel. Et il sera libéré. Ce serait ironique, non ? Tu seras morte et lui vivant, il pourra continuer à baiser d'autres femmes avec son gros et méchant couteau.

Elle dit quelque chose, mais ses paroles n'étaient toujours que des borborygmes incompréhensibles.

— Oh, ne sois donc pas si effrayée, C.J. Je ne vais pas te quitter longtemps. Je vais revenir. Je voulais te laisser quelques motifs de réflexion pour notre prochaine séance.

Il faut bien que je mette du beurre dans les épinards. J'ai rendez-vous à neuf heures avec un patient qui m'attend impatiemment – il souffre de troubles obsessionnels compulsifs – et Estelle est coincée dans les embouteillages. Il faut que j'aille à mon cabinet.

Il enfonça l'aiguille dans son bras.

— Voilà de quoi te rendre joyeuse. Je suis sûr que tu en as entendu parler. C'est l'halopéridol. Dors bien, on se verra un peu plus tard. On prendra des photos, on va bien s'amuser.

Elle entendit un bruit de clés, puis la porte s'ouvrit en grinçant.

La pièce noire redevint floue. Elle sentit ses paupières se fermer, son poing serré se détendit et s'ankylosa. Elle sentit son corps tomber. Tomber, sans jamais atterrir, sans jamais s'arrêter.

— À plus tard !

Ce furent les derniers mots qu'elle entendit.

CHAPITRE 92

Dominick sentit sa respiration s'arrêter lorsqu'on décrocha enfin le téléphone et qu'il entendit le son familier de cette voix au bout du fil. Mais très vite, il s'aperçut que c'était à nouveau le répondeur et une vague acide lui souleva l'estomac.

Où est-elle ? Où est-elle, nom de Dieu ? Elle lui avait posé un lapin la veille au dîner et ce matin elle n'était pas venue travailler. Elle n'était pas chez elle et personne n'avait eu de ses nouvelles depuis que le juge avait prononcé la peine.

Avait-elle été effrayée par leur relation ? S'était-elle enfuie sans rien lui dire, parce qu'elle avait besoin de se retrouver seule ?

Il n'arrivait pas à se débarrasser de ce sale pressentiment qui rongeait ses pensées. Une prémonition, sombre et profonde. Il avait très mal dormi, il n'avait pas cessé de se demander où elle pouvait être. Avait-elle eu un accident ? Mais il n'y avait aucune trace dans les hôpitaux et son nom n'apparaissait dans aucun rapport de police.

Cela faisait plus de vingt-quatre heures maintenant qu'elle n'avait pas donné signe de vie. Il ne pouvait plus attendre. Il prit son Nextel et appela le standard du FDLE pour lancer un avis de recherche concernant son véhicule et lancer un Signal 8 : *Personne disparue dans des conditions suspectes.*

CHAPITRE 93

Elle rouvrit les yeux, mais cette fois, tout était complètement noir. *Était-elle morte ? C'était ça ?*

Elle sentit sa tête tourner d'un côté, puis de l'autre. Il n'y avait aucune lumière. Peut-être était-elle morte, en effet. Mais lorsque sa joue rencontra le métal froid de la table, elle se souvint que la pièce était peinte en noir et dépourvue de fenêtre. Il n'y avait pas de lumière parce qu'il avait abaissé l'interrupteur.

Combien d'heures s'étaient-elles écoulées ? Combien de jours ? Était-il toujours là ? Était-il dans la pièce à cet instant, en train de la regarder ? Elle essaya de bouger les doigts, mais ils étaient trop lourds. Elle essaya de remuer les orteils, mais elle ne les sentait plus. Elle avait la bouche sèche, la langue pâteuse à cause des drogues. Quelle quantité lui avait-il injectée ?

Greg Chambers. Le Vorace. Brillant psychiatre. Ami et confident. Tueur en série. Pourquoi ? Comment ? Ça ne tenait pas debout. Sa thérapie, durant toutes ces années, n'avait été qu'un jeu pour lui. Un jeu distrayant et amusant. La voir se débattre avec les conséquences dévastatrices d'un viol. Puis il avait rencontré Bill Bantling le détraqué et il les avait manipulés tous les deux comme des pions. Jusqu'à la mort.

La pièce était glacée, comme une salle d'opération. Elle était parcourue de frissons, ses dents claquaient. Elle savait qui il était, ce qu'il avait fait et elle se souvenait de ses paroles :

Ne lutte pas… Ça fait un tas de saletés.

À qui appartenait le cœur qui se trouvait dans ce seau à champagne ? Les cœurs des onze victimes du Vorace avaient été retrouvés et identifiés grâce à l'ADN. L'existence de ce nouveau cœur voulait donc dire qu'il y avait d'autres victimes. Quand elle serait morte, cela en ferait une de plus, mais personne ne ferait le rapprochement. Personne ne faisait plus attention. La peur du tueur en série ne redeviendrait pas une réalité avant longtemps.

Il allait la tuer. Et elle savait comment il allait s'y prendre. Elle pouvait décrire l'opération en des termes médicaux brutaux, ayant été témoin de son œuvre à onze reprises, écouté le rapport du légiste, lu les rapports d'autopsie et vu les macabres photos qui servaient de trophées.

Et elle savait qu'il l'obligerait à regarder. Elle se souvint des morceaux de ruban adhésif retrouvés sur les paupières d'Anna Prado. Il allait lui scotcher les yeux pour l'obliger à regarder dans le grand miroir fixé au plafond de cette pièce toute noire. Où personne ne l'entendrait hurler.

Un gémissement s'échappa de sa gorge. Elle essaya de crier, mais elle en était incapable. Les larmes qui coulaient sur ses joues tombaient dans son cou et formaient une petite flaque sur la table.

Elle repensa au chariot métallique dans le coin, avec les instruments brillants et acérés. Le visage du Dr Neilson surgit dans son esprit et elle entendit ses paroles à la barre, tandis que sa baguette tressautait sur la poitrine du mannequin de femme : *« Il s'agit d'un scalpel. Les entailles étaient profondes. Elles ont pénétré jusqu'aux os en traversant plusieurs couches de peau, les tissus adipeux et les muscles. »*

Elle savait comment ça se terminerait. Elle savait même quelle serait la sensation.

À quel moment surviendrait la mort ? Peut-être était-elle déjà là, à l'observer en silence dans l'obscurité ? La voyant se débattre, elle espérait que son cœur ne s'emballerait pas à cause du stress.

Elle ne pouvait qu'attendre dans le noir absolu.

CHAPITRE 94

— Désolée de vous déranger, docteur Chambers, mais il y a là quelqu'un qui veut vous voir, dit soudain la voix grésillante d'Estelle sur le bureau.

Greg Chambers observa l'Interphone, sans rien dire.

— Il s'agit de l'agent spécial Falconetti.

— Très bien. Demandez-lui d'attendre quelques minutes, le temps que je termine. Merci.

Il finit de dicter dans son petit magnétophone les notes qu'il avait jetées lors de la visite de son dernier patient.

Assise à son bureau, Estelle leva les yeux vers un Dominick Falconetti visiblement anxieux. Elle l'avait déjà vu, à la télé, durant le procès ; il avait toujours l'air maître de lui, plein d'assurance. Aujourd'hui, il paraissait incroyablement nerveux. Sans doute à cause des nouvelles.

— Agent Falconetti, le docteur va vous recevoir dans quelques minutes, si vous voulez bien vous asseoir.

Estelle désigna d'un mouvement de tête les fauteuils en cuir dans la salle d'attente.

— Merci.

Elle l'observa avec curiosité tandis qu'il s'éloignait de la vitre de séparation. Elle remarqua qu'il resta debout. Ses yeux balayaient la salle d'attente et il regarda sa montre à deux reprises.

La porte du cabinet s'ouvrit et le Dr Chambers apparut dans le couloir. Passant devant Estelle, il alla ouvrir la porte de la salle d'attente.

— Agent Falconetti. Veuillez vous donner la peine d'entrer, je vous prie, dit-il en désignant la porte de son cabinet.

Dominick le suivit dans le couloir dallé, jusque dans la pièce aux tons jaune et bleu pastel.

— Que puis-je pour vous, Dom ? demanda le Dr Chambers en refermant la porte derrière lui.

— Je suis sûr que vous êtes au courant pour…

— C.J. Townsend ? Oui, oui, évidemment. Ça fait deux jours qu'on en parle aux infos. Il y a du nouveau ?

— Non. Rien, C'est pour ça que je suis ici. (Dominick sembla hésiter légèrement avant de continuer.) J'ignore si vous le saviez, mais nous avions une liaison. Elle m'a avoué qu'elle venait vous voir, professionnellement. Sachant cela, j'ai eu envie de venir vous poser quelques questions.

— Faites donc, Dom. Je serai ravi de vous aider si je le peux. Mais je vous en prie, ne m'interrogez pas sur le contenu de mes discussions avec C.J. C'est une chose que je ne peux pas divulguer.

— Je comprends. J'ai besoin de savoir quand vous l'avez vue pour la dernière fois.

Greg Chambers l'observa. Il avait déjà envisagé cette possibilité, cette rencontre. Mais si le super agent spécial connaissait ou devinait la réponse à sa propre question, il serait venu sonner à la porte du bon docteur deux jours plus tôt. Et il était évident qu'il ne connaissait pas les noms des autres personnes figurant sur la liste de ses patients particuliers. Apparemment, C.J. ne lui avait pas tout raconté.

— Oh, pas depuis le procès. Ça fait plusieurs semaines.

— Lui avez-vous parlé ?

— Non, pas depuis ce moment-là. Nous avions cessé de nous voir professionnellement. J'aimerais pouvoir vous aider davantage, mais…

Il haussa les épaules.

— Je comprends. Est-ce qu'une chose vous aurait frappé ? Savez-vous où elle aurait pu aller ? Avec qui ? Avait-elle peur de quelqu'un, par exemple ?

Il était évident que la police n'avait aucune idée. Ils ne savaient même pas s'ils avaient affaire à un enlèvement ou à une disparition volontaire. C'était triste de voir ce brillant inspecteur se débattre avec l'idée que sa maîtresse l'avait peut-être quitté pour quelqu'un d'autre. Et se disant que, finalement, il n'avait jamais connu cette femme réellement.

— Non, Dom. Là encore, je crains de ne pas pouvoir vous aider. Je peux juste vous dire… (Sa voix mourut et il réfléchit un instant avant de partager sa pensée.) C.J. possède un fort caractère. Si vous me demandez des hypothèses, disons qu'il n'est pas impossible de penser qu'elle a pu prendre le large si elle éprouvait le besoin de respirer.

Il regarda Dominick droit dans les yeux en disant cela ; son regard fournissait à l'inspecteur la réponse qu'il cherchait, tout en la redoutant.

Dominick hocha la tête.

— Bien, dit-il. Merci. Surtout, appelez-moi illico, si jamais elle vous contacte. J'ai noté mon numéro personnel au dos de ma carte, même si je suis joignable vingt-quatre heures sur vingt-quatre sur le Nextel, mais au cas où vous ne pourriez pas m'avoir pour une raison ou pour une autre…

— Promis. Je vous le répète, Dom, je suis vraiment navré de ne pas pouvoir vous aider davantage.

Dominick fit demi-tour et s'éloigna dans le couloir, la tête basse, le dos un peu voûté. Langage corporel classique, discret et très éloquent. Le Dr Chambers le regarda partir, hocher légèrement la tête lorsqu'il ouvrit la porte du bureau d'Estelle, et absorber tout ce que le bon docteur avait dit et n'avait pas dit. Tout ce que cela impliquait.

Puis il regarda l'agent spécial Dominick Falconetti ouvrir la lourde porte d'entrée en acajou, monter dans sa voiture et s'en aller.

CHAPITRE 95

La porte s'ouvrit et la lumière explosa dans la pièce. Elle entendit le tintement des clés derrière elle.

Il se dirigea vers le lavabo installé dans le coin pour se laver les mains, lui tournant le dos. À côté du lavabo se trouvait le chariot métallique avec les instruments : des scalpels de différentes tailles, des ciseaux, des seringues, du ruban adhésif, un kit pour intraveineuse, des rasoirs et le coupe-boulons. Il passa au moins cinq minutes à se récurer les mains, comme un chirurgien, puis il les essuya avec des serviettes en papier. Il ouvrit un des tiroirs qui se trouvaient sous le lavabo et il sortit une boîte de gants en latex stérilisés, de laquelle il tira délicatement une paire.

— Désolé pour ce retard, dit-il. J'ai été retenu au cabinet. Si tu crois avoir des problèmes, tu devrais entendre tout ce que j'entends. Des adolescents schizophrènes qui menacent de tuer leurs mères à coups de couteau. Tu imagines ? Ta propre mère ?

Il marcha jusqu'à l'appareil photo installé sur un pied et regarda dans le viseur. Il régla la mise au point sur le visage de C.J., levé vers le plafond. Elle avait les yeux ouverts. Il prit une photo.

— Je parie que tu es photogénique. Tu as des traits magnifiques.

Il prit une autre photo et modifia l'angle de prise de vue afin de saisir toute la table.

Sur ce, il retourna vers le chariot métallique et marqua un temps d'arrêt pour réfléchir. Plongeant de nouveau sous l'évier, il sortit une combinaison en tissu vert. Dans un coin de la pièce se trouvait une chaise en fer. Il ôta sa veste et la déposa soigneusement sur le dossier. Puis il enfila la combinaison en fredonnant.

— Ton ami est passé me voir au cabinet ce matin, dit-il alors qu'il enfilait des chaussons verts en coton par-dessus ses chaussures. Dominick. Il voulait savoir si je pouvais l'aider. Si je pouvais lui dire où tu étais partie, et éventuellement avec qui. Il était très triste quand je lui ai donné mon avis. Très triste, oui.

Il approcha le chariot de la table, du côté droit. Il prit le bonnet de chirurgien qui était sur le chariot et l'enfila sur sa tête.

— Tu savais que j'avais fait mon internat en chirurgie, au départ ?

Son regard se posa sur le bras droit de C.J. et il fronça les sourcils. Il n'était pas attaché. Il avait oublié de remettre la sangle après lui avoir fait l'injection. Il lui souleva le bras et le lâcha pour le regarder retomber mollement sur la table.

Elle marmonna quelque chose qu'il ne comprit pas. Encore des borborygmes incohérents. Des larmes coulaient sur ses tempes et dans ses cheveux.

C'était triste. Ce magnifique spécimen, ce fabuleux travail en cours. Il avait cru que, lorsque ce serait terminé, il éprouverait un sentiment de joie, d'achèvement, en voyant son hypothèse se vérifier. Mais quand Bill avait finalement été condamné à mort, quand le jeu s'était arrêté, il s'était senti *triste*. Il avait monté cette expérience depuis le départ, quand Bill était entré dans son cabinet trois ans plus tôt, avec des tonnes de problèmes, déprimé, sans personne à qui se confier. Il avait écouté les délires et les divagations de Bill. Il l'avait écouté raconter au bon docteur toutes les méchantes choses qu'il avait faites aux gentilles femmes qu'il avait rencontrées au fil des ans. Et il avait appris. Il avait appris que, si les coïncidences étaient rares, elles existaient néanmoins. C'est à ce moment-là que le Dr Gregory Chambers sut qu'il avait découvert les spécimens les plus extraordinaires pour mener l'expérience la plus extraordinaire de toute l'histoire de la psychiatrie moderne. Bien qu'il ait joué avec la mort bien avant le début de ses séances avec C.J. la dépressive ou avec Bill le psychopathe narcissique, ces efforts étaient restés stériles. Personne n'avait remarqué la disparition des autres. Leur mort était insignifiante, sans conséquences. Mais cette… expérience avait été une *orchestration.* Il se souvenait encore de l'excitation de l'instant quand il avait pris la décision de passer à l'acte, et l'expression de cette pauvre et douce Nicolette quand il l'avait ouverte en deux. Elle n'avait pas conscience de l'importance de son rôle. Elle avait été la première. La première d'un grand nombre dans cette étude.

Et maintenant que c'était terminé, il était triste. Triste parce qu'il savait qu'il ne pourrait pas partager ce formidable travail, cette énorme réussite, avec le monde entier. Ses pairs ne sauraient jamais ; ses contemporains ne pourraient pas profiter de ses observations et de ses conclusions. À leurs yeux, il resterait le Dr Machinchose.

— Allons, allons, ne pleure pas, dit-il d'un ton compatissant. J'aimerais te dire que ça ne fera pas mal, mais je crains que ce ne soit pas vrai. Comme tu le sais, il faut que je commence par t'installer un goutte-à-goutte.

Tendant la main derrière lui, il prit une seringue et un garrot en caoutchouc.

Soudain, il se retourna et sa main saisit violemment le poignet droit de C.J., le broyant entre ses doigts, et il le cogna contre le bord de la table. Il se pencha ensuite vers elle, jusqu'à ce que son visage ne soit plus qu'à quelques centimètres du sien. Il chercha ses yeux vides qui contemplaient le plafond avec impuissance.

— Mais avant de commencer, dit-il avec un sourire, sois gentille, rends-moi mon scalpel.

CHAPITRE 96

C'était malin, très malin. Évidemment, il avait remarqué la disparition du scalpel dès qu'il était entré dans la pièce. Le croyait-elle idiot à ce point ? Une erreur classique, que d'autres beaucoup plus malignes avaient commise. Dans sa précipitation, elle l'avait sous-estimé, elle l'avait pris pour un imbécile.

Aux échecs, on obtient la victoire en enfermant son adversaire dans un piège dont il ne peut plus sortir, par une série de mouvements complexes, mais en apparence insignifiants. Le plus grand plaisir, c'est de murmurer *échec et mat* à l'imbécile abasourdi qui est assis en face de vous et qui, jusqu'à cet instant, prévoyait ses prochains coups pour s'emparer de votre reine.

Ce jeu n'était pas différent, et la présence d'un adversaire digne de ce nom rendait l'excitation encore plus délicieuse. Il s'était déplacé à travers la pièce, il avait disposé ses pièces sur le plateau, il avait tendu le piège, ivre de joie en imaginant l'expression hébétée sur son joli minois.

Il avait vu la sangle défaite, la main serrée qui tremblait sous l'effet de l'attente nerveuse, avant qu'elle essaie de sauver sa vie grâce à une ultime tentative contre la sienne. Il avait vu ses yeux écarquillés par la peur, et mentalement, il l'avait autorisée à mettre son pion en position. Puis sa main avait jailli, vive comme l'éclair et ses paroles avaient anéanti la tentative d'attaque préventive : échec et mat.

Elle serrait le poing de toutes ses forces et il voyait le sang écarlate suinter entre ses doigts, couler le long de son poignet et goutter sur la table. De ses deux mains, il l'obligea à ouvrir le poing. Elle protesta en gémissant. Il découvrit le scalpel numéro 5 et la profonde entaille qu'il avait creusée dans la chair quand elle l'avait serré dans sa paume. Il le lui arracha, comme un parent qui reprend un jouet à un enfant désobéissant.

Elle secoua lentement la tête de droite à gauche, manière évidente de reconnaître sa défaite, et les larmes coulèrent de plus belle. Son ultime tentative avait échoué. Il était amusé de voir qu'elle avait encore autant de force. Une adversaire méritante, peut-être même la meilleure de toutes. Mais malheureusement pour elle, pas assez bonne.

Il entendit le cri tout d'abord, puis les paroles, distinctes, claires, et il comprit alors que les effets de l'Haldol s'étaient en grande partie dissipés. Beaucoup plus qu'il ne l'aurait cru. La douleur, brûlante et insidieuse, lui traversa le cou et il sentit la chaleur de son propre sang couler sur la combinaison, dont la couleur verte virait peu à peu au rouge foncé.

La surprise remplaça l'amusement et il la regarda tandis qu'elle lui crachait des mots au visage. Les larmes avaient cédé place à la fureur. Il porta ses mains à son cou pour tenter, inutilement, de boucher le petit orifice d'où le sang giclait. Il sentait qu'il se noyait dans son sang, il entendait les gargouillis qui sortaient de sa bouche alors qu'il essayait de lui parler. Il regardait sa vie se déverser sur ses chaussures et s'étaler lentement sur le sol.

Il rassembla ses forces pour la saisir, pour lui tordre le cou, mais elle était hors d'atteinte, car il avait trébuché en reculant et il sentit le mur dans son dos. Elle se redressa sur la table et il vit la haine dans ses yeux. Dans sa main gauche, elle tenait une autre lame, dégoulinant de sang sur la table. Son sang à lui.

À cet instant, il prit peur, car il comprit qu'il avait commis la plus banale des erreurs.

Il l'avait sous-estimée.

CHAPITRE 97

Elle savait qu'elle n'aurait qu'une seule chance. Une seule chance de le faire s'approcher suffisamment près pour lui planter la lame dans les yeux, l'oreille ou le cou. Et elle savait que ses forces étaient limitées, ses bras étaient encore faibles.

Il traversa la pièce avec sa combinaison verte, en fredonnant. Puis il se retrouva près d'elle, penché en avant, le front plissé. Elle comprit que quelque chose n'allait pas. Elle serra plus fort le scalpel dans sa paume. N'avait-elle pas repoussé la table à roulettes dans la bonne position ? Avait-elle trop éloigné le chariot avec les instruments ? Dans l'obscurité complète, elle n'avait pu distinguer la disposition exacte de chaque chose.

Il était tout près d'elle, mais pas encore assez. Il était évident qu'il avait repéré un problème. *La sangle.* Il s'était aperçu que son bras n'était plus attaché. Elle sentit la sueur couler sur son visage, malgré le froid glacial qui régnait dans la pièce. Il lui prit la main brusquement et la lâcha. Elle s'efforça de la laisser retomber de manière inerte, mais sans lâcher le scalpel. *Tiens bon. Quoi que tu fasses, il faut tenir bon.* Visiblement satisfait, il se retourna vers le chariot qui se trouvait derrière lui.

Intérieurement, elle poussa un soupir de soulagement. *Plus près. Approche-toi encore un peu avec ta perfusion. Juste quelques centimètres.*

Soudain, il lui saisit la main de nouveau, violemment et la cogna contre le bord métallique pour l'obliger à ouvrir les doigts. *Non ! Non ! Ne lâche pas !* Elle serra le poing et sentit la lame du scalpel traverser les épaisseurs de peau, les tendons et les muscles. Mais elle refusait de céder. Jusqu'à ce qu'il lui écarte les doigts de force pour lui prendre son bien le plus précieux. Il la regardait avec un grand sourire, content d'avoir déjoué son plan. Les larmes coulèrent sur le visage de C.J. *Mon Dieu, non. Ça ne peut pas se terminer comme ça.*

Plus près, viens un peu plus près, salopard. J'ai encore un atout dans ma manche. Une dernière tentative avant que tu m'expédies vers le sommeil éternel. Avec un peu de chance, je réussirai du premier coup. Car ensuite, j'aurai gaspillé toutes mes chances.

Son visage satisfait n'était plus qu'à quelques centimètres du sien. Il tenait dans la main la seringue et le garrot.

— Va au diable ! hurla-t-elle.

Elle cracha ses mots dans son oreille. Le scalpel numéro 3 était glissé sous sa main gauche et la sangle, desserrée, ne retenait plus son poignet. Rassemblant ses dernières forces, elle leva la lame et la planta sauvagement dans son cou. Le sang jaillit comme un geyser. Ses yeux, plongés dans les siens et animés par une lueur de triomphe, s'écarquillèrent sous le choc.

Il recula en titubant et porta les mains à son cou. Il se cogna contre le chariot métallique, qui alla valdinguer contre le mur. Les instruments chirurgicaux tombèrent sur les dalles noires en tintant et s'éparpillèrent sur le sol. Tenant son cou de la main gauche, il voulut l'attraper avec sa main droite, les yeux exorbités, mais il retomba contre le mur.

Il y avait du sang partout. Sans doute avait-elle tranché la carotide, car le sang aspergeait la combinaison verte. Ses yeux de fous ne la quittaient pas, son visage était déformé par la fureur. Les mots qui sortaient de sa bouche étaient hachés, comme s'il ne pouvait plus respirer.

Elle roula sur la table et tomba lourdement sur le sol. Une douleur fulgurante irradia son flanc et elle entendit des os se briser. Elle n'avait toujours pas retrouvé l'usage complet de ses jambes, l'halopéridol les rendait impuissantes, comme des chambres à air dégonflées. En prenant appui sur ses mains, elle se traîna jusqu'à la porte peinte en noir par laquelle il était entré ; elle tendit le bras et sentit la poignée au-dessus de sa tête. Pas un instant, elle ne le quitta des yeux. La douleur au côté était insoutenable et elle respirait avec difficulté.

Le sang qui s'échappait du cou de Chambers se répandait sur le sol et coulait vers elle, donnant un aspect ciré et brillant au dallage noir. Elle essaya de hurler pour appeler au secours, mais le son rocailleux qui sortit de sa bouche était trop faible. À cet instant, Chambers émit une sorte de gargouillis et elle vit une de ses mains bouger pour prendre quelque chose.

Il fallait qu'elle sorte, il fallait qu'elle aille chercher de l'aide. Elle tourna la poignée, mais la porte refusa de s'ouvrir. Elle repensa alors au tintement des clés.

Il les avait enfermés.

CHAPITRE 98

Les clés ! Les putains de clés ! Elles étaient dans sa poche de veste, sur la chaise. Juste à côté de l'endroit où il s'était écroulé, contre le mur. Il avait les yeux ouverts, mais fixes et à l'exception de ses doigts qui continuaient à remuer comme des pattes de crabe, il semblait mort. Sans doute était-il en état de choc, ses organes cessaient de fonctionner l'un après l'autre. Elle rampa dans le sang qui couvrait le sol, jusqu'à la chaise. La veste était posée sur le dossier. La douleur sur le côté lui donnait des vertiges. À chaque mouvement, elle avait un peu plus de mal à respirer.

Elle fit tomber la veste par terre et fouilla frénétiquement dans les poches, sans le quitter des yeux. Il y avait du sang chaud partout. *Poche de poitrine, rien. Poches intérieures, rien. Poche gauche, gagné !* Le tintement d'un trousseau de clés. Elle les sortit et repartit vers la porte, toujours en se traînant sur le sol. Elle sentait des fourmillements dans ses jambes, mais elles n'avaient retrouvé aucune force.

La main s'abattit sur sa cheville pour la tirer en arrière. Elle hurla et essaya de la repousser en donnant des coups de pied inutiles. Se retournant, elle vit qu'il avait ôté son autre main de son cou et celle-ci tenait la seringue.

— Non ! non ! cria-t-elle. Non !

Ses mains glissèrent sur le dallage visqueux, mais elle ne trouva aucune prise pour s'y accrocher. Elle se sentait glisser en arrière, dans le sang, vers l'endroit où il était assis. Elle vit la seringue, remplie d'un liquide incolore ; l'aiguille fine projetait des gouttes de poison dans l'air. Il avait le doigt sur le piston et il pointait la seringue vers sa cuisse, tandis qu'il continuait à la tirer vers lui, prêt à lui planter l'aiguille dans la chair. Une pareille dose de Mivacron pure, sans être diluée par la perfusion, la tuerait à coup sûr. Elle cherchait désespérément à s'accrocher à quelque chose en agitant les mains dans tous les sens, mais en vain, et pendant ce temps, l'aiguille se rapprochait, elle n'était plus qu'à quelques centimètres de sa peau. Sans doute savait-il que sa mort était imminente et pourtant, une lueur de triomphe passa sur son visage, alors qu'il imaginait probablement qu'ils allaient mourir ensemble.

C'est alors que les mains de C.J. sentirent un objet froid et métallique sur le sol. Des ciseaux. Elle s'en saisit et, avec l'énergie du désespoir, plongea vers lui, sur lui. La main et les ciseaux en avant. Ils rencontrèrent la poitrine de Chambers. Au même moment, l'étau de sa main sur sa cheville se desserra et elle retomba sur le sol. La seringue tomba à son tour et roula dans le sang jusqu'au mur. Il garda les yeux ouverts. Sans se départir de son air triomphant.

C.J. se traîna de nouveau vers la porte et chercha la poignée à tâtons. Elle s'y accrocha pour se relever et elle trouva la serrure. Sa main droite, baignée du sang qui s'échappait de sa paume entaillée, glissa sur la poignée et elle retomba lourdement, le menton en avant. Une douleur intense lui vrilla le crâne comme une onde de choc et tout s'obscurcit.

Non. Non. Lève-toi ! Ne t'évanouis pas ! Pas ici, pas maintenant !

Elle secoua la tête pour chasser le brouillard et elle se redressa de nouveau, en s'accrochant à la poignée. Le trousseau de clés sonnait entre ses mains tremblantes qui cherchaient celle qui ouvrait la serrure. La douleur dans sa paume droite était si forte qu'elle ne pouvait plus replier les doigts. Enfin, la troisième clé trouva la serrure, y entra et elle entendit le déclic. Elle tourna la poignée, entrouvrit la porte vers l'intérieur et se laissa glisser jusqu'au sol. Ses doigts se glissèrent par l'entrebâillement, elle tira la porte et bascula dans un couloir sombre couvert de moquette. Elle entendit le tic-tac d'une vieille horloge.

Où était-elle ? Où était-elle, nom de Dieu ? Quelles autres surprises lui avait-il réservées ?

Elle jeta un dernier regard derrière elle. Il était toujours assis contre le mur, immobile, les yeux écarquillés et vides. Elle rampa dans le couloir, à la recherche d'un téléphone. Le couloir était sombre, presque aussi noir que la pièce qu'elle venait de quitter. Il n'y avait ni lumière ni fenêtre.

Je dois trouver un téléphone. La police pourra localiser l'appel. Ils sauront où je suis. Je suis certainement chez lui, mais je ne sais pas où.

Elle n'arrivait quasiment plus à respirer. L'air était étouffant, la douleur paralysante. *Non, pas ici. Ne tombe pas dans les pommes ici, Chloé !*

Trois mètres plus loin, elle trouva un escalier en bois, et en se tenant à la rampe, elle dévala les marches, pour atterrir sur le dallage froid. Il y avait plus de lumière qu'en haut, et il y avait des fenêtres. Dehors, il faisait nuit. Les lampadaires dispensaient une lumière tamisée à travers les stores en bois. Au bout du couloir jaune et bleu pastel, sur un vieux bureau en bois, à côté des photos d'Estelle avec sa famille, il y avait un téléphone.

Elle savait parfaitement où elle était, et où elle était restée pendant tout ce temps. Dans cette jolie maison de style espagnol, dans le confort du cabinet de son psychiatre, allongée sur les dalles froides, elle attendait l'arrivée de la police.

CHAPITRE 99

— Maître, vous êtes une nana sacrément chanceuse ! Ça ressemble à un décor de mauvais film d'horreur là-bas. Y a du sang partout, dit Manny en entrant dans la chambre, débraillé et le visage mangé par un tapis de poils noirs.

Dans une main, il tenait un panier de fleurs exotiques. Et dans l'autre, une assiette de *pastelitos*.

— Les fleurs, c'est de la part des gars. Même ce radin de Bowman a mis la main à la poche. Les *pastelitos*, c'est moi. Mais le toubib dehors m'a dit pas de *cafés con leche* pour vous pendant quelque temps, alors ce sera juste du lait.

— Chanceuse ? répéta C.J. dans son lit, en grimaçant. Allez acheter un ticket de loto à ma place. Je crois que je ne suis pas en état. (Respirer était une souffrance. Parler, c'était encore pire.) Merci pour les fleurs, elles sont très belles.

— Vous avez une sale tête, mais au moins, vous êtes en vie. On ne peut pas en dire autant de ce cher docteur. Je reviens de son cabinet. C'est un joli trou que vous lui avez fait dans la poitrine, maître. Mais moins beau que celui dans le cou. Rappelez-moi de ne jamais vous mettre en rogne. Que dit le médecin ? Vous allez revenir parmi nous ou je dois commencer à chercher un autre procureur qui me laissera faire mes dépositions par téléphone ?

— Trois côtes fendues. Un tendon de la main droite sectionné. Un collapsus pulmonaire. Mais elle va s'en tirer, dit Dominick qui était assis à côté du lit dans le fauteuil où il avait passé la nuit depuis que C.J. avait été admise à l'hôpital.

— Je pose les fleurs là, à côté des quarante milliards de roses que quelqu'un vous a envoyées. Je me demande qui ça peut être. (Il jeta un regard entendu à Dominick en riant.) Toi aussi t'as une sale tête, Dommy Boy. Mais tu n'as pas d'excuse.

Il se tourna de nouveau vers C.J. et son visage s'adoucit. Elle voyait les rides d'inquiétude qui creusaient son visage de dur.

— Je suis content de savoir que vous allez vous en tirer. Vous m'auriez manqué, maître. On peut dire qu'on s'est fait du souci à cause de vous.

— Qu'avez-vous trouvé au…

Elle déglutit pour achever sa phrase.

— Ne parlez pas. Ça fait mal de vous écouter, dit Manny en retrouvant ses manières bourrues, et c'était tant mieux. À vrai dire, y a pas grand-chose à trouver. La chambre de la mort du cher docteur ressemblait à une salle d'opération aux urgences, au niveau des instruments et du sang, mais pour l'instant, c'est tout. On n'a pas retrouvé le cœur que vous pensez avoir vu. Le seau à glace est impec. Il n'y a pas de cadavre, ni au cabinet ni à son domicile, que nous sommes en train de mettre sens dessus dessous. Tout est nickel. Pas d'empreintes, pas de sang, sauf, évidemment, celui du docteur maléfique qui est partout. Il était exsangue quand on l'a découvert. Si le sang d'une autre personne se trouve dans cette pièce, on ne risque pas de l'identifier maintenant. La police de Fort Lauderdale enquête au club de Las Olas où l'étudiante a disparu, mais à cette époque de l'année, il y a surtout des touristes, et pour l'instant, personne n'a reconnu Chambers.

— À mon avis, on ne trouvera rien, C.J., dit Dominick.

— Hein ? Ça veut dire que j'ai tout imaginé ?

Tout s'expliquait maintenant. Trop bien. Chambers avait des contacts dans la police. L'accès aux informations en tant qu'expert. *Il suffisait de savoir où chercher.* Évidemment chaque action entraîne une réaction. Et quand on pousse trop loin une théorie, la réaction peut se révéler aussi mortelle. Voilà pourquoi il prenait soin de ne pas pousser trop loin celle-ci. Il valait mieux ne pas toucher à certaines choses.

— Non, dit Dominick. Je pense qu'il voulait que tu croies avoir vu certaines choses. Je pense qu'il était obsédé par toi. Peut-être qu'il essayait de jouer les plagiaires. C'est la théorie sur laquelle on se base.

Manny hocha la tête.

— C'est le bon cinglé qu'on a mis derrière les barreaux. L'autre, c'était un débutant. Bon, faut que j'aille chez Chambers pour empêcher Bowman de dormir. Il fêtait un enterrement de vie de garçon quand on a reçu l'appel. Je l'ai tiré de là juste avant que la stripteaseuse vienne danser sur ses genoux. Il tombe de fatigue. Je vous appellerai plus tard pour savoir ce que vous avez découvert. (Arrivé à la porte, il se retourna.) Ravi de vous avoir parmi nous, maître. Sincèrement.

La porte se referma et ils se retrouvèrent seuls. La main de Dominick avait pris la sienne sur le lit.

— Tout ira bien.

Elle sentait le soulagement dans sa voix. La peur aussi.

— Est-ce qu'il… ?

Un sanglot étouffé lui coupa la voix. Elle n'osait pas le regarder pour l'instant. Elle gardait les yeux fixés au plafond.

— Rien ne le prouve

Il savait à quoi elle pensait. Le test de viol était négatif.

Elle hocha la tête et sentit les larmes couler sur ses joues. Elle serra encore plus fort sa main dans la sienne. Il était allé dans cette maison, et elle était là, tout près, juste au-dessus de lui, dans les griffes d'un monstre, mais il l'avait loupée. Il était reparti et l'inimaginable avait failli se produire. Encore une fois.

— Tout ira bien cette fois, C.J. Je te le promets.

Il approcha sa main de sa bouche et l'embrassa avec force. Son autre main caressa sa joue. D'une voix mal assurée, étranglée par l'émotion, il dit :

— Et je tiens toujours mes promesses.

ÉPILOGUE

NOVEMBRE 2001

La porte de la salle d'audience 5-3 s'ouvrit sur le couloir encombré de personnes lasses et désorientées, les familles des victimes et des accusés qui attendaient que leur affaire soit jugée. Le juge Katz, d'humeur particulièrement épouvantable car il était obligé de travailler un jour férié, faisait défiler les auditions du matin, dispensait la justice, accordant ou refusant des remises en liberté sous caution à une vitesse ahurissante.

C.J. sortit de la salle en laissant la porte se refermer toute seule sur une nouvelle tirade du juge Katz : « Pas de caution ! Ni maintenant, ni jamais ! Si vous l'aimez à ce point, allez le voir en prison. Et faites examiner votre vue par un spécialiste avant de retomber sur une batte de base-ball ! »

Ce furent les dernières paroles qu'elle entendit avant que la porte se referme. Une journée comme les autres au paradis.

Paul Meyers, le chef du service juridique du Bureau d'action sociale, l'attendait dans le couloir, adossé contre le mur, des documents à la main. Son expression était grave, réservée.

— C.J., dit-il en se décollant du mur pour se diriger vers elle au milieu de la foule. Je savais que vous aviez une audition ce matin. Il faut que je vous parle. Avant que la nouvelle se répande et que le téléphone se mette à sonner.

Elle sentit son estomac se nouer. Elle pouvait dire adieu à son espoir de s'éclipser pour un week-end de quatre jours. Une visite du chef du service juridique en personne, au palais de justice, ce n'était généralement pas bon signe.

— Je vous écoute, Paul. Que se passe-t-il ?

— Il s'agit du procès en appel de Bantling. La réponse est arrivée ce matin. Les services du ministère de la Justice nous l'ont faxée ; un greffier de la 3e Chambre venait de la leur envoyer. Je voulais être le premier à en parler avec vous. Je suis sûr que la presse va vous appeler.

Oh, merde. Ça y est. Choisis une nouvelle destination pour ta vie, car il va être libéré.

Le cauchemar qu'elle avait enfoui dans le passé depuis presque un an maintenant allait recommencer. Son nœud à l'estomac se resserra et sa bouche devint sèche.

— Et alors ?

Ce fut tout ce qu'elle trouva à dire.

— Et alors ? On a gagné ! Sur tous les points. (Il afficha enfin un sourire.) Le tribunal a confirmé la condamnation à l'unanimité. J'ai apporté l'exposé des motifs, dit-il en agitant une liasse de feuilles devant elle. Il faudra que je vous en fasse un double. En gros, ils disent que vous pouviez instruire l'affaire sans qu'il y ait conflit d'intérêts. Ils disent que son argument selon lequel ce serait lui qui vous a… agressée était « opportuniste, provocateur et nullement corroboré par des preuves indépendantes ». S'ils ajoutaient foi à cet argument, je cite : « … cela ouvrirait la porte à d'autres accusés qui tenteraient de discréditer le procureur ou le juge chargé de leur dossier dans l'espoir de détourner la justice de son but. Accepter que de simples allégations, formulées de manière opportune après le délai de prescription, servent à établir un conflit d'intérêts ou un motif de récusation, permettrait à un accusé de chercher non seulement la juridiction la plus favorable, mais également de choisir son procureur, sans qu'aucun élément concret ne justifie l'affirmation de préjudice subi ».

Il désigna le passage du texte qui était surligné et laissa à C.J. le temps de le lire.

— Ils n'ont pas gobé non plus la théorie du coup monté et la prétendue incompétence de son avocate. Ils ont décrété que Rubio était largement qualifiée et que le procès-verbal montrait très clairement que l'accusé avait choisi en toute connaissance de cause de témoigner ou de ne pas témoigner.

…Et enfin, concernant le point le plus important, ils ont rejeté également son argument selon lequel il y aurait de nouveaux éléments à décharge. Ils ont dit que le juge Chaskel avait déjà entendu cet argument lors de l'examen de la demande en révision du procès de Bantling au printemps dernier, et eux aussi l'ont jugé irrecevable. Je vous ai surligné ce passage également. L'agression dont vous avez été victime de la part de Chambers ne constitue pas, en soi, une nouvelle preuve. Ils ont souligné, par ailleurs, que le jury n'avait pas retenu cet argument lors du procès de l'été dernier et avait condamné Bantling pour les dix autres meurtres. Point final. Vous pouvez recommencer à respirer, C.J.

— Prochaine étape ? demanda-t-elle.

Son cœur battait à toute allure.

— La Haute Cour de Floride. Mais ne vous inquiétez pas, je pense que la 3e Chambre a rédigé un exposé des motifs très convaincant. Après cela, il peut s'attaquer au système fédéral pour remonter jusqu'à la Cour suprême.

Elle hocha la tête en enregistrant tout ce que disait Meyers et ce que cela impliquait. Elle était étonnée de ne ressentir ni sentiment de culpabilité, ni remords. Juste une impression de quiétude.

— Vu le mode de fonctionnement de la justice en Floride, il a encore huit ou dix ans devant lui avant d'être exécuté. Peut-être même plus. Sans doute ne serons-nous plus là pour voir ça.

— Moi, si, répondit-elle d'un ton catégorique.

— Bonne chance, dans ce cas. Moi, je profiterai de ma misérable retraite sur mon bateau au large des Keys. Plus que six ans avant la quille. Seul avec les poissons. Je n'inviterai même pas ma femme. Bon, il faut que je file, C.J. Je déposerai un double du document sur votre bureau dans la journée. Vous partez pour Thanksgiving ?

— Oui. Mon avion décolle en fin d'après-midi. Je vais voir mes parents en Californie pendant quelques jours.

Elle espérait pouvoir arranger leurs relations. Elle sentait qu'elle en avait envie.

— Voilà une nouvelle qui devrait vous aider à passer de bonnes vacances. Bon voyage.

Il s'éloigna dans le couloir d'un pas rapide en zigzaguant au milieu de la foule agitée, avec dans la tête, sans doute, des images de retraite paisible et de dinde rôtie.

Je serai présente, Paul. Le jour où ça arrivera, si ça arrive. Comme je l'ai promis. Je serai là pour voir ça. Pour être sûre que justice a été rendue.

Elle regarda Meyers monter dans l'ascenseur et lui adresser un signe de la main au moment où les portes se refermaient. Puis elle consulta sa montre. Il était presque midi et elle devait encore rentrer chez elle pour préparer ses bagages. Elle prit l'ascenseur pour descendre au rez-de-chaussée et passa devant la cafétéria. À cause du pont de Thanksgiving, il y avait moins de monde que d'habitude, la plupart des avocats, des procureurs et des juges étant partis en congé dès la fin des audiences du matin.

C.J. poussa les portes vitrées et descendit les marches en ciment. La sortie annexe du palais de justice donnait sur la 13e Rue et la prison. Pour des raisons de sécurité, la rue était interdite à la circulation, à l'exception des véhicules de police. Elle reconnut immédiatement la voiture de fonction.

Dominick était assis à bord de sa Grand Prix garée au pied des marches ; il l'attendait. En la voyant approcher, il baissa la vitre du côté passager.

— Hé, je vous emmène, ma jolie ?

— Ma maman m'a appris à ne pas parler aux inconnus dans les voitures, répondit-elle avec un sourire. Que fais-tu ici ? Je croyais que tu devais passer me chercher chez moi.

— Exact. Mais j'ai eu envie de venir te libérer plus tôt de cet endroit.

Elle ouvrit la portière et monta à côté de lui. Dominick glissa sa main dans sa nuque pour l'attirer délicatement vers elle ; ses lèvres chaudes se posèrent sur les siennes.

— Ouah ! fit-elle quand leur long baiser prit fin. Quel accueil. Je ne regrette pas que tu sois venu. J'irais bien boire quelque chose de froid et de tropical. Un truc du genre « On est en vacances ». Tes affaires sont prêtes ?

— Oui. Tout est à l'arrière. Et toi ?

— Non, évidemment. Mais peut-être que tu pourras m'aider. Ça ne devrait pas être trop long.

— Allons-y, alors. Balance-moi ces foutus dossiers. Je te suis jusque chez toi. Et ensuite, il n'y aura plus que toi et moi, baby.

— Et mes parents. N'oublie pas que tu dois faire leur connaissance.

— J'ai hâte, répondit-il, en toute franchise.

Elle sourit, l'embrassa tendrement et descendit de voiture pour aller « balancer ces foutus dossiers » et prendre un peu d'avance sur ses quatre jours de congé. Leur avion pour San Francisco décollait à 17 h 30 et elle ne voulait pas le manquer.

Retrouvez C.J. et Dominick
dans

ULTIME TÉMOIN...

Elle croyait que
son cauchemar
était terminé !

ÉDITIONS DES 2 TERRES

CHAPITRE 1

Les lourdes portes en bois de la salle de tribunal s'ouvrirent et l'un des battants cogna contre le dossier de la chaise sur laquelle le surveillant de prison jouait avec le bouton-pression de son coupe-vent vert. L'inspecteur entra dans la salle et remonta lentement l'allée centrale ; ses chaussures cirées produisaient un bruit sourd sur la moquette beige élimée. Il passa devant l'assistance impatiente pour aller s'asseoir à la table des témoins, à la gauche du trône en acajou du juge Leopold Chaskel.

L'assistante du procureur de Miami, C.J. Townsend, eut la bouche sèche tout à coup. Elle frotta ses lèvres l'une contre l'autre pour les humecter et masquer son angoisse face aux appareils photo, aux dessinateurs et aux journalistes qui suivaient ses moindres gestes. Son cœur s'emballa. Mais elle ne pouvait pas fuir, elle ne pouvait pas se lever et s'en aller. Impossible. Alors, elle s'obligea à garder les yeux fixés droit devant elle. Elle n'adressa même pas un regard à l'homme assis à la table opposée, dans son coûteux costume italien, son beau visage déformé par une expression de douleur.

Elle savait qu'il l'observait ; il guettait sa réaction. Pour elle, il affichait un sourire perplexe sous son apparente anxiété et ses doigts pianotaient lentement sur la table devant lui.

— La partie civile est-elle prête ? demanda le juge Chaskel, fâché de voir revenir cette affaire dans *son* tribunal.

Il avait dirigé un procès presque parfait, pourtant. Celui-ci n'aurait jamais dû recommencer. Pas pour cette raison.

— Oui, répondit Rose Harris, adjointe du procureur, amie et collègue de C.J. au sein de l'Unité des *Major Crimes*.

Elle se leva de son siège et dit :

— Veuillez décliner votre identité pour le procès-verbal.

— Agent spécial Dominick Falconetti, FDLE, services de police de l'État de Floride.

— Depuis quand exercez-vous ces fonctions ?

— Quinze ans au FDLE. Et avant cela, quatre ans au sein de la police de New York, dans le Bronx.

— Agent Falconetti, je vous prie de vous reporter à l'année 2000. À cette époque, vous étiez l'inspecteur principal chargé de l'affaire William Rupert Bantling ?

— Oui, madame. La police avait mis en place une brigade spéciale pour enquêter sur l'affaire Le vorace, comme on l'appelait. Cette brigade était composée d'inspecteurs provenant de différentes polices de Floride du Sud. Elle avait été créée en 1999 à la suite d'une série d'enlèvements et de meurtres violents perpétrés à Miami Beach. Le coupable avait été surnommé Le vorace, en raison de ce qu'il avait fait subir au cœur de ses victimes, et le nom était resté. Initialement, le FDLE m'avait confié l'affaire, et pour finir, je me suis retrouvé à la tête de l'enquête.

Rose Harris montra l'homme assis à la table située en face de C.J.

— Une enquête qui s'est conclue par l'arrestation d'un coupable, le dénommé William Rupert Bantling, le 19 septembre 2000 ?

— Exact.

Dominick suivit la direction indiquée par le doigt de Rose : William Rupert Bantling se mordillait la lèvre ; on aurait dit qu'il allait se mettre à pleurer.

— M. Bantling a été arrêté par des officiers de la police de Miami Beach sur la voie express McArthur, précisa-t-il. On a découvert dans le coffre de sa voiture le corps d'une victime : Anna Prado.

— À la suite de quoi, M. Bantling a été jugé pour ce meurtre ?

— Oui.

— Qui représentait l'accusation dans cette affaire, agent Falconetti ?

Le ton de Rose s'était légèrement durci.

Dominick hésita un court instant, le temps de jeter un regard en direction de C.J.

— L'assistante du procureur C.J. Townsend, répondit-il à voix basse. Elle était également conseiller juridique auprès de la brigade spéciale, depuis plus d'un an.

— Au cours de ce procès, vous avez noué des relations sentimentales avec Mlle Townsend, est-ce exact ?

— Oui, répondit Dominick en regardant ses genoux d'un air gêné. Nous avons eu une aventure.

— Et à l'issue de ce procès, M. Bantling a été condamné, exact ?

— Oui. Il a été reconnu coupable et condamné à la peine de mort.

Rose Harris était venue se placer derrière Bantling. Elle posa la main sur son épaule et il baissa docilement la tête.

— Mais vous avez ensuite compris que M. Bantling n'était pas coupable de ce crime, n'est-ce pas, agent Falconetti ?

— Je ne peux pas l'affirmer avec certitude.

Dominick s'agita nerveusement sur sa chaise. C.J. sentait qu'il balayait la salle du regard pour croiser le sien, mais elle continuait à regarder droit devant elle. Ses jambes s'étaient mises à trembler sous la table.

— Agent Falconetti, vous avez découvert des éléments qui vous ont conduit à mettre en doute la culpabilité de M. Bantling. C'est bien cela ? Et à penser qu'il avait pu être victime d'un coup monté ?

— J'ai découvert des éléments qui m'ont conduit à me poser certaines questions, en effet.

— Qui vous ont conduit à penser que M. Bantling avait été victime d'un coup monté ?

— Oui. Je me suis interrogé, avoua finalement Dominick d'un ton résigné.

Ses yeux abandonnèrent leur quête inutile et plongèrent vers le sol.

— Veuillez montrer à la cour, je vous prie, l'élément que vous avez découvert et qui vous a amené à douter de la culpabilité de M. Bantling. Qui vous a amené à penser qu'il était victime d'un coup monté, ce qu'il n'a jamais cessé d'affirmer. (Rose Harris était comme un chien qui tient un os dans sa gueule.) Montrez à la cour la preuve que vous avez découverte, cette preuve qui n'a pas été retenue lors du premier procès, cette preuve qui vous a fait comprendre qu'un innocent avait été accusé à tort et envoyé dans le couloir de la mort !

Dominick hocha la tête d'un air sombre. Il paraissait abattu, comme s'il avait envie de pleurer, lui aussi. Il plongea la main sous la table et se redressa presque aussitôt en brandissant un sac-poubelle noir fermé hermétiquement par un bout de ruban adhésif rouge. Après avoir enfilé des gants en latex, il brisa le scellé avec un couteau aiguisé et, à l'aide d'une longue paire de pinces de laboratoire, il en extirpa le contenu. Un masque de clown en caoutchouc blanc jaillit du sac-poubelle, suspendu par une touffe de cheveux roux ; sa bouche écarlate tordue se balançait devant le jury et se contorsionnait lentement face aux objectifs des appareils photo. Un hoquet d'effroi saisit l'assistance.

C'en était trop pour C.J. Elle se leva d'un bond en hurlant :

— Il n'est pas innocent ! Il est coupable ! Il est coupable !

— Du calme, mademoiselle Townsend ! s'écria le juge Chaskel. En tant que magistrate, vous savez que votre attitude est inacceptable. Le jury ne tiendra pas compte de cette intervention !

C.J. se rassit et enfouit son visage dans ses mains. Elle sentait que l'homme l'observait, il se réjouissait de la voir s'effondrer. Comme il aurait aimé s'emparer du couteau que Dominick tenait dans sa main, pour pouvoir faire de nouvelles cicatrices sur ce corps. Peut-être même aurait-il pu emprunter le masque, juste pour une heure.

— Cet objet était dans le placard de Mlle Townsend. Rangé dans un carton avec de vieux rapports de la police de Miami Beach, conclut Dominick.

Rose Harris attendit que les murmures de stupéfaction aient fini de parcourir les rangs du public.

— Agent Falconetti, demanda-t-elle, Mlle Townsend est-elle présente dans cette salle de tribunal ?

— Oui.

— Veuillez la désigner, je vous prie.

Dominick leva la tête. Le masque de clown pendait toujours au bout des pinces dans sa main gauche. Avec son autre main, il montra l'aile où était assise C.J. Les déclics des appareils photo résonnèrent dans la salle.

— Elle est là. À cette table.

Rose hocha la tête avec gravité.

— Greffier, veuillez noter que l'agent Falconetti a correctement identifié l'accusée, C.J. Townsend.

C.J. se redressa d'un bond dans son lit, le visage ruisselant de sueur et de larmes. Le silence qui régnait dans la chambre obscure hurlait dans sa tête. Elle plaqua ses mains sur sa poitrine, comme pour essayer de calmer les battements de son cœur. Le réveil sur la commode indiquait 4 : 07. Elle tendit la main et sentit Dominick endormi à côté d'elle, la chaleur de son dos qui se soulevait et retombait au rythme de sa respiration.

Tout va bien. Rien à craindre. Ce n'était qu'un cauchemar. Ce n'était pas la réalité, se dit-elle en scrutant les ombres autour d'elle.

Au même moment, comme un fait exprès, son biper sonna dans l'obscurité.

C'est alors que le cauchemar commença pour de bon.

RÉALISATION : PAO ÉDITIONS DU SEUIL
IMPRESSION : BRODARD ET TAUPIN À LA FLÈCHE
DÉPÔT LÉGAL : MAI 2006. N° 62070-3 (38862)
IMPRIMÉ EN FRANCE

Collection Thriller

P1110. Funérarium, *Brigitte Aubert*
P1477. Le Dernier Testament, *Philip Le Roy*
P1478. Justice imminente, *Jilliane Hoffman*
P1479. Ce cher Dexter, *Jeff Lindsay*
P1480. Le Corps noir, *Dominique Manotti*
P1481. Improbable, *Adam Fawer*
P1562. La Morsure du dragon, *Jean-François Susbielle*
P1563. Rituels sanglants, *Craig Russell*
P1564. Les Écorchés, *Peter Moore Smith*
P1603. Pour adultes seulement, *Philip Le Roy*
P1604. Offre publique d'assassinat, *Stephen W. Frey*
P1605. L'Heure du Châtiment, *Eileen Dreyer*

Collection Points

DERNIERS TITRES PARUS

P1545. L'habit ne fait pas le moine. Petite histoire des expressions
Gilles Henry
P1546. Petit Fictionnaire illustré. Les mots qui manquent au dico
Alain Finkielkraut
P1547. Le Pluriel de bric-à-brac et autres difficultés
de la langue française, *Irène Nouailhac*
P1548. Un bouquin n'est pas un livre. Les nuances des synonymes
Rémi Bertrand
P1549. Sans nouvelles de Gurb, *Eduardo Mendoza*
P1550. Le Dernier Amour du président, *Andreï Kourkov*
P1551. L'Amour soudain, *Aharon Appelfeld*
P1552. Nos plus beaux souvenirs, *Stewart O'Nan*
P1553. Saint-Sépulcre !, *Patrick Besson*
P1554. L'Autre comme moi, *José Saramago*
P1555. Pourquoi Mitterrand ?, *Pierre Joxe*
P1556. Pas si fous ces Français !
Jean-Benoît Nadeau et Julie Barlow
P1557. La Colline des Anges
Jean-Claude Guillebaud et Raymond Depardon
P1558. La Solitude heureuse du voyageur
précédé de Notes, *Raymond Depardon*
P1559. Hard Revolution, *George P. Pelecanos*
P1560. La Morsure du lézard, *Kirk Mitchell*
P1561. Winterkill, *C.J. Box*
P1562. La Morsure du dragon, *Jean-François Susbielle*
P1563. Rituels sanglants, *Craig Russell*
P1564. Les Écorchés, *Peter Moore Smith*
P1565. Le Crépuscule des géants. Les Enfants de l'Atlantide III
Bernard Simonay
P1566. Aara. Aradia I, *Tanith Lee*
P1567. Les Guerres de fer. Les Monarchies divines III
Paul Kearney
P1568. La Rose pourpre et le Lys, tome 1
Michel Faber
P1569. La Rose pourpre et le Lys, tome 2
Michel Faber
P1570. Sarnia, *G.B. Edwards*
P1571. Saint-Cyr/La Maison d'Esther, *Yves Dangerfield*
P1572. Renverse du souffle, *Paul Celan*
P1573. Pour un tombeau d'Anatole
Stéphane Mallarmé
P1574. 95 Poèmes, *E.E. Cummings*

P1575. Le Dico des mots croisés, *Michel Laclos*
P1576. Les deux font la paire, *Patrice Louis*
P1577. Le Petit Manuel du français maltraité
Pierre Bénard
P1578. L'Avortement, *Richard Brautigan*
P1579. Les Braban, *Patrick Besson*
P1580. Le Sac à main, *Marie Desplechin*
P1581. Nouvelles du monde entier, *Vincent Ravalec*
P1582. Le Sens de l'arnaque, *James Swain*
P1583. L'Automne à Cuba, *Leonardo Padura*
P1584. Le Glaive et la flamme. La Saga du roi dragon III
Stephen Lawhead
P1585. La Belle Arcane. La Malerune III
Michel Robert et Pierre Grimbert
P1586. Femme en costume de bataille
Antonio Benitez-Rojo
P1587. Le Cavalier de l'Olympe. Le Châtiment des Dieux II
François Rachline
P1588. Le Pas de l'ourse, *Douglas Glover*
P1589. Lignes de fond, *Neil Jordan*
P1590. Monsieur Butterfly, *Howard Buten*
P1591. Parfois je ris tout seul, *Jean-Paul Dubois*
P1592. Sang impur, *Hugo Hamilton*
P1593. Le Musée de la sirène, *Cypora Petitjean-Cerf*
P1594. Histoire de la gauche caviar, *Laurent Joffrin*
P1595. Les Enfants de chœur (Little children), *Tom Perrotta*
P1596. Les Femmes politiques, *Laure Adler*
P1597. La Preuve par le sang, *Jonathan Kellerman*
P1598. La Femme en vert, *Arnaldur Indridason*
P1599. Le Che s'est suicidé, *Petros Markaris*
P1600. Les Nouvelles Enquêtes du juge Ti, vol. 3
Le Palais des Courtisanes, *Frédéric Lenormand*
P1601. Trahie, *Karin Alvtegen*
P1602. Les Requins de Trieste, *Veit Heinichen*
P1603. Pour adultes seulement, *Philip Le Roy*
P1604. Offre publique d'assassinat, *Stephen W. Frey*
P1605. L'Heure du Châtiment, *Eileen Dreyer*
P1606. Aden, *Anne-Marie Garat*
P1607. Histoire secrète du Mossad, *Gordon Thomas*
P1608. La Guerre du paradis. Le Chant d'Albion I
Stephen Lawhead
P1609. La Terre des morts. Les Enfants de l'Atlantide IV
Bernard Simonay
P1610. Aradia 2, Thenser, *Tanith Lee*
P1611. Le Petit livre des gros calins, *Kathleen Keating*
P1612. Un soir de décembre, *Delphine de Vigan*
P1613. L'Amour foudre, *Henri Gougaud*